CACIMBO
Christian Prack

Bibliografische Information der Deutschen Nationalbibliothek:
Die Deutsche Nationalbibliothek verzeichnet diese Publikation in der Deutschen Nationalbibliografie. Detaillierte bibliografische Daten sind im Internet über http://www.d-nb.de abrufbar.
ISBN 978-3-85022-282-2

Alle Rechte der Verbreitung, auch durch Film, Funk und Fernsehen, fotomechanische Wiedergabe, Tonträger, elektronische Datenträger und auszugsweisen Nachdruck, sind vorbehalten.

© 2008 novum Verlag GmbH, Neckenmarkt · Wien · München
Lektorat: Mag. Marion Hacke
Coverabbildung: Margaret Courtney-Clarke

Gedruckt in der Europäischen Union auf umweltfreundlichem, chlor- und säurefrei gebleichtem Papier.

www.novumverlag.com

Inhaltsverzeichnis

Die Beerdigung (Prolog) 9

1. Ausbruch 19
2. Lissabon 31
3. Schiffspassage nach Angola 37
4. Luanda 43
   Nolens volens etabliert 49
5. Arabica, Tabak und die Tücken von Jerusalem ... 57
6. Pro Specie Rara;
   Anthropologie des Bekanntenkreises 71
   Ins noble Quartier 90
7. Die Unruhen von 1961 95
   Auge um Auge 99
   Von bunt zu grau 103
   Homo Sociologicus und das Charisma von Savimbi .. 105
8. Zwischenzeit 109
   Der Kuss im Klassenzimmer 111
   Die Granate im Wohnzimmer 115
   Renatos Verhaftung und sein fünftes Kind 118
   Intermezzo 121
9. Die Rückkehr 129
   Standartensalut, Flamingos und die Kunst des
   Buchhalters zu langweilen 134
   Trockengebäck, wütende Wildschweine
   und ein Kugelblitz 145
   Nach Süden 156
   Calemma und der neue Hauslehrer 170

Weiter als Inzlingen 173
Hormonelle Verwirrungen 181
10. **Der lange Abschied** 191
    Elsa sammelt Tropenerfahrung 199
    Udos Kokosnuss, Mossulo und die Mississippi 206
    Zeitlich befristete Haftentlassung 214
    Novemberblues und Maigefühle 223
11. **Sein eigener Herr** 237
    Drei Achsenbrüche bis zur Etosha-Pfanne 244
    Business as usual 249
    Flügge werden 252
12. **Die Nelkenrevolution** 259
    Tanz auf dem Vulkan 262
    Exodus 275
    An Ideen mangelt es nicht 287
13. **Insel der Hoffnung und Verwünschung** 299
    Anders als gedacht 314
    Die Jangada 330
    Der Zweck heiligt die Mittel 354
    Vergänglich 384
    Emanzipation 407
    Ora et labora 415
    Karneval 420
    Durchhalten 438
    Ach ja, und übrigens die Jangada 464
    Funkstille 470
    Zum alten Eisen 485
    Und wieder Lisboa 497
    Rückblende 505
    Ballast abgeworfen 511
    Paricatì, Ilé Axé 518
    Wer weiß, ob's der Letzte ist! 536

Zwiegespräch (Epilog) 549

Er hat nicht auf Godot gewartet, sondern bis zu seinem Tod gelebt, was nicht viele von sich behaupten könnten. Seine Geschichte wurde aufgeschrieben; kein Roman, eine romaneske Chronologie seiner aberwitzigen Lebensstationen in Afrika, Südamerika und Europa. Alles biografisch; hundert Prozent wahr, denn die Wirklichkeit erkennt man an ihrer Unwahrscheinlichkeit. Hie und da höchstens eine kleine Untertreibung, um der Plausibilität gerecht zu werden. Dem Hauptdarsteller ist dieses Buch gewidmet. Allfällige Ähnlichkeiten zu lebenden oder verstorbenen Personen sind Absicht. Und wen es trifft, der ist gemeint.

*

Mein Dank gilt zwei mir sehr lieben und nahestehenden Personen, welche dieses Buch erst ermöglicht haben:

Agathe, meiner Partnerin, die mich über Jahre immer wieder ermunterte, diese Geschichte aufzuzeichnen, stets zuhörte und mein Manuskript kritisch begutachtete, mir für das Schreiben die Zeit zugestand. Mich tröstete, wenn die Erinnerungen einen zu erdrücken drohten.

Janine, meiner Mutter, die mir mit ihren Tagebüchern, der privaten und geschäftlichen Briefkorrespondenz und vielen persönlichen Gesprächen geholfen hat, die Erinnerung anzuregen, wachzuhalten und Zusammenhänge zu verstehen.

Die Beerdigung
(Prolog)

Donna Esmeralda läutete die Glocken. Die alten Domino spielenden Männer auf der Pracinha da Sé unterbrachen ihren täglichen Zeitvertreib und blickten leicht irritiert zur Igreja do Nosso Senhor do Bomfim am Stirnende des kleinen von alten Akazien gesäumten Platzes. Es war schon ungewöhnlich an einem Mittwochnachmittag um 14.00 Uhr und dann auch noch so energisch. Im kleinen, verschlafenen Ort Paricatì passierte das ganze Jahr über nicht viel, eigentlich gar nichts und das war gut so.

Fast widerwillig erhob sich ein alter Fischer, räusperte sich hörbar, spuckte aus und schlurfte langsam durch die träge Hitze, immer dem Schatten der Bäume entlang Richtung Kirche, einem für diesen Ort hier auf der Insel monumentalen Barockbauwerk, das bedeutend bessere Zeiten gekannt hatte. Donna Esmeralda, die selbst ernannte, uralte Mesnerin, die zwar vor allem ihren afrikanischen Göttern aus dem Candomblé huldigte, betreute die Kirche der Not gehorchend und auch ein bisschen aus Unsicherheit: Eine warme Mahlzeit am Tag bei Padre Ambrosio und die Gewissheit, dem lieben Gott zu dienen, da war man auf jeden Fall auf der sicheren Seite. Jetzt zog sie angestrengt verbissen am Seil, um ihre Botschaft nachhaltig zu verkünden. Es konnte kein Zweifel bestehen: Das war das Totenglöcklein; die Art des Klanges deutete auf jemanden Wichtigen, der verstorben war. Langsam füllte sich der Platz mit Leuten, einem bunten Gemisch von Alt und Jung, Tagedieben und Taugenichtsen, Arbeitenden und solchen, die zu tun hatten, und die Gerüchteküche brodelte, denn Witwe Esmeralda, die mit ihren Zahnlücken und dem zerfurchten Gesicht immer bedrohlicher der Igreja do Nosso Senhor do Bomfim glich, sagte keinen Ton; sie schien den Moment ihrer Wichtigkeit auszukosten. Es konnte Gemeinderat Pereira, Vorsteher des Gesundheitsamts sein, der mit seinen sechzig Jahren schon länger an Lungenkrebs litt und das Rauchen partout nicht aufgeben wollte – warum auch, da er jetzt ja schon krank war! Oder doch eher der zumindest in der Region weltbekannte Schriftsteller, welcher seiner im Alter etwas nachlassenden Kreativität immer mal wieder mit Kokain und jungen Mädchen nachzuhelfen gezwungen war? Vielleicht auch nur eine Eifersuchtstragödie – aber dafür kämen in diesem Ort fast alle in Frage und honorige Leute ließen sich ihre Seitensprünge immer etwas kosten, erst recht beim Ertapptwerden von der gekränkten und blamierten Gattin.

Padre Ambrosio erschien endlich im Portal und gemahnte Ruhe. Die Glocke und die Menge verstummten, auf der Praçinha war es noch stiller als sonst um die Siestazeit im Hochsommer. Würdevoll und mit ernster Miene verkündete er: „Für uns unerwartet und plötzlich ist Don Renato, o Suiço, bei uns allen hoch geschätzt und verehrt heute Morgen von uns gegangen. Ihr wisst, was er uns, ja auch mir persönlich, bedeutete, was er die fast dreißig Jahre, welche er hier in Paricatì verbrachte, für unsere Gemeinde alles geleistet hat. Wir sind traurig und betroffen und werden ihm morgen einen gebührenden Abschied bereiten, bei Olorun, dem Vater aller Götter! Ich spreche seiner Familie hier und in der fernen Schweiz mein aufrichtiges Beileid aus. Mögen Gott und alle unsere brasilianischen Orixás ihm wohlgesonnen sein!"

Ein Raunen ging durch die Menge und man hatte das Gefühl, dass die Betroffenheit echt war. Immerhin handelte es sich bei Don Renato um einen der größeren Arbeitgeber im spärlichen Tourismusangebot der Insel, der dem Städtchen zu einem sonderbaren Schiff, einer Pousada mit dem besten und größten Gartenrestaurant, zu einer schmucken Orla – einer Strandpromenade mit Palmen und allem Drum und Dran – verholfen hatte, der Berater des Bürgermeisters und, fast am wichtigsten, Präsident des lokalen Fußballvereins gewesen war.

Außerdem hatte er als Initiator und Bauleiter das Prunkstück der Insel, eine große Marina mit exklusiven Wochenendresidenzen, Restaurants und Jachthafen realisiert, aber auch Hunderte von Sozialwohnungen erbaut. Sogar das Fest „Lavagem do Bico" ging auf ihn zurück und war seit Jahren ein fester Feiertag im Kalender der Insel. Einen Rotarierklub gab es zum Glück, wie Don Renato betonte, nicht, aber Networking ist jedem Brasilianer geläufig, auch wenn die meisten das Wort dafür nicht kennen. Und so hatte sich der Suiço, wie er liebeund respektvoll genannt wurde, im Laufe der Jahre eine wichtige gesellschaftliche Position erschaffen, ohne sich darum bemühen zu müssen, weil er sich einerseits kaum um Konventionen scherte, andererseits als etwas schrulliger Ausländer, der er trotz Assimilation letztlich geblieben ist, „im Land der Blinden als Einäugiger immer König war".

Renato, was für eine Ironie: Der Wiedergeborene, der ein Leben gelebt hat, wofür andere viele Male geboren werden müssen, ist tot. Gestorben zwar an einem banalen Herzkreislaufkollaps, dem eine Embolie vorausging, auf dem Weg ins regionale Spital, um einen offenen Armbruch behandeln zu lassen, im 76. Altersjahr. Ein Randstein im Dunkeln vor seinem Haus war ihm zum Verhängnis geworden; ohne diesen Sturz, wer weiß das schon, hätte sein Ende fulminanter ausgehen können, so, wie er die letzten fünfzig Jahre gelebt hatte. Nun, diesen Gefallen tat er niemandem; sein Leben war bewegt genug, da konnte der Tod ruhig etwas alltäglicher ausfallen.

Donna Diacha, die Exgattin des Verstorbenen, hatte die traurige Nachricht von ihren gemeinsamen Kindern, die mit Don Renato zusammenlebten, über einen Meldeläufer für einen Real erfahren; das Telefon wurde vor Kurzem wieder einmal abgestellt wegen säumiger Zahlung der Rechnungen. Verschlafen und um Fassung ringend versuchte Diacha diesen Sachverhalt zu begreifen. Noch nicht ganz ausgenüchtert vom vornächtlich reichlich genossenen Cachaça und dem Medikamentencocktail gegen Schlaflosigkeit, Depressionen im Speziellen und Schmerzen im Allgemeinen schleppte sie sich ins Badezimmer ihres für hiesige Verhältnisse komfortablen, vom

Suiço finanzierten Hauses, um sich für ihren Part zurechtzumachen; eine nur mäßig gelungene Absicht, ihr Gesicht vertrug im Moment keine Großaufnahme. Überhaupt wäre eine komplette Restauration angebracht gewesen, jetzt aber lag nicht einmal mehr die geplante Renovation ihrer Fassade drin; wer kannte sich schon aus, wie es nun ohne Renato weitergehen sollte? Sie seufzte: „Früher war die Zukunft trotz aller Misere doch besser als heute." Missmutig betrachtete sie sich im Spiegel; der duckte sich kleinlaut, konnte aber wirklich nichts dafür, ihn traf keine Schuld am Spiegelbild.

Dann machte sie sich schweren Herzens und vor allem Kopfes auf den 30-Minuten-Fußmarsch zum Heim ihres geliebten Renato, von dem sie zwar schon mehrere Jahre getrennt lebte, den sie aber immer benötigt hatte, um ihrem exzessiven Lebensstil frönen zu können. Es waren aber nicht nur die materiellen Aspekte, nein, auch rein ideell-emotional brauchte sie den Mann, mit dem sie seit Jahren um jede Bagatelle heftig stritt – ihre keifenden Auftritte waren legendär und gefürchtet! Seit sie das dritte ihr zur Verfügung gestellte Auto aus Wut zu Schrott gefahren hatte (ganz abgesehen von denen, die sie versehentlich demolierte), benutzte sie normalerweise eines der wenigen und teuren Taxis für ihre wöchentlichen Besuche bei ihm, die Fahrten zur Fähre, um in die Stadt auf dem Festland zu gelangen oder für den allgemeinen Ausgang ins Zentrum von Paricatì. Jetzt, nach dieser Hiobsbotschaft galt es aber vernünftig zu sein und zu sparen; wer weiß, was und ob überhaupt etwas zu erben war. Auf ihrem Weg kreuzte sie mehrere Bekannte, die bereits im Bild zu sein schienen, sie ehrfürchtig murmelnd grüßten und ihr schadenfreudig nachblickten. Sie war nicht erst als Dreiundzwanzigjährige durch die „Heirat" mit dem gut doppelt so alten, weltgewandten Don Renato zur Respekt heischenden Person geworden, denn schon viel früher fiel ihr die Rolle einer einflussreichen Clanchefin zu. Cholerische Ausbrüche und die Gabe, je nach Laune Ortsbewohner mit weißer Magie zu belohnen oder mit schwärzesten Macumba-Ritualen ins Elend zu stürzen, hatten ihr einen unantastbaren Status verschafft. Dieser multiplizierte sich sozusagen durch die exotische Verbindung und sie wären wohl ein unschlagbares Power-Couple geworden, wenn … Dass es ihr und ihm in den letzten Jahren ziemlich dreckig ergangen war, daran hatte vieles Schuld, angefangen bei der unfähigen Zentralregierung, der horrenden Inflation über die Fehleinschätzung bezüglich des touristischen Potenzials dieser vergessenen Insel bis zum falschen Wetter und überhaupt: Die Zeiten waren nie so schlimm wie immer. Doch stets war auch ein Funke Hoffnung da; es musste ja irgendwann wieder besser kommen, man war bei all den „projetos" immer ganz nahe am Erfolg dran, nur fehlte eben das letzte Quäntchen Glück. Vielleicht war es auch das chronisch defizitäre Energieniveau, aber das hätte sie sich nie eingestanden, man hatte schließlich seinen Stolz.

In diese tiefen Gedanken versunken, erreichte die seit einigen Stunden Verwitwete das Kolonialhäuschen ihres Verstorbenen. Ein kleiner Bau aus dem 18. Jahrhundert mit vorgelagerter Veranda und einem Seitenflügel mit Gärtchen. Das fast pittoresk anmutende Haus öffnete sich auf einen großen gepflasterten Platz mit Jacaranda-Bäumen und Blick auf den nördlichsten Zipfel der Insel. Ein weiter Halbkreis von farbigen kleinen Häuschen, welche nur zum kleineren Teil ständig bewohnt waren – der Großteil gehörte Veranistas, Sommerfrischlern, die jetzt über Weihnachten und Karneval aus der stickigen hochsommerlichen Stadt geflüchtet waren –, säumte den Platz zur Rechten. Gegenüber trutzte ein holländisches Fort aus dem 17. Jahrhundert, die Festung São Lorenço, die alsbald von den Portugiesen erobert und zum Seefahrerstützpunkt ausgebaut worden war. Immer noch als militärische Anlage geltend wurden die sich selten hierher verirrenden Touristen konsequent abgewiesen. Drohende Kanonenrohre richteten sich nicht nur auf das Meer, sondern auch auf den Platz. Renato wurde nicht müde zu lästern, er hätte eines der bestbewachten Häuser ganz Südamerikas gekauft, was die einheimische Bevölkerung mangels Ironieverständnis mit Befremden quittierte, aber man verzieh es dem „Suiço maluco", dem etwas verrückten Schweizer.

Auch wenn Don Renato gegen Ende seines Lebens nicht mehr allzu viel Unternehmungsgeist zeigte, die gut hundert Meter an den Strand nahm er jahraus, jahrein unter seine Schlappen, um zweimal am Tag dem Rhythmus von Ebbe und Flut gehorchend seine Bäder im Atlantik zu genießen. Er nannte das sportlich Rückenschwimmen, um seine Wirbelsäule zu regenerieren, die mit der Last seines Bierbauches zu kämpfen hatte; den Beobachter erinnerte es allerdings mehr an das schwerfällige Schwadern eines zu stranden drohenden Wales. Danach machte er sich in einem dieser unsäglich hässlichen Monoblockstühle (die, welche an der Sonne und im salzigen Wind mit der Zeit vergilben und brüchig werden, aber unendlich billig, praktisch und bequem sind) breit, bestellte am Stand von Mathilda seinen doppelten Whisky, und wenn er gute Laune hatte, ein Dutzend Lambrettas, die meerfrischesten und besten Muscheln mit angeblich hoher aphrodisierender Wirkung, aber das wäre nur eine willkommene Nebenerscheinung gewesen, seine Libido galt seit geraumer Zeit vor allem dem Hochprozentigen und wo, bitte sehr, bekam man als sparsamer Rentner mehr Prozente?

Nun, dieses Domizil hasste Donna Diacha, denn sie war als Halbwaise in demselben groß geworden. Ihr früh verstorbener Vater, ein Marineoffizier niedrigeren Ranges, war Befehlshaber des besagten zur linken Seite des Platzes gelegenen Forts und dort mit sechs Mann stationiert. Ironischerweise durfte er seine Festung nur im Urlaub verlassen und musste somit die Kindererziehung seiner Schwester überantworten, einer griesgrämigen ältlichen Jungfer, wie Diacha nicht aufhören konnte zu mäkeln. Diese sublimierte wohl ihre sexuellen Frustrationen mit einer strengen, sittsamen Erziehung der drei Nichten und zwei Neffen. Und das hatte seine Folgen. Wie sonst, fragte sich Diacha, war es zu erklären, dass der eine ihrer Brüder ein nichtsnutziger Alkoholiker und der andere – noch schlimmer – schwul wurde? Von ihren eigenen Depressionen und Schmerzen, welche medikamentös und alkoholisch behandelt werden mussten, ganz zu schweigen. Gerade aus diesem Grunde musste es der trauernden Witwe als Verhöhnung erscheinen, dass ihr

Mann nach der Trennung eben jene Liegenschaft gekauft hatte, und sie verzieh ihm selbst jetzt am Totenbett diesen Affront nicht. Sicher rieb sich seine Seele jetzt die Hände vor Schadenfreude.

Die drei heulenden Söhne und die schluchzende Tochter von Diacha empfingen ihre Mutter im halbdunklen Wohn-Esszimmer, in welches man von der Veranda direkt gelangte. Auch heute waren es mehr die äußeren Umstände, die die Familie zusammenführte, denn eigentlich konnten die Geschwister ihre Mutter selten ertragen und umgekehrt hielt auch die Witwe nicht viel von ihrem Nachwuchs. Dieser stammte von je verschiedenen Erzeugern, nur der jüngste Sohn sowie die Tochter waren Sprösslinge von Don Renato und Donna Diacha. Auch die junge Generation war sich, gelinde ausgedrückt, nicht eben zugeneigt. Mit der nun weggestorbenen Autorität würden die Streitereien spätestens nach der ersten Schaufel Erde auf den Sarg heftigst ausbrechen.

Nach katholischem Ritus war Don Renato eiligst mitten im Raum im offenen Sarg aufgebahrt worden, damit seine Verwandten und Freunde von ihm Abschied nehmen konnten: ein prächtiger Mahagoni-Schrein ausgelegt mit rotem Samt und umrahmt von weißen Blüten, die kitschige Eingebung der Witwe, um die Schweizer Abstammung zu würdigen. Links und rechts imponierende silberne Kerzenleuchter, dazwischen ein Stehpult mit Kondolenzbuch, von dem nur wenige Gebrauch machten, um sich mit krakeliger Schrift, welche drei bis vier Jahre Grundschule dokumentierte, einen letzten Gruß abzuringen. Auch wenn das Holz des Sarges zweite Wahl war, die ganze Inszenierung schien bei den ersten eintreffenden Trauergästen einen nachhaltigen Eindruck zu hinterlassen. Dem Protestanten Renato ohne jegliche Affinität zur Kirche wäre das ganze Prozedere wohl eher peinlich gewesen. Zumal sich im Laufe des Tages eine nicht enden wollende Menschenschlange vor dem Haus bis über den Platz bildete. Auch nach dem Eindunkeln kehrte keine Ruhe ein und die engsten Familienangehörigen mussten bis tief in die Nacht Kondolenzerbietungen über sich ergehen lassen.

Die Abdankung in der Igreja do Nosso Senhor do Bomfim sollte am darauffolgenden Morgen um 10.00 Uhr stattfinden, um danach mit einem Trauerzug durch das Städtchen hinauf zum Friedhofshügel zu gelangen, damit Don Renato dort an prominenter Stelle seine ewige Ruhe nach einem turbulenten Leben finden konnte. Aber Padre Ambrosio verzweifelte schier ob des noch immer andauernden Abschiednehmens und wurde den berechtigten Verdacht nicht los, es handle sich bei vielen, die den Verstorbenen nur flüchtig kannten, um die Eintrittskarte für das am Abend vorgesehene Leichenmahl. Denn vor allem in früheren Jahren als Hoteleigner waren die Einladungen des Unternehmers mit seiner Angetrauten Legende.

Der mit großer Verspätung zelebrierte Trauergottesdienst in der übervollen Kirche hinterließ weniger inhaltlich einen bleibenden Eindruck als vielmehr der pathetischen Gestik des Gottesdieners wegen. Seine penetrant humanistische Bildung, die sich mit lateinischen Zitaten und philosophischen Allgemeinplätzen zu äußern wagte, imponierte höchstens der schwerhörigen alten Esmeralda. Manch einer dachte bei sich, dass dieses Geschwätz sehr dem „urbi et orbi" des Papa in Rom ähnelte und die tiefere Bedeutung wohl im Nützt's-nichts-so-schadet's-nichts liegen musste. Wenigstens sang der eiligst zusammengestellte gemischte Chor inbrünstig und so falsch, dass auch ein ungeübtes Ohr seinen jeweiligen Besitzer zusammenfahren ließ; ein probates und gezielt von der Kirche eingesetztes Rezept gegen das einschläfernde Gemurmel der Litanei.

Nach diesem anstrengenden Ritual und dem erlösenden „Amen" begab sich der lange Trauerzug angeführt vom huldvoll nach allen Seiten nickenden Pater und der Witwe mit ihren Kindern langsam zum Friedhof, das Kopfsteinpflaster flimmerte in der Hitze, die Sonne stand an diesem 9. Dezember grell im Zenit. Schwitzend und leise fluchend trugen jeweils vier starke junge Männer den schweren Sarg abwechselnd durch Paricatì den Hügel von Santo Antonio hinan bis zum Cimiterio, einem idyllisch gelegenen, reichlich verwahrlosten Areal überbuscht mit prächtig blühendem Bougainvilléa. Ein würdevoll verrostetes Gittertor, das auch geschlossen keinen

Widerstand gegen allfällig ungebetene Gäste geleistet hätte, aus Pietät und Geldmangel jedoch belassen wurde. Verwitterte Grabsteine, vermoderte Kreuze, deren Inschrift längst verblasst war, ungepflegte Gräber, ein streunender Hund, der sich nach dem Fußtritt jaulend davontrollte. Aber der Blick hinunter auf den Atlantik war atemberaubend, man konnte nur hoffen, dass die Toten sowie die untoten Geister, welche noch nicht durch entsprechende Rituale besänftigt im Jenseits zu bleiben geruhten, das auch wirklich schätzten. Keiner mochte sich erinnern je eine solche Menschenmenge in Paricatì und erst recht auf dem Friedhof erlebt zu haben und insgeheim ertappte sich der Prefeito bei der rein rhetorischen Frage, ob bei ihm wohl auch dereinst ... aber noch weilte er ja (mit gewissen Einschränkungen wie Prostata, Zirrhose und dergleichen) unter den Lebenden. Alles von Rang und Namen versammelte sich vor dem frisch ausgehobenen Grab auf dem kleinen Hügel mit unverbaubarem Blick auf Renatos Atlantik. Es reichte sogar Florian als einzigem Schweizer Spross, im letzten Moment vom Festland herüber zu eilen und in knapp vier Stunden Reise zeitgleich mit den Trauergästen einzutreffen. So war auch im letzten Akt protokollarisch gewährleistet, dass es mit Renatos Chronik seine Richtigkeit und Wahrheit hatte.

Imposant das rot-weiße Blumenmeer, um auch hier noch einmal an seine helvetischen Wurzeln zu erinnern. Grundsätzlich herrscht in Brasilien das Gesetz der Übertreibung. So ließ es sich das Wetter nicht nehmen, diesen denkwürdigen Tag mit einem eindrucksvollen Sonnenuntergang zu beenden. Der Himmel blutete über dem Horizont und es gelang ihm die Trauergemeinde zum Verstummen zu bringen – wenigstens für einen Augenblick, bevor über das anstehende Leichenmahl spekuliert wurde; weniger die Qualität als die Quantität beschäftigte die Hungerleider.

So fand Don Renato nach vielen Betroffenheitskundgebungen wichtiger Bekannter sowie scheinheiliger Heuchler und echten bittern Tränen der Freunde und Verwandten seine testamentarisch festgelegte letzte Ruhe am schönsten Platz der Welt.

1.
AUSBRUCH

Gezeugt worden war er von Renato und Jacqueline in einer lauen Sommernacht im Tessin am Fuße des Monte Veritá, ein nicht unerhebliches Detail, weil damit dem späteren Beobachter der Vita von Renato und seinem Umfeld sozusagen pränatal die Verpflichtung zur Wahrheit vermittelt wurde und auch die Liebe zur südländischen Lebensfreude, zum heißen Klima. Er wollte immer zu „elfundneunzig Prozent" (Ruth Goldfisch in „Die Kirschenkönigin" von Justus Pfaue) für Richtigkeit und tatsächliche Gegebenheiten einstehen. Von dieser Schwangerschaft mit ihren späteren Implikationen wusste das jungverliebte, glückliche Paar zu diesem Zeitpunkt aber noch nichts. Gerade erst hatten sie ihre Hochzeit gefeiert, eine ziemlich pompöse Selbstdarstellung der neureichen Brauteltern, die es – im Gegensatz zu denen des Bräutigams – zu großbürgerlichen Verhältnissen gebracht hatten. Das kleine Fest in schlichtem Rahmen, wie sie es in falscher Bescheidenheit zu nennen pflegten, fand in ihrer eigenen Villa mit parkähnlichem Umschwung und Blick über Basel, das angrenzende Deutschland bis zu den französischen Vogesen statt. Nebst den beiden Familien, der weltgewandten und der leicht genierten, feierte der engere intellektuelle Freundeskreis aus Studenten, Künstlern und akademisch Arrivierten mit. Auch ein paar Angestellten der schwiegerväterlichen Firma wurde die Ehre einer Einladung zuteil. Eine rauschende Ballnacht mit noblem Catering (damals hieß das noch Störkoch und Equipage) und Liveorchester für über hundert Leute. Schenken lassen mochten sich die eben Vermählten nichts, das heißt Geld diskret während den überschwänglichen

Begrüßungen in neutralen Umschlägen zugesteckt schon, denn sie hatten Großes vor.

Renato, Sohn eines Gemeindeschreibers, welcher der falschen Partei, den Radikaldemokraten, angehörte, es aber trotzdem ins politische Amt eines Gemeinderats schaffte und einer bescheidenen, fast demütigen Schneiderin, die ein Leben lang von der Kunst der Malerei und des Theaters träumte und heimlich hervorragende Bilder schuf, wuchs in einem kleinen Arbeiterhäuschen am Ende einer Sackgasse in engen Verhältnissen auf. Sein Vater wider Willen verbeamtet, weil er wegen einer Mehlallergie seine Bäcker- und Konditorlehre abbrechen musste. Seine Mutter ledig als Weißnäherin im Hause einer reichen Basler Familie angestellt, deren Sohn sich unsterblich in sie verliebt hatte, den sie aber aus Angst vor dem gewaltigen Klassenunterschied nicht erhören wollte, trotz heftiger Gefühle für ihn.

Mit Schwester und Großeltern waren es sechs Menschen, die schlecht und recht aneinander vorbeikommen mussten. Als Sohn hatte er immerhin das Privileg eines eigenen Zimmers, wohingegen die Schwester leise schimpfend den Fakt akzeptierte, am Morgen ihr Bett im Wohnzimmer wegräumen zu müssen. Die Familie gehörte zum unteren Mittelstand, wohl mit ein Grund, dass Renato bald lernte, mit bescheidenen Mitteln, aber viel Fantasie ein Optimum zu erreichen. So sammelte er zum Beispiel die Bierflaschen in der Nachbarschaft ein und durfte für diese Arbeit das Pfand behalten. Besonders Frau Äbersold, eine Trinkerin, die ihre Alkoholika immer am Fenster aus einer Teetasse genoss, was alle wussten, war eine dankbare Kundin. Das Fahrrad jenseits des elterlichen Budgets fand er als rostigen Esel im Alteisen: Er setzte das ausrangierte Militärvelo wieder instand, gab später noch einen drauf und baute einen Hilfsmotor an, um mit seinem knatternden Moped erheblichen Eindruck bei den Kameraden zu hinterlassen. Seine Mutter steckte ihm für seine Basteleien manchmal heimlich etwas Geld zu. Sie unterstützte auch seine Liebe zur Malerei und besorgte ihm das teure Zeichnungspapier, Kohlestifte und Kreide. Er revanchierte sich dafür am

Muttertag mit einem großen Blumenstrauß, gepflückt auf der Anlage der Gemeindeverwaltung. Zum Großvater mütterlicherseits hatte Renato ein enges Verhältnis. Ihn faszinierte die feinsinnige, philosophische Art des alten Mannes, ein Kunsthandwerker, der unendlich viel über die Natur und das Leben wusste. Wann immer möglich, unternahm er mit ihm ausgedehnte Spaziergänge durch die umliegenden Wälder. Trafen sie auf ihren sommerlichen Wanderungen – meist in den frühen Morgenstunden – auf einen Hasen oder einen Fasan, konnte es der begeisterte Fischer und Jäger nicht lassen, seinen getarnten Spazierstock auseinanderzuschrauben, die Schrotflinte zusammenzusetzen und den gewilderten Sonntagsbraten im Rucksack stolz nach Hause zu tragen. Auf St. Chrischona konnte man weit über die Grenze nach Deutschland blicken; da entstand die Sehnsucht, den beengenden Verhältnissen dereinst entfliehen zu können und wie sein Großvater Abenteurer, Entdecker, Biologe, Naturphilosoph und Großwildjäger in einem zu werden.

Nur dank eines aufmerksamen Lehrers, der seine Fähigkeiten und Talente frühzeitig erkannte, bekam Renato die Chance ein Gymnasium zu besuchen, damals ein Quantensprung, der die herrschende Klassenordnung infrage stellte. So bot sich ihm die Gelegenheit Freunde aus dem Bildungsbürgertum zu gewinnen, in deren Häusern am Sonntag über Politik, Wirtschaft, Kunst und Literatur debattiert wurde. Ihm öffnete sich eine neue, bis anhin unbekannte Welt, die ihn nicht mehr losließ. Er war sogar Mitbegründer eines Zirkels namens „Ulysses", in dem große Schriftsteller und ihre Werke diskutiert wurden und junge Künstler aus Malerei, Musik und Dichtung eine Plattform erhielten. Ulysses veranstaltete Konzerte, Gemäldeausstellungen, literarische Abende, kleinere Theateraufführungen und Vorträge. Aus dieser Zeit erwuchsen ihm seine besten Freunde Bill, Werner und Rainer; sie sollten sich ein Leben lang verbunden bleiben. Im Verständnis seiner Eltern hätte er etwas Reelles machen sollen, also eine Lehre im Handwerklichen oder, wenn es denn unbedingt sein musste, im Kaufmännischen. Dann eben Lehrer und tatsächlich belegte Renato später an der Universität Sprachen und Geschichte, nur um rasch den Studienplatz nach Paris verlegen zu können. Er wollte dort ein Bohème-Leben führen, so wie er es in der Literatur gelesen hatte, dem Theater und Film frönen – Regisseur zu werden, war immer sein Lebenstraum –, Philosophen im Café Flore und Huren in der Rue Saint Denis treffen, Nächte durchzechen, in einer billigen Mansarde das wirkliche Leben erproben, ja, und sich auch für Vorlesungen an der Sorbonne einschreiben zur Legitimation seiner Flucht aus dem kleinbürgerlichen Milieu. Mit Sartre und Camus war sein schon immer fragiles Verhältnis zur als spießig erlebten Familie ohnehin beschädigt worden. Die Immatrikulation an der Académie des Beaux Arts bei einem längeren Pariser Aufenthalt ging den Eltern definitiv zu weit; für solch brotlose Kunst wollten sie ihn denn doch nicht unterstützen, sie, die sich vorgenommen hatten, ihrem einzigen Sohn wenigstens symbolisch mit ihren bescheidenen Mitteln etwas unter die Arme zu greifen. Aber Jacqueline, die er an der Jugendbühne kennenlernte und die sich Knall auf Fall in ihn verliebte – seine Interpretation von Borcherts Einbeinigem in „Draußen vor der Tür" war hinreißend –, ließ ihn das Vorhaben vorerst ohnehin vergessen. Als Mädchen aus gutem Hause führte sie ihn in die Gesellschaft ein, ein teures Unterfangen, das er sich sauer verdienen musste. Obwohl vom Schwiegervater in spe gänzlich akzeptiert – ähnliche Charakterzüge, gleiche Visionen hatten wohl schon früh zur gegenseitigen Sympathie beigetragen – ließ sein Stolz es niemals zu, sich einladen oder generell aushalten zu lassen. So verdingte er sich als Lastenträger im Rheinhafen, schleppte stundenlang schwitzend Viertelkälber von den Kähnen in die Gefrierhäuser, um abends den Tageslohn im Kasino verzocken zu können. Ein Securitas-Posten an den jeweiligen Messen in der Stadt bedeutete die berufliche Verbesserung; immerhin war er für jene Halle zuständig, in welcher das erste Televisionsgerät der Schweiz mit Stolz und Ehrfurcht vor der modernen Technik demonstriert wurde, und darum beneideten ihn auch Söhne, deren Unterhalt von den Eltern in jedem Fall garantiert war. Erste Auslandserfahrungen konnte er als Reiseleiter auf einem Rheinkreuzer sammeln. Seine Aufgabe bestand darin, überdrehte amerikanische Touristengruppen mit Schweizer Folklore und historischem Wissen über Deutschland nach Rotterdam zu geleiten; dass sie das lovely Fondue als beste deutsche Spezialität lobten, sich aber vor den vielen Gabeln im selben Topf ekelten und Loreley zur Heidi der zentraleuropäischen Gewässer machten, dafür konnte er nichts. Weitere Reisen mit naiven, aber dankbaren und ausgabefreudigen Voyageuren, die das Wirtschaftswunder nach dem Krieg nicht nur in der Aufbauarbeit sahen, sondern auch im Genuss der neuen Freiheiten, führten ihn nach Frankreich, England und immer häufiger auf die Iberische Halbinsel. In der schlagenden Studentenverbindung Allegra machte er sich bald einen Namen als standfester Trinker und kühner Fechter, welcher der Konfrontation nie auswich und sich oft duellierte; seinen Schmiss über der Stirn trug er mindestens so stolz wie der zukünftige Schwager den seinen auf der Wange (später genierten sich beide eher dafür). Fast noch gefürchteter war sein vom Bier geölter sonorer Bass, wenn er wüste Studentenlieder zum Besten gab. Inhaltlich fragwürdig, politisch inkorrekt, jedoch höchst imponierend vorgetragen und „the medium is ja bekanntlich the message". Ein Wirt, der die Polizeistunde durchsetzen wollte, wurde kurzerhand gepackt und in den Brunnen vor seinem Lokal geworfen; das im Januar. Als Kräftigster von allen hatte Renato die Aufgabe zugeteilt bekommen, die drei Rippen wollte er ihm wirklich nicht brechen und die Strafklage wurde dank guter Beziehungen in der Studentenverbindung zurückgenommen. Trotz dieses Intermezzos reifte er zum weltgewandten, gebildeten jungen Mann heran, sein Auftreten und seine Rhetorik, sein sportliches Aussehen, das er sich in der Grenadierausbildung zum Korporal und einem Sportlehrerdiplom antrainiert hatte, gereichten ihm bald zum Winnertyp, zum Alphatier in der Gruppe, man suchte seine Nähe (zumindest die meisten, es gab auch Neider, unter anderem im nächsten Familienkreis, die ihm liebend gerne den Untergang gewünscht hätten). Jacqueline war stolz auf ihn. Der klassisch bürgerlichen Karriere hätte eigentlich nichts im Weg gestanden – nur Renato selber. Er wollte frei sein, unabhängig von Konventionen, sich niemals in die gesellschaftlich geforderten normativen Zwänge ergeben. Nicht, dass er das gute Leben verachtet hätte, ein Bonvivant war er beileibe. Seine Rebellion hatte auch (noch) nichts mit gesellschaftspolitischen Unvereinbarkeiten zu tun. Nein, er hatte Visionen! Die Vorstellung, knapp vor der Pensionierung endlich ein Reihenhäuschen hypothekenfrei sein Eigen zu nennen, nur um kurz darauf an einem Herzinfarkt zu sterben, wie seinem Vater viel später tatsächlich geschehen, oder als etablierter und angepasster Steuerzahler die Karriereleiter langsam hinaufzuklettern, diese Vorstellungen machten ihm keine echte Freude. So hintertrieb er mehr unbewusst als beabsichtigt alles, was irgendwie nach Establishment, nach Erfolg roch, weil das für ihn den faden, austauschbaren Alltag implizierte. Seine militärische Laufbahn, damals eine „conditio sine qua non" für den Sprung in die Teppichetagen, fand ein abruptes Ende, weil er zu einer Siegerehrung als landesbester Schütze nicht auf dem Podest erschienen war. Er knutschte seine damals noch frische Liebe Jacqueline hinter der Kaserne und foutierte sich um die Ehrung. Das verzieh ihm sein Hauptmann, ein kleingewachsener, komplexbeladener, zum Sadismus neigender Offizier nie. Auch ließ er ab diesem Ereignis, das eben keines war, vor lauter Enttäuschung von seiner Respekt einflößenden Nummer beim Appell ab: Der kleine Mann stellte sich nämlich immer auf einen Felsbrocken, um seinen Unteroffiziersaspiranten auf Augenhöhe zu begegnen, was bei ihnen ein mildes Lächeln hervorrief – bis zum Zeitpunkt, an dem er vor versammelter Soldatenschaft in Achtungsstellung einen spektakulären Rückwärtssalto drehte und sicher stand, um dann „Abtreten" zu bellen, was fast alle in ihrer Verblüffung nach der zum ersten Mal gesehenen Showeinlage zu seiner vollsten Befriedigung vergaßen.

Renato hatte Angst vor einem geruhsamen, langweiligen Leben in geordneten Bahnen; er hoffte vielmehr bis zu seinem Tode zu leben und war bereit, dafür alles zu riskieren, und zwar bevor er sich an die Regelmäßigkeit eines faden Alltagsregimes akklimatisierte. Ihm schwante, dass in diesen Breitengraden alle von den unendlichen Möglichkeiten redeten, die das Leben bereithielt, aber bei dieser Möglichkeitsform blieb es dann meistens auch. Ja, der Konjunktiv mit seinen „hätte", „wäre" und „würde" schien eine patente Erfindung, um im Potenzial zu bleiben und sich darin zu verstecken. Seiner Einstellung und dem explodierenden Tatendrang kamen schicksalhaft die Absichten seines Schwiegervaters entgegen. Selber ein erfolgreicher Geschäftsmann mit einem florierenden Handelsunternehmen, der aus bescheidenen Verhältnissen stammte, wurde es dem knapp Fünfzigjährigen vor lauter Erfolg langweilig und er hatte seine Fühler bereits vor längere Zeit nach Übersee ausgestreckt, genau genommen interessierten ihn die wirtschaftlich noch weitgehend weißen Flecken von Schwarzafrika. So gründete er mit einem Geschäftspartner, den er von seinen hiesigen Tätigkeiten her gut kannte und dessen Sohn zufälligerweise ein Kommilitone und einer der besten Freunde Renatos war, bereits im März 1951 eine Aktiengesellschaft in Lissabon. Eigentlich handelte es sich um eine Gesellschaft mit unbeschränkter Haftung, so überzeugt glaubten sie an deren Aufblühen und Wachsen. Die gestandenen Herren verbanden die gemeinsamen Züricher Wurzeln, ein Wohlstand, der sich zum Reichtum anschickte, und vor allem die Abenteuerlust. Ein paar weitere kapitalkräftige Geschäftsleute beteiligten sich an der Zeichnung der Aktien, um indirekt am Abenteuer teilnehmen zu können. In dieses Konzept nun passte Renato vortrefflich; er war noch jung, in Geschäftsangelegenheiten zwar unerfahren, jedoch hoch motiviert. Sollte er sich doch seine ersten Sporen unter der Obhut der alten Kämpen im fernen Afrika abverdienen. Nicht im bereits gemachten Nest der existierenden Firma in Belgisch Kongo, sondern im jungfräulichen Nachbarland Angola, einer portugiesischen Kolonie mit immensen Bodenschätzen und einer lethargischen Provinzregierung. Da wäre noch etwas zu machen, Geld zu verdienen, Ländereien für ein Butterbrot in Besitz zu nehmen, Handel jeglicher Art zu betreiben. Beziehungen zu Angola waren schon früher in rudimentärer Form geknüpft worden. Man schrieb das Jahr 1952, Kolonialismus hatte noch nicht diesen moralisch verwerflichen Beigeschmack der Ausbeutung von Menschen und Ressourcen. Die schwarze Bevölkerung – so der allgemeine Tenor – konnte nur glücklich sein ob der Entwicklungshilfe für eine minderbemittelte Steinzeitgesellschaft. Der dreiundzwanzigjährige junge Mann sollte zum Teilhaber werden, der seinen Beitrag in Form zukünftiger Arbeit an der Front in die Gesellschaft einbrachte. Damals noch unverheiratet und auf der Suche nach dem echten Leben kam ihm dieser in sachter Dosierung nahegelegte Vorschlag nur zupass.

Vorerst sollte sich sein Aufenthalt in den Tropen probehalber auf ein halbes Jahr beschränken, dann wollte man weitersehen. Aber insgeheim hofften die ausgefuchstesten Seniorpartner auf ein altes afrikanisches Sprichwort, das besagte: „Läufst du einmal ein Paar Schuhsohlen in diesem Kontinent durch, bist du ihm auf ewig verfallen."

1952: Amtsantritt von Queen Elisabeth II. Battista kommt durch einen Staatsstreich in Kuba an die Macht. Bombardierung von Nordkorea durch die USA. Die Briten zünden ihre erste Atombombe. Agatha Christies „Mausefalle" wird uraufgeführt. Die Bildzeitung erscheint zum ersten mal in Deutschland. Dwight D. Eisenhower wird zum Präsidenten der USA gewählt. Albert Schweitzer erhält den Friedensnobelpreis.

Geboren: Viktor Giacobbo, Bo Katzman, Jean-Paul Gaultier, Isabella Rossellini, Jostein Gaarder, Nelson Piquet, Jimmy Connors, Roberto Benigni. Gestorben: Maria Montessori.

1953: Stalin wird in Moskau beigesetzt. Krönung Elisabeth II. Ende des Koreakrieges. Erstbesteigung des Mount Everest durch Edmund Hillary und Tenzing Norgay. Sowjetunion zündet erste Wasserstoffbombe. Abschaffung der Visumspflicht zwischen Deutschland und den Niederlanden. Literaturnobelpreis für Churchill. Geboren: Heiner Lauterbach, Benazir Bhutto, Cyndi Lauper, Klaus Wowereit, Andreas Vollenweider, Roger De Weck, Kim Basinger, John Malkovich. Gestorben: Django Reinhardt, Reinhard Piper.

Renato schmiss sein Literatur- und Geschichtsstudium, um sich in Ökonomie und Agronomie weiterzubilden, und besuchte die Tropenschule, eine praxisbetonte, pragmatisch auf die Unwägbarkeiten des fernen Kontinents ausgerichtete Lehr- und Forschungsstätte. Der Widerstand seiner zukünftigen Frau erfolgte nur halbherzig; im Grunde war sie froh mit ihm zu neuen Ufern aufbrechen zu können. Heute würde man dies wohl einen erlebnisorientierten Lifestyle nennen. Sie waren verliebt und im damaligen Verständnis passte sich die Frau dem Lebensentwurf des Mannes ohnehin an.

Die Zeit bis zur Abreise im Frühsommer 1954 verflog im Nu, denn die von langer Hand geplanten Vorbereitungen erforderten die volle Konzentration. Es nahte der Abschied, der in der beschriebenen Hochzeit des jungen Paares kulminierte und allen Verwandten und Bekannten nochmals die Gelegenheit für unsinnige, aber gut gemeinte Ratschläge gab. Am übernächsten Tag wurde der neue elfenbeinfarbene Chevrolet, das Hochzeitsgeschenk der Schwiegereltern, mit allem Notwendigen für die Reise und den vorgesehenen Aufenthalt in Angola bepackt. Dem Medikamentenkoffer galt die besondere Aufmerksamkeit; man wollte für die klassischen Krankheiten wie Malaria, Typhus, Amöben und dergleichen so gut wie möglich gerüstet sein. Ansonsten ging man das Abenteuer bedeutend gelassener an als heute der Pauschaltourist, welcher eine Woche Badeferien in der Südtürkei bucht.

Für ihre Autofahrt nach Portugal wollten sie sich anderthalb Monate Zeit nehmen. Die Flitterwochen führten zuerst einige Tage und Nächte in den Tessin (!), von da fuhren sie ohne Eile nach Brescia, nahmen die Route via Gardasee nach Verona auf den Spuren des berühmtesten Liebespaares (nur dass ihre eigene Geschichte mit weniger Missverständnissen erst begann, fröhlich weitergehen und weniger tragisch enden sollte), wendeten sich dann südwestlich über Parma bis nach La Spezia, um im Hafen zum ersten Mal Meerluft zu atmen, auch wenn hier in Cinque Terre der Golf von Genua nicht mit dem in Lissabon erwarteten großen Atlantik konkurrieren konnte.

Ihre später eingeschlagene Route der Côte d'Azur entlang führte sie in idyllische Fischerdörfer – die Touristenhochburgen existierten noch nicht –, ins mondäne Nizza und nach Cannes; St. Tropez war ihnen zu teuer. Von Marseilles nahmen sie Kurs durch das Languedoc, den Pyrenäen entlang bis Biarritz und erblickten endlich den ersehnten Atlantik! Dann querten sie die spanische Grenze. Sie wollten sich von den größeren Städten möglichst fernhalten, sodass Bilbao nie in den Genuss des Schweizer Besuchs kam. Denkwürdig die Reise von Burgos nach Salamanca, nicht wegen dieser Städte, sondern des Stierkampfes unterwegs in Valladolid. Renato betrachtete das sozusagen als Initiationsritus zum echten Mann und wollte sich eine solche Corrida ungeachtet der Proteste seiner Frau ansehen. Zwar gefielen ihm die eleganten Schwünge der Toreros mit ihren purpur-gelben Capotes, er bereute den Entschluss dieses Besuchs aber bald, denn Jacqueline wurde es ob der als grausam empfundenen Schlächterei beim Provozieren der Stiere durch die Banderilleros, Picadores oder Matadores (ihr war das einerlei und sie verabscheute alle) und dem Töten der Tiere durch die dilettantischen, mehrmals zum finalen Nackenstoß ansetzenden Toreros übel. Sie übergab sich in der teuren Loge, löste beim begeisterten und ebenso unbedarften Publikum Mitleid aus (sensibel waren diese Ausländer, Traditionsbanausen oder schwanger und selber schuld) und schwanger war sie tatsächlich. Sie schworen sich Spanien ein Leben lang nie wieder toll zu finden und sich dafür der lusitanischen Kultur zuzuwenden, die weniger Machismo und falschen Stolz kannte, dafür weicher und melancholischer war, sehnsüchtig den Fado weinte und es eher als lächerlich empfand, den Paso Doble mit durchgedrücktem Becken und erhobenem Kinn zu stämpfeln.

Die lange Fahrt durch eintönige, menschenleere Landschaften in Nordspanien genossen sie dafür bewusst, um einen Vorgeschmack auf die Weiten Afrikas zu bekommen. Im Auto zu übernachten, am offenen Feuer zu kochen, das waren die Herausforderungen, die nach einem saturierten Leben in der gemäßigten Klimazone lockten. Für die Banditen, die sich angeblich in diesen unzugänglichen Regionen vor der Guarda

Civil versteckten, hatten sie immer noch ihre Walterpistole eingeklemmt in der Sonnenblende, die kein Zöllner bis zur Ankunft in Luanda bemerken sollte, zu dreist war das offene Versteck. Schießübungen machten sie in der Sierra auf mitgebrachte Dosen, die sie in Dornenbüschen verteilten. Abwechselnd traktierten sie ihre Ziele mit der Handfeuerwaffe und hatten ihren kindlichen Spaß mitten im wilden Westen. Räuber ließen sich in dieser öden Landschaft bis an die portugiesische Grenze, welche sie auf der Höhe von Coimbra passierten, keine blicken. Nur verschreckte Ziegen und selten ein einsamer Reiter auf seinem stoischen Muli.

2.
LISSABON

Hochsommer in Portugal. Im Autoradio scherbelte Amália Rodriguez einen Fado, in dem es wie meistens um Saudade, einen mit „Sehnsucht" nur unzureichend übersetzbaren Begriff, ging. Noch beherrschten sie das Portugiesische nicht und radebrechten mehr schlecht als recht ihr Italo-Hispano-Portugiesisch-für-Anfänger. Saudade sollte sie aber später im Leben immer begleiten, dieses schwer erklärbare Gefühl der Sehnsucht, in dem das Volk schwelgte und dem es in seiner Musik ausschließlich huldigte. Die Hitze im Auto, das inbrünstig vorgetragene Lied, die Salzluft, welche sie über den breiten Tejo vom Meer her wahrnahmen, gab ihnen nach diesen sechs Wochen Fahrt ein eigenartiges Gefühl: Befreiung, wohlige Entspannung, Angekommensein, die Realisierung eines Traumes und gleichzeitig eine ungeheure Lust nach Abenteuern, erneutem Aufbruch, Lebensgier und auch Hoffnung. So musste es wohl vielen Flüchtlingen im Zweiten Weltkrieg ergangen sein, die sich vor Hitlerdeutschland hierher durchschlagen konnten mit dem festen Willen, eine Passage nach Nord- oder Südamerika zu ergattern.

Das telegrafisch bestellte Zimmer in einer kleinen, ruhigen Pension in der Mouraria, dem ehemaligen verwinkelten Maurenviertel unter dem alten Castelo São Jorge gelegen mussten sie sich erkämpfen. Nicht, dass es etwa anderweitig vergeben worden wäre, das Auffinden des Hotels selbst mit Stadtplan bedeutete eine nur schwer zu lösende Aufgabe, trotz Jacquelines Intuition und Renatos hervorragend ausgebildetem Orientierungssinn. Das Durchfragen hatte ebenso seine Tücken: „Com licença, we are looking pour ‚Rua das Flores'?" Nur hilfsbereites, aber verständnisloses Nicken. Erst ein cleverer Garçon im Café Suiça am Rossio entzifferte das scharf jeden Buchstaben betonende „Flores" phonetisch korrekt als „Florsch"! Die linguistische Lektion lernte das junge Paar schnell; man musste nicht möglichst genau aussprechen, sondern im Portugiesischen so viel wie möglich verschlucken und zusätzlich nasal artikulieren. Mit diesem Rezept fanden sie ihre Bleibe für die nächsten paar Tage bis zur Abreise bald und fühlten sich, durch den Erfolg beflügelt, schon fast euphorisch ein bisschen als Einheimische. Die Sprache klang weich und traurig und kam wohl dem portugiesischen Temperament mit seinen träumerischen Qualitäten, der Sehnsucht nach vergangener Größe zurzeit der berühmten Seefahrer sehr entgegen. Sie grenzte sich damit ebenso klar von den spanischen harten Zischlauten und dem überheblichen „Th" ab.

Einquartiert, frisch geduscht – die Zivilisation hatte doch auch erhebliche Vorteile – und sich vergewissert habend, dass der treue Chevy mit seinem wertvollen Überseegepäck auf einem bewachten Parking bedenkenlos stehen gelassen werden konnte, machten sich Renato und Jacqueline zu Fuß auf eine erste Erkundungstour; noch nicht ahnend, dass sie mit dieser Stadt in späteren Jahren schicksalhaft eng verbunden bleiben sollten, hier wo das Land, wo Europa aufhörte und das Meer begann.

Sie genossen ihren Aufenthalt und taten, was Touristen noch heute tun. Die Besichtigung dieser Stadt, auf sieben Hügeln erbaut und mit dem schönsten Licht der Welt, das sich in der Nachmittagssonne an den weiß getünchten Häusern der Alfama, der Mouraria, dem Bairro Alto brach. Die Baixa mit ihren prachtvollen Boulevards an einer Nord-Süd-Achse ausgerichtet und einem Gitter rechtwinkliger Straßen, von Marquês de Pombal nach dem Erdbeben von 1755 wieder aufgebaut. Der Terreiro do Paço, ein gigantischer Platz direkt am Tejo-Ufer, wo die Fähren anlandeten, um den Gästen einen eindrucksvollen Blick vom Flussdelta aus auf Lisboa zu gewähren. Noch querte keine Hängebrücke den Tejo, um ans Südufer des Flusses zu gelangen; der Diktator Salazar ließ die seinen Namen tragende Stahlkonstruktion nach dem Vorbild der Golden Gate Bridge in San Francisco erst 1966 errichten. Auch der Cristo Rei, ein über hundert Meter hoher Christus auf Steinsockel, dem von Rio de Janeiro nachempfunden, befand sich erst im Bau. Aber monumental staunen ließ sich dennoch bei der Fülle von Prestigebauten, Barockkirchen, Kastellen, Parks und Museen. Fast bereuten sie es, in einer Urdemokratie ohne Herrscherdynastien und Pomp aufgewachsen zu sein. Sie wandten sich alsbald der Kultur der exotisch anmutenden Speisen und Getränke zu, die ihre Neugierde weckte. Sie fühlten sich davon sehr angesprochen, außer vom Bacalhão, der Nationalspeise Portugals, einem gedörrten und gesalzenen Stockfisch, der zuerst vierundzwanzig Stunden aufgequollen werden musste, um dann lange zu kochen und trotzdem zäh und nach ranzigem Olivenöl zu schmecken: Hierbei wollte keine kulinarische Zuversicht aufkommen. Erst später lernten sie die unzähligen delikaten Zubereitungen kennen und schätzen. Mit den deftig rustikalen Gerichten wie der Caldeirada, einer Fischsuppe, dem Arroz de Marisco, Meeresfrüchten mit Reis, jedoch nicht zu verwechseln mit der spanischen, viel trockeneren Version der Paella, der Carne do Porco Alentejana – Schweinefleisch mit Muscheln – freundeten sie sich schnell an. Dazu ein spritziger Vinho Verde, ein junger Weißwein mit wenigen Volumenprozenten, dem man getrost zusprechen konnte. Und zur Abrundung nach der Sobra Mesa, der Nachspeise in Form eines Flan oder Mousse au Chocolat, ein zwanzigjähriger beseelter Portwein Marke Niepoort, der sie neue Welten des Wohlgefallens erleben ließ. Das Cafézinho schließlich nahmen sie im „Nicola", dem berühmten Art-déco-Lokal und Treffpunkt der Bohémiens, Künstler und Literaten ein.

Obwohl ursprünglich mit dem Geld der Eltern und Hochzeitsgäste ein Budget für die Reise erstellt wurde, scherte sich das Paar keinen Deut darum, denn für die harten Schweizer Franken erhielten sie eine Menge Escudos und das Leben hier war fast geschenkt. Von Natur aus nicht ängstlich veranlagt lebten sie im Hier und Jetzt; sich Sorgen um die Zukunft zu machen, hatte eh keinen Sinn. Dieser moralinsaure Verzichtsethos von Sparen, Arbeiten, an das Alter denken, Belohnungen aufschieben, das konnten die beiden nicht ausstehen. Die zynische, aber wahre Aussage „Wenn die Zeit kommt, in der man könnte, ist die Zeit vorbei, in der man kann" hatte sich ihnen schauerlich eingeprägt. Zeitlebens blieben sie großzügig mit sich selbst und mit anderen.

Die Bicos, die engen und steilen Gassen Lissabons vor allem in der Alfama, dem ältesten und vom Erdbeben verschonten Quartier, erforderten vom Fußgänger eine gute Kondition. Aber es lohnte sich alle Mal, die vielen gepflasterten Treppenstufen an Pflanzenkübeln und Blumentöpfen vorbei, unter der aufgehängten Wäsche hindurch an windschiefen Mauern, von denen der Putz blätterte, zu bezwingen. Bot sich doch von den Miradouros, den Aussichtspunkten rund ums Kastell São Jorge, ein kühner Ausblick auf die weiße Stadt, den träge glitzernden Tejo, der sich weit hinten am Horizont zum Meer hin öffnete. Sie hätten auch einen der Elevadores, der Kabelbahnen oder der Lifte benutzen können, ein originelles und praktisches Verkehrsmittel in dieser hügeligen Stadt, entschieden sich aber schließlich für die Fahrt mit dem legendären Electrico der Linie Nr. 28 durch engste Häuserschluchten und Haarnadelkurven – ein reines Abenteuer, stammten die kleinen Tramtriebwagen mit einem Abnahmebügel, offener Plattform, hohen unbequemen Holzbänken und vielen Messinggriffen doch alle noch aus der Vorkriegszeit. Sie verkehrten auf einem Schienennetz, das dieser Bezeichnung spottete; Asphalt und Kopfsteinpflaster dominierten. Merkwürdig: Wie kamen diese bloß um den scharfen Rank, der nur eingleisig befahren werden konnte, ohne je mit dem entgegenkommenden Vehikel zusammenzustoßen? Es gab auch keine Lichtanlage, welche den Verkehr geregelt hätte. Sie unterbrachen die Fahrt und beobachteten lange, um dem Phänomen auf die Spur zu kommen. Die Lösung fand sich im Kellner des Straßencafés vis-à-vis: Er gab mit seinem kleinen Finger, den er vom Silbertablett abspreizte, kaum merkliche Zeichen, auf die sich die stets fluchenden Chauffeure in ihrem Führerstand verließen. War er gerade beschäftigt mit bestellenden oder zahlenden Gästen, so ruhte der öffentliche Verkehr eben. „Patientia", Geduld, keinem Einheimischen wäre es je in den Sinn gekommen, sich darob zu enervieren.

Lissabons nähere Umgebung konnte mangels Zeit nur kurz erkundet werden. Das wollten sie sich für später aufsparen. Ein Abstecher nach Belém, dem Vorort im Westen der Stadt mit symbolischem Charakter musste fürs Erste genügen. Sie besichtigten den Torre de Belém, eines der Wahrzeichen der Stadt, und das Seefahrerdenkmal, das an Portugals große Zeit der Expansion erinnerte. Hier startete einst Vasco da Gama seine Seereise nach Indien. Von hier wollten auch sie – verwegen – den afrikanischen Kontinent, vorher aber noch die besten Sahneküchlein der Welt im warmen, knusprigen Blätterteig bestreut mit Zimt in der Antiga Confeitaría erobern. Und diese pasteis de nata überstrahlten alle Sehenswürdigkeiten, auch das nahe gelegene Hieronymuskloster, welches in jedem Reiseführer als *das* manuelinische Bauwerk Portugals schlechthin gefeiert wurde.

3.
SCHIFFSPASSAGE NACH ANGOLA

Es nahte die Abreise nach Angola. Zum Glück, denn das für ihren Halbjahresaufenthalt in Afrika berechnete finanzielle Polster war jetzt schon bedrohlich dahingeschmolzen. Immerhin, die gut 14-tägige Schiffspassage hatten sie im Voraus gebucht; keine Kabine der Luxusklasse, aber das Mitfahrrecht auf einem Frachter, dessen Reederei ab und an Passagiere gegen ein Entgelt mitreisen ließ. Für die üblichen Formalitäten benötigten sie einen ganzen Tag am Hafen; das Verladen des Chevrolets mit ihrem ganzen Hab und Gut erforderte einen weiteren.

Das Abenteuer meldete sich von alleine zurück: Die Vorstellung, nächstens zwei Wochen auf hoher See in diesem angerosteten, mäßig großen Kahn zu bewältigen inmitten einer Schar rauer portugiesischer Seeleute, evozierte eine leichte Unruhe. Das Schiff nannte sich stolz „Calanda" (wer um Himmels Willen war auf diesen Namen gekommen?), wobei der Imagetransfer von den trutzigen Bündner Alpen auf den Atlantik nicht so recht gelingen wollte. Aber die Faszination überwog: das emsige Treiben an den Quais, die riesigen kreischenden Kranen, welche alles Mögliche und Unmögliche hievten und in den Stahlbäuchen der Schiffe versenkten, die lauten Zurufe der Hafenarbeiter, das Gefluche der schwitzenden Lastenträger, Dieselabgase, der Lärm und Gestank! Es erinnerte Renato an seine Zeit im Rheinhafen von Basel, die Dimensionen ließen sich allerdings nicht vergleichen. Gigantische Ozeandampfer, für die Ewigkeit gebaut, mit weißen Rümpfen, die von wagemutigen Matrosen auf wenig vertrauenerweckenden Trapezen, welche von oben über die Bordwand heruntergelassen wurden, weiteren weltmännischen Glanz verpasst bekamen. Mit ihren Farbrollen auf den schwankenden Schaukeln sahen sie tatsächlich wie Zirkusakrobaten unter der Kuppel aus. Familien aus einfachen Verhältnissen, die sich auf unbestimmte Zeit trennten, lagen sich tränennass in den Armen. Neben Überseekoffern mit schweren Eisen und Schnallen sowie feinsten Kalbsledertaschen wachte der Chauffeur, bis seine Herrschaften auf dem Luxusdampfer eingecheckt hatten, feine Damen der Gesellschaft hielten demonstrativ Sonnenschirmchen über ihren zarten Frisuren und ihre bestickten Spitzentaschentücher vor den Mund, demonstrierten den Ekel vor dem profanen Treiben. Daneben die schmutzigen Reisebündel und viel zu enge Käfige mit lebenden Hühnern der weniger Privilegierten, Klassengetrennt durch einen trutzigen, schwarz-rostigen Poller, um den ein enorm dickes Sisaltau geschlungen war, welches das Schiff am Übermut hinderte, vom Quai ohne Kommando des Kapitäns auszureißen. Streunende Hunde und bis aufs Skelett abgemagerte Katzen, die irgendwelche Abfälle zu erhaschen hofften, von den dreisten Albatrossen jedoch ausgetrickst wurden. Abgelenkt durch die Luftangriffe hatten auch die Ratten leichtes Spiel und ergatterten achtlos weggeworfene Speisereste. Herumlungernde Tagelöhner, die ihre Tragdienste mit einer Miene anboten, welche die Enttäuschung über eine Ablehnung oder ein zu geringes Entgelt vorwegnahm.

Von der Kommandobrücke aus durften die Jungvermählten dem Verladen ihrer eigenen Habseligkeiten und der weiteren Güter nach Übersee zuschauen: Maschinenersatzteile, gepökelter Stockfisch, kistenweise „Matéus Rosé", ihr späterer Hauswein zu jeder Gelegenheit, Kabelrollen, Fässer mit Herbiziden und Insektiziden und dazwischen fest vertäut: ihr Auto. Kapitän Oliveira und sein erster Offizier überschlugen sich vor Zuvorkommenheit und wetteiferten darum, ihre Gäste mit den an der Hochschule für Seefahrt erworbenen Englischkenntnissen zu beeindrucken. Die Auswanderer auf Zeit fühlten sich jedenfalls schnell geborgen und bestens aufgehoben; der riesige graue Schnurrbart im ledergegerbten sympathischen Gesicht des Captains und die schwarze, schneidige Variante beim ersten Offizier begeisterten Jacqueline derart, dass sie ihren Angetrauten bat, sich doch fortan auch einen solchen wachsen zu lassen. Renato tat ihr den Gefallen und sollte ihn zeitlebens nie mehr abschneiden. Ja, „o bigode" wurde sein Markenzeichen. Noch ohne Bauch glich er einer Mischung aus Clark Gable in „Vom Winde verweht" und Omar Sharif als Beduinenfürst in „Lawrence of Arabia"; das fand Jacqueline einfach irre stark.

Ein dreifaches, lang gedehntes Signal kündigte das frühmorgendliche Ablegen der Calanda vom Tejo-Ufer an. Endlich: Die große Fahrt ins Unbekannte hatte begonnen. Sie zogen gemächlich an der Stadt vorbei nach Westen, passierten die Cais do Sodré, später Belém und verließen die riesige Bucht mit einem wehmütigen Gefühl – das war es nun wohl, diese unübersetzbare „Saudade" – und das Schiff wandte sich nach Südwesten, die Küste der Halbinsel von Setúbal hinter sich lassend. Das schöne Hochsommerwetter Mitte Juli meinte es gut mit den Landratten; der Ozean hatte zu dieser Jahreszeit keine Lust seine Gewalten spielen zu lassen. So konnte das Paar seine Meerreise erleben, ohne seekrank zu werden. Sie hatten es sich in ihrer Kabine gemütlich gemacht und genossen den exklusiven Status als einzige Gäste an Bord. Mit einigen Ausnahmen wie Ladeluken oder Maschinenraum (nur in Begleitung) durften sie sich frei bewegen. Ihre Mahlzeiten nahmen sie zusammen mit dem Kader in der Offiziersmesse ein und sie staunten über die gepflegten Sitten, die guten Manieren, die so gar nicht zum Klischee des groben Seemannes passen wollten. An weiß gedecktem Tisch zelebrierte man die Drei- bis Viergangmenüs förmlich. Sie lernten, dass der gebildete Portugiese sein Obst mit Messer und Gabel verspeist: Bananen schält man nicht wie ein Affe, sondern teilt sie entzwei, schneidet die Stückchen vor und pickt sie mit der Gabel heraus. Diese faszinierende Methode führten sie bei ihren späteren Besuchen in der Schweiz ein und galten dafür als mondän. Schwieriger wurde es bei den Orangen, deren Schale von keinen Händen berührt wurde; diese kulturelle Eigenheit ließ sich nicht implementieren. Mit der Nahrungsaufnahme des homo simplex portugalensis sollten sie später konfrontiert werden und das relativierte wiederum den positiven ersten Eindruck.

Den westlichsten Zipfel Europas, das Cabo São Vicente sah man im Dunst des Horizontes verschwinden, die Calanda nahm Kurs auf die Kanarischen Inseln. Jetzt frischte der Wind auf und der Wellengang war trotz des schönen Wetters spürbar. Die beruhigende Vibration der starken, immer gleichförmig stampfenden Dieselmotoren gab den beiden Festlanderprobten ein Gefühl der Sicherheit. Überhaupt, auch nachts in den gleichmäßig wiegenden Betten ihrer Kajüte schliefen sie tief und fest.

Nach drei Tagen erreichten sie Las Palmas, damals noch nicht viel mehr als ein kleines, touristisch unversehrtes Fischerstädtchen auf Gran Canaria. Die paar ungelüfteten, leicht rachitischen Engländer, welche hier überwinterten, trafen erst im Oktober ein. Als Zollfreizone war der Ort bei Reisenden beliebt, konnten doch hier die günstigsten Foto- und Filmkameras der westlichen Hemisphäre erstanden werden. Achtundvierzig Stunden Aufenthalt, um Fracht zu löschen, neue aufzunehmen und die Dieseltanks zu füllen, reichten dem Paar für den Kauf einer heruntergehandelten, aber immer noch viel zu teuren Zeiss und einer Erkundungstour über die Insel. Ein klappriger Bus kroch mit ihnen über Land, um diese Jahreszeit eine dürre Angelegenheit, durchbrochen nur von kleinen runden Wasserreservoirs, welche die Bauern zur Bewässerung ihrer spärlichen Felder angelegt hatten, und einigen Windmühlen, deren beschädigte Segel den ärmlichen Eindruck untermalten. Angestrengt hielten sie Ausschau nach Cervantes Don Quijote de la Mancha, dem Ritter von der traurigen Gestalt und seinem kleinen dicken Knappen Sancho Pansa, aber die ausgemergelten Gäule und störrischen Esel schienen ohne ihre Herrenreiter unterwegs zu sein. Sie trösteten sich damit, dass jeder ja auf seine Art gegen Windmühlen kämpfte. Die klare Sicht erlaubte wenigstens von den Anhöhen aus sogar einen Blick auf das afrikanische Festland, den südlichsten Teil von Marokko. Hier blies ein heftiger, konstanter Wind vom Meer her, der auf der Haut schmerzte vom vielen mitgeführten Dünensand.

Der Frachter legte ab und die Reise führte weiter nach Süden, an den Kap Verden, Dakar, der Hauptstadt Senegals und westlichstem Zipfel Afrikas vorbei, um dann der Elfenbeinküste entlang in diagonaler Route den Golf von Guinea zu kreuzen und sich dem Äquator zu nähern. João, genauer João der Steuermann, denn es gab drei Joãos auf der Calanda, weil in Portugal und den Überseeprovinzen mindestens ein Drittel der männlichen Bevölkerung so hieß, machte die Passagiere als Erster auf das Ereignis aufmerksam: Vielleicht dreihundert Meter vom Schiff entfernt stiegen in regelmäßigen Abständen zwei, drei Fontänen auf. Renato und Jacqueline waren begeistert; zum ersten Mal in ihrem Leben sahen sie Wale oder vielmehr: Sie erahnten sie, denn viel war von den Kolossen beim Auftauchen zum Atmen nicht zu sehen. Der mitgeführte Feldstecher half wenig bei der Identifizierung, aber das Erlebnis brannte sich zweifellos in ihrem Gedächtnis ein, auch wenn sie später in atlantischen Gewässern vor Afrika und Südamerika noch öfters mit den eindrucksvollen Meeressäugern konfrontiert werden sollten.

Die Insel São Tomé zur Linken steuerte der alte Frachter über den größten Breitenkreis, kein direkt spürbares Erlebnis wie die Zeitzonenwechsel bei den Längenmeridianen, aber doch ein unbeschreibliches Gefühl sich jetzt auf der Südhalbkugel aufzuhalten. Sie tauschten nun den Sommer gegen den Winter aus, mussten sich ein „A" für den zunehmenden Mond und ein „Z" für den abnehmenden Mond merken und die Corioliskräfte waren dafür verantwortlich, dass sich der Strudel beim Ablaufen des Badewassers in der Wanne für die entgegengesetzte Richtung entschieden hatte. Und Renato überlegte: Dieses kleine Portugal besaß noch immer ein Überseeterritorium von der 22-fachen Fläche des Mutterlandes, zwei Millionen Quadratkilometer noch weitgehend unerforschtes und nicht entwickeltes Gebiet und die größte dieser Provinzen sollte in wenigen Tagen ihr neues Zuhause werden! Angola, ein Land voller Möglichkeiten – mit nicht einmal fünf Millionen Einwohnern, wovon höchstens 10 % Weiße – weitgehend unberührt, aber nicht unschuldig.

An einem frühen Wintermorgen Ende Juli fuhr die Calanda in die Bucht von Luanda ein. Das Klima erwies sich allerdings für einen Europäer als angenehm mild, um diese Zeit gab das Quecksilber vielleicht zwanzig Grad Celsius an, der Himmel war milchig bedeckt und sollte – typisch für diese Jahreszeit – erst gegen Mittag aufreißen. „Wie Hochnebel bei uns im Winter", dachte Jacqueline, „nur eben viel erträglicher und schon bald wird es ja wieder richtig heiß." An Weihnachten konnte es tagsüber gut und gerne gegen vierzig Grad im Schatten werden, wie sie in der entsprechenden Reiseliteratur gelesen hatte. Als tropisch veranlagter Mensch freute sie sich auf die Hitze, die drei Viertel des Jahres dominierte, und den nur kurzen, brustschwachen Winter. Übergangszeiten wie Herbst und Frühling waren kaum wahrnehmbar und für eine klimatische Eigenart hatte der liebe Gott in Angola gesorgt: Regenzeit war in den drei Monaten des Hochsommers, wenn man das Nass auch tatsächlich brauchte, Trockenzeit das übrige Jahr; es herrschte jetzt „Cacimbo", wie die Eingeborenen die Jahreszeit des knappen Winters zu nennen pflegten, die Ausnahme der Regel. Die Jahreszeit passte zu den Auswanderern; sie waren hier auch die Abweichung vom Üblichen, die Leute aus den gemäßigten Zonen in jedem Wortsinn. Und es beschloss der zu diesem Zeitpunkt noch nicht das Licht der Welt erblickt habende Beobachter, die Chronik von Renatos Leben und Wirken so zu nennen: *Cacimbo.*

1954: Nasser wird Präsident von Ägypten, Chiang Kai-shek von Taiwan. Das Wunder von Bern: Deutschland wird Fussballweltmeister im Final gegen Ungarn. Nautilus erstes atombetriebenes U-Boot. Nach Indochinakrieg Teilung Vietnams. Laos wird unabhängig. Ausbruch des Algerienkrieges. Einführung des Farb-TV in den USA sowie erstes Transistorradio. Die Deutsche Bundesbahn schafft die 3. Klasse ab. Bei Moskau Inbetriebnahme des ersten Kernkraftwerkes der Welt. Gestorben: Werner Bischof, Robert Capa, Frida Kahlo. Literaturnobelpreis an Ernest Hemingway.

4.
Luanda

Hier wurde der Chronist an einem späten Märztag im Jahre 1955 geboren. Eigentlich hatte er vorgehabt sonntags auf die Welt zu kommen, die intensive Beschäftigung mit der ihm zukünftig zugedachten Rolle ließ ihn den Termin jedoch verpatzen, sodass er den Montag wählen musste. Lange trauerte er diesem Missgeschick aber nicht nach, denn es deutete sich ein prächtiger Tag an, an dem jedem die schlechte Laune verdorben wurde. Überdies: kein Montag, dem nicht ein Dienstag Platz machen würde und immerhin hatten die Geburtskoordinaten unter dem Äquator den Vorteil, dass sein Aszendent auf Stier änderte und er damit Mars und Venus, Männliches und Weibliches, Durchsetzungskraft und Erdverbundenheit zugleich in seinem Sternbild zur Patenschaft gewinnen konnte, seiner Ansicht nach ein entscheidender Vorteil im Leben, auch wenn die Astrologie ihn nur drittrangig interessierte. Ärgerlicher war da schon der Spitalbesuch einer gut meinenden Deutschen, die von der neuen Schweizerin in Luanda gehört hatte: „Wo ist denn das Wurm?", war das empathische Intro, das den Neugeborenen in seiner Kontemplation störte und seine stolze Mutter schockierte. Olga Fürst wirkte mit ihrem scharf geschnittenen Gesicht und dem norddeutschen Akzent energisch-burschikos, für diese Schnauze hätte sie seiner Meinung nach zwei Waffenscheine lösen müssen, für Semantik und Onomatopoetik, denn ihre Sprache wirkte inhaltlich wie lautmalerisch gefährlich. Sie wurde aber, wie viele Deutsche in Angola, zu einer lieben treuherzigen Freundin der Familie. Zudem entschädigte ihn der Blick auf das glitzernde Meer, zumindest, wenn er von der üppigen Hebamme aufgenommen wurde, die ihn fast verdrückte vor Wonne und ständig ein eigenartiges „Jöh töh töh töh!" von sich gab und er sich einmal aus dem mächtigen Busen befreien konnte, um kurz Luft zu holen, bevor sein Kopf wieder im weich-warmen Dekolleté verschwand. Den restringierten Sprachcode seiner Geburtshelferin sollte er später noch oft im Zusammenhang mit Säuglingen zu hören bekommen und er fragte sich, ob Frühenglisch nicht die optimalere Variante wäre, statt die zarten Hirnlappen mit derartigen Widernatürlichkeiten zu plagen.

Renato war mächtig stolz auf seinen ersten Sohn und gab seiner Freude mit einigen zwielichtigen Kumpanen, die sich ihm in der Hoffnung auf gute Geschäfte ohne Anstrengung angeschlossen hatten, mit einer Runde Bier am Strand Ausdruck; und noch einer Runde und noch einer, bis alle besoffen vor Glück diesen Märztag unter dem Sonnenschirm verschliefen. Eigenartig, wie Männer ihre Leistung beim Kinderkriegen feiern konnten; ihr winziger Beitrag verhielt sich umgekehrt proportional zur Euphorie, mit der ein neuer Erdenbewohner und Stammhalter willkommen geheißen wurde. Die Frauen dagegen, welche immerhin neun Monate mit der Bürde des werdenden Lebens kämpften, sich abplackten, viele Unannehmlichkeiten in Kauf nahmen, genossen ihr Glück still, fast introvertiert.

1955: In Deutschland endete die Besatzungszeit der Alliierten. Rosa Parks wurde in Alabama verhaftet, weil sich die Afroamerikanerin weigerte, ihren Sitzplatz einem männlichen weissen Fahrgast zu überlassen. Endlich wurde ein Impfstoff gegen Kinderlähmung erfolgreich getestet. Die erste Atomuhr geht in England in Betrieb. In Kalifornien eröffnet Walt Disney seinen ersten Vergnügungspark. Todesjahr von Albert Einstein, Thomas Mann. Catharina Valente liegt mit ihrem „Ganz Paris träumt von der Liebe" über 5 Monate auf Platz 1 der Charts.

Seine Eltern hatten sich zwischenzeitlich in der Hauptstadt eingelebt. Nicht selbstverständlich, denn die ersten Wochen bedurften einer echten Umstellung. Die Stadt war nachts sehr dunkel, kaum eine Straßenlaterne, schon gar keine beleuchteten Bauten und nur wenig asphaltierte Straßen im Zentrum. Kulturell ereignete sich wenig bis gar nichts, das hätte sie auch überrascht. Aber: Luanda, gegründet 1575 als portugiesischer Stützpunkt, lag wunderschön in einer natürlichen Bucht, abgeschirmt von einer lang gezogenen, schmalen Halbinsel – einfach nur „Ilha" genannt, die bei Springfluten und Sturm für relativ stilles Wasser garantierte und deshalb bei Kapitänen beliebt war. Rote Erde dominierte an den Hängen. Auf einem Hügel über der Stadt trutze eine mittelalterliche Festung, dem Castelo São Jorge in Lissabon nachempfunden, ein Vieleck aus weiß-gelblich getünchten Mauern mit gusseisernen Kanonen, die auf alle Seiten hin Luanda zu verteidigen schienen; rundherum ein holpriges Kopfsteinpflaster, das man befahren durfte. Eine Garnison des Militärs hatte hier in der Fortaleza São Miguel Stellung bezogen. Mit nicht mehr Einwohnern als in einer größeren Schweizer Stadt, aber auf eine viel ausgedehntere Fläche verteilt hatte man das Gefühl von Weite atmen können. Dazu trug der sanfte Anstieg von der Baixa in die Oberstadt merklich bei. Sie erlebten Luanda fast als heimelig, ruhig und überschaubar. Zwar herrschte tagsüber reger Betrieb und buntes Treiben; vor allem die Märkte hatten ihre Faszination mit all den noch unbekannten exotischen Auslagen von Früchten und Gewürzen, den stinkenden Fischen mit ihren glasigen Augen und offenen Mäulern, den farbig bedruckten Panos, die typischen Tücher für die Alltagsbekleidung, dem Geschrei der Marktweiber, das wie Streit aussah, aber zielgerichtetes Marketing meinte. Billiger Tand, Bretterbuden mit Hüten, Plastikspielzeug, kopierte Uhren mit einer Halbwertszeit, die vor dem Verkauf endete. Gestikulierende Männer mit Fensterglasbrillen für den intellektuellen Touch, die Beschäftigung vorgaben, die Arbeit aber vornehmlich den Frauen überließen. Alte, von der Meeresluft zerfressene Busse, teils doppelstöckig wie in London, ursprünglich dunkelgrün gestrichen, jetzt nicht mehr zu identifizieren, dicke Dieselwolken ausstoßend bei jedem ächzenden Gangwechsel. Am „Mutamba", dem Trafalgar Square von Luanda, gaben sie sich ihr Stelldichein. Man nannte sie „Machimbombos", und wenn sie auch unbequemer als ihre europäischen Pendants sein sollten, gegen diese Lautmalerei kam kein eidgenössischer ÖV mit seiner pünktlichen Sauberkeit an. Alles laut, noch lauter, ohrenbetäubend. Nicht gesprochen, gebrüllt. Kein diskretes Lächeln, breites Grinsen in nachtschwarzen Gesichtern mit blendenden Zahnreihen noch ohne Karies, da die Cocakolonisierung erst in den Anfängen steckte und ihre Schädlichkeit noch nicht auszubreiten geruhte.

Kolonialbauten im Zuckerbäckerstil und zwei Häfen prägten das Stadtbild: der für Frachtgüter und die wenigen Reisenden und der Fischerhafen. Früh morgens, noch dunkel hörten Renato und Jacqueline die Kutter in einer Kolonne auf hohe See hinausfahren; das Tuckern und Knattern der Motoren gehörte zum täglichen Ritual wie der Sonnenaufgang. „Tä, Tä, Tä, Tä …" Mauriçe war begeistert; Grandmaman musste nur auf die Boote zeigen und schon fing er an die Geräusche nachzuahmen. Diese frühkindliche Prägung sollte ihn zeitlebens nicht mehr loslassen; Kutter, Boote in kleinen Fischerhäfen, ob mediterran oder atlantisch, übten eine unwiderstehliche Faszination auf den Chronisten aus, weckten die Saudade, ließen ihn stundenlang an Molen sitzen, den platschenden Geräuschen der leisen Wellen und dem Klirren der Stahlseile an die nackten Masten der Segelboote lauschen. Selbst das penetrante Geschrei frustrierter Möwen konnte ihn in seiner Tagträumerei nicht stören.

Sie hatten dank freundlicher Hilfe eines Schweizer Geschäftsmannes, dessen Firma Renato im Auftrag seines Schwiegervaters liquidieren sollte, weil dieser sich nach Südafrika absetzen wollte zwecks höherer Erwartungen in die florierende Wirtschaft, bald eine Wohnung gefunden. Sie lag an der Marginal, der breiten Küstenstraße mit Strandpromenade, die sich von Palmen gesäumt mit prächtigen Mosaiken im ausladenden Trottoir brüstete.

Im obersten, vierten Stock genoss man von der riesigen steinernen Terrasse aus eine herrliche Aussicht über die Bucht. Das tröstete über die noch etwas ärmlichen Verhältnisse im

Wohnbereich hinweg. Nein, die Infrastruktur erwies sich als erstaunlich komfortabel; Bad, WC, Küche, zwei Schlaf-, ein Wohn-/Esszimmer sowie das Büro, was wollten sie mehr.

Nach dem Auszug aus dem Hotel Globo in der Oberstadt, mit vier Sternen entschieden um zwei überklassiert, lebten sie vorläufig mit und vor allem auf den Überseekisten und -koffern; für eine klassische Aussteuer hätte das Geld bei Weitem nicht mehr gereicht. Der auch handwerklich geschickte Renato baute bald eigene Möbel daraus, welche in ihrer genialen Einfachheit und Multifunktionalität heute sicher manchen Designerpreis gewinnen würden. Im kitschig-romantischen Jargon: die kleine Familie lebte bescheiden, aber glücklich.

An sich wäre mit der Geburt ihres Sohnes rein zeitlich wieder an die Abreise nach Europa zu denken gewesen. Doch der Afrikavirus hatte seine Wirkung bereits entfaltet. Ihr Bleiben war beschlossene Sache, ohne je groß darüber Worte verloren zu haben. Die alten Schelme in der Schweiz freute es, brauchten sie doch in ihrem Kalkül den energiegeladenen Jungspund, der seine Pflöcke in Angola einschlug, um ihr erträumtes Imperium zwischen diesem Land, dem Belgisch Kongo, Zentralafrika, dem Französisch Kongo, Uganda und Nordrhodesien aufzubauen. Selbstredend würden diese Länder mit der Schweiz als zentralem Sitz und Belgien für die Holdinggesellschaft vernetzt werden. Auch Portugal als Kolonialmacht und Brückenkopf müsste eine wichtige Funktion zukommen; schließlich gelüstete sie die zusätzliche geschäftliche Einverleibung Südafrikas und Moçambiques und so bastelten sie ungeniert an ihren Träumen. Durch riskante Spekulationen an der Börse hatte der Schwiegervater sich schließlich ein ansehnliches Vermögen erworben, das auf jeden Fall arbeiten sollte. Die schöne Villa in Basel mit den Gängen, Zimmerfluchten, pompösen Salons mit Steinway und Nippes, welche auf dem Kaminsims lauerten, nur darauf bedacht, beim Abstauben beschädigt zu werden; ein einschüchterndes Entree in Marmor, Holztruhe und darauf böse blickende afrikanische Figuren und Masken, an der Wand die naturalistischen, herablassend schauenden Portraits des erfolgreichen

Besitzerehepaars in Übergröße, die aus dem Bilderrahmen drohten. Ein parkähnlicher Garten, der in Sommerbestuhlung mit den Sonnenschirmen und Storen von Spaziergängern oft mit einem Ausflugsrestaurant verwechselt wurde, auch wegen des kunstvoll am Eingangstor angebrachten Schildes „Im Waldhof". In der separaten Doppelgarage der dunkelrote, chromblitzende Mercury mit beigem Verdeck, das sich auf Knopfdruck versenken ließ, moderne Schrumpfköpfe am Prestigegurt; all das waren Symbole seines Erfolges, aber sein Horizont war international ausgerichtet, ihn gelüstete nach mehr.

Und es sollte sich gegen Ende der 50er-Jahre ein wahrer Wirtschaftsboom in Luanda entfalten, den unser Schweizer Trio geschickt auszunutzen verstand. Wer konnte schon ahnen, dass sich bereits 1956 im Untergrund eine Befreiungsarmee zu formieren begann mit später ungeheuren Folgen für diese Kolonie und das Mutterland?

Vorerst genossen sie die Freiheiten, die ein afrikanisches Land bot, und wunderten sich über die Gepflogenheiten dieser heterogenen Gesellschaft. Auf der einen Seite die Ausländer, meist schrullige Abenteurer, Unternehmer und Glücksritter sowie Portugiesen aus alt ehrwürdigen Familien, deren feudales Gebaren jedem Adelshaus in Europa zur Ehre gereicht hätte. Andererseits die kleinen Leute; als Weiße sogenannte Commerçiantes, welche sich im Niemandsland zwischen funktionierender Urbanität und chaotischen, illegalen Siedlungen am Stadtrand etabliert hatten, um ihre halbseidenen Geschäfte mit der schwarzen Bevölkerung zu tätigen. Und die große schwarze Masse der chancenlosen Bantus, die ihre unqualifizierten Arbeiten der herrschenden Klasse andienen mussten, um als working poors mehr schlecht als recht über die Runden zu kommen. Es fragte sich der Beobachter, warum es nicht schon viel früher zur Revolution kam, aber ein heißes Klima, schlecht bezahlte Arbeit für überdurchschnittlich lange Tage und ein Mangel an wirtschaftspolitischer Bildung trugen wohl dazu bei, dass man generell zu träge und müde für die Erprobung des Aufstandes schien.

Nolens volens etabliert

Jacqueline war wieder schwanger; anscheinend wirkte sich das tropische Klima befruchtend auf die Familienplanung aus. Renato hatte sich in der Unterstadt nicht weit von der Wohnung entfernt ein Büro angemietet, das er ohne Weiteres zu Fuß erreichen konnte. Die Geschäftslokalitäten waren großzügig, klimatisiert und ebenerdig zugänglich. In einer eiligst erstellten Bedarfsanalyse ermittelte er die wichtigsten Eckpfeiler für die zukünftige Businessstrategie, er wollte ein kleines Handels- und Dienstleistungsunternehmen unter dem Dach und Namen der in Lissabon gegründeten Firma mit Schwerpunkt im Agrarsektor aufbauen. Dabei durfte er auf die Beziehungen seiner Mentoren in Europa zählen, welche nur zu gerne die benötigten Güter zusammenkauften und für den Export bereitstellten. Vorerst liefen die Geschäfte noch harzig, die Quartalsberichte Renatos lasen sich als eigentliche Bettelbriefe mit Sicherheitsforderungen an die Partner, um die dringend nötigen Kredite von den lokalen Banken für die laufenden Verpflichtungen erhalten zu können: Die Zusammenarbeit mit zahlreichen neuen Fabrikanten in Europa, die als Exporteure die Stellung eines Akkreditivs verlangten, zwangen Renato, von seinen Mitaktionären in der Schweiz Garantiebriefe einer Schweizer Bank zur Absicherung der Kredite bei Lokalbanken anzufordern, um die eigene Liquidität nicht zu strapazieren. Die Rapporte an den Verwaltungsrat klangen im Original etwa so: *„The year has been a somewhat difficult one, chiefly owing to the fall in coffee prices and also due to the fact that we have experienced strong competition and have had in many cases to lower our prices in order to be able to sell at all."* Die Löhne der Angestellten fraßen die Gewinne weg, musste man doch einem Prokuristen immerhin 1800 Franken monatlich bezahlen, ein Abteilungsleiter kostete wenigstens noch 1100 Franken. Die Elna-Nähmaschinen konnten mit den lokalen Billigangeboten niemals konkurrieren. Kommissionsverkäufe im Aluminium- und Farbengeschäft retteten die Firma in den anfänglichen Flautezeiten. Dem hohen Bedarf an gelochten Stahlwinkeln für die boomende Baubranche, die Ölgesellschaften und Spitäler versuchte Renato so gut als möglich nachzukommen: zwar reißende Absatzmöglichkeiten, aber leider staatliche Importbeschränkungen. Die Pläne für die Gründung einer eigenen Küstenschifffahrtsgesellschaft wurden von der angolanischen Regierung durchkreuzt, die ihrerseits die Idee aufnahm und das lukrative Geschäft keinem Ausländer überlassen wollte. Man musste schon lavieren und taktieren beziehungsweise die richtigen Leute kennen, um seine Chancen zu nutzen. Der an sich träge Portugiese war blitzschnell bei der Sache, wenn er eigene Vorteile witterte, die Fremden waren gut genug für die Ideenentwicklung, das Anreißen von Projekten. Man konnte Renato jedenfalls keine Lethargie vorwerfen; er versuchte alles Mögliche und Unmögliche, um sein Geld zu verdienen. So wurde er eben Charteragent, nicht ohne vorher Zusicherungen für monatlich zweitausend Tonnen Eisenbahnschwellen von Cabinda nach Südafrika über fünf Jahre erhalten zu haben. Nun fehlten nur noch die beiden Frachtschiffe MS Furka und MS Simplon von Rhein-Lloyd. Die geplante Pneufabrik Mabor besaß bereits Landkonzessionen für Gummiplantagen und hatte Bedarf an Rohstoffen; unser Handy Man machte sich schlau in Bezug auf Lithopone, Zinkweiß, Schwefel, Carbon black und Beschleuniger, um via Basler Firma seines Schwiegervaters die entsprechenden Exklusivvertretungen zu ergattern. Einen Coup landeten sie mit dem alleinigen Vertrieb von agrochemischen Produkten der Geiba AG für ganz Angola. Insektizide und Herbizide waren gefragte Artikel in der Landwirtschaft bei portugiesischen und ausländischen Pflanzern, die ihre Kaffee-, Tabak-, Zuckerrohr- oder Baumwollplantagen gegen lästige Schädlinge schützen wollten. Ökologie und integrierter Anbau waren damals noch Fremdwörter; man freute sich über die Fässer mit den Konzentraten, verdünnte das Gift ohne Atemschutzmaske und geriet beim Zerstäuben der Präparate hinter den Traktoren oder dem beobachteten Tiefflug von umgebauten Cessnas in Ekstase. Die meist phänomenalen Ergebnisse mit Rundumwirkung machten Renato bald zu *dem* Landwirtschaftsexperten im weiten Umkreis. Das Geschäft florierte, weil jeder irgendetwas bekämpfen musste oder wollte, und Ungeziefer oder Unkraut waren omnipräsent. So ließ sich auch diversifizieren, von Privathaushalten bis zur Marine mit ihren Küstenwachbooten, die alle ihre unmittelbare Umgebung entseucht haben wollten. Entsprechend den Umsatzergebnissen wuchs die Firma personell; bereits überlegte man sich, im Land mehrere Filialen zu eröffnen. Das große Geld lockte, die Euphorie war groß und zu diesem Zeitpunkt berechtigt. Bald hatte Renato einen Buchhalter, eine persönliche Sekretärin, mehrere Vertreter und Techniker angestellt. Die schwedische „Facit" baute erste mechanische Rechenmaschinen, mit denen der Detailhandel ausgerüstet wurde und die einen gewissen Unterhalt bedingten. Optische Präzisionsgeräte einer Schweizer Firma im Vermessungssektor bildeten ein weiteres wichtiges Standbein.

Renato begann zu reisen und das Land als Berater kennenzulernen. Die nähere Umgebung erkundete er mit seiner kleinen Familie per Auto, weitere Strecken legten sie zu Beginn mit dem Zug zurück: Es existierte eine Nord-Süd-Verbindung von Luanda aus sowie eine West-Ost-Transversale von Benguela in den Osten über Sambia bis Moçambique. Die Züge, genannt „Automotora" und bestehend aus einer Diesellok und drei bis vier Wagen, fuhren nicht nach Taktfahrplan, sondern nach Jahreszeit und Laune des Zugführers. Schon auf einer der ersten Fahrten in den Norden entgleiste in einer zu schnell angegangenen Kurve ausgerechnet der Waggon, in dem die Schweizer saßen. Es schüttelte die Fahrgäste schauerlich umher, das Gepäck flog ihnen um die Köpfe, aber wie durch ein Wunder wurde niemand verletzt, denn der Wagen kippte Gott sei Dank nicht. Nun stand der Zug mitten im Niemandsland und der Lokführer kratzte sich verlegen am Kopf. Ein paar junge Schwarze schwärmten aus und brachten in kürzester Zeit ein ganzes Dorf mit; der Chronist wunderte sich immer wieder, wie in Afrika aus dem Nirgendwo in der Einsamkeit ein plötzlich überfülltes Irgendwo werden konnte. Zuerst lachten sich alle krumm und steckten die erleichterte Schweizer Familie an. Dann fällten sie mit der Catana drei, vier Bäume, setzten diese an verschiedenen Stellen des entgleisten Waggons an und hoben tatsächlich das ganze Vehikel unter Aufwendung aller Kraft der ca. hundert Beteiligten wieder auf das Gleis. Keine Spezialkrane, keine Zugvorrichtung, kein Ingenieur mit theoretisch errechneten Werten, man probierte einfach wie selbstverständlich und es klappte. Unter großem Applaus und Gelächter setzte sich der Zug nach etwa fünf Stunden Unterbrechung wieder in Bewegung.

In Lobito, im Süden des Landes am Meer gelegen, eröffnete Renato eine erste Filiale, die sich auf den Handel mit Mais und Fischmehl spezialisierte, ein gutes Geschäft, war man doch saisonal viel unabhängiger als mit dem ebenfalls getätigten Kaffeehandel. Zudem konnten drei Fischmehlfabriken an verschiedenen Standorten im Land mit den entsprechenden Maschinen für die Verarbeitung und Sterilisation ausgerüstet werden. Fischmehl lag in der Exportstatistik Angolas bereits an dritter Stelle nach Kaffee und Diamanten.

Der Erfolg stellte sich langsam ein, die Firma „Agrangol" mauserte sich zu einer wirtschaftlich ernst zu nehmenden Größe im Land. Ihr Umsatz aus Vermittlungsprovisionen belief sich inzwischen auf ca. 1,2 Millionen Franken. Weitere Filialen folgten, die Firma musste in Abteilungen gegliedert werden, eigene Profitcenter in den Bereichen Büromaschinen, Konstruktionsmaterial, Chemikalien und Insektizide, Kommissionsvertretungen, Atelier und Reparatur. Die Mitarbeiter kümmerten sich um die verschiedenen Belange, der junge Firmenchef führte, korrespondierte viersprachig mit der ganzen Welt, orderte seine benötigten Produkte meistens CIF, selten FOB. Dass sie, Renato und Jacqueline, jetzt schon in jungen Jahren zum Establishment von Luanda gehörten, schien sie nicht mehr zu stören. Im Gegenteil, die regelmäßigen Einladungen bei Geschäftsfreunden, den Konsulaten – die Botschaften waren Portugal vorbehalten – oder Kunden machten ihnen richtig Spaß. In ihrem ersten Afrikajahr lernten sie mehr Menschen kennen als in all den Jahren zuvor. Und mancher skurrile Kauz wäre in Europa wohl psychiatrisch interniert oder mindestens ambulant behandelt worden.

Ein Typhoidfieber, mit dem sie sich beide angesteckt hatten, das Jacqueline wegen besserer Abwehrkräfte durch die Schwangerschaft überwand, Renato aber in ernsthafte gesundheitliche Gefahr brachte, zwang sie auf ärztlichen Rat hin zur abrupten Abreise in die Schweiz. Er litt zuerst unter Verstopfung, später unter Durchfall bis zu Darmblutungen. Reizhusten, hohes Fieber und eine grau-gelbe Zunge waren weitere Anzeichen, die er selbst diagnostizieren konnte. Der Arzt stellte zudem einen langsamen Herzschlag und zu wenig weiße Blutkörperchen fest. Das verschriebene Antibiotikum linderte zwar die Symptome, eliminierte den Erreger aber nicht. Wahrscheinlich hatte er sich durch Salmonellen im Trinkwasser oder mit kontaminiertem Geflügelfleisch angesteckt. Von wegen schwachem Geschlecht; zum ersten Mal musste er sich in seinem männlichen Selbstverständnis eingestehen, dass auch ihm Grenzen gesetzt wurden. Erst als er seine Kaffeetasse nicht mehr alleine halten konnte, sah er den Ernst der Lage ein. Jacqueline packte überstürzt das Wichtigste ein, man wollte nicht allzu lange in der Schweiz verweilen, sondern nur den Infekt behandeln und auskurieren, um alsbald in die neue Heimat zurückzukehren. Vor Kurzem erst hatte die TAP, die „Transportes Aereos Portugueses" ihren regelmäßigen Flugbetrieb von Lissabon nach Luanda aufgenommen. Mit drei Zwischenhalten flogen sie in einer Douglas DC 4 nach Portugal. Für beide war es die erste Flugreise in ihrem Leben, er schwer krank, sie hoch schwanger und nur mit einer Sonderbewilligung überhaupt an Bord aufgenommen. Der erste Zwischenhalt im zentralafrikanischen Bangui, an der Grenze zum Belgisch Kongo erwies sich als Geduldsprobe: Bis das Ersatzteil an einem defekten Motor ausgetauscht war, hatten die Moskitos sie halb aufgefressen und Renato schwitzte nicht nur wegen der hohen Temperaturen, sein Fieber war mittlerweile über vierzig Grad Celsius gestiegen. Der zweite Aufenthalt in Kano, Nigeria dauerte zum Glück nur kurz (für afrikanische Verhältnisse) und auch Dakar überlebte die Familie noch. Die

Heimreise in die Schweiz blieb nur in dumpfer Erinnerung, zu groß waren die Sorgen um Renatos Gesundheit und die Geburt ihres zweiten Kindes. Die charmanten Stewardessen, die sich während der dreitägigen Reise rührend um sie sorgten, die vergaßen sie jedoch nicht. Wann immer möglich sollten sie deshalb in späteren Jahren, egal für welche Destinationen, TAP wählen, auch wenn böse Zungen immer behaupteten, die Abkürzung stehe für „Take Another Plane".

Renato war bald genesen, weniger der ärztlichen Talente wegen als vielmehr klimatisch bedingt: Tropische Erreger hatten in Mitteleuropa keine Chance.

Am 1. August kam der zweite Sohn zur Welt. Er wollte wahrscheinlich damit einen Kontrapunkt zum neuen bevorstehenden Leben in Angola setzen und seinen Humor amtlich bewilligt als echt schweizerische Alternative zum Erstgeborenen manifestieren. Getauft wurden Mauriçe, der Ältere, und Florian, das Nationalfeiertagskind, noch im Spital in einem Tripelakt mit dem engeren Verwandtschaftsgeflügel im überfüllten Zimmer. Es traf nämlich auch noch die Erstgeborene von Renatos Schwester, Cousine Francine mit dem christlichen Sakrament. Dieses Vorkommnis schweißte die beiden Brüder ein Leben lang zusammen; sie bildeten das klassische Gegensatzpaar von Vernunft und Herz, Verstand und Emotion, Ernst und Nonchalance, Disziplin und Laisser-faire. Mauriçe hatte fortan das Gefühl für seinen jüngeren Bruder sorgen zu müssen und dieser wiederum, dass der Ältere das auch gefälligst tun sollte.

Ein Rückflug zu viert und alle gesund! Renato war voller Tatendrang, konnte die erneute Ankunft in Luanda kaum erwarten. Auf dem Luftweg ging alles viel schneller und zudem war ihnen das Ausland mittlerweile vertraut; fast schon fühlten sie sich als Habitués. Zwei Monate in der Schweiz hatte ihnen für Gesundung, Geburt, Strategieentwicklung mit den Compagnons, Eroberung neuer Geschäftsfelder und die Einsicht, in dieser Enge hier nicht mehr froh zu werden, gereicht. Die Eltern Jacquelines wollten bald zu Besuch kommen, einige Wochen bleiben, um ihr bei der Kinderbetreuung zu helfen (der mütterliche Part) und Renato im Geschäft zu unterstützen (des Schwiegervaters Rolle).

Natürlich führte Großpapa, der Grand Seigneur im hellen Leinenanzug und mit der obligaten Zigarre im Mundwinkel noch anderes im Schilde, bevor er sich mit seiner treu liebenden, adretten Gattin Aline, welche ihm ein Leben lang überall hin folgte wie ein gut abgerichtetes Hündchen, nach Léopoldville abzusetzen gedachte, um weiteren Geschäften in globalerem Sinne nachzugehen. Unter anderem plante er auch den Einbezug eines weiteren Schwiegersohnes, den Mann seiner älteren Tochter, in sein Firmenkonglomerat. Mathéo und Yvonne waren schon vor Renatos und Jacquelines Niederlassung in Angola nach Venezuela ausgewandert; als Marketingspezialist im Pharmabereich rechnete er sich dort bessere Karrierechancen aus als in der Schweiz, zumal er bei einem US-Pharmariesen angeheuert hatte. Das Asthma seines älteren Sohnes Lionel zwang sie jedoch in die Schweiz zurück. Sie bauten sich deshalb in der Innerschweiz ein Haus in idealer Höhenlage für den kranken Sohn und auch, um etwas Abstand zum Schwiegervater zu halten; Mathéo wollte sich nicht im Familienbetrieb verpflichten und seine eigenen Wege gehen. Und sein Instinkt sollte ihm mehr als Recht geben.

1956: Marokko und Tunesien erlangen ihre Unabhängigkeit von Frankreich, der Sudan von Grossbritannien und Ägypten. Lyss Assia gewinnt den ersten Eurovision Song Contest für die Schweiz. Der Volksaufstand in Ungarn. Fidel Castro landet im Osten Kubas und es beginnt der Guerillakrieg. Belgien führt die Führerscheinpflicht ein. Das italienische Kreuzfahrtschiff „Andrea Doria" sinkt vor der US-Küste. Tod von Bertolt Brecht und Robert Walser.

1957: Erfindung des Drehkolben Wankelmotors. Goldküste und Togoland werden als Republik Ghana unabhängig von Grossbritannien. Gründung der EWG. Die Sowjetunion startet den ersten Satelliten Sputnik. München eine Million Einwohner. Entdeckung der Synapsen. Gestorben: Humphrey Bogart, Gilberte de Courgenay, Alfred Döblin,

Oliver Hardy, Jean Sibelius, Wilhelm Reich. Literaturnobelpreis an Albert Camus.

1958: Reguläres Fernsehen in der Schweiz. Verkehrssünderkartei in Flensburg eingerichtet. Der Opel Kapitän läuft vom Band. Brasilien wird Fussballweltmeister mit dem erst 17-jährigen Pelé. Unabhängigkeit Guineas von Frankreich. Gründung der NASA. Dahomey (später Benin) und Obervolta (später Burkina Faso) werden unabhängig. Gestorben: Papst Pius XII, Wolfgang Pauli.

1959: Fidel Castro kommt an die Macht. Alaska wird 49. Bundesstaat der USA. Erstes Radar zur Geschwindigkeitsmessung in Deutschland. Hawaii 50. Bundestaat der USA. Gründung der EFTA. Das Verkehrshaus in Luzern eröffnet. Der Mini kommt auf den Markt. Die Zauberformel im Bundesrat 2:2:2:1 wird erstmals umgesetzt. Der Schah heiratet Farah Diba. China annektiert Tibet, Flucht des Dalai Lama ins indische Exil. Die erste Barbiepuppe erscheint. Gestorben: Michael Grzimek, Buddy Holly, Johann Heinrich Suhrkamp, Frank Lloyd Wright, Billie Holyday, Emil Hegetschweiler, Errol Flynn, Kurt Held.

1960: Kamerun unabhängig von Frankreich. Beginn des Assuanstaudammes. Antibabypille kommt auf den Markt. Jacques Piccard stellt einen neuen Tiefenrekord im Tauchen auf: 10 916 m. In Genf erhalten die Frauen das Stimmrecht. Unabhängigkeit Madagaskars, Togos, Senegals, Zaires, Somalias, Nigers, Tschads, Kongos, Gabuns, Nigerias, Mauretaniens, aber auch Zyperns von Grossbritannien. Leonid Breschnew neuer KPdSU-Vorsitzender. Sirimavo Bandaranaike Regierungschefin in Ceylon: weltweit die erste Frau.
 Gestorben: Albert Camus, Henri Guisan, J. D. Rockefeller, Hans Albers, Liesl Karlstadt, Clark Gable, Olga Alexandrowna Romanowa, letzte Grossfürstin Russlands, Ernst Rowohlt. Rocco Granatas „Marina" und Lale Andersens „Ein Schiff wird kommen" halten sich monatelang in den Charts.

5.
Arabica, Tabak und die Tücken von Jerusalem

Man konnte die Uhr nach ihnen richten. Punkt 18.00 Uhr, im Sonnenuntergang schwärmten sie aus, Hunderte von kleinen Fledermäusen, die sich während der letzten zwei Jahre unter dem Wellblechdach des lang gezogenen, flachen Steingebäudes behaglich – so die Annahme der Bewohner – niedergelassen hatten. Wie Wolken verdunkelten sie den rot-gelben Himmel und machten einen ohrenbetäubenden Lärm in den oberen Schallfrequenzen. Der Zuhörer und Chronist lachte leise in sich hinein, wenn die Erwachsenen vom Ultraschall sprachen und das Phänomen rein optisch bewunderten; bis heute kann er beim Betreten eines Hauses auch bei unterdrücktem Ton eines TV-Gerätes sofort das Flimmern des eingeschalteten Apparates akustisch wahrnehmen. Man ließ die Tierchen als willkommene und geschickte Insektenjäger gewähren, auch wenn von der Decke manchmal kleine Kotreste hinunterrieselten und eine empfindliche Nase den diskret penetranten Geruch wahrzunehmen vermochte.

Das selbst geplante und gebaute Haus – ebenerdig, lang gestreckt mit zwei Seitenflügeln und großer gedeckter Veranda – des frischgebackenen Plantagenbesitzers lag auf einer Anhöhe inmitten eines über zweiunddreißig Quadratkilometer großen Stück Landes, das sich Renato und sein Schwiegerpapa Walther (auf das „H" in seinem Vornamen legte er besonders wert) für wenig Geld von einem desillusionierten und verarmten Portugiesen erstanden hatten. Viel Urwald und Buschlandschaft charakterisierten dieses östlich von Luanda im Subplanalto gelegene und in zwei Tagesreisen zu erreichende

Gebiet, das zum Distrikt Malanje gehörte mit der „Hauptstadt" Duque de Bragança. Der Weg dorthin führte über die Orte Dondo, Salazar und Samba Lucala. Je nach Jahreszeit und Zustand der Straßen und Brücken konnte man im näher zur Pflanzung gelegenen Salazar nächtigen oder die Reisenden waren genötigt das erste Kaff zu berücksichtigen.

Der fromme Vorbesitzer hatte das, was sich Plantage schimpfte und weitgehend unberührte Natur war, „Jerusalem" getauft, den markanten Hügel in acht Kilometer Sichtweite „Monte Papa" und auch sonst musste alles biblisch-klerikal daherkommen, was ihm Mauriçe nie verzieh. Der Religionsunterricht in einer Basler Primarschule wurde dem Sechsjährigen deswegen zum Verhängnis, weil er im Brustton der Überzeugung behauptete, da aufgewachsen zu sein, wo sich auch dieser gewisse Jesus von Nazareth scheinbar früher aufgehalten haben soll. Des Lehrers perfide Investigation nach der charakteristischen Umgebung wollte unser Chronist wahrheitsgetreu mit Urwald, Elefanten, Busch und Büffeln beantworten, was ihm viel Hohn und Spott eintrug.

Die Idee einer eigenen Pflanzung gärte schon länger; jetzt gegen Ende der 50er-Jahre konnte sie endlich realisiert werden! Es lag nahe, die Agro-Produkte, welche man an die zahlreichen Pflanzer in Angola verkaufte, vorher am eigenen Gewächs zu testen, um mit der optimalen Beratung die Konkurrenz auszuhebeln, insbesondere die mächtigeren internationalen Konzerne mit finanzieller Potenz, aber ohne Lokalkenntnisse. Und die Böden Afrikas kannten ihre eigenen Gesetze, sie waren launischer und unangepasster als die der Bauern im Thurgau oder Emmental.

Aber die Firma Agrangol wollte mehr: nicht nur afrikatauglliche, besonders robuste Pflüge und Traktoren, nicht nur perfekte optische Geräte zur Landesvermessung, nicht nur Düngemittel gegen ausgelaugte Erde bedingt durch Monokulturen verkaufen. Nein, man wollte selber Pionierarbeit leisten und durch Pflanzenkreuzungen bei Mais, Tabak, Kaffee oder Baumwolle qualitative und quantitative Verbesserungen erzielen. Wegen ihres Status als Versuchsstation erhielten sie vom Staat sogar als einzige Plantage das Recht Medizinalpflanzen zu züchten, die als Basis für die Schmerzmittelherstellung in Europa unabdingbar waren. Renatos Liebe jedoch galt in erster Linie dem Kaffee: Nicht dem Robusta, den alle anbauten und der relativ pflegeleicht zu ziehen war. Die gelichteten Bäumchen erinnerten ihn ein bisschen an gerupfte Hühner; die Bohnen ergaben einen guten Durchschnittskaffee, der im Filter für deutsche Gaumen wohl genügte. Ihn reizte der in jeder Hinsicht delikatere Arabica: niedriger, buschiger, wunderbar weiß blühend, dichtblättriges Geäst und große, fleischige Bohnen, welche nur von Hand gepflückt werden konnten. Das war eine Herausforderung, hier eine optimale Pflege und damit auch Erntequalität zu erlangen. Einem Winzer gleich verbrachte er Wochen, um an neuen, verbesserten Techniken zu feilen; ihn interessierte vom Saatgut, über die Setzlinge, die ausgewachsene Pflanze, die sorgfältige Ernte, das Ausschwemmen und Schälen der Früchte, die Luft-Halbschatten-Trocknung der Bohnen, das Abfüllen der Säcke bis hin zum Transport an den Hafen Luandas jeder einzelne Schritt. Das Prozedere gestaltete sich aufwendig und kostenintensiv. Aber die etablierte Agrangol, die mittlerweile ca. achtzig Leute beschäftigte und neben dem Hauptsitz in Luanda vier weitere Filialen im Land unterhielt, bildete das finanzielle Rückgrat des kleinen Imperiums und so machte sich vorerst niemand Sorgen ob der ständig wachsenden Kosten, die das Unternehmen verschlang.

Daheim, ob in der Stadt oder auf der Pflanzung, wurde nur eigener, gut und möglichst lange gelagerter Arabica zubereitet. Schon als Zehnjähriger zelebrierte Mauriçe das Kaffeetrinken als Ritual, wobei ihm das Zusammensein mit der Familie ganzjährlich auf der Veranda draußen um die Siestazeit ebenso wichtig war. Man saß in den bequemen Schmetterlingstühlen, einem Metallgestell, das mit farbigem Leder überzogen war. In der Diagonale konnte man den Kopf anlehnen, wunderbar dösen oder den Diskussionen der Erwachsenen lauschen. Noch heute bedeutet ihm der Kaffee Trost, Geborgenheit und Glück und er würde auf alles verzichten, bloß niemals auf seine mehreren Tässchen Espresso pro Tag.

Renato und Jacqueline hatten im Vorjahr bei ihrem Besuch in der Schweiz endlich auch eine Tochter bekommen. Sie war süß, altklug und hatte ihre eigenen Vorstellungen. Diese Paarung aus großer Beliebtheit bei den Erwachsenen und eigensinniger Durchsetzungskraft machte sie in gewisser Weise zur Bedrohung für ihre älteren Brüder, denn ihr entscheidender Vorteil war jünger zu sein und so hätten sie sich dauernd auf der Nase herumtanzen lassen müssen, zurückstehen in ihren Bedürfnissen. Sie entwickelten eine undurchschaubare Guerillataktik, quälten die Kleine heimlich kurz, um ihr dann beim einsetzenden Geschrei sofort brüderlich zu Hilfe zu eilen und von den Eltern für ihr fürsorgliches Verhalten gelobt zu werden; das befriedigte doppelt und pegelte sich über die ersten Jahre ein, bis die Eifersucht verflog respektive Sandrine sie dank genügend Sprachvermögen verpetzen konnte und sie ihre Schwester als voll akzeptiertes Mitglied in die Brüderschaft aufnahmen.

Überschattet wurde das Familienglück durch die tragische Nachricht, Jacquelines Bruder Christian sei in der Nähe von Léopoldville bei einem Autounfall tödlich verunglückt. Seine junge Frau Marie-Anne überlebte schwer verletzt, die Tochter und Christians Schwiegervater entstiegen dem völlig demolierten Kleinwagen, den ein Überlandbus einfach übersehen hatte, wie durch ein Wunder ohne größere Blessuren. Die bis jetzt vom Pech verschonte Familie war durch diese Tragödie Monate lang wie gelähmt. Das alles passierte an einem 13. Oktober und da sage einer noch, Aberglaube hätte hier nichts zu suchen. So verlor der Chronist seinen Paten, bevor er ihn überhaupt bewusst wahrgenommen hatte. Dafür bestand zu dessen Tochter Patricia zeitlebens ein enges Vertrauensverhältnis. Nach dem fatalen Unglück zurückgekehrt nach Brüssel, der Heimatstadt von Marie-Anne, besuchten sie die Familie in Basel zu allen Festtagen und in den Schulferien.

Zeitlebens machte sich Aline – zu Unrecht – Vorwürfe ihren Sohn zur Mitarbeit in der väterlichen Firma im Kongo überredet zu haben, obwohl seine Interessen literarisch-philosophischer Natur waren und er nie nach Afrika hätte auswandern sollen. Fakt war aber, dass der in Genf ausgebildete Ökonom durchaus großes Engagement im Afrikageschäft zeigte und seine profunden Kenntnisse unbedingt dort anwenden wollte. Die von Mauriçe immer als fröhlich erlebte Großmutter sollte fortan zwar ausgeglichen bleiben, aber öfters in Melancholie fallen. Dieser Gemütszustand war ebenso bei Renato und seiner Mutter zu beobachten und schien vererblich zu sein. Er, der Chronist, erhielt so in frühen Jahren seines Daseins die Theorie durch Anschauung bestätigt, dass Charakterzüge durch Umwelteinflüsse und durch genetische Disposition ausgebildet werden. Er kannte diesen Zug ganz deutlich an sich selbst, konnte ihn aber noch nicht benennen. Saudade und Fado, diese unergründliche Sehnsucht und Schicksalsergebenheit waren ja auch das Charakteristikum der portugiesischen Seele; wohl deshalb gefielen ihm die Bürger dieses Landes und seiner Kolonien besonders gut und es zog ihn im Laufe seines Lebens immer wieder nach Lisboa.

Der Lucalafluss bildete die natürliche Grenze gegen Süden und gehörte bis zur Mitte des Gewässers zu Jerusalem. Man überquerte ihn mit einer verwegenen Fähre, die an einem Stahlseil gesichert war und mithilfe einer Kurbel und der Strömung betrieben wurde. Wollte man mit dem Auto übersetzen, musste zuerst der Fährmann und sein Gehilfe vom nahen Dorf hergehupt werden. Platz hatte nur ein Auto. Die Überfahrt dauerte eine Viertelstunde, auch wenn sich die beiden kühnen Matrosen an der Kurbel redlich abrackerten.

Fünf Dörfer mit mehreren hundert Einwohnern bevölkerten das Privatgebiet. Für diese Lehmhüttenansammlungen mit Strohdächern bezahlte Renato eine Pauschalsteuer an die Regierung. Auch hatte jeder Einwohner das Recht soviel Land für Eigenzwecke mit Maniok oder Süßkartoffeln zu bebauen, wie er mochte beziehungsweise die Frauen bewältigen konnten, denn wie fast überall in Afrika sorgte das weibliche Geschlecht für den Unterhalt der Familie, während die Männer wichtige Beratungen abhielten oder vor der Hütte dösten. Überall sah man die fleißigen Frauen, eingewickelt in ein farbiges Tuch, barfuß, meist einen Säugling auf dem Rücken, wie sie die gewässerten und getrockneten (weil sonst giftigen) Maniokwurzeln in hohen, schmalen Gefäßen mit einem langen Holzmörser zerstampften. Manchmal verrichteten sie diese Arbeit zu zweit in einem eigenwilligen Rhythmus. Das Stampfen klang wie eintöniges Trommeln, das die auf dem Rücken durchgeschüttelten Kleinkinder schläfrig machte; sie schienen jedenfalls keineswegs gestört von den ruckartigen Bewegungen und den Geräuschen. Oder man sah eine Gruppe Frauen im Schatten am Boden sitzend, kunstvolle Körbe flechtend und den neuesten Tratsch austauschend. Ein Geschnatter und Gelächter. Dazwischen neugierige Ziegen, schnüffelnde schwarze Schweine dem Boden entlang grunzend, pickende Hühner, die dauernd die Erde aufzukratzen versuchten und der Hahn mit Überblick auf einem rostenden Benzinfass, das als Wassertonne diente.

Fischen durften die Schwarzen ebenfalls im Fluss; ihre Beute verkauften sie regelmäßig an Renatos Familie, die froh um eine Bereicherung der Tafel war. Im Gegenzug hatten Renato und seine Partner das Recht, Leute aus diesen Dörfern für die Landwirtschaftsarbeit zu rekrutieren, nicht als Sklaven, sondern gegen einen ordentlichen Wochenlohn. In der Wirtschaftsblüte zur Erntezeit wurden gut und gerne mehrere hundert Arbeiterinnen und Arbeiter beschäftigt, zum Teil sogar noch zusätzliche Leute aus dem Süden in Bussen herangekarrt. Für diese mussten nach Gesetz Häuser mit sanitären Anlagen errichtet werden, welche die Bewohner jeweils rasch in Ziegen- und Hühnerställe umfunktionierten. Zu Besuch weilende europäische Gutmenschen waren darob fassungslos. Auch konnten sie nicht begreifen, weshalb die Nativen sämtliche ihnen zur Verfügung gestellten landwirtschaftlichen Handgeräte verstümmelten: Die von Renato ursprünglich verordneten langen Stiele, um das Arbeiten in gebückter Haltung zu vermeiden, wurden kurzerhand immer wieder abgesägt. Man arbeitete seit Generationen kurzstielig und diese Tradition wollten sie nicht ändern. Dem „Patrão", wie die Saisonniers und Ortsansässigen ihren weißen Plantagenbesitzer respektvoll nannten, sollte es recht sein, solange die Qualität der Arbeit nicht darunter litt.

Angolas Dimensionen. Darüber wunderten sich Renato und Jacqueline noch immer. Die Pflanzung entsprach der anderthalbfachen Größe ihres Schweizer Heimatkantons, wäre in einer Tagesreise zu Fuß niemals zu umrunden gewesen. Und doch galt die Plantage nur als mittelgroßer Betrieb. Ein breiter Fluss, Urwald und Busch prägten die Landschaft, mehrere Hügelzüge durchschnitten ihr Gebiet. Selbst ein dreißig Meter hoher Wasserfall in schwer zugänglichem Gebiet nannten sie ihr Eigen. Wegen der enormen Wasserreserven konnten sie sich einen Stausee bauen, den ihre Kinder ab und zu als Naturswimmingpool benutzen, trotz allerlei Getier wie Leguanen, Wasserschlangen und dergleichen. Die Ängstlichkeit des neuen Jahrtausends war zu dieser Zeit undenkbar, auch wenn die Gefahren durchaus reell existierten in Form giftiger Pflanzen, Insekten und Schlangen, als Raubkatzen oder auch von Naturereignissen. Abenteuer mit der angolanischen Flora, Fauna und der unberechenbaren Meteorologie sollte die Auswandererfamilie noch mehr als ihnen lieb war bestehen.

Anbauen konnten sie, was sie wollten; alles wuchs und gedieh in diesem Klima mit fruchtbaren Böden und enormem Wasservorkommen. „Stecke einen Spazierstock in die Erde und morgen wird er ausschlagen" war ein viel zitiertes Bonmot. Ein überdimensionierter Caterpillar mit Raupen und Schaufel rodete dafür das entsprechende Land, vier Traktoren der Marken Ford und Massey Harris pflügten um die Wette, ein Maiserntemonster von Claas schnaubte durch die reifen Felder, dass man die Staubwolke meilenweit sah, und doch konnten die Pflanzer auch zur besten Zeit nie mehr als ein Achtel der Gesamtfläche bebauen. Renato experimentierte mit rhodesischem, besonders resistentem Mais und versechzehnfachte die erwartete Ernte. Er baute enorme Flächen Reis an; die Bewässerungstechnik erinnerte den Beobachter an asiatische Kalenderblätter, auf denen zierliche Frauen mit geflochtenen Lampenschirmen auf dem Kopf knietief in großen Seen standen. Ebenso galt sein Interesse dem Tabak: die Blätter wurden so groß, dass die Kinder Renatos sich in einem einzigen einwickeln konnten, um Zigarre zu spielen. Für den Tabak wurden extra Estufas gebaut, große mehrstöckige Lagerhäuser aus selbst gebrannten Lehmziegeln, den Adobes, mit offenen Kaminen, um die Pflanzen in kunstvoll geflochtenen Büscheln an Bambusstangen über Wochen zu trocknen. Hier an den Mauern unter dem Dachfirst nisteten tausende von Schwalben; ihre mehrfach übereinander gebauten Lehmnester wirkten wie eine Großüberbauung in der Agglomeration aus den 70er-Jahren. Das laute Zwitschern, Zirpen und Schreien erinnerte an Nachbarn im Dauerstreit. „Grrr-grrr ..., grrr-grrr ...", die vielen Tauben gurrten beschwichtigend auf die penetrant laute Mitwelt ein.

Walther und sein Schwiegersohn durften stolz auf ihre Nahrungs- und Genussmittelproduktion sein: ein eigener hochwertiger Kaffee, Zigarren, die es mit einer guten kubanischen Havanna aufnehmen konnten, Mais und Reis, die den tropischen Schädlingen trotzten. Und Baumwollfelder, deren Erträge von Hand geerntet in hohen Lagerhallen auf ihre Ballenpressung warteten, vorher von Mauriçe, Florian und ihren schwarzen Freunden aber missbraucht wurden: Zur eigenen Gaudi und sehr zum Ärger des Verwalters kletterten sie die acht bis zehn Meter hohen Stützpfeiler empor, robbten auf die Querträger der Dachkonstruktion und ließen sich mehrere Meter tief in die weiche, weiße Watte der bereits gereinigten Baumwolle fallen.

Aus den Fasern der Agavenblätter gewann Renato Sisal, der – ähnlich den Hanfseilen in Europa – zu strapazierfähigen Schiffstauen verarbeitet wurde, bis in den 60ern die vermaledeiten Kunstfasern aus Nylon dieses Geschäft innert Kürze ruinierten.

Etwa dreihundert Schafe und achtzig Kühe für eine bescheidene Fleischproduktion rundeten das damalige Angebot ab. Wobei: Das afrikanische Rind gab trotz saftiger Weiden nicht viel her, schon gar keine Milch. Dafür wurden einige Freiburger Kühe aus der Schweiz importiert und gekreuzt, mit leidlich befriedigendem Resultat. Schon eher lohnte sich der muskulöse indische Zebu-Bulle, ein mächtiges silbergraues Tier mit charakteristischem Nackenhöcker, der in seiner Promiskuität und Geilheit nicht zu schlagen war.

Der Hühnerhof diente primär der Selbstversorgung und dem Image: Renato betonte immer, dass er sich ohne denselbigen nicht authentisch fühlen könne als Großbauer. Leider konnte er seinen etwa fünfzig gefiederten Freunden hinter dem Wohnhaus etliche Katastrophen mit Wildtieren wie Füchsen und Schlangen nicht ersparen. Den Garaus machten ihnen aber später die als Kampfhunde abgerichteten Bullterrier des rhodesischen Verwalterehepaars; im Blutrausch wurden sämtliche Hennen bestialisch ermordet. Nur der Hahn mit entsprechendem Überblick und stets informiert überlebte.

Die Reisen auf die Plantage gestalteten sich als eigenes Abenteuer, weil man nie sicher sein konnte, womit unterwegs zu rechnen war. In der Regenzeit bedurfte es mindestens eines Landrovers und den hatte sich Renato zwischenzeitlich erstanden. Mit diesem 10-Sitzer unternahm die ab 1963 aus sieben Mitgliedern bestehende Familie plus Hauslehrer, Boy, Hund und Gepäck sowie Material für Bau, Mechanik und Elektrik etwa zwei Reisen pro Jahr auf ihre Fazenda und blieb in der Regel ein bis zwei Monate dort. Renato fuhr die Strecke natürlich viel öfters. Man saß eng gedrängt mit Reisetaschen zwischen den Beinen; Boy oder Hauslehrer meistens auf dem Dach als Späher, um die Straße zu finden, vor Elefanten oder sonstigen größeren Hindernissen zu warnen. Vor Geäst mussten sie sich dauernd ducken, das Elefantengras stand zwei Meter hoch zwischen den Fahrspuren, Schlaglöcher und Pfützen, in denen ein Erwachsener hätte schwimmen müssen, gab es zuhauf. Flüsse mussten mehrere gequert werden; der Furt entlang watete immer jemand als Lotse zu Fuß voraus, eine verantwortungsvolle Aufgabe, worum sich Mauriçe mit seinen Geschwistern immer stritt. Als Elfjähriger hatte er allerdings das Autofahren bei seinem Vater mit dem Jeep Willys auf der Pflanzung bereits gelernt und beherrschte es derart gut, dass ihn Renato große Strecken auf der Reise selber fahren ließ. Ab diesem Zeitpunkt überließ er den lächerlichen Fährtenlesejob gerne anderen, er war zu Höherem berufen. Nur die heiklen Holzbrücken waren Chefsache: Alle mussten aussteigen, zu Fuß über die morschen, halb zerfallenen Längsträger mit darüber gelegten rutschigen Planken. Alle hielten den Atem an: Mit Handzeichen führte man Renato in seinem schweren Gefährt Millimeter genau darüber; unter den Rädern ächzte und krachte es bedrohlich ob der Last, Jacqueline sandte jedes Mal ein Stoßgebet gen Himmel und dieses wurde erhört. Nie stürzten sie durch eine berstende Brücke in ein Flussbett. Allerdings: Einmal, als Renato alleine unterwegs war, versagten im Platzregen die Bremsen vor einer Furt und er landete mitten im normalerweise flachen Bachbett. Harmlos bis zu dem Moment, als die zwei Meter hohe Flutwelle in großem Tempo nahte. Zum Glück blieb der schwere Landrover stehen; Renato konnte nur warten, bis der Wasserpegel die Seitenfenster überschritt und das Wasser innen auf Brusthöhe angestiegen war. Mit dem jetzt vorhandenen Gegendruck gelang es, die Tür langsam und unter großer Anstrengung zu öffnen. Er schwamm hinaus, hielt sich an der A-Säule fest, um nicht weggetragen zu werden, und rettete sich auf das Dach. Sein unfreiwilliger Stunt hatte einige Schaulustige des nahe gelegenen Dorfes angezogen. Von seiner Insel aus, warf er das auf dem Dach befestigte Gepäck mit Schwung ans Ufer; für das Handgepäck kam jede Hilfe zu spät. Ein Korb mit vierzig Eiern von seinen Hühnern kippte auf der Hinterbank und der stolze Inhalt hüpfte auf den Fluten schön hintereinander davon, um irgendwo an der nächsten Biegung als jämmerliches Omelett zu enden. Zwischenzeitlich war von den Eingeborenen ein Traktor organisiert worden, der Renato mittels Seilwinde aus seiner misslichen Lage befreien konnte.

Einmal sprang ihnen ein aufgeschreckter Leopard in elegantem Bogen direkt über die Motorhaube, um sogleich wieder im Gebüsch zu verschwinden. Überhaupt die Begegnung mit Tieren: Sie überfuhren des Öfteren sich auf der warmen Erde sonnende schlafende Riesenschlangen – wahrscheinlich Pythons – von vier bis fünf Metern Länge, die sich nach ihrer mittäglichen Störung ärgerlich davonmachten, ohne jemals zu erkennen zu geben, dass es allenfalls wehgetan hat.

Elefanten, meist misanthropische Einzelgänger, hatten großen Drang sich mit dem brummigen Blechrivalen zu messen.

Kampfeslustig stellten sie ihre riesigen Ohren, näherten sich sehr rasch bis auf wenige Meter dem Fahrzeug, um dann trompetend im Urwald zu verschwinden. Hätten sie ihre Stärke nicht fortwährend unterschätzt, wäre es wohl um den Chronisten und seine Studienobjekte hier bereits geschehen gewesen. So grüßte er dankbar die Horde schimpfender Makaken, die sich auf den umstehenden Bäumen aufregte, dass der erhoffte Showdown ausblieb und sie um ihr Spektakel betrogen wurden. Die grünen Papageienschwärme pflichteten den Affen kreischend bei.

Pinkelpausen nutzten die Jungen, um Chamäleons am Wegrand zu pflücken, denn fangen musste man die äußerst trägen Buschphilosophen nicht. Flink waren sie nur mit ihrer extrem langen Zunge auf Beutejagd, ansonsten schienen sie stundenlang über Darwins Evolutionstheorie nachzudenken und sich ob ihres spezifischen Phänotyps zu wundern. Der Farbwechsel konnte Renatos Kinder stundenlang faszinieren; die armen Tiere mussten sich dauernd und auch noch unfreiwillig dem Pedalgrau, Jeansblau bis zum Metallolive polychrom anpassen.

Selten fuhren die Reisenden durch Eingeborenendörfer oder kleine Ortschaften, in denen ein paar Weiße einen mäßig erfolgreichen Handel mit der umliegenden Bevölkerung und einigen versprengten Plantagenbesitzern trieben. Es waren gottverlassene Nester namens Dondo, Samba Lucala oder Cambunze, in denen die Zeit stillzustehen schien. Ausgemergelte, bellende Hunde, einige streunende Katzen, freilaufende Hühner, die sich nie für eine Straßenseite entscheiden konnten und schlussendlich von den selten durchfahrenden Camions platt gewalzt wurden. Stieg man für eine Pause aus, umringten einen die in schmutzige Lumpen gehüllten neugierigen schwarzen Kinder mit ihren fröhlichen Gesichtern und den Kulleraugen und es berührte einen peinlich. Die Familie rettete sich ins einzige Café (oder da hinein, wo „Restaurante" angeschrieben war und man mit viel Fantasie und erwartungslos auf eine Erfrischung hoffte), um ein Bierchen, eine Gazosa oder einen Galão escuro, einen dunklen Milchkaffee im Glas zu trinken. Dazu aßen sie ein Bife, ein zähes Rindsplätzchen mit Spiegelei und Pommes frites.

Hatte die Familie Renatos das Pech, in einem dieser Quetschen übernachten zu müssen, so schickte sie sich in die feuchtschimmeligen Löcher mit bewanzten Betten, war dankbar für einen funktionierenden Deckenventilator und achtete darauf, keinen der zahlreichen Kakerlaken barfuß zu zertreten, denn es knackte so eklig. Badezimmer bestanden aus einer kahlen Betonzelle mit nackter Glühbirne an der Decke und einer blindenden Scherbe an der Wand. Sein Geschäft musste man in der Ecke stehend verrichten; es hatte neben dem Loch zwei extra eingelassene gerippte Tritte, sodass man in Hockstellung nicht ausrutsche. Gespült wurde mit einem Eimer Wasser, aber Wasser enthielt dieser nur in Glücksfällen. Daneben ein rostender Duschkopf, der irgendwie irgendwo zufällig montiert war; Mauriçe musste umherrennen, um unter dem Rinnsal nass zu werden, dafür gab es keinen Vorhang und so verspritze das wenige Wasser, nur nicht dorthin, wo es benötigt wurde.

Am Morgen gerädert und verstochen währte die Vorfreude auf das Frühstück bis zum Zeitpunkt, an dem wieder Bife mit Spiegelei und Pommes aufgetischt wurde. Von der Decke zwirbelnde, gelbe Zapfenlocken mit Duftstoffen hingen über dem Buffet, auf dem die Bolos (die süßen Küchlein aller Art) vom Vortag, und wenn man Pech hatte, auch von früher gestapelt waren. Daran klebten Dutzende von Fliegen, die offenbar zu Instinkt gesteuert oder einfach zu blöd waren, diesen Verlockungen zu widerstehen.

Vor der Weiterreise deckte sich Renato in der einzigen Loja, einem verlottert-verstaubten Dorfladen, wie er überall anzutreffen war, mit notwendigen Utensilien ein. Kein Regisseur hätte sich ein skurrileres und faszinierenderes Bühnenbild ausdenken können: Prominent ins Auge und in die Nase stach der allseits beliebte getrocknete Kabeljau, in seiner Haltbarkeitsform bretterhart übereinander gestapelt in einer undefinierbaren Farbe wie ausgewaschene Polohemden. Dazwischen gelagert Schrauben und Nägel aller Art, kreuzschlitzig und flachköpfig, dann die Catanas, die großen nach oben gerundeten Buschmesser mit Holzgriff, die für alles und jegliches benutzt wurden, vom Wegfreihauen über das Schnitzen zum Schlachten oder später auch im Bürgerkrieg, um feindlichen Milizen die Köpfe abzuschlagen. Wohlfeile Kernseife und filterlose Zigaretten in der 100er-Trommel. Spatzen pickten ungeniert in den offenen Säcken Reis und Mais, Ameisenstraßen wanderten durch Zucker und Melasse und bogen vor den Radiobatterien links ab, um im Dunkel des Ramschetablissements in Zweierkolonne diszipliniert zu verschwinden. Die Schweiz als Binnenland bedauerlicherweise nicht an kolonialen Eroberungen zugelassen hielt sich hier im afrikanischen Busch schadlos mit einer Invasion von vergilbten Schachteln voller in goldgelber Folie eingepackter fettiger Maggiwürfel – ein unverzichtbarer Bestandteil der typisch schwarzangolanischen Küche. Sekundiert wurden die braunen Suppenkuben von Blechdosen gleicher Provenienz mit dem penetrant beworbenen und inzwischen beliebten Milchpulver, um den stillenden Müttern und ihren Säuglingen die Vorteile industrieller Produktion schmackhaft zu machen. Harrasenweise stapelte sich das Bier der Marken Cuca und Sagres; die Großbrauereien im Besitz einiger weniger reicher Familien aus Portugal konnten es sich leisten, an Überlandstraßen ihr Bier als treuen Reisebegleiter für den Fernfahrer zu bewerben, sodass sich einem SUVA-Beamten die Nackenhaare gesträubt hätten. Gesalzene Butter, ranziges Olivenöl neben Strohhüten, Schaumgummimatratzen über Spraydosen mit Mückengift, minderwertiges Kochgeschirr aus Blech, Maniokmehl und zweitklassiger Kaffee – der gute wurde exportiert – rundeten das appetitliche Sortiment ab. Und über der ganzen köstlichen Auslage im finstern, nur durch eine nackte Neonröhre beleuchteten Schuppen, dessen Dämmerlicht die Ware zusätzlich gräulich wirken ließ, dieser abgestandene Mief: eine Ausdünstung von Schweiß, Tran, Maschinenöl, Mehlstaub und vermodertem Fisch. Und trotzdem: Roch der Chronist diese typische Absonderung, welche sich durch ganz Angola zog wie eine Duftspur, dann wurde ihm warm ums Herz. Ja, auch ein als gemeinhin übel definiertes olfaktorisches Ambiente konnte so etwas wie Heimatgefühle evozieren. Später jedenfalls vermisste er diese verbrauchten Gase richtiggehend als er sich an die „Schweiz" genannte Klinik gewöhnen sollte. Ein öliger, devoter Inhaber trug beflissen zusammen, was das Herz begehrte, wurde nicht müde, seinen exquisit diversifizierten Mercado für die Zukunft zu empfehlen und bedankte sich, auch im Namen seiner Frau, Schwiegermutter und der drei Töchter überschwänglich für den getätigten Einkauf. Die Reise konnte gewappnet gegen alle Unbill fortgesetzt werden. Das Grüppchen mit dem ungepflegten Inhaberpaar und den drei tumben Töchtern winkte ihnen begeistert nach, bis die Staubwolke jede Sicht verunmöglichte und das Fahrzeug sich im Unendlichen der Landstraße verlor.

6.
Pro Specie Rara;
Anthropologie des
Bekanntenkreises

Es war Sommer; die Hitze in Luanda wurde durch eine leichte Brise vom Meer her immer etwas gemildert und machte die tägliche Luftfeuchtigkeit von über 90 % erträglicher. In den Schulbüchern ist für diese Region zwar semiarides Klima vorgesehen, dem Chronisten wollte das jedoch nie einleuchten, wenn er die Leute in dieser großstädtischen Sauna beobachtete. Und das Beobachten der Erwachsenen im Allgemeinen und des Bekanntenkreises seiner Eltern im Speziellen geriet ihm früh zur Passion. Ob an privaten Soirees, deftigen Strandpartys oder auch nur bei der Verrichtung alltäglicher Dinge geschäftlicher und privater Natur, immer notierte sein Gedächtnis die abstrusen Vorkommnisse, die Schrullen der unfreiwillig komischen Protagonisten, die schönen und die hässlichen Charakterzüge. Noch Kind mit naiver Ausstrahlung, trauten ihm die Registrierten kaum zu, dass sie sich eines Tages dank akribischer Aufzeichnungen in den noch unverbrauchten Hirnwindungen zwischen Buchdeckeln verewigt wieder erkennen würden und so breiteten sie ihre Unvollkommenheiten, ihre überheblichen Selbstüberschätzungen, aber auch ihre liebenswerten Eigenschaften ungeniert vor ihm aus. Teilnehmende Beobachtung war sein Untersuchungskonzept und er wusste vor lauter Artenreichtum gar nicht, wo er in diesem allzu menschlichen Zoo ansetzen sollte. Ja, warum nicht mit dem Priester beginnen?

Padre Antonio Nogueira war ein gern gesehener Gast im bescheidenen Hause der Schweizer Familie. Er besuchte sie sporadisch, um angeblich seinen Horizont erweitern zu können, was ihm in dieser Welt voller Analphabeten und ungebildeter

Neger – O-Ton – sonst kaum möglich war. Vor allem schlug er sich den Bauch voll. Die elfenbeinfarbene Soutane, welche einen fülligen, immer schwitzenden Leib verbarg, unterstrich den weißlichen Teint seiner Haut, zusätzlich gebleicht durch Psoriasisflecken auf fleischigem Gesicht und Händen. Im Kontrast dazu blauschwarzes Haar, mit einem ganzen Topf Brillantine nach hinten geklebt, um dessen Widerspenstigkeit zu zähmen. Der strenge Geruch vor allem unter den Achselhöhlen nicht immer erfolgreich mit einem penetrant süß duftenden Eau de Toilette zu überdecken versucht. Dem kleinen Beobachter kam er suspekt vor; er ekelte sich ein bisschen vor diesem Subjekt und dann wusste er auch warum: Der Padre war eine unsympathische Bauchspeicheldrüse, denn in der Totale dominierte seine riesen Pauke unübersehbar, in der Detailaufnahme die kleinen Speichelfäden an seinem erstaunlich schmallippigen Mund, die sich in den Ecken beim gewählten Diskutieren dauernd bildeten. Beim Nuscheln (er sprach selbst für einen Portugiesen undeutlich) schwabbelte das Doppelkinn interessant über den Kragen. Gebildet war er, er, der aus einfachen Verhältnissen stammend nur zwei Aufstiegschancen hatte, Kirche oder Militär. Bei seiner Physis erübrigte sich die Alternative. Als Nuntius des angolanischen Bischofs reiste er viel umher, besuchte stellvertretend die nur mäßig katholischen Schäfchen im In- und Ausland und profitierte von seiner diplomatischen Immunität. Wie wichtig diese war, erfuhr der kleine Mauriçe erst viel später, als er seinen Vater im vertrauten Gespräch mit Nogueira überraschte: Immer eine schwere Bibel in der Hand segnete er andauernd alle, auch die, welche keinen Wert darauf legten, wie zum Beispiel die Zollbeamten, und passierte ungehindert: „In nomine patris et filii et spiritus sancti – AMEN"; die Bibel war hohl. Das ausgesparte Rechteck bot ein perfektes Versteck für den Diamantenschmuggel zum Wohle der katholischen Kirche oder doch eher zum eigenen. Auch Renato gehörte zu seinen Auftraggebern und damit erklärte sich der gelegentliche intellektuelle Austausch mit dem Padre von selbst.

Bei einer ganz guten Gelegenheit wurden jedoch beide Partner über den Tisch gezogen. Ein Ledersäckchen voller zugegebenermaßen perfekt geschliffener Diamanten erwies sich nach Zahlung einer bedeutenden Summe als wertlos. Banale Glassteine. Zurzeit dieses Betrugs wohnte Renato mit seiner inzwischen auf fünf Kinder angewachsenen Familie bereits in einem modernen, kubischen Einfamilienhaus mit Garten an der Peripherie von Luanda in einem noblen Quartier. In seiner Enttäuschung und dem Ärger einem noch größeren Schlitzohr aufgesessen zu sein, warf er das Säcklein samt Inhalt in hohem Bogen auf das Flachdach seines Hauses und vergaß die Geschichte möglichst bald. Zwei Jahre später, an Silvester, schmissen Jacqueline und Renato eine ihrer weit herum beliebten, mindestens achtundvierzig Stunden dauernden rauschenden Feste mit über hundert Gästen, die zu satten Merengue-Rhythmen in den Neujahrsmorgen tanzten. Das Barbecue war wie immer exzellent, der Koch – wie dem Patrão versprochen – bis zwei Uhr früh nüchtern, aber dann in zehn Minuten stockhagelvoll, das Bier der Marke Cuca immer noch kühl gezapft, die Stimmung auf dem Höhepunkt. Nur der teilnehmende Beobachter und sein Bruder Florian begannen sich etwas zu langweilen. Sie beschlossen mit dem neuen Luftgewehr, dem lange gewünschten und jetzt endlich erhaltenen Weihnachtsgeschenk, auf alles zu schießen. Zuerst auf die langen Schoten des Johannisbeerbaumes, dann auf Fledermäuse, die den zischenden Bleikugeln elegant auswichen und dann, ja, dann erspähten sie etwas Weißes, Undefinierbares am Rand des Flachdaches über der offenen Veranda, auf welcher sich die Paare verrenkten. Ein sauberer Blattschuss brachte den Diamantenschatz zum Bersten und es ergoss sich wie ein bestelltes Feuerwerk, ein glitzernder Regen über die feiernden Gäste. Renato verzog keine Miene, die Gäste schauten verdutzt und konsterniert. Versteckte Kamera gab es noch nicht, geschweige denn Fernsehen, aber einer der Gags von Renato, der für seine soziologischen Experimente berüchtigt war – vielleicht? Item, niemand traute sich zuzugreifen, aber am nächsten Morgen waren die falschen Steine wie durch ein Wunder verschwunden, verteilt über Luanda und Umgebung und die wenigen Sachverständigen hatten alle Hände voll zu tun, um das Malheur der peinlich berührten Partygänger in ihrer enttäuschten Gier zu dämpfen. Die in der Regel am nächsten Abend folgende After-Party fiel diesmal aus; die Freunde waren verkatert, nicht nur des reichlichen Alkoholkonsums wegen.

Vom Geist durchwirkten Klerus in die Niederungen der Nahrungszubereitung:

Alfredo, der bereits kurz aufgetretene schwarze Koch, über alle Jahre eine treue und zuverlässige Seele, war Quartalssäufer und punkto Auffassungsgabe nicht gerade mit agilem Verstand gesegnet. Kochen aber konnte er, verstand auch schnell, bloß musste Jacqueline lange erklären. Vor allem am Anfang ihres über zwanzigjährigen Angolaabenteuers sprach sie erst ein rudimentäres Portugiesisch und hoffte für Markteinkäufe, die er fast täglich für den fangfrischen Fisch, die Meeresfrüchte, Obst und Gemüse in der großen Halle des „Quinachiche" tätigte, sich mit Händen und Füßen verständlich gemacht zu haben. Dabei kamen ihr die stupenden Talente im Zeichnen und Malen zu Hilfe, indem sie die begehrten Lauchstängel fix auf einen Block skizzierte. Da nickte der kochende Simpel mit einem komplizenhaften „Hm" und brachte ihr zwei Klobürsten heim. Wurde ein neuer Boy eingestellt, musste dieser zuerst durch Alfredos Vorhölle der Schikanen, um zu begreifen, wer hier als Boss regierte. Nach einigen Wochen war er dann reif für den Obolus an den Chef: ein 5-Liter-Garrafão drittklassigen Rotweins, ein Baumwollhemd und je nach Stimmung des gnädigen Herrn ein günstiges Taschenmesser oder eine teure Taschenlampe, um sich nachts auf dem Heimweg in die ärmlichen Musseques – die Quartiere aus Wellblechverschlägen am Stadtrand – nicht zu verirren. Renato bezahlte diese Auslagen immer heimlich, damit möglichst bald Friede im Haushalt einkehrte. Rotzbengel im Teenageralter machten sich einen Spaß daraus, vor dem Haus durchzuspazieren und Alfredo als Jadinieiro zu titulieren, als Gärtner, was im Ehrenkodex eines Kochs als tödliche Beleidigung empfunden wurde. Egal, was auf dem Gasherd anbrennen mochte, er nahm die Verfolgung der Missetäter – meist mit einem Küchenmesser in der Faust – auf, um absolute Satisfaktion zu verlangen. Seine Blut unterlaufenen Augen zeugten diesmal nicht vom Alkohol, sondern der rasenden Wut, die ihn packen konnte. Kriegte er einen zu fassen, musste der Wagemutige froh sein, sein Leben fürderhin nicht als Invalider zu fristen.

Während Renato viel arbeitete, oblag Jacqueline die Kindererziehung. Sie ging in ihrer klassischen Frauenrolle völlig auf, ließ die Wohnung und später das Haus in Ordnung halten, freute sich über unerwarteten Besuch, den Renato regelmäßig heimbrachte, war die perfekte Gastgeberin. Sie hielt Renato den Rücken frei, damit er sich voll seinen Geschäften (und Liebschaften, wie sich später herausstellen sollte) widmen konnte. Er ließ es der Familie an nichts fehlen. Der alte beige Chevrolet wurde gegen einen neuen grünen mit eleganten Seitenflossen ausgetauscht und nannte sich „Impala" wie die kräftig schöne Antilope. Fuhr sie damit in die Stadt, um ihre Freundinnen zu besuchen, ein geblümtes Kopftuch umgebunden und die große Sonnenbrille aufgesetzt, der schwarz-weiß gepunktete Kragen mit tiefem Dekolleté über dem gespannten Busen, sehr selbstbewusst hinter dem Volant, so hätte mancher Kinogänger auf Audrey Hepburn in „Frühstück bei Tiffany's" getippt, so umwerfend elegant war ihr Auftritt. Man kaufte ein, traf sich im Boulevardcafé zu Häppchen, plante die nächste Soiree oder einen Damentee, stöhnte über das unzuverlässige Hauspersonal und die schmerzenden High Heels, lag unter dem Sonnenschirm am Strand auf der Ilha und beaufsichtigte die Sandburgen bauenden und Muscheln sammelnden Kinder, tröstete sie, wenn sie auf einen Seeigel traten. Kurzum, ausgefüllte Tage, ein gewisser Lebensstandard war nebensächlich vorhanden, keine tief schürfenden Reflexionen über den Sinn des Daseins, äußerer Glanz und innere Fraglosigkeit; auf dem gepolsterten Bankkonto ließ sich trefflich ruhen.

Deutsche machten den größten Teil der Bekanntschaften aus. Man wurde das Gefühl nicht los, der ganze Gotha des Who is Who hätte sich in Angola ein Stelldichein gegeben. Es wimmelte nur so von Adeligen. Freiherren, Barone, Grafen, ja, und sogar einzelne Prinzen tummelten sich in diesen tropischen Gefilden, selbstredend mit ihren weiblichen Pendants. Der Beobachter fühlte sich manchmal in seiner bürgerlichen Existenz als exotischer Außenseiter, dem die Gnade einer solchen Fortune nicht vergönnt worden war. Sein analytischer Blick ließ ihn aber bald erkennen, dass die wohlklingenden Namen auch schon das Ende eines vielversprechenden Anfanges bedeuteten. Viel Schaumschlägerei von Personen, die sich vor allem selber wichtig waren; und Schaum beanspruchte mehr Platz als Seife. Manche Blendgranate implodierte jämmerlich, diese oder jene blaublütige Geltungstrine desavouierte sich selbst durch ein großes Ego mit kläglichem Selbstvertrauen, wenn es wirklich darauf ankam. Andererseits, ohne die schönen Adelstitel, welche die Bilanz des Alltäglichen frisierten, wäre das Berichten nur halb so spannend.

Und die Analyse dieser Spezies wollte der kleine Anthropologe mit von Wintezinger Rhota beginnen. (Er kam sich dabei wie sein Primarlehrer vor, der im Zoologieunterricht die ausgestopften Tiere zur anschaulichen Erklärung vom verstaubten Tablar herunterholte): ein Freiherr, barocker Exhibitionist, eitler Dandy, der seine spiegelerprobte Schokoladenseite sowie seinen Gang in jedem Schaufenster prüfte, wenn er zwischendurch in die Zivilisation der Stadt flüchten konnte, der vor allem als Großwildjäger von sich reden machte, dessen Raubtiere mit jedem Glas immer größer wurden und seine Heldentaten immer kühner, endete auf seiner kleinen Plantage ziemlich erbärmlich unter dem eigenen Traktor, den er bei Hangschräglage schlechter einzuschätzen vermochte als all die gefährlichen Tiere, die er verbal erlegt hatte. Da sein Name im portugiesischen Phonem wie „vinte e cinco rodas" klang, was soviel wie fünfundzwanzig Räder bedeutete, kalauerten die Einheimischen, es wäre schon erstaunlich, dass so viele Räder von so wenigen überrollt werden konnten und das mit letaler Wirkung.

Oder Franz, Graf von Stauffenberg, tatsächlich der Neffe des hingerichteten Hitlerattentäters und somit von jeglicher braunen Vergangenheit freigesprochen. Er war eine Art Integrationsfigur, der auf seiner gigantischen Kaffeeplantage hin und wieder Großanlässe für die Deutschen und ihre zugewandten Orte veranstaltete. Mauriçe erinnerte sich gerne an eine Rallye, bei der die Teilnehmer zu bunt gemischten Familien zusammengewürfelt wurden, den ganzen Tag Aufgaben an diversen Posten erfüllen mussten: Treffen mit der Elefantenbüchse aus großer Entfernung, Schatztauchen im Fluss, Bestimmung verschiedener Kaffeesorten, Einfangen eines jungen Stiers – dem das Spiel sichtlich missfiel – und so fort. Abends wurden die über zweihundert Gäste in einem Bankettzelt bewirtet und Schlafgelegenheiten waren für fast alle vorhanden. Und er dachte an das Theater in der Schweiz, wenn einmal ein Verwandter um eine Übernachtung bat, weil er den letzten Zug verpasst hatte. Noch heute organisiert Stauffenberg zusammen mit anderen Deutschen die jährlichen Treffen der Exilangolaner in Deutschland.

Gelegentliche Besuche im Libolotal in Cuanza-Sul, nahe der Distrikthauptstadt Calulo und in etwa vier Autostunden von Luanda aus zu erreichen, bildeten gesellschaftliche Höhepunkte im sonst kulturarmen Angola. Renatos treueste Kundschaft lebte hier, vorwiegend deutsche Familien mit den schönsten Plantagen Afrikas! Diese aus dem Landadel stammende Gattung des germanus nobilis ruralis hatte eine ausgeprägte Artenvielfalt hervorgebracht, es waren aber alle irgendwie miteinander verwandtschaftlich verbandelt; mindestens Vetter und Basen zweiten Grades. Besonders hingezogen fühlte sich der wissensdurstige Anthropologe von einem Clan namens von Krosancskj. Sie waren während des Nationalsozialismus schon in den 30er-Jahren hierher geflüchtet und hätten ihre Ländereien nach dem Weltkrieg mit der politisch-geografischen Neuordnung der deutsch-polnischen Grenze ohnehin verloren. Die Eltern, zum Teil von einem großdeutschen Reich und einer zionistischen Verschwörung überzeugt, hatten ihre Knaben noch mit Vornamen wie „Judenhass" oder „Kriegsbereit" oder – auch unverfänglicher – „Krafft" versehen. Natürlich ließ sich keiner so rufen, man ekelte sich vor dieser unverschuldeten Vergangenheit. Ausnahmslos waren sie reizende, gebildete, wortwitzige Gastgeber mit einem großen Herzen. Ihre Landhäuser, geschmackvoll wie heutige kenianische Luxuslodges eingerichtet, die ausladenden Swimmingpools größer und schöner als eine Dorfbadi, blühende Gärten. Rosamunde Pilcher würde ihre Filmdrehbücher heute von South Wales ganz bestimmt hierher verlegen.

Der Chronist war um Objektivität bemüht, was ihm schwerfiel, waren doch die Töchter der verschiedenen Krosancskjs eine aufregender als die andere. Besonders Tina, die freche Rothaarige mit der Alabasterhaut und Sommersprossen auf Nase und Wangen, die immer in Aktion war und keinen Streich ausließ, imponierte ihm. Verliebtheit, Erotik; die Begriffe kannte er noch nicht, aber in ihrer Anwesenheit wurde ihm heiß und er begann zu stottern.

Rudolph-Lorenz von Krosancskj, einfachheitshalber nur Rulo gerufen, war der erste Verwalter, den Renato für seine Plantage verpflichten konnte. Ein hagerer Zweimeterrecke, der mit seiner groß gewachsenen, blonden Frau Irmgard in Jerusalem einzog und die anfallenden Tagesgeschäfte professionell managte. Seine zwei Töchter Gordula und Stine im Alter von Maurice und Florian bildeten mit den Knaben ein Herz und eine Seele, jedenfalls die paar Monate pro Jahr, in welchen Renato mit seiner Familie auf der Pflanzung weilte. Auch unter den Erwachsenen bestand eine derart gute Freundschaft, dass Rulo gerne die Patenschaft für Sandrine übernahm und Irmgard, die Herbe, zur heimlichen Geliebten Renatos wurde.

Um ein Haar hätten sie die unbekümmerte fröhliche Stine verloren: Sie spielte einen Moment lang unbeaufsichtigt im Sandkasten mit einem langen dunklen Etwas, das die Erwachsenen erstarren ließ, und nur João, der geistesgegenwärtige Kinderboy, reagierte richtig: ruhig bleiben, bis die Kleine aus Langeweile aufhörte, die schwarze Mamba begeistert zu herzen. Nach einer ewig langen Viertelstunde ließ sie von ihr ab, zum Pech des giftigen Reptils, deren Säfte einen Mann in kurzer Zeit töten konnten. João erschlug das Tier noch in der Arena mit einem sauberen Genickschlag seiner Keule. Schlangen waren hier eine Dauerbedrohung, mit der man leben musste. Das Klo, etwa fünfzig Meter vom Haus gelegen, musste nachts mit Gaslaterne und Taschenlampe aufgesucht werden. Es lohnte sich immer zu zweit zu gehen, die Gegend abzusichern, den Weg genau auszuleuchten, die WC-Schüssel auch innen vorgängig zu untersuchen, denn öfters als ihnen lieb war, kringelte sich eine Giftschlange im Geäst, im Gebälk des Häuschens, vor der Tür oder am Spülkasten. Renato hatte dieses gefahrenträchtige Gebäude, in dem man seine Notdurft verrichtete, in einem Anfall bildungsbürgerlicher Poesie „Le Petit Trianon" getauft. Ob Madame Pompadour, für die Louis XV das Lustschlösschen in Versailles gebaut hatte, beim Anblick giftiger Reptilien ebenso cool reagiert hätte, bleibt das Geheimnis des Königshofes. In Renatos Familie hat sich jedenfalls das Petit Trianon als noble Umschreibung für das einmal Müssen fest etabliert.

Die gute Tat Joãos wurde nicht belohnt. Selber auf dem Heimweg von der Arbeit in sein Dorf fuhr er nachts mit dem Fahrrad ohne Licht, überrollte eines dieser fiesen Kriechtiere, das ihn biss, und meldete den Vorfall erst am frühen Morgen. Renato spritzte ein Antiserum, wusste jedoch nicht, um welche der Giftnattern es sich handeln könnte, hievte den schweißnassen, starr blickenden jungen Mann auf die Ladebrücke seines Ford Pick Up und holperte mit Mauriçe als Krankenbegleitung ins nahe gelegene Kreisspital, das bei guten Verhältnissen in ca. zwei Stunden erreicht werden konnte – zu spät, João starb unterwegs. Das Bein war extrem dick angeschwollen, das Schlangengift mit seinen Neuro- und Kardio-Toxinen zu lange im Körper. Dieser Schock saß dem Beobachter auch Jahre danach in den Knochen, obwohl er sich noch häufig mit dem Tod konfrontiert sah.

Der älteste männliche Pflanzer im Libolotal hatte nach den Clan-Statuten und kirchlich abgesegnet die Ehre und Pflicht Taufen, Hochzeiten sowie Beerdigungen abzuhalten. Es las sich wie ein schlechtes Buch, aber zurzeit hieß dieser honorige Mann mit entsprechender kirchenstaatlicher Kompetenz Freiherr Pförtner von der Hölle. Er wurde übrigens einige Jahre später als erster Todesfall der Einwandererfamilien im Libolotal auf dem neu gegründeten Friedhof begraben. „Der Teufel hab ihn selig", wie die Spötter hinter vorgehaltener Hand unkten. Ewald Busch, Glücksritter, Großwildjäger und Tabakpflanzer in einem, hatte unfallbedingt ein Glasauge, was ihm aber auf der Pirsch beim Zielen eher entgegenkam, als dass es ihn behindert hätte. Er war ein wachsamer und höchst misstrauischer Zeitgenosse. Am wenigsten traute der mürrische Junggeselle seinen eigenen Landarbeitern. Jedes Mal, wenn ein mehrtägiger Besuch in die Hauptstadt bevorstand, um Vorräte einzukaufen, den Tabak zu verschiffen oder einen Arzt aufzusuchen, wurde ihm elend, weil er überzeugt war, dass die Eingeborenen – kaum drehte man ihnen den Rücken – nur faul herumlagen. Und das auf seine Kosten, weil das Arbeitsgesetz nicht Leistungslohn, sondern Wochenentgelt vorsah. Nach langer Überlegung kam ihm der Geistesblitz: Er wusste jetzt, wie er seine Pappenheimer bei Abwesenheit kontrollieren konnte. Kurz entschlossen rief er die Schwarzen auf dem zu bearbeitenden Feld zusammen, schlug einen Holzpflock ein, klaubte umständlich sein Glasauge heraus und legte es triumphierend oben drauf. „Männer, während meiner Abwesenheit wird euch dieses Auge beobachten und damit weiß ich auch in Luanda zu jeder Tageszeit, ob ihr faulen Hunde wirklich arbeitet. Sollte ich auch nur einen von euch beobachten, der zu wenig tut, seid ihr alle eure Arbeit los." Die versammelte Gesellschaft nickte beeindruckt und wünschte ihrem Patrão gute Reise. Herr Busch kam absichtlich einen Tag früher als angekündigt zurück, um die Wirksamkeit seiner genialen Idee von Weitem und heimlich zu genießen. Er traute seinem Auge nicht: Das System der Fernkontrolle funktionierte perfekt – nur nicht in seinem Sinn, denn die Schwarzen lagen gemütlich im Schatten, rauchten, schwatzten oder machten ein Nickerchen. Der Pfahl mit dem Glasauge stand stramm an Ort, bloß war oben ein alter Hut über das Bewachungsorgan gestülpt!

Switts zur Dunne, ein über siebzigjähriger, glatzköpfiger, gedrungener Haudegen mit Kugelbauch und Säbelbeinen, imponierte der jungen Zuhörerschaft mit seinen schaurigen Heldentaten im Ersten Weltkrieg. Als preußischer Kürassieroffizier hoch zu Ross, lehrte er dem Feind das Fürchten. Ein Schmiss auf seiner roten Stirn, eine breite Narbe auf der Wange von einem wenig freundlich gesinnten Bajonett zeugten vom Erlebten. Für seine Angebetete hatte er sich in seiner Jugend noch duelliert, weil ein Nebenbuhler sich traute, die ihm Versprochene zu „fixieren"; dieser eine intensive Blick war genau einer zu viel und das Opfer sollte nie mehr in die Augen einer Verlobten blicken können, weil ihm der Ehrenmann eines ausschoss, die Kugel tief ins Hirn drang und damit Exitus war. Niemand zweifelte an der Authentizität seiner Geschichten und er hätte sich gar nicht so ins Feuer seiner Erinnerungen zu schreien brauchen. Ohnehin traute sich kaum einer der kleinen beeindruckten Zuhörer noch den in Rage geratenen Berserker anzublicken. Allerdings kompensierte dieser damit in Inhalt und Stil den Umstand, nur ein „zu" und kein „von" im Titel zu tragen. Sein feudales Landhaus glich ein bisschen dem gallischen Interieur bei Asterix und Obelix, einzig die vielen Säbel, Krummdolche und Kriegswimpel mit den Tapferkeitsmedaillen an den Wänden wollten nicht recht dazu passen. Jacqueline entsetzte sich als große Tierfreundin aber am meisten über die hohlen Elefantenfüße, welche die Dame des Hauses in einer Selbstverständlichkeit als Papierkörbe missbrauchte.

Baronin von Hohn, sie hieß Ehrenwort so, war eine der beeindruckendsten Persönlichkeiten nicht nur des Libolotals, sondern von ganz Angola. Die elegante Erscheinung in Blond musste vermutlich schon damals die siebzig überschritten haben, hatte jedoch eine alterslose Ausstrahlung. Sie besaß eine der schönsten Kaffeeplantagen und legte besonderen Wert auf die Ratschläge von Renato. Mehrmals pro Jahr lud sie ihn mit sanftem Druck zu sich ein, auf dass er sie beraten sollte, ob Düngemittel, neuer Traktor, Krankheiten bei ihren Robustabohnen oder einfach, weil sie seine Nähe schätzte. Ihre fantastische Villa in englischem Landhausstil, aber schilfgedeckt wie die norddeutschen Häuser, stand in einem blühenden, über mehrere Terrassen reichenden Garten mit englischem Rasen und einem nierenförmigen Bassin;

dazu ein Badehaus mit Grillplatz. Im Garten stolzierte ein Duzend Pfaue, die ihr Rad schlugen, um den Geladenen zu imponieren, oder um sich gegen die jüngsten Buben Renatos, Amadeo und Rico, zu wehren, welche ihnen nachstellten, um eine der schönen Federn auszurupfen. Gelang es ihnen, und das auch noch, ohne von der Baronesse bemerkt zu werden, rannten sie triumphierend unter Indianergeheul durch den noblen Park. Der einzige Ort in Angola, an dem für Herren abends Krawattenzwang herrschte und für Damen ein Abendkleid obligatorisch war. Ihre Gästezimmer mit Himmelbetten, Kristalllüstern, edlen Vorhängen mit Blumenmustern, schweren Möbeln im Louis-Toujours-Stil kontrastierten eigenwillig mit der rund umher augenfälligen Armut ihrer schwarzen Feldarbeiter. Und man war gedrängt zu denken, wie ungerecht das Leben doch sei – ein Glück für die meisten der weißen Siedler. Sie musste schwerreich sein; immerhin hatte sie vier vermögende Ehemänner überlebt, einer adeliger als der andere, und vier Plantagen aufgebaut, eine größer als die andere. Der Chronist bewunderte die Baronin. In den 30er-Jahren war sie noch zu Fuß, mit Mauleseln und Trägerkarawanen von Kenia über Tansania, Rhodesien nach Angola gewandert; die beschwerliche Reise hatte mehrere Monate gedauert. Schließlich ließ sie sich mit ihrem dritten Gatten im Libolotal nieder. Auf dem Feld trug sie Jeans, Stiefel und ein kariertes Holzfällerhemd; sie schwang sich auf ihren Traktor wie ein junges Mädchen und so sah sie auf den ersten Blick auch aus, denn ungeschminkt war sie selbst bei härtester Outdoorbeschäftigung nie. Sie trieb viel Gymnastik, verleugnete ihre Liftings kategorisch, obwohl am Ansatz der gefärbten Haare kleine Narben erkennbar waren (die Schönheitschirurgie steckte noch in den Kinderschuhen). Am Feierabend jedoch warf sie sich in extravagante Roben aus Chiffonseide, doppellagig changierend, geblümt und in aberwitzigen Farbkombinationen; Röcke und Hosen seitlich bis zum Gurt geschlitzt. Das trug ihr den Übernamen „Baronin Yé-Yé" ein und schmeichelte ihr, die mit ihrem Alter kokettierte.

Abends dann der große Auftritt: Geduscht und geschniegelt nahm die beträchtliche Gästeschar mit aufgesetztem Ennui den Sundowner auf der breit ausladenden Terrasse ein. Small Talk über das Wetter, das auch nicht mehr über jeden Zweifel erhaben war, die unzuverlässigen Hausboys, den Schnäppchenkauf einer kleineren Fazenda von etwa fünftausend Hektar. Etwas unsicher musterten Erstgäste die Habitués, die sich gegenseitig liebenswürdige Gemeinheiten in homöopathischer Dosis einträufelten. Im üppig ausladenden Salon brannte bereits ein behagliches Kaminfeuer. Zum Dinner ertönte eine helle, kleine Glocke, die Flügeltüren wurden von zwei Schwarzen in rosa Livrées theatralisch aufgestoßen und der Betrachter sah sich unvermittelt vor einer riesigen Tafel mit frischen Blumenarrangements, feinstem Rosenthal, Kristallgläsern, die das Kerzenlicht reflektierten, und ganzen Batterien von Silberbesteck auf besticktem Seidendamast. Es erfolgte die Zelebrierung edelster Speisefolgen mit erlesenen Weinen und gebildeter Konversation. Contenance und Esprit während des ganzen Abends, auch beim Dessertlikör wären grobkörnige Späße deplatziert gewesen, man hielt höflich Abstand voneinander, peinlich bedacht, Knigge nicht zu brüskieren. War einem das Glück hold und durfte man mehrere Abende zu Besuch weilen, so kam der Bewirtete in den Genuss sich ablösender Uniformen nicht nur bei den Gästen, sondern auch bei der Dienerschaft: Himmelblau und Kanariengelb wechselten mit dem bereits erwähnten Rosa, je nach Crew, die gerade Dienst hatte. Blumengestecke überdauerten den einen Abend nicht und wurden jeweils neu und noch üppiger inszeniert; das ganze tuntenbarocke Theater mit immer neuen Akten, Akzenten und Höhepunkten gefiel den handverlesenen Besuchern außerordentlich, ja – parbleu – es bedeutete den Ritterschlag zur angolanischen Hautevolee.

Der Süden des Landes konnte dem Norden in quantitativer Hinsicht, rein adelstechnisch mit wohlklingenden Namen, kaum Paroli bieten, obwohl auch hier in der Gegend von Huambo und Huila einige interessante Zeitzeugen hausten. So zum Beispiel der Sohn des berühmten „roten Barons", der von 1914 bis 1918 in seinem Doppeldecker über achtzig gegnerische Flieger vom Himmel schoss, bevor er selber in den Ärmelkanal biss. Von Zielhoeuven, eine korpulente, mächtige Erscheinung, die viel Raum für sich beanspruchte, hatte zwei Hobbys: vollständige (!) Wagnerkonzerte von Schellackplatten vor Besuchern dirigieren, die nur mal eben schnell vorbeischauen wollten, und kunstvolle Torten backen, die in einer Vitrine ausgestellt langsam zu Staub zerfielen. Er lebte primär in der Vergangenheit, hatte ein eher unerquickliches Verhältnis zur Gegenwart. Der Zufall wollte es, dass Renato auf einer seiner Geschäftsreisen eben gerade mit mühevoll gespieltem Interesse eine Partitur der Walküre über sich ergehen hatte lassen, als der begnadete Dirigent vor Ergriffenheit tot zusammensackte. Auf dem Land besaß jeder, in vorausschauender Vernunft, seinen Sarg, denn die Verwesung setzte in den Tropen früh ein. So schlüpfte Renato zum ersten Mal und unfreiwillig – zusammen mit zwei weiteren anwesenden Gästen – in die Rolle des Begräbnisbeamten (Totengräber hatte so etwas Anrüchiges). Da der antizipierte Tod schon etliche Jahre zurücklag, wollte der Herr partout nicht in seinen eng gewordenen Schragen passen; mal schaute der lackbeschuhte Fuß heraus, mal wieder die weiße Hand am Frackärmel. Das Dirigieren hatte immerhin den Vorteil, dass der Verblichene bereits ordentlich gekleidet war. Mit vereinten Kräften gelang es schließlich, den Deckel vor der Leichenstarre zu schließen. Dankbar fluchend gratulierten sich alle zum gelungenen Ende dieses traurigen Kapitels.

Es war Maurice schon die ganze Zeit aufgefallen: In seiner Chronik wurde kräftig und aberwitzig gestorben, dabei hatte er noch so viel Lebendiges zu berichten. Es tat ihm leid, aber auch sein nächster Casus wollte mit einem spektakulären Ende in diese Erzählung aufgenommen werden, obwohl doch sein pralles Dasein schon genügt hätte für eine eigene Geschichte.

Sie lernten ihn an einem Abend beim deutschen Konsul Dr. Assfalk kennen. Rüdiger, wie ihn seine engeren Freunde nennen durften, war ein schneidiger, ehrgeiziger und cholerischer Diplomat, der es über diesen Umweg der Personenvertretung später zu einem gefeierten Botschafter bringen sollte.

Zurzeit streamlinte er aber seine konsularische Mannschaft inklusive überangepasster Gattin und noch versteckt rebellierender Töchter.

Am besagten Anlass – einer Soiree im kleinen Schwarzen und mit eindringlicher Krawattenempfehlung, an der die gelangweilten Gäste mit Häppchen von einer uniformierten Dienerschaft beglückt wurden – stand er plötzlich da, ein ca. fünfundvierzigjähriger Cowboy in Jeans, Stiefeln, Hut mit Leopardenschwanz über der breiten Krempe (sein Markenzeichen), Patronengurt und Dolch. Er dachte übrigens nicht im Traum daran, den tief hängenden Revolver abzulegen. Die Männer näherten sich ihm misstrauisch, die Damen neugierig, denn er war ein echter Kerl, ledergegerbt, kantig, wild entschlossen, seine Augen strahlten stahlblau. „Ich bin Chris und du?" Der Hausherr zuckte leicht irritiert mit der Oberlippe und reckte sein energisches Kinn, die Haut verfärbte sich noch röter als sonst; seit wann hatten sie denn zusammen Schweine gehütet? Seine holde Gattin schmolz dahin. Chris war ein Prospektor von guter Reputation, südafrikanischer Abstammung mit Burenwurzeln, der ein bewegtes Leben hinter sich hatte.

Eingeladen worden war er von englischen Mineuren, die das große Kupfer- und Diamantengeschäft im Süden Angolas zwischen Benguela und Moçamedes zur Wüste Namib hin witterten. Chris bediente sich ungeniert, er hatte keine Geduld für hypokritische Höflichkeitsfloskeln. Die Damen der Gesellschaft holte er zum Tanz wie eine erlegte Beute. Crocodile Dundee beherrschte das Einmaleins des Groben virtuos, verhohnepiepelte die deutsche Sprache unfreiwillig und tanzte gefährlich spastisch, seine Bewegungen so unkoordiniert, dass jede zum Risiko wurde, vermochte aber die verspannte Abendgesellschaft rasch mit seinen Geschichten, halb holländisch, halb deutsch mit englischen Versatzstücken vorgetragen, zu enthusiasmieren. Der kleine Beobachter erschrak, als Chris hin und wieder seinen Dolch zog und auch beim Tanzen damit gefährlich umherfuchtelte, um seinen erregten Partnerinnen plastisch zu erläutern, wie er als Söldner im Algerienkrieg 17 („schiebschen") feindliche Kämpfer umgebracht hatte. Als Kapitän auf einem norwegischen Walfänger wilderte er in atlantischen Gewässern, als Prospektor hatte er für De Beers leidliche Erfolge in Südafrika verzeichnet. Zwei Jahre später, nachdem er manches Frauenherz gebrochen und einigen bedeutenden Männern der Lokalprominenz die Hörner aufgesetzt hatte, starb Chris so fulminant, wie sein Leben gewesen war. Ein eigenhändig vorgebohrter Schacht in einem verheißungsvollen Diamantenfeld an der Grenze zu Südwestafrika wurde sein Grab. Denn dummerweise verlief der Claim zuerst vertikal zwanzig Meter in die Tiefe, um sich dann irgendwo horizontal zu verlieren. Dafür musste unten im Schacht eine Sprengladung angebracht werden, um den weiteren Verlauf analysieren zu können. Alles lief planmäßig, die Lunte mit Reservezeit brannte auf die fachmännisch gelegten Dynamitstäbe zu, Chris ließ sich im Korb hochziehen – und zwei Meter vor dem Ausstieg riss die Seilwinde!

Die besten Freunde von Mauriçe und Florian waren das gleichaltrige norddeutsche Geschwisterpaar Marlene und ihr jüngerer Bruder Damian. Auch ihr Vater besaß eine Pflanzung ähnlicher Größe, noch einiges nördlicher gelegen als Jerusalem. Die Eltern, bescheiden im Auftritt, vor allem der Vater, nannten bei der Vorstellung immer nur ihren Familiennamen und man vergaß dabei, dass er ein Prinz aus dem Hochadel war, dessen Familie einmal über riesige Latifundien in Schleswig-Holstein, Sachsen, Böhmen und Mähren verfügte, aber durch die beiden Kriege fast alles verloren hatte. Ein Schloss in Eppendorf war noch in verschwägertem Familienbesitz, ansonsten musste die weitverzweigte Sippe ihr Glück auf dem afrikanischen sowie südamerikanischen Kontinent suchen. Mit ganzem, hier aber nur gekürzt wiedergegebenem Namen hieß er Friederich Eugen Parzival, Prinz Schönbuch von Carlsburg, was bei der erforderlichen Anmeldung mit vollständigem Namen müde Hotelconcierges schon einmal zur im Halbschlaf geäußerten Bemerkung veranlasste, der letzte heimgekommene Gast möge doch bitte dann das Hauptportal schließen.

Einfachheitshalber wollten sie nur mit Fritz und Gila Carlsburg angesprochen werden. Er war ein gebildeter, gezeichneter, stiller Mann; nicht verwunderlich, wenn man bedachte, was er als junger Offizier auf dem Russlandfeldzug mitgemacht hatte. Nur dank einer schweren Verletzung auf dem Minenfeld überlebte er, so absurd dies klingen mochte, weil damit für ihn der Krieg vorbei war. Ein ehrgeiziger junger Arzt flickte ihn mit primitivsten Hilfsmitteln und ohne Narkose im Lazarett zusammen; seine zähe Konstitution ließ ihn die russische Kriegsgefangenschaft überleben und er wusste ab diesem Zeitpunkt, dass es für ihn nur noch besser kommen konnte. Gila war da schon redseliger und etwas mehr auf Status bedacht, ihren Kleinwagen dekorierte sie (immerhin innen und diskret) mit dem Namensschild „Prinzessin von Carlsburg". Wer wusste denn schon, dass der Name des Halters von Gesetzes wegen im Auto vorgeschrieben war. Bei Zuwiderhandlung drohte eine verhältnismäßig hohe Buße, ganz im Gegensatz zum Fahren in angetrunkenem Zustand. Wie die Familie Renatos hielten Carlsburgs sich in späteren Zeiten, Mitte 60er-Jahre, einen Hauslehrer, auf dass der Nachwuchs europäisch gebildet werde, um den Anschluss einmal nicht zu verpassen. Der Unterschied: Renato und Jacqueline waren per Du mit ihrem eingestellten Erzieher, Herr Oberstudienrat Seiffert wurde aber genau so tituliert und ließ es sich umgekehrt beim Tee im Salon nach dem morgendlichen Unterricht nicht nehmen, Gila mit „Prinzessin" anzuhauchen, was sie ihm partout nicht austreiben konnte. Der Chronist mochte Gila, für ihn natürlich Frau Carlsburg (Duzen war selbst unter Erwachsenen nach jahrelanger Freundschaft nicht üblich). Sie hatte ein besonderes Herz für Tiere und wurde irgendwo, was in Afrika so viel wie fast überall bedeutete, eine Kreatur schlecht behandelt, rastete sie aus. Unvergesslich, als ein Händler an der Tür läutete und sein lebendes Geflügel feilbot: Er hatte die Hühner Kopf nach unten an den Beinen zusammengebunden und trug sie an einer langen Bambusstange über der Schulter. „Wie lange trägst du deine Hühner schon so umher?", fragte sie ihn freundlich. „Ich bin seit ungefähr zwei Wochen unterwegs", antwortete der nichts Ahnende. Kurzerhand ließ Gila ihn von ihren zwei Boys packen und an den Füßen am nächstgelegenen Baum aufhängen. „Hier wirst du jetzt ebenfalls zwei Wochen verbringen, damit du ein für alle Mal weißt, wie deinen Hühnern zumute ist." Trotz dunkler Haut und Blut im Kopf erbleichte der Händler und begann zu wimmern. Alle entfernten sich und ließen den armen Mann eine Viertelstunde leiden, dann befreiten sie ihn wieder und kauften ihm alle Tiere ab.

Wegen der Kinder traf man sich fast täglich, kein Strandbesuch ohne das verschworene Quartett, auch keine Matinée mit Disneyfilmen: Diese fanden in den schön gelegenen Open-Air-Kinos mit beleuchteten Gartenanlagen abends um 19.00 Uhr statt. Zu viert ging man shoppen, essen, baden. Im Café Paris aßen sie die besten Bolos der Stadt, in der Eisdiele Balaizão holten sie sich ihr Bauchgrimmen nach dem übertriebenen Glacékonsum. Mit der Quartierjugendbande lieferten sie sich Gefechte auf Baustellen und schossen mit Luftgewehren und Steinschleudern aufeinander; der Authentizität eines Westerns wurde mehr Beachtung geschenkt als der realen Gefahr – es hätte leicht ins Auge gehen können. Als Florian einmal ernstlich verletzt wurde (nicht vom Feind, sondern von Damian in der Irrmeinung, das Magazin sei leer), konzentrierten sie sich auf die Rattenjagd – die Viecher waren bei Ebbe eine Plage und wurden im Schlick durch saubere Blattschüsse erledigt. Nachts pirschten sie auch Straßenlaternen an und bejubelten jeden Volltreffer, weil das Licht ganz langsam verlöschte. Das Zigarettenrauchen machte weniger Spaß, weil es die aufgeklärten Eltern nicht verboten hatten. Die Kinder waren unzertrennlich. Selbst über Nacht biwakierten sie in Leintuchzelten zu viert auf der Terrasse. Bis zu dem Zeitpunkt, als in Angola alles drunter und drüber ging im Chaos des herannahenden Bürgerkrieges.

Aber der Erzähler greift vor, hält sich nicht mehr an die chronologische Abfolge der Ereignisse und wird später erst dieses brisante Thema aufgreifen dürfen.

Deutsche bildeten den Hauptanteil der ausländischen Bevölkerung. Schweizer waren demgegenüber völlig untervertreten; Renato deckte mit seiner Familie zu diesem Zeitpunkt etwa 75 % in ganz Angola ab. Bei Lobito im Süden lebte ein gut meinender Missionar und in Luanda kümmerte sich der Honorarkonsul Monsieur Cocteau um seine helvetischen Schäfchen, das heißt, man begegnete sich hin und wieder an einem Anlass, ansonsten wäre der arme Mann massiv unterbeschäftigt gewesen. Den ersten August aber, den ließ er sich nicht nehmen. Tage zuvor liefen die Vorbereitungen bereits auf Hochtouren, une question d'honneur! Die Fliege, mal gepunktet, mal gestreift, war sein Markenzeichen; der Chronist glaubte fest, dass er sie selbst am Strand oder im Bett nicht ablegte, und hätte seinen aufgesparten Schoggi-Osterhasen darauf gewettet. Je näher der Nationalfeiertag kam, desto nervöser versuchten seine Finger den eng würgenden Kragen zu lockern, desto fleißiger übte er eindrucksvolle Posen, um der Diktion seiner vermeintlich kurzen Ansprache mehr Impetus zu verleihen. Et bien: der Höhepunkt dann am Abend auf der Terrasse des Konsulates, der Dreizimmerwohnung von Monsieur. Rührend die zahlreichen Kanapees mit Schweizerfähnchen, dazu ein extra importierter Yvorne. Die Nationalhymne auf dreiunddreißig Touren ab schwarzer Rille in den Äther geschmettert, begleitet von ein paar Raketchen und Krachern. Alles wie immer ein bisschen misslungen, aber Florian, das Geburtstagskind konnte es kaum fassen, dass so viel Aufhebens um ihn gemacht wurde. Um den Räumen, die mit Lampions und Drapeaus dekoriert waren, ein wenig festlichen Glamour zu verleihen, musste jeder Geladene noch einige Gäste mitbringen. So waren die Deutschen wieder in der Überzahl; man diskutierte in den vier Landessprachen Hochdeutsch, Englisch, Portugiesisch und Kapverdianisch. Die bilingue Jacqueline erbarmte sich des Honorarkonsuls und smalltalkte französisch. Waren ihre Eltern vom Kongo zu Besuch, lief Monsieur Cocteau zur Hochform auf. Damit war zum Glück auch Walther neutralisiert, denn in früheren Jahren hatte er die Chuzpe, die Rede des Bundespräsidenten für die Auslandschweizer zu verlesen.

Ins noble Quartier

Mauriçe und Florian verbrachten eine glückliche Zeit in einem belgischen Kindergarten, natürlich privat geführt und an derselben Straße gelegen, an der sie wohnten. Ein petrochemisches Unternehmen hatte diese Tagesstätte großzügig gegründet, um seinen Angestellten die gewünschte Kinderaufsicht zu ermöglichen; Zugewandte, das hieß privilegierte Ausländer, hatten ebenfalls Zutritt. Der Hausboy begleitete die Dreikäsehoch auf ihren Dreirädern und holte sie nachmittags wieder ab. Französisch wurde, ohne dass sie es merkten, zur zweiten Fremdsprache nach dem Portugiesischen. Sie wuchsen vielsprachig polyglott und erst noch multikulturell auf, zumal der aufgeklärte private Verein auch einige herzige Alibinegerlein führte. Auch Englisch und vereinzelt Afrikaans waren vertreten. Aline, die welsche Grandmaman war begeistert über die gelungenen Fortschritte der Kleinen, wenn sie von Léopoldville manchmal in Luanda zu Besuch weilte, auch wenn sich die Buben aus Trotz der Französischkonversation mehrheitlich verweigerten. Die Kinderpartys waren bunt, laut und fröhlich, die Mütter schrill, noch lauter und hysterisch; dieser normale, aber elegante Wahnsinn gefiel dem Beobachter, konnte er doch am unbefangenen Objekt der Spielkameraden deren Eltern diskret studieren.

Der Umzug 1960 von der Wohnung in der Unterstadt ins moderne Haus mit Terrasse, offener Veranda und einem großen Garten hatte die ganze Familie begeistert. Ein Vorstadtquartier vorwiegend mit Einfamilienhäusern, Umschwung garantiert, Nachbarn in gehobenen Positionen, vornehme Zurückhaltung. Zwar verzichteten sie nun auf den direkten Meerblick und waren etwa fünfzehn Autominuten davon entfernt, dafür bot der gewonnene Lebensraum mehr als Ersatz. Sie lebten sich schnell an der Rua General João de Almeida, Nr. 106 ein. Mauriçe teilte sich einen Raum mit seinem Bruder, die Schwester bekam, natürlich, das Einzelzimmer. Das

Personal wurde aufgestockt: neben Alfredo, dem Koch, beschäftigte die Familie eine Wäscherin, zwei Hausboys und einen Gärtner. Das machte einen kolonialen Eindruck, es wurden damit jedoch fünf Arbeitsplätze geschaffen, an denen wiederum Familien hingen, die eine Existenzgrundlage hatten. Nebst den gut doppelt so hohen Löhnen als die marktüblichen siebenhundert Escudos, was damals etwa hundertzwanzig Schweizer Franken entsprach (Bekannte ärgerten sich über diese Preistreiberei), der Bezahlung von Miete, Kleidern, Arztkosten und Verpflegung profilierte sich Renato insofern sozial, als die Angestellten in der immer offenen Dispensa, der Vorratskammer, das Notwendige wie Mehl, Zucker, Öl nehmen durften. So mussten sie nicht wie bei anderen Familien üblich, die Güter für sich und ihre Angehörigen heimlich abzweigen und beim Erwischtwerden die Stelle riskieren; Jacquelines Definitionsänderung von Eigentum ersparte ihr viele Umtriebe.

Einzig bei der Bar mit teuren Whiskys kannte Renato kein Pardon. Der heimliche Konsum wurde rasch bemerkt mittels an der Flasche angebrachter Markierungen. Gegenstrategie des Übeltäters: mit Wasser nachfüllen. Da kannte er aber den geschulten Gaumen Renatos schlecht. Der eichte seine Flaschen alsbald, indem er sie auf den Kopf stellte und diese Abstraktionsstufe wurde nicht mehr durchschaut – die Bar war ab diesem Zeitpunkt geschlossen für Unberechtigte. Die guten Brandweine gönnte Renato sich selber, den handelsüblichen Durchschnittsfusel füllte er in die imageträchtigen leeren Bouteilles und manch hoher Besuch konnte sich vor lauter Komplimenten über die exquisite Bestückung von Renatos Bar kaum erholen; der Hausherr kicherte in sich hinein und weidete sich maliziös an den Flaschen. Es handelte sich übrigens beim Trinkdieb des Chivas Regal nicht um Alfredo, sondern um den zweiten Hausboy Fernando (er selbst sprach seinen Namen „Firinandue" aus und genauso war er auch in seinem Wesen); Alfredo bevorzugte billigen Rotwein für seine intensiven Quartalsräusche. Ansonsten gestaltete sich die Beziehung zum Personal entspannt; die Patenschaft für eines der acht Kinder von Joana, der Wäscherin, festigte gar eine freundschaftliche Bande, die weit über das Anstellungsverhältnis hinausreichte. Matéus und Fernando, die beiden treuen Hausboys, waren zuständig für die Putzarbeiten, das Wechseln der Gasflaschen, das Auftischen und den Service. Ihre Kinder freundeten sich bei den gelegentlichen Besuchen rasch mit denen von Renato und Jacqueline an; gemeinsam tobten sie durch den Garten und spielten unbedarft Western nach, die am Vorabend im Hinterhof eines nahen Klublokals gezeigt wurden und die sie von den Logenplätzen der Terrasse aus bestens verfolgen konnten. Ein Planschbecken, unmöglich schwarz-gelb gekachelt und z-förmig angelegt, bot Abkühlung nach hitzigen Gefechten zwischen Richard Löwenherz mit seinen Getreuen und dem gemeinen Rittervolk aus dem Quartier. Man diskutierte intensiv, wer nun aus welchen Gründen die Schlacht gewonnen, wer siegreich gekämpft, wer mit Schande zu sterben hatte, und geriet sich darob erneut in die Haare.

Auftritt von links: Eine ältere Schwarze, großer Korb mit allerlei Hausrat auf dem Kopf, wiegt schwingend vor dem Haus vorbei, Zeter und Mordio witternd, wohl im Selbstgeschimpfe vertieft. Sie ist längst verschwunden und lediglich akustisch noch von weither präsent, da taucht der männliche Gegenpart ebenfalls von links her auf: Er schnauzt, gestikuliert und grollt vor sich her. Seine Strafpredigt gilt der keifenden Gemahlin, die ihm eine Standpauke hält. Und der Beobachter lernte: Wenn jeder auf Distanz für sich stritt, aber an die Adresse des anderen, der ihn nicht mehr hören konnte, dann hatten sich die Gemüter bis daheim in der Hütte beruhigt – eine geniale Form der täglichen Auseinandersetzung, die niemanden wirklich verletzte. Auch bei einer normalen Diskussion war es in Luanda durchaus üblich, dass die Gesprächspartner fünfzig Meter Distanz hielten, um dafür umso lauter zu schreien. Und auch wenn jeder den Inhalt mitbekam, schien dies niemanden zu stören. Es war ja eigentlich nur die Vorwegnahme der heutigen mobilen Handy-Generation, die sich im öffentlichen Raum wieder genauso ungeniert benimmt. Überhaupt verfügten die Einheimischen über stupende soziologische Kniffe, um sich das Zusammenleben zu erleichtern. In welcher Gesellschaft kommt es schon vor, dass zwei sich Begegnende beide Folgendes zueinander sagen: „Oua se quelé? – Quiambóte!", was soviel wie „Wie geht es dir? – Danke, gut!" bedeutet. Vielleicht grammatikalisch nicht ganz korrekt wiedergegeben, aber von der Lautmalerei her richtig erinnert und dessen Bedeutung gespeichert: Man nimmt die Antwort vorweg und verschone sich vor der Nachfrage nach dem wirklichen Ergehen, denn: Wäre einer ehrlich und betonte seine Unzufriedenheit mit dem Leben, müsste der andere aus Anstand nachfragen. So sparte man sich die Peinlichkeit a priori.

Eine getigerte Katze, mit der Sandrine machen konnte, was sie wollte, die Brüder jedoch schnell ihre Krallen zu spüren bekamen und sich über diese Frauensolidarität maßlos ärgerten, sowie eine Schildkröte vervollständigten das Familienglück am neuen Ort. Die Schildkröte hieß Tante Luka, weil Florian das portugiesische Wort „Tartaruga" zum Zeitpunkt ihrer Anschaffung noch nicht richtig aussprechen konnte. Sie hatte einen seitlichen Riss im Panzer und an diesem Markenzeichen erkannten die Buben ihr Tier immer wieder: Regelmäßig wurde es nämlich aus dem Garten geklaut und von den Dieben wieder an die Familie verkauft, ein Recycling, das beiden Parteien zugutekam.

Zog ein Gewitter auf, warteten die Kinder sehnsüchtig, bis es aufhörte zu blitzen, um dann vergnügt im strömenden Regen umherzurennen, in die sich bildenden Pfützen zu springen. Das Nass vom Himmel war eines *der* Ereignisse, insbesondere zu Beginn der Regenzeit; schließlich hatte man acht bis neun Monate darauf warten müssen. Aber etwas beschäftigte den immer das Sein hinter dem Schein vermutenden Grübler: Zuweilen schien die Sonne bereits wieder, der Regen wollte jedoch noch nicht aufgeben. Die beiden Unvereinbarkeiten hätten sich doch auf einen Regenbogen als Kompromiss einigen können, dann würde jeder etwas davon haben. Das zumindest stand in einem seiner Kinderbücher. Weit gefehlt:

Dieses Phänomen bekam er nie zu Gesicht und er fragte sich schon, ob das alles nur ein Märchen war wie die Enttäuschung vom Osterhasen und dem St. Nikolaus. Als Besonderheit der atmosphärischen Optik, die als Kreisbogen mit allen Spektralfarben hätte wahrgenommen werden sollen, müssten die Wassertropfen doch das Sonnenlicht brechen und reflektieren wie ein Prisma? Renato versuchte zu erklären, dass es für diese Erscheinung gewisser Bedingungen bedurfte, um überhaupt gesehen werden zu können. Es war die Rede von einem Radius von zweiundvierzig Grad um den Sonnengegenpunkt mit den Farben Rot, Orange, Gelb, Grün, Blau, Violett, von außen nach innen, mit fließenden Übergängen. Der Regenbogen war aber nur sichtbar, wenn die Sonnenhöhe weniger als zweiundvierzig Grad betrug; stand die Sonne höher, was in den Tropen der Fall war, lag der Gegenpunkt unterhalb des Horizonts und somit konnte der Regenbogen auch nicht beobachtet werden. Überdies regnete es in den Tropen sowieso meistens am Mittag, wenn die Sonne im Zenit stand. In gemäßigten Zonen sah man deshalb am Morgen im Westen und am Abend im Osten die meisten schönen Farbspiele. „Aha", dachte sich der Knirps und verstand nur die Hälfte. Einfach soviel, dass hier keine prächtigen bunten Streifen an den Himmel gezaubert wurden und dass dies das Normalste der Welt war, einer der wenigen Fehler, die der liebe Gott im sonst so schönen Paradies zu verantworten hatte.

Ging Jacqueline zur Friseuse, suchte ihr Nachwuchs das Weite. Die blondierte Signora da Silva liebte – wie alle Portugiesen – Kinder abgöttisch und knutschte sie derart begeistert bei Ankunft und Abschied, dass die gekniffenen, gequetschten Backen noch stundenlang schmerzten: „Eiihh que rrrrrico!" „Ach du Schschschnuggi!", war ungefähr das schlimmste Trauma in der sonst so harmonischen Kindheit. Ihre Mutter musste den Namen Conceição da Silva nur hauchend andeuten, schon flohen die Kinder mit eingebildeten Wangenschmerzen.

7.
Die Unruhen von 1961

Diese Nacht vom 4. Februar 1961 sollten sie nie mehr vergessen. In einem nahen Musseque, einem Bidonville, wie Aline jeweils mit wohligem Schaudern die ärmlichen Schwarzenviertel nannte, brachen die ersten organisierten Unruhen Angolas mit Vehemenz aus. Die schwarze Bevölkerung hatte sich zu einem konzertierten Aufstand formiert; man wollte die weiße Vorherrschaft nicht mehr klaglos akzeptieren, teilhaben an Bildung, Wohlstand, den enormen Ressourcen des Landes, die von wenigen Portugiesen ausgebeutet wurden. Und in der Konfrontation der Armut mit dem schamlos zur Schau gestellten Reichtum kam die ganze Obszönität erst zur Geltung. Es waren die drei wichtigsten ethnischen Bantuvölkergruppen der Kimbundu um Luanda, der weiter südlich lebenden Ovimbundo und der ganz nördlichen Kikongo, die zahlenmäßig drei Viertel ausmachten und jetzt den Aufstand probten.

Schon ein Jahr vorher feierten sechzehn neue afrikanische Staaten das Ende der Kolonialherrschaft, der Belgisch Kongo hieß nun „Demokratische Republik Zaire", die Hauptstadt Léopoldville „Kinshasa". Dem Französisch Kongo wurde die Volksrepublik Kongo verpasst, Brazzaville durfte seinen Namen behalten. Auf das ehemalige Kongoreich, das zu weniger als einem Viertel im heutigen Kongo und zu über drei Vierteln in Angola lag, gründete sich das Nationalbewusstsein der Bakongo, unter deren Führung die Aufstände begannen. Sie weigerten sich nicht nur, die aktuelle Grenzziehung durch die Berliner Kongokonferenz von 1885 zu akzeptieren, eine von den weißen Kolonialmächten ausgehandelte politische und geografische Aufteilung des afrikanischen Kontinents, sondern strebten Unabhängigkeit und Selbstbestimmung an. Der Boden war durch die Vereinten Nationen vorgeebnet worden: Ihre Entkolonialisierungspolitik ab 1960 verlangte die sofortige und vollständige Beendigung des Kolonialismus. Vor allem ehemalige Kolonien – jetzt Vollmitglieder der Vereinten Nationen – trieben die Unabhängigkeitsbestrebungen voran. Unter dem Druck der politischen Verhältnisse versuchten sich die Kolonialmächte so schnell wie möglich von ihrer Last zu befreien. Außer Portugal: Es nannte seine Überseegebiete wieder „Provinzen", bestritt konsequent, dass es sich um Kolonien handeln würde, bemühte sich auch um bildungspolitische und soziale Reformen, um nicht als Kolonialist zu gelten, und definierte diese Gebiete als Teile des portugiesischen Staates. Seit der Zeit der Entdeckungen wollte das kleine, vom mächtigen Spanien bedrohte Portugal sein Imperium ausbauen; es herrschte der Traum vom einheitlichen Kolonialgebiet von West über Zentralafrika nach Ost, nach Moçambique. Die Engländer schoben diesem Ansinnen aus Eigeninteresse einen Riegel vor, angeregt durch Cecil Rhodes, dem Namensgeber Rhodesiens.

Das Dilemma Portugals lag Anfang des 20. Jahrhunderts beim merkantilistischen Tauschhandel mit seinen Überseeprovinzen; noch immer wurde er von den gleichen wenigen Familien kontrolliert, welche die Wirtschaft Portugals beherrschten. Dadurch erfolgte keine Industrialisierung; so blieb Angola primitiver Rohstoffproduzent mit preiswerten Arbeitskräften einerseits und Verbrauchern von im Ausland fabrizierten Konsumgütern anderseits. Mit Salazar übernahm 1928 ein für damalige Zeit moderner Technokrat die Macht. Das Land lag wirtschaftlich am Boden und hatte eine hohe Auslandverschuldung zu verkraften. Die großen verdienten Vermögen wurden im Ausland gehortet; die wachsenden Bedürfnisse der zunehmenden Bevölkerung konnten nicht mehr befriedigt werden. Salazar entwarf in dieser Krise seinen genialen Finanzplan, indem er den Geldadel mit Monopolzusagen bestach; mit dem zurückgeflossenen Geld wurden Banken und

Fabriken finanziert und im Gegenzug neue Großgrundbesitze in den Kolonien gegründet.

Diese moderne Variante alter Feudalstrukturen überlebte im Großen und Ganzen bis zum 25. April 1974, der Nelkenrevolution. Die ferngelegene Provinz Angola entwickelte sich auf Kosten der Einheimischen zur Filiale des Mutterlandes, in welche man die anderswo unverkäuflichen Produkte wie Wein oder schlecht gewobene Baumwollstoffe zu überhöhten Preisen abschob, die man sich durch günstige Rohstoffe zu fixierten Schundpreisen bezahlen ließ. Nun wurde diese Konstellation durch supranationale Organisationen wie die UNO ernstlich infrage gestellt. De Gaulle hielt in Brazzaville seine zündende Befreiungsrede und versprach den Afrikanern von Kongo Brazzaville die Freiheit als Preis für deren Loyalität an der Seite der Alliierten im Zweiten Weltkrieg. Die Welle des kolonialen Zerfalls setzte ein; Engländer, Franzosen, Belgier gaben nacheinander ihre Kolonien auf: Angola wurde plötzlich Frontland. Nur noch im Süden existierte eine sichere Grenze zu Südwestafrika. Aber dreitausend Kilometer grüne Grenze zum Kongo und zu Sambia waren für ein armes Portugal zu viel. Zwar nie rassistisch veranlagt waren die Portugiesen aber auch wenig an den Gleichheitschancen für die Eingeborenen interessiert; Tausende von intelligenten und fähigen Afrikanern flüchteten – um ihre Arbeitsplätze und Aufstiegsmöglichkeiten betrogen – in die benachbarten Länder, ließen sich ausbilden und formierten den organisierten Widerstand. So erklärten sich die ersten Aufstände im Norden des Landes zu Beginn des Jahres 1961. Primitiv bewaffnet, trainiert von ausländischen Agenten lösten die ersten angolanischen Massaker in Portugal und bei der lokal betroffenen Bevölkerung einen riesigen Schock aus. Die revolutionären Gruppen unter der Führung der späteren FNLA (Frente National de Libertação de Angola) von Holden Roberto, dem kaum portugiesisch sprechenden Missionarssohn, der im Belgisch Kongo aufgewachsen war, und der bereits gegründeten MPLA (Movimento Popular de Libertação de Angola), einer urbanen und kommunistisch orientierten Partei unter dem Arzt Dr. Augustinho Neto, drangen in die Rundfunkstation ein, besetzten weitere Gebäude, griffen ein Gefängnis an und brandschatzten in den umliegenden Quartieren. Es gab in dieser Nacht mehrere Tote und viele Verletzte. Nachbarn bildeten spontane Bürgerwehren, um sich zu verteidigen. Chaos herrschte, denn alle kämpften gegen alle und niemand wusste so genau, wer eigentlich auf der eigenen und wer auf der feindlichen Seite stand. Auf der Straße konnte man in gefährliche Hinterhalte geraten, überall wurde geschossen, gebrüllt und dann diese unheimliche Stille.

Plötzlich schrillte die Hausglocke, immer und immer wieder. Die bereits wieder hochschwangere Jacqueline in Erwartung ihres vierten Sprösslings hatte Angst. Trotzdem schlich sich Renato im Dunkeln bewaffnet mit seiner nie mehr benötigten Pistole und einer Catana zum Eingangstor: Zu seiner Erleichterung stellte er fest, dass der Klingelknopf abgerissen war und sich bei jedem Windstoß die offenen Drähte touchierten, sodass der Kontakt das Klingeln verursachte. Weder ein Hinterhalt noch übernatürliche Kräfte. Auch die nächsten Wochen kam Luanda nicht zur Ruhe. Zwar wurde tagsüber noch mehr schlecht als recht gearbeitet, nachts jedoch herrschte ein gesetzloser Zustand mit Scharmützeln in den Straßen, durchbrochen von gespenstiger Stille. Mitten in einem Feuergefecht, das an mehreren Orten tobte, musste Jacqueline ins Spital gebracht werden; Renato vertraute die Kinder seinen loyalen Boys an und raste mit überhöhter Geschwindigkeit in die Klinik, um eine schlechte Zielscheibe abzugeben. Die Aktion gelang und eine Stunde später gebar seine Frau Amadeus. Sein musikalischer Namensvetter hätte bei diesem pränatalen Stress mit hoher Lärmbelastung wohl nie zu komponieren angefangen. Er aber war zufrieden es gerade noch geschafft zu haben zu seiner Geburt.

Auge um Auge

Im nächsten Monat begann im Norden ein blutiger Aufstand der im Kongo ausgebildeten Milizen; sie drangen tief ins Land ein, die etwa neuntausend Mann starken portugiesischen Streitkräfte, davon etwa zweitausendfünfhundert Weiße, waren kaum vorbereitet. Den Gefechten fielen mehr als sechstausend schwarze Soldaten und über tausend weiße zum Opfer. Auch zahlreiche Zivilisten kamen ums Leben; man sprach von über fünfhundert betroffenen Pflanzerfamilien im Norden Angolas, die Tote zu beklagen hatten. Die Kämpfe wurden beidseitig äußerst grausam geführt, Opfer gequält und verstümmelt, die Gewaltspirale drehte sich. An Reisen ins nördliche Inland war nicht zu denken, die Fahrt nach Jerusalem oder auch zu Kunden im Libolotal hätte fatale Folgen haben können. Salazar verschob große Truppenkontingente nach Angola, der Aufstand wurde brutal niedergeschlagen.

Es war der Moment, in dem Renato politisiert wurde als unfreiwilliger Zeuge eines grausamen Vorfalles. Da die Ethnien der verschiedenen Bantustämme auch in Luanda unter sich heillos zerstritten waren, trauten sich die Angestellten nachts oft nicht mehr nach Hause. So fuhr Renato sie in ihre Hütten in den Musseques, eine bereits in Friedenszeiten nicht gerade harmlose Angelegenheit, riskierte man doch, bestenfalls überfallen, schlechtesten Falls ermordet zu werden. Matéus versteckte sich auf der Hinterbank unter einer Decke, um nicht vom Mob der falschen Partei gelyncht zu werden. Da sah Renato einige Dutzend Paramilitärs, Weiße und Schwarze, die ein Armenviertel umstellt hatten und begannen, die Hütten mithilfe von Benzinkanistern abzufackeln. Die im Schlaf überraschte Bevölkerung rannte, wenn sie noch dazu in der Lage war, heraus, um von den Maschinengewehren der Soldateska richtiggehend massakriert zu werden. Niemand wurde verschont, Frauen und Kinder erschossen, eine wahre Treibjagd. Renato stürzte ohne Bedenken auf die marodierende, hysterisch lachende Bande zu und schrie sie in seiner fassungslosen Verzweiflung an, sie sollten mit der skrupellosen Schlächterei sofort aufhören. Sie gehorchten tatsächlich und umringten ihn drohend mit den entsicherten Waffen im Anschlag. Erst jetzt realisierte er die Gefahr, in welche er sich begeben hatte, und der Angstschweiß mischte sich mit seiner unendlichen Wut. Ein junger Mulatte im Rang eines Korporals kannte Renato flüchtig und führte ihn unter Beschwichtigung seiner Kollegen, die im Gringo bereits den Kollaborateur witterten, weg. Dieser Scherge, auf wessen Seite auch immer, hatte ihm wohl das Leben gerettet und er konnte mit dem Auto unversehrt umkehren. Wäre sein Boy entdeckt worden, Renatos Geschichte hätte hier vielleicht ein jähes Ende gefunden. Ab diesem Zeitpunkt schwor er sich, seine Rolle in dieser Kolonie zu überdenken, ja, politisch im Ausland für die Sache der Schwarzen zu kämpfen und er begann sich eine Strategie zu überlegen. Sein politisches Engagement brachte ihn später in manche, nicht nur wirtschaftliche Bredouille.

Renatos Recherchen ergaben, dass der perfide Überfall in dieser denkwürdigen Nacht mit großer Wahrscheinlichkeit von der gefürchteten PIDE, der politischen Polizei Portugals, als Racheakt für die Aufstände in der Stadt inszeniert worden war.

Die Situation wurde immer unerträglicher, an einen geregelten Tagesablauf war nicht mehr zu denken, die Geschäfte begannen zu stagnieren, der Norden Angolas und die Hauptstadt Luanda drohten im Chaos zu versinken. Viele Pflanzer, die selber überfallen worden waren, stornierten aus verständlichen Gründen ihre Bestellungen bei der Agrangol, was Letztere wiederum in finanzielle Schwierigkeiten brachte. Unter den Ausländern funktionierte das System der gegenseitigen Hilfe und Information sehr gut; man half sich, wo und so gut es eben nur ging. Im bestens organisierten Tauschgeschäft hatte jeder etwas zu bieten, wovon die verschworene Gemeinschaft profitieren konnte, ob Gas gegen Fleisch, Mehl und Zucker als Währung für das knapp werdende Benzin oder auch nur neueste Nachrichten aus der Gerüchteküche. Die Stimmung kippte, als in der eigenen Straße erste Gefechte begannen; die Revolution schwappte sozusagen in die adrett bestellten Vorgärten der wohlhabenden Schichten und es wurde immer ungemütlicher. Aus Angst löschte man das Licht oder verdunkelte die Fenster, um nicht zur direkten Zielscheibe eines politischen Fanatikers zu werden. Viele Männer begannen ihre Familien zu evakuieren, besorgten Tickets für die immer seltener nach Plan fliegenden Maschinen oder bestachen Frachter- und Kutterkapitäne vorsorglich, um die bevorstehende Flucht zu sichern. Renatos Schwiegervater und seine Partner beorderten aus Sorge auch die sechsköpfige Familie zurück. In einer Nacht- und Nebelaktion packten sie das Wichtigste zusammen, schlichen sich aus dem Haus und übernachteten vorerst ein paar Tage bei französischen Freunden, die etwas außerhalb der direkten Schusslinie wohnten. Florian und Mauriçe waren begeistert, mit den Erwachsenen Räuber und Polizist spielen zu dürfen. Man duckte sich an den Fenstern, schlief auf Luftmatratzen am Boden, schlich nachts mit der Taschenlampe durchs Haus und die Väter waren bewaffnet; in den Schlafzimmern standen schussbereite Winchesterbüchsen. Leider war das Spiel viel zu schnell vorbei; am Flughafen wartete die Maschine nach Kinshasa. Eine asthmatisch keuchende DC 3 brachte sie mit etwas ungüten Gefühlen, aber dennoch sicher zu Walther und Aline nach Léopoldville – die beiden weigerten sich, ob aus Überzeugung oder Gewohnheit, ihre Stadt mit dem neuen Namen anzusprechen. Hier war die Lage ruhig, des Schwiegervaters Geschäfte florierten, er wohnte in einer repräsentativen Villa im Kolonialstil mit gedeckter Veranda und üppigem Garten. Die Ventilatoren surrten leise, die Familie wurde von diskretem Personal umsorgt. Vater und Großvater zogen sich zurück, um BBC zu hören und die wirtschaftliche Lage zu erörtern; Angola sollte auf keinen Fall aufgegeben werden, aber man stellte sich auf eine längere Unterbrechung ein, bis sich die Lage wieder normalisierte. Nach einigen Wochen stand der Entscheid fest vorerst in die Schweiz zurückzukehren, ins Haus der Schwiegereltern. So machte sich die Familie wieder einmal auf eine größere

Reise mit bestimmtem Ziel, aber nicht planbarer Zukunft. Das Einzige, was sie wussten, war, dass sie so schnell wie möglich zurückkehren wollten. Vier Jahre sollte es dauern, bis die politische Lage soweit entspannt war, dass sich eine gefahrlose Heimkehr verantworten ließ.

Von bunt zu grau

In der Luftfahrt hatte sich einiges geändert: Dernier Cri der TAP waren die großen Lockheed Super Constellation in der gestreckten Version L-1049, die es mit nur noch einem Zwischenhalt und einer Reisegeschwindigkeit von 450 km/h bis nach Lissabon schafften. Seine Vorgänger existierten zwar schon seit Mitte der 40er-Jahre, die Zivilluftfahrt verwendete sie in den 50ern, auf diesen Afrikastrecken aber erst seit Ende der 50er, Anfang 60er-Jahre.

Die ganze Familie war begeistert von diesem silbern schimmernden Flugzeug mit geschwungenem Rumpf, Delfinnase und dreifachem Heckleitwerk. Die vier 18-Zylinder-Propellermotoren leisteten je über 3000 PS; es gab nichts Eleganteres und Eindrucksvolleres am Himmel zwischen Afrika und Europa. Etwa hundert Passagiere hätten darin Platz gefunden, die teuren Flugpreise von weit über 3000 Franken pro erwachsene Person verhinderten jedoch eine Vollbesetzung und so hatten die Kinder viel Raum, um während des Fluges umherzurennen, die Stewardessen zu necken und den Piloten sowie dem Bordingenieur hin und wieder einen Besuch abzustatten.

Der mehrtägige Zwischenhalt in Lissabon nutzte Renato zur Pflege seiner zahlreichen Geschäftskontakte, welche sich über die Jahre zwischen Angola und Portugal mit Einheimischen und Ausländern ergeben hatten. In einem der Cafés in der Baixa steckten die Männer ihre Köpfe zusammen und flüsterten sich die neusten Ereignisse aus den Provinzen zu, debattierten über zukünftige Strategien der Regierung und wirtschaftliche Potenziale in den Überseegebieten. Es herrschte eine angespannte Atmosphäre, hatten doch die meisten der Anwesenden ihr ganzes Hab und Gut in Angola oder Moçambique investiert als Firma oder in Form einer Pflanzung. Jacqueline erkundete derweil mit ihren Kindern die Stadt. Es standen Ausflüge in den Botanischen Garten, zum Castelo de São George mit seiner Parkanlage und dem traumhaften Blick über Lisboa und, um dem kulturellen Gewissen Genüge zu tun, ein Besuch der ältesten Kirche, der Cathedral da Sé auf dem Programm. Die drei älteren Geschwister wollten sofort Tram fahren, den Elevador de Santa Justa besteigen, einen echten Aufzug als Stahlkonstruktion mit Holzkabine, 1901 von einem Eiffel-Schüler erbaut. Und natürlich Eis essen. Amadeus war dies alles noch ziemlich egal.

In Basel angekommen, übermüdet von den mannigfaltigen Eindrücken der langen Reise schockte sie das Einheitsgrau von Wetter, Stadt und Menschen. Es war doch Frühling und trotzdem schien hier alles dezente Zerknirschung zu tragen. Die wilden Kirschbäume genierten sich fast für ihre rosa Blütenpracht, die Leute sprachen gedämpft wie durch Taschentücher, kaum ein Auto traute sich zu hupen, die bunte Markthalle fehlte, im Bus herrschte Totenstille, nur durchbrochen von gepressten Befehlen des Kondukteurs: „Aufschließen bitte!" Frohgemut schien niemand, höchstens hie und da ein lauwarmer Scherzkeks, der seinen Kollegen einen uralten Witz zum Besten gab, den man sich selbst in Beamtenstuben nicht mehr zu erzählen wagte.

Von der eigenen Familie aber wurden die Refugiados, die Flüchtlinge aus dem gefährlichen Afrika, herzlich aufgenommen. Schließlich hatte man sich Sorgen um Renato und seine Familie gemacht und war erleichtert sie nun wohlbehalten hier zu wissen. Es beruhigte überdies ungemein, dass sie in der leer stehenden Villa von Walther und Aline wohnten, weil sie damit erstens niemandem zur Last fielen und zweitens ein belebtes Haus immer besser war als ein unbewohntes. In kurzer Zeit entwickelte sich ihr neues Domizil zu einem Treffpunkt von Familie und Freunden; alle wollten die Abenteuer der letzten Jahre aus erstem Mund erfahren und Renato wurde seiner Rolle als rhetorisch brillantem Causeur gerecht. Seine Schwiegerreltern weilten wieder vermehrt hier und bewohnten eine Suite im zweiten Stock mit eigenem Badezimmer.

Homo Sociologicus und das Charisma von Savimbi

Man schmiedete Pläne für die Zukunft in Angola und in Zaire. Öfters empfing Walther kongolesische Minister, denn seine Beziehungen reichten bis in die obersten Politkader; man musste sich jetzt eben mit den Negern in der neuen Regierung arrangieren. Geschäftspartner gaben sich die Türklinke in die Hand. Der jüngere Bruder Jacquelines trat nach seinem Betriebswirtschaftsstudium in St. Gallen in die väterliche Firma ein. Obwohl er ursprünglich andere Ziele verfolgte – als gut aussehender Playboy mit Sportwagen und als begnadeter Jazzpianist hätte er vielleicht eine ganz andere Biografie haben können –, beugte er sich dem patronalen Diktat Walthers und trat sozusagen in die Fußstapfen seines älteren verstorbenen Bruders. Seine Aufgabe bestand vorerst in der Heirat seiner Verlobten und dann in der Koordination der Geschäftstätigkeiten von Basel aus. Er und Renato waren charakterlich sehr unterschiedliche Typen, die ihr Heu nicht immer auf derselben Bühne hatten. Auch Jacqueline und ihre Schwägerin wirkten gegensätzlich. Warmherzig und gefühlsduselig die eine, den Charme einer ungeheizten Kathedrale versprühend die andere. Trotz gelegentlicher sarkastischer Seitenhiebe beiderseits rauften sie sich im Interesse des Unternehmens zusammen, ja verkehrten die folgenden Jahre freundschaftlich miteinander. Raymond war schließlich auch der Pate von Florian, dem zweitgeborenen Sohn Renatos, seine Frau Gotte von Amadeo. Jacqueline sinnierte: Wie oft holten sie früher doch Musiker aus einem Jazzlokal in Basel in den späten Abendstunden noch in den Waldhof, auf dass sie die nimmermüde jugendliche Spaßgesellschaft unterhielten bis ins frühe Morgengrauen. Unter anderen Joe Turner, der für eine Flasche Whisky am Steinway-Flügel mit Raymond vierhändig jazzte und blueste, dass es eine Freude war. Eigentlich schade, dass alles immer anders kommen musste.

Renato hatte noch andere Vorsätze: Er schrieb sich an der Universität Basel für ein Zweitstudium in Soziologie ein. Dieses Fach vereinnahmte ihn zusehends, er wurde wieder zum wissensdurstigen Studenten, der Karl Webers protestantische Ethik in „Wirtschaft und Gesellschaft" einsaugte, sich mit Dahrendorfs Homo Sociologicus auseinandersetzte, der Klasse stets als Kategorie zur Analyse der Dynamik sozialen Konfliktes verstand. Er interessierte sich erneut für das Kommunistische Manifest von 1848, um den Ursachen sozialer Ungleichheit nachzuspüren. Der Gewissenskonflikt war vorprogrammiert: Er als Kolonialist und Bourgeois, Großgrundbesitzer und Eigentümer an Produktionsmitteln erlebte die Klassenkämpfe als treibende Kräfte der Geschichte in Angola hautnah. Renatos Karma wollte, dass er im Zuge seiner Studien und Semesterarbeiten mit einem jüngeren schwarzen Kommilitonen der Lausanner Universität zusammentraf. Es handelte sich um den Angolaner Jonas Savimbi, den späteren Gründer der UNITA (União National para Independência Total de Angola), der im Südosten von Sambia aus den Widerstand in Angola organisierte. Savimbi studierte Soziologie und Volkswirtschaft und promovierte später an der Universität von Lausanne. Er drängte Renato sich für den Befreiungskampf der unterdrückten angolanischen Bevölkerung einzusetzen. Als weißer Oberschichtler, der Renato nun einmal war, hätte er das nicht ohne dramatische Konsequenzen tun können, das war auch dem schwarzen Intellektuellen klar; er plädierte deshalb für eine Agitatorenrolle: Renato sollte in der Schweiz Aufklärungsarbeit leisten, der Bevölkerung in Vorträgen die missliche Lage der Indigenen von Angola erläutern, das ausbeuterische Schema anprangern und gleichzeitig Geld für den legitimen Befreiungskampf sammeln. Nach längerer Bedenkzeit fing Renato tatsächlich an Reden vor interessiertem Publikum zu halten, das Einsammeln von Spenden schien ihm denn doch zu radikal angesichts seiner Vergangenheit und antizipierten Zukunft in der portugiesischen Kolonie. Ihm schwebte die Quadratur des Zirkels vor: als weißer Geschäftsmann und Großgrundbesitzer sozial verträglich zu handeln und zu produzieren; Fair Trade in jeder Hinsicht, eine Vorwegnahme des heutigen Max-Havelaar-Konzeptes. Seine Vorträge fanden regen Zuspruch und wurden offenbar auch heimlich von der PIDE aufmerksam verfolgt; Diktator Salazars politische Polizei und sein Geheimdienst schienen perfekt organisiert zu sein. Ihre Ohren und Augen registrierten alles, auch außerhalb der eigenen Staatsgrenzen.

8.
Zwischenzeit

Renato und seine Familie begannen sich allmählich im Dorf einzuleben. Der Migrosbus durfte den Hof der Villa als Kehrplatz benutzen mit der Gegenleistung, den Laden auf Rädern zweimal pro Woche direkt vor der Haustür zu haben. Zwischen Milchlieferungen (im Offenausschank auf der Ladebrücke) und Postbote, Friseur, Kleiderflicken, Ochsner-Kübel (die schweren, welche einen Saulärm machten) und Rosenschneiden richtete Jacqueline sich ihren Alltag ein. Es galt, zuerst warme Kleider einzukaufen, denn die Erkältungsstafette der Kleinen nahm kein Ende. Nach wie vor lebte sie für die Kindererziehung. Das Putzen und Kochen erledigten zwei spanische Mädchen, eine österreichische Gesellschafterin kümmerte sich um die zahlreichen bedeutsamen Angelegenheiten wie Einladungen und Diskussionsabende; meistens handelte es sich um Geschäftsfreunde von Walther und Renato. Anya wurde zu Jacquelines Busenfreundin, mit der sie alles besprechen konnte, Mauriçe und Florian hielten sich mehr an die übergewichtige, herzliche Köchin, die sie mit leckeren Tortillas und Paella verwöhnte. Ganz nebenbei lernten sie Spanisch als weitere Fremdsprache, nur um das Portugiesische dafür wieder zu vergessen. Der Gatte des jungverheirateten Zimmermädchens besorgte den immensen Garten, spielte und unternahm viel mit Renatos Kindern. Das erste Osterfest blieb weniger als religiöse Reminiszenz in Erinnerung als vielmehr wegen der feinen Schweizer Schokolade. Sie tröstete über das depressiv machende Frühlingswetter hinweg. Im Sommer genoss die ganze Familie – und meistens auch ein ansehnlicher Teil der Dorfjugend – das eigene Schwimmbassin mit integriertem Kinderbecken, Nichtschwimmerzone und 12-Meter-Pool. Waren Walther und Aline gerade einmal zu Besuch, ließ er sich jeweils lange von den Kindern bitten, bis er umgezogen und in knackigen Shorts seinen noch immer athletischen Körper dehnte, um dann auf dem Geländer der Badetreppe einen Handstand zu drücken, langsam in eine waagrecht gestreckte Position überzugehen und die gaffende Schar belustigt-stolz aus den Augenwinkeln zu beobachten. Als Kunstturner in jugendlichen Jahren und Schweizer Vizemeister im Mehrkampf besaß er noch immer die nötige Spannkraft. Dann konnte Aline nicht widerstehen ein gestrecktes Bein hinter ihren Kopf zu befördern und noch charmanter als ihr Göttergatte zu lächeln. Das machte enorm Eindruck und sollte bis ins hohe Alter von fünfundsiebzig Jahren ihre einstudierte Nummer bleiben. Abends schmissen die Erwachsenen ihre Partys bei Fackellicht und grillten die Koteletts. Am Waldrand und einsam gelegen störte das laute Gelächter und die Musik keinen Menschen; so wurde ausgelassen bis in die Morgenstunden gefeiert, geschmust, diskutiert und zu vorgerückter Stunde lallend philosophiert über das Schlechte in der Welt.

Der Kuss im Klassenzimmer

Mauriçe wurde eingeschult; vier Primarklassen im selben Zimmer mit einem säuerlichen, emotional verknappten Lehrer, der seinen Auftrag primär in der repressiven Maßregelung seiner Schutzbefohlenen sah. Seine jähzornigen Anfälle mit tätlichen Übergriffen wie an den Ohren hochheben, mit dem Bambusstock auf den Kopf schlagen, ohrfeigen, boxen und treten waren gefürchtet. Ausgesperrt werden in die ungeheizte Eingangshalle des alten Sandsteingebäudes war dagegen eine Wohltat, hatte man doch die Garantie sich zu erkälten und für Tage elterlich sanktioniert auszufallen. Als Außenseiter musste Mauriçe sich seinen Platz in der Schule vor allem im ersten Jahr mühselig erobern. Anfangs wurde er von Mitschülern viel geprügelt und ausgestoßen. Zäh, wie er war, erkämpfte er sich jedoch nach und nach Respekt und Zuneigung. Ab der zweiten Primar wurde er gar zum Klassensprecher gewählt und gab dieses Amt bis zum vollendeten vierten Schuljahr und der Rückreise nach Angola nicht mehr ab. Mit der Zeit wurde die Lehranstalt eigentlich recht familiär, da zuerst Florian und später auch Sandrine im selben Raum ihr Pensum eingetrichtert bekamen. Wenn im Winter der Holzofen qualmte, die Schüler sich in den alten Holzbänken mit den eingelassenen Tintenfässern und deren vertrocknetem Inhalt mit dem Einritzen ihrer Initialen abmühten, Wettbewerbe im Kopfrechnen abhielten und der verschneite Pausenhof zu Schneeballschlachten einlud, dann konnte es richtig gemütlich werden; wie auf dem Anker-Bildchen bei den Großeltern in der Küche.

Die vielen Mittelohrentzündungen verbunden mit starkem Halsweh zwangen Jacqueline, ihren ältesten Sohn an den Mandeln operieren zu lassen. Mauriçe spuckte viel Blut, bekam aber als lohnende Gegenleistung Eis, so viel er mochte und jede Menge Zuneigung von Familie und Verwandtschaft. Das konnte Florian wiederum nicht einfach hinnehmen; er revanchierte sich mit einem doppelten Armbruch beim Versuch, als Tarzan von der Holzbeige an die Teppichstange zu hechten. Nun waren die Brüder punkto Zuwendung psychologisch wieder quitt.

Dem Chronisten wurde die Zeit durch seine große Liebe zur Banknachbarin, Christiana Quartone, einer Halbitalienerin mit feurigen grünen Augen und dunklen langen Haaren versüßt. Die beiden waren unzertrennlich, ob bei den Hausaufgaben, dem Schwimmen in der Dorfbadeanstalt im Sommer oder sonntags beim elterlichen Tee mit Kuchen. Sie wohnten in Sichtweite voneinander und so litt er schmachtend an ihrer Nähe, wenn sie einmal durch verhasste familiäre Angelegenheiten bedingt einander entsagen mussten. Kam Cousine Patricia von Brüssel zu Besuch, quälte ihn die affektive Ambivalenz zwischen den beiden Frauen und er versuchte sich in einem Ménage à trois. Ein Schaumbad zu dritt mit Cousine und Florian, Doktorspiele zu zweit mit der Freundin. Hätte er gewusst, dass sein Vater sich in einer ähnlichen Problemlage befand, wäre ein Gedankenaustausch vielleicht hilfreich gewesen. Renato verstand nämlich seine Trösterrolle bei Marie-Anne, die noch immer um ihren verunglückten Mann trauerte, nicht nur rein platonisch. Als Christiana sich in der letzten Primarklasse erdreistete, für einen jungen Lehrer ihres zukünftigen Gymnasiums zu schwärmen, bändelte er mit den beiden hübschen Guerlain-Schwestern an, die schon lange ein Auge auf ihn geworfen hatten. Ihre im elterlichen Garten zur Weihnachtszeit vom Vater erbaute Natureisbahn benutzten sie als attraktive Mitgift. Maurice war hingerissen von der Schlittschuharena und den langen blonden Haaren von Eva und Corinne. Das Verhältnis kulminierte in einem doppelten Seitensprung: Die Schwestern sperrten ihn nach dem Unterricht in den Handarbeits- und Werkraum, riegelten sich mit ihm ein, versteckten den Schlüssel und küssten ihn beide mit geschlossenen Augen und zusammengekniffenen Lippen auf seinen gepressten Mund. Dass hier auch die Bibelstunden mit Fräulein Röthlin abgehalten wurden, würzte die erotische Eskapade zusätzlich. Fuchs, Iltis und Eule starrten sie als ausgestopfte Präparate des Naturkundeunterrichts und unfreiwillige Zeugen mit ihren Glasaugen an.

Renatos Eltern wohnten immer noch, jetzt allerdings nur mehr zu zweit, in ihrem Reihenhäuschen aus den 20er-Jahren. An der ruhigen Sackgasse hatte sich nichts verändert, die Zeit schien stillzustehen. Es kam dem Sohn bei seinen häufigen Besuchen noch enger vor als früher. Eine gemütliche Wohnküche im Tiefparterre mit Treppe in den kleinen Hinterhof zum Schopf, in dem er als Bub Hühner gehalten hatte, alles war noch genau so, wie in seiner Kindheit. Die Werkbank des Großvaters im Schuppen nebenan wartete am selben Ort auf ihren Einsatz; darüber gepinnt Skizzen und Kohlezeichnungen von Tier- und Portraitstudien aus Renatos Jugendzeit. Papa, der Gemeindeschreiber pflegte in der Freizeit noch immer mit Leidenschaft seinen großen, außer Haus gelegenen Gemüsegarten, wenn er heimkam, kochte Mama das Mittag- und Abendessen pünktlich; die Fledermäuse von Jerusalem hätten hier an Disziplin zulegen müssen. Radio Beromünster war an der Skala des Empfängers markiert, um 12.30 Uhr herrschte Redeverbot. Das Verstellen des Sendewahlknopfes konnte den sonst so ruhigen Mann in Rage versetzen. Der halbdunkle, neben der Küche gelegene Keller mit seinen Holzhurden: Es roch muffig und herrlich zugleich; die ausgelegten Äpfel und Kartoffeln, welche gegen ihr Frühlingsschrumpfen ankämpften und vor lauter Verzweiflung austrieben. Der Most im Fass mit Hähnchen am Gummischlauch, das die Kinder so gerne drückten, der preiswerte Magdalener in Einliterflaschen, den sich Renatos Vater zu jedem Essen mit Maß gönnte, das selbst gemachte Johannisbeergelée in den alten Gläsern mit nach innen gebauchten Abdeckfolien. Alleine die Fruchtwähen und Linzertorten von Renatos Mutter hätten im Guide Michelin zumindest ein „vaut un détour" verdient. In der nachbarlichen Schlosserwerkstatt kreischten die Sägen auf dem unwilligen Metall. Nie hätte er gedacht, dass diese Geräusche wehmütige Erinnerungen evozieren könnten, dass sie ihm all die Jahre gefehlt hatten. Seine emanzipierte Schwester Marie, die er gelegentlich mit ihrer Familie hier antraf, konnte diesen reichlich verqueren Emotionen ihres Bruders wenig abgewinnen; noch immer grollte sie ihren Eltern und der ganzen Umgebung wegen der kleinbürgerlich-spießigen Atmosphäre, unter der sie als Mädchen gelitten hatte. Warum musste um Himmels willen die zur Feier des Besuches umgebundene Sonntagsschürze immer noch von der darüber getragenen Werktagsvariante geschützt werden? Wieso erwähnte man das spezielle Teeservice für Gäste und entschloss sich trotzdem für das abgegriffene Alltagsgeschirr, weil es ja nur um die engere Familie ging? Das Leben konnte auch bei einfachen Leuten kompliziert sein. Renato fühlte sich um zwanzig Jahre zurückversetzt; dieselben Querelen und Nörgeleien, ähnliche Geborgenheit, Glücksgefühle. Von der Uni kehrte er selten direkt heim in die schwiegerelterliche Villa Waldhof, sondern bog kurz zu seinen Eltern ab, die für den wieder engen Kontakt zu ihrem Sohn dankbar waren. Keine weltbewegenden Diskussionen, Alltägliches wurde beplaudert. Insbesondere mit seiner Mutter verband ihn eine tiefe, wenn auch selten ausgesprochene Zuneigung. Gerne hätte er manchmal mit ihnen philosophiert, politisiert, über ihre Familienkonstellation geredet, gleichzeitig aber auch gefürchtet sie zu verstören. Die zeitig zu Bett gehenden Leute ließen Renato gelegentlich noch alleine in der Küche zurück: „Könntest du, wenn du gehst, noch das Licht löschen?" In dieser Frage lagen das ganze Glück und die Tragik seiner Beziehung zu ihnen.

Renatos bester Freund aus Schulzeiten, der Sohn des schwiegerväterlichen Firmenteilhabers, heiratete seine exzentrische deutsche Freundin, eine Museumskuratorin mit forciert progressiven Ideen und feierte mit einem rauschenden Fest auf dem Schloss Bottmingen. Seit der Rückkehr von Angola pflegten sie wieder einen engeren Kontakt; Bill war nach dem Tod Christians auch als Pate für Maurice eingesprungen, Ehrensache unter guten Freunden.

Die Granate im Wohnzimmer

Im Frühherbst, noch vor Ende der Semesterferien, flog Renato für wenige Wochen nach Angola zurück, um in seiner Firma nach dem Rechten zu schauen. Agrangol existierte nach wie vor, wenn auch mit stark geschrumpfter Belegschaft und Quersubventionen aus dem Belgisch Kongo, das hieß aus der Unternehmung von Walther. Die Lage sah nicht rosig aus; chronischer Geldmangel resultierend aus der stagnierenden Wirtschaft machte es den Unternehmern schwer. Kunststück, noch immer wurde vor allem nachts in den Straßen geschossen, manchmal auch mit Bazookas, deren Panzergranaten eine verheerende Wirkung zeigten. Ein Techniker der Agrangol hatte großes Glück: Er wohnte unweit der Schweizer Familie in einem mehrstöckigen Block auf der dritten Etage. Mitten in der Nacht krachte es fürchterlich; er und seine Frau wurden aus dem Bett geschleudert. Als sie geschockt im Wohnzimmer nachschauen wollten, merkten sie, dass dieses nach dem Einschlag der Granate gar nicht mehr existierte, die ganze Wand fehlte, die Möbel waren zerstört und durch die Wucht der Explosion teilweise auf die Straße hinunter katapultiert worden.

Viel härter noch traf es Fritz von Carlsburg, dessen Plantage mitten im nördlichen Krisengebiet lag. Er musste auf seine militärischen Erfahrungen aus dem Zweiten Weltkrieg zurückgreifen, um sein einziges Hab und Gut zu schützen. Wachtürme schützten die Betriebs- und Wohngebäude, Straßensperren waren erforderlich, eine kleine Privatarmee schützte die Arbeiter auf den Feldern gegen Guerilla-Überfälle. Schießereien aus dem Hinterhalt gehörten für ihn zum Alltag. Zwischen dem undurchdringlichen Busch und den Feldern lagen gerodete Flächen, um ein freies Schussfeld zu haben. Fritzens Familie konnte seit 1961 nie mehr mit ihm auf die Pflanzung; er selbst bewegte sich nur schwer bewaffnet und musste oft im Konvoi zu seiner Plantage vordringen. Dass er abermals unverschuldet in einen Krieg verwickelt wurde, ließ ihn mitunter schier verzweifeln. Mehr als ihm lieb war, griff er zur Maschinenpistole, um das Feuer aus dem Hinterhalt zu beantworten, bei Übermacht zündete er seine stets mitgeführten Handgranaten; die machten am meisten Eindruck und schlugen den Feind in der Regel in die Flucht. Aber dieser Kampf gegen das Unsichtbare, die ständig lauernde Gefahr, die nervliche Anspannung zermürbten ihn zusehends.

Auch Renato musste sehr vorsichtig agieren, rief wöchentlich an, um die Familie zu beruhigen, was meistens misslang, hörte Jacqueline doch im Hintergrund die Maschinengewehrsalven knattern. Das Telefonieren gestaltete sich schwierig; über die Vermittlung in Lissabon warteten die Gesprächsteilnehmer bis zu vierundzwanzig Stunden auf eine teure, dafür schlechte Verbindung. Die Trennung fiel Jacqueline schwer, sie sollte sich aber im Laufe der Jahre daran gewöhnen, immer wieder über Monate hinweg getrennt von ihrem Mann leben zu müssen. Zweimal wöchentlich schrieben sie sich lange Briefe. Den sechzigsten Geburtstag von Aline, seiner Schwiegermutter, verpasste er, wie so manches Familienfest. Er bedauerte dies indessen nur bedingt. Überhaupt entwickelten Walther, Renato und Raymond eine äußerst rege Reisetätigkeit nach Afrika, Amerika, ins benachbarte Deutschland, nach Belgien und in die skandinavischen Länder. Man wollte nicht untätig sein und sich gut organisieren für den Fall, dass sich die verschiedenen Krisenherde in Afrika entspannen würden. Fast jede Woche flog jemand weg oder kam einer an, Jacqueline war viel beschäftigt mit Zubringer- und Abholdiensten in Kloten. Ihr geliebter Renato war in dieser Zeit mindestens zweimal pro Jahr für längere Zeit in Afrika und sonst auf Kurzreisen in Europa. Zwischendurch flog sie ihm auch nach Lissabon entgegen, um ein paar ungestörte Tage mit ihm zu verbringen, einmal ohne das ewige Kindergewusel und Geplärre.

Im Winter ließ sich Jacqueline in langwierigen Sitzungen ihre Zähne generalüberholen, abends spielte man Bridge mit den Eltern. Amadeus machte seine ersten Gehversuche im Laufgitter und war umzingelt von Bewunderern. Der Verwalter von Jerusalem, Rulo, weilte für einige Wochen mit Frau und inzwischen drei Töchtern, die sich gegenseitig mit immer noch stärkeren Grippeanfällen überboten, zu Besuch. Jacquelines Kinder legten sich dafür mit Keuchhusten, Mumps und Masern quer. Nachbarn mit dem ersten Schwarz-Weiß-TV-Gerät luden zur Wochenschau mit Berichten aus den Kolonien und zur Kubakrise. Die Waschmaschine ging jetzt zum dritten Mal in diesem Jahr kaputt. In der Garage stand ein nagelneuer hellblauer Fiat 1100, damit Renato und Jacqueline unabhängig waren; immerhin wohnte man zwar herrschaftlich, aber abgelegen. Die Tage vergingen den Kindern neben der Schule mit Flötenunterricht, Jugendriege und Ballett, Jacqueline kaufte ein, bereitete die vielen Einladungen vor und besuchte den Friseur.

1961: Erster bemannter Weltraumflug mit dem Kosmonauten Juri Gagarin. Baubeginn der Berliner Mauer. Der WWF wird in der Schweiz gegründet. Contergan wird vom Markt genommen. Geboren: Nastassja Kinski, Tony Rominger, Barbara Wussow, Eddie Murphy, Carl Lewis. Gestorben: Gary Cooper, Carl Gustav Jung, Ernest Hemingway, Cuno Amiet. Freddy Quinn mit „La Paloma" und Nana Mouskouri mit „Weisse Rosen aus Athen" machen sich Platz 1 in den Charts streitig.

Renatos Verhaftung und
sein fünftes Kind

Renato arbeitete viel an seiner Dissertation und den Afrikavorträgen, die je nach Zielpublikum unterschiedliche Inhalte fokussierten. Potenzielle Investoren kriegten die große wirtschaftliche Zukunft Angolas serviert, Professorenkränzchen ein valideres Bild der aktuellen Situation und im Freundeskreis standen die Anekdoten, filmisch untermalt, im Vordergrund. Ins Feuer redete sich Renato aber vor neutralen Zuhörern; da konnte er ohne Weiteres für die Unabhängigkeit von Angola plädieren, für eine Teilhabe der Schwarzen an der politischen und wirtschaftlichen Macht. Dafür wurde er auch bei seiner zweiten Reise nach Angola 1962 in Lissabon verhaftet und stundenlang von der PIDE befragt. Die Drohung war klar und deutlich: keine politisch agitierenden Vorträge mehr in der Schweiz, ansonsten würden seine Besitztümer konfisziert, er und seine Familie bekämen keine Visa mehr für sämtliche Überseeprovinzen. Wohl oder übel musste Renato hierauf seine aufklärerischen Absichten aufgeben, um seine aufgebaute Existenz nicht zu verlieren. Zumindest offiziell und öffentlich hielt er sich daran, heimlich und im privaten Kreis konnte er sein subversives Naturell jedoch nicht verleugnen. Jacqueline machte sich Sorgen um ihn wegen der politischen Verhältnisse in der Salazardiktatur, der unsicheren Zukunft und Renatos nicht vollständig auskurierter Gelbsucht. Schon über ein Jahr dauerte das Provisorium in der Schweiz, ein Ende war nicht abzusehen.

Seit November war Jacqueline wieder schwanger, ein Mysterium bei zwei Fehlgeburten nach dem bereits vierten Kind. Der Beobachter fragte sich langsam, ob diese wundersame Vermehrung seiner Familie mit rechten Dingen zuging. Irgendwann in der Philogenese mussten sich wohl Kaninchengene dominant in die Dynastie hineingemendelt haben. Nun, auf eines mehr oder weniger kam es auch nicht mehr an. Ihn als Tropicano beschäftigte zurzeit ohnehin vielmehr das physikalische Phänomen, dass der gesamte Zürichsee gefroren war und sich darauf die ganze Stadt tummeln konnte. Im Waldhof machte diese Eiseskälte weniger Spaß, nachdem die Kanalisation eingefroren und die Leitung geborsten war; im ganzen Haus stank es fürchterlich, dafür funktionierte die Heizung nicht. So lenkte sich die ganze Familie mit ihrer ersten Basler Fasnacht ab und studierte die Riten der an dieser Macumba Beteiligten; welche Heiligen beschworen wurden, konnte nicht klar eruiert werden, man war sich jedoch einig, dass damit dieser strenge Winter vertrieben werden sollte.

1962: Samoa wird unabhängig von Neuseeland. Sturmflut an der Nordsee. Georges Pompidou Ministerpräsident Frankreichs. Unabhängigkeit Ruandas und Burundis, Algeriens von Frankreich, Jamaika, Trinidad und Tobago von Grossbritannien. Einschreibung des ersten schwarzen Studenten an einer Uni in den USA. Unabhängigkeit Ugandas. Kubakrise zwischen USA und Sowjetunion. Die Beatles nehmen ihre erste Single „Love Me Do" auf. Brasilien wieder Fußballweltmeister. Gestorben: der Mafioso Lucky Luciano, Auguste Piccard, Gottlieb Duttweiler, William Faulkner, Marilyn Monroe, Hermann Hesse, Karen Blixen, Niels Bohr.

Am längsten Tag des Jahres gab Rico, das fünfte Kind von Jacqueline und Renato, sich die Ehre die Welt mit seinem Geschrei zu begrüßen. Wie bei jedem Sprössling assistierte der stolze Vater auch hier. Und wie zu jedem Kind erhielt Jacqueline auch jetzt einen wertvollen Schmuck von ihrem Gatten geschenkt; ob es heuer der Brillantring oder die Perlenkette war, konnte der Chronist nicht mehr mit Bestimmtheit eruieren. Rico freute sich, dass das Dorf gerade jetzt seine 450-jährige Zugehörigkeit zu Basel mit einem pompösen Fest feierte und er eigentlich als Jubiläumsbürger zu gelten hatte. Die von Amerika und Kanada heimgekehrten Eltern Jacquelines waren gerührt einen weiteren Enkel zu bekommen. Für Walther galten eh nur Jungs etwas; der Wermutstropfen: Sein Sohn Raymond hatte noch immer keinen Nachwuchs, geschweige den so sehnlichst erwarteten Stammhalter, der den stolzen Familiennamen in weitere Generationen retten und natürlich die Firma später übernehmen sollte. Der Grand Seigneur hatte die Gabe auch ein noch nicht vorhandenes Zukunftspotenzial für sich zu instrumentalisieren. Wie ein Schachspieler antizipierte er mögliche Szenarien, baute seine Figuren ins Kalkül ein und wehe, die Sache nahm nicht den von ihm geplanten Lauf.

Weltweit herrschte eine grosse Bestürzung und Die Nachricht hatte sich wie ein Lauffeuer verbreitet: Präsident Kennedy wurde Ende November 1963 in Dallas ermordet. Man sprach von nichts anderem mehr. Deutsch-französische Aussöhnung: de Gaulle und Adenauer unterzeichnen den Elyseevertrag. Paul VI als Papst inthronisiert. Postraub in England. Sansibar und Kenia werden unabhängig. Erfindung des Kassettenrekorders. Das ZDF geht erstmals auf Sendung. Premiere des Thrillers „Die Vögel" von Hitchcock. Tod von Johannes XXIII, Georges Braque, Edith Piaf, Aldous Huxley, Theodor Heuss, Paul Hindemith.

Den zehnten Hochzeitstag konnte das Paar nicht zusammen feiern, Renato weilte wieder einmal in Angola und vermochte gar die reichlich verwahrloste Pflanzung zu besuchen, wenn auch mit gewissen Risiken. Da nicht bewacht, wurden sämtliche Kaffeebäume – wohl als allgemeiner Racheakt an den verhassten weißen Kolonialisten – angezündet. In seiner Verzweiflung über den Verlust mehrerer Jahre harter Arbeit telegrafierte er Walther mit dem dringenden Rat Jerusalem aufzugeben, da es sich als Fass ohne Boden erwiesen und man mit der Agrangol noch genug Probleme zu bewältigen hätte. Kurz und bündig kam ein schwiegerväterliches „Niet": Was man einmal begonnen hatte, so sein Verdikt, das führte man auch zu Ende.

Jacqueline freute sich an den dreißig roten Rosen und dem Telegramm zum 30. April, die er ihr hatte zukommen lassen. Den Tag vergaß sie nicht, weil zufälligerweise auch die Expo 64 in Lausanne ihre Tore öffnete. Etwas später erschien Renato völlig unerwartet in der Tür und fragte: „Was gibt's zum Mittagessen?" Solche Überraschungen gelangen ihm in späteren Jahren noch öfters; seine Frage nach dem Menüplan wurde zum geflügelten Wort, wenn man eine überraschende Situation schildern wollte.

Intermezzo

Im Juni desselben Jahres vertraute das Paar seine fünf Kinder den Großeltern an und verreiste gemeinsam nach Angola; es sollte die Vorbereitung für eine nicht mehr allzu entfernte Rückkehr in ihre Heimat sein. Wie üblich verbrachten sie einige Tage in Lisboa, um Geschäftsfreunde zu treffen, bevor sie nach Luanda flogen. Das Jetzeitalter hatte begonnen. Gewohnt an die guten alten Propellermaschinen misstraute Jacqueline diesen unheimlichen Vögeln mit Düsenantrieb. Ihr anfänglicher Argwohn erwies sich als unbegründet, brauste man doch in der Boeing 707 bedeutend schneller und bequemer. Mit fast 900 km/h Reisegeschwindigkeit verkürzte sich die Flugzeit um die Hälfte und, noch wichtiger, sie flogen Lissabon–Luanda nonstop.

Was für ein Wiedersehen! Hier fühlte Jacqueline sich daheim. Sie richteten sich wieder häuslich ein, besuchten ihre noch immer vorhandenen Strandlokale, schrieben in der Agrangol die ersten Briefe, machten Geschäftsbesuche. Das musste man ihm lassen: Herr Generalkonsul Monsieur Cocteau nahm sein Amt ernst, kümmerte sich schon am zweiten Abend um sein Schweizer Volk und lud sie zum Essen ein. Bereits nach drei Tagen machte sich das Paar zu einer Reise nach Jerusalem auf. Man erreichte die Pflanzung jetzt in einem Tag, zumal die Straße teilweise asphaltiert war und momentan Trockenzeit herrschte. Ein Höflichkeitsbesuch beim Administrator in Duque de Bragança war unumgänglich, wer weiß, ob man in diesen noch immer nicht ganz befriedeten Zeiten nicht plötzlich auf staatliche Unterstützung angewiesen war. Noch lebten dieselben Angestellten hier und waren sofort zur Stelle; es hatte sich gelohnt, sie durch alle Jahre hindurch bei vollem Lohn zu behalten, denn sie sorgten für Ordnung und Bewachung des Hab und Guts. Interimistisch wurde die Pflanzung von einem Österreicher geleitet, den es unter nicht ganz astreinen Umständen nach Angola verschlagen hatte, der etwas vom Fach verstand und Arbeit suchte. Jacqueline füllte die Vorratskammer mit den mitgebrachten Nahrungsmitteln und inspizierte die nähere Umgebung. Fleisch fehlte, also pirschten sich die Herren der Schöpfung an ein Viado, eine ahnungslose Antilope, deren philanthropische Aufgabe bereits am selben Abend im Brutzeln auf dem Kaminfeuer bestand. Renato war während seiner letzten Aufenthalte in Jerusalem nicht untätig gewesen. So bestaunte man die neue Bewässerungsanlage, die mit einer Druckleitung vom Staudamm her mehrere Hektar auf einmal sprengen konnte. Der Kaffee stand wieder in Blüte, Tabak, Baumwolle und Sisal gediehen prächtig. Der Aufwand hatte sich trotz Rückschlägen wie dem Abbrennen der Anbauflächen gelohnt. Für einmal dankten sie heimlich der Hartnäckigkeit von Walther mit seinem afrikanischen Traum. Vor dem Haus lag ein großer Orangenhain, der sich siebenhundert Meter bis zu den Verwaltungsgebäuden hinunter erstreckte; das ganze Jahr über konnte man reife Früchte pflücken. Hinter dem Pflanzerhaus gedieh ein Zitronenbaumwäldchen, das abends einen betörenden Duft verbreitete.

Zu Ehren der Rückkehr des Patrãos und seiner Gattin spielte die Dorfmusik ein Ständchen auf ihren Marimbas, den großen Holzxylofonen mit Kürbisklangkörpern, untermalte die Melodien mit einer Batuquada, Perkussion auf Tamtams in höchster Perfektion. Die Eingeborenen konnten vor lauter Begeisterung nicht mehr aufhören und spielten sich in Trance; Jacqueline hörte sie noch am nächsten Morgen beim Aufstehen – eine Session war erst beendet, wenn auch der letzte Musiker vor Erschöpfung in Ohnmacht gefallen war. Die neue Bewässerungsanlage wurde mit einem üppigen Volksfest eingeweiht; dafür musste Renato eine Kuh schlachten lassen, Reis und Bohnen für alle kochen, dazu drei Fässer Wein spendieren.

Auf Initiative der jungen Frau, die schon bald nach Ankunft schwarze Kinder, die man ihr mit Entzündungen, Verstauchungen oder Bauchweh vorbeibrachte, so gut als möglich zu pflegen versuchte, wurde beim morgendlichen Versammlungsplatz neben den Verwaltungsgebäuden eine Krankenstation eingerichtet. Renato stellte einen Enfermeiro, einen ausgebildeten Krankenpfleger ein, der mehr als genug Arbeit hatte. Er stellte allerdings fest, dass Aspirin sozusagen *das* Allerweltsheilmittel bedeutete: Wollten die Feldarbeiter mit ganz verschiedenen Symptomen krank nehmen, band er sich eine weiße Schürze um, schaute den Pfleger bedeutungsschwanger an, dieser nickte und man fixierte den Patienten. Der nahm sein Medikament brav ein, glaubte an die Medizin und die Wirkung war verblüffend. Bald untergrub Renato die Autorität der Medizinmänner in den umliegenden Dörfern. Er musste deshalb nachfolgend etwas diskreter auftreten; Häuptlinge und Medizinmänner brauchte er schließlich als Verbündete. Ohne ihr Einverständnis hätte kein Schwarzer bei ihm gearbeitet, auch wenn ihre Dörfer de jure auf seinem Land lagen, de facto bedeutete das gar nichts.

Gelegentliche Reisen in die Bezirkshauptstadt Malanje, etwa drei gerüttelte Autostunden von der Pflanzung entfernt, waren eine willkommene Abwechslung. Der Ort beherbergte mehrere Läden und einen kleinen Markt; so ließ sich das Nötigste für den täglichen Gebrauch kaufen. Sogar über ein Kino verfügte das Kaff; die Filme waren dementsprechend.

Ein kleiner Wüstenfuchs, den Renato verlassen und ängstlich in einem gerodeten Feld fand, wurde als Familienmitglied aufgenommen. Das hier „Raposa" genannte, scheue Wildtier gewöhnte sich bald an die Zivilisation und entwickelte sich zu einem richtig frechen Hausgenossen: Katze und Spitz hatten jedenfalls bei der Fütterung hinten anzustehen, sonst wurde Raposa grantig. Der Fuchs schlief auf dem Sofa am Lieblingsort der Katze und begleitete manchmal Renato wie ein Hund mit auf das Feld; die Mimikry schien ihn zu belustigen.

Waschtag. Bereits früh morgens wurde hinter dem Küchenhaus am Bach auf einer extra hierfür gepflasterten Plattform, umgeben von einer kleinen Mauer, ein großes Feuer im Freien entfacht. Die drei Wäscherinnen – Großmutter, Tochter und Enkelin (erfahren, tüchtig und hübsch) – stellten danach riesige, mit Wasser gefüllte Blechtöpfe auf die Glut, in denen die stark verschmutzte Wäsche mit Mörsern eingeweicht, gestampft, gequält und gekocht wurde. Zwischendurch fischten sie die armen Stoffe mit großen Holzkellen heraus und malträtierten sie mit Kernseife auf speziellen Steinplatten. Am Bach ausgewaschen trockneten die Laken, Hemden und Unterwäsche später in der Wiese oder an den gespannten Drähten. Die Waschweiber faszinierten mit ihrer kraftvollen, geschickten Technik, mit ihrer vom Dampf und der Hitze glänzenden Haut. Am stärksten in Erinnerung blieb jedoch der typische Geruch des Holzfeuers, das entschieden anders roch als die Glut vom Grill. Noch heute huscht ein verzücktes Lächeln über Jacquelines Gesicht, wenn ihr der charakteristische Duft in die Nase steigt.

„Eduardo, wie wird das Wetter morgen?" Diese Frage stellte Renato seinem vertrauten Vorarbeiter seit Jahren immer wieder und stets antwortete dieser eloquent und detailliert, nicht ohne vorher in die Luft zu schnuppern, den Atem hörbar einzuziehen, bedeutungsschwanger in den Himmel zu schauen und intensiv in den Busch zu starren, als ob es ihm die rauschenden Blätter verrieten. Im Großen und Ganzen lag er mit seinen Prognosen nicht schlecht, Afrikaner mit ihrem ungebrochenen Verhältnis zur Natur hatten wohl einen Instinkt dafür, der den Europäern weitgehend abhandengekommen war. Diesen Morgen aber druckste Eduardo lange herum, war irgendwie mürrisch und wollte keine Antwort geben. „Was ist los? Hat dich dein untrügliches Empfinden im Stich gelassen? Du bist doch sonst so ausschweifend und genau punkto Wetter!" Eduardo wurde immer verlegener und gab zu im Moment nicht das nötige Gespür für die Meteorologie zu besitzen. Renato kam dies eigenartig vor und so ließ er nicht locker. Endlich beichtete ihm der Vorarbeiter, dass sein Transistorradio kaputt gegangen sei und er trotz Einlegen neuer Batterien keine Nachrichten mehr hören könne, somit auch über keine Informationen zum Wetter verfüge. Der Pflanzer lachte, aber nicht über seinen Mitarbeiter, sondern über seine eigene Unbedarftheit, sein verklärtes Bild, wie Eingeborene zu sein hätten. Eine dumme technische Panne hatte die Projektionsfläche zerstört. Trotzdem: Renato schenkte seinem Meteorologen ein neues Radiogerät und ließ sich auch weiterhin die Prognosen nur von Eduardo vermitteln. Dieser spielte großzügig mit und das Thema der Informationsbeschaffung war ein für alle Mal vom Tisch.

Renato ließ wieder intensiv pflügen, eggen, anpflanzen, bewässern. Er war in seinem Element, konnte sich stundenlang auf den Feldern bewegen und spürte die mittägliche Hitze kaum. Überall galt es mit anzupacken, von der Reparatur des Caterpillar, der Einteilung der Arbeitsbrigaden, der Buchführung über die Maiskreuzungen, über die Tabakernte bis zur Einfriedung des Viehs und dem abendlichen Appell. Manchmal begleitete ihn seine Frau, wenn er das Anpflanzen von Tabaksetzlingen überwachte, zu seinen geliebten Arabicabäumen schaute oder selber auf dem Traktor saß und Felder pflügte. Sie machten ausgedehnte Spaziergänge auf der Plantage, auch in unberührte Gebiete, um Wild zu beobachten. Noch gab es viele Antilopen im offeneren Gelände, ab und zu kleinere Büffelherden, und wenn man Glück hatte, Elefantenfamilien. Der Motorenlärm auf den Feldern hatte sie etwas zurückgedrängt; nur die Affen schienen sich brennend für Kulturlandschaften und deren eigenartige Bewohner zu interessieren. Sie schauten den Arbeitern gerne zu und gaben ihre höhnisch kreischenden Kommentare ab. Was tagsüber gesetzt wurde, rissen sie nachts unter kundiger Führung von Chico, dem zahmen, frei lebenden Makaken auf Jerusalem, wieder aus. Die abgeschauten Bewegungen waren schließlich dieselben, den kontraproduktiven Effekt konnte er jedoch nicht ganz durchschauen. So musste er zur Strafe für ein paar Tage an die Leine.

Auf einer ihrer Erkundungs- und Beobachtungstouren passierte es: Sie setzten sich in der Abenddämmerung auf einen großen, von der Sonne aufgewärmten Felsbrocken und suchten den Horizont mit dem Feldstecher nach Büffeln ab. Der mitgekommene Hund sträubte plötzlich die Nackenhaare, starrte geradeaus und begann drohend zu knurren. Renato vermutete einen Leoparden in der Nähe. Diese Raubkatzen konnten sich reglos auf einem Ast liegend der Umgebung perfekt anpassen, um ihre geschlagene Beute hoch oben in Ruhe zu verzehren. Angestrengt suchten sie ihn in der nahen Baumgruppe, bis Cassua, ihr langjähriger Jagdbegleiter und Fährtenleser schrie: „Uma Cobra!" Bevor Jacqueline wusste, wie ihr geschah, sauste seine Catana neben ihr nieder und hieb der schwarzen Mamba den Kopf ab. Sie hatte sich keine fünf Zentimeter neben die Schlange gesetzt, die auf dem dunkelgrauen Stein nicht zu erkennen war. Der Schwarze vermochte jedoch die Hundereaktion im Gegensatz zu den unbedarften Europäern sofort richtig einzuschätzen. Vielleicht waren Cassua Businesspläne und Quartalsberichte fremd, zum Überleben im Busch verfügte er jedoch über adäquatere Mittel. Schade, dass Walther mit seinen abwegigen Theorien über die biologisch bedingte mindere Intelligenz der Afrikaner nicht dabei sein konnte: Gerne hätte Jacqueline mit ihm nach dem verdauten Schock über den Unsinn seiner Überzeugung gestritten und ihm klar gemacht, wie wichtig der jeweilige Kontext im Zusammenhang mit der absurden Intelligenzfrage war.

Der angolanische Nationalfeiertag fiel auf den 15. August. Mangels bedeutungsvollerer Ereignisse beschlossen die Vorfahren des Tages anno 1648 zu gedenken, an dem sie die Holländer glorreich vom Stützpunkt Luanda vertreiben konnten. Da alle Läden und Büros geschlossen hatten, der Umzug langweilig war wie jedes Jahr, gingen die Portugiesen mit ihren Familien auswärts fein essen; Lust auf Strand hatte im Winter niemand. So auch Jacqueline und Renato, die eines ihre Lieblingsrestaurants aufsuchten, das „Retiro da Condutta" mit den besten Churrascos des Landes: Die Hähnchen wurden auf einer Seite aufgeschnitten, kamen flach auf den Holzkohlegrill und wurden mit einer scharfen Pili-Pili-Soße gewürzt, bis sie ihren knusprigen Höhepunkt erreichten. Dazu tranken die Schlemmer wie immer Bier oder eisgekühlten Matéus Rosé. Und wie immer luden sie ihre Entourage, die sich ihnen als Freunde und Mitesser angedient hatte, ein.

Nach über drei Monaten flogen sie im September via Lissabon in die Schweiz zurück. Verkehrte Welt: Frühherbst in Lisboa und noch fast vierzig Grad Celsius, das war einiges wärmer als die fünfundzwanzig Grad bei der Abreise. Das erste Mal in ihrem Leben waren die Kinder so lange von ihren Eltern getrennt, entsprechend groß die Wiedersehensfreude bis zum nächsten Abschied vom Vater, der zwei Wochen später bereits wieder zurückreiste. Vor allem Amadeo hatte Angst die Eltern wieder zu verlieren und hängte sich an den Rockschoß von Jacqueline. Im Waldhof herrschte courant normal: zwei Spitalaufenthalte von Rico und des spanischen Dienstmädchens, der Tod des Goldhamsters von Maurice und die abrupte Beendigung einer vielversprechenden Blockflötenkarriere der älteren Geschwister. Sie hassten ihre Instrumente, noch mehr ihre Musiklehrerin und am meisten deren Sohn: Um das musisch auswegloses Adagio zu beenden, verhauten sie ihn allegro man non troppo. Als Strafe mussten (durften) sie ab sofort dem Unterricht fernbleiben.

Raymond und seine Frau Iris bekamen endlich den längst ersehnten Stammhalter; die Champagnerpfropfen flogen zum Wohle Nicks, Walther ließ seiner machohaften Begeisterung über das neunte Enkelkind, das nunmehr seinen Namen tragen würde, freien Lauf – ein ungewöhnliches Gebaren für den sonst immer auf Haltung bedachten Stammvater.

1964: Autonomie Äquatorialguineas von Spanien. Erste Arabische Gipfelkonferenz. Militärputsch in Brasilien unter General Castelo Branco: 21 Jahre Militärdiktatur. Tanganjika und Sansibar gründen die vereinigte Republik Tansania. Konstituierung der PLO. Nelson Mandela zu lebenslanger Haft verurteilt. Aufhebung der Rassentrennung in den USA. Unabhängigkeit Malawis, Sambias und Maltas. Kenia wird Republik. Programmiersprache „Basic" wird entwickelt. Gründung des Unternehmens „Metro" durch Otto Beisheim. Documenta III in Kassel. Das Windsurfing kommt auf. Gestorben: Ernst Kretschmer, Ian Fleming, Hugo Koblet, Kurt Hirschfeld. Literaturnobelpreis an Jean-Paul Sartre, der diesen ablehnt. Gigliola Cinquetti gewinnt den Eurovisionssong mit „Non ho l'età".

Am Radio dreht sich Ende Januar 1965 jede politische Sendung um den Tod Churchills. Hindi wird offizielle Staatssprache in Indien. Charles de Gaulle zum zweiten Mal Staatspräsident. Der Mont-

Blanc-Tunnel wird eröffnet. Singapur und die Malediven werden unabhängig. Mobutu übernimmt die Macht im Kongo. Leonow verlässt als erster Mensch seine Kapsel im Weltraum. Entwicklung des Gleitschirms. Die deutsche Rockband „The Scorpions" gegründet. Tod von Nat King Cole, Malcolm X, Stan Laurel, Martin Buber, le Corbusier, Albert Schweitzer. France Gall gewinnt den Eurovision Song Contest mit „Poupée de Cire, Poupée de Son".

9.
Die Rückkehr

Ende Februar 1965 begannen die Pläne für eine Rückkehr nach Angola langsam konkret zu werden, auch wenn die wirtschaftliche Lage noch alles andere als rosig war. Geldsorgen plagten Renato, aber zumindest politisch-militärisch hatte sich das Land beruhigt; die Portugiesen kontrollierten ihre Provinz mit 40 % des Staatshaushaltes. Der Druck der Aktionäre, Walthers fixe Idee, Afrika nie und nimmer loszulassen, aber auch Renatos eigene Überzeugung, die Agrangol sowie Jerusalem nicht im Stich lassen zu können, führten zum Entschluss, die Zelte in Europa abzubrechen, die begonnene Dissertation einzufrieren, sich auf die erneute Herausforderung in Afrika einzulassen. Eine psychologisch geschulte Freundin Jacquelines mit dem totalen Durchblick hatte schon zeitig begonnen, den über Inserate gesuchten Hauslehrer für die Familie zu evaluieren. Sie schaute sich Dutzende an und übergab die heißesten Dossiers an Jacqueline, die sich wiederum mit ihren Kindern beriet. Die Entscheidung war schnell getroffen, denn alle wollten nur einen. Mit Christoph Sangmeyer wurde man sich sehr schnell vertragseinig. Ab diesem Zeitpunkt besuchte er die Familie regelmäßig, um seine drei zukünftigen Klassen Mauriçe, Florian und Sandrine besser kennenzulernen. Immerhin, der Älteste würde ins Gymnasium wechseln, die beiden andern absolvierten noch die Primarschule. Beim Porträtfotografen ließen sie neue Passfotos machen, beim Hausarzt die erforderlichen Impfungen Polio, Tetanus, Gelbfieber und Pocken. Eine Gebärmutteroperation hätte das Vorhaben der Familie beinahe vereitelt, denn die nachfolgende Lungenembolie Jacquelines wäre tödlich verlaufen, hätte nicht die Bettnachbarin nachts Alarm geschlagen. Nach sechs Wochen durfte sie das Spital wieder verlassen.

Aber Ende August war es zu guter Letzt so weit: Die Überseekoffer wurden gepackt, es begann die Abschiedstournee bei den Verwandten und Freunden, Hektik in letzter Minute, überladene Autos im Konvoi nach Kloten, viele gute Wünsche und noch mehr Tränen, bis das Flugzeug endlich abhob. Christoph, der Hauslehrer (für die Eltern „Du", für die Kinder „Sie", um die Autorität nicht zu untergraben) gehörte jetzt zur Familie. In Lisboa empfing sie Renato, der von Luanda gekommen war, und alle wollten sie hier noch eine Woche Ferien machen, bevor es in die alte neue Heimat zurückgehen sollte. Das Motel, in dem sie drei Bungalows bezogen, lag direkt am Strand von Estoril. Walther und Aline trafen zwei Tage später ein. Sie wollten die Familie vor ihrer zweiten Auswanderung nach Angola noch einmal für sich, das heißt, der Schwiegervater diskutierte mit Renato eingehend die mittelfristigen Strategien für Agrangol. Nach einer wunderschönen Badewoche in Abwechslung mit Ausflügen nach Setúbal, Lissabon und Sintra schiffte sich die Familie auf dem Passagierdampfer „Uige" ein. Die herzzerreißenden Abschiedsszenen am Quai zeigten, wie emotional Portugiesen sein konnten. Viele Auswanderer, die ihr Glück in den Kolonien suchten, reisten mit Sack und Pack dritter Klasse in eine unbestimmte Zukunft. Die Familien kratzten ihr Geld zusammen, um mindestens einem Mitglied die Chance seines Lebens zu ermöglichen. Oft bedeutete dies ein Abschied für immer, weil die meisten scheiterten und eine Rückreise undenkbar gewesen wäre. Obwohl diesmal in der Luxusklasse in Suiten mit Salon reisend waren die Verhältnisse in den drei Kabinen beengend. Umso freier konnten sie sich auf ihrem Deck bewegen. Renato nahm an Wettbewerben im Tontaubenschießen teil und gewann, die Kinder planschten im Bassin oder spielten in einem extra beaufsichtigten Raum, Jacqueline las Krimis im Liegestuhl. Man konnte auf das zweite Deck hinunterblicken und sah die Auswanderer zwischen Hühnern und Ziegen ihre kargen Mahlzeiten verzehren, die sie aus Kostengründen selber mitgenommen hatten. Renato dachte bei seinen Viergangmenüs und den Schlachten an den überladenen Buffets an seine Klassentheorien im Soziologieseminar; ihm wurde nicht nur vom hohen Wellengang schlecht. Zumindest das Kotzen war demokratisch geregelt: Seekrank wurden auch die Erstklasspassagiere. Die Portugiesen hatten die Angewohnheit immer und überall zu spucken. Den Fahrtwind nicht einberechnend musste der Hintermann jeweils höllisch aufpassen, um der seitlich über die Reling gedachten, aber nach hinten abgelenkten Flugbahn des Speichels ausweichen zu können. Fast war man dankbar, wenn der Spucker vorher zur Warnung richtig röchelte und grunzte und der Auswurf zwecks besserer Wahrnehmung grünlich kompakt geflogen kam. Es entstand ein richtiger Wettbewerb in der Familie; wer bis Luanda am wenigsten getroffen wurde, hatte gewonnen. Im Speisesaal am benachbarten Tisch saß eine reiche portugiesische Familie mit elf Kindern (die ältesten zwei fehlten, weil sie in Coimbra studierten) und zwei Nannys, gegenüber ein südafrikanischer Playboy, der vor lauter name dropping und Erläuterungen seiner globalen Geschäftsbeziehungen das halbe Essen verpasste. Er besaß riesige vom Vater geerbte Ländereien und bejagte wilde Tiere mit dem klimatisierten Landrover plus Butler, der seinen Gästen den gekühlten Champagner in den wohlverdienten Jagdpausen kredenzte. Trevor Howard zog sich viermal am Tag um, Sportdress beim Stockschießen und Schwimmen nicht eingerechnet. Der Beobachter wartete immer gespannt, welche Farbe der Smoking zum jeweiligen Anlass haben würde: lila zum Apéro, schwarz zum Dinner und weiß auf der Tanzfläche. Die Cutaways, Smokings, paillettenglitzernden Trägerkleidchen mit reizenden Schlüsselbeinen nahmen Platz. Graue Schläfen studierten mit ernster Kennermiene die Speisekarte durch die strengen messingumrahmten Augengläser, blondierte Strähnen über weit aufgerissenen Augen und volle, rote verführerische Lippen schauten (noch) verliebt auf die weltgewandten Sugar Daddys. Diese tätschelten die teuer beringten Händchen, warfen einen zärtlichen Blick auf ihr Anhängsel und reflexartig aktivierte das Kindchenschema ihren Beschützerinstinkt. Renatos Familie hatte – ungeachtet des comme il faut – wieder begonnen die Bananen zum Nachtisch von Hand zu schälen. Anfänglich indigniert kopierte die speisende Gesellschaft innert Kürze dieses mondäne Verhalten als letzten Schrei vom Ausland; man wollte schließlich nicht als ewig gestriger Bourgeois gelten. So sorgte die kommune Dessertbanane, lateinisch „musa paradisiaca", die Ingwerartige, Einkeimblättrige, zu den Bedecktsamern Gehörige nun schon zum zweiten Mal für einen Culture Shift. Jeden Abend wurde ein Unterhaltungsprogramm geboten in Form mittelmäßiger Hollywoodschinken oder Tanzabenden mit einem etwas gar peinlichen Tsch-Bmmm-Dä-Orchester, dem man auf dem Festland großräumig ausgewichen wäre. Die gravitätisch stolzierenden Offiziere in Gala benahmen sich hochnäsig und imponierten den Diamant behängten, halsfaltigen, nach schweren orientalischen Parfums duftenden, violett gepuderten Damen fortgeschrittenen Alters, die sich von ihnen zu vorgerückter Stunde selig übers Parkett schieben ließen. Christoph ärgerte das Getue dieser aufgeblasenen Uniformen und so beschloss er umgehend ihnen auf seine Art die Kutteln zu putzen: Er rächte sich mehrmals absichtlich an den snobistischen Subjekten, indem er sie chronisch mit dem Servicepersonal verwechselte und einen Drink bestellte.

Auf Äquatorhöhe mussten sich die Passagiere, welche zum ersten Mal in die südliche Hemisphäre wechselten, taufen lassen. In einem organisierten Sauglattismus durften sie sich wie an der Fasnacht verkleiden und wurden von den Matrosen unter großem Gekreische abgespritzt, die Sportiven gar ins Schwimmbecken geworfen zur Gaudi der Gaffer. Schenkelklopfen und Hurrageschrei; genau die Zutaten, welche den Beobachter erschauern ließen. Ansonsten bot zum Glück die Meeresfauna einige Abwechslung, konnten die Gäste doch mehrmals Delfine bestaunen, die spielerisch vor der Bugwelle schwammen und akrobatische Sprünge vollführten, wie wenn sie extra von einem Touroperator gebucht worden wären. Auch Wale wie damals auf ihrer ersten Schiffsreise vermochten Renato und Jacqueline ihren Kindern zu zeigen; die hatten allerdings weniger Showtalent als die Tümmler, begnügten sich mit einigen Atemübungen und zeigten sonst die kalte Schulter.

Nach einem letzten mäßig aufregenden Dîner dançant erreichte die Uige nach zwölf Tagen Luanda an einem frühen Sonntagmorgen. Die Familie durfte die Einfahrt in die Bucht sowie das Landemanöver im Hafen von der Kommandobrücke aus verfolgen. Und wieder Cacimbo; welche Magie doch in diesem Wort lag. Eine diesige, aber warme Luft, Luanda im Dunst, die Sonne, welche sich noch nicht recht hervorwagte, als ob sie den ankommenden Europäern Gnadenfrist gewährte. Der Chronist liebte diese Zwischenzeit, sog die sanfte, salzige Meeresbrise tief ein, fühlte sich geborgen im zu Ende gehenden afrikanischen Winter und freute sich gleichzeitig auf den nahenden Sommer.

Standartensalut, Flamingos und die Kunst des Buchhalters zu langweilen

Sie fühlten sich sogleich wieder heimisch. Das Leben blühte, keinerlei Anzeichen mehr einer blutigen Revolte, die Tropa, das portugiesische Militär, schien die Lage unter Kontrolle zu haben. Jacqueline packte aus, richtete sich im Haus ein. Dieses hatte Renato nach eigenen Plänen inzwischen ausbauen lassen, indem auf Veranda und Terrasse drei neue Zimmer errichtet wurden durch Einzug zusätzlicher Wände, was beim vorhandenen Raumangebot ohne Weiteres möglich war. Man musste schließlich der vergrößerten Familie inklusive Hauslehrer Rechnung tragen. Das architektonisch gelungene Resultat bezauberte alle. José Silva, ein leitender Angestellter der Pflanzung, holte Renato alsbald auf die Plantage, um die brennenden Probleme vor Ort zu lösen. Die Familie kaufte das Nötigste ein, freute sich über die neue Markthalle auf drei Stockwerken, erkundete die nähere und weitere Umgebung. Strandspaziergänge auf der Ilha; Bootsfahrten bei Barra do Cuanza; Gambas und Quitetas (Scampi und Muscheln) im „Restinga", Hummer im „Tamariz", Mariscos im „Amazonas", alles frühere Stammkneipen am Meer – es war herrlich. Der neue Pingpongtisch im Garten wurde sogleich mit einem Turnier eingeweiht. Er sollte noch viele Nachmittage das sportliche Zentrum von Jung und Alt werden. Herr Sangmeyer erinnerte an den Grund seiner Anwesenheit und so funktionierten sie das ehemalige Büro in ein Klassenzimmer um; schon eine Woche nach Ankunft begann für die Schulpflichtigen der Ernst des Lebens. Allerdings: Morgendlicher Unterricht und nachmittägliches Strandleben waren zur Not auszuhalten. Vorerst verzichtete der Lehrer auf Hausaufgaben, zumal er alle Klassenersten unterrichtete und erst noch individuell auf sie eingehen konnte. Das tägliche Bad im Atlantik gehörte zum Ritual: In einem Anflug sportlichen Eifers führten Christoph und Renato das Frühschwimmen um 6.00 Uhr morgens ein, danach heim unter die Dusche und ein reichliches Frühstück mit viel Früchten, Toast, Speck und Eiern, bevor es überhaupt zum Unterricht oder ins Büro ging. Nachdoppeln über Mittag beim Lunch im Klub, Sandburgen bauen in der Floresta, einem schattigen Pinienwald auf der Ilha. Schnorcheln in der seichten Bucht, Rochen ausmachen, die sich im feinkörnigen Sand zu verstecken versuchten, sowie Tintenfische in ihren felsigen Höhlen aufscheuchen und sie auf der Flucht zum Ausstoß ihrer Tinte zwingen. Krebse fangen und sie den Kollegen oder Geschwistern an den Hintern hängen, sich am Geschrei freuen, wenn sie mit ihren kräftigen Scheren zukniffen. Rote brennende Striemen behandeln, wenn man versehentlich in einen Quallenschwarm geraten war und deren Nesseln zu spüren bekam. Hin und wieder eine Schrecksekunde erleben, wenn man weit draußen in der Bucht auf seiner Luftmatratze einem schauerlich grinsenden Hai begegnete, der scheinbar desinteressiert in wenigen Metern Entfernung vorbeiglitt, mit seinen sicher vier Metern Länge jedoch ein ernst zu nehmender Widersacher gewesen wäre. Sich falsch verhalten und davonpaddeln, statt ruhig zu bleiben und zu warten. Gott sei Dank hatten die zahlreich vorkommenden Haie genug zu tun mit den Abfällen der Schiffe, die vor der Reede noch schnell ihre Resten über Bord schmissen. Mit sandigen Füßen und noch feuchter Badehose in das brutofenheiße Auto mit den brennenden Kunstlederbänken einsteigen, um einen Fensterplatz kämpfen und schreien: „Ich darf daheim zuerst ins Bad!" Im Radio einer der unzähligen Fados von Amália, Alcindo de Carvalho, Luís Braga, Fernando Farinha, Lucília do Carmo, die von den Stationen vierundzwanzig Stunden rauf und runter gespielt wurden, das Schicksal besangen, vergangene bessere Zeiten bejammerten, den Trennungsschmerz vom Geliebten nicht ertrugen. Heimfahren im sanft schaukelnden Chevrolet mit den aufgeheizten Plastikpolstern und schläfrig von den vielen Betätigungen sich der Hitze ergeben. Aber auch zu Hause angekommen einem Sandfloh mit dem sterilisierten Messerchen den Garaus machen, wenn er sich unter dem Zehennagel eingenistet hatte und dieser bald zu eitern anfing. Oder: Ringwürmer, die mit Vorliebe ihre schönen Spiralen unter der Haut des Schenkels oder des Oberarmes zogen, mit einer Ladung schmerzhaften Trockeneises aus speziellen Bomben abtöten.

Die Wochenenden waren reserviert für Ausflüge an entferntere Strände wie der von Palmerinhas, an denen man stundenlang spazieren konnte, um Muscheln zu sammeln. Dabei begegnete die Familie keiner Menschenseele – Angola kannte den Tourismus nicht. Flache Mangrovenbuchten mit glasklarem Wasser wechselten mit der offenen Atlantikküste und drei bis vier Meter hohen Wellen: Mit aufgeblasenen Gummischläuchen von Lastwagenpneus wagten sich Mauriçe und Florian mit ihren Freunden hinein und entwickelten eine eigene Surftechnik. Jacqueline bereitete üppige Picknicks für die ganze Gesellschaft, es ergaben sich ja immer Gruppen von gegen zwanzig Personen, welche die intensiven Sonntage so zusammen verbrachten. Süßteigcroissants mit Käse im Ofen überbacken, Rições de Gambas (Teigtäschchen mit Scampi an einer speziell pikanten Soße), Pasteis de Bacalhão (Fischkroketten), Sandwichs mit kaltem Hühnchen, dazu Refrescos aus der Kühltasche, um den Durst mit einer Gazosa de Limão zu löschen, Bolos vom Café Paris – und natürlich ein Cafézinho aus der Thermosflasche, um die Herrlichkeiten abzurunden.

Und wenn nach einem solchen Tag am Strand im Abendlicht Flamingoschwärme über der Bucht aufflogen, dachte der Chronist, diese in Variationen wiederkehrenden Wochenenden müssten die glücklichste Zeit seiner Kindheit gewesen sein.

Meistens am Sonntag nahm sich der sonst überbeschäftigte Renato Zeit für die Familie. Man unternahm Fahrten nach Catete, Quifangondo, Samba, Cacuaco oder in den eine Stunde südlich von Luanda gelegenen Nationalpark Quissama mit einer unglaublich reichhaltigen Flora und Fauna. Die Umgebung der Stadt war geprägt durch eine Savannenlandschaft mit riesigen grauen Baobabs – den Affenbrotbäumen – und Schirmakazien. Rötlicher Sand auch hier. Auf den staubigen Ausfallstraßen mussten sie Wachtposten der Militärpolizei passieren; mit der Zeit waren sie so bekannt, dass sie ohne Kontrolle durchgewinkt wurden. Trotzdem: Die Schlagbäume, das halbe Dutzend mit MPs bewaffnete Soldaten, die schweren Motorräder erinnerten unangenehm daran, dass hier eine Besatzungsmacht die Kontrolle ausübte zum angeblichen Schutz der Zivilbevölkerung. Und die Portugiesen waren stolz auf ihre Armee. Jeden Morgen um Punkt 6.00 Uhr und abends um genau 18.00 Uhr erfolgten in der ganzen Stadt vor den Regierungsgebäuden und Militärforts Fahnenauf- und -abzüge. Ein Spektakel: Die Tore öffneten sich, ein Wachtkorps in Festtagsornat bewegte sich in synchroner Zeitlupe heraus – der Stechschritt und die rudernden Arme erregten in seiner Langsamkeit Erheiterung und Mitleid, weil die armen Soldaten aussahen, wie wenn sie die Hose voll hätten – und vollführte eigenartige Arabesken, bis alle in Reih und Glied vor der auf- beziehungsweise abfahrenden Standarte salutierten. Dazu ein paar Trompetenfanfaren, die mehr lächerlich als erhaben klangen. Die vorbeifahrenden Autos hatten umgehend anzuhalten, männliche Portugiesen auszusteigen (die eifrigen Patrioten grüßten militärisch, um ihre Reverenz zu erweisen). Da angolanische Uhren es mit der Pünktlichkeit nicht so genau nahmen, wurde der Fahrplan des militärischen Trara nur large eingehalten. So kam man auf einer Autofahrt mindestens dreimal in den Genuss des Schauspiels mit nachfolgendem Verkehrschaos, das aber von schwarzen Polizisten in weißen Uniformen und Tropenhelmen auf ihren Verkehrskanzeln mit Sonnenschirmen souverän gemeistert wurde. Ihre Trillerpfeifen unterstrichen das energische Winken der weißen Handschuhe; Eleganz in höchster Vollendung.

Luanda organisierte internationale Autorennen. Geplant war eine Formel-I-Strecke außerhalb der Stadt, die später tatsächlich realisiert wurde. Vorerst begnügte man sich mit Stadtrennen wie in Monaco, allerdings mit Tourenwagen und als Höhepunkt die Formel-III-Rennen. Die Familie saß auf der Tribüne als Ehrengäste, denn Renatos Agrangol sponserte den Anlass, nicht aus sportlichem Interesse, sondern wegen der wirtschaftlichen Kontakte, die sich hieraus hoffentlich ergeben sollten. So lernten sie den legendären Schweizer Fahrer Herbert Müller („Muller" für die Portugiesen, die keine Umlaute aussprechen konnten) kennen. Er schien seinen Zigarrenstummel nicht einmal während der verschiedenen Rennläufe aus dem Mundwinkel zu nehmen und gab auch Siegerinterviews am Lokalradio nur in einem undeutlich genuschelten Englisch.

Die Samstag- oder Sonntagabende waren den Kinobesuchen vorbehalten. Man traf sich zuerst adrett gekleidet mit Marlene, Damian und deren Eltern zum Sundowner auf ihrer Dachterrasse. Carlsburgs hatten eben erst ein neues Haus an der Praia do Bispo, am Bischofsstrand, bezogen. Die Vertragsunterzeichnung erfolgte bei Flut, bei Ebbe stank der Schlick vor dem Haus manchmal fürchterlich und die Ratten huschten zahlreich zwischen den Felsbrocken umher.

Da kein Fernsehen existierte, war das Kino die Abwechslung schlechthin. Eine Wochenschau in Schwarz-Weiß, die das internationale Geschehen mit Fokus Portugal kommentierte und die Jungmannschaft während einer Dreiviertelstunde langweilte, eröffnete den Abend. Es folgte die erste dreißigminütige Pause, in der man in den schönen Gartenanlagen mit grün beleuchteten Sukkulenten und gelb angestrahlten Wegen spazierte, um seine Abendgarderobe mangels Opernball zur Schau zu stellen. Jetzt kamen die jugendlichen Kinogänger zum Zug: Werbespots mit anschließenden Trickfilmen von Tom und Jerry in Farbe. Eine zweite ebenso lange Pause lud zum Drink an der Bar ein. Der Sternenhimmel hing tief, der Blick vom Freiluftkino „Miramar" auf den beleuchteten Hafen und die Perlenkette der Marginal umwerfend. Erst jetzt, nach fast neunzig Minuten begann der Spielfilm, der einen – mit einer weiteren Unterbrechung – bis Mitternacht fesselte. Nun plagte ein kleiner Hunger und so fuhr die ganze Gesellschaft ins Café Arcadia, das wie alle Restaurants, Bistros und Bars keine offiziellen Öffnungszeiten kannte und sich der Nachfrage flexibel anpasste. Lebhaft diskutierten sie den Film, aßen dazu ein Misto Quente, einen Schinken-Käsetoast oder knabberten Krevetten, die im Tellerchen unaufgefordert und gratis zu jedem Getränk aufgestellt wurden, und tranken eine Gazosa.

Selten kam man daher vor zwei Uhr früh ins Bett, was bei den lauwarmen Nächten keine Rolle spielte; zum Schlafen war es eh zu heiß.

Der Alltag wollte sich aber auch in Angola vom Sonntag unterscheiden und ärgerte Renato im Geschäft, wenn Kunden ihre Rechnungen zu spät oder gar nicht bezahlten und er wiederum bei seinen Lieferanten um Aufschub der Zahlungsfristen nachsuchen musste. Er schlichtete Streitereien um Kompetenzen in den Abteilungen der Agrangol, kündigte einer Betrügerin fristlos und funkte täglich pünktlich um 18.00 Uhr mit der Pflanzung, um Bestellungen aufzunehmen, Kaffeetransporte zu organisieren. Die Funkanlage war aber auch aus Sicherheitsgründen angeschafft worden: Seit den Unruhen 1961 wollte man täglich informiert sein über die Lage in Jerusalem; eine Frequenz war sogar als Notfallkanal reserviert, um im Bedarfsfall Militärtruppen zu mobilisieren, sollte man angegriffen werden. Da Renato sehr häufig alleine auf die Plantage fuhr, profitierte Jacqueline von der abendlichen Kommunikationsmöglichkeit; allerdings war die Verbindung oft miserabel oder kam gar nicht zustande.

Kurzfristige Flugreisen mit klapprigen Maschinen der Inlandlinie führten Renato nach Lobito und Novalisboa in seine Filialen, weil wieder einmal dunkle Machenschaften eines Martíns, Rebochos oder Simões aufgeflogen waren. Damals ahnte er noch nicht, dass auch sein deutscher Stellvertreter Vizedirektor Fuchs sich als Wolf im Schafspelz erweisen sollte, der später heimlich kräftig am Stuhl Renatos zu sägen versuchte. Seine Intrigen zusammen mit einer Sekretärin hätten dem gutgläubigen Unternehmer fast das Genick gebrochen. Zu der Zeit traf man sich aber noch häufig auch privat mit den Gemahlinnen zum Essen, Kartenspiel und Kinobesuch. Renato war sauer, aber nicht wegen seines Stellvertreters, und beschäftigt mit Schadensbegrenzung, da Geiba ihren Exklusivvertrag mit seiner Firma ohne Begründung gekündigt hatte. Und erst der neue Buchhalter, den Walther mit seinem sicheren Instinkt für die Anstellung von Nieten vom Kongo für die Agrangol abgezogen hatte: Er wohnte schon länger in Renatos Haus, machte sich im Gästezimmer breit und nervte. Er ließ sich bedienen, hockte wegen der Hitze ganztags in Unterhose und Socken (!) herum und tat beschäftigt. Rüegsegger war überall im Weg, richtete mehr Schaden als Nutzen an und hätte eigentlich, wenn er denn einmal arbeitete, dafür bezahlt werden sollen, dass er nichts anfasste. Er hielt Jacqueline von der Arbeit ab; dauernd musste sie sich seine dümmelnden Geschichten anhören, und weil sie gut erzogen war, fuhr sie ihm selten übers Maul. Seine vermeintlich spannende Vergangenheit, unter anderem als Militärpilot der Schweizer Flugwaffe, die er sich zusammenschwindelte und beim Essen als Unterhaltung beisteuerte, hatte den Nervenkitzel eingeschlafener Füße. Er litt unter Logorrhöe und sonderte enormen Sprachdurchfall ab; kein Wunder bei so viel geblähten Binsen. Der Gipfel seiner Impertinenz: Er kaufte sich auf Firmenkosten einen Ford Cortina GT, den Renato später, nach dessen Rauswurf, als Schadensbegrenzung für Privatzwecke konfiszierte. Erst durch den Besuch der Schwiegereltern hatte die Familie die Chance Rüegsegger in eine Mietwohnung abzuschieben (auf Kosten der Agrangol). Zur Vollkommenheit ihres Glücks fuhr ein Lenker mit überhöhter Geschwindigkeit in ihre Gartenmauer; Totalschaden für das Auto und viel Arbeit für den Maurer. Jacqueline brach nach einer starken Angina in der Dusche ohnmächtig zusammen und schlug sich mehrere Zähne aus. Die ganzen Besuche beim Zahnarzt in der Schweiz waren umsonst gewesen und ihr Gebiss musste nun wohl oder übel von einer lokalen Kapazität geflickt werden. Diese Koryphäe brachte es fertig, einen noch intakten Backenzahn zu reißen und dafür den nebenstehenden zerbrochenen stehen zu lassen. Wegen ihres tiefen Blutdrucks passierten ihr die Ohnmachten öfters.

Jacqueline verbrachte ihre Tage mit Einkäufen bei Minho und Carvalho, so etwas wie die afrikanische Variante kleiner Supermärkte. Seit Kurzem gab es in Luanda einen Milch- und Käseladen mit Frischprodukten – eine Sensation, konnten sie doch endlich das Milchpulver und die Kondensmilch in Dosen oder Tuben aufgeben. Renato konnte für die pasteurisierten Produkte jeweils die Aludeckel liefern, ein Gewinn im doppelten Sinne. Sie fuhr mit den Kindern zum Zahnarzt, flickte Kleider, half Renato bei seiner internationalen Korrespondenz, schrieb häufig Briefe an die Verwandtschaft, wies die Jüngsten zurecht, die gerade im Kriegszustand miteinander lebten und sich täglich prügelten, improvisierte Abendessen für die vielen Geschäftsbekannten, die Renato jeweils unangemeldet mitbrachte. Sie bezahlte die Wochengehälter des selbst ernannten Nachtwächters im Quartier, der einen primär vor sich und seinen Kumpanen schützte; jedenfalls wurde bei Renato in all den Jahren nie eingebrochen, trotz miserabler Haussicherung, bei den geizigen Nachbarn mit elektrischen Zäunen und Alarmanlagen jedoch öfters. Sie managte die Überschwemmungen im Haus, wenn jemand nach den obligaten Wasserunterbrüchen vergessen hatte, die Hähne wieder zuzudrehen. Sie sorgte für Nachschub von Butangasflaschen, weil Alfredo den Gasmangel immer erst meldete, wenn der Kochherd nicht mehr funktionierte. Sie kaufte die frischen Früchte für den täglichen Fruchtsalat bei den anmutig durch die Straßen wiegenden, mit Tüchern umschlungenen Frauen, die ihre immensen Lasten in überdimensionierten Körben freihändig auf den Köpfen balancierten. Dabei schrien sie ihre Ware in einem eigenartigen, monotonen Sing-Sang aus: „Je mamã, je mamão, je mamão-éee!" „Mamão", die aromatische rundere Papaya mit rotem Fleisch, deren Ausrufung beim Hören unmittelbar den pawlowschen Reflex auslöste. Jacqueline montierte Insektenfallen, da sie es nicht ausstehen konnte, wenn die Hausboys die flüchtenden Kakerlaken in der Dispensa mit den nackten Füßen zertraten und es so eklig knallte beim Zerplatzen. Gegen Moskitos hatten sie überall im Haus Netze in Holzrahmen vor die Fenster gespannt. Den Mücken, die es trotzdem schafften, sich an den weiß getünchten Wänden für ihre blutigen Streifzüge vorzubereiten, machten die zahlreichen Geckos den Garaus. Im Kreuzchenstichgang bewegten sich die fast durchsichtig weiß-rosig schimmernden Eidechsen mit ihren Saugnapffüßen behände den Mauern entlang und schnappten blitzschnell zu. Ihr Speiseplan verachtete auch andere Insekten und Spinnen nicht, sie wurden deshalb von der ganzen Familie gehätschelt. Wehe, die Hauskatze schleppte stolz einen noch halblebendigen Gecko an, um mit ihm ihr tödliches Spiel zu treiben: Sie erntete zur eigenen Verblüffung ordentlich Schimpfe.

Dem Beobachter missfiel, dass Sandrine immer häufiger zu den Nachbarn pilgerte, einem von katholischen Schwestern geführten Heim für Waisenmädchen. Sie hatte da manche Freundin gefunden. Er misstraute allerdings den gut meinenden Nonnen und hatte sie im Verdacht, sie wollten seine Schwester entgegen des im Hause seiner Eltern herrschenden Freigeistes ungünstig indoktrinieren. Wie sonst war ihre plötzliche Begeisterung für die täglich abgehaltenen Gemeinschaftsgebete zu erklären und ihre Teilnahme als Engel an der bigotten Aufführung des Weihnachtsmärchens? Und diese frühkindliche Prägung hatte immerhin zur Folge, dass sie im zarten Erwachsenenalter einem Theologen das Jawort gab; er glaubte kaum, dass es etwas mit den Genen zu tun haben könnte. Maurice und Florian ihrerseits zogen die knallharten Western im übernächsten Klublokal, der Casa Americana, diesen als penetrant empfundenen religiösen Bekenntnissen vor.

Von einem Besuch auf der Pflanzung brachten Christoph und die beiden älteren Buben Felix, eine junge Ginsterkatze mit. Kleiner als eine Hauskatze, hellgrau mit schwarzen Tupfen, nachtaktiv und unheimlich flink, hielt sie die ganze Familie auf Trab. Den Tag verpennte Felix unter der Bettdecke von Christoph, seinem Ziehvater. Abends neckte er die Hauskatze, kletterte die Vorhänge hinauf, riss ab und zu einen Triangel in den Stoff, um den Überblick im Wohnzimmer zu behalten, und turnte auf der Vorhangstange. Die ihm nachsteigende Katze wollte es ihm gleichtun, konnte sich auf dem schmalen Holzbrett jedoch nicht drehen und hockte verlegen, wie bestellt und nicht abgeholt, in der Höhe; sie war eindeutig in ihrem Stolz verletzt. Maurice betreute eine Zeit lang die Schleichkatze, weil Christoph in den Weihnachtsferien eine Inlandreise unternahm, von der er nicht wie vereinbart zurückkehrte. Nach einigen Tagen der bangen Ungewissheit mussten sie Herrn Cocteau einschalten, der sich sofort in seine konsularische Verpflichtung stürzte, da er wohl zum ersten Mal eine Rechtfertigung seines wichtigen Postens witterte. Nach vierzehn Tagen konnte er dank seiner intensiven Recherchen triumphierend mitteilen, dass Christoph auf einer deutschen Pflanzung gepflegt würde. Er hatte sich mit einer Anopheles angelegt, die ihm eine Malaria anhing. An sich mit der Prophylaxe Resochin (Camoquin wirkte damals schon nicht mehr) kein Problem, da die Krankheit nicht in voller Stärke ausbrechen konnte. Die Krux lag vielmehr beim Krankenpfleger, der sich in der Bemessung des Spritzeninhalts um zwei Kommastellen verrechnet hatte. Die hundertfach überdosierte Behandlung der Malariasymptome verlängerte die Rekonvaleszenz und die unverhofften Ferien der Privatschule um weitere zwei Wochen.

Christoph und seine Schüler waren stolz über die Erweiterung ihres Bildungsinstituts; der schneidige Konsul Dr. Assfalk – Rüdiger für seine Freunde Jacqueline und Renato – schickte seine älteste Tochter in die Klasse von Mauriçe, auf dass sie mit Schweizer Präzision und Gründlichkeit geschult würde. Vorübergehend, bis ihr eigener Privatlehrer eintreffen würde, fanden auch Marlene und Damian in den Klassen von Mauriçe und Florian Aufnahme. Der Chronist lernte kompetitives Verhalten kennen, wehrte die germanische Überlegenheit in Stil und Grammatik süffisant mit französisch korrekter Nasalintonation ab, um die Symmetrie erneut herzustellen. In der anschließenden Freizeit gebarten sie sich wieder kooperativ. Ein Ausflug der Gesamtschule in die Redaktionsräume des Diario das Noticias zu einem befreundeten Journalisten wurde gar anderntags im Lokalteil unter „Vermischtes" erwähnt: „Schweizer Schule besichtigt unsere Zeitung."

Geschäftlich ging es endlich wieder aufwärts, die Umsätze und Gewinne nahmen zu, Renato konnte dem Verwaltungsrat Erfreuliches zu Händen der GV in Basel mitteilen. Ein schicker schwarzer Chevrolet Belair mit diskreter Linie und ohne die Flossen stand nun in der Einfahrt, den grünen Vorgänger verkaufte Renato an Herrn Fuchs.

1966: Beginn der chinesischen Kulturrevolution. Indira Gandhi wird Ministerpräsidentin. Kronprinzessin Beatrix der Niederlande heiratet Claus von Amsberg. In Nigeria und Ghana wird bereits geputscht.

Breschnew Generalsekretär der KPdSU. Botsuana und Lesotho sowie Barbados werden unabhängig von Grossbritannien. Eröffnung der Universität Konstanz. England erstmals Fussballweltmeister. Cassius Clay verteidigt seinen WM-Titel mehrmals erfolgreich. Zürich stimmt gegen das Frauenwahlrecht. Erstes Gezeitenkraftwerk weltweit in Frankreich eingeweiht. Australien führt den Australischen Dollar anstelle des Englischen Pfundes ein, ebenso das metrische System. Gestorben: Alberto Giacometti, Buster Keaton, Battista Pininfarina, Hans Arp, Hermann Geiger, André Breton, Walt Disney. Udo Jürgens gewinnt den europäischen Song contest mit „Merci Chérie".

Trockengebäck, wütende Wildschweine und ein Kugelblitz

Eine weitere Reise auf die Pflanzung war geplant, diesmal mit der ganzen Familie inklusive Hauslehrer, Boy und Tieren. Die Tagesreise nach Jerusalem verlief ohne große Zwischenfälle: Zwei Jungs erbrachen sich unterwegs, der ausgebüchste Felix musste mit allen möglichen Tricks wieder eingefangen werden, das Bife als Prego no Pão, ein Sandwich mit Fleisch unterwegs in Dondo eingenommen, noch immer so zäh wie letztmals vor fünf Jahren, die Holzbrücken maroder, aber sie hielten der Robinsonfamilie mit ihrem schweren Hausrat wie durch ein Wunder stand.

Auf der Plantage wurden sie von dem neu eingestellten Schweizer Ehepaar begrüßt. Sie sahen eher aus wie Rentner, er ein trockener, missmutig dreinblickender, untersetzter Endsechziger, sie kettenrauchend mit eingezogenen Schultern, als würde sie ewig frieren, und staksigem Gang wie auf Eiern, begleitet von fünf oder sechs aufgeregten Dackeln. Ihre Hunde liebten die Misanthropen mehr als alles andere, insbesondere Kinder waren für sie gewöhnungsbedürftig. Aber, wie gesagt, Walther mit seinem glücklichen Händchen … Einige Tage später fuhren sie nach Luanda, um ihre Tochter Micheline vom Schiff abzuholen. Diese hatte sich entschlossen ihre Eltern zu besuchen und gleich in Angola zu bleiben. Unglückliche Lieben im Welschland, die in zwei gescheiterten Ehen gipfelten, ließen sie insgeheim auch auf eine neue Beziehung hoffen. Und von den schwarzen Männern hörte man ja einiges! Item, man gewöhnte sich aneinander; Madame Grenier wurde nicht müde, ihre Kuchenrezepte und trockenen Biskuits an der Familie zu testen, die – höflich erzogen – die Teigelaborate überschwänglich lobte, was zu immer abenteuerlicheren Cakes und Gebäcken führte, die mit dem rettenden frischen Pfefferminztee, der jeden Abend bereitstand, mutig heruntergespült wurden. Das hatte man jetzt von der guten Erziehung. Monsieur Grenier wetterte den lieben langen Tag in seinem gebrochenen schweizerdeutschen Dialekt über diese „nichtsnutzigen Négèères, ces salauds", die scheinbar nie wollten wie er. Renato musste ihn öfters beruhigen, obwohl ihn dieser manifeste Rassismus selber aufregte. Zur Strafe verliebte sich seine Tochter nur in Schwarze in Erwartung der baldigen Ekstase, was der Pflanzerfamilie wiederum eine hämische Freude bereitete und die sauren Magensäfte des Verwalters zusätzlich anregte; sein Konsum von Rennietabletten stieg jedenfalls markant an. Frau Grenier buk noch wilder entschlossen an ihren Schenkeli, setzte ihre sauertöpfische Mine auf, griff mit einer Hand zur filterlosen Zigarette, mit der anderen an ihren Kopf und seufzte ihr psychosomatisches Ausweichmanöver: „Jetzt habe ich wieder Migräne und ihr seid schuld." In solchen Momenten konnte ihr nur noch Dackel Luke helfen.

Die Familie Renatos richtete sich behaglich ein. Die umgebaute Küche mit den Vorratsräumen abseits des Hauptgebäudes gelegen wurde jetzt als Gäste- und Schulhaus genutzt. Leider befand sich dahinter der Schlachtplatz, auf dem gleich am ersten Unterrichtstag ein verendetes Rind anschaulich in seine anatomischen Einzelteile zerlegt wurde, was Christoph zur Umstellung des Lehrplans bewog: der Verdauungsapparat der Wiederkäuer. Nun, so anschaulich hätte es nach dem Gusto des Chronisten auch wieder nicht sein müssen; vom bestialischen Gestank wurde ihm schlecht und er beschloss Vegetarier zu werden, bis am Abend seine Mutter feine, zur Knusprigkeit ansetzende Poulets aus dem Ofen mit Bratkartoffeln servierte; eine wahre Freude und der Beobachter fragte sich insgeheim, wofür sie hier oben einen Koch beschäftigten, der es verstand, die Spaghetti möglichst klein zu zerhacken, Reis zu zerkochen, bis er wie Funschi* aussah, und einen äußerst abwechslungsreichen Speiseplan zusammenstellte. Frage Renatos an den Küchenchef: „Lieber Alfonso, nun (ver)kochst du uns seit drei Wochen jeden Tag Reis, wie wäre es zur Abwechslung mit etwas

---

* gekochter Maniok

anderem?" Die geniale lukullische Bescheidenheit überlegte sehr, sehr lange, bohrte in der Nase, runzelte in angestrengter Pose die Stirn, um dann endlich, mit erleuchteter Mine zu verkünden: „Um poco de arroz!" Sein Gehülfe, für den Service soigné an der Tafel zuständig, erschien bei einem schweren Gewitter mit Platzregen nicht mehr mit dem Hauptgang, obwohl alle sich hungrig auf die Makkaroni freuten. Nach längerem Warten schaute Jacqueline mit der Taschenlampe nach. Der verschlammte Weg zwischen Küche und Haus war glitschig geworden und mitten drin lag der ausgerutschte Boy im Dunkeln, Nassen und suchte die überall auf dem Weg, im Gras und an den Büschen verstreuten Teigwaren zusammen, um sie in der Platte zu vereinen und ihrem ursprünglichen Zweck zuzuführen. Alle lachten und trösteten den armen verschüchterten Jungen – und aßen zur Abwechslung Reis zum Dîner. Auch wenn diese Körnerfrucht begann, einem allmählich zum Hals herauszuhängen, so war sie doch alle Mal den einheimischen Essgepflogenheiten vorzuziehen. Mit Schaudern dachte der Chronist an die Hochzeitsflüge der Termiten. Zu Millionen schlüpften sie nichts ahnend aus ihren Erdlöchern, freuten sich auf das einmalige aeronautische Erlebnis der Luftpaarung mit der zukünftigen Königin – und hatten nicht mit der abartigen Vorliebe der Eingeborenen gerechnet. Diese versammelten sich um die zahlreichen Löcher, warteten in der Hocke, bis die madig-weißen Insekten herauskrochen, packten sie an ihren zarten durchsichtigen Flügeln und verzehrten die verdatterten Eiweißbomben roh; anscheinend mit Hochgenuss, denn schließlich soll es sich um eine begehrte Delikatesse handeln. Vielleicht war das die Rache für die in großer Zahl von Termiten befallenen Hütten, deren Holz die gefräßigen Viecher in Windeseile verzehrten.

Aufregung in den Kaffeefeldern. Milliarden von kleinen schwarzen Raupen hatten die Schattenbäume befallen und das Blattwerk radikal dezimiert. Nur ahnten sie nicht, mit wem sie es zu tun bekommen sollten; Renato, der Tropenagronom, wusste sich mit den entsprechenden Giften zu wehren. Deprimierend war dafür die schlechte Baumwollernte; weder quantitativ noch qualitativ vermochte sie den selbst gesetzten Benchmarks zu genügen.

Die starken Regenfälle hatten die Wasserzufuhr zum Haus unterbrochen, weil die Ufer des Baches eingestürzt waren und die Fassungen erst freigelegt werden mussten. Dafür hatte der Stausee wieder viel Wasser, sodass Renato mit der Familie am Sonntag bei Sonnenschein darin baden konnte. Den Heimweg mussten sie zu Fuß meistern, weil ihr alter Jeep Willys eine hinterhältige Havarie vortäuschte. Der Chronist vergab ihm, hatte er doch zu seinem elften Geburtstag endlich fahren lernen dürfen, er bewegte sich jetzt sozusagen automobil auf der Pflanzung, übernahm alle Transporte von Personen und manchmal von Gerätschaften, nur um täglich eine Rechtfertigung hinter dem Steuer zu haben. Renato ließ ihn gewähren, ja überantwortete ihm sogar unnötige Fahrten, um ihm die Freude zu lassen. Der Spaß multiplizierte sich dadurch, dass die Geschwister von seiner Gnade abhängig waren, umherchauffiert zu werden oder zu Fuß in der sengenden Hitze zu schmachten. Zu seinem Leidwesen verfolgte ihn Florian bald auf der knatternden Honda 100 ccm, die sein Bruder, verantwortungslos in seinem jugendlichen Leichtsinn, wie Mauriçe meinte, fahren durfte.

Und dann ein folgenschwerer Morgen: Drohende Gewitter zogen über der Plantage auf; es war aber noch trocken, die Ruhe vor dem Sturm. Der Morgenappell auf dem Versammlungsplatz fand wie immer statt, Renato wollte die ca. zweihundert Leute über den Tagesablauf informieren; Regenschauer zogen ja recht schnell vorüber und dann war der Boden ideal vorbereitet für die Tabaksetzlinge. Plötzlich bewegte sich eine gleißend helle Lichtkugel mit vielleicht 40 cm Durchmesser der Dachrinne beim Garagenunterstand mit den Traktoren und Pflügen entlang, zuerst ganz langsam, dann schneller, und überquerte die weite Fläche. Alle blieben überrascht und wie angewurzelt stehen, einen Kugelblitz hatte noch niemand je gesehen. Er schwebte mitten durch die Menschenmenge und verschwand nach dreißig Sekunden – kein Donner, nur lähmende Stille. Etwa ein Dutzend Schwarze lagen am Boden, getroffen vom unheimlich starken Energiefeld, und bewegten sich nicht mehr.

Geistesgegenwärtig rannte Renato in die Garage, holte zusammen mit José die Sauerstoffflasche mit dem Kompressor für das Schweißgerät und musste sich augenblicklich entscheiden, auf welcher Seite er beginnen wollte, die Opfer schockzubeatmen. Es gelang ihnen, die Hälfte der Männer wiederzubeleben, für die anderen kam jede Hilfe zu spät. Renato hatte von diesem weitgehend unerforschten und extrem seltenen Phänomen schon gehört, von Plasmen durch interferierende elektromagnetische Mikrowellen, aber so genau wusste er das nicht. Das Resultat jedoch erwies sich als verheerend, er war hin- und hergerissen von Schuldgefühlen. Wieso gerade auf Jerusalem und genau hier, weshalb hatte er mit den Wiederbelebungsversuchen nicht am anderen Ende der Reihe begonnen? Die Stimmung war in den folgenden Tagen gedrückt, die Arbeiten wurden stiller als sonst verrichtet. Dass normale Blitze in die Hütten der Schwarzen einschlugen, kam öfters vor. Renato rätselte darüber, bis ihm klar wurde, dass dies mit den offenen Feuern zusammenhängen musste. Die durch die Hitze ionisierte Luft wirkte wie ein Magnet, der den Blitz förmlich anzog, deshalb die häufigen Todesfälle durch Blitzeinschlag. Es gelang ihm allerdings nicht, diese Erkenntnis zum Wohle seiner Pflanzungsbewohner in den Dörfern umzusetzen. Trotz Verbot, bei Gewittern offene Feuer in der Hütte anzufachen, hielten sich die Leute nicht daran, weil man seit je Feuerstellen betrieb, ob es blitzte oder nicht. Und er begann sich selber zu fragen, ob er wirklich recht hatte, denn bei ihm im Haus oben wäre ja auch fast ein schwerer Unfall mit seinem jüngsten Sohn passiert: Der bei einem Gewitter im Wohnzimmer mit einem Ball spielende Rico hatte eben sein rundes Leder, das ins leere Cheminée gerollt war, herausgefischt, als Bruchteile von Sekunden später ein Blitz einschlug, der ein faustgroßes Loch in die Sandsteinplatte trieb und eine schwarze Spur hinterließ.

Die Wildschweine, welche nachts mehrmals die sorgfältig gehegten Maiskulturen durchwühlten, schien nichts zu bekümmern. Für sie galt nur die Losung: essbar oder nicht. Durch ihr Gepflüge richteten sie immer wieder großen Schaden an. José, João, der Verwalter und Renato legten sich deshalb auf die Lauer und überraschten im Morgengrauen ein ganzes Rudel. Die Bache mit ihren Frischlingen ließ man entkommen, mit den älteren Keilern hatte man kein Erbarmen; sie schossen zwei der Eindringlinge, wobei ein zäher Bursche von mindestens hundertfünfzig Kilo sich einen Zweikampf mit João lieferte und diesen erst verlor, als der ihm mangels Munition, die er bereits verschossen hatte, den Kolben des Gewehrs derart überzog, dass das Holz splitterte und er sein Jagdutensil verschrotten musste. Sinnigerweise ergab das in eine Beize eingelegte Fleisch einen wunderbaren Wildschweinpfeffer mit *Polenta,* an dem sich die ganze Familie noch länger freuen konnte, auch wenn Jacqueline und die Kinder die Jagd generell verabscheuten.

Häufiger hatten sie Probleme mit Wilderern, die nachts auf ihrem Privatgrund mittels Scheinwerfern Jagd auf alles machten, was sich bewegte, ihre Jeeps volluden und mit der gemachten Beute zu verschwinden versuchten. Die Tiere blieben wie erstarrt stehen und es war selbst für schlechte Schützen keine Kunst das Ziel zu treffen. Manchmal konnte Renato sie stellen, indem er sich im Auto ohne Licht annäherte, um die Frevler, welche von der Straße aus jagten, plötzlich anzublenden. Dieser Schreck reichte meistens, um die Überrumpelten zu überführen und ihnen die Beute abzunehmen; einmal zählte Renato neun Antilopen, die an den Hinterläufen aufgehängt an einem extra konstruierten Stahlrahmen des Landrovers ausbluteten. Es wäre viel zu kompliziert gewesen, die illegalen Jäger der Justiz zuzuführen; so ließ man sie zähneknirschend laufen, nicht ohne sie daran zu erinnern, dass im Wiederholungsfall ohne Warnung aus dem Dunklen geschossen würde, da man von bewaffneten Eindringlingen auszugehen hatte und jedes Gericht die Selbstverteidigung anerkannte. Das wirkte nachhaltig.

Die Abende nach dem Essen vor dem lodernden Kaminfeuer: Die Jungen spielten, die Kleineren amüsierten sich mit den Haustieren – Chico, der Makake hatte eine Freundin erhalten, ein junges Servalweibchen, das Renato im Busch fand –, die Erwachsenen jassten oder spielten Bridge. Sheeva, die ausgewachsene Servalkatze, so groß wie ein Leopard, zierte später die

Titelseite von „Nature", auf dieses Foto war Renato besonders stolz. Maurice seinerseits schien mehr freundschaftliche Zuneigung für den zutraulichen Konrad zu empfinden, einen kecken Ziegenbock, den er vom Zoba, dem Häuptling des nahe gelegenen Dorfes, geschenkt bekam und der eigentlich für den Spieß gedacht war – aber nicht mit dem Chronisten! Konrad, anhänglich, extrem neugierig und witzig, lebte hinter dem Haus auf einer saftigen Wiese und so sollte es auch bleiben. Er revanchierte sich bei seinen Haltern als Wachhund, witterte jede Gefahr, bluffte mutig meckernd und meldete sie umgehend. Und im Hintergrund mühte Glenn Miller sich auf Schellack ab und wurde immer lahmer, je schwächer die Autobatterie. Gaslaternen und Kerzen erhellten die Stube. Mehr als einmal fing eine der Laternen Feuer und wurde blitzschnell aus dem Wohnraum in den Garten geworfen, um sie mit einem Eimer Wasser, der immer bereitstand, löschen zu können. Der Generator draußen lief nur in Notfällen, um die Batterien für das Funkgerät wieder aufzuladen. Für den Weg ins Schlafzimmer nahm jeder seine Laterne mit, auf dem Nachttischchen stand eine Kerze bereit, für den Gang zum fünfzig Meter entfernten WC benützten sie in der Regel Taschenlampen, deren Lichtkegel Gefahren früher erkennen ließen. Und nachts, wenn man wohlig unter der Decke lag und die überlauten Grillen endlich Ruhe gaben mit ihrem Gezirpe, hörte man sie: Dieses Geheul ging durch Mark und Bein. Es fing tief an, steigerte sich mehrstimmig in immer höhere Lagen. Dem Wolf ähnlich, aber doch irgendwie heller, manchmal fast wie ein dreckiges Lachen. Wer hatte sie schon gesichtet, diese Fabeltiere, um welche sich Legenden rankten? Es war der Lobo, mit Wolf nur unzulänglich übersetzt. Renato, der einmal auf einer seiner langen einsamen Fahrten stundenlang bei über 50 km/h von einem größeren Rudel von etwa dreißig Tieren verfolgt wurde und betete, sein Wagen möge nicht stehen bleiben, konnte sie genauer beschreiben: eine Mischung aus Wolf, afrikanischem Wildhund und Hyäne, mindestens so groß, leicht abgeschrägter Rücken, immer in größeren Verbänden auftretend, schwarz-grau-bräunlich gefärbt; ein unheimliches Wesen, vor dem die Einheimischen mehr Angst hatten als vor Leoparden oder Löwen. Sie gehörten zur Nacht in Jerusalem, und wenn man sie längere Zeit nicht mehr hören konnte, war die zu Bett gehende Gemeinschaft schon fast besorgt um ihr Wohlergehen.

Die sechs Wochen Pflanzung gruben sich in die Erinnerung aller ein. Mit neuen, aber für Angola nicht ungewöhnlichen Eindrücken kehrten sie wieder in die Stadt zurück. Mit dem Schulunterricht fuhr Christoph nahtlos weiter; die Unterbrechung wegen der Reise fiel nicht ins Gewicht. Renato nahm seine intensive Reisetätigkeit im Land wieder auf, traf hin und wieder Aktionäre seiner Firma, die von Europa kommend auf der Durchreise nach Zaire waren. Seine Frau kümmerte sich um die Familie. Baronin von Hohn meldete sich zum Bridgeabend diesmal gemeinsam mit dem Ehepaar von Krachow an. Nette Bekannte, die aber zu viel soffen, sodass die Einladenden immer etwas auf Nadeln saßen und den Abend möglichst anständig über die Runden zu bringen hofften. Das gelang, weil Bridge anspruchsvoll war und sich Frau Baronin ohnehin echauffierte über einen ihr peinlichen Vorfall bei einem Dinner zu Hause: Ihr diensthabender Boy musste den Gästen Spanferkel auftragen, die Platte war ihr zu profan. „Lieber Manuel, so geht das nicht. Ohne Zitrone im Maul und Petersilien in den Ohren wirkt das arg vulgär." Es war nicht die Aufgabe des Boys, fremde Riten der Herrschaft zu hinterfragen, also tat er wie geheißen: In der Küche steckte er sich eine Limone in den Mund und Petersilie in die Ohren. Erstauntes Gekicher bei den Geladenen, dieser Gag zur Erheiterung der illustren Snobiety war ihr wirklich gelungen, eine neue Variation ihrer Überraschungen für die gelangweilte und leicht dekadente Gesellschaft. Baronin schäumte innerlich vor Wut, behielt aber ihre Contenance bis zum Schlummercognac, verabschiedete ihre Gäste liebenswürdig und schmiss den livrierten Manuel noch in seinem Ornat hinaus – fristlose Kündigung in rosa Uniform, so kräftig war ihr heiliges Zörnchen. Noch nachträglich beim Erzählen geriet sie außer sich und lamentierte mit ihrer in Erregung nochmals um eine Oktave höheren Kopfstimme. „Kinder, wie habe ich mich blamiert!" Renato als ihr landwirtschaftlicher Berater und Lifecoach verbiss sich sein Lachen, tat verständnisvoll und brüllte erst los, als Frau Baronin geruhte, sich zu verabschieden.

Die Kinder pflegten ihren weiten Freundeskreis und ihre Grippen, kein Wunder, jetzt im herbstlichen Juni. Im Radio plärrten die Beatles frisch von der Queen mit dem MBE-Orden geehrt ihr „Yesterday" und „We Can Work It Out". Oberst aus eigenen Gnaden Bokassa kam in der Zentralafrikanischen Republik durch einen Putsch an die Macht. Im Planschbecken tummelten sich jetzt Dagobert und Philomena, ein Entenpaar, das Renato auf dem Markt aus Mitleid gekauft hatte; er konnte nicht mit ansehen, wie den Tieren, ob Geflügel, Schafe oder Ziegen, die Beine zusammengebunden waren und sie auf dem nackten Zementboden liegen mussten, bevor sie Kopf nach unten von den neuen Besitzern nach Hause geschleift wurden, um geschlachtet zu werden. Die Jungen traten dafür gerne ihr Bassin ab, vermissten sie es doch seit dem Diebstahl von Felix und dem Tod der Katze durch Vergiftung, keine Haustiere mehr um sich zu haben.

Renato hatte dank seiner Firma mit entsprechender Kompetenz im Desinfektionsbereich freien Zugang zum Hafen. Immer wieder einmal nahm er die Familie auf irgendein Schiff mit, ob Segler, Frachter, Kriegsschiff oder Passagierkreuzer, diese Ausflüge gehörten zu den spannenden Erlebnissen. So wurden sie auch Zeugen einer europäischen Hilfsaktion für die armen Negerlein in Afrika: Container voller Krawatten, seidig gestreift, wollig kariert, Nonsense im Überfluss.

Hie und da legte auch ein Luxusliner für zwei Tage an. Das waren die interessantesten Schiffe, spien sie doch die schrillsten Millionäre aus, die man sich nur denken konnte. Die Schweizer machten sich ein Hobby daraus, jeweils jemanden anzusprechen, auf Sightseeing in die Stadt und Umgebung mitzunehmen und danach privat zu bewirten. Unvergesslich die gut achtzigjährige Witwe eines texanischen Ölmilliardärs, die ihren Lebensabend auf dem pretty nice craft verbrachte und eine derartige Abwechslung im privaten Rahmen genoss.

Den Chronisten beeindruckte nicht nur der schwere Brillantschmuck, den sie auch bei vierzig Grad Celsius stoisch am Hals und sämtlichen Fingern trug – ja, selbst die Hutnadel war mehr wert als ein Mittelklasseauto –, sondern vor allem der Umstand, dass sie auf Lebenszeit zwei Luxussuiten auf dem obersten Deck mit eigener Terrasse gemietet hatte; in der einen wohnte sie, die andere war lediglich zur Unterbringung der Garderobe gedacht.

Die „Helvetia", ein Schweizer Frachter, lag wieder einmal im Hafen und bot eine willkommene Abwechslung. Ein bis zwei Mal im Jahr legte sie in Luanda an; mit dem Kapitän hatte man sich inzwischen angefreundet. Er lud alle zur (erneuten) Besichtigung des Schiffes ein, das man in der Zwischenzeit auswendig kannte; viel wichtiger war jedoch das anschließende Abendessen mit ihm und seinen Offizieren, da man wieder einmal in Schweizerdeutsch diskutieren konnte und dazu eine echte Rösti mit Bratwurst serviert wurde.

Ja, die Schweizer Folklore: Irgendwie hatten die Portugiesen den Narren daran gefressen. Jedenfalls mussten die drei älteren Geschwister mehrmals an Volksfesten, den beliebten Feiras Populares, auftreten mit Liedern wie „Ramseyers wei go grase" und wurden von Herrn Sangmeyer (nomen est omen) auf der Gitarre begleitet. Höhepunkt sicher die Liveübertragung am Radio, zu der sie noch ihr verstaubtes Blockflötenrepertoire zum Besten geben mussten. Mauriçe beneidete seine Bühnen erprobte, lockere Schwester und verwünschte sein selbstverschuldetes abruptes Ende des Musikstudiums, da ihm jetzt doch eine gewisse Basis fehlte, was der Begeisterung des Publikums jedoch keinen Abbruch tat. Nach „Rädibim – Rädibum" folgte noch die stilinkompatible Zugabe „dona nobis pacem" unter tosendem Applaus. Zu einem Orden der Queen hätte es nicht gereicht, aber Volkes Stimme war, was zählte. Und am anderen Tag wurden sie immerhin auf der Kulturseite des Diario das Noticias erwähnt, wenn auch nicht so prominent platziert wie der Lobgesang auf das Gastkonzert von Charles Aznavour im Restauração, dem einzigen Indoor-Kino der Stadt. Multifunktionalität als Kino, Theater und Konzertsaal: Darauf war die kulturbeflissene Bevölkerung von Luanda stolz. Den Chronisten begeisterte vor allem die Airconditioning; endlich durfte man abends einmal die lange Hose anziehen und sich wie ein Erwachsener im Ausgang fühlen; Auto fahren hatte er ja schon gelernt.

Nach Süden

Geplant war eine Reise mit dem Auto bis an den südlichsten Punkt Angolas zum Cunene, dem Grenzfluss zu Südwestafrika mit seinen gewaltigen Wasserfällen. Unterwegs gedachten sie Geschäftspartner und Kunden zu besuchen, die zum Teil in sehr abgelegenen Gegenden wohnten. Über viertausend Kilometer in zwei Wochen durch Busch, Savanne und Wüste. Renato nahm Christoph, die beiden ältesten Söhne, seine Mitarbeiter Antonio Saraiva und Cassua, den Fährtenleser mit. Currica, der Boxer des Angestellten, durfte ebenfalls teilnehmen. Gerade beim Campieren im Busch oder offenen Gelände war ein Hund mit seinen ausgeprägten Sinnen von großem Nutzen. Es sollte eine echte Safari werden mit seltsamen und spannenden Begegnungen. Im Oktober brachen sie mit dem Landrover voll bepackt und gerüstet für die Expedition und mit den besten Wünschen der Daheimgebliebenen auf. Zuerst führte sie ihr Weg ins Interior, südöstlich über Salazar, Lucala, Cacuso bis Malanje. In Letzterem musste Renato sich beim Distriktgouverneur melden, dessen Justizminister ihn wegen einer Bagatelle im Arbeitsrecht für die Saisonniers angeklagt hatte. Bei diesem selbstgerechten, aufgeblasenen Gockel ging es, wie der Gouverneur selbst lächelnd zugab, lediglich um die Einkassierung eines Schmiergeldes, um die schlechte Entlöhnung aufzubessern (und das sich die beiden wahrscheinlich nachher teilten). Um die freundnachbarschaftlichen Beziehungen zu diesen Banditen nicht zu strapazieren, lenkte Renato ein; bei Gelegenheit würden sie sich bei ihm revanchieren müssen. Der Besuch lohnte sich dennoch: Der Winkeladvokat prahlte in seinem Büro mit einer Ladung Marihuana, mehrere Dutzend Kilos, die er konfisziert hatte und die in papierenen 500-Gramm-Säcken umherstanden. Absichtlich verließ er den Raum, um ein dringendes Geschäft zu erledigen und seine Nonchalance im Umgang mit gefährlichen Drogen zu demonstrieren. Renato steckte sofort zwei dieser Beutel ein, seine Söhne halfen ihm beim Umdrapieren des verbleibenden Deliktgutes, sodass nicht auf den ersten Blick ersichtlich war, dass etwas fehlte. Bei seiner Rückkehr ließ sich der anbiedernde Schmierenjurist nichts anmerken und verabschiedete die Reisegruppe verlogen herzlich. Von Nestern wie Malanje, die sie von ihren Reisen auf die Pflanzung hinlänglich kannten, hatten sie genug. Um eine Stippvisite ins Libolotal zu ihren deutschen Freunden kamen sie nicht herum, das war Ehrensache. Im Familienclan der von Krosancskjs galt es, niemanden zu beleidigen: Abendessen bei den einen in Quitila, übernachten bei den anderen in Tumba Samba, Frühstück im dritten Haus, Baronin von Hohn einen Höflichkeitsbesuch abstatten und versprechen auf der Rückreise bei ihr zu nächtigen. Der Abend wurde jedenfalls fröhlich, weil Renato zur Nachspeise und zum Cognac Joints zu drehen begann, was alle neugierig und belustigt verfolgten. Die Zigaretten machten die Runde, jeder wollte an diesem verruchten Vergnügen teilhaben und alle begannen wie verrückt zu kichern und zu brüllen vor Lachen. Maurice und Florian, die natürlich auch probieren durften, weil Renato fand, dass Erlaubtes immer unattraktiver sei als Verbotenes, paradoxe Intervention nach seinem Erziehungsstil also immer erfolgreicher sein müsse als konventionelles „du darfst nicht", fühlten nicht viel dabei. Sie hatten die Erwachsenen im Verdacht unter Erfolgszwang zu stehen; cool sein war ihnen definitiv zu anstrengend. Lieber gingen sie mit der angehimmelten rothaarigen alabasterhäutigen Tina und ihren Schwestern spielen.

Am nächsten Tag reisten sie sich südwestlich haltend nach Novo Redondo zurück ans Meer. Vor Novo Redondo begrüßte Renato einen wichtigen Kunden, der bei Cabela die größte Kaffeeplantage der Welt betrieb. Quadratkilometerweise standen die Robustapflanzen unter ihren Schattenbäumen; die dreitausendzweihundert Hektar des Schweizers wirkten dagegen wie ein Schrebergarten.

Wegen des kühlen, planktonreichen Benguelastromes, der äquatorwärts nach Norden fließt, gehörte die Küste von Angola zu den fischreichsten Gewässern überhaupt. Entsprechend üppig war das Angebot an Fischen und Meeresfrüchten. Auch die letzte Knelle bot frischen Leerfisch, Bacalhão, fette Sardinen (im Mai war jeweils Hauptsaison) und Lachs an. Der Atlantik roch viel stärker als jedes andere Meer; es war schlecht zu beschreiben, ein intensiver Geruch nach Salz vielleicht. Die Reisenden hielten sich an Muscheln, Krebse und Langusten und übernachteten anschließend im Grandhotel Avenida Palace, Jugendherbergeniveau, aber mit Meerblick.

Der Küste entlang führte die Reise weiter nach Lobito und Benguela. Das 1905 gegründete Lobito mauserte sich zu einem wichtigen Handelshafen mit Hauptgewicht auf den Fischereierzeugnissen, der mit Luanda konkurrierte; nicht von ungefähr hatte Renato hier seine erste Filiale gegründet, die sie jetzt besuchten, um beruhigt auf die wachsenden Umsatzzahlen im Fischmehlsektor zu schauen. Die weiten Salinen, rechteckige Salzgärten so weit das Auge reichte, verkörperten das eigentliche Wahrzeichen Lobitos. Sie beobachteten, wie die Schwarzen die weißen Salzkrusten in den Becken, in denen das eingeleitete Meerwasser verdunstet war, zusammenkratzten. Die sengende Hitze trieb sie alsbald in den kühlen Atlantik.

Benguela, eine kleinere Hafen- und Industriestadt – hier wurden die Bodenschätze Eisen, Kupfer, Zink, Kobalt und vor allem Diamanten umgeladen – besichtigten sie nur kurz. In der Nähe bestaunten sie allerdings eine der größten Zuckerrohrplantagen Afrikas, genannt „Catumbela". Die Pflanzung verfügte über eine eigene kleine Eisenbahn, die mit Benguela verbunden war; das beeindruckte am meisten. Benguela wurde später, Anfang 70er-Jahre zu einem Zentrum der Familie, da die drei jüngeren Geschwister von Florian und Mauriçe hier in ein deutsches Internat kamen; die Älteren hatten das Pech, in der Zentralschweiz interniert zu werden, wobei sich ihr Militärcamp euphemistisch „Institut" nannte.

In der nächsten Etappe erklommen sie die beschwerliche Straße ins innere Hochland nach Nova Lisboa, Hauptstadt der Provinz Huambo auf tausendsiebenhundert Metern Höhe. Als wichtiger Umschlagsplatz für landwirtschaftliche Erzeugnisse hatte Renato hier mittlerweile ebenso eine Filiale mit entsprechendem Agentennetz aufgebaut. Eine gute Tagesreise nach Südosten brachte die Gruppe hinter sich, um sich zwei Tage Erholung in Sá da Bandeira zu gönnen. Die Stadt bekam ihren Namen von einem angolanischen Gouverneur, der 1836 die Sklaverei im Land offiziell abschaffte. Sie logierten in einem Hotel mit Schwimmbad, ein Luxus für diese Region. Auch eine verrottete Minigolfanlage, die immer noch auf den dereinstigen Touristenstrom hoffte, gehörte zum Anwesen. Renato und seine Begleiter waren aber, neben zwei windigen Commerciantes, die einzigen Gäste.

Sá da Bandeira war Renato von einer früheren Geschäftsreise noch lebhaft in Erinnerung: Er besuchte die Stadt in einem gecharterten Kleinflugzeug für fünf Passagiere. Wie immer war die Maschine hoffnungslos überladen; sechs Männer mit Übergepäck und ein Pilot mit enormem Übergewicht. Die Bremsen vermochten bei der Landung das Trägheitsgesetz nicht zu überlisten und so donnerte das Flugzeug über die Piste hinaus, um im anschließenden Acker mit den Rädern abrupt stecken zu bleiben. Mit einem Salto über die Nase auf dem Rücken landend empfahl sich der Pilot für eine Akrobatiknummer. Etwas verblüfft und lädiert, mit Prellungen und dezent verrutschter Krawatte kletterten die Herren kopfüber aus der nur ganz leicht beschädigten Chartermaschine. Renato dachte mit leisem Unbehagen an seinen Weiterflug, der für den folgenden Tag mit derselben Lotterkiste geplant war und laut Pilot völlig bedenkenlos wäre – sein Baby hätte schon ganz anderes überstanden. Na dann, halleluja! Seinem Karma einschärfend, dass er noch vieles in dieser Welt zu erledigen hätte und Vater von fünf Kindern sei, wagte er sich am nächsten Morgen mit dem Pilotenkoloss von mindestens hundertfünfzig Kilo in dessen alte Cessna. Erst am Start bat der Flugkapitän sich anzuschnallen und vor allem gut festzuhalten – man war auf alles gefasst. Die Motoren heulten auf, mit Vollgas schossen sie auf das Pistenende zu, dahinter das Nichts. Im freien Fall stürzte das Flugzeug in die Tiefe, um sich nach ca. zweihundert Metern aufzufangen und wieder gemächlich an Höhe zu gewinnen. Die Startbahn war nur für die Sportfliegerei geeignet, da aber ein senkrechter Felssturz von fast neunhundert Metern folgte, ließen sich die waghalsigen Piloten jedes Mal in den Abgrund fallen; das gehörte hier zur Starttechnik, und wem das nicht passte, sollte gefälligst das Auto benutzen. Renato passte es wohl oder übel, auch später immer wieder. Diesmal war er mit vier Rädern unterwegs und musste folglich die Höhendifferenz konventionell bewältigen. Vom Hochland führte ein gefährlicher Schotterweg mit ca. tausend Metern Höhendifferenz hinunter in die Wüste Moçamedes mit der gleichnamigen Küstenstadt. Sie hielten sich jedoch zuerst südöstlich, um in die südlichste Provinz Cunene zu gelangen, einem Gebiet, das von der Trockensavanne bald in Wüste überging; die Ausläufer der Namib waren hier schon deutlich spürbar.

Unterwegs in einer Schlucht begegneten sie einem Häuptling einer Nomadensippe der M'Uhimbas. Angehörige dieses noch weitgehend unerforschten Stammes trafen sie noch mehrmals an. Er als weit gereistes Oberhaupt hatte schon öfters Kontakt mit Weißen, verhielt sich entsprechend ruhig und würdevoll. Vor allem Kinder, die noch nie Bleichgesichter gesehen hatten, geschweige denn ein Blechungeheuer, das Lärm machte und sich schnell bewegte, rannten in Panik vor ihnen davon. Er ritt auf einem Maulesel, sehnig muskulös, fast hager, nur mit einem Lendenschurz aus Fell bekleidet. Seine Haut gegen die Sonneneinstrahlung mit einem pflanzlichen Öl rötlich eingefärbt, sein Schädel kahl rasiert bis auf einen Mittelstreifen und zwei Zöpfe, welche auf die Schultern fielen und mit kleinem Muschelwerk sowie Silberbroschen verziert waren. Er glich einem Irokesen oder einem Punk mit makrobiotischem Bewusstsein. Am Gürtel rechts ein selbst geschmiedetes langes Messer in einer Lederscheide, links eine große Holzkeule und quer über die Schultern der Bogen. Köcher und Pfeile waren an einer Art Halfter befestigt. Hinter sich sein spärliches Gepäck, ein Ledersack als Trinkbeutel wegen der raren Wasserstellen in diesen Breitengraden. Cassua konnte sich mit dem Clanchef unterhalten und erklärte, dass dieser zu einem größeren Treffen verschiedener Stammesgruppen unterwegs war; seine Reise dauerte schon drei Wochen und er würde noch einmal so lange unterwegs sein. Aber Zeit spielte für ihn keine Rolle, man brauchte eben so lange, bis das Ziel erreicht war.

In einem letzten Kaff, Chiange oder Chitado, daran konnte sich der Chronist nicht mehr genau erinnern, deckten sie sich mit mehreren Garrafões, 5-Liter-Korbflaschen Trinkwasser, einem großen Fass Benzin neben den gefüllten Kanistern, die auf dem Dach befestigt waren, einem zweiten Ersatzrad, Schaufeln und Blechen im Falle des Steckenbleibens in einer Sanddüne, einem Sack Brot und vielen weiteren Lebensmitteln ein. Für den Fall, dass ihnen kein Springbock oder Perlhuhn vor die Flinte laufen sollte, hatte man auch für Konserven, Linsen und Ravioli, gesorgt. In dem Dorfladen gab es eisgekühltes Gingerale, das sie bei fünfundfünfzig Grad Celsius im Schatten gierig und in unvernünftigen Mengen hinunterleerten. Die Haut dampfte sogleich, weil die Flüssigkeit verdunstete; die Kälte reichte aber aus, damit sich alle eine erste Magenverstimmung einhandelten, außer Cassua, der nie zu trinken schien und sich nie je über Hitze, Staub oder Durst beklagte. Dieser ruhige Schwarze stammte ursprünglich aus dem Süden, Angehöriger der Ethnie der Nyaneka-Humbe oder Herero, was seine Sprachkenntnisse erklärte. Bei neun größeren Ethnien, jede mit einer eigenen Sprache und insgesamt über achtzig Dialekten, die in Angola gesprochen wurden, so verschieden voneinander wie Türkisch und Norwegisch, war es schwierig, außerhalb der Amtssprache Portugiesisch zu kommunizieren. Renato verständigte sich leidlich in Kimbundu, der Hauptsprache im Nordwesten um Luanda, sowie Ovimbundo, das im zentralen Hochland bis zur Küste von Benguela vorherrschte.

Sie machten sich auf in den Nationalpark, um den Wildhüter zu treffen, der vorgängig telegrafisch über ihre Ankunft informiert worden war. Meeting point Espinheira, ein kleines Camp mitten in der Wüste mit kargen Unterkünften, die aussahen wie ein einfaches Motel: weiß getünchte Mauern und ein Wellblechdach, locker um ein Haupthaus gruppiert, in dem gegessen wurde und der Wildhüter seine Basis betrieb. Mit seinen Leuten betreute er ein Gebiet zweimal so groß wie die Schweiz.

Das Land war unberührt, Touristen kamen so gut wie nie, einzig Wilderer mussten hin und wieder vertrieben werden. So erstaunlich es klang, aber Unmengen von Tieren, auch Elefanten und Spitzmaulnashörner, die den Schutz wegen des Elfenbeins und des Horns besonders brauchten, bevölkerten diese vermeintliche Einöde. Gleich auf ihrer ersten Erkundungsfahrt begegneten sie einem Trupp Strauße. Christoph wollte filmen und so trieb man die Laufvögel mit zwei Fahrzeugen zusammen und verfolgte sie über die Ebene. Currica, der Boxer, sprang vor Begeisterung aus dem fahrenden Landrover und jagte sie auf eigene Faust, ein kümmerliches Unterfangen; eine Stunde später trottete er ihnen mit hängender Zunge und völlig ausgepumpt entgegen. Sie trauten ihren Augen nicht: Kurzzeitig erreichten die Strauße Geschwindigkeiten von gegen 90 km/h, zur Stabilisierung spreizten sie die Flügel wie ein Spoiler beim Sportwagen. Je müder sie wurden, desto mehr bog sich der Hals wie ein S nach vorne. Die Bilder waren auf Film gebannt und so ließen sie von den armen Tieren ab, stiegen aus und maßen die Spuren der Schrittlänge bei vollem Sprint: acht Meter als Durchschnittswert, sie hätten die Olympiaqualifikation im Weitsprung spielend geschafft. Ihren kräftigen Laufbeinen mit nur zwei Zehen würde man besser nicht in die Quere kommen; selbst Löwen mieden die drei Meter großen Vögel wegen ihrer gefürchteten Tritte und den aggressiven Schnabelhieben. Überall fanden sie Nester voll mit Straußeneiern, das heißt, eigentliche Nester waren es nie, sondern Gelege in Sandmulden. Der Wildhüter forderte die Jungen auf, jeweils eines mitzunehmen für das Frühstück, was sie ungläubig befolgten. Und tatsächlich: Zum ersten Mal in ihrem Leben aßen sie zu viert an einem Spiegelei. Ausgeblasene leere Eier, so groß wie ein Rugbyball durften sie als Trophäe nach Hause mitnehmen.

Riesige Herden von Steppen- und einigen Bergzebras, dabei aber auch Gazellen und Springböcke machten sie in der Ebene aus, die perfekt an die harten Wüstenbedingungen angepasste majestätische Oryx-Antilope – heutiges Wappentier von Namibia – kreuzte ihren Weg, Giraffen schauten mit ihren gestreckten Hälsen neugierig-vorsichtig hinter Schirmakazien hervor, holen sich geschickt mit ihrer langen blauen Zunge Blätter und junge Sprosse aus den dornigen oberen Vegetationszonen und überlegten, ob sie ruhig weiterkauen oder fliehen sollten. Die Hitze schien immer für Ersteres zu sprechen. Sie wirkten unfreiwillig komisch; in einer Spontaneingebung nannte Renato den ersten Langhals Johnny und der Name sollte in seiner Familie bei späteren Begegnungen zum Gattungsbegriff werden. Niemand dachte daran, die Giraffa camelopardalis jemals mehr anders als Johnny zu rufen; die 5,5 Meter hohen Savannenbewohner nahmen es trotz Bluthochdruck gelassen, denn sie hatten ein großes Herz auch für die Schweizer – es wog immerhin zwölf Kilo, um das Blut mit dem dreifachen Druck des Menschen bis in ihre Köpfe zu pumpen.

Als am amüsantesten empfanden sie die Verfolgung von Springböcken. Nicht umsonst hatten sie ihren Namen erhalten. Die braun-weißen, zu den Gazellen gehörigen Antilopen konnten aus dem Stand 3,5 Meter hohe senkrechte Sprünge machen, mit Anlauf schafften sie ohne Weiteres vier bis fünf Meter. Es sah aus wie ein Spiel, das sie mit ihren Verfolgern spielten: mal locker lässig eine Schirmakazie überspringen, die einem Elefanten Schatten hätte spenden können – kein schlechter Leistungsausweis fürs Erste. Die dünnen Beine wirkten dabei eigenartig steif, der Rücken gekrümmt, die Haare des weißen Fellstreifens aufgerichtet, um dem Feind spöttisch zu signalisieren: „Wir haben dich längst bemerkt." Außer dem Gepard war kein Säugetier schneller als der Springbock, der mit gut 90 km/h flüchten konnte und zudem die Hindernisse vertikal nahm, was vor allem die trägen Löwen frustrierte. Dazu konnte der Leopard, den sie auf einem Baum kauernd ausmachten, nur hämisch grinsen. Er hatte seine Beute, eine junge Oryx-Antilope gleich mit hinaufgeschleppt und verzehrte diese genüsslich in aller Ruhe.

Der Wildhüter überraschte die Reisegesellschaft, indem er sie zu einer schattigen Felsgrotte führte, in der er eine Kühlbox mit frischem Bier und Coca Cola gelagert hatte, nach den vielen anstrengenden Fotojagden eine willkommene Abwechslung und Wohltat für den geschundenen Hals. Vor allem seit die Heckscheibe des Landrovers verursacht durch ein Schlagloch bei der schnellen Fahrt über die Wüstenebene verloren ging und man trotz hingehängter Wolldecke viel Staub schluckte.

Für die Rundreise im Wildpark hatte sich ihnen noch ein portugiesischer General und Herr Muzinho, ein hoher Beamter des Tourismusministeriums angeschlossen. Letzterer war äußerst ängstlich, was die angolanische Fauna betraf; vor Aufregung musste er dauernd hinter einem Gebüsch verschwinden – gar nicht so einfach in der Wüste –, weil ihn der Durchfall plagte. Um das Maß vollzumachen, kauerte er mit heruntergelassener Hose neben einen fetten schwarzen Skorpion, bemerkte ihn plötzlich, jaulte vor Schreck auf und rannte, vielmehr stolperte mit seinen Beinkleidern an den Knien mit nacktem Hintern ins Niemandsland. Die Nummer brachte ihm viel Gelächter und Applaus ein, sogar Cassuas Lippen zuckten unmerklich; die Beamtenwürde des Herrn Doutor Muzinho hatte einen schweren Schlag erlitten, seine Autorität war fürderhin infrage gestellt.

Menschen begegneten sie selten, schon gar nie Weißen. Dafür entdeckten sie Grabstätten: Auf Holzgerüsten stapelten sich aufeinandergeschichtete ausgeblichene Ochsen- und Büffelschädel. Dazu blies ein Wind durch die Einöde und trieb kleine ausgerissene Dornenbüsche vor sich her. „Wie in einem guten Western", fanden Florian und Maurice. Hinter der nächsten Sanddüne vermuteten sie Winnetou und Old Shatterhand, die sich, wenn der Schatten des Grabhügels dreimal seine Länge erreicht haben würde, auf die Minute genau trafen nach monatelanger Trennung und ohne vorherigem telegrafischen Avis.

Zwei große graue Steine erwiesen sich beim Näherkommen als quicklebendig: Eine Nashornmutter mit ihrem Jungen sprang auf und stellte sich ihnen in den Weg. Sie wich der Konfrontation nicht aus und war im Begriff die beiden Fahrzeuge wegen ihres Nachwuchses anzugreifen. Der Wildhüter blies zum Rückzug, nicht ohne eitel zu bemerken, dass er aus Rücksicht auf seine Gäste so handeln würde. Im Normalfall lieferte er sich laut seinem Jägerlatein richtige Corridas mit den Dickhäutern; das Risiko eines aufgeschlitzten oder gar umgeworfenen Jeeps wollte er jedoch heute nicht eingehen; Herr Muzinho hätte diese Aufregung auch sicher nicht mehr überlebt. Renato und Anhang verabschiedeten sich von ihrem rücksichtsvollen Helden und machten sich auf die Weiterreise nach Oncocua, einem punkto Trostlosigkeit alles in den Schatten stellenden Nest. Immerhin konnten die Vorräte aufgefüllt werden, denn jetzt mussten sie im Freien nächtigen und selber am Lagerfeuer kochen.

Eine flimmernde Hitze lag über der Unendlichkeit der Wüste. Hie und da ein vertrocknetes Gebüsch und verstreut eine eigenartige Pflanze. Renato klärte auf: Es handelte sich um die berühmte Welwitschia mirabilis, die bis zweitausend Jahre alt werden konnte. Man stelle sich vor, die war schon alt, als die Römer ihr Imperium erst aufzubauen begannen. Die Welwitschia besitzt nur zwei Blätter, die sich mehrere Meter über den Wüstenboden legen konnten, von Wind und Wetter oft recht zerzaust aussahen. Sie gehört zu den Sukkulenten und kann im Innern Wasser speichern; die Pflanze nimmt dieses über die spärliche Luftfeuchtigkeit auf.

Und dann entdeckten sie ein lange ersehntes und viel diskutiertes Phänomen: die erste Fata Morgana! Diese Luftspiegelung – hier eine richtige Oase mit See und Schirmakazien – entstand durch Ablenkung des Lichtes an unterschiedlich warmen Luftschichten, wie Christoph dozierte. Es handelte sich also um einen optischen Effekt auf physikalisch nachvollziehbaren Vorgängen der äußeren Natur und nicht, wie oft angenommen, um eine optische Täuschung. Unmittelbar über dem Boden sehr heiß, darüber kühler, so konnte sich der Himmel als Wasser spiegeln. Zusammen mit den real existierenden Bäumen ergab das ein schönes Bild, das Renato und Christoph mit ihren Foto- und Filmkameras festhielten. Stand man auf dem Landroverdach, vergrößerte sich die Oase, ging man in die Knie, so schrumpfte sie. Die nächsten Tage sahen sie noch öfters wunderschöne Seen mit begrünten Ufern und jedes Mal verschwanden sie beim Näherkommen in der trockenen Einöde.

Kolonien von zwanzig bis dreißig Erdmännchen, putzige Schleichkatzen, die sich gerne auf die Hinterbeine stellten, sich mit dem kräftigen Schwanz abstützten und die Sonne genossen, waren neugierige und relativ zutrauliche Wesen, die sie immer wieder antrafen. Wegen der Raubvögel und Schlangen blieben sie jedoch sehr wachsam; einer stand immer Schmiere auf einem erhöhten Aussichtspunkt, während die anderen als Karnivoren liebend gerne Skorpione, Spinnen, Eidechsen und Springmäuse verzehrten. Ihren Verwandten, den Mungos, überließen sie es, sich die lästigen und gefährlichen Schlangen vom Leib zu halten. Im engen Verbund mit ihnen sahen die Reisenden auch hin und wieder Erdhörnchen, die Vegetariervariante, die ebenfalls in Höhlen lebten, ab und zu auch Überwachungsaufgaben übernahmen, die Sonne jedoch mieden. Ihre Technik: Auch sie waren der prallen Strahlung ausgesetzt, benutzten jedoch ihren buschigen Schwanz als Sonnenschirm über den Köpfen.

Vor lauter Entdeckungen in der faszinierenden Zoologie brummte dem Chronisten langsam der Schädel und er erlegte sich eine Wahrnehmungsdiät auf. Aber bereits traten ihnen Hirten des Stammes der M'Uhimbas entgegen mit ansehnlichen Rinder-, Schaf- und Ziegenherden, die sie als Nomaden mit ihren Familien durch die Einöde trieben, immer auf der Suche nach neuen Futterplätzen für ihr Vieh. Auch sie, wie der angetroffene Häuptling, nur mit Lendenschurz bekleidet, ähnlichen Frisuren, aber weniger schwer bewaffnet. Man glaubte sich ins Steinzeitalter zurückversetzt. Die Schneidezähne der Erwachsenen waren spitz zugeschliffen, wohl ein Initiationsritus dieses Stammes. Um den Hals trugen die Männer viele kleine Felldreiecke an Ketten und erst jetzt bemerkte Renato, dass diese Teile an den Ohren der Kühe fehlten. Als Zeichen des Reichtums und des sozialen Standes hingen sich die M'Uhimbas diese um. Unmittelbar kam dem Erzähler die Geschichte mit den Krawatten am Hafen von Luanda in den Sinn und er musste kichern bei der Vorstellung, man würde in diesem Umfeld die Statussymbole vertauschen. Nun gesellten sich auch die Frauen dazu, neugierig und scheu zugleich. Auffällig die Ziegenfellblumen in den Zöpfen, die ähnlich wie bei den Männern mit Kuhdung frisiert und mit Muscheln geschmückt waren. Noch aufregender allerdings – Männer sind eben simpel gestrickt – die stolz aufragenden rötlich eingefärbten nackten Busen der Naturschönheiten. Ihre Gesichter hatten einen leicht asiatischen Einschlag, ihre durchschnittliche schlanke Statur überragte diejenige der Bantus. Auch die alten Frauen liefen fast nackt umher, allerdings hatten deren Brüste ihre Schuldigkeit getan und hingen nun lang und schlaff über den Bauch; um bei den täglichen Verrichtungen nicht zu stören, banden sie sich diese mit einem zweiten Lederriemen oberhalb der Hüften an den Leib. Das wirkte aber keineswegs lächerlich, die Alten strahlten eine große Würde aus. Die Kinder flohen vorerst; wer hätte es ihnen beim erstmaligen Kontakt mit der sogenannten Zivilisation auch verdenken können. Aus sicherer Distanz beobachteten sie die Eindringlinge, um dann der Neugier doch nicht widerstehen zu können. Allmählich lockerte sich die Atmosphäre, ganz mutige Knaben kletterten gar auf das metallene Etwas, aus dem die Weißen ausgestiegen waren. Freundliche Handzeichen, nicken, gestikulieren. Mauriçe war fasziniert von den schönen Messern, welche die Nomaden in Perfektion selber herstellten. Die Schmiedekunst beherrschten sie mit ihren einfachsten zur Verfügung stehenden Mitteln, also wenn schon, dann Bronzezeit anstelle der Steine ... Gerne hätte er eines gekauft, indem er auf das Objekt seiner Lust zeigte und Geld hervorkramte, bloß wusste der M'Uhimba nichts mit der 20-Escudo-Note anzufangen. Renato zündete sich inzwischen eine Zigarette an – eine Handlung mit Folgen. Gierig glotzte der Handelspartner auf die Zündholzschachtel, deutete erregt mit dem Finger, worauf Renato ihm die Schachtel überließ. Er wiederum knüpfte sein Messer los, warf es Mauriçe hin und rannte davon in der Angst, die Weißen könnten seinen guten Deal bereuen. Ja, der Kontext machte den Wert aus. Die Knaben nahmen das Messer mit schlechtem Gewissen, Antonio und Cassua verteilten weitere Schachteln, was den Clan bewog, die Fremden ins Dorf einzuladen: ein paar einfache Rundhütten in der Form an Iglus erinnernd, Wände und Dach aus gekrümmten Stöcken gebildet, wobei das Dach noch mit Lehm verputzt war, der Eingang eine niedrige Lücke, keine Fenster wegen der Bruthitze, aber alles raffiniert in seiner Technik (Renato prägte sich diese genauestens ein), ein Kral, um das Vieh nachts vor Raubtieren zu schützen. Auf dem Dorfplatz wurde ein Feuer entfacht, nicht mit den kostbaren Zündhölzchen, sondern durch Reibung eines harten Rundholzstäbchens auf einem weicheren eingekerbten Holzstück. Innert einer Minute brannte der hingehaltene Zunder. Die Reisenden aus der Zivilisation versuchten es unter Gelächter der Umstehenden reihum, keiner schaffte es. Später wurden scharf gewürztes Lammfleisch und ein undefinierbares Gepampe, ähnlich dem Funschi, dem Kleister, den die Schwarzen überall im Land als Grundnahrungsmittel aus Maniokmehl herstellten, gereicht. Den Mais für ein Fladenbrot, das in der heißen Glut gebacken wurde, mahlten die jungen Mädchen zuerst zwischen zwei flachen Steinen. Sie tranken dazu Wasser und einen starken Wein aus gegorenen Palmfrüchten. Ein unterhaltsamer Abend mit zwei gegensätzlichen Kulturen, die sich ohne Worte gestenreich verständigten und bis in das Morgengrauen hinein zusammen feierten, aßen, lachten, musizierten. Auf Pfeilbogen ähnlichen Instrumenten schlugen sie mit einem Stöckchen gegen die Saite, ein Holzende des Bogens zwischen den Zähnen, wobei die Töne in der Mundhöhle als Klangkörper entstanden. Hohle Knochenteile füllten die Männer mit Tabak und rauchten sie wie eine Pfeife. Die glühende Kohle zum Anzünden nahmen sie wie selbstverständlich mit bloßen Händen aus dem Feuer. Und in Europa bedurfte es einwöchiger Feuerlaufseminare mit selbst ernannten Eso-Gurus, damit ein paar entzückte Manager und frustrierte Hausfrauen sich trauten, ein kleines glühendes Feld zu durchschreiten, um danach in enthemmtes Geheule auszubrechen: „Ich habe es geschafft!"

Die letzte Etappe der Reise führte sie bis an den Cunene, den Grenzfluss zwischen Angola und Südwestafrika. Sie stiegen hinauf zum Wasserfall Ruacaná, der sich über hundertzwanzig Meter Granitfelsen in die Tiefe stürzt. Ab hier floss der Cunene in westlicher Richtung immer der Grenze entlang, um sich dann in einem dreißig Kilometer breiten Delta in den Atlantik zu ergießen. Vor dem Wasserfall ein kleiner See, in dem die Reisenden Abkühlung suchten. Man hatte ihnen dringend vom Bad abgeraten, weil hier recht viele Krokodile lebten und das Wasser trüb war. Mit der Elefantenbüchse im Anschlag hielt immer ein Erwachsener Wache am Ufer, um im Ernstfall eingreifen zu können. Zum Glück gab es keinen Ernstfall beim leichtsinnigen Schwimmen in dieser milchigen Suppe; Krokodile pflegen ihre Ankunft selten vorgängig zu melden, schweben unbemerkt heran und schnellen in einem Überraschungsangriff auf ihr Opfer zu, drehen sich um ihre eigene Achse und versuchen die Beute zu ertränken. Das hätte böse geendet.

Sie hielten sich nach der riskanten, aber wohltuenden Erfrischung wieder nordwärts Richtung Sá da Bandeira. Anstelle der Krokodile schoss Antonio drei Perlhühner, die sie abends am offenen Feuer brieten und die wunderbar schmeckten. Was hätte es Schöneres geben können, als diese Pfadfinderromantik im Freien unter dem afrikanischen Nachthimmel, dessen Milliarden Sterne ganz dicht über ihnen funkelten. Danach nahe an der Glut in den Schlafsack schlüpfen und zu wissen, dass jemand zusammen mit dem Boxer Wache hielt. Hyänen und Schakale, die sie tagsüber beobachtet hatten, konnten nämlich ganz schön dreist werden, wenn sie Futter witterten.

Calemma und der neue Hauslehrer

März und die Ablösung von Christoph, dessen Kontrakt nach zwei Jahren auslief, musste organisiert werden. Die Freundin Jacquelines – die mit dem Durchblick – kümmerte sich in der Schweiz per Inserat und mit bissigen Assessments um die Neubesetzung des Postens in Angola. Es bewarben sich unzählige Interessenten, die sich durch die psychologischen Checks nicht abschrecken ließen; aus der Vorauswahl musste die Familie zwei Dutzend Dossiers evaluieren. Der Abschied von Christoph Sangmeyer fiel allen schwer, auch den Freunden und Bekannten Renatos. Entsprechend viele Abschiedspartys wurden gefeiert, bis er endlich via Johannesburg und Kapstadt verreisen konnte. Selbst das Meer begehrte auf; kurz vor seinem Aufbruch, genauer am Geburtstag des Chronisten Ende März, sorgten die stellare Konjunktion von Sonne und Mond sowie meteorologische Wechselspiele für eine Calemma, eine gewaltige Springflut, welche die Ilha mit zwölf bis fünfzehn Meter hohen Wellen heimsuchte. Das Wasser schlug mit unendlicher Wucht über die Halbinsel in die Bucht hinein. Am Ufer verankerte Fischerboote zerschellten am Strand wie Zündholzschachteln, die jemand in der Hand zerdrückt, viele Hütten der hier ansässigen Fischer wurden weggeschwemmt. Zwei Strandrestaurants verabschiedeten sich für immer, nur die Grundmauern ragten nach der Naturkatastrophe noch wenig aus dem Sand. Die enormen Wellenbrecher, die auf der Außenseite alle paar hundert Meter aus großen Felsbrocken aufgeschichtet worden waren, nutzten so gut wie nichts. Gaffer, die mit ihren Autos unbedingt am Schauspiel teilhaben wollten, wurden vom Ozean, mehr als ihnen lieb war, ins Spiel miteinbezogen: Mehrere Wagen fegte es einfach von der Straße und spülte sie achtzig Meter weit über den Strand auf der Innenseite wieder ins Meer, für einige Insassen kam jede Hilfe zu spät, weil die Rettungskräfte weder auf dem Land- noch auf dem Seeweg innert nützlicher Frist zu ihnen gelangen konnten. Zu allem Unglück wurde auch noch der Damm, der die Ilha erst zur Halbinsel gemacht hatte, an mehreren Stellen so unterspült, dass er einbrach. Es dauerte einige Tage, bis sich die Wassermassen wieder halbwegs beruhigt hatten und die Behörden zusammen mit den Betroffenen die Aufräumarbeiten angehen konnten. Erst nach Monaten kehrte wieder so etwas wie Normalität in Luanda ein.

Mitte Mai konnte die Familie den neuen Lehrer, für den sie sich entschieden hatten, am Flughafen abholen. Die Sympathie war gegenseitig, Moreno Gretelmann, noch sympathischer als auf dem Foto, gefiel seinen zukünftigen Schülern und deren Eltern auf Anhieb; sie hatten richtig gewählt. Und auch er schien sich sogleich wohlzufühlen. Statt an Basler mussten sie sich jetzt an den St. Galler Dialekt ihres Pädagogen gewöhnen. Und noch eine Änderung: Es galt nun, vier Klassen zu unterrichten, weil Amadeus ebenfalls in die Schulpflicht genommen wurde. Herr Gretelmann konnte nahtlos an seinen Vorgänger anknüpfen, wie wenn er schon längst mit der Familie vertraut gewesen wäre. Ob in Luanda im renovierten Klassenzimmer oder auf der Pflanzung im extra eingerichteten Schulhaus, der Unterricht gestaltete sich als courant normal. Nur ein Zwischenfall im Werksunterricht hatte zur Folge, dass der Chronist nie mehr richtig Freude am Basteln bekunden sollte: Die Klassen konstruierten gemeinsam große Heißluftballons aus farbigem Seidenpapier, die bedächtig in den ruhigen Abendhimmel aufstiegen zur Freude der jungen Ingenieure. Nur bei dem von Maurice war das Feuer vermeintlich ausgegangen, worauf Sprit nachgegossen wurde. Die Stichflamme erledigte den Ballon in Sekundenschnelle, das brennende Seidenpapier klebte sich an die nackten Beine des Knaben, dieser rannte als lodernde Fackel durch den Garten und sprang – sehr zur Entrüstung von Dagobert und Philomena – ins Planschbecken, um das Feuer zu löschen. Die nachträglichen Brandblasen erforderten eine monatelange Behandlung mit Verbänden und Salben.

1967: Zwischenzeitlich war Konrad Adenauer im Alter von 91 Jahren gestorben und Israel hatte den Sechstagekrieg gewonnen. Ostjerusa-

lem, der Gazastreifen und die Golanhöhen waren ab diesem Zeitpunkt besetzte Gebiete. Militärputsch in Griechenland. Schweden stellt auf Rechtsverkehr um. Das Zeitalter des Farbfernsehens beginnt. Erste Herztransplantation durch Christiaan Barnard. Gründung der Asean. Che Guevara wird erschossen. Tod von Edward Hopper, Spencer Tracy und Vivien Leigh, René Magritte, Woody Guthrie. Otis Redding stirbt bei einem Flugzeugabsturz. Sandie Shaw mit „Puppet on a String" sowie Scott Mc Kenzie mit „San Francisco" stürmen die Hitparaden.

Weiter als Inzlingen

Renatos Eltern kamen zu Besuch. Die erste Überseereise ihres Lebens und dann gleich dreieinhalb Monate nach Afrika, da musste man ihnen, die nie weiter als Inzlingen gekommen waren, Respekt zollen. Pünktlich zu ihrer Ankunft waren die Handwerker mit der Überdachung der Terrasse und dem neuen Anstrich des Hauses fertig geworden: kobaltblaue Säulen, orange Innenkanten, pastellgrüne Wände, das alles wirkte wie eine moderne Künstlervilla und war für europäische Augen wohl etwas gewöhnungsbedürftig. Renato und Jacqueline zeigten ihren Eltern beziehungsweise Schwiegereltern die nähere Umgebung, führten sie in typische Restaurants aus, verbrachten Nachmittage am Strand. Im Gegenzug nähte die Omi für alle Zimmer neue Vorhänge und Opa gab einen begeisterten Jasspartner ab, wenn sie abends zu viert mit Moreno einen Schieber klopften. Am meisten freute sich Renatos Vater aber auf die bevorstehende Reise nach Jerusalem. Da würde er im großen Gemüsegarten und den Früchtehainen beim Haus endlich in seinem Element sein, das sprengte die Dimensionen seines eigenen, mit vierhundert Quadratmetern gar nicht so kleinen Schrebergartens. Und er hatte sich viel vorgenommen.

Mit Kind und Kegel, Hauslehrer und -katze, Boy und Gepäck fuhren sie auf der ihnen so vertrauten Route an einem frühen Oktober Morgen zur Fazenda. In sieben Stunden Fahrt konnte man sie jetzt erreichen, wenn keine gravierenden Zwischenfälle zu beklagen waren. Diesmal hatte das Schicksal alles für Jerusalem aufgespart, als wollte es den älteren Besuchern aus der Schweiz etwas Besonderes bieten. Das Gästezimmer im Schulhaus war vorbereitet bis auf den Holztisch, den der Schreiner noch kürzen musste, damit er in die vorgesehene Nische passte. Herr Grenier hatte den Auftrag gegeben, die erforderlichen 25 cm abzusägen, was der Handwerker auch tat, indem er das Maß ab Tischbein nach innen abtrug und die Platte zersägte; erst als der Tisch in zwei Teile zerbrach, merkte es der Unglücksrabe. Grenier musste viele Rennietabletten schlucken, Renato lachte sich halb kaputt. Weniger Spaß hatte er an den zwei defekten Traktoren, für die erst Ersatzteile von Luanda herbeigeschafft werden mussten.

Opa machte sich sofort an die Kultivierung des in seinen Augen völlig untauglich angelegten Gartens. Hierfür hatte er eine Arbeitsbrigade von sechs Schwarzen und seine Enkel in der Freizeit (nach einem Machtwort Renatos) zur Verfügung. Dazu alles nur wünschbare Arbeitsgerät. Und dann legte er los: Mangels Portugiesischkenntnissen instruierte er seine Leute in einem gewagten Französisch, das auch ein linguistisch versierter Gallier nie verstanden hätte. Das spielte aber keine Rolle, weil der rüstige Rentner ohnehin alles vorzeigte und selber mit anpackte. Sein Hemd klebte am runden Leib, der Schweiß rann ihm unter dem Tropenhelm in Bächen über das rote Gesicht. Er aber stiefelte unbeeindruckt von morgens bis abends in seinem Vegetabilienuniversum umher; zu den Mahlzeiten und kleinen Pausen musste man ihn geradezu zwingen. Opa legte ein Beet nach dem andern an, von Tomatenstauden, über Bohnenspaliere, deren Stangen alle im rechten Winkel und pfeilgerade ausgerichtet sein mussten, bis zum Endiviensalat (der Kopfsalat wollte sich zu seinem Leidwesen nicht domestizieren lassen). Selbstredend Kohlrabi und Gurken, Lauch und Sellerie. Als seine Enkel nahe am Verzweifeln waren, drehte er erst recht auf und nahm sich die Früchte vor: Ananasfelder wurden zwangsgeharkt, Bananenbäume nach der Ernte des Strunks gefällt und neue Setzlinge angepflanzt. Die kleinen grün-schwarzen giftigen Bananenschlangen, die sich – die Wärme der Säugetiere unter sich spürend – in die Nacken der Opfer fallen ließen, beeindruckten ihn ebenfalls nicht. Wie seine Arbeiter schüttelte er sie weg, mit dem Unterschied, dass er ihnen als Dank für ihre Aufmerksamkeit nicht gleich den Kopf mit der Catana abhackte. Er ließ kleine Bächlein zur Bewässerung seiner Schützlinge graben, stellte ein Gartenhaus nach seinen Plänen mit dahinterliegendem Geräteschuppen auf, ähnlich seinem Refugium in der Schweiz, aber alles, wie es sich hier gehörte, ein paar Nummern größer. Schließlich hatte er unendlich viel Land zur Verfügung; da hätte er sich Jahrzehnte austoben können. Und stolz war er auf die Idee, eine Erdbeerplantage anzulegen: Sie sollte in diesem Klima prächtig gedeihen und die Früchte gehörten fortan zur Speisekarte des Kochs, wenn er Desserts zubereitete. Noch Jahre später, nach dem Tod von Renatos Vater, erinnerten die süßen großen Erdbeeren alle an den kleinen, eifrigen, runden Gärtner; so hatte er sich ein Denkmal gesetzt. Dank seines Engagements gelangte der Garten Jerusalems zu einer überregionalen Berühmtheit. Die von ihm instruierten Arbeiter hegten Opas Erbe mit Stolz und machten eine eigentliche Geheimwissenschaft aus ihrem Beruf.

Die ganze Schinderei im Garten wurde aufgelockert durch Fahrten in die nähere Umgebung, was in Angola Tagesreisen bedeutete. Renatos Mutter konnte ihrem Hobby frönen und zeichnete in den Dörfern Kinder und ihre Mütter mit Kohlestiften, sie aquarellierte Landschaften, die Wasserfälle von Mussalège bei João Pascoal und die noch imposanteren bei Duque de Bragança. Der Obergärtner interessierte sich auch für die Jagd, um seinen Gemüsehorizont etwas zu erweitern, aber kein Wild tat ihm den Gefallen extra zu seiner Unterhaltung vor die Flinte zu laufen. In den nächsten Nächten sollte er trotzdem zu seinem speziellen Afrikaerlebnis kommen: Wie immer saß die Familie mit Moreno, dem Verwalterehepaar und ihrer Tochter und noch zwei zu Besuch weilenden Angestellten der Agrangol nach dem Nachtessen gemütlich beisammen. Der tägliche Funk mit der Firma in Luanda war getätigt, man besprach die morgigen Arbeiten und einige spielten Karten oder lasen in einem Roman. Die fünf Dackel von Greniers hielten sich draußen auf, bellten hin und wieder, wenn sie ein Tier aufstöberten oder etwas zu hören vermeinten – meistens ein Bluff, um ihrem Frauchen zu imponieren. Dennoch, heute war das Gekläffe lauter, aggressiver und wechselte mit Geheule ab, das irritierend klang. Die Männer entschlossen sich nachzuschauen, ergriffen ihre Taschenlampen und folgten dem Lärm. Am Bach hinter dem Haus, gleich neben der Bambusbrücke, die der Hauslehrer mit seinen Schülern im Werksunterricht gebaut hatte und die ihrer neuen Aufgabe zuverlässig nachkam, hatten die Dackel einen Alligator von fast zwei Meter Länge gestellt. Sie versuchten ihn zu beißen und festzuhalten, wenn er die Flucht bei der Übermacht ergreifen wollte. Die zwei mutigsten Dackel sahen recht geschunden aus, weil der Angegriffene ebenfalls zuschnappte und mit seinem kräftigen Schwanz um sich schlug; sie hatten jedenfalls blutige Schnauzen, was sie nur noch mehr in ihrem Jagdeifer anstachelte. Vielleicht wollten sie es ihm auch nur heimzahlen, weil er ihnen so übel mitgespielt hatte. Renato war entschlossen, sich – leichtsinnig – mit dem Reptil zu messen. Bevor jemand eingreifen konnte, sprang er in den Bach hinunter, packte das Biest am Kiefer, drückte mit beiden Händen zu und versuchte es hochzuheben. Die Dackel ließen perplex ab, um zu schauen, wie er sich jetzt aus der Affäre ziehen würde. Der Alligator begann mit seinem erstaunlich gelenkigen Schwanz Renato auszupeitschen, dieser wiederum wollte partout nicht loslassen; schließlich war er hier Chef auf der Plantage. Nach einem ca. zehnminütigen Ringen ließen seine Kräfte nach, trotz Anfeuerungsrufen der Umstehenden und den entrüsteten Zwischenermahnungen der herbeigeeilten Frauen. So klatschte der Alligator schließlich in sein Element zurück und machte sich eiligst davon. Renato stieg aus dem Wasser, sein Hemd zerrissen, die Arme und Schultern blutig geschlagen, was ihm eine Standpauke von Jacqueline eintrug, die seinen übel zugerichteten Körper liebevoll desinfizierte, einsalbte und verband. Den Männern hatte die Einlage großen Spaß bereitet, das war jedenfalls besser als Kino.

Die Draufgabe in einer der darauffolgenden Nächte – wieder mit den Dackeln als Hauptprotagonisten – vollzog sich schon dramatischer und endete tödlich für beide Kampfparteien. Das Kläffen und Bellen konnten die Hunde nicht lassen, der Alligator hatte sie sozusagen beflügelt zu weiteren Heldentaten. Nur diesmal waren die Gegner von einem anderen Kaliber. Gegen 22.00 Uhr wurde das Gebell immer lauter und steigerte sich in seiner Kadenz. Schon glaubten die Bewohner, der Alligator wäre wohl mit seinen Kumpanen zurückgekehrt, um sich an der Hundebande für die erlittene Demütigung zu rächen. Dann zerriss ein Geheul die Nacht, das in ein eigenartiges, ängstliches Brüllen überging, welches schließlich verröchelte. Beunruhigt ergriff Monsieur Grenier seine Winchester, auch die anderen bewaffneten sich und versuchten den weiter vom Haus entfernten Ort des Geschehens ausfindig zu machen. Ein zweites, fast identisches Geheule lotste ihnen den Weg durch die Dunkelheit in den Gemüsegarten. Was Renatos Vater dann in seinem Revier sah, verschlug ihm die Sprache: Der Lichtkegel der Taschenlampe fiel auf zwei riesige Pythons, die eine sicher über vier Meter, die andere garantiert über fünf Meter lang. Beide hatten je einen Dackel umschlungen und damit begonnen, diese zu erwürgen. Die Hunde kriegten wohl schon länger keine Luft mehr; mit verdrehten Augen, aufgerissenem Rachen, aus welchem die Zunge schlaff heraushing, lagen sie in der Verknotung der Riesenschlangen. Der Verwalter bekam einen hysterischen Anfall; seine über alles geliebten Dackel wurden einfach von diesen Monstern ermordet, hatten keine Chance sich zu wehren. Wie in Trance zielte er auf den Kopf der einen Schlange und feuerte aus nächster Nähe ein ganzes Magazin auf sie ab. In der Zwischenzeit schoss ein Angestellter mit seinem Gewehr, das schweres Kaliber geladen hatte, auf die zweite Schlange. Pythons sind unheimlich zäh, das hatte der Beobachter schon früher festgestellt, als sie mit dem schwer beladenen Landrover über ähnlich große Exemplare gefahren waren und diese sich einfach davonmachten. Auch jetzt, tödlich getroffen, ließen sie nicht ab von ihren Opfern, reflexartig blieb die Umschlingung bestehen; sie machten ihrem Namen als Würgeschlangen alle Ehre. Erst geübte Stiche ins Genick mit scharfem Dolch von Cassua durchgeführt lösten die Muskulatur, sodass der untröstliche Monsieur Grenier seine toten Hunde mit aller Kraft hervorzerren konnte. Der Schwarze zog den Riesenschlangen auch gleich die Haut vom Körper und es ist kein Jägerlatein, aber noch jetzt, gehäutet und eklig blutig daliegend, zuckten die Pythons weiter.

Die Häute wurden fachmännisch gegerbt; Mauriçe und Florian erhielten sie als Geschenk von ihrem Vater und hängten sie später zur Erinnerung und dem Entsetzen von Besuchern noch Jahre lang an die Wand, bis Plakate von weiblichen Musik- und Filmstars, für die sie zu schwärmen begonnen hatten, ihnen den Platz streitig machten. Für die Verwalterfamilie allerdings brach eine Welt zusammen. Von diesem Schlag erholten sich die Eltern nie mehr ganz; sie verfielen in eine eigentliche Depression und mussten sich behandeln lassen. Frau Grenier trieb ihren Hundekult so weit, dass sie ihren Lieblingsdackel bei einem Präparator ausstopfen ließ, weil sie dessen Tod nicht ertragen konnte. Fortan saß Lucky in bekannter und von ihr geliebter Pose neben der Kommode ihres Schlafzimmers und wirkte derart echt, dass man sich ertappte auf ein baldiges Schwanzwedeln zu warten.

Ob Zufall oder nicht, Herrn Fuchsens Hündin hatte zehn Welpen geworfen, alles reinrassige Boxer. Ein zwölf Wochen altes Weibchen durften die Kinder Renatos nach der Rückkehr von der Plantage mit den traurigen Dackelschicksalen zu sich nehmen. Der drollige Pluto mit seinen Sorgenfalten und den tapsigen Schritten, die an einen Gecko auf Drogen erinnerten, wurde zum Familienzentrum, seine ersten Begegnungen mit den Wellenausläufern am flachen Sandstrand löste bei allen große Heiterkeit aus. Ginga, benannt nach einer berühmten schwarzen angolanischen Königin, bekam bald einen Spielgefährten. Renato und sein Vater brachten von einem Kurzbesuch im Interior und der Pflanzung einen jungen Zwergmungo mit; er wurde „Munggi" gerufen, was niedlich klang und sich beim späteren Terror, den er auf die Familie und die Umgebung ausübte, als ziemlich unpassend herausstellte; „Terminator" wäre bei diesem mit Schwanz maximal 50 cm langen, herzig anzuschauenden Tierchen adäquater gewesen. Anfangs führte der Mungo sich ganz possierlich auf, sprang auf den Schoß und wollte einer Katze gleich seine Streicheleinheiten. Mit zunehmendem Alter (größer wurde er nicht) kam sein wahrer Charakter zum Vorschein und der war richtig hinterhältig. Rief man Ginga zum Fressen, galoppierte der kleine Mistkerl mit gebogenem Rücken zuerst heran, packte den Boxer an seinen Lefzen, stieß sich rückwärts mit den Pfötchen am

Boden ab und zog den zehnmal größeren jungen Boxer vom Futternapf weg, um sich zuerst die besten Stücke zu krallen. Ginga, die Gutmütigkeit in Person, ließ sich das tägliche gemeine Ritual ohne Murren gefallen. Rassist war Munggi auch. Seine Lieblingsfreizeitbeschäftigung: geduckt hinter der Gartenmauer warten, bis Schwarze vorbeigingen, um dann plötzlich fauchend an das ca. 80 cm oberhalb angebrachte Gitter zu springen und die Passanten heftig zu erschrecken. Bei Weißen machte er dieses Spiel seltsamerweise nicht, was klar auf seine hässliche Wesensart hindeutete. Munggi erlangte so Quartierberühmtheit; man versammelte sich auf der gegenüberliegenden Straßenseite, um neue Opfer beobachten zu können, und Schwarze konnten sich an dieser Slapsticknummer kindlich freuen, wenn wieder einer zu Tode erschreckt wurde. Einen Vorteil hatte es: Die Schildkröte wurde nie wieder gestohlen und das Budget der Familie somit geschont, weil diese sie auch nicht mehr aus der Geiselhaft zurückkaufen musste.

Dann wurde die Manguste langsam unverschämt. Noch immer wollte sie Schoßhündchen spielen und gestreichelt werden; dazu schaute sie einen aus ihren treuherzigen Knopfäuglein an, um im nächsten Moment zuzuschlagen: Munggi zielte auf die Nase und biss blitzschnell zu. Den Betroffenen kam es vor wie ein Biss, es waren aber meist drei, schön über den Nasenrücken verteilt. So musste sich eine Schlange vorkommen, wenn sie das Pech hatte, das Revier eines Mungos zu durchqueren. Später variierte er das Spiel und schoss aus einer Ecke auf die Waden zu, um – richtig – dreimal zubeißen zu können. So bekam er im Garten ein ausgedehntes Laufgehege mit artgerechter Höhle und Gebüsch, in der Hoffnung nun Ruhe vor ihm zu haben. Die kleine Killerratte hatte jedoch bald herausgekriegt, wie man das Türchen des Käfigs öffnete. „Munggi ist los!" war der Alarmruf, auf den hin sich die ganze Belegschaft zu retten versuchte: Einschließen im Zimmer, Hechtrolle auf den Esstisch, hektisches Anziehen der Lederstiefel waren eine nur unvollständige Aufzählung der diversen Verteidigungsdispositive. Trotz aller Beißattacken im Akkord hatte der Mungo zum Glück keine Tollwut. Man zog es nach einer reichlich langen Toleranzphase vor, Munggi an Freunde in derselben Straße abzugeben, die ihren Garten in einen Privatzoo verwandelt hatten. Bei Familie Mock lebte er zufrieden in einem riesigen Käfig, der besser gesichert war, umgeben von Affen und Vögeln und hatte fortan nur noch selten Gelegenheit seine Aggressionen an wehrlosen Waden und Nasen auszulassen.

Die Eltern Renatos packten die Koffer. Ihre erste und einzige große Auslandreise im Leben ging zu Ende; es war Dezember geworden und sehr heiß. Moreno Gretelmann bekam dafür just am Abreisetag der Eltern endlich seinen Koffer am Flughafen ausgehändigt – nach über einem halben Jahr!

Und für das bevorstehende Weihnachtsessen musste ein Truthahn seine Seele aushauchen; dafür wurde er vorher mit Schnaps abgefüllt, auf dass er respektive sein Fleisch zärtlich hinüberdämmern konnte, um danach mit einer exquisiten Füllung gestopft sein ihm zugedachtes Schicksal hinzunehmen.

Wieder einmal stieg eine der berühmt berüchtigten Silvesterpartys, die um 7.00 Uhr früh endete, nur um gegen Abend wieder aufgenommen zu werden, weil viel zu viel Essen und Getränke übrig geblieben waren und der harte Kern keine Lust hatte, nach zwölf Stunden feiern so abrupt aufzuhören. Wenn man es recht bedachte und gemäß der katholischen Tradition des Landes, dauerten die Feste und gegenseitigen Einladungen vom 24. Dezember bis zum 6. Januar, dann konnten die Leute aufatmen bis zum Karneval im Februar.

HORMONELLE VERWIRRUNGEN

Jacqueline verdrängte es so gut es ging, aber immer mehr fiel ihr auf, dass Renato sehr oft Kurzreisen von zwei, drei Tagen unternahm, manchen Abend mit wichtigen Geschäftsleuten verbrachte und erst früh morgens heimkehrte. Sie wollte nicht misstrauisch sein und argwöhnen, Renato hätte ein außereheliches Verhältnis. Der Familie fehlte es schließlich an nichts, sie lebten komfortabel, und wenn ihr Mann anwesend war, so kümmerte er sich rührend um sie und die Kinder. Sprach sie ihn einmal ganz beiläufig auf seine vielen Abwesenheiten an, so grinste er, umarmte sie und antwortete: „Natürlich habe ich Verhältnisse mit anderen Frauen; ich bin schließlich ein Mann und erotisch bewegt." Seine Geständnisse waren so entwaffnend, dass ihm Jacqueline einerseits nicht glaubte, andererseits die Diskussion darüber fast beschämend fand. Wenn es der Fall war, so ließ er sie jedenfalls nicht darunter leiden. Und es war der Fall, vielmehr die Fälle. Für ihn bestand kein moralisches Problem; er hatte ein großes Herz für alle Frauen und viel Platz an seinen breiten Schultern. Sein Testosteronspiegel war mutmaßlich etwas über dem maskulinen Durchschnitt eingepegelt, das ewig Weibliche zog ihn hinan – qualitativ wie quantitativ. Eine gute Freundin nannte Renato später einmal treffend den „Entweder-und-Typ". Das eine tun und das andere, sich Ausschließende nicht lassen. Seine persönliche Sekretärin, die schöne Mulattin mit den großen dunklen Augen, den endlos langen Beinen, die ein enger Mini umschmiegte und die meist in Sandalen mit hohen Absätzen steckten, war seine langjährige Geliebte. Da Renatos Familie mit ihrer Familie eine enge Freundschaft pflegte, fiel das Verhältnis mit Xana-Miranda niemandem auf; bei privaten Festen war sie die Freundin des Hauses, bei Geschäftsessen die Sekretärin, im Falle der trauten Zweisamkeit im Büro oder auf Reisen die Gespielin. Ihr Bruder Ticio, ein begnadeter Musiker, unterrichtete Florian und Maurice im Gitarrenspiel, ihre jüngere

Schwester Kelly, eine sportliche Sexbombe mit dauernd wechselnden Partnern („diesmal ist es ganz bestimmt der Richtige"), gehörte ebenso zur Entourage wie die ältere Schwester mit sympathischem Mann und zwei umwerfenden Töchtern. Im zarten Teenageralter von zwölf, dreizehn Jahren verliebten sich Mauriçe in die gleichaltrige Laura und Florian in die jüngere Alexa. Bronzene Haut, langes, dunkel gewelltes Haar und Wimpern, so lang und dicht wie feine Pinsel, zierliche Körper und ein atemberaubendes Rhythmusgefühl. Das lenkte den Chronisten ein wenig ab von der Enttäuschung bezüglich Marlene; sie war das blonde, aber größere Pendant zu Laura, hatte aber nur Augen für den älteren portugiesischen Nachbarjungen Luis aus reichem Haus und mit eigener Yamaha, der sie degoutant hofierte. Und er Idiot spielte noch den Go-Between für die beiden, weil er für Marlenes Gunst alles getan hätte. Jetzt war damit Schluss. Aber der Beobachter verzettelt sich, es ging ja schließlich in erster Linie um Renatos Leben und Lieben. Neben Xana-Miranda widmete sich Renato zahlreichen anderen Damen; hier musste er allerdings etwas mehr Vorsicht walten lassen, denn die heißblütige Sekretärin konnte ausrasten, wenn sie von seinen Eskapaden erfuhr. In diesen Momenten war ihm der sichere Heimathafen bei der Familie willkommen, bis sich der Sturm jeweils etwas gelegt hatte. Der Chronist lernte jedenfalls seine Lektion: Für die Geliebte war die Gattin nicht das Problem, erst in der Viereckbeziehung konnte es perikulös werden. Das mit dem Sturm und dem sicheren Hafen war durchaus auch wörtlich zu verstehen: Renato hatte gerade wieder einmal über seinen Schwiegervater (sic!) eine junge, Wasserstoffperoxid gebleichte Blondine von dessen Firma in Kinshasa übernommen. Wofür wusste er eigentlich nicht, denn fürs Diktat oder die Buchhaltung taugte das magere Ding mit der Piepsstimme, aber beträchtlicher Oberweite nicht. So führte er die staunende Vicky aus, zeigte ihr Luandas kulturreiches Nachtleben und besegelte sie in seinem neu erworbenen Snipe, ca. einer 15,5 Fuß großen 470er Rennjolle entsprechend, in der Bucht. Beim Schäferstündchen in der Nachmittagsbrise trieb es das brünstige, aber steuerlose Boot mit der Strömung ins offene Meer hinaus. Der eifersüchtige Wind schickte eine kräftige Böe und brachte das Segelschiff zum Kentern, ein böses Erwachen für die ozeanischen Turteltauben, sozusagen ein Coitus nauticus interruptus. Kiel oben trieben sie immer weiter hinaus, an ein wieder Aufrichten war nicht zu denken, zu schwer das volle Segel, zu stark die Winde und außerdem hatten sie das Schwert verloren, weil das Sicherungstau gerissen war – eine wenig Hoffnung versprechende Ausgangslage. Beide wirkten in dieser Situation nicht eben souverän: Das Blondchen mit den klatschnassen Haarsträhnen hatte unvermittelt etwas Klägliches. Renato nervte sich, dass ihn dieses Ding mit einem IQ knapp über dem Gefrierpunkt überhaupt erhitzen konnte; alleine hätte er jetzt als ehemaliger Grenadier und Sportlehrer das Ufer gegen die Strömung erreichen können, als Gentleman würde er jetzt halt mit ihr untergehen. Das waren wohl die Konsequenzen dieses amoralischen Quickies mit Vicky. Ein zufällig vorbeigleitendes Motorboot mit ähnlichen Absichten eilte glücklicherweise in männlicher Kumpanei und solidarischem Augenzwinkern herbei und nahm die begossenen Pudel ins Schlepptau. Erst gegen Abend fuhren sie im Club Nautico ein, wo die Familie und Freunde sich schon große Sorgen machten. Für das klägliche Alibi kam der gefallsüchtige Motorbootgeck als Augenzeuge auch noch auf, indem er den dramatischen Kampf Renatos mit den Naturgewalten plastisch schilderte. Jacqueline, Gila und die Kinder glaubten die Geschichte, Xana-Mirandas Augen schleuderten Blitze und hatten den feuchten Heimkehrern soeben den totalen Krieg erklärt.

Der Club Nautico Nun' Alvares wurde zum Freizeitmittelpunkt der Familie und Bekannten. Hier hatte man Liegestühle, eine Bar und Duschen zur Verfügung. Es konnte in der Bucht gebadet werden, die Jungmannschaft zog jedoch das exotischere 50-Meter-Becken vor, obwohl es mit Meerwasser gefüllt war. Hier schwammen und tauchten alle um die Wette; Mauriçe maß sich besonders gerne mit den ehrgeizigen Assfalk-Töchtern. Oft traf sich hier die Clique aus Deutschen, Portugiesen und Schweizern für ein Mittagspicknick, wobei die Männer jeweils um 14.00 Uhr wieder in ihre Büros verschwanden, Mütter und Kinder am Nachmittag an diesem Ort verweilten. Der Snipe war nebenan untergebracht; so konnten die Jungen je nach Lust und Windverhältnissen jederzeit segeln gehen, was sie auch eifrig nutzten.

Hatte Christoph damals Reiten als Freizeitsport zusammen mit Renato entdeckt, so wollte es Moreno etwas exotischer: Er ließ sich fachärztlich testen, absolvierte einen Kurs und lud seine Arbeitgeber sowie die zu Besuch weilende Freundin Heidi schon bald zum Bestaunen seines ersten Fallschirmsprungs ein. Maurice hätte gerne mitgemacht, war aber noch zu jung. Als kurz darauf eine zweiundzwanzigjährige Sportkollegin Morenos tödlich abstürzte, weil sie ein anderes als ihr geläufiges Fallschirmmodell verwendete, dessen Reißleine in Gegenrichtung geöffnet werden musste, verbot Jacqueline ihrem Sohn die gefährliche Sportart auch zukünftig, wenn er das erforderliche Alter erreicht haben sollte. Er begriff sie, waren sie doch Zeugen gewesen, als das arme Mädchen keine vierhundert Meter von ihnen auf dem Erdboden aufschlug, ein grauenhaftes Unglück. Andererseits: Auch Kelly, die Sexbombe, sprang im freien Fall; sie, die bei einem Schnitt in den Finger Zeter und Mordio schrie. So tröstete er sich mit Florian und Damian im Rollhockeyklub „Sporting Luanda", in dem sie es immerhin in die Junioren-B-Mannschaft brachten und sich in manchem Match tapfer schlugen für die Ehre ihres Vereins. Ihre Fertigkeiten trainierten sie im Botanischen Garten, der über viele abschüssige Wege, kleine Stege über wundervoll angelegte Teiche und spiegelglatte Plätze aus Granitstein verfügte – zur Freude der Sportstypen, zum Ärger der älteren Spaziergänger.

1968: Oswalt Kolle erklärt mit seinem „Wunder der Liebe" die Sexualität cineastisch und etwas unbeholfen. Der Vietcong startet eine Grossoffensive, die den Rückzug der USA aus Vietnam einleitet. Unabhängigkeit von Mauritius. In den USA ermordet man Martin Luther King. Im Mai brechen die Studentenunruhen in Paris aus; die Sorbonne schliesst zum ersten Mal in ihrer Geschichte. Olympische Sommerspiele in Mexiko: Bob Beamon springt auf sagenhafte 8,9 m. Robert F. Kennedy wird erschossen, Der Prager Frühling gewaltsam beendet. Richard Nixon neuer Präsident der USA. Hongkonggrippe fordert gegen eine Million Tote. Gestorben: Juri Gagarin, Käthe Kruse, Marcel Duchamp. Gründung von „Deep Purple".

1968, das Jahr der Studentenunruhen in Europa, des Aufbegehrens gegen das Establishment, von dieser Aufbruchstimmung war in Angola nichts zu spüren. Obwohl: Für den Chronisten machte sich das privat mit umgekehrten Vorzeichen schon bemerkbar. Renato verlangte ihn eines Tages ganz unvermittelt unter vier Augen im Büro zu sprechen. Der Befohlene war sich keines Vergehens bewusst und dementsprechend beunruhigt ob der nun sicher ungerechtfertigt folgenden Standpauke:

„Maurice, wir machen uns ernsthafte Sorgen um dich; du rauchst nicht heimlich, du trinkst nicht wie dein Vater, du hast dir überhaupt noch nie etwas zuschulden kommen lassen, du kümmerst dich bei unserer Abwesenheit stets vorbildlich um deine jüngeren Geschwister, du bist immer sehr ruhig, überlegt und ernst – so kann das nicht weitergehen: Wann bitte schön beginnt endlich deine persönliche Revolte oder müssen wir später mit umso heftigeren Ausbrüchen rechnen?" Der Chronist war perplex. Wie sollte man einem mahnenden Vater begegnen, der einen das Autofahren mit elf Jahren gelehrt, das Rauchen und Trinken nie untersagt hatte, ja, das Marihuana dem Richter gleich selber geklaut und im Bekanntenkreis Joints herumgeboten hatte, sexuell überaktiv und dem Bier und den guten Whiskys nie abgeneigt war? Paroli bieten und ihn vielleicht insgeheim ein bisschen ärgern konnte er nur mit Anpassung, guten Schulnoten und einem untadeligen Lebenswandel. Seine Rolle war nicht eine aktive; er war überzeugt, nur als teilnehmender Beobachter überhaupt eine Chance neben diesem Übervater zu haben. In seiner Neutralität vergab er sich die Möglichkeit der kühlen Analyse nicht; ihm war ja die Aufgabe zugedacht Renato und die Biotope, in denen er lebte, zu sezieren. Er wollte Zusammenhänge verstehen und die Übersicht bewahren; das bedingte gewissermaßen die Statistenfunktion, als Akteur in einer Hauptrolle wäre dies nicht zu bewältigen gewesen. Seine These wurde überdies (viel später) gestützt durch die gescheiterten Versuche Renatos auf Drängen seines Umfeldes seine Geschichte niederzuschreiben. Er entschuldigte sich damit, dass man nicht leben und gleichzeitig objektiviert darüber reflektieren könne (sein einziger wirklicher Versuch endete mit der Vernichtung des auf zweihundert Seiten angewachsenen Manuskriptes durch die Flammen eines an die Hütte gelegten Feuers von der furiosen Donna Diacha). Umgekehrt sagen produktive Schriftsteller wie John Irving, ihr Privatleben wäre total langweilig. Der Chronist stand dazwischen, in teilnehmender Beobachtung, mit geschärfter Wahrnehmung, aber doch außerhalb. Menschen interessierten ihn primär als Objekte zur Analyse, sie (mit ganz wenigen Ausnahmen) zu mögen oder gar zu lieben, dazu hatte er wenig Talent.

Also zurück zur gestellten Aufgabe, zurück zu den Hormonen, nicht seinen, sondern denen Renatos. Zwischenzeitlich hatte dieser sich unsterblich in eine fantastisch aussehende weiße Rhodesierin verliebt. Sie war nicht groß, zierlich gebaut mit langen dunklen Haaren, die sie immer offen trug. Das Auffälligste aber ihre berauschenden grünen Katzenaugen. Sie, Mitte zwanzig, voller Leben und Abenteuerlust, Sekretärin (wirklich) eines Geschäftsfreundes; er, knapp vierzig, Vater von fünf Kindern, Unternehmer und langsam in die erste Midlife-Crisis steuernd. Es war der beidseitige „Coup de Foudre": Sie suchte den erfolgreichen, weltgewandten und vor allem erfahrenen Mann, er wollte die Jugend zurückholen, sich extatisch verlieren, den verantwortungsbelasteten Alltag vergessen. Kennengelernt hatten sie sich auf einer von Renatos Geschäftsreisen nach Salisbury; er verlängerte darauf seinen dreitägigen Aufenthalt gleich auf eine Woche. Als Alibi diente ihm das parasitenresistente Maissaatgut, das einer eingehenden Prüfung für die Adaptation in Angola bedurfte. Renato besuchte Sheeva – ja, wie die Servalkatze auf der Pflanzung, und der Name passte perfekt – darauf öfters oder er traf sie in Lobito, Benguela und Nova Lisboa. Das erklärte im Nachhinein die vielen Kurzreisen per Lufttaxi in den Süden, was wegen der zu besuchenden Filialen nicht weiter auffiel. Ein „Amour fou", potenzierte Erotik mit fast bis zur Unerträglichkeit gesteigerter Leidenschaft, die Renato in dieser Form nie mehr erlebte. Weilte sie in Luanda, was mehrmals vorkam, da sie nicht voneinander lassen konnten und wohl auch den zusätzlichen Thrill genossen, musste Moreno kurzerhand als ihr neuer Freund einspringen; das war unverfänglich für naive Augen, nicht aber für Xana-Miranda, die das Doppelspiel bald durchschaute, Feuer spie und das labile Soziogramm beinahe hätte auffliegen lassen. Sie sah gnädig davon ab, wollte ihren Status als erste Geliebte nicht verlieren, schmollte und spielte auf Zeit. Sie schäkerte dafür absichtlich mit dem ziemlich unglücklichen Moreno, der in seiner Männersolidarität Renato zu Diensten sein wollte, gleichzeitig ein schlechtes Gewissen Jacqueline gegenüber verspürte, die er sehr mochte, die attraktive Sheeva gerne als Geliebte gehabt hätte, sich aber an Renato nicht eifersüchtig rächen konnte, zumal Xana-Miranda gewissermaßen auch Eigentum seines Bosses war; von deren Verhältnis wusste er schon lange. Außerdem hatte er seine Freundin in der Schweiz, die nach ihren Ferien wieder abgereist war. Ja, das Ringen der Hormone mit der Vernunft gestaltete sich in den Tropen noch viel schwerer, das musste der junge Lehrer seufzend eingestehen. So versuchte er sich mit trigonometrischen Aufgabenstellungen abzulenken, unter denen sein ältester Schüler zu leiden hatte, weil seiner Meinung nach immer eine Unbekannte zu viel existierte. „Wie recht du hast", knurrte Moreno in Gedanken an das verworrene Spiel, in das er hineingerutscht war. Gleichschenklige Dreiecke assoziierte er jedenfalls in dieser Sturm- und Drangzeit weniger mit Winkelsummen, Sinus- oder Tangensfunktionen. Sheeva war inzwischen von Renato als seine persönliche Sekretärin für die Agrangol abgeworben worden; er musste sie einfach um sich haben – nichts Unverfänglicheres, als noch schnell ins Büro zu fahren, um einige Briefe zu diktieren. Xana-Miranda grollte und hielt sich schadlos mit dem schmucken Kapitän eines Kanonenbootes (!) der Küstenwache, was wiederum Renato gar nicht goutierte, aber um des labilen Friedens willen akzeptieren musste.

Wie sie das Verhältnis von Renato und Sheeva aufgedeckt hatte, blieb ihr Geheimnis. Zwar verletzt, aber nach einer langen Aussprache versöhnt und nicht am Boden zerstört verzieh sie ihrem Mann, den sie bedingungslos liebte, auch dafür, dass es mit ihm nie langweilig wurde. Selber auch kein Kind von Traurigkeit und – zugegebenermaßen – ein wenig aus Rache erhörte sie den schon lange um ihre Gunst buhlenden Ayrton de Maltas, ein grau melierter, schlanker Mittvierziger, groß und drahtig, aus reichster Familie und selber Vater von fünf Kindern. An einem Fest, bei welchem Renato damit beschäftigt war, Xana-Miranda und Sheeva räumlich voneinander fernzuhalten und gleichzeitig seine nächste Beziehung mit einer erlebnishungrigen, zu kurz gekommenen Diplomatengattin antichambrierte, brannte sie mit ihm durch. Die Allianz war kurz und romantisch, aber doch heftig genug, um den gekränkten Macho Renato in seiner Mannesehre zu treffen. Solche Trostpflaster verwendete Jacqueline auch später wieder, jedoch homöopathisch dosiert, um die Wirkung für sich und Renato zu erhalten, wie der Chronist glaubte (man hatte ja gesehen, wie schnell eine Anopheles gegen die Malariaprophylaxe immun wurde und mit der Erotik war es sicher wie mit einer Krankheit). Renato war diesbezüglich deftiger in seinem Charakter, ließ eine sich bietende Gelegenheit selten aus, betrog seine Jacqueline oft, war ihr aber ein Leben lang treu.

Die zahlreichen Geschäftsessen mit anschließendem Besuch in den einschlägigen Boîtes, in nicht ganz jugendfreie Strip- und Animierlokale, waren Renato ein Gräuel. Das konnte man ihm abnehmen, denn er hatte ja genug andere Gelegenheiten sich hormonell auszutoben. Hier musste er gute Miene zum bösen Spiel machen und die schon den ganzen Abend nicht nur der Hitze wegen hechelnden Businessleute begleiten. Er kannte seine Pappenheimer als angepasste Familienväter aus Cape Town, die sonntags brav in der Methodist Church ihre Lieder heruntersangen, dem Pfarrer nach dem Kirchgang die Hand schüttelten, für arme Waisen spendeten und als hoch angesehene Stützen der Gesellschaft die Apartheid ihres Landes als das beste System priesen, um klare, gottgewollte Verhältnisse zu schaffen. Hier im Norden herrschte aber durch die Vermischung der Rassen ohnehin Sodom und Gomorrha und da konnte es nur richtig sein, Negerinnen oder Mulattinnen (Hauptsache dunkelhäutig, exotisch und willig) für eine Nacht zu benutzen. Man war ja schließlich Mann, triebhaft und somit entschuldigt. Außerdem: die liebe Frau daheim ein sittsames Geschöpf, Mutter der wohlgeratenen Kinder und dem Sex abhold, es sei denn, er diente der Familienplanung, was dannzumal Vermehrung meinte. Bewahre: Südafrikaner waren nur als Exempel gemeint; genauso gut hätte der Chronist Schweizer anführen können mit identischen Verhaltensmustern, geifernd mit blässlichen Schwabbelbäuchen, die ihre Attraktivität primär über die Brieftasche definieren mussten. Am ekligsten empfand der Beobachter diejenigen, welche in Angola von einer Party zur nächsten verlangten, als Spießer langsam auftauten (man sah ihnen beim unbeholfenen Tanzen das Sabbern im übertragenen Sinne an: Nach Ansicht des Beobachters war der Tanz für sie lediglich Ausdruck vertikaler Frustration für eine horizontale Begierde), sich aber nach der Geschäftsreise im Heimland post festum als entrüstete Moralapostel aufführten. Als es später Renato durch verschiedene Ursachen bedingt finanziell nicht mehr so gut ging, waren sie die ersten, die proleteten: „Kunststück, bei denen wurden ja nur Feste gefeiert und ausgegangen." Die Höflichkeit des Chronisten verbot die Nennung von Namen, immerhin gruben sich die verlogenen Protagonisten, welche partiell sogar aus den eigenen Firmenreihen der Niederlassungen in Europa stammten, in ihrer Erbärmlichkeit tief in sein Elefantengedächtnis ein. Er selber, eben erst ins zarte Teenageralter gerutscht, sollte in den Augen seines Vaters früh in die Welt der Erotik eingeführt werden. So nahm ihn Renato mehrmals mit zu diesen Essen mit anschließendem Besuch eines dieser Etablissements. Um seiner Studien willen fand der Chronist dies anfänglich hochinteressant, bis er merkte, dass er nicht zur objektiven Beobachtung eingeladen worden war, sondern selbst Teil des Spiels werden sollte. Renato wollte ihn damit auf elegante Weise aufklären und wer hätte das besser gekonnt als eine professionelle, einfühlsame Dame des horizontalen Gewerbes. Schon beim Drink an der Bar überkam ihn ein mulmiges Gefühl, ein Schwanken zwischen Neugier und Angst. Als ihn eine üppige Mulattin vor lauter Vorfreude auf den lockeren Job (Renato hatte sie entsprechend diskret instruiert und vorfinanziert) zwischen ihre mächtigen Brüste drückte, sodass er kaum noch Atem schöpfen konnte, wusste er bereits, dass er sich mit dem ewig Weiblichen wohl noch etwas Zeit lassen wollte. Er erinnerte sich an sein Geburtstrauma mit der dicken Hebamme. Alle hier anwesenden Damen betrieben seiner Meinung nach einen großen finanziellen und zeitlichen Aufwand, um derart billig auszusehen. Vollends in die Flucht schlug ihn wenig später eine Kap Verdianerin, die ihm ohne Umschweife zwischen die Beine griff und beim Bestellen eines Wodka Orange ins Ohr flüsterte: „Zeig mir und meiner Kollegin, was du süßer Bengel zu bieten hast; von uns tropischen Früchtchen wirst du gerne naschen und nicht genug kriegen können." Er bekam einen heißen Kopf; das Blut wusste nicht mehr so recht, wo es pulsieren sollte, ihm war es peinlich und so stammelte er beim nächsten Angriff der schönen Hand in seinen Schritt etwas von Magenverstimmung, zu viel gegessen und jetzt auch noch getrunken und stürzte hinaus auf den Parkplatz. Renato, der dies alles am Rand mitbekommen hatte, merkte die Überforderung schnell, entschuldigte sich beim Beobachter, der unfreiwillig zum Akteur geworden war, und brachte ihn schuldbewusst heim. Jacqueline schlief zum Glück schon, sonst hätte es wohl noch eine Auseinandersetzung über Erziehungsziele abgesetzt.

10.
Der lange Abschied

Nach einem weiteren fulminanten Silvester, der das revolutionäre Jahr ausklingen ließ, nahte der Abschied von den besten Freunden. Dr. Assfalk wollte seine Mädchen an einem deutschen Elitegymnasium drillen lassen, Carlsburgs dachten ebenfalls an eine Weiterbildung von Marlene und Damian in Deutschland und auch für Maurice und Florian drohte die Vertreibung aus dem Paradies, wenn auch noch mit einer Gnadenfrist. Wie wenn es unter den Eltern abgesprochen gewesen wäre, sollte das Scheiden von Afrika durch eine Seereise gemildert werden. Nach manchen letzten Treffen fürs Kino, den Strand, den Sundowner auf der Dachterrasse verließ als Erste Familie Assfalk Luanda mit der „Europa", kurz darauf folgten die Carlsburgs, welche sich an einem Sonntagmorgen im Februar auf die „Infante Dom Henrique" einschifften. Die Trennung empfanden alle als drückend. Nach Jahren enger Freundschaft, fast täglichen Zusammenseins und der Ungewissheit des nächsten Zusammentreffens litt die verschworene Gemeinschaft Qualen.

Mitte März, früher als geplant, denn sein Kontrakt wäre noch einige Wochen gelaufen, verließ Moreno die Schweizer Familie in Luanda, um seine Mutter noch zu sehen, die im Spital lag und der es gar nicht gut ging. Auch zu seinen Ehren wurde Abschied gefeiert mit einigen langen Abenden, die am Morgen am Strand endeten und gleich wieder aufgenommen wurden, um nicht aus der Übung zu fallen.

Schließlich galt es auch für Renato, Jacqueline und die Kinder Abschied zu nehmen, natürlich mit nicht enden wollenden festlichen Sausen und Gegeneinladungen. Endlich waren die Überseekoffer gepackt und man verabschiedete sich von Mocks, Hildebrandts, Valys, von Krosancskjs, Padrãos, Oliveiras, Penas, Drews, Bosbachs, Dahmens, Fuchs, Shells, Scotts und wie sie alle sonst noch hießen. Noch auf der Hafenmole konnten es die Unentwegten, der harte Kern, nicht lassen, die Abreisenden ein letztes Mal zu herzen, zu drücken, zu betanzen mit Livegitarrenklängen vom immer bis zum Schluss ausharrenden Ticio; man war in Übung seit achtundvierzig Stunden und es war zum Heulen schön. Laura und Alexa blieben zurück, Mauriçe und Florian schifften sich mit Eltern und Geschwistern auf der „Afrika" ein und wussten, dass sie ihre Namoradas, ihre Liebchen, lange nicht mehr sehen würden. Verzicht auf Liebe zugunsten der Bildung – was für ein Irrwitz.

Die „Afrika" legte endgültig ab. Das lang gezogene Schiffshorn signalisierte das Ende einer Ära. Und in der Ferne winkte noch immer Traudchen Kaat, eine deutsche Walküre von ozeanischen Ausmaßen, ihr Bug wogte beim Schwenken des riesigen weißen Taschentuches, mit dem sie ab und an die Trennungstränchen getrocknet hatte. „Mensch Kinder, passt auf euch auf und ich will euch alle bald wieder gesund hier sehen!" Und an ihrem großen Herzen und noch größeren Busen hatten sie alle Platz – ein Schatz von einer Frau, eine richtige Knutschkugel, die man einfach gerne haben musste.

Lunch im Lido, Tontaubenschießen, Lottonachmittage, Pingpongturniere, Planschen im Bassin, Apéros an den diversen Bars, gleich am zweiten Abend Äquator-Dinner, Kinovorführungen: Die Habitués wussten allmählich, was sie auf einer Schiffsreise erwartete. Nur Renato lag mit Schüttelfrost und Fieber im Bett, wurde ärztlich betreut und erhielt die medizinisch nicht gerade erheiternde Diagnose einer lymphatischen Filariose: Fadenwürmer, die durch die Anopheles übertragen werden und sich im lymphischen System breitmachen und durch Blutbahnen wandern. Statt Captains Dinner, Einnahme von Wurmmitteln; es wollte kein echter kulinarischer Optimismus bei ihm aufkommen. Die Kanaren mussten diesmal ohne Renato auskommen, kein Händler, der ihm eine überteuerte Kamera zum Schnäppchenpreis andrehen konnte. Jacqueline aber buchte wenigstens für die Kinder und sich eine Rundreise. Erst in Barcelona hatte die Behandlung angeschlagen und die ganze Familie konnte die Stadt besichtigen. Das lange Üben in Moll und Dur bei Ticio hatte sich gelohnt; die angehenden Musiker Mauriçe und Florian erhielten von ihren Eltern je eine akustische Gitarre geschenkt. Der nächste Halt erfolgte in Brindisi, einer schönen Stadt, in welcher die arglosen Schiffstouristen mit grässlich kitschigen Souvenirtellern verfolgt wurden. Bald konnten die Reisenden aufatmen, denn sie legten im Zielhafen ihrer Reise an. Zum ersten Mal Venedig! Sie waren aber nicht zum Sehen und Sterben hergekommen, sondern quartierten sich in der Pension „La Calcina" ein. Die engen Gassen mit den morbiden Palazzi und natürlich die vielen Kanäle zogen alle in ihren Bann. Einige neu gewonnene Freunde von der „Afrika" wie das ältere, superreiche Ehepaar Gresham von Rhodesien verbrachten ebenfalls die Tage mit ihnen in der Lagunenstadt. Sie beteten zusammen das ganze Programm von Muranos Glasbläsereien über den Dogenpalast, die Fütterung der Tauben auf der Piazza San Marco, Besuch des Lidos bis zum Verzehr überdimensionierter Pizzen durch. Selbst die Gondolieri verschonten sie nicht und beendeten ihren Aufenthalt mit einem sehnsüchtigen Seufzer auf der Brücke. Die anschließende Bahnreise nach Basel nahm sich dagegen fast profan aus.

Die Verwandten waren zum großen Wiedersehenshallo fast vollzählig erschienen; man hätte meinen können, es handle sich um einen Staatsempfang. Mittlerweile war es Mai geworden, die ersten Einkäufe konzentrierten sich auf Regenschirme und Gummistiefel. Alle, außer Jacqueline, lagen nach drei Tagen mit Grippe im Bett. Bald schlich sich der Alltag ein – wie wenn die vierjährige Zäsur gar nicht stattgefunden hätte. Die Villa Waldhof wurde wieder zum Zentrum von Freunden, Familie und Geschäftspartnern, die sich die Klinke in die Hand gaben. Walther und Aline kehrten rechtzeitig zum Empfang aus dem Zaire zurück. Anya, die ehemalige Primaballerina der Wiener Staatsoper, war schon früher wieder von Paris in ihren Haushalt im Waldhof zurückgekehrt und steckte dauernd mit Jacqueline zusammen. Die zwei älteren Brüder hätten gerne darauf verzichtet, kamen aber um eine Interimseinschulung im MNG nicht herum; die drei jüngeren Geschwister beschnupperten ihre zukünftige Hauslehrerin für Angola und wurden zu Hause von Elsa Kohler probeunterrichtet. Der Zufall wollte es, dass ihr Vater Renatos damaliger Lehrer war, der ihn gegen den anfänglichen Willen seiner Eltern ans Gymnasium in Basel empfohlen hatte.

Die Anmeldung Mauriçe' und Florians für das Internat in der Innerschweiz war bereits in Luanda erfolgt; auf Empfehlung Yvonnes, Jacquelines Schwester und Patin von Florian. Sie lebte mit ihrer Familie ganz in der Nähe und lobte das Bildungsinstitut mit seinem untadeligen Ruf. Nun nahmen sie einen persönlichen Augenschein, um ihr zukünftiges Konvikt kennenzulernen. Der düstere Bau auf einem einsamen Hügel ließ trotz prächtiger Seesicht den Verdacht aufkeimen, es handle sich um ein Kloster mit strengen Sitten und harten Strafen für kleinste Vergehen. Den liberal aufgewachsenen und freiheitsliebenden Jungs schwante Böses und ihre mulmigen Vorahnungen sollten bei Weitem übertroffen werden: Das Viktorianische Zeitalter hätte man dagegen als frivol erkennen müssen. Jedenfalls ließ Herr Dr. Direktor (den akademischen Titel hatte er seiner Exverlobten zu verdanken, welche ihm die Dissertation schrieb und tippte) durchblicken, dass seine Zuchtstätte berühmt war für ihre strenge Mildtätigkeit.

1969: Arafat wird zum PLO-Vorsitzenden gewählt. Die Boeing 747, der Jumbojet, startet zu seinem Jungfernflug. Georges Pompidou neuer französicher Staatspräsident. Die Philosophen Karl Jaspers und Theodor W. Adorno sterben. Tod von Dwight D. Eisenhower, Judy Garland, Ho Chi Minh, Paul Scherrer, Claudius Dornier, Josef von Sternberg. „The Eagle has landed!"; Neil Armstrong betritt als erster Mensch den Mond; Die Apollo-11-Mission ist ein voller Erfolg. Willy Brandt wird Bundeskanzler. Edward Hoff stellt den ersten Mikroprozessor vor. Literaturnobelpreis an Samuel Beckett.

Noch vor dem Internatseintritt seiner Söhne trieb es Renato für eine Kurzreise nach Angola; er wollte jetzt seiner Firma nicht mehr zu lange fernbleiben. Die Familie erkundete derweil in der Sommerferienzeit die Urschweiz, verbrachte den 1. August auf dem Seelisberg, wo Christoph Sangmeyers Familie ein Chalet nahe der Rütliwiese besaß. Badeferien am Ägerisee, nicht weit vom Morgartendenkmal. Es schien, als wollten sie die Schweiz in ihrer urchigsten Form erleben, um die Erinnerung nach Afrika zu retten. Man wusste ja nicht, wann sich die nächste Gelegenheit bieten würde. Der mittlerweile zurückgekehrte Renato schloss sich dem helvetischen Sightseeing vergnügt an. Bills Vater lud in sein Ferienhaus in Monthey, hoch über dem Genfer See ein. Es war auch die Gelegenheit, nochmals alle Verwandten und Freunde zu treffen; sogar die Hauslehrer waren mit von der Partie. Jacqueline fühlte sich in ihrem Element. Je mehr Leute sie zusammenbringen und betreuen konnte, je öfters sie Freunde und Bekannte besuchen oder einladen durfte, desto wohler fühlte sie sich. Auch in späteren Jahren liefen alle Treffen und Informationen in Form von Rundbriefen, Telefonaten und Glückwunschkarten über sie. Sie verkörperte sozusagen die Schaltzentrale zwischen den drei Kontinenten Europa, Afrika und Südamerika.

Den 15. September sollte der Chronist nie vergessen: Eintritt ins Knabeninstitut; ihm graute schon vor der Bezeichnung. So wie er und sein Bruder mussten sich Sträflinge vorkommen, die zu langem Freiheitsentzug verurteilt worden waren und wussten, dass sie auf endlose Zeit eingesperrt sein würden. Ein System der totalen Überwachung, in dem die Eigenverantwortung, das selbstständige Denken an der Garderobe abgegeben wurde; dem Militär nicht unähnlich, ohne Uniform, aber strenger. Erster Ausdruck davon war die Disziplinierung der Jungen durch einen akkuraten Haarschnitt; alle drei Wochen achtete Vizedirektor Wächter (nomen est omen) mit seinen strengen Vertikalfalten im schwabbeligen Gesicht pingelig darauf, dass ja kein Insasse die Dreistigkeit besaß, sich um den Coiffeur – und wenn man Pech hatte, seinen Lehrling – zu drücken.

Der Abschied war scheußlich für alle. Und der Schreiber war sich bewusst: Ab diesem Datum konnte er nur noch indirekt erleben, was das Schicksal mit Renato noch alles vorhatte. Er würde sich seine Informationen mühselig aus Briefen und Erfahrungsberichten zusammenklauben müssen, Wissenslücken elegant überspielen und doch der Wahrheit immer verpflichtet sein wollen – das war er seinem Zeugungsort schuldig. Umgekehrt waren Notlügen erlaubt, um die Eltern im fernen Afrika mit ohnehin schlechtem Gewissen nicht übermäßig zu belasten. So beschlossen Florian und Mauriçe tapfer zu sein, nur das Nötigste brieflich mitzuteilen, die schulischen Leistungen zu kommentieren, die eigenen Sorgen und Nöte jedoch für sich zu behalten. Was hätte es auch gebracht, über die Befehle bellenden Lehrer zu klagen, die einen schon morgens um 6.30 Uhr aufschreckten, indem die Tür unangemeldet aufgerissen und „Tagwache!" geschrien wurde, die per Stoppuhr und mit Spitzeln den schweigenden Bettgang (ja, so nannte man das offiziell) abends um 21.30 Uhr nach dem „begleiteten" Studium überwachten. Und dazwischen eine Schikane nach der anderen.

Renato, Jacqueline und die drei jüngeren Geschwister mit ihrer neuen Lehrerin Elsa Kohler reisten per Car nach Triest. Der Bus deshalb, weil sich die Hälfte der Verwandtschaft und des Freundeskreises kurzfristig zu einer Begleitung bis zum Schiff entschlossen hatte. Zweimal musste das Reiseunternehmen unversehens auf ein größeres Fahrzeug umbuchen, da sich immer mehr Leute anschlossen. Die Idee kam so spontan von Renatos Schwester Marie, dass ihr Mann Milian, Direktor bei einer großen Tageszeitung, Freitagnachmittag vom Car direkt an der Büropforte abgeholt wurde (sie hatte ihm das Nötigste eingepackt), sich seiner Krawatte entledigte und das Abenteuer begrüßte. Die Auswanderer fanden es großartig, konnte man doch so den Abschied versüßen. Eine sonnige, feucht-fröhliche Fahrt führte via Ambri und Padua ans Ziel. Das gebuchte Grand Hotel de la Ville annullierten die Mitgereisten spontan, um sich dafür auf der „Europa" bis Venedig einzuschiffen. Ein langes Dîner, eine kurze Nacht für alle Beteiligten, aber was sollte es, man wollte möglichst lange zusammen sein. Da das Schiff achtundvierzig Stunden in Venedig ankerte, blieb genug Zeit für den Stadtbummel am folgenden Tag sowie ein letztes Nachtessen auf dem Schiff mit anschließender Tanzparty und einer weiteren Übernachtung in den freien Kabinen. Die Lloyd Triestino verfügte über zwei Luxusdampfer; das Schwesterschiff „Afrika" hatten sie auf der Hinreise kennengelernt, jetzt fuhren sie mit der „Europa" zurück. Als ob der Name ihnen jeweils in Erinnerung rufen wollte, wo ihre eigentlichen Wurzeln waren: eben Fado, ihr Schicksal, Glück oder – je nach Standpunkt – Verhängnis, zwischen zwei Welten hin und her zu pendeln. Der Weg führte sie, wie denn auch sonst, über Brindisi, durch die Straße von Messina, an den Liparischen Inseln vorbei Richtung Barcelona. Jetzt im September herrschten im Mittelmeer noch hochsommerliche Temperaturen, was zu täglichen ausgedehnten Aufenthalten am Lido beim Swimmingpool einlud. Der sechsjährige Rico entdeckte die Bar für sich. Fand man ihn einmal nicht und suchte besorgt, konnte Jacqueline sicher sein ihn auf dem Barhocker thronend vorzufinden, einen Fruchtcocktail mit Strohhalm und Sonnenschirmchen vor sich, stolz grinsend und die Mutter mit einer generösen Geste einladend, sich doch auch einen zu genehmigen. Geld bräuchte es keines, als Stammgast ginge alles aufs Haus. In Barcelona erreichten sie zu ihrer großen Freude postlagernd die ersten Nachrichten vom Internat: Alles ginge problemlos, sie hätten sich gut eingelebt, logen die beiden Zurückgelassenen. In den lang gezogenen Wellen der Straße von Gibraltar schlingerte selbst dieser Dampfer, sodass es einigen Passagieren nicht erst beim Horrorfilm „Der Schädel des Marquis de Sade" schlecht wurde. Um noch etwas zusätzliche Spannung aufkommen zu lassen, fand eine Übung mit Schwimmwesten und Herunterlassen der Rettungsboote statt, was sich bei hohem Seegang und einem Drittel von Übelkeit Betroffener als echte Herausforderung erwies. Die Gemüter und die Wellen beruhigten sich spätestens bei der Ankunft in Las Palmas. Wie hatte sich das Hafenstädtchen verändert: Vom beginnenden Massentourismus, an dem jeder mitverdienen wollte, blieb auch diese Insel nicht verschont. Eine hässliche Skyline, Einheitsbrei mit Bettenburgen verunstaltete jetzt das Ortsbild, Scharen von rotgesichtigen Touristen mit depperten Hütchen auf dem Kopf, welche penetrant darauf hinwiesen, dass man auch schon in Rimini gebraten hatte und in Arosa Ski gelaufen war, bevölkerten die Bars und Restaurants. Immerhin: Duty free galt noch und Renato deckte sich mit einer günstigen Fotokamera sowie einem leistungsstarken Feldstecher für die Pflanzung ein. Eine weitere Äquatortaufe mit Maskenball sollte die Schiffsgäste bei Laune halten. Elsa bastelte Kostüme für Jacqueline und sich selber. Sogar Renato ließ sich überreden mitzumachen, verkleidete sich als wilder Mann (mit seiner Perücke, dem übergestülpten Kartoffelsack und der Keule einem Neandertaler täuschend ähnlich) und gewann den ersten Preis; wohl auch deshalb, weil er ein Kartonschild am Rücken angebracht hatte mit der Aufforderung „Vote me for next US president!"

Aufregung der Passagiere Backbord Bug: Delfine vollführten Kapriolen, zeigten hohe Sprünge mit voller Drehung. Es mussten wieder die gebuchten sein, die, welche einen Künstlerkontrakt mit Lloyd Triestino unterzeichnet hatten; das Programm erinnerte stark an frühere Vorführungen, aber auch mit einstudierter Routine ließen sich vor allem Neulinge wie Elsa hell begeistern. Und ehrlich: Auch den mit der ozeanischen Fauna Vertrauten gefiel das Spektakel ausgezeichnet.

Elsa sammelt Tropenerfahrung

Mitte Oktober das bekannte Bild: Früh morgens fuhr die „Europa" im Hafen von Luanda ein, auch hier trotz Herrgottsfrühe ein großes Hallo der Freunde am Quai. Sie hatten sogar Ginga mitgebracht, die vor Freude nur noch japste, ihre geifernden Lefzen umherschleuderte und mit dem ganzen Körper zuckte.

Jerusalem wurde seit Kurzem von einem jungen, dynamischen Ehepaar aus Rhodesien geleitet. Robbie, trotz ihrer üppigen Masse eine energiegeladene Ulknudel, stets zu Späßen aufgelegt, ihr Mann Bucky, ein drahtiger, stiller Mann, der aber jähzornig werden konnte und dann, Gnade Gott! Niemals hatte die Familie einen stärkeren Mann gekannt: Bierflaschen öffnete er prinzipiell mit den Zähnen, den umgekippten Jeep stellte er alleine wieder auf die Räder. Solche Dinge machte Bucky, wenn er mit sich zufrieden war, in der Wut konnten sich seine Kräfte jedoch potenzieren, da wäre er auch vor einem kampflustigen Elefanten nicht zurückgewichen. Bloß: Gegen die Naturkatastrophe auf der Pflanzung nutzte ihm auch diese Stärke nichts. Wieder einmal fuhr Renato mit Kind und Kegel auf seine Plantage; Elsa wollte schließlich das echte, naturbelassene Afrika mit Dschungel, bösen Tieren und allem Drum und Dran auch kennenlernen. Man nutzte die Gelegenheit, da Renato die größte Maiserntemaschine (die frühere Claas nahm sich dagegen fast niedlich aus) des Landes gekauft hatte und auf Jerusalem eine Vorführung steigen sollte mit über hundertfünfzig Besuchern, Pflanzern aus ganz Angola, Vertretern der Geiba, die wieder mit Agrangol kooperierte (der Ausflug ins Business in Eigenregie war kläglich gescheitert), Presseleuten und vielen mehr. Zwar verfügten sie punkto Gästebewirtung nicht über die Infrastruktur eines Grafen von Stauffenberg, die Show mit anschließendem Barbecue und einem Fest bis tief in die Nacht samt Unterbringung aller Gäste konnte sich jedoch sehen lassen. Die ersten

Tage nach dem großen Fest verliefen normal und friedlich, Bucky musste niemanden, der nicht spurte, zusammenschlagen, keinen umgekippten Traktor aufrichten. Selbst die Gelegenheit, einen Hund aus dem Knoten einer Riesenschlange zu befreien, wollte sich nicht ergeben. Doch dann braute sich ein Gewitter zusammen; zuerst dunkle Wolken, daraufhin ein gelbliches unheilvolles Licht. Die anfängliche Windstille wurde plötzlich durch Böen abgelöst, wie sie noch kein Mensch in dieser Gegend erlebt hatte. Beim heftig einsetzenden Regen, der vertikal über das Haus peitschte, wurden sie des gewaltigen Trichters gewahr: Ein tropischer Wirbelsturm raste genau auf das Gebäude zu. Renato rief die Familie im Wohnzimmer zusammen, verbarrikadierte in Eile und mehr schlecht als recht die Fenster und befahl die Kinder unter den Esstisch. Innert Minuten tobte der Sturm ums Gebäude, erste Verankerungen des Wellblechdaches lösten sich und schossen wie Projektile durch die Luft, die schwere Autobatterie hinter dem Haus zur Speisung des Funkgerätes flog wie eine leere Bananenschachtel davon. Panik begann die Kinder zu erfassen. Im Moment, als Renato beruhigend auf sie einbrüllen wollte – eine normale Stimmlage hätte man gar nicht mehr gehört – begann es ganz eigenartig hoch und laut zu tönen, es erinnerte an das Geheul eines gigantischen Lobos und dann krachte es; das ganze Wellblechdach, mehrere Tonnen schwer, riss es in zwei Teile auseinander. Die Stücke flogen weg wie Papier. Die Familie saß noch im Trockenen, weil die schwere Holzdecke im Wohn- und Esszimmer dem über 300 km/h starken Tornado widerstand; niemand war verletzt worden. In die Schlafzimmer regnete es allerdings heftig hinein, ebenso in die angebaute Küche, und die Ziegel auf dem Gästehaus, in dem das Schulzimmer ebenfalls untergebracht war, hatten sich gänzlich von Jerusalem verabschiedet. Einige Bäume geknickt wie Streichhölzer.

So schnell und verwüstend der Sturm kam, so schnell verschwand er wieder. Nach einer Stunde war der Spuk vorbei, aber es regnete noch längere Zeit. Renato traf sich mit seinen leitenden Angestellten zu einer Krisensitzung; zuerst wurden die Schäden begutachtet. Das Wohnhaus am Hügel hatte am meisten gelitten, Teile der Verwaltungsgebäude waren ebenfalls beschädigt, auch eine Estufa mit zum Trocknen aufgehängtem Tabak sah aus wie nach einem Bombenangriff. Ein schwerer Pflug aus Eisenstahl hing mehrere Meter über dem Boden in zwei beschädigten Zedern, den Bäumen, welche eine Allee vom Versammlungsplatz bis zum Wohnhaus hinauf bildeten. Daneben aufgeschichtete, mehrere Meter lange gewichtige Rohre für die Bewässerungsanlage flogen in weiterem Umkreis wie Strohhalme umher und mussten in den Feldern eingesammelt werden; vier Männer vermochten ein Rohr knapp auf den Lastwagen zu heben. Erstaunlicherweise und zum Glück kamen weder Menschen noch Tiere zu Schaden. Die nächsten Wochen waren alle mit Aufräum- und Instandstellungsarbeiten beschäftigt. An einen geregelten Betrieb war nicht zu denken. Die befürchtete Zerstörung der Kaffee-, Tabak- und Maisernten hielt sich in Grenzen, selbst die berühmten Erdbeerbeete hatten dem Sturm großenteils widerstanden. Natürlich hatte man Ausfälle zu beklagen und Versicherungen gegen Naturereignisse waren unbekannt. Teile des Daches, immerhin dreißig Quadratmeter große Stücke, fanden sie auf dem acht Kilometer entfernten Monte Papa: Das Wellblech glänzte höhnisch in der Sonne, die sich am darauffolgenden Tag zurückmeldete, als wäre nichts geschehen. Doch Renato als steter Optimist wollte auch diesen Rückschlag wegstecken. Die Angst um die Familie saß ihm mehr in den Knochen als der materielle Schaden. Auch bedankte er sich beim Schicksal, dass der Sturm gnädigst gewartet hatte, bis sämtliche Besucher und potenzielle Kunden des Riesen-Maisernte-Monsters wieder abgereist waren.

Elsa hatte ihr nachhaltiges Afrikaerlebnis schon beizeiten auf dem Erfahrungskonto, mindestens was die Naturereignisse betraf. Sie rechnete allerdings nicht so schnell mit einer weiteren einschneidenden Geschichte, diesmal mit einem Raubtier als Hauptakteur, ohne es jedoch selbst zu Gesicht zu bekommen: Es war schon spät in der Nacht. Die Grillen hatten bereits genug von ihrem monotonen Gezirpe, der Lobo verspürte keine Lust zu heulen und schonte seine Stimme. Ab und zu, in unregelmäßigen Abständen hörte man das Horn Miguels. Er war früher Renatos Nachtwächter gewesen, schon bei der Anstellung uralt. Das kleine, dünne, schrumpelige Männchen schüchterte niemanden ein, aber Renatos Überlegungen spielten – wie immer – mit der Paradoxie: Vor lauter Mitleid und Schreck über diese jämmerliche Erscheinung würde jedes wilde Tier und allfällige Einbrecher davonrennen. Schwach und auf zitterigen Beinen musste der Patrão dem ehrwürdigen Alten doch das Gefühl geben, auch mit neunzig Jahren (seine eigenen Angaben, denen man Glauben schenken musste, da kein Dokument existierte; er war aber wohl eher hundert) noch eine wertvolle Stütze der Gesellschaft zu sein. So wurde für ihn eigens der Beruf des Truthahnhirten erfunden, den er sehr gewissenhaft vierundzwanzig Stunden am Tag ausfüllte. Er wanderte mit seinen acht Hennen und einem Hahn tagein, tagaus um die Verwaltungsgebäude, mit Hirtenstab und Kuhhorn, ernst und seiner großen Verantwortung durchaus bewusst. Von Weitem zählte der Beobachter immer zehn Tiere, denn immer mehr begann Miguel mit seinem kleinen kahlen Kopf, dem dürren, faltigen Hälschen und seinen Steckenbeinchen, die aus viel zu großen Shorts Renatos verschämt herausäugten, einer veritablen Pute zu gleichen. Begleitet wurde er oft von der mitleiderregenden Senta, einer alten, mageren Setterhündin, die Renato vor geraumer Zeit in Quinje halb verhungert auf der staubigen Straße zusammengelesen hatte. Die treue Seele hinkte stark, weil sie vermutlich einmal angefahren worden war, wich aber Renato oder Miguel nie von der Seite. Miguel also saß nachts wie immer vor seinem Feuerlein, hielt die Glut in Gang, um sich einerseits zu wärmen und allfällige Raubtiere von seinen Schützlingen fernzuhalten, andererseits um sein ewig ausgehendes Tabakpfeifchen wieder anzünden zu können. Zwischendurch stieß er drohend in sein Horn, wie um seiner Existenz als ehemaligem Nachtwächter Nachdruck zu verleihen und dem Chef dröhnend mitzuteilen: „Ich bin hellwach und habe die Situation unter Kontrolle." Und Renato schlief beruhigt ein im

Wissen, dass sein Mann noch lebte und die Stellung hielt. In der Nähe befand sich der Schafstall, ein langes, niedriges Gebäude mit Wänden aus Holzpfählen und einem Grasdach. Rundherum ein offenes Fensterband von vielleicht 50 cm Höhe, um einen Hitzestau zu vermeiden, denn dreihundert Tiere gaben eine gehörige Wärme ab.

Unvermittelt begannen die Schafe zu blöken, dann richtig zu schreien; dumpfe Geräusche drangen nach außen, es schien eine Panik im Stall ausgebrochen zu sein. Miguel hielt seine Stellung am Feuer, versuchte mit der starken Taschenlampe den Stall anzuleuchten, um dem angsterregenden Etwas die Stirn zu bieten, sein Strahl verlor sich jedoch im Dunklen. So begann der Truthahnhirte seine Hennen hinter sich zu scharen und blies, was seine Lungenflügelchen noch hergaben, verzweifelt in sein Horn. Renato erwachte, zog sich blitzschnell etwas über, lud sein Gewehr und fuhr im offenen Jeep runter zu seinem Helden. Der deutete ganz zittrig auf den Stall und stotterte etwas von „L... L... Leopardo", dessen Schatten er noch gesehen hätte, den er in die „F... Fl... Flucht" schlagen konnte. Vorsichtig näherte sich Renato dem Stall, die Flinte im Anschlag, der gebrechliche Miguel als Rückendeckung im Schlepptau, die hinkende Senta sicherte die Flanken. Bei den Schafen war es ziemlich still, nur hie und da das ängstliche Weinen eines Jungtieres. Leise öffneten sie das Tor und leuchteten hinein – es bot sich ein schreckliches Bild. Mindestens sieben Schafe lagen tot mit durchgebissenem Hals in ihrem Blut, weitere drei, vier Tiere versuchten sich schwer verletzt aufzurichten; sie hatten so tiefe Biss- und Kratzwunden, dass der Pflanzer sie schweren Herzens erschoss, weil sie kaum zu retten gewesen wären. Das war ein Leopard, kein Zweifel, Renato erkannte es an der Art der Verletzungen: Messerscharfe Dolchzähne und gewaltige, krallenbewehrte Prankenhiebe hatten die Schafe innert Minuten erledigt. Er hatte allerdings nicht damit gerechnet, dass das an sich scheue Raubtier derart dreist vorgehen, im wahren Blutrausch wild zubeißen und so viele Tiere töten würde. Im Normalfall hätte die Katze sich ein Lamm geschnappt und wäre leise davon geschlichen. Am nächsten Tag verteilte Renato das

Fleisch unter seinen Arbeitern, der Stall wurde umgebaut und besser gesichert mit festem Drahtgitter. Er würdigte Miguel vor versammelter Belegschaft: Dank seiner mutigen Präsenz und seiner Warnung war nicht noch Schlimmeres passiert. Die nächsten Tage stolzierte der Truthennenhirt mit geschwellter Brust umher, erzählte sein Heldenepos mit zahnlosem Schrumpelmund immer wieder, auch wenn niemand mehr zuhören mochte und er sich mittlerweile so hineingesteigert hatte, dass er selber glaubte, sich vor den Leoparden geworfen und mit ihm gerungen zu haben.

Auch später noch, als Miguel gebeugt und geschrumpft nur noch zwei Truthennen hütete – alle andern waren irgendwie abhandengekommen – wurde er nicht müde, seine Geschichte zum Besten zu geben.

Franz, Graf von Stauffenberg verabschiedete sich mit einem Fest vom Libolotal: zweihundert geladene Gäste und so viel Adelsprominenz wie noch nie auf einem Haufen. Von Kronheimers, von Marschalls, natürlich alle von Krosancskjs, Baronin von Hohn, Switts zur Dunne, von Ruossels, Bojes, Gräfin Pfeil, ja, und selbst der Klerus in der drallen Person des bischöflichen Nuntius Padre Antonio Nogueira waren vertreten. Bei diesem wichtigen Anlass gebot die Höflichkeit sein Erscheinen und schließlich musste die arbeitslose hohle Bibel die Gunst der Stunde nutzen; wer wusste schon, wann sich wieder eine derartige Gelegenheit zum Wohle der katholischen Kirche bieten würde. Gefeiert wurde mit einem riesigen Bankett, zwei Musikkapellen; einer weißen, die für den Foxtrott verantwortlich zeichnete und einer schwarzen Merengue-Combo, die den leicht versteiften Vons und Zus Rhythmus, bei dem man mit muss, einbläute.

Auf dem Rückweg verkaufte ein Schwarzer am Straßenrand eine junge Zwergantilope; Sandrine, Amadeo und Rico konnten nicht widerstehen und nahmen sie mit nach Hause. Bambi akklimatisierte sich schnell im Garten und wurde von Ginga als Tochter adoptiert. Den ganzen Tag über war sie damit beschäftigt, die Antilope zu lecken, was diese „Seixa" stoisch über sich ergehen ließ.

1970: Tschudi Schweizer Bundespräsident. Apollo 13: „Houston, we've got a problem". Die Beatles trennen sich; In Deutschland wird die Rote-Armee-Fraktion gegründet. Der ägyptische Präsident Nasser wird zu Grabe getragen. Salvador Allende Präsident Chiles. Eine Flutwelle trifft Ostpakistan (Bangladesh): 300 000 Tote. Mark Rothko, Paul Celan, Abraham Maslow, Jimi Hendrix, Bourvil, Erich Maria Remarque, Charles de Gaulle, Diktator Salazar sterben. Alexander Solschenizyn erhält den Literaturnobelpreis. „In the Summertime" von Mungo Jerry sechs Wochen Nummer 1 in den Hitlisten.

Udos Kokosnuss, Mossulo und die Mississippi

Diese Natur- und sozialen Ereignisse, auch die Geschichten der wild gewordenen Fauna sowie der süßen Bambis erfuhren der Chronist und sein Bruder im fernen, abgeschotteten Institutsleben auf Tonbändern, welche ihre Familie ihnen regelmäßig zukommen ließen. Mit der Zeit mauserten sich alle zu echten Märchenerzählern, die mit ihren plastischen, griffigen Anekdoten untermalt mit echten Straßen- und Marktgeräuschen den tristen Alltag des Bildungsgefängnisses auflockerten. Amadeo entwickelte sein Talent auf der Gitarre und steuerte seine Kompositionen als Hintergrundmusik bei; er mochte weniger das gesprochene Wort. Die Themenblöcke waren professionell gegliedert, dazwischen erklang manchmal ein Fado zur Auflockerung und „para matar saudades", um das Heimweh zu lindern. Diese Musik erreichte jedoch das Gegenteil und die Brüder mussten sich sehr zusammennehmen, um nicht loszuheulen. Selbst die Weihnachtsfeier in Luanda mit der obligaten „Ceia", dem mitternächtlichen Essen bei Freunden und die Silvesterferien im Libolo auf der Pflanzung Tumba Samba waren vor dem Mikrophon nicht gefeit. Videobotschaften existierten noch nicht, die Tonbänder, welche auch sie so oft als möglich nach Angola sandten, waren aber doch viel realitätsnäher, farbiger, lebendiger als das geschriebene Wort. Die Brandung des Atlantiks, der Stich eines Skorpions, die Malaria- oder Asthmaanfälle der Geschwister klangen drastischer; der Beobachter konnte sich besser einfühlen, litt er doch selbst früher an der Tropenkrankheit und hatte noch immer seine asthmatischen Atemnöte, die trotz des angeblich so gesunden Klimas hier auf ca. neunhundert Metern vor allem im Novembernebel virulent waren. Den Duft einer Moamba, des angolanischen Nationalgerichts aus gekochtem Huhn in Palmöl, zu Xana-Mirandas Geburtstag am 6.6. rochen sie aus 10 000 km Entfernung. Und erst jetzt beim Abhören des Bandes dachte sich der Beobachter, dass dieses Geburtsdatum von der Geliebten seines Vaters nicht zufällig sein konnte. Ihm schien auch, dass seine Eltern ihre an sich schon hohe Fest-, Einladungs- und Cocktailquote massiv erhöht hatten. Keine Woche verging, ohne dass sie nicht mindestens zwei- bis dreimal zum Tanzen, Grillen, fein Essen oder ins Kino gingen. Die enge Freundschaft mit einigen neuen deutschen und englischen Nachbarn trug wesentlich zu diesem Amüsierfaktor bei. Besonders der schlaff wirkende Udo mit rötlichen Hundeaugen, schütterem blondem Haar, blässlichem Teint, eingezogenen Schultern und Bauchansatz war ein verkapptes Energiebündel, was sich allerdings primär in der Freizeit manifestierte. Der Pykniker hatte eine rassige Deutsche zur Frau, die ihn um einen halben Kopf überragte; dunkle lange Haare, große dunkle Augen und dunkle Stimme, temperamentvoll, kurz: Sie bildeten das Gegensatzpaar schlechthin, aber das soll sich ja bekanntlich anziehen. Er hatte ein Faible für Kap Verdianerinnen und betrog seine Gattin regelmäßig mit dieser Spezies, sie hielt mit dunklen Typen, Marke athletischer Mulatte dagegen. Ihre Feste waren legendär, und wenn Udo trocken verkündete: „Heute Abend lassen wir eine Kuh fliegen", dann rissen sich alle um eine Einladung, weil nirgends die Post derart abging wie bei besagtem Paar. Viele Gäste übernahmen dieses geflügelte Wort in ihren Jargon; so wurde er in der ganzen Welt zum Inbegriff einer deftigen Party. Wenn Udo so richtig voll war, hingelümmelt und fast vom Sofa verschluckt wurde, das Witzrepertoire aufgebraucht war, dann flehten ihn die meist jüngeren Damen oder auch Kinder, welche mitfeierten, an, seine Kokosnussnummer zum Besten zu geben. Dann schaute Udo, der einen mit dem schlaffsten Händedruck des afrikanischen Kontinents begrüßte (es fühlte sich an wie ein feuchter Waschlappen), traurig aus leicht unterlaufenen, glasigen Sehorganen an, wiegte den Kopf hin und her, ließ sich ein paar Mal bitten und akzeptierte dann, dass man ihm das braune, faserige Rund vorlegte. Alle schauten gespannt, wie er die Nuss fixierte, nochmals einen tiefen Schluck Bier zu sich nahm und dann plötzlich, in einer nicht nachzuvollziehenden Bewegung und blitzschnell seine Handkante nach unten sausen ließ, sodass die Kokosnuss in zwei Hälften wegspritzte. Alle klatschten Beifall, der ehemalige Karatemeister bedankte sich höflich mit einer schwerfälligen Verneigung, weil der Alkohol kein geschmeidiges Verbeugen mehr erlaubte. Bei ganz guter Laune und ganz hübschen Kap Verdianerinnen wiederholte er manchmal seine verblüffende Einlage, die so gar nicht zum Typ mit den kleinen weißen Händen passen wollte und deshalb doppelten Applaus erntete.

Mossulo, die paradiesische Insel, welche in einer Stunde vom Festland aus mit einer kleinen Personenfähre erreicht werden konnte, wurde zum neuen Fixpunkt an den Wochenenden. Schon früher war die Familie ab und zu dorthingefahren, um einen schönen Sonntag unter Kokospalmen im feinkörnigen weißen Sand an türkisblauer Bucht zu verbringen. Es klang kitschig, aber die Natur zeigte sich hier von der schönsten Seite: Kein Ferienprospekt der Südsee vermochte die Ausstrahlung, die von Mossulo ausging, auch nur annähernd einzufangen. Herr Konsul Dr. Assfalk – in der Freizeit und unter Freunden immer noch Rüdiger – hatte hier seit Anbeginn seiner Mission ein Wochenendhäuschen zur Verfügung. Andere Ausländer und auch einige vermögende Portugiesen taten es ihm gleich und bauten sich kleine Bungalows an den Prachtstrand, sodass mit der Zeit eine bescheidene Ansammlung entstanden war, unauffällig zwischen den vom Wind gebogenen Palmen, dafür um so romantischer. Fast jeder besaß ein Bötchen, um unabhängig zu seiner Datscha zu gelangen. Vom Steg aus, an dem die Fähre anlandete, konnte man aber auch gut zu Fuß in einer halben Stunde zu den Häuschen wandern oder die schmale Insel überqueren und auf der wilderen Außenseite baden. Der Küstenstreifen, etwa dreißig bis vierzig Meter von der Flutlinie landeinwärts gehörte niemandem, durfte von allen Menschen begangen werden und stand unter der Obhut der Marine. Wenige einheimische Fischer lebten permanent auf Mossulo. Ihren Familien gehörten die weitläufigen, von Pinienansammlungen durchbrochenen Kokospalmenwälder. Im sandigen Boden bauten sie sogar Melonen an, die im warmen Klima prächtig gediehen. An Stangen trockneten sie den Bacalhão, verkauften Fische und

Meeresfrüchte an die Wochenendurlauber, zogen Muscheln und Bohnen zu Ketten auf, die sie ebenso feilboten. Zwei Restaurants, von geschäftstüchtigen Portugiesen erstellt, priesen eine abwechslungsreiche Küche an mit Schwerpunkt Fisch, den sie den Einheimischen abkauften und Churrasco. Renato wurde in beiden Lokalen Stammkunde. Er war ein freigiebiger, großzügiger Gast, der meistens den ganzen Tross zum Essen (und vor allem zum Trinken) einlud. Die beiden sehr hübschen Lokale mit rotem, glattem Sandsteinboden und Schilfdach buhlten darum, dass er bei ihnen abstieg. Sie wussten: Kam der Suiço in seinem schwarzgelb gestreiften Bademantel (sein Markenzeichen über Jahre, denn Shorts und T-Shirt waren ihm bereits zu umständlich), dann war der Umsatz fürs Wochenende im Trockenen. Oft aßen an die zwanzig Leute oder mehr zu Mittag, das selten vor 14.00 Uhr begann und bis zum Sonnenuntergang dauerte respektive bis das Ziel erreicht war: Leere Bierflaschen wurden im Sand aneinandergereiht, von einer Palme zur nächsten reichend – und das im Quadrat herum zurück zum Ausgangspunkt. Auch bei gefestigten Trinkern konnte dies dauern und so blieb nichts anderes übrig, als auf der Insel bei Freunden zu nächtigen, weil die letzte Fähre um 18.00 Uhr ablegte, es sei denn, man hatte ein eigenes Boot und traute sich im nicht ganz nüchternen Zustand übers dunkle Meer zurück, um dann mit dem Auto noch eine Stunde nach Luanda zu fahren.

Das eigene Boot; ein lange gehegter Traum Renatos. Seine Fantasie wollte jedoch nie zulassen ein 08/15-Schiff zu kaufen, es musste schon etwas selbst Konstruiertes sein, ein bisschen extravagant, schräg, nicht gewöhnlich und seinen persönlichen Idealen entsprechen. Lange Zeit hatte er das Geld dafür nicht. So zeichnete er in der Freizeit Pläne seines Wunschschiffes, um es vielleicht dereinst realisieren zu können. Manch einen Abend verzog er sich in sein Büro, um über Fachbüchern zu brüten, Konzepte zu kreieren und daraus Entwürfe auf Papier festzuhalten. Es waren mehr Ideen, ohne gleich an deren Realisierung zu denken, aber mit der Ambition, dass sein Projekt auch umgesetzt werden könnte. So übergab er seine Skizzen und Berechnungen einem renommierten Bootsbauer mit der Bitte um Überprüfung. Dieser, fasziniert und verblüfft zugleich, bestätigte ihm bald, dass sein Traumschiff zwar etwas verrückt, aber durchaus konstruktionsfähig sei. Das befriedigte Renato vorerst und er vergaß die ganze Angelegenheit ein wenig, das heißt, der Alltag forderte ihn derart, dass keine Zeit für Träumereien übrig war. Die Pläne blieben lange in der Schublade des Konstrukteurs liegen – zumindest glaubte Renato dies.

Eines Sonntages – die Familie badete am Strand der Floresta auf der Ilha – traute er seinen Augen nicht: Ein Hausboot passierte ihren Picknickplatz, keine siebzig Meter vom Ufer entfernt. Das war exakt die Umsetzung des Schiffes, welches er gezeichnet hatte! Eine Unruhe überkam ihn; er musste dem Rätsel nachgehen und herausfinden, wer die Courage oder besser Unverfrorenheit besaß, seine Pläne zu verwenden, um sich Renatos Traum zu verwirklichen. Den Montagmorgen nahm er sich gleich frei, um besagten Bootsbauer aufzusuchen. Dieser gestand ihm ohne Umschweife, dass ein reicher portugiesischer Industrieller sich bei ihm eigentlich eine Segeljacht bauen lassen wollte und zufällig auf Renatos Pläne gestoßen sei. Er hätte ihn sogleich beauftragt genau dieses Hausboot für ihn zu konstruieren. Sein Ehrgeiz wäre angestachelt worden und aus Angst, Renato würde sein Veto einlegen, habe er mit etwas schlechtem Gewissen die Aufgabe angepackt. Und das Resultat wäre doch wirklich erstaunlich. Renato wusste nicht, ob er ärgerlich werden oder sich über die Realisierung freuen sollte. Der Konstrukteur war bereit nachträglich die Urheberrechte abzukaufen, aber Renato wollte bloß die Adresse des Industriellen. Er rief ihn noch am selben Tag an. Der Portugiese bestätigte ihm, er hätte Pläne eines Ausländers eingesehen mit ziemlich verrückten Ideen und ihn hätte die Umsetzung gereizt. Erst jetzt gab sich der Schweizer zu erkennen, worauf ihn der Bootsbesitzer sofort begeistert zu sich nach Hause einlud, weil er ihn kennenlernen wollte. Das nächste Wochenende wurde er mit Familie zu einem feudalen Mittagessen in der Strandvilla erwartet. Von der Terrasse aus konnte man auf den Bootshafen sehen, der sich neben dem

Steg der Fähre nach Mossulo befand. Jacqueline entdeckte das Hausboot sofort. Der Portugiese schmunzelte, zwinkerte seiner Frau bedeutungsvoll zu und versprach den Schweizern, am Nachmittag eine Ausfahrt zu organisieren. Die Kinder konnten es kaum erwarten und auch die Eltern waren aufgeregter, als sie zugaben. Endlich fuhren sie mit dem Industriellen zum Hafen; seine Frau wollte daheimbleiben und sie später zum Nachtisch empfangen. Mit dem Dingi mussten sie dreimal übersetzen, bis alle auf dem Boot waren. Was für ein Schiff! Das Hausboot maß etwa 13 Meter in der Länge und 4,5 Meter in der Breite. Wie bei einem Trimaran ruhte eine Plattform auf drei Kunststoffschwimmern; im mittleren hinteren Teil versteckt der kräftige Dieselmotor mit der Schraube, die bei voller Belastung nicht weiter als 45 cm tief ins Wasser ragte. Ein behäbiger Aufbau mit guten 2,20 m Stehhöhe beherbergte bugseitig einen großen Livingroom, der nachts leicht in einen Schlafraum für bis zu sechs Personen umfunktioniert werden konnte. Davor Backbord der gedeckte Steuerstand, daneben Platz für einen Tisch und etliche Stühle. Das Hausboot war rundherum begehbar, mit einer Reling umsäumt. Achtern lag eine kleine Kombüse und daneben das Badezimmer mit Dusche und WC. Der große Wassertank für Küche und Bad befand sich auf dem Dach. Im Zwischenteil waren zwei Schlafkabinen mit Kajütenbetten untergebracht. Hinten Steuerbord führte eine steile Treppe aufs fünfunddreißig Quadratmeter große, halbseitig überdachte Sonnendeck hinauf; hier hätte man locker eine Party für dreißig Personen geben können. Alle staunten über dieses eigenartige Wasserfahrzeug, nur Renato prüfte fachmännisch die verschiedenen Konstruktionsdetails, um zu sehen, wie seine Zeichnungen und Pläne umgesetzt worden waren; einiges befand er für originell, anderes hätte man pfiffiger lösen können. Immerhin, es war ein gelungener Wurf und er war gespannt auf die Fahreigenschaften, denn eines war klar: Hausboote eigneten sich primär für ruhige Gewässer. Und dann ließ der Portugiese das schneeweiße Schiff mit blauer Reling von seinem extra angestellten Bootsführer starten. Die dreistündige Fahrt erwies sich als beeindruckendes Erlebnis: Trotz relativ hohem Wellengang glitt das Boot auf seinen Schwimmern ruhig dahin, der Motor brummte nur leise, sodass man auf dem Vorderdeck überhaupt nichts hörte und lediglich eine leichte Vibration zu spüren war. Als Jacqueline mit den Kindern auf dem Sonnendeck weilte, wo alle den Fahrtwind genossen, zog Senhor Lopes Renato vertraulich zur Seite, schenkte ihm den mitgebrachten Cognac in ein bauchiges Glas ein und sagte: „Ich verkaufe Ihnen die Mississippi zum Selbstkostenpreis; schließlich sind Sie der geistige Urheber dieses Kahns, ich habe nichts für die Pläne bezahlt und meine Frau wird seekrank." Renato war baff und benötigte gleich einen zweiten Cognac. Dem Portugiesen schien es aber sehr ernst zu sein: „Schauen Sie Renato – ich darf Sie doch so nennen? –, das Strandhaus habe ich meiner Frau zuliebe bauen lassen, eben weil sie das Meer nur vom Schauen her mag, das Schiff war mein Furz und nun sehe ich ein, dass das auf die Dauer nichts bringt. Ich war selber nur wenige Male damit unterwegs zum Fischen; die Mississippi ist praktisch neu." Renato ließ sich den Preis nennen, überschlug kurz das Angebot, notierte, dass es sich hier um ein wahres Schnäppchen handelte (er hätte mit fast der Hälfte mehr gerechnet), und sagte spontan zu. Als die Familie zu ihnen stieß, beglückwünschte Lopes sie als neue Besitzer. Es brauchte eine geraume Weile, bis die Mitfahrenden wirklich begriffen, aber dann brach ein Freudengeheul aus, die Kinder waren nicht mehr zu bremsen, Jacqueline weinte vor Glück. Beim anschließenden Dessert, das die Köchin von Frau Lopes zubereitet hatte, wurde der Kauf besiegelt und mit einer Flasche Champagner begossen. Das Schiff war ja schon getauft und behielt seinen Namen; eine Änderung hätte Unglück gebracht. Diesen Sonntagabend fuhren alle in bester Laune nach Hause, nun hatten sie ein schwimmendes Wochenendhäuschen, mit dem sie nicht nur unabhängig nach Mossulo fahren, sondern auch darauf leben, nach Lust und Laune den Strand wechseln oder Freunde in ihren Bungalows besuchen konnten. Und die Mississippi mit ihrer Belegschaft wurde in kurzer Zeit zum legendären Wochenendereignis von Luandas

Naherholungsgebieten. Nicht selten fanden sich um die dreißig geladene Gäste ein, um mit der Familie in der Bahia da Policia zuzusteigen, nach Mossulo zu tuckern und eine Strandparty zu feiern, die von Freitagabend bis Montagfrüh dauerte. Tanz auf dem Oberdeck, Barbecue am Ufer einer Mangrovenbucht, Apéro im Sonnenuntergang, Schlafen im Zelt am Strand oder auf dem Schiff, gelegentliches Fischen, um gleich wieder für eine Mahlzeit zu sorgen, ausgedehntes Baden im seichten Wasser mit achtundzwanzig Grad Celsius. Die Schwimmer eigneten sich auch bestens, um das Whiskyglas hinzustellen, währenddem man bis zur Brusthöhe im warmen Meer stand und mit Geschäftsfreunden neue Ideen ausheckte. Manch guten Deal konnte Renato auf diese Weise abschließen, behagte es doch den Partnern, in Badehose beim Drink zu verhandeln und nicht schwitzend im Anzug mit einengender Krawatte Seriosität und Kompetenz vermitteln zu müssen. Mississippi wurde zum Synonym für den eigentlichen Lebensmittelpunkt Renatos und Jacquelines. Praktisch jedes Wochenende hatten sie Gäste an Bord, trafen Freunde mit ihren Schiffen, die am Hausboot anlegten, sodass sich vor Mossulo oder einer der sonstigen Inseln eine schwimmende Wagenburg bildete, heiter und ausgelassen. Jeder konnte seinem Hobby frönen: segeln, Wasserski fahren, tauchen, lesen, diskutieren, im Halbschatten dösen, Völlerei, weil jeder jeden einladen wollte und ohnehin zu viel vorbereitet hatte. Mit zu vielen Promillen kippte manch einer beim Pinkeln über die Reling und war sofort wieder nüchtern. Selbst Weihnachten und Silvester blieben von diesem Strandleben nicht verschont.

Zeitlich befristete Haftentlassung

Und endlich war es soweit: Cacimbo. Mauriçe, sein Bruder Florian und Roberto, ein Freund, der mit Ersterem das Zimmer im Internat teilte, kamen in den Sommerferien zu Besuch. Fast gleichzeitig mit ihnen trafen auch Marlene, Damian und die drei Töchter Assfalk in Luanda ein, ferner die Eltern Elsas. Vater Kohler war ja indirekt wohl mit verantwortlich für Renatos Werdegang, indem er ihn damals unbedingt ins Gymnasium bringen wollte, was dem Helden der Geschichte erst die Möglichkeiten für sein jetziges Leben eröffnete. Ein großes Hallo und viel Betrieb – Jacqueline fühlte sich in ihrem Element. Die Tage verflogen mit Schwimmen und Tauchen am Strand, Segeln in der Bucht zu dritt im Snipe mit Kenterübungen, mit einem Wasserskikurs beim angolanischen Meister Fernando, der alle Disziplinen wie Slalom, Springen, Akrobatik beherrschte und in der Jungmannschaft staunende Fans gefunden hatte, denen er nur zu gerne etwas beibrachte. Selbst Jacqueline und Renato packte das nautische Fieber und sie zeigten den Jungen den Meister auf ihren Brettern. Pingpong- und Badmintonturniere sowie Tauchwettbewerbe folgten. Das neue Hausboot wurde von allen bewundert. Renato hatte es zum Club Nun' Alvares gebracht, um einige Änderungen sowie kleine Verbesserungen vorzunehmen. Von dort stachen Renato, der Skipper und seine Entourage von immer etwa zwanzig Leuten in See, um Luanda von der Bucht aus zu bestaunen, später auch um die Ilha herum ins offene Meer nach Mossulo, was einer etwa sechsstündigen Reise entsprach. Wie auf Bestellung und um Kurzweil zu garantieren, meldeten sich die Delfine zurück: Sie vollführten ihre Kapriolen rund um die Mississippi; das Schauspiel wirkte jetzt noch viel imposanter und professioneller als früher von den großen Schiffen aus. Vielleicht hatten sie einfach nur ihre Nummern perfektioniert im Wissen, dass hier alte Profigäste zuschauten.

Den Sundowner pflegte man nach alter Sitte bei Schönbuchs einzunehmen und wie früher pilgerten die Jugendlichen meist mit den Erwachsenen abends in ein Freiluftkino. Partys feierten sie ebenfalls in beträchtlicher Anzahl, denn überall galt es, alte Freunde zu begrüßen und was waren schon sechs Wochen; kaum angekommen, mussten bereits wieder die Abschiedsfeste geplant werden. Musikalischer Trumpf war die Single „In The Summertime" von Mungo Jerry, welche hinauf- und hinuntergespielt wurde, bis der Plattenteller dampfte, und zu der Alt und Jung ohne Ausnahme shakten wie eine Sambaschule Rios. Verliebt umschlungen tanzten Jeunesse, Gatterich, Weiblein, Ätti, Gespons und Macker zu den schnulzig triefenden, ohrwurmigen Melodien eines gewissen Roberto Carlos, weltberühmter brasilianischer Dattertenor der leichten Muse, welcher es mit schlafwandlerischer Sicherheit schaffte, den gänsehäutigen Schmalz nie zu verlassen.

Ein Abstecher nach Jerusalem gehörte zum Obligatorium. Alle wollten mit. Mangels Gästezimmern behalfen sich Renato und Jacqueline mit zwei großen Zelten, die sie extra in Salazar anfertigen hatten lassen. Mit sechs Autos im Konvoi fuhren sie die altbekannte Strecke über Dondo, Salazar, Samba Lucala auf die Pflanzung. Alle vierzehn- und fünfzehnjährigen Jungen durften abwechslungsweise hinter das Steuer. Der Teufel wollte es, dass unterwegs eine Polizeisperre die Wagen und Fahrer kontrollierte. Renato als Beifahrer im vordersten Auto hatte schnell eine Idee: Geistesgegenwärtig fragte er Mauriçe nach der Schülerlegitimationskarte und gab dies auch an die anderen Fahrer und Fahrerinnen weiter. Alle hatten einen solchen Ausweis bis auf Damian, der sich mit der Strandbaddauerkarte behalf. Wichtig waren den Polizisten offenbar das Foto und der Stempel. Renato murmelte noch etwas von „international". Sie kontrollierten genau, nickten bestätigend, um sich keine Blöße zu geben, weil sie die Ausweise nicht lesen konnten. Rüdiger Assfalk hatte zudem als Konsul ein CC am Nummernschild, was nur bedeuten konnte: Hier war eine offizielle, internationale und geheime Mission unterwegs mit wichtigen Leuten, wenn auch von sehr jungen Fahrern chauffiert. So salutierte man stramm, nickte freundlich, fast entschuldigend und ließ den Tross passieren. Der Beobachter lernte wieder seine Lektion: Mit einer gewissen Nonchalance kam man wie der Revisor in Nikolaj Gogols Stück oder wie Carl Zuckmayers Hauptmann von Köpenick recht weit im Leben.

Am Straßenrand das zertrümmerte Backsteinhäuschen eines Wegmeisters. Ein eingeschlafener Lastwagenfahrer prallte in der Nacht auf der langen Geraden ausgerechnet hier in die Mauer. Die Wucht war so groß, dass der LKW auf der anderen Seite wieder herausschoss und das Haus in sich zusammenstürzte. Die im ersten Stock schlafende Familie wachte im Parterre auf und wie durch ein Wunder war niemand verletzt worden.

Renato hatte inzwischen angefangen Reis zu pflanzen, der nun erntereif aus den überfluteten Feldern ragte. Alle außer dem Chronisten, der wegen seines Aufenthaltes im Zelt unter starkem Asthma litt und daheim das Bett hüten musste, halfen beim Einbringen. Kurze Ausflüge zum Stausee oder zum eigenen Wasserfall, um sich nach getaner Arbeit abzukühlen, gehörten zum Plantagenalltag. Abends grillten sie draußen am offenen Feuer Churrascos, tranken Bier und Matéus Rosé dazu und sangen Lieder zur Gitarrenbegleitung von Ticio und den drei Internatsschülern. In der Ferne leuchteten die Buschfeuer, manchmal durch Blitze entfacht, öfters jedoch von Eingeborenen, die damit kleine Landflächen für ihren Maniok roden wollten und die Asche gleich als Dünger verwendeten. Zudem war es eine Methode der Treibjagd: Die Männer stellten sich mit Pfeil und Bogen vor den Buschfeuern auf, warteten auf das flüchtende Wild und konnten hie und da einen Hasen oder eine Zwergantilope erlegen. Einmal kam Roberto nicht mehr aus dem Staunen heraus, nämlich als ein Schwarzer auf zwanzig Meter Distanz eine Maus mit dem Pfeil traf, diese seiner Frau übergab, welche sie über der Glut briet und genüsslich verzehrte. Renato ließ die Schwarzen auch auf dem eigenen Land gewähren; was sollte er eine jahrhundertealte Tradition verbieten. Manchmal allerdings konnten diese Feuer kaum noch unter Kontrolle gehalten werden. Dann rückte der Pflanzer aus, um kleine Gegenfeuer zu legen, welche sich im Sog tatsächlich auf die große Feuerwalze zu bewegten, hinter sich einen freien Streifen lassend, der verhinderte, dass das Feuer zu weiterer Nahrung kam. Und so fiel es in sich zusammen. Der Chronist konnte sich jedoch auch an brenzlige Situationen erinnern, in denen der geplante Gegensog nur unvollständig erfolgte, sie im Auto vom Feuer eingeschlossen waren und nur mit riesigem Glück im letzten Moment mit Vollgas durch relativ niedrige Flammen entkommen konnten.

Wenn schon feuergerodet wurde, konnte Renato auch gleich das Land am Hügel vermessen, um es zu terrassieren und eventuell Obst anzubauen. Als er abends, ausgerechnet am ersten August, von dieser Verrichtung nach Hause kehrte, stieg er etwas krumm aus dem Auto. „Hast du dir einen Nerv eingeklemmt?", fragte Jacqueline besorgt. „Es ist nichts", antwortete ihr Mann beschwichtigend. Nachts unter der Dusche erschrak sie: Der Rücken Renatos war über und über grün und blau gefärbt, auch die Oberarme zeigten violette Prellungen. „Um Gottes willen, was ist dir passiert?" Nun bekannte er, dass es ihn beim Traversieren eines allzu steilen Hangs im Vermessungsgelände mit dem Landrover mehrmals überschlagen hätte. Da natürlich nicht angeschnallt, wäre er im Auto umhergeflogen, daher die Prellungen. Das Auto sei aber wieder auf den Rädern gelandet und der Motor weitergelaufen und so habe er die Arbeit erneut aufgenommen; und so schlimm wäre dies alles ja nicht. Jacqueline verarztete ihren Gatten und alle wollten trotz Dunkelheit seinen Rücken und den Landrover sehen. Die Karosserie war tatsächlich in einer leichten Schieflage und einige kleinere Dellen bewiesen den harten Einsatz des Gefährtes. Aber das würde sich wieder richten lassen – jedes andere Auto wäre wohl beim selben Abenteuer platt gedrückt worden. Die Jungmannschaft war beeindruckt vom Indianer, der keinen Schmerz zu kennen schien. Vorübergehend war sogar Bucky mit seinem Bierdeckelgebiss und den Gewaltskräften aus dem Rennen. Beim Feuer und Barbecue zu Ehren des Nationalfeiertages und Florians Geburtstag musste Renato die Geschichte immer wieder von

Neuem erzählen, obwohl sie ihn selber von Anbeginn gelangweilt hatte. Als er dann müde und geschunden endlich ins Bett fallen wollte, muhte ihn das junge Zebukalb an, welches er mit der Flasche aufzog, weil die Mutter es verstoßen hatte. Es lief frei ums Haus und sollte abends vom Boy jeweils in einen extra gefertigten Stall gebracht werden. Heute hatte er es wohl angesichts aller Ereignisse und Feierlichkeiten vergessen. Nun stand Zebulho aber auf Renatos Bett, weil die Tür nicht richtig schloss, und ließ wie auf Kommando einen ordentlichen Fladen auf das weiße Kissen klatschen. Jetzt war genug. Jacqueline musste ihren Mann zurückhalten, dass er das undankbare Kalb nicht gleich für den nächsten Tag schlachten ließ. Sie brachte den verwegen vorwitzigen Vierbeiner in seinen Verschlag, wechselte die Bettwäsche, salbte den Rücken ihres Helden nochmals ein und beide fielen in Schlaf, sie kichernd, er leise den kleinen Zebubullen verwünschend.

„Jamais deux sans trois" und so wurden die müden Geister früh morgens durch einen großen Radau geweckt: Es musste vom Hühnerstall hinter dem Haus kommen. Renato vermutete einen Fuchs oder eine Raubkatze im Gehege und stürzte als Erster, wie meistens, mit geladener Winchester hinaus. Der Anblick war grässlich: Die beiden scharfen Bullterrier des rhodesischen Verwalterpaares hatten es geschafft das nur unzureichend verschlossene Gatter des Verschlags aufzustoßen. An sich waren die Hunde lammfromm und gehorchten ihren Besitzern aufs Wort, aber eben „an sich" war ein höchst relativer Begriff. Auf den Moment das geschwätzige Hühnervolk einmal richtig durcheinanderzuwirbeln, hatten sie lange gewartet, waren oft sehnsüchtig darum herumgestrichen und wurden jedes Mal von den Herrchen und Frauchen gemaßregelt zur Schadenfreude der blöden Hennen. Jetzt kam die Abrechnung. Eigentlich hatten sie nur die Absicht eines oder zwei durchzuschütteln, um zu zeigen, wer hier der Meister war. Beim ersten Blutstropfen jedoch vergaßen sie sich und gerieten in Wallung. Verminderte Zurechnungsfähigkeit, ja, einen eigentlichen Blackout hätte man ihnen vor Gericht zur Strafmilderung attestiert. Jetzt hatten sie erbarmungslos zugeschlagen. Überall lagen tote Hühner mit durchgebissener Kehle, abgetrennten Köpfen. Die Terrier gebärdeten sich wie Wahnsinnige, hörten auch nicht auf, als sie zurückgeschrien wurden. Selbst Schüsse in die Luft vermochten sie nicht zu stoppen. Sie fetzten das Geflügel in Stücke und ließen erst ab, als sich nichts mehr bewegte. Nur der Hahn hatte sich aufs Dach retten können in der Erkenntnis, dass hier jede Verteidigungsstrategie Kamikaze gewesen wäre.

Renato war erschüttert: sein Hühnerstall, der ihm die wahre Identität eines Landwirts vermittelt hatte. Und nun dieses grausame Schicksal, nachdem ihnen selbst der Wirbelsturm kaum etwas anhaben konnte. Neue Hennen wurden aus den umliegenden Dörfern gekauft, aber es war nicht mehr dasselbe wie vorher; selbst der immer energiegeladene, optimistische Hahn wurde nach diesem Trauma zum griesgrämigen Eigenbrötler, der seinen Harem nur selten bestieg, er, dem Promiskuität sonst so wichtig gewesen war.

Die Hunde bekamen ordentlich Schimpfe (damit mussten sie rechnen, aber es hatte sich trotzdem gelohnt einmal richtig aufzuräumen mit diesem unsympathischen Federvieh). Von da an waren sie von Besuchern noch gefürchteter als vorher; die Zedern der Allee zum Pflanzerhaus entwickelten sich zu eigentlichen Kletterbäumen, in die sich vor allem Schwarze flüchteten, die vor den heranrasenden, bleckenden und bellenden Monstern grässliche Angst zeigten. Erst wenn die Terrier fest an der Leine und im Haus angebunden worden waren, trauten sie sich von den Hochsitzen im Geäst, was durchaus ein stundenlanges Ausharren bedeuten konnte, weil die Verzagten dem Frieden nicht trauten und trotz inständiger Aufforderung der Hausbewohner partout nicht heruntersteigen wollten.

Die Rückkehr nach Luanda verlief ohne Polizeikontrollen, dafür mit zwei Reifenpannen und einem gerissenen Keilriemen. Auf dem heißen Asphalt passierte es öfters, dass ein Pneu zerbarst, weil er den hohen Außentemperaturen verbunden mit der Rollreibung, vor allem bei langen Fahrten, nicht gewachsen war. Da man jeden Wagen aus diesem Grund mit mindestens zwei Ersatzreifen ausrüstete, konnten die Schäden schnell behoben werden. Für den fehlenden Keilriemen hatte Renato ein altes Rezept parat: Kurzerhand zog er seinen Gurt aus der Hose und schnallte ihn über die Rollen. Das hielt für die letzten zweihundert Kilometer ganz gut, ansonsten hätten noch andere Mitreisende auf die gute Passform ihrer Jeans verzichten müssen.

Mit dem Büffel indessen hatte niemand gerechnet. Renato führte den Konvoi im vordersten Wagen an; er saß im Ford Cortina, den er vom langweiligen Buchhalter Rüegsegger übernommen oder vielmehr den er konfisziert hatte. Es herrschte Dämmerung und die Scheinwerfer waren bereits eingeschaltet. In einer nicht enden wollenden leichten Rechtskurve, welche problemlos mit ca. 110 km/h befahren wurde, passierte es: Völlig überraschend brach ein ausgewachsener Büffel aus dem Unterholz und sprang auf die Straße. Der Fahrer hatte keine Chance die Kollision zu verhindern, trotz sofort eingeleiteter Vollbremsung. Das Tier war offenbar erschrocken, nahm einen Satz und landete direkt auf der Kühlerhaube des Fahrzeugs. Es krachte fürchterlich, die Windschutzscheibe splitterte getroffen von den Hufen. Der Büffel überschlug sich, schüttelte verwundert über den starken Gegner seinen schweren Kopf mit den geschwungenen Hörnern, glotzte kurz ungläubig und galoppierte über die andere Straßenseite ins Gebüsch. Renato vergewisserte sich nach der ersten Schocksekunde, ob alle wohlauf waren. Wie durch ein Wunder war niemand verletzt worden. Jacqueline auf dem Beifahrersitz hatte Rico aus Platzgründen zu sich auf den Schoß genommen und zum Glück die Sicherheitsgurte über ihren Sohn und sich festgemacht. Renato stieg aus und begutachtete den verursachten Schaden. Der Kühler war zerknittert wie ein gebrauchtes Papiertaschentuch; alle vier Scheinwerfer brannten noch, zündeten aber in die Luft, als suchten sie die vier verschiedenen Himmelsrichtungen. Das Kühlwasser floss zischend aus; es hatte sich eine Pfütze am Boden gebildet. Unterdessen waren die anderen Autos dazugestoßen; man fuhr ja in gewissen Abständen, ohne jeweils auf Sichtkontakt zu achten, und traf sich an bestimmten zum Voraus abgemachten Orten wieder – dieser hier war nicht abgesprochen. Alle schauten sich den Wagen an, Jacqueline erzählte das Ereignis immer wieder, man wollte es einfach nicht glauben, obwohl: Getrunken hatte vor der Abfahrt niemand. Renato pirschte inzwischen den Spuren des Büffels nach. Äußerlich schien das Tier unverletzt, nirgends ein Blutstropfen am Geäst. Auch nach längerer Suche fand er den Büffel nicht. Entweder war es ein zäher Bursche, der überdies den Zusammenstoß elegant pariert hatte, oder er verendete später an inneren Verletzungen. Allen tat der Büffel leid, so es denn wirklich einer gewesen war; es brauchte ziemlich viel Überzeugungskraft Glaubhaftigkeit zu erwirken. Andererseits: Womit hätte der Unfall sonst erklärt werden können? Das demolierte Auto konnte nicht ins Schlepptau genommen werden, weil die Vorderräder geknickt, Achse und Lenkgeometrie gebrochen waren und die Pneus in Fetzen hingen. Alle warteten aus Solidarität stundenlang, bis ein leerer Lastwagen vorbeifuhr und man den Ford mithilfe einer Seilwinde auf die Brücke laden konnte. Dann verschob sich der Tross in gemächlichem Tempo nach Luanda. Jetzt hatten tatsächlich alle einen Drink nötig. Man ließ im Gespräch noch einmal das Erlebte auf der Pflanzung und auf der Rückfahrt Revue passieren.

Am andern Tag focht Renato etliche Zeit mit dem Versicherungsexperten, der schon viel gehört hatte, den Büffel als Schadensursache aber doch reichlich abstrus empfand. Erst als ein Spezialist der Polizei beigezogen werden konnte, der sich auf Spurensicherung spezialisiert und Büffelhaare gefunden hatte, war der Schaden anerkannt und gedeckt und Renato im Bekanntenkreis vollständig rehabilitiert.

Man wandte sich wieder dem Alltag zu, das heißt, Renato hatte viel zu tun mit einer internationalen Landwirtschaftsausstellung, an der er mit der Agrangol maßgeblich beteiligt war. Die anderen genossen ihre letzten Ferientage beim Wasserskilaufen, Segeln und abends im neuen Dancing „Calhambeque", einem gerissenen Lokal, das – wie der Name sagte – mit Oldtimern dekoriert war und in dem bis morgens um 4.00 oder 5.00 Uhr fröhlich getanzt wurde. Anschließend begaben sich die Feiernden an den Strand zum Sonnenaufgang, Händchen haltend mit müdem, verklärtem Blick und wohl wissend, dass das Paradies bald ein Ende haben würde.

Kurz vor der Abreise der Jungen in die Schweiz respektive nach Deutschland warf Ginga, die Boxerhündin, neun Welpen. Nicht ganz rassenrein (sie hatte sich entgegen der Hausordnung mit einem kühnen Schlingel aus der Nachbarschaft eingelassen, dessen Stammbaum nicht über jeden Zweifel erhaben war), aber ein drolliges Bild ergaben die unbeholfenen Knäuel alle Mal.

Novemberblues und Maigefühle

Eigentlich wussten sie es; sieben Wochen Ferien, Familie, Feste, Fröhlichkeit, Friede und Freude. Wie schlimm nahm sich dagegen der Schulalltag im tristen Innerschweizer Novembernebel aus. Die Abwechslung beschränkte sich auf den neuen Mathematiklehrer, der noch strenger als sein Vorgänger war. Das tägliche beaufsichtigte Studium verlängerte sich auf Geheiß der Obrigkeit von zweieinhalb auf drei Stunden, davon die Hälfte nach dem Nachtessen, um vor dem geordneten Bettgang mit Schweigepflicht nicht noch auf dumme Gedanken zu kommen. Ein Münzensystem regelte die Repression: Jedem Schüler war eine Nummer zugeordnet, die er bis zu seinem Internatsaustritt beibehielt. Beim geringsten Vergehen wie Flüstern mit dem Nachbarn im beaufsichtigten Studium wurde eine von zehn Münzen eingesammelt, am Freitagabend erfolgte die große Abrechnung beim Herrn Vizedirektor. Langes durchdringendes Schweigen und strenges Fixieren durch die gold umrahmten Gläser, dann Blähen der Nüstern mit hörbarem, unheilschwangerem Einziehen der abgestandenverrauchten Büroluft und endlich ein Räuspern in die unerträgliche Spannung: „Tja, Nummer 50, keine so gute Woche für dich, wie?" Der Delinquent schaute verschämt zu Boden, um irgendwie zerknirscht zu wirken und die darauffolgend verhängte Strafe zu mildern; auf ein „bedingt" konnte man ohnehin nicht hoffen. Und hinter der Stirn des Jugendlichen kämpften spontane Gefühle gegen anerzogene Höflichkeit; endlich gab die sozialisierte Verklemmung nach und es dachte einfach: „Du Riesenarschloch!" Ein Abzug pro Woche war toleriert, zwei gleich kein wöchentliches Kino oder TV-Krimi am Abend in der Aula, fünf bedeutete bereits eine Wochenendausgangssperre. Zehn abgegebene Münzen hätten den Ausschluss vom Institut bedeutet. Nur die Angst den Eltern Sorgen zu bereiten, hinderte die Zöglinge an diesem leicht zu erreichenden Ziel. Sport war Pflicht zur Körperertüchtigung, und um gegen andere Schülermannschaften aus der Region zu gewinnen; das Wort Spaß hatte der Turndrillmeister in seinem Vokabular nicht gespeichert. Überhaupt fiel dem Beobachter auf, wie puritanisch hier eigentlich vegetiert wurde: Er konnte den Verdacht nicht abschütteln, dass alle Lehrer sich fürchteten, irgendjemand könnte irgendwo glücklich sein. Selbst das weibliche Geschlecht wirkte verbissen, stur und absolut unerotisch. Erlaubt war alles, solange es bloß keine Freude bereitete. Tagein, tagaus musste gelernt, geübt und auf Prüfungen vorbereitet und drei verpasste Jahre Latein wegen eines Schultypenwechsels nachgebüffelt werden und das bei absolut klösterlichem Schweigegebot. Selbst nach dem Lichterlöschen um 21.30 Uhr schlich sich der wachhabende Lehrer im Dunkeln und meist in Socken, um nicht gehört zu werden, zurück in die Gänge, um wenigstens einen Dreier- oder Fünferschlag beim Schwatzen zu erwischen. War der Sado-Pädagoge gnädig gestimmt, durfte man ins Studienzimmer, um bis Mitternacht Hausordnungen abzuschreiben. Ansonsten hieß es bei jedem Wetter „Trainer anziehen und zum Morgartendenkmal und zurückjoggen, dann seid ihr müde genug zum Schlafen!" Zur Kontrolle fuhr der einfühlsame Peiniger im Auto hinterher. Die Plackerei hörte für Maurice erst nach einem asthmatisch bedingten Schwächeanfall auf – nicht aus erkennendem Mitleid, sondern aus Angst vor Konsequenzen der Versicherungen. Als man Dr. Amselhub, dem personifizierten Sadismus, in einer abgesprochenen Aktion Reißnägel streute – er befand sich lauernd im zweiten Geschoss, hörte aber nicht sehr gut; so konnte eine Guerillaeinheit vom ersten Stock aus agieren – und er darauf die Treppe hinunterstürzte, hatte man dieses Aufsichtsproblem trotz Solidarstrafe ein für alle Mal aus der Welt geschafft. Es gab aber auch andere kleine Glücksgefühle, wenn nachts heimlich kleine Fressorgien in einem Zimmer stattfanden. Es wurden sogar mit hinter lose verschraubten Deckenplatten versteckten Kochern richtige Menüs zubereitet, zu denen man Nachbarn einlud. Technisch Versierte hatten auch viele Schlafräume miteinander verkabelt, sodass – streng verboten – Radio empfangen und intern über eine Art

Gegensprechanlage (genannt „Flüsteralarm") vor nahenden Gefahren gewarnt werden konnte. Die Raffinessen gingen so weit, dass man beim Herunterdrücken der Türfalle einen Mechanismus auslöste, der sämtliche Lampen löschte, was gewisse Lehrer, die eben noch durchs Schlüsselloch Licht bemerkt hatten, fast zum Wahnsinn trieb. Gelegentliche nächtliche Ausbrüche, bei denen man sich mit verknoteten Leintüchern abseilen musste, um im Sommer im See baden zu gehen oder im Winter Nachtschlittenfahrten zu unternehmen und Schneeballschlachten gegen die Dorfbanden auszufechten, gehörten zur Psychohygiene, um das Internatsleben überhaupt aushalten zu können. Direkt harmlos, aber befreiend, wenn man einem im Internat wohnenden Lehrer die Tür nachts zumauerte, im Winter die Räder am Auto abmontierte und das Gefährt auf Eisblöcken aufbockte. Oder den hinter dem Haus betriebenen Verbrennungsofen aus Backstein mit Haarspraydosen, welche man ins Feuer warf, sprengte. Auch Natrium aus dem Chemielabor stahl und einem besonders fleißigen Streber im Werkunterricht das für Mutter auf Weihnachten gefertigte und noch feuchte Tontöpfchen mit einem abgeschnittenen Stück des weichen Metalls in die Luft sprengte – drei Münzen, die Klasse in corpore bestraft, dicht halten war Ehrensache.

Nur alle sechs Wochen durften Florian und Maurice das Internat für ein Wochenende verlassen; man nannte das „Heimgang". Reiche Mitschüler – Industriellensöhne aus Deutschland – wurden vom familieneigenen Chauffeur in der dunklen Limousine abgeholt oder nahmen ein Taxi bis zum nächstgelegenen Helikopterlandeplatz. Nicht nur, aber auch dafür kriegten sie ab und an Prügel. Andere hatten Eltern, die sie persönlich abholten und wieder zurückbrachten, der Chronist war auf Bus und Zug angewiesen. Wie sein Bruder und er wegkamen, war allerdings Nebensache, sich überhaupt entfernen zu können, schien ihnen vordringlichst. Meist besuchten sie die Großeltern in Basel; wenn Aline und Walther im Land waren, so nächtigten sie in der Villa Waldhof, sonst dislozierten sie zu Renatos Eltern, die nun, alleine wohnend sogar über ein bescheidenes Gästezimmer verfügten. Briefe aus Luanda und Tonbänder wurden ausgetauscht, die Knaben mit ihren Lieblingsspeisen verwöhnt, denn Omas wussten nur zu genau, wie der kulinarische Alltag im Institut in etwa aussehen musste. Highlights ergaben sich aber auch, wenn die Brüder von ihrem Freund Roberto (der, welcher mit ihnen in Angola war) beziehungsweise seiner Mutter nach Zürich eingeladen wurden. Sie war Inhaberin mehrerer Kinos, in denen die neuesten Abenteuerfilme, Spaghettiwestern und Softsexstreifen à la Schulmädchenreport liefen. Nicht selten verschlangen sie alle Angebote an einem Wochenende, nur unterbrochen durch Einladungen ins „Emilio" zu den berühmten Hähnchen oder in eine der Pizzerias, welche dem Vater eines weiteren Zimmergenossen gehörten. An sich Bankier, leistete er sich diese als Hobby und verwöhnte die Jungs mit besten italienischen Spezialitäten. Und der dankbare Beobachter lernte eine weitere Lebensweisheit schätzen: Man musste die Hölle erlebt haben, um das Paradies ästimieren zu können. Leider hatte der Garten Eden eine enorm kurze Halbwertszeit; Sonntagabend um spätestens halb zehn musste man wieder eingerückt sein. Ja nicht früher, sonst hätte man sich noch an die langen, kahlen Esstische im fahl-kalten Licht des hallenden, frisch gebohnerten Saals setzen und unter Aufsicht eines mürrischen Maturanden Spiralnüdeli an lauwarmer Jägersoße mit Aufschnitt vertilgen müssen. Dieses lukullische Trauma peinigt den Beobachter, an sich ein Pastaliebhaber, bis heute.

Nie hätten es sich die Brüder träumen lassen, das Internat bereits nach zwei Jahren verlassen zu können. Der Wunsch schwelte zwar ununterbrochen, das unmittelbare Aus kam indes doch sehr überraschend und vor allem: Der Grund war ein trauriger. Renato und sein Schwiegervater hatten durch verschiedene Ursachen bedingt (vor allem wegen immer wieder hinausgezögerter Zahlungsfristen bei Lieferanten in Europa, wobei die Ausstände für erhaltene Ware in andere finanzintensive Geschäfte gesteckt wurden) enorme finanzielle Probleme mit der Agrangol; es blieb nichts anderes übrig, als die Bilanz baldmöglichst zu hinterlegen. Für die Familie weitgehend unsichtbar kämpften sie schon länger um das Überleben der Firma. Schon in den letzten Sommerferien hatte sich das Desaster angebahnt, Renato, der notorische Optimist und Traumtänzer glaubte jedoch an eine Chance sein Lebenswerk zu retten. Er wurde hierbei kräftig vom noch größeren Schwarmgeist Walther unterstützt. Immer hieß es: „Wir haben stille Reserven im Kongo, die Firma in Basel steht auf gesunden Beinen und könnte im worst case jederzeit einspringen, hier muss es auf jeden Fall vorwärtsgehen." Aber es kamen weitere Faktoren hinzu, die das Unheil beschleunigten. Der angolanische Staat pfuschte der Firma kräftig ins Handwerk: Gut gehende Geschäftszweige wurden kurzerhand verstaatlicht, so zum Beispiel der Medizinalpflanzenanbau. Die erfolgreiche Maiskreuzung ließ sich der Staat patentieren; Renato musste auf seine gelungene Entwicklung hohe Abgaben leisten. Die Kaffeepreise sanken international auf ein Tiefstniveau – für die Anbauer, nicht für die Exporteure. Massive Erhöhung von Importzöllen zum angeblichen Schutz der eigenen (nicht vorhandenen) Industrie erschwerten den Handel und minderten den Ertrag. Renato musste zudem zwei enge Mitarbeiter wegen Veruntreuung und Treuebruch entlassen. Das kränkte ihn derart, dass er auch physisch litt: Es brachen schwere Allergien und eine Malaria aus, die ihn für Wochen ans Bett fesselten. Walther und Aline waren nach Luanda gekommen; der Schwiegervater wollte sich vor Ort informieren und als Verwaltungsratspräsident genau wissen, wie die wirtschaftliche Situation seines hiesigen Imperienteils aussah. Agrangol aufgeben und die Segel in Angola streichen, das wollte und konnte er in seinem Selbstverständnis als Capo dei Capi nicht. Fieberhaft versuchten er und sein noch halb kranker Schwiegersohn Bankkredite und Privatdarlehen aufzutreiben. Zu allem Unglück war in Angola noch eine Gelbfieberepidemie ausgebrochen, die das wirtschaftliche Leben zusätzlich beeinträchtigte. In einer Großaktion musste die Gesamtbevölkerung eiligst geimpft werden. Der ohnehin schon zum Jähzorn neigende Walther hatte das Vergnügen einen der gefeuerten Mitarbeiter zu empfangen, der die Dreistigkeit besaß, noch Schadensersatz zu verlangen. Jetzt brannten dem älteren distinguierten Herrn die Sicherungen durch: Er pfefferte dem ehemaligen Angestellten eine, worauf dieser ihn umgehend bei Gericht wegen Ehr- und Körperverletzung anklagte. Kurz darauf musste Walther vor dem Richter erscheinen und eine Buße von umgerechnet hundert Schweizer Franken an den Kläger entrichten. Noch voller Rage ob der Unverschämtheit zählte er das Doppelte heraus, drehte sich zum sogenannten Geschädigten um und gab ihm gleich noch eine Ohrfeige. Erst jetzt, nach seinem politisch unkorrekten Verhalten verspürte er ein tiefes Wohlbehagen und die ganze über die letzten Wochen angestaute Anspannung ließ nach.

Die Jungs waren hin- und hergerissen wegen dieser von Jacqueline persönlich überbrachten Hiobsbotschaft über den Niedergang der Firma. Sie freuten sich über den Besuch ihrer Mutter und die frühzeitige Haftentlassung, hatten andererseits Schuldgefühle, zumal ihr Glück auf dem Unglück der Eltern beruhte. Renato und Jacqueline beruhigten sie: Ihnen war zwischen den Zeilen beziehungsweise dem Unausgesprochenen der Tonbandberichte sehr wohl die depressive Grundstimmung, das Unglück ihrer Söhne aufgefallen. Das ging so weit, dass Renato bereits geharnischte Briefe an den Klassenlehrer und den Direktor gesandt hatte und das menschenverachtende Überwachungssystem, das eigenes Denken und Handeln bestrafte und Überangepasstheit belohnte, geißelte. Im Nachhinein klärte sich für den Chronisten das Verhalten besagter Adressaten; plötzlich waren sie ihm und seinem Bruder gegenüber höflicher, distanzierter, wohl im Wissen, dass eine öffentliche Auseinandersetzung mit Anprangerung ihres Instituts nur nachteilig für das Image sein konnte. Ohne es auszusprechen, waren sie hoch erfreut zu erfahren, dass der potenzielle Unruheherd durch natürliche Selektion, sprich vertikale Mobilität nach unten, baldigst neutralisiert sein sollte. Offiziell logen die Pharisäer weiter ihr hypokrites Bedauern über den traurigen Verlust zweier so vielversprechender Eleven. Da außerplanmäßig gekündigt, hätte Jacqueline nach Vertrag noch ein Trimester zusätzlich für ihre Söhne bezahlen müssen. Der Direktor hatte jedoch angesichts der angespannten finanziellen Lage ein Einsehen und verzichtete großzügig auf das Entgelt nicht erbrachter Leistungen, beharrte jedoch auf der umgehenden Begleichung noch ausstehender Nebenkosten. Was die Direktion freilich nicht vorausahnte, war der Umstand, dass kurze Zeit später fünf Schüler – alles Zimmergenossen der beiden sozialen Zwangsaussteiger – das Internat aus Frust und Ärger freiwillig ebenfalls verließen, um sich in öffentlichen Schulen einzuschreiben.

Pünktlich zur Konfirmation der Brüder traten die Zöglinge aus dem Institut aus. Das Kirchenfest fiel zudem auf den sechzehnten Geburtstag von Mauriçe; er hatte somit eine dreifache Ursache, um kräftig zu feiern, wenn sich auch aus finanziellen Gründen das Mittagessen im unweit des Instituts gelegenen Lindenhof und die Anzahl der Gäste etwas bescheidener ausnahmen als ursprünglich geplant. Geschenke erhielten sie trotzdem, auch in Form von Barem, weil beide auf ein Moped sparten. Besonders stolz war der Chronist auf eine schicke Ledermappe seines Paten und auf einen Ring, den seine Eltern in Angola hatten anfertigen lassen: ein großer Aventurin in ganz diskreter Goldfassung und handgeschmiedetem Silber. Diesen Ring trägt der Chronist noch heute täglich als Erinnerungsstück an seine Eltern und seine Geschichte. Er wagt sogar zu behaupten, dass ihm dieser eine große Hilfe im Sinne einer symbolischen Kraft ist, sein Verlust eine Tragödie wäre.

Renato war mit der Familie in Afrika geblieben und konnte leider nicht teilhaben, er war in Luanda gebunden und zu beschäftigt mit der Liquidation seiner Firma sowie dem Abwägen zukünftiger geschäftlicher Möglichkeiten in Angola, denn verlassen wollte er dieses Land auf keinen Fall.

Im Vorfeld hatte Jacqueline verschiedene Gymnasien in der Nähe von Verwandten besucht, um eine Aufnahme ihrer Söhne abzuklären. Nach eingehender Evaluation und etlichen Diskussionen einigte man sich auf die naheliegendste Lösung: Mauriçe sollte von seinem Paten Bill und dessen zweiter Frau in Zürich aufgenommen werden und dort das städtische Gymnasium besuchen, Florian kam bei seiner Patentante Yvonne, der Schwester Jacquelines und ihrer Familie unter. Sie lebten im Nachbardorf zum Internat in einem schönen Haus an Hanglage. Die zwei Söhne waren etwa gleich alt wie Florian und gingen noch im Dorf zur Schule; der neue Pflegesohn sollte wie der ältere Sohn in Zug die Kantonsschule durchlaufen. Die Frühlingsferien wurden genutzt, um den Umzug der beiden Internatsopfer zu organisieren.

Leider war das nicht alles. Im Zuge der Aufgabe von Agrangol war auch Walthers Firma in Basel schwer betroffen. Schulden hatten sich angehäuft, die nur durch einen radikalen Schnitt zu bewältigen waren. Schweren Herzens und auf Druck Raymonds entschloss sich Renatos Schwiegervater seine Residenz, den Waldhof, zu veräußern. Das Anwesen war ohnehin viel zu teuer im Unterhalt, hätte einer Generalrenovation bedurft (das große Haus mit seinen fünfzehn Zimmern, Sälen und Gangfluchten stammte von Anfang 1930) und war bereits mit beträchtlichen Hypotheken belastet, die als Bankgarantie für die überschuldeten Firmen dienten. Ein schwerer Wasserschaden, der die ganze Villa in Mitleidenschaft gezogen hatte – es war im letzten Winter vergessen worden, die Hauptleitung abzudrehen –, sorgte für den Exitus. So begann die Familie vorerst die gewaltige Büchersammlung Walthers zu retten; die Bibliothek wurde geräumt und auf dem Estrich von Renatos Eltern verstaut. Obwohl die von Walther über Jahre gesammelten, handgeknüpften, schweren Perserteppiche monatelang im Rostwasser der geborstenen Heizkörper gelegen hatten, bedurfte es lediglich einer simplen chemischen Reinigung, um sie wieder in ihrem ursprünglichen Glanz auferstehen zu lassen. Das Problem stellte sich erst nachher: wohin mit den überdimensionierten Kostbarkeiten? Jede normale Wohnung war hierfür entschieden zu eng bemessen. Allerdings dauerte es noch eine geraume Weile, bis das Anwesen tatsächlich verkauft wurde.

Der Schulalltag in neuer Umgebung und Jacquelines Rückkehr nach Luanda: Die Familie war die ewigen Zäsuren in ihrem Leben langsam gewohnt. In einem Brief bat Renato als Geschäftsführer der Agrangol um seine Entlassung: *„Ich bestätige*

Ihnen hiermit meine Kündigung als Geschäftsführer der Agrangol auf den 30. Juni dieses Jahres und bitte um Kenntnisnahme meines Verzichtes auf das Mandat als Verwaltungsrat mit sofortiger Wirkung. Die von den Hauptgläubigern beschlossenen Maßnahmen zur Sicherung ihrer Guthaben und Sanierung der Restfirma bedingen eine wesentliche Einschränkung der Unkosten und damit wurde es unmöglich, meine mir vertraglich zugesicherten Bedingungen zu erfüllen." Geiba als eine der Hauptlieferanten und Gläubiger der Agrangol beabsichtigte in Kürze ein technisches Büro in Angola zu eröffnen und wollte Renato mit dessen Leitung betrauen. In einer Übergangsfrist hätte der frischgebackene Geiba-Geschäftsführer Zeit gehabt, das Agrogeschäft seiner in Liquidation stehenden Firma abzulösen und auch die Pflanzung zu verkaufen. Das hätte Schadensbegrenzung für Geiba und Existenzsicherung für Renato bedeutet. Er hatte die Rechnung aber ohne seinen Schwiegervater gemacht, der postwendend die unmittelbare Kündigung verweigerte mit der Begründung, dass sie solidarisch gegenüber den Großgläubigern zu haften hätten und zwar nicht nur finanziell, sondern auch bezüglich Know-how und Arbeitskraft. Er wollte retten, was nicht mehr zu retten war, die Plantage unter neuer Führung eines Verwalters mit straffer Kontrolle der Aktionäre auf keinen Fall aufgeben. Bezeichnenderweise war der abschlägige Brief in Siez-Form abgefasst, wie um geschäftliche Objektivität und persönliche Distanz zu markieren; ein Gebaren, welches Renato fürchterlich aufregte. Nun hatte die Stunde von Raymond geschlagen. Er, der immer vor den riskanten Termingeschäften und Umschuldungskapriolen gewarnt hatte, bekam nun recht: Irgendwann würde den Gläubigern der Kragen platzen und die Hauptaktionäre ihre Haut retten wollen. Er, der immer im Schatten seines Vaters gestanden hatte, zudem als Ersatz für seinen eigentlich vorgesehenen und verstorbenen Bruder hinhalten musste und zu Renato ohnehin immer ein etwas gespanntes Verhältnis hatte wegen seiner Herkunft, vor allem aber wegen seiner Beliebtheit bei Walther, bereitete nun mit dem Geschäftsführer der Basler Unternehmung den Machtwechsel vor. Nach einer „intensiven" Aussprache mit seinem Vater flog Raymond für ein paar Tage nach Luanda zu Renato. Der Beobachter konnte zwar nicht dabei sein, aber die Debatte zwischen den Schwägern soll ziemlich gehässig verlaufen sein. Renato sah sich als Sündenbock für eine Entwicklung, die alle (Verwaltungsrat und Geschäftsführung) über Jahre mittrugen, allen voran sein Schwiegervater. Jetzt in der Krise versuchte man ihn zum alleinigen Verantwortlichen zu stempeln. Damit nicht genug: In seinem Vertrauen der Familie gegenüber hatte er sich über alle Jahre in Angola nur einen Teil seines Lohnes ausbezahlen lassen und Spesen in Form von freier Logis, Fahrzeug, Anteil an den Hauslehrer sowie Ausbildung der Söhne im Internat bezogen. Es wurde deshalb im Laufe der Zeit ein nettes Sümmchen in mehrfach sechsstelligem Betrag angespart, das er sich ausbezahlen lassen wollte, sollten sämtliche Stricke reißen. Das Geld war jedoch nicht auf einem Privatkonto deponiert, sondern wurde auf ein Firmenkonto in Basel überwiesen. Dieses Guthaben annektierten die unterschriftsberechtigten Verwaltungsräte, um Aktiva zur Schuldensanierung zu sichern. Renato hätte sich für seine Naivität ohrfeigen können. Trotz Protesten wurde das ihm seiner Meinung nach vertraglich zustehende Geld zu Unrecht blockiert. Die Begründung: Er hätte maßgeblich zum Niedergang der Agrangol beigetragen durch zu spätes Eingreifen und jetzt würde jeder Franken gebraucht. Walther, selbst finanziell auch ruiniert, verhielt sich in der ganzen Fehde seltsam kleinlaut. Er hatte wohl Schuldgefühle gegenüber seinem Schwiegersohn, seinem Sohn und dem Verwaltungsrat, der gleichzeitig die Aktionärsmehrheit stellte.

Nach all diesen Turbulenzen flog Jacqueline nach Luanda zurück, einerseits erleichtert für ihre zurückgelassenen Söhne eine adäquate Lösung gefunden zu haben, die das Budget weniger stark strapazierte, andererseits auch angespannt wegen der nach wie vor ungeklärten Situation vor Ort: Würde ihr Mann die neue Stelle tatsächlich bekommen, war das Renato zustehende Geld doch noch irgendwie zu retten? Eine spannende, quälende Zukunft stand ihnen bevor. Vorerst musste sie sich aber um die Ausbildung der hiergebliebenen Kinder kümmern und selber Unterricht erteilen, denn Elsas Vertrag war ausgelaufen; sie hatte ihre Rückreise in die Schweiz schon kurz vor Jacquelines Besuch bei den Verwandten angetreten. Elsa kümmerte sich in der Zeit rührend um ihre Angolafamilie: Sie half bei der Räumung des Waldhofs, stellte Jacqueline ihr Auto zur Verfügung, sorgte sich um die Vorbereitungen für Mauriçe' und Florians Umzug zu den Verwandten. Auch die ehemaligen Hauslehrer, eingeweiht in die momentane Misere, stellten sich spontan zur Verfügung. Jacqueline hätte gerne nochmals Moreno oder Christoph für Angola verpflichtet, aber sie waren beide langfristige Engagements in der Schweiz eingegangen. Von den zahlreichen Freunden und Geschäftspartnern, die früher rege zu Besuch kamen, war – bis auf eine Handvoll treuer Gemüter – nicht viel zu sehen. Der Beobachter lernte wieder eine Lektion: „Geht es dir gut, wollen alle in deiner Nähe sein, sozusagen am Erfolg partizipieren; geht es dir schlecht, hat kaum jemand Lust sich mit deinen Problemen zu befassen." Er schwor sich, später ein möglichst unabhängiges Leben zu führen und sich geschäftlich niemals mit der Familie einzulassen. Vorübergehend war er an seinen Paten gebunden, empfand dies jedoch nicht als Abhängigkeit, sondern als neue, bereichernde Perspektive. Er war in einen links-intellektuellen Künstlerhaushalt geraten, der ihn auf allen Ebenen forderte. Welch ein Kontrastprogramm zum Innerschweizer Gefängnis: Plötzlich waren eigenständiges Denken und Handeln erwünscht; seine Pflegeeltern suchten förmlich die Auseinandersetzung in allen Lebensbereichen und erwarteten von Mauriçe ein entsprechendes Engagement. Selbst zur antiautoritären Erziehung musste er sich eine Meinung bilden, denn seine Ersatzeltern hatten eine eigene kleine Tochter, mit der sie (nicht immer erfolgreich) experimentierten. Das Rollenverständnis im Haushalt zwischen Bill, dem promovierten, brillanten Theoretiker, seiner um Etliches jüngeren, praxisbezogenen Frau Giuliana, die am Theater engagiert war, und dem neuen etwas genierten Kostgänger mit leicht differentem Kolonialistenbackground war keineswegs geklärt. Eine politische Diskussion konnte sehr bald ins Persönliche übergreifen und das Ehepaar schenkte sich und ihm nichts. Theoretisch auf derselben Ebene, haperte es in der Praxis oft und so endete eben manch ein harmlos begonnener Diskurs im Türenschletzen: Er oder sie verschwanden für einige Stunden und Mauriçe hatte dann das Vergnügen sich vom zurückgelassenen Partner von dessen Meinung überzeugen lassen zu sollen. Kam in solch brenzligen Situationen Männersolidarität auf, konnte die emanzipierte Giuliana zur Bestie werden, den Haushalt bestreiken und sich über die Machos ärgern. Aber: Der Beobachter mochte sie trotz allem sehr, stand sie doch ehrlich für ihre Überzeugungen ein und foutierte sich um Höflichkeit oder Diplomatie. Mauriçe lernte sämtliche renommierten Galerien und Kunstmaler Zürichs, von Hans Falk über Mario Comensoli, Hansruedi Giger, Alex Sadkowsky bis zu Hugo Schuhmacher, Sandro Boccola und Rosina Kuhn kennen; kein avantgardistisches Theater- oder Musikstück, das sie nicht besuchten. Giuliana spielte oft in diesen schwierigen, nicht immer verstehbaren Bühnenwerken mit. Der Chronist freute sich dann am meisten auf das Zusammensitzen nach der Aufführung mit den Schauspielern, dem Regisseur und einigen intellektuellen Freunden Bills, um über das Stück zu diskutieren. Hier lernte er Rhetorik in all ihren Facetten, das Hirn und die Sprache als gescheite Waffe im mentalen Duell einzusetzen. Als einer der Wortführer bei Maikundgebungen war Bill an vorderster Front anzutreffen, seinem Schützling im Schlepptau wurden deshalb die ersten Erfahrungen mit Tränengaspetarden der Polizei nicht erspart. Trotz brennender Augen überkam ihn eine tiefe Befriedigung. Hier wehrten sich Bürger für ihre Rechte, kämpften für Ideale, gegen verkrustete Strukturen und dafür nahm man auch als friedlicher Demonstrant vieles in Kauf. Ganz abgesehen davon waren das Ereignisse, die sich absolut mit seinen spannenden Erfahrungen in Angola messen lassen konnten. Denn davor hatte er bei seiner Rückkehr am meisten Angst, nichts erleben zu können, übcrangepasst sein Dasein zu fristen, sich immer auf eine bessere Zukunft vertrösten lassen, um eines Tages vom „Noch-nicht" direkt ins „Nicht-mehr" zu rutschen.

Das Leben in einem intellektuell-aufgeklärten Haushalt hatte aber auch seine Tücken: Alles und jedes musste ausdiskutiert und ideologisch hinterfragt werden. Da Mauriçe jedoch keine Lust hatte sein ganzes Privatleben inklusive intimer Erlebnisse, Ängste und Nöte immer und überall auszubreiten, entzog er sich gelegentlich dem inquisitorischen over protecting, was wiederum zu Frustrationen seitens seiner Pflegeeltern führte und damit erst recht zum Rückzug des Chronisten. Ihr Ehetherapeut, der Mauriçe Nachhilfestunden in Latein gab, wurde in der Folge sicher in gut gemeinter Absicht auf ihn angesetzt, indem er den Verstockten überzeugen sollte, doch an seinen Gruppengesprächen mit Jugendlichen teilzunehmen, um sich öffnen zu lernen. So war allen vermeintlich gedient, vor allem dem Therapeuten, der gleich in vier Berufssparten tätig sein konnte, bot er doch auch noch Hilfe beim Erziehungsknatsch mit der kleinen Tochter Nathalia an. Giuliana und Bill kamen nicht mehr klar mit ihr; die antiautoritäre Erziehung schien an ihre Grenzen zu stoßen, wenn es die Eltern unglücklich machte, dass die Kleine ihre Vorhänge im Schlafzimmer anzündete. Sie wollte mit ihren sechs Jahren einfach nicht begreifen, dass ihr Tun bei den Eltern große Betroffenheit auslöste. Mauriçe nahm um des Friedens willen an einigen Sitzungen teil, fand das zu Beginn auch recht spannend, wandte sich dann aber wieder davon ab. Die Schule, die er sehr ernst nahm, absorbierte ihn ohnehin, weil er kein brillanter Schüler war, und zudem hatte er ein Mädchen kennengelernt und sich verliebt. Beides Aspekte, die Bill und Giuliana zwar freuten, sie aber gleichzeitig ärgerten, weil der Chronist wenig Teilhabe gewährte. Umgekehrt musste er alle Facetten ihrer Sinn- und Beziehungskrisen, das Experiment repressionsfreie Erziehung, das Austarieren emanzipatorischer Ansprüche beider Geschlechter, moderne Lebensformen von Luxuswohngemeinschaften ihrer Freunde (die ebenso an der nicht abgewaschenen Spaghettipfanne scheiterten wie gewöhnliche WGs) und nicht zuletzt den ganzen Betroffenheitspathos der intellektuellen Schickeria über sich ausschütten lassen. Gelöst wurden Probleme selten, dafür waren alle befriedigt, dass man darüber diskutiert hatte. Keiner der Siebengscheiten konnte ein verstopftes Abflussrohr reinigen oder einen Nagel in die Wand schlagen; ihre hilflos bekümmerten Mienen reichten meist aus, um beim technisch absolut unbegabten Beobachter oder der handfesten Giuliana das Helfersyndrom zu aktivieren. Im Grunde waren sie doch alle egoistische Bourgeois, der Chronist inbegriffen, denen ihr eigenes Wohlergehen am nächsten stand, aber mit soziopsychopolitischem Durchblick und ohne geringste Skrupel betreffend Inkonsistenzen, denn konsequent denken war das eine, handeln das andere. Und arglistig fragte er: „Entschuldigung, wo geht es denn hier zum Paradigmenwechsel oder habe ich zwischenzeitlich etwas verpasst?" Auf dem Bücherregal winkte Summerhill-Neill nur schwach ab, zuckte verlegen mit den Schultern und verkrümelte sich.

11.
Sein eigener Herr

Renatos Anstellung bei der Geiba platzte wie eine Seifenblase. Es erfolgte eine kurze schriftliche Absage mit der Begründung, die Firma sei noch nicht so weit für eine Expansion nach Angola. Es war zum Verzweifeln, die Stimmung näherte sich dem Nullpunkt. Sie mussten jetzt sparen, wo es nur ging, und Hauspersonal abbauen; die erste Leidtragende war ausgerechnet die Wäscherin Joana, die eigentlich schon längst durch die Maschine ersetzt werden konnte, aus Fairness und familiären Verpflichtungen jedoch so lange wie möglich behalten wurde. Renato versuchte mit seinem Schwiegervater in der Agrangol weiter zu arbeiten respektive Schadensbegrenzung zu betreiben. Dann die große Enttäuschung: Herr Fuchs, sein engster Mitarbeiter und Renatos Stellvertreter, erwies sich ebenfalls als Vertrauensbrüchiger, indem er hinter Renatos Rücken versuchte, die Agrangol zu übernehmen, nicht ohne vorher die wichtigsten Kunden zu informieren, dass sein ehemaliger (!) Chef die alleinige Schuld am Zusammenbruch der Firma trage, er aber bereits mit den Lieferanten übereingekommen sei, das Unternehmen zu reorganisieren und wieder in die schwarzen Zahlen zu führen. Bereits geleistete Vorzahlungen von Kunden leitete Herr Wolf nicht an die Lieferanten weiter, sondern behielt sie zurück, angeblich, um dringendere Schulden der Firma zu tilgen, de facto jedoch als geplanter Vorbezug auf seine zukünftige Direktorentätigkeit und wohl auch aus Angst, seinen vollen Lohn und die vereinbarten Spesen nicht mehr zu erhalten. Damit trug er wesentlich zum definitiven Aus der Agrangol bei – er, der jahrelang loyal zur Firma stand, verhielt sich nun aus Furcht vor seiner persönlichen Zukunft mehr als unsolidarisch. Herr Fuchs machte allerdings die Rechnung ohne die Mitarbeiter, welche sich fast ausnahmslos hinter Renato stellten und ihn als Geschäftsführer unbedingt behalten wollten; ja, der Buchhalter hatte erst das ganze Komplott zufällig aufgedeckt und Renato detailliert informiert. Leider kam eine Rettung zu spät; letzte Amtshandlung des aller Illusionen beraubten Renatos war die fristlose Entlassung seines Stellvertreters. Von diesem Zeitpunkt an kämpften sie verbissen gegeneinander, denn Herr Fuchs versuchte im selben Teich zu fischen wie sein ehemaliger Chef; sie jagten sich gegenseitig Aufträge ab, offerierten zu Dumpingpreisen und ließen ihre Beziehungen spielen. An der Gläubigerversammlung im November wurde eine Liquidation der Agrangol beschlossen, es sollte keinen Konkurs geben.

Nun saßen sie da, ohne Firma, ohne Geld, ohne Anstellung. Selbst der schwarze Chevrolet, Renatos Dienstwagen und der Ford Cortina, Rüegseggers Hinterlassenschaft, wurden beschlagnahmt. In diesem Moment sagte Renato: „Wir fangen bei null an und gründen eine eigene kleine Import-Export-Firma." Alleine durch das Aussprechen dieses Satzes schöpften sie wieder Mut. Renato lud Jacqueline ins beste Restaurant Luandas, in den Club Naval ein. Er meinte, wenn sie bei null anfingen, dann wirklich. Da er umgerechnet noch fünfzig Franken besäße, wollte er diese jetzt mit ihr ausgeben und sie ließen Taten folgen, indem ein feines Viergangmenü bestellt wurde. Zum Nachtisch mussten sie noch etliche Cognacs trinken, um das Ziel zu erreichen. Fröhlich und gelassen fuhren sie anschließend nach Hause mit dem guten Gefühl richtig entschieden zu haben. Schon am nächsten Morgen begann Renato in einem geliehenen Wagen alte treue Kunden zu besuchen und seine neue Tätigkeit vorzustellen. Er wollte es kaum glauben, aber der Erfolg stellte sich bereits nach kurzer Zeit ein. Im Haus wurde schleunigst ein behelfsmäßiges Büro eingerichtet. Jacqueline erledigte die Korrespondenz und Telefonate, schrieb Bestellungen und Kontrakte, stellte Quittungen aus, schließlich hatte sie ein Handelsdiplom in der Tasche, warum sollte sie ihre Fähigkeiten nicht nutzen? Parallel organisierte sie sich mit geschrumpfter Belegschaft im Haushalt und unterrichtete ihre drei Jüngsten abwechselnd mit Robbie, deren Kontrakt für Jerusalem bald auslief und die sich die letzten paar Wochen in der Stadt noch nützlich machen wollte. So kamen Renatos Kinder zu einem modernen Teilunterricht in Englisch. Obwohl das alles eine Herkulesaufgabe bedeutete, bewältigte Jacqueline den Alltag ohne Probleme; sie war optimistisch, ausgefüllt und voller Tatendrang. Zusammen mit Renato fühlte sie sich unschlagbar und glaubte an eine gute Zukunft. Ihrem Mann ging es ähnlich und sie ergänzten sich perfekt. Er an der Front mit seinen Kontakten und einem über Jahre gepflegten Beziehungsnetz, sie zuverlässig im Backoffice. Schon nach wenigen Wochen hätten sie sich kein anderes Leben mehr vorstellen wollen. Jetzt machte es unheimlich Spaß und ihr Kleinstunternehmen gedieh prächtig. Keine erdrückende Infrastruktur mehr, die sämtliche Gewinne auffraß, keine leidigen Personalfragen und vor allem: keine monatlichen Rapporte mehr zu Händen eines Verwaltungsrates, den er im Nachhinein selbstironisch reflektierend in guten Zeiten für nutzlos, in schlechten für hilflos hielt. Zur Feier der Firmeneröffnung wurde endlich das lang ersehnte Telefon installiert – über zwölf Jahre hatten sie darauf gewartet! Daran ließ sich die Geduld messen, die man in tropischen Ländern brauchte, um irgendwann einmal ans Ziel zu gelangen. Sie waren stolz auf ihre neue fünfstellige Nummer: 27 9 24; die Jahre vorher mussten sie für wichtige Telefonate immer mit dem Auto zur Firma fahren oder die Leute direkt besuchen auf die Gefahr hin, niemanden zu Hause anzutreffen. Geduld und Nerven bedurfte es allerdings auch bei den zahlreichen Strompannen: Es verging kaum eine Woche, in der dieser nicht wenigstens einmal für mehrere Stunden ausfiel. Immerhin, den mechanischen Hermes Schreibmaschinen war das egal; nicht auszudenken, wie man im Computerzeitalter darauf reagiert hätte. Daran schuld war in der Regenzeit der Regen und in der Trockenzeit die Trockenheit; das schlecht gewartete Stromnetz erwähnte von offizieller Seite niemand, wie überhaupt nie ein Amt für irgendwelche Inkonvenienzen die Verantwortung übernahm. Gelassen nahmen die Kleinunternehmer auch die Lecks im Flachdach, welche bei jedem längeren Schauer dafür sorgten, dass es an mehreren Stellen ins Haus regnete. Egal wie oft die Spezialisten das Dach neu „abdichteten", das Wasser fand seinen Weg immer wieder in die Wohnräume.

Ende September 1971 galt es für Sandrine, Amadeo und Rico die Koffer zu packen und Luanda für länger zu verlassen. Die Suche nach einem Privatlehrer erwies sich als schwierig, suchten die Eltern doch wegen ihres Neuanfangs einen pensionierten Pädagogen oder einen Studenten, dem sie etwas weniger Lohn hätten zahlen müssen. Es fand sich niemand; offenbar war ihnen Angola ein zu gefährliches Pflaster. Auf die Dauer konnte Jacqueline aber unmöglich drei Schüler in unterschiedlichen Ausbildungsstufen unterrichten, denn ihr neuer Beruf beanspruchte sie mehr und mehr. So hatte man sich nach eingehender Aussprache mit den Kindern dazu entschlossen, alle in Benguela an der deutschen Schule anzumelden. Das Internat genoss einen guten Ruf, zumal eine stattliche Anzahl Schulabgänger mit der mittleren Reife in Deutschland problemlos den Anschluss im Gymnasium fand. So fuhr die Familie mit Sack und Pack die ca. achthundert Straßenkilometer nach Süden in die kleine Küstenstadt. Die Schweizer Kinder wurden sehr freundlich in der Escola Alemã de Chicuma aufgenommen und fühlten sich von Beginn an wohl in ihrer neuen Umgebung. Es kam dem Elternpaar eigenartig vor, nach so langer Zeit plötzlich einen stillen Zweipersonenhaushalt zu führen. Trotz reger Besucherfrequenz von Freunden und Geschäftspartnern in ihrem Haus vermisste Jacqueline in der ersten Zeit das Kindergeschrei, das laute Chaos, das turbulente Leben. Aber es war ja nur bis zu den Weihnachtsferien, dann würden sie wieder für einige Zeit vereint sein. Allmählich begann sie sogar ihr neues Leben zu genießen, vor allem das sonntägliche Ausschlafen, gefolgt von einem ruhigen Brunch, ohne gleich übervolle Tagespläne schmieden zu müssen.

1971: In der Schweiz wird das Frauenstimmrecht eingeführt. Zigarettenwerbung ist in den USA ab jetzt im Fernsehen und Radio verboten. Erich Honecker erster Sekretär des Zentralkomitees der SED. Der Assuanstaudamm in Ägypten wird eingeweiht. Joe Frazier schlägt Muhammad Ali im Boxen. Bangaladesch erreicht seine Unabhängigkeit. Gründung der Vereinigten Arabischen Emirate. Der Siegeszug der Computertomografie beginnt. Pablo Neruda erhält den Literaturnobelpreis. Die Rockband „Queen" wird gegründet. In Luanda landet der erste Jumbo-Jet. Gestorben: Fernandel, Louis Armstrong, Meinrad Inglin.

Renatos Kleinbetrieb wuchs: Er tat sich mit einem portugiesischen Partner zusammen, der sein Geld im Schuhgeschäft gemacht hatte und neue Herausforderungen suchte. Camões war ein absolutes Verkaufsgenie und liebte es, an der Front zu agieren, was Renato sehr entgegenkam, zog er doch lieber die Fäden im Hintergrund. Da ihr Portefeuille nebst Agrochemie mittlerweile auch technische Geräte beinhaltete, die sie selber zusammenbauten, leisteten sie sich einen Angestellten, Herr Ligeiro, der in Maschinentechnik und Elektrik ausgebildet war. Das nunmehr vierköpfige Team ergänzte sich hervorragend. Renato entwickelte als Erster im Land seinen sogenannten „Solar Heater", einen Kunststofftank mit schwarzem Röhrensystem, der einfache physikalische Gesetze nutzte, um mittels Sonnenenergie Warmwasser zu produzieren. Das Know-how für die Herstellung von Elektrizität war noch zu gering, Siliziumzellen und Fotovoltaik zu wenig bekannt und entwickelt, um einen befriedigenden Wirkungsgrad zu erreichen. Dennoch verkaufte sich das System auf Flachdächern von Neubauten sehr gut, waren die Solar Heater doch extrem wartungsfreundlich und die Sonne ein unerschöpflicher Energielieferant. Manch ein Besucher bestaunte das Gerät im Garten Renatos, ließ sich die Funktionsweise erklären, dass kaltes Wasser sinkt und warmes steigt, damit der Erwärmungskreislauf dank Sonneneinstrahlung von alleine in Gang kommt, und bestellte sich die Anlage sogleich. Im Eigenversuch betrieb er seine Entwicklung schon länger auf dem eigenen Dach und war mit dem Ergebnis höchst zufrieden. Das Wasser erreichte eine Temperatur von ca. sechzig Grad Celsius und ein Tank mittlerer Größe konnte im Cacimbo ohne Weiteres das Warmduschen für sieben Leute gewährleisten. Jacqueline war einmal mehr stolz auf ihren Pionier und machte es sich zum Hobby, auf Fahrten in die Stadt und Umgebung jeweils die auffälligen hellgrünen Tanks zu entdecken.

Die Finanzen reichten nun auch wieder, um einen neuen, goldfarbenen Ford Cortina für den Privatgebrauch sowie eine Peugeot Carinha, einen Pick Up für die Firma zu erstehen, um die Solar Heater und anderes Gerät zu den Kunden transportieren zu können.

Und mitten im Cacimbo durften Mauriçe und Florian zu Besuch kommen. Sie hatten von der Schule eine Sonderbewilligung erhalten, um ihre Sommerferien auf insgesamt sieben Wochen auszudehnen. Nach dem zwölfstündigen Flug via Lissabon, wo sie Damian und seinen Vater Fritz von Carlsburg trafen, die mit ihnen weiterreisten, gab es in Luanda ein großes Hallo mit der Familie und einer Unzahl von Freunden und Bekannten. Es galt aufzuholen, was sie in den letzten zwei Jahren verpasst hatten. Eine Einladung folgte der anderen: Sie aßen sich durch die ganze Palette von Meeresfrüchten und Fischen, bis ihnen schlecht wurde. Sie gingen segeln, tauchen, schwimmen, Wasserski fahren. Als Besitzer einer Loge hatte Renato freien Zugang zum neuen Autodromo, auf dem Tourenwagen- und Formel-III-Rennen ausgetragen wurden; in Bälde sollte auch der Formel-I-Tross hier sein Afrikarennen bestreiten (das blieb bis zum heutigen Tag Wunschdenken). Fanden keine Wett- oder Testfahrten statt, durften die Jungs mit dem Auto ihrer Eltern schnelle Runden drehen. Nach den ersten Besuchen von Renato mit seinen beiden ältesten Söhnen auf der Rennstrecke wurde Jacqueline von gut meinenden Freundinnen kolportiert, sie hätten ihren Mann mit zwei jungen Frauen gesehen. Darauf ein Schmunzeln Jacquelines, die ihre düpierten Schwatzbasen wissen ließ, es handle sich um ihre Söhne, welche halt die Hippiemode der langen Haare ebenfalls mitmachten.

Einem Kinoabend folgte der Diskothekenbesuch; die neuen Lokalitäten galt es auszutesten. Erst vor Kurzem eröffnete

Restaurants übten einen unwiderstehlichen Reiz aus. Alle wollten sie zu Privatpartys einladen. Kurzum, sie durften sich austoben und die Tage waren mehr als ausgefüllt. Jacqueline und Renato nahmen sich so viel Zeit als nur möglich, arbeiteten früh morgens, wenn ihre übermüdeten Söhne noch schliefen, oder integrierten Geschäftstermine geschickt in den Freizeitablauf. Nach vier Wochen in Luanda holten die Eltern mit Mauriçe und Florian ihre Geschwister in Benguela ab, deren Ferien erst jetzt begannen. Es war ein gefühlsbetonter Moment für die Kinder, hatten sie sich doch über zwei Jahre nicht mehr gesehen. Emotional ging es aber auch an den halbjährlich stattfindenden Versammlungen von Schulbehörde und Elternverein zu, bei denen sich jeweilige Seilschaften mit unterschiedlichen Vorstellungen über Schulbetrieb und Administration stritten. Den einen waren die Lehrer zu lasch, den anderen zu streng, die Luanda-Fraktion wollte die Schule in die Hauptstadt verlegen, worauf die Benguela-Interessensgemeinschaft schnell den längst fälligen Aus- und Umbau vorantrieb, um nach den getätigten und nicht vom Plenum bewilligten Investitionen einen fait accompli zu schaffen. So stritt man regelmäßig und wiederkehrend über dieselben Themen; Jacqueline und Renato graute es jedes Mal vor den Plenarversammlungen, hatten aber im Moment keine andere Wahl für ihre drei Jüngsten.

Drei Achsenbrüche bis zur Etosha-Pfanne

Kaum einige Tage zu Hause, überraschten Jacqueline und Renato ihre fünf Sprösslinge mit der Ankündigung einer Reise nach Südwestafrika ins Tierreservat Etosha – eine gewaltige, ursprünglich fast 90 000 Quadratkilometer weite Ebene, darin im Zentrum eine über 5000 Quadratkilometer große Salzsteppe, eine trockene Salzpfanne, die nur ganz selten in regenreichen Jahren zum See wurde.

Sie fuhren in einem ausgeliehenen Pontiac Station, welcher der ganzen Familie Platz bot. Schon am ersten Tag ihrer Reise erlitten sie mit dem Wagen einen Achsenbruch bei Alto Hama. Zum Glück gab es in dieser Ortschaft eine Garage und so konnte der Schaden in sechs Stunden behoben werden. Dadurch verzögerte sich der Besuch mit Übernachtung bei ihren alten Freunden, den von Marschalls. Am anderen Tag fuhren sie frohgemut weiter, bis an ihrem Auto achtzig Kilometer vor Sá da Bandeira die zweite hintere Starrachse brach, diesmal dramatischer, indem der Wagen plötzlich einbrach, die Funken sprühten und eine undurchdringliche Staubwolke die Sicht verdeckte. Im ersten Moment sah es aus, als ob das Auto Feuer gefangen hätte. Renato bremste das schlingernde Fahrzeug, so gut es ging, ab. In dem Moment überholte das abgebrochene Rad die Familie und verschwand im Gebüsch. Immer noch in der Meinung, es brenne, rief Renato: „Springt sofort raus und weg vom Wagen!" Noch vor dem definitiven Halt sprangen die Jungen durchs geöffnete Fenster, weil die Tür klemmte. Nun saßen sie hier mitten im Busch und ohne Aussicht auf baldige Hilfe. Die Achse war unauffindbar, das Rad hingegen konnte nach einer intensiven Suche geborgen werden. Zum Glück hatte es nicht zu brennen begonnen, aber der Schaden sah übel aus. Nach stundenlangem Warten in der brütenden Hitze fuhr zufällig ein Auto vorbei; die zwei netten älteren Damen nahmen Renato und Jacqueline samt Rico in die Stadt mit, die anderen vier Geschwister harrten beim havarierten Wagen aus. Es dauerte mehrere Stunden, bis Renato mit einem großen Taxi zurückkehrte, um die Wartenden abzuholen und sie in die inzwischen gebuchte Pousada Tourismo zu bringen. An eine Weiterfahrt war vorläufig nicht zu denken; an Wochenenden arbeitete keine Garage, der darauffolgende Montag war ein lokaler Feiertag, der Dia da Cidade. Außerdem: Woher Ersatzteile nehmen bei einem doch relativ exotischen Wagen älteren Jahrgangs? Aber: Auch Wunder passieren ab und zu. Nach zwei Übernachtungen im netten kleinen Hotel mit einem schönen Swimmingpool fand Renato auf seinen Streifzügen durch die Quartiere ein kleines pittoreskes Häuschen, in dessen Garten sich doch tatsächlich ein Hühnerhof befand. An sich keine Sensation, das Hühnerhaus stellte sich aber exakt als Pontiac Laurentian desselben Jahrgangs heraus. Zwar ausgeschlachtet und angerostet, aber mit auf den ersten Blick intakten Achsen, Radlagern und Trommelbremsen. Sofort klingelte Renato an der Tür; es brauchte einige Überzeugungskraft, dem verblüfften älteren Ehepaar zu erklären, dass man ihnen ihr Hühnerhaus abkaufen wolle, um die Weiterreise einer Schweizer Familie nach Südwestafrika zu ermöglichen. Der überteuerte Preis ließ sie nach einigem Zögern einwilligen, und als sie erfuhren, dass er ihnen ihr Häuschen nach dem Ausbau der Achse wieder bringen würde, willigten sie ein, ja, sie halfen dem in der Bredouille steckenden Mann mit seinem jüngsten Sohn gar, einen Garagisten aufzutreiben, der am Feiertag zu dieser nicht ganz einfachen Reparatur bereit war. Zufälligerweise hatte die Frau den richtigen Schwager hierfür – in Angola hatte man, wenn es um kleine Gefälligkeiten ging, immer gerade einen „Cunhado" oder auch einen „Primo", den Cousin, für das zu lösende Problem. Am Abend stand das Auto tatsächlich frisch repariert und teuer geschweißt mit einer neuen Hühnerhausachse vor der Pousada, sodass die Familie am nächsten Morgen nach Süden aufbrechen konnte. Abgesehen davon, dass Sandrine Grippe hatte und man mehrmals anhielt, weil eines der Kinder sich im ungewohnt schwankenden Wagen übergeben musste, ging die Reise ohne Zwischenfälle weiter. Im Grenzort Ochicango wies ein mürrischer Zöllner darauf hin, dass Jacquelines Pass vor vierzehn Tagen abgelaufen sei und er sie auf keinen Fall passieren lassen könne. Alles gute Zureden und auch ein fürstliches Bakschisch, ein „mata bicho", halfen nichts. Jacqueline war wütend, die Kinder enttäuscht. War das jetzt nach allem Erlebten das Ende der Reise, so kurz vor dem Ziel? Sie mussten umkehren in den nächstgrößeren Ort, nach Pereira d'Eça, um dem Konsul in Luanda telegrafieren zu können. Mittlerweile waren drei Familienmitglieder krank geworden, husteten um die Wette und hatten Durchfall. Also quartierten sie sich in der einzigen schäbigen Herberge ein und warteten schicksalergeben, auf dass Herr Cocteau das Unmögliche möglich werden ließe. Aus lauter Zeitvertreib und vielleicht auch aus einer leisen Vorahnung heraus ließ Renato das schon zweimal geflickte Auto in einer Kleingarage aufbocken, um sich selber ein Bild über den Zustand des Vehikels zu machen. Der Schreck fuhr ihm in die Glieder: Diesmal hing die Vorderachse nur noch an einem Faden; die ganze Aufhängung war durchgerostet. Beim nächsten größeren Schlag wäre sie gebrochen. Nicht vorzustellen, was dann bei den doch beträchtlichen Geschwindigkeiten hätte passieren können; ein Überschlag wäre das Mindeste gewesen. Es wurde wieder geschweißt und verstärkt mit zusätzlichen Stahlplatten. So würde der Pontiac nun auch eine Mine überstehen. Alle waren Jacqueline dankbar für das Missgeschick mit dem Pass, man feierte das Glück im Unglück mit einem guten Essen. Und einmal mehr übertraf Monsieur le consul d'honneur sich selbst. In kürzester Zeit hatte er die Verlängerung organisiert und telegrafisch übermittelt, sodass dem Grenzübertritt nichts mehr im Weg stand.

Mit einer knappen Woche Verspätung erreichten sie das Reservat, das heißt, sie mussten vorerst zu siebt in einem Zimmer in der kleinen Minenstadt Tsumeb, 80 km nördlich von der Etosha Pan übernachten, weil der Tierpark nachts niemanden hineinließ. Dann wurden sie aber für ihre Strapazen reichlich belohnt. Sie quartierten sich im vorbestellten Camp „Namutoni", einem ehemaligen Fort der deutschen Schutztruppe, das renoviert wurde, in einem Turm ein. Bereits die erste Safari wurde zum Erfolg: Am selben Tag begegneten sie Buschböcken, Gnus, Kudus mit ihren Spiralhörnern, Giraffen (Johnnys, die neugierig hinter den Schirmakazien hervorlugten), Zebras, Büffeln, Straußen, Oryx-Antilopen mit Hörnern wie Spießen, die sogar Löwen gefährlich werden konnten, Wildschweinen, Springböcken. Auch an den folgenden Tagen kamen sie aus dem Staunen und Fotografieren nicht heraus: Elefanten, die sich bis auf fünf Meter dem Wagen näherten, putzige Erdmännchenkolonien, mehrere Löwenfamilien, wobei die Alten träge herüberblinzelten, die Jungen umhertollten, Wüstenfüchse. Ein Glücksfall war die Sichtung eines Honigdachses, oben weißgrau, unten schwarz gefärbt mit seinem typischen schwerfälligen und schwankenden Gang. Trotz seiner relativ kleinen Größe von bis zu einem Meter Länge und nur ca. dreizehn Kilo Gewicht, zählt dieser zu den furchtlosesten Gesellen des afrikanischen Kontinents: Jeder Büffel, jeder Löwe weicht ihm aus; man kennt seine Aggressivität und Unbeirrtheit. Dem Chronisten imponierte das Tier, weil es einfach keine Spielregeln akzeptierte: Große Tiere machten nur Angst, wenn man sich einschüchtern ließ, er aber vertraute auf seine eigene Stärke von Gebiss und Krallen bewehrten Pranken und sein dickes Fell, das nicht einmal Raubkatzen oder Giftschlangen zu durchdringen vermochten.

Man durfte sich in der Etosha-Pfanne als Tourist frei bewegen, es galt jedoch die eiserne Regel, das Fahrzeug nicht zu verlassen. Die normalerweise an Autos gewohnten Wildtiere flüchteten zwar nicht, waren jedoch nicht halbzahm wie beispielsweise im südafrikanischen Krügerpark. Fühlten sie sich provoziert und gestört, konnten sie blitzschnell angreifen. Gerade eine kompakte Masse wie das Nashorn oder der Elefant als Einzelgänger flößten Respekt ein.

Im zweiten Camp „Halali" fand die große Familie keinen Unterschlupf. Das störte den Beobachter nicht, im Gegenteil, der Name wollte so gar nicht zu einem Reservat passen. Und so machten sie sich auf nach „Okaukuejo" am südlichen Eingang des Parks. Hier im ältesten Camp und Verwaltungszentrum konnten sie einen Stroh gedeckten Bungalow beziehen. Am ersten Abend grillte die Familie vor ihrer Hütte Koteletts, danach machten sie es sich auf einer Aussichtsplattform bequem, von der aus man nachts die beleuchtete Wasserstelle beobachten konnte. Zu dieser kamen nacheinander Raubkatzen, Antilopen und Elefanten, die sich offenbar weder am Licht noch an den Beobachtern störten. Später in ihren Schlafkojen hörten sie das Gebrüll der Löwen und fühlten sich in ihrem Bungalow wunderbar geborgen. Es war ein ähnliches Gefühl wie auf der Pflanzung, wenn nachts die Lobos heulten.

Die Woche in der Etosha verging viel zu schnell, man wäre gerne länger geblieben, aber die Ferien neigten sich dem Ende zu und Renato und Jacqueline wollten auch ihre junge Firma nicht zu lange alleine lassen. Die Rückreise nach Luanda erfolgte in zwei anstrengenden Tagen Autofahrt. Der Pontiac hatte sie nicht mehr im Stich gelassen, nur eines nahm Renato wunder: Er recherchierte beim Vorbesitzer seines Freundes und fand heraus, dass der Wagen bereits 700 000 und nicht 200 000 km auf dem Buckel hatte.

1972: Kurt Waldheim wird UNO-Generalsekretär. Mahalia Jackson stirbt. Die Apollo-16-Mission startet. Ceylon wird Republik und nennt sich fortan Sri Lanka. Die Bader-Meinhof-Gruppe wird verhaftet. Die Watergate-Affäre spitzt sich zu. Palästinenserattentat auf israelische Sportler an der Sommerolympiade in München. Der Club of Rome veröffentlicht seinen Bericht „Die Grenzen des Wachstums". Heinrich Böll erhält den Literaturnobelpreis, Charles Chaplin den Ehrenoscar für sein Lebenswerk. Letzte Mondmission mit Apollo 17. Gestorben: Cristóbal Balenciaga, Eduard XIII, Harry S. Truman.

BUSINESS AS USUAL

Courant normal: Nachdem alle Kinder erneut die Schulbank drücken mussten, pendelte sich das Arbeitsleben für Renato und seine Frau wieder ein. Sie hatten ein paar große Aufträge für rhodesische Landwirtschaftsmaschinen erhalten, welche sie exklusiv in Angola vertreiben konnten und für die dank Renatos intensiver Besuchstätigkeit auf Pflanzungen im ganzen Land sowie der Organisation von Messen überdurchschnittlich viele Bestellungen eingegangen waren. Die intensive Vorarbeit sowie die zahlreichen Einladungen in gute Restaurants und Etablissements mit zweifelhafter Reputation hatten sich gelohnt. Es lief momentan alles wie am Schnürchen – bis auf den Brief eines ihnen unbekannten Mannes, der sie an einem Freitag, den 13. erreichte: Der Schreiber informierte sie darin über den Tod von Anya, Jacquelines Busenfreundin im Waldhof. Anya, die ehemalige Primaballerina, hatte unheilbaren Unterleibskrebs und setzte ihrem Leben selbst ein Ende. Weder wollte sie noch stärker leiden, noch hatte sie im Sinn, würdelos dahinzusiechen. Jacqueline war erschüttert über diese traurige Nachricht des letzten Partners ihrer Freundin und während Tagen unfähig ihrer Arbeit nachzugehen.

Ja, die Briefe; es verging in Luanda kaum ein Tag, an dem Jacqueline nebst ihrer Arbeit im Büro nicht auch noch einen oder mehrere verfasste. Sie war eine unheimlich fleißige Schreiberin und bekam auch selber viel Post von Freunden und Verwandten aus der ganzen Welt. Damit hielt sie über Jahre Kontakt, wurde einmal mehr zur Drehscheibe der Informationen. Keine noch so alte Tante, die nicht mindestens eine Postkarte auf die bekannten Feiertage erhielt. Es gehörte zum Ritual meistens abends vor dem Essen noch schnell in die Baixa, die Unterstadt zur Hauptpost zu fahren und das Fach zu leeren. Hier herrschte reger Betrieb. Man traf Bekannte, setzte sich zum Apéro schnell gegenüber in den Park an ein Tischchen des Biergartens, diskutierte die Lokalpolitik oder schloss auf dem Bierdeckel noch kurz ein gutes Geschäft ab. Der Chronist mochte sich an ein beeindruckendes Beispiel erinnern, als sein Vater mit einem alten Bekannten zusammensteckte und nach kurzem Geraune und Gekicher auf einem Kartondeckel der Marke Cuca den Vertrag gegenzeichnete, der ihm in fünf Minuten 50 000 Schweizer Franken einbrachte. Bei einem der zahlreichen rufenden Jungs kaufte man anschließend die „Noticias da Tarde" und schmökerte in den Börsenkursen oder dem Kinoprogramm. Faszinierend war der Straßenbelag zwischen Post und Bar: Da die Kellner die Deckel der geöffneten Fläschchen achtlos auf die Straße warfen und vor allem im Sommer der Asphalt in der Hitze zu schmelzen begann, hatten sich im Laufe der Jahre Abertausende von Metallverschlüssen in den Belag gestanzt. Es sah aus wie ein miniaturisiertes Kopfsteinpflaster und kein Mensch wäre je auf die Idee gekommen, dies als Mangel oder Verunstaltung zu kritisieren. Es gehörte aber ebenso zur Gepflogenheit die eigene Korrespondenz nicht auf der Post, sondern direkt am Flughafen aufzugeben, denn das war schneller und sicherer. Da Renato ohnehin jeden zweiten Tag Besuch vom Flugplatz abholte oder dorthin brachte, zählte diese Route zum Geschäftsalltag. Deshalb verpassten sie auch den kleinen politischen Skandal nicht, als die erste Concorde in Luanda landete und die Besatzung versehentlich die MPLA-Flagge anstatt der portugiesischen hisste. Das Überschallflugzeug wurde daraufhin mehrere Stunden zurückgehalten.

Und dann im November verkaufte Renato seine Pflanzung Jerusalem an einen Portugiesen, das heißt, der Vertrag wurde unterzeichnet, der neue Dono, Inhaber, lebte bereits dort ohne Wissen des Vorbesitzers, aber bezahlt hatte er vorderhand erst eine kleine Rate. Diesen Handel tätigte Renato mit einem weinenden und einem lachenden Auge. Zum einen war er froh, diesen Unmengen Geld verschlingenden Koloss und die damit verbundenen täglichen Sorgen über Ernteausfälle, Krankheiten, Naturkatastrophen etc. losgeworden zu sein. Zum anderen dachte er mit Wehmut an die vielen schönen Zeiten und Erlebnisse zurück: Beim Experimentieren vergaß er alles um sich, beim Bebauen der Felder und vor allem bei erfolgreicher Ernte überkamen ihn seltene Glücksgefühle. Aber, man musste realistisch bleiben; eine Pflanzung in Afrika warf im Grunde erst nach der dritten Generation Gewinn ab und das auch nur unter idealen Voraussetzungen, also keine Rückschläge durch Missernten, Schädlinge oder politische Unruhen. Von solchen Bedingungen hätte er noch lange nur träumen können und so wollte er die Wehmut schleunigst hinter sich lassen, sich voll auf sein neues Wirkungsfeld konzentrieren. Und der Erfolg gab ihm ja recht; klein, schlank und flexibel bleiben, das versprach in unsicheren Zeiten und in Ländern mit ungewisser Zukunft die bessere Strategie zu sein. Die Pflanzerkunden hielten ihm weiter die Treue, vertrauten auf seine Erfahrungen, auch wenn er nun keine Selbstversuche mehr durchführen konnte.

Renato vermochte nun viel effizienter und leichter zu arbeiten. Keine langwierigen Entscheidungswege mehr, bis man handlungsfähig war, Rechenschaft nur seiner Frau, seinem Partner und dem Mitarbeiter gegenüber. In dieser Zeit nutzten sie ihre Freizeit noch intensiver als sonst: Die Mississippi ächzte unter der allwöchentlichen Last der vielen Partygäste. Jacqueline zählte im Log- und Gästebuch bei den ersten hundert Fahrten gegen vierhundert verschiedene Personen an Bord und jeder Geladene wollte sich selbstverständlich revanchieren. So aßen, tranken, tanzten und sangen sich Renato und seine Frau durch manche Nacht; klar, dass keiner der Feiernden vor Sonnenaufgang nach Hause aufbrach. Das Hausboot war die Überfahrt zur Insel derart gewohnt, dass es sich eines Nachts in der Festlandbucht bei einem Sturm von der Boje losriss und selbstständig nach Mossulo übersetzte, um dort sachte am Strand aufzulaufen. Die Mississippi konnte die Aufregung der Besitzer und Freunde, die sie anderntags mit dem Schiffsboy João suchten und wieder in den Hafen zurückbrachten, gar nicht verstehen; sie hatte lediglich bewiesen, es auch ohne Besatzung und viele Gäste an Bestimmungsort zu schaffen und das erst noch bei hoher See.

FLÜGGE WERDEN

Nun war auch Sandrine ins Alter gekommen, in dem ein Schulwechsel in die Schweiz als sinnvoll erachtet wurde. Die ganze Familie nahm dies zum Anlass, im Frühling 1973 eine Ferienreise via mehrtägigen Zwischenhalt in Lissabon nach Basel zu realisieren. Zum Glück konnten sich alle noch einmal im Waldhof einquartieren, denn der geplante Verkauf der Villa nach dem großen Wasserschaden war geplatzt. Walther hatte darauf das Haus so weit als nötig renovieren und wieder einrichten lassen, was jetzt seinem Schwiegersohn zugute kam. Das alte Leben kehrte wieder ein; Freunde, Verwandte und Geschäftspartner fanden den Weg zurück; Renatos geschäftlicher Erfolg schien anziehend zu wirken. Walther verschob seine Nahost- und Afrikareise, um einmal mehr mit seinem Schwiegersohn Zukunftspläne zu schmieden; er konnte und wollte es einfach nicht lassen. Die Damen des Hauses schauten sich derweil mit den Kindern die Filme am Schweizer Fernsehen jetzt ganz neu in Farbe an. Mit der Buntheit am TV nahmen auch der Voyeurismus und die Brutalität zu; so schien es zumindest den unerprobten Zuschauern. Trotzdem saßen alle fasziniert davor, obwohl sie wussten, dass der Kommissar den verzwickten Fall lösen würde, nur um in der Woche darauf wieder ihr Unwesen treibende Gauner dingfest machen zu können. Der Beobachter registrierte: Hausfriedensbruch war ein Delikt, das die Strafverfolgungsbehörde auf den Plan rief, elektronischer Hausfriedensbruch dagegen über Gebühren staatlich sanktioniert.

Sandrine machte sich vertraut mit ihrer neuen Umgebung; sie durfte sich bei Renatos Eltern ein Zimmer einrichten und sollte dort nach der Abreise der Familie wohnen.

Da sich sowohl Florian als auch Mauriçe bei ihren Pflegeeltern nicht mehr allzu wohl fühlten, wurde diskutiert und beschlossen, dass die beiden Ältesten zukünftig zusammen in Zürich wohnen sollten und zwar alleine. Mauriçe war immerhin achtzehn geworden und sehr verantwortungsbewusst. Seine Eltern trauten ihm die Begleitung des jüngeren Bruders zu und sollten ihn damit, wie sich später herausstellte, an den Rand seiner Kräfte bringen. Die aktuellen Probleme fokussierten sich vor allem auf die Pflegemütter: Florian entglitt Yvonne zusehends; er verkehrte lieber in der Hippie-Hasch- und Flower-Power-Szene als im gut bürgerlichen Haushalt und diese Verantwortung scheute seine Patentante zu Recht. Bei Maurice war es die temperamentvolle Giuliana, welche in ihrem Pflegesohn ein Hindernis für ihre emanzipatorische Selbstverwirklichung sah und ohnehin das Gefühl hatte, die biologischen Eltern würden sich auf ihre Kosten um die Erziehung des ältesten Sohnes foutieren. Das hatte sie als Vielbeschäftigte aber zwei Jahre lang nicht daran gehindert, den Chronisten regelmäßig als Babysitter einer Tochter, die ohne Zwänge aufwachsen sollte (Nathalia: „Mami, muss ich heute schon wieder machen, was ich will?") und Hundeausführer („Man müsste noch mit Beppi Gassi gehen") zu engagieren, was er klaglos akzeptierte, da er, der aus einem Macho-Haushalt stammte, sich ja rollentechnisch freischwimmen sollte. Außerdem plagte ihn das schlechte Gewissen: Einmal mehr musste er froh sein, Unterschlupf gefunden zu haben (dass seine Eltern hierfür ein, wenn auch bescheidenes, Kostgeld bezahlten, erfuhr er erst später).

Von einem Schweizer Geschäftsfreund in Angola wurde der ganzen Familie die luxuriöse Ferienwohnung in Bever im Engadin zur Verfügung gestellt. Auch Cousine Patricia kam mit. Jetzt im April lag hier auf 1800 Meter noch viel Schnee, die Skilifte dachten noch nicht im Traum daran, die Saison frühzeitig zu beenden. So kamen die Afrikaner in den Genuss eines zehntägigen Alpinerlebnisses; für sie exotischer als eine Safari in der Etosha. Eigens für den Aufenthalt in der Schweiz, die Bergferien und die geplante Rückreise nach Lissabon hatte Renato einen großen Opel aus zweiter Hand gekauft. Die Ferien waren einmalig: Der Chronist lag die ersten Tage mit Windpocken im Bett (bei seinen Geschwistern brachen sie erst nach dem Aufenthalt in der Höhe aus), Amadeo brachte den Fernseher zum Explodieren, Renato schloss den Autoschlüssel in St. Moritz ein, sodass sie per Taxi heim mussten und nur mithilfe eines Garagisten die Wagentür wieder öffnen konnten. Rico schlug aus Versehen eine Lampe herunter, die gleich ein ganzes Glasgestell mit sich riss, die Geschirrwaschmaschine fing wegen eines technischen Defekts Feuer und Jacqueline holte sich – nach über zwanzig Jahren wieder auf den Skiern – einen gehörigen Sonnenbrand. Zum Glück gelang eine vollständige Reparation aller Unbill innert nützlicher Frist, sodass der Geschäftsfreund noch viel später schwärmte, eine Familie, die so sorgfältig mit fremdem Eigentum umgehe wie sie, würde er jederzeit gerne wieder beherbergen. Item, gegen Ende des Aufenthaltes kamen alle noch auf ihre Kosten und genossen die Tage in der guten Bergluft. Die Jüngsten und Jacqueline nahmen Skiunterricht, die Älteren flitzten als Habitués selber umher und Renato testete seine zuletzt auf den Kanaren erstandene Super-8-Kamera, indem er die spektakulärsten Stürze auf Celluloid bannte.

Nach den Ferien bezogen Florian und Maurice zwei teure, dafür dürftig möblierte Kammern an der Goldküste nahe bei Zürich in der Villa eines reichen, aber geizigen älteren Ehepaars, deren Kinder bereits ausgezogen waren. Sie eine erfolglose Psychotherapeutin mit wenig Klienten, er ein nicht sehr vertrauenerweckender Advokat. Mit ihren knauserigen Vermietern durften sie sogar das Badezimmer teilen; die Auflage: nur abends duschen. Schlafen und wohnen mussten die Brüder zusammen im größeren beheizbaren Raum, gearbeitet und geschlottert wurde in der kalten Mansarde. Zwei weitere Nachbarbuden waren an junge Musikstudentinnen vermietet, die ganze Nachmittage mit ihrem Klarinettengedudel nervten. Als junge Schnösel mussten sie jedoch froh sein überhaupt etwas zu bekommen. Die Eltern halfen ihnen beim Umzug und sorgten auch noch für gewisse überlebensnotwendige Utensilien wie Eisschrank, Kochplatte, Küchengerät und Föhn für die mittlerweile bis fast an den Gürtel hinunterreichenden Haare der beiden Hippie-Brüder. Der monatlich zugesandte Scheck war knapp bemessen und sie mussten sich ihre neu gewonnene Freiheit gut einteilen, um bis zum Ultimo durchhalten zu können. Sie kamen nicht umhin in den Ferien bei der Post Zustelldienste zu übernehmen, um sich gewisse Extras zu gönnen; ein relativ gut bezahlter Job, ohne dauernd einen Aufpasser im Nacken zu wissen. Ihr Schulumfeld – alles Knaben und Mädchen aus begüterten Familien – akzeptierte sie als Freunde mit Exotenbonus, lud sie zu Wochenendpartys in ihre schicken Anwesen mit Hallenbad ein oder zu einem Fährtchen im nagelneuen Auto, das wie selbstverständlich am achtzehnten Geburtstag für sie in der Garage bereitstand. Man erwartete keine Gegeneinladungen und trotzdem hatte der Chronist das Gefühl lediglich geduldet zu sein. Ihm erging es jetzt wohl so wie seinem Vater damals, der im Rheinhafen schwere Lasten schleppte, um sich den in diesem Umfeld, in das er fast zufällig geraten war, gepflegten Lebensstil einigermaßen finanzieren und dabei seinen Stolz bewahren zu können. Die Brüder kamen auf dem engen Raum gut miteinander aus, allerdings waren Reibereien mit den Freundinnen Jana und Priscilla, die auch über Nacht blieben, vorprogrammiert, denn vier Jungverliebte wollten alles, nur keine unfreiwilligen Zeugen ihrer Leidenschaft.

Schule, Freundeskreis, Haushalt; all dies forderte viel Kraft von den zwei Jugendlichen. Sie schrammten deshalb immer am Abgrund vorbei, retteten sich mehr schlecht als recht von Semester zu Semester und waren jeweils heilfroh, das Jahr nicht wiederholen zu müssen. Insbesondere Florian genoss seine Freiheiten und zählte auf seinen mit elterlicher Gewalt ausgestatteten Bruder, wenn es darum ging, ihn wegen unentschuldigten Schwänzens, unerlaubten Rauchens und anderen Unarten beim Lehrkörper wieder herauszuhauen. Als Dank dafür vergaß er den Einkauf, das Reinemachen und die Wäsche, wenn es an seiner Reihe war. Manchmal verzweifelte Maurice schier, aber es ging um seinen Bruder und hier im fernen Ausland mussten sie zusammenhalten.

Ihre Schwester Sandrine, die nun auch in der Schweiz zu bleiben hatte, richtete sich bei den Großeltern häuslich, auf längere Sicht und mit Pessimismus ein. Auch sie trauerte, zumindest in den anfänglichen Anlaufzeiten, um das verlorene Paradies. An Wochenenden und in den Ferien besuchte sie ihre Brüder öfters in Zürich und ließ sich in die große weite Welt der Bars, Cafés und Dancings einführen. Wobei: So weltgewandt und spannend wie Zürich zu sein glaubte, war es zu der Zeit bei Weitem nicht. Ein zu Besuch weilender österreichischer Freund meinte treffend: „Zürich ist zwar doppelt so groß wie der Wiener Zentralfriedhof, aber nur halb so lustig." Am liebsten saßen die Geschwister ohnehin alle zusammen mit Freunden und Bekannten von Mauriçe und Florian im Sommer abends am See oder an der Limmat mit einem Picknick und der Gitarre.

Die Eltern brachen mit ihren zwei Jüngsten auf, um über Besançon, Lyon, Oranges, Sète, Barcelona, Zaragoza, Madrid, Talavera, Merida, Badajoz nach Lisboa zu gelangen. Dabei übernachteten sie nur zweimal unterwegs und kamen entsprechend müde am Atlantik an. Drei Regentage in Lissabon nutzten sie, um alte Freunde zu treffen, die sie über zehn Jahre nicht mehr gesehen hatten. Danach ließen sie das Auto bei Bekannten stehen und flogen mit dem Jumbojet nach Luanda. Alsbald mussten Amadeo und Rico nach Benguela weiterreisen, weil für sie die Schule wieder begann. Allerdings blieben sie nur noch drei Monate im Süden, weil sich jetzt eine Gelegenheit in Luanda abzeichnete: Auf privater Basis hatten einige Deutsche unter dem Patronat eines multinationalen Chemiekonzerns hier die eigene Schule aufgebaut und ausländische sowie portugiesische Lehrkräfte angeheuert. Das Know-how der Schweizer mit dem privaten Unterricht wurde nur zu gerne genutzt, außerdem war man auf zahlende Ausländer angewiesen, um das Projekt finanzieren zu können. Der größte Vorteil bestand aber darin, dass die Schule im selben Quartier eröffnet worden war, in dem Renato mit seiner Familie wohnte. So konnten die Knaben zu Fuß oder mit dem Fahrrad zum Unterricht. Der Nachteil: Jacqueline musste ihren Söhnen den fehlenden Französischunterricht selber erteilen. Daran hatte sie aber als bilingue Aufgewachsene großen Spaß.

1973: Die portugiesischen Kolonien erhalten von Portugal die innere Autonomie. Helmut Kohl wird zum Vorsitzenden der CDU gewählt. Die Watergate-Affäre kommt ins Rollen. Unabhängigkeit der Bahamas von Grossbritannien. Pablo Picasso, Lex Barker, Max Horkheimer, Bruce Lee, Walter Ulbricht, J. R. R. Tolkien, Jim Croce, Pablo Neruda, Ingeborg Bachmann sterben.

In Chile putscht General Pinochet; Salvador Allende begeht im Präsidentenpalast Selbstmord. In Argentinien wird Peron zum Präsidenten gewählt. Beginn des Jom-Kippur-Krieges. Die OPEC hebt den Ölpreis um 70 % an; daraus folgt die erste Ölkrise. Patentierung der Geldautomaten. Friedensnobelpreis u. a. an Henry Kissinger, Medizinnobelpreis u. a. an Konrad Lorenz.

Im Frühling kam Renato für knappe drei Wochen in die Schweiz. Er wollte die Konfirmation seiner einzigen Tochter nicht verpassen, neue Verträge mit Lieferanten aus der Agrochemie aushandeln und gleichzeitig die Gelegenheit nutzen in den Schulen seiner Söhne einige klärende Gespräche zu führen. Während Sandrine – bei ihren Großeltern gut aufgehoben – zumindest schulisch keine Probleme hatte, kämpften ihre älteren Brüder mit der Überforderung. Es wurde entschieden, die klägliche Wohnsituation zu verbessern und die eigenen vier Wände anzumieten. Jacqueline blieb mit den zwei Jüngsten zurück. Rulo von Krosancskj, der ehemalige Verwalter von Jerusalem, lebte jetzt in Deutschland und war CEO eines bedeutenden Unternehmens geworden. Als Pate von Sandrine reiste er mit seinen zwei jüngeren Töchtern extra für dieses Wochenende in die Schweiz. Ja, selbst Xana-Miranda ließ sich dieses familiäre Ereignis (und den damit gebotenen unverdächtigen Anlass) nicht entgehen und nutzte die Gelegenheit das Mutterland ihres ehemaligen Chefs und immer noch aktuellen Liebhabers kennenzulernen. Da sie ohnehin bei Verwandten in Lissabon weilte, kam ihr ein Abstecher nach Basel nur zupass. Nach der Konfirmation lud Renato seine drei Kinder und Xana-Miranda zu einer zehntägigen Schweizerreise ein. Auf dem Seelisberg besuchten sie alle zuerst ihren Hauslehrer Christoph Sangmeyer mit seiner Frau Gaby, verbrachten zwei Tage am Ursprung der Eidgenossenschaft, um dann im Berner Oberland die Dreiseenlandschaft zu genießen. Renatos Schwager Milian besaß hier eine Segeljacht, mit der sie bei Windstärke sechs über den Murtensee fetzten. Als Kontrastprogramm wollte Renato wieder einmal in den Jura, um in Saignelegier die Freiberger Pferde zu sehen.

Noch ahnte in dieser demokratischen Idylle niemand, dass die Tage der Diktatur in Portugal gezählt waren. Eine Woche später, am 25. April 1974, erfuhr Renato vom friedlichen Militärputsch, der Nelkenrevolution, auf seiner Rückreise von Hamburg via Zürich nach Lissabon.

12.
Die Nelkenrevolution

Ein Foto ging um die Welt: Es zeigt eine Kellnerin, die – von der Arbeit kommend – einem aufständischen Soldaten eine Nelke in den Gewehrlauf steckt. Die Bevölkerung feierte auf den Straßen den weitgehend unblutigen Putsch junger Offiziere und ihrer Truppen. Damit endete die Diktatur, welche 1926 ebenfalls mit einem Militärputsch unter General Carmona begann und unter Salazar jahrzehntelang bestehen konnte. Salazar war zwar schon im Juli 1970 gestorben, seine konservativ-autoritäre Herrschaftsform mit einer Einparteienregierung basierend auf wirtschaftlicher Stabilität, politischer Repression und Isolationismus dominierte jedoch das Land über seinen Tod hinaus. Das System hatte immer die privilegierten Schichten und den Adel auf Kosten der ärmeren Bevölkerung bevorzugt. Über ein Drittel des Volkes waren noch Analphabeten; Armut und Unwissenheit hatten System. Der Nachfolger Salazars, Marcello Caetano, führte die repressive, antikommunistische Politik seines Vorgängers weiter und initiierte die nötigen Reformen nur ganz zögerlich; immer noch ließ er einen erbitterten Kolonialkrieg führen, der bis zur Hälfte des Staatsbudgets forderte. Durch die „revolução dos cravos", die Nelkenrevolution, wurde er nun seines Amtes enthoben, musste dieses an den eben von ihm abgesetzten General Spínola übergeben und ins Exil nach Madeira, später nach Brasilien.

Im Februar hatte der General und ehemalige Gouverneur von Guinea-Bissau, António de Spínola, sein Buch „Portugal und die Zukunft" veröffentlicht. Darin analysierte er die Absurdität des sich abschottenden Regimes, den Kolonialkrieg, der seiner Meinung nach nie zu gewinnen sein würde, und forderte eine neue nationale Strategie, wobei das Volk an der Bildung und damit am politischen Willensbildungsprozess teilhaben sollte. Den Kolonien müsste das Recht auf Selbstbestimmung gewährt werden. Diese Ideen des zweithöchsten Mannes in der Militärhierarchie waren in der Tat revolutionär und machten in Soldatenkreisen Furore. Die MFA, „Bewegung der Streitkräfte" (Movimento das Forças Armadas), ein Zusammenschluss junger, aufgeklärter Offiziere im Hauptmannsrang, die schon längst genug hatten, in einem sinnlosen Kolonialkampf für einige privilegierte Familien aus Portugal aufgerieben zu werden, nahm die Veröffentlichung zum Anlass die Macht im Land zu übernehmen. Unter Führung von Otelo Saraiva de Carvalho und Salgueiro Maia besetzten sie Lissabon innert weniger Stunden mit MFA-treuen Truppen. Die jungen Offiziere hatten bei den Radiosendern Vertrauensleute, über die sie Kontakte zu sämtlichen Putschisten im Land pflegen konnten. Mithilfe einiger Platten (später alle große Hits), welche die Discjockeys immer unter Zeitangabe ansagten, wurden jeweils Zeichen für je bestimmte Militäreinheiten gegeben loszumarschieren. Waren Regierungsgebäude, Pide-Stellungen, wichtige Medien und der Flughafen eingenommen, kündigte dies ein weiterer Song an. So waren alle Einheiten während des Putsches auf das Genaueste informiert. Bei der Erstürmung eines zentralen Gebäudes der Geheimpolizei gab es auf beiden Seiten einige Tote; im Großen und Ganzen verlief die Revolution aber unblutig, um nicht zu sagen typisch portugiesisch. Spínola, der von der ganzen Revolution nichts wusste (er musste erst noch aus dem Bett geholt und informiert werden, dass seine Ideen nun effektiv umgesetzt worden waren), übernahm überrascht die ihm aufgetragene Verpflichtung des Anführers und Interimspräsidenten an. Die MFA verkündete die Demokratisierung, Dekolonisierung und Entwicklung des eigenen Landes. Ab sofort gehörten die Pressefreiheit und die vielen Streiks zur Tagesordnung. Politische Parteien schossen wie Pilze aus dem Boden.

So fand am 25. April 1974 einer der wenigen Putsche in der Geschichte für und nicht gegen die Demokratie statt. Die rote

Nelke wurde zum Symbol für Freiheit. Es folgte eine gemischte Regierung aus Militärs und Zivilen, die später nach den Parlamentswahlen durch eine gemäßigte linke Führung unter dem Sozialisten Mário Soares abgelöst wurde; das Militär zog sich aus der Politik zurück.

Tanz auf dem Vulkan

Anders als in Portugal, wo eitel Freude nach der gelungenen Vertreibung der verhassten Diktatur herrschte, war die Stimmung in Angola eher gedrückt, abwartend. Das Problem war hier ein ganz anderes: Hier fürchtete sich eine kleine weiße Minderheit vor der Zukunft, vielleicht war gar ihre Existenz bedroht. In kürzester Zeit erlebte das Land drei von Portugal gesandte Regierungen unter verschiedenen Militärs, die aber alle unfähig schienen, das Land in Krisenzeiten zu verwalten. Dann wurde eine provisorische Regierung aus elf Staatssekretären gebildet, die einer fünfköpfigen Militärjunta, Rat der Streitkräfte genannt, unterstanden. Man wollte wohl ein Machtvakuum vermeiden, die Kolonie geordnet in die Unabhängigkeit entlassen; es bestand die berechtigte Angst – auch von revolutionärer Seite – die Geister, die man rief, nicht mehr kontrollieren zu können. Nichts hätte dem Ruf der jungen Demokratie mehr geschadet als die Tatsache, ihre Kolonien, obwohl Erblast der Diktatur, im Chaos versinken zu sehen. Dieses Unvermögen hätten sie sich nie verziehen.

In Luanda herrschte eine gespannte Stille. Vordergründig lief alles normal, neu waren die häufigen Streiks für und gegen alles Mögliche. Seit Tagen hatten die Banken geschlossen und es fuhren keine Machimbombos (Stadtbusse). Auch die Gerüchteküche in Bezug auf das Ausbrechen neuer Aufstände wie 1961 brodelte. Die einen erzählten von Steinen, die Schwarze nach ihren vorbeifahrenden Autos geworfen hätten, die anderen von unmittelbar bevorstehenden Überfällen und Besetzungen von Schulen und Unternehmen. Grundnahrungsmittel wie Zucker und Mehl wurden plötzlich wieder knapp, waren jedoch nach gewissen Engpässen wieder zu kaufen.

Renatos Geschäfte liefen vorderhand gut; trotzdem machte auch er sich Sorgen, saß viel vor dem Radio und hörte sowohl die Lokalnachrichten als auch BBC in der Hoffnung sich ein reelles Bild der aktuellen politischen und wirtschaftlichen Situation zusammenreimen zu können.

In den Sommerferien kamen Sandrine, Florian und Maurice zu Besuch. Wie immer währten eitel Wonne und Wiedersehensfreude. Pünktlich zu ihrem Besuch gingen in der Stadt die Unruhen los. Vereinzelt begannen Büros und Läden zu schließen aus Angst vor Plünderungen und Sachbeschädigungen. Schon in der dritten Nacht nach der Ankunft aus der Schweiz verhängte die neue Regierung ein Ausgangsverbot von 20.30 bis 5.00 Uhr morgens. Nachts hörte man hie und da Schüsse im Quartier. Den Chronisten mutete die ganze Szenerie höchst irreal und abstrus an: Da kamen sie gestresst aus der behüteten, überreglementierten Schweiz ins vermeintliche Paradies, um sich zu erholen und dabei festzustellen, dass sie Zeitzeugen eines dramatischen Umbruchs – nichts weniger als das Einläuten des Endes der afrikanischen Kolonialzeit – wurden. Und diese Krise wollte niemand wahrhaben. Wer trachtete denn schon danach, sich aus dem Paradies vertreiben zu lassen. Alle taten so, als ob normale Zustände herrschten; man passte sich so gut als möglich an. Das Hausboot erwies sich als ideales Verdrängungsvehikel: Beach-Partytime mit Unmengen von Freunden und Bekannten weit ab vom ungemütlichen Alltag in der Stadt. Man tuckerte umher, machte einen Halt bei Freunden im Wochenendhäuschen, bewirtete scharenweise Gäste, sah den Delfinen, Tümmlern und Fliegenden Fischen zu, beobachtete Rochen im seichten Wasser. Renato kehrte die Arbeitswoche kurzerhand um, verbrachte zwei Tage im Büro und fünf Tage mit der Familie auf der Mississippi. Demonstrationen, gewalttätige Auseinandersetzungen, beschwörende Appelle am Radio und Ausgangssperren schienen hier in den Mangrovenbuchten zwischen den Palmeninseln ihre Bedrohlichkeit zu verlieren. Was wollte man sich denn auch Sorgen auf Vorrat machen, wenn die konstante Brise zum Segeln im Snipe einlud, wenn man im glasklaren Wasser schnorcheln und fischen konnte, wenn man mit Freunden Wasserski fahren durfte, wenn man sich auf dem Sonnendeck bei der Lektüre eines Krimis rekeln konnte. Und abends der Holzkohlengrill am Strand mit dem frischen Fang, ein kalt gestelltes Fläschchen Matéus Rosé, sich bei Gitarrenklängen in der sanften Dunkelheit an die warme Haut von Anna, Laura, Manuela oder Alexa schmiegen, ihren salzigen Körperduft einatmen, sie vernarrt küssen und den Sternenhimmel betrachten. Bei solch real erlebtem Kitsch konnte selbst der kritischste und pessimistischste Analytiker nicht umhin zu träumen und in romantische Schwärmerei zu geraten. Um es nicht noch mehr triefen zu lassen, hatte der Chronist sich verboten, die Unzahl von Sonnenuntergängen zu besingen; er begnügte sich damit, sie in allen Variationen zu fotografieren, einmal mit Palme im Vordergrund, einmal mit Freundin im Profil als Schattenriss.

Renato gab sich Mühe seine Sorgen zu verbergen. Die Lage in Angola wurde immer heikler. Trotzdem hoben die Behörden die nächtliche Ausgangssperre zeitweise wieder auf. Das wollten die lebenshungrigen und verliebten Jungen ausnützen und Maurice, mittlerweile mit offiziellem Führerschein, bekam abends das Auto seiner Eltern, um damit in eines der neuen Dancings zu fahren und die Nacht zum Tag werden zu lassen. Allerdings musste er sich dazu verpflichten, nur die beleuchteten Hauptstraßen zu benutzen, denn in dunklen Nebenstraßen fanden wiederholt Scharmützel zwischen aufständischen Schwarzen und weißen Kleinunternehmern, vor allem Taxifahrern, statt. Die Provokationen gingen von beiden Seiten aus. Bereits hatte man wieder einige Dutzend Tote zu beklagen. Es war surreal: Hörten sie Maschinengewehre knattern, beschleunigten sie die Fahrt, um in ihr Ziellokal zu gelangen. Nie war in Luanda mehr los als in dieser Krisenzeit: die Restaurants überfüllt, die Tanzlokale berstend voll, die Kinos dauernd ausgebucht. „Nach uns die Sintflut", schienen sich alle zu denken. Es herrschte ein eigenartiger Fatalismus, wer wusste schon, ob er morgen noch existierte. Die Lebenslust potenzierte sich angesichts der Bedrohung. Ein aberwitziger Tanz auf dem Vulkan.

1974: Richard Nixon tritt zurück. Helmut Schmidt wird neuer Bundeskanzler. In Griechenland bricht die Militärdiktatur zusammen. Zy-

pern teilt sich in ein türkisches und ein griechisches Gebiet. Ceausescu wird Präsident Rumäniens. Rabin Premier in Israel. Nicht zuletzt dank der Nelkenrevolution geht die Entkolonisierung Afrikas weiter; allerdings putschen sich als Nachfolger Diktatoren wie Idi Amin in Uganda oder Mobutu in Zaire an die Macht. In Angola bricht der Bürgerkrieg aus. Die ABBA erobern mit ihrem Discosound die Welt. Weite Hemdenkragen, Schlaghosen und bis weit in die Backen reichende Koteletten prägen das Straßenbild. Der VW Golf kommt auf den Markt. Publikation der Milgram-Experimente. Terrakotta-Armee bei Xi'an entdeckt. Weltsportler des Jahres wird Eddie Merckx. Gestorben: Samuel Goldwyn, Georges Pompidou, Duke Ellington, Erich Kästner, Charles Lindbergh, Oskar Schindler. Isabel Perón übernimmt das Präsidentenamt von ihrem verstorbenen Gatten.

Als ob sie geahnt hätten, dass diese Ferien ihre letzten in Angola sein würden und sie das Land nie wieder sehen sollten, stellte sich bei den Brüdern nach ihrer Rückkehr in den Schulalltag eine Melancholie ein, die immer öfters depressiven Zuständen gleichkam. Das hing nicht nur mit dem nass-kühlen Herbstwetter zusammen. Eine Dauermüdigkeit bemächtigte sich ihrer; weder Florian noch Mauriçe hatten Lust diesen Bildungsstress mit den Frustrationen über schlechte Noten weiter zu erdulden. Ihre Eltern versuchten sie über Distanz zu trösten und von einer Aufgabe abzuhalten. Eigenartig: Im krisengeschüttelten Angola, in welchem jetzt gerade die Zukunft des Landes auf dem Spiel stand und sich das Schicksal der Schweizer Familie entscheiden würde, fühlten sie sich frei und glücklich. Im ordentlichen, Zwinglianischen Zürich, der Stadt, in der alles erlaubt war, solange es keinen Spaß zu machen drohte, kam eine beklemmende Enge auf mit großen Zukunftsängsten. Im Fall von Mauriçe gelang das gute Zureden – nicht zuletzt dank seines einfühlsamen Französischlehrers, der den beiden Jugendlichen auch spontan zu einer richtigen Wohnung verhalf –, beim hedonistischer veranlagten Florian fruchteten die eindringlichen Appelle nichts; er verließ die Handelsschule ziemlich abrupt und war nicht mehr umzustimmen. Immerhin, zwei Highlights waren zu feiern: Endlich konnten sie von ihrem poveren Wohnsitz an der Goldküste in eine Altbauwohnung im ersten Stock eines kleinen Bauernhauses nach Oberglatt umziehen. Dafür nahmen sie auch die Holzfeuerung und einen nicht unerheblichen Fluglärm in Kauf. Die Freundinnen halfen kräftig beim Malen und Einrichten mit günstigen Möbeln, die sie aus einer Geschäftsliquidation erstanden hatten. Und das schönste Geschenk machte ihnen Renato, indem er einen Check ausstellte, der ihnen den Kauf eines 2 CV ermöglichte. Grasgrün stand die neu erworbene Ente vor dem Häuschen und das Glück der zwei Brüder war perfekt. Nun waren sie nicht mehr auf die Gnade des Bekanntenkreises angewiesen, um am Wochenende an den Zielort und zurückzugelangen. Seit ihnen beiden die Mopeds gestohlen worden waren, hatten sie zum ersten Mal wieder das Gefühl von Freiheit und Mobilität. Der Chronist lernte eine weitere Lektion: Auch spießige Idyllen hatten durchaus ihren Reiz. Was er nicht wusste und ihn sicher in seinem Drang, sich mit recht großem Aufwand häuslich einzurichten, gebremst hätte, war der Umstand, dass man den beiden Jungen bereits nach einem halben Jahr wieder kündigte, angeblich wegen Eigenbedarf. Der ureigene Bedarf entpuppte sich dann als Verkauf und Abriss des romantischen Häuschens, um einen Nullachtfünfzehnblock hochzuziehen; sehr passend für eine Agglo-Schlafgemeinde ohne Gesicht, in welcher es, außer dem Fluglärm, nichts, aber auch gar nichts zu vermelden gab, allenfalls der zähe Hochnebel im Winterhalbjahr.

Die MPLA, treibende Kraft im schwelenden Konflikt mit den Portugiesen in Luanda und dem Norden des Landes erhielt durch die Nelkenrevolution enormen Auftrieb. Kam hinzu, dass die jetzigen Machthaber in Portugal der links gerichteten Befreiungsbewegung wohlwollend gegenüberstanden und gewillt waren, den ursprünglichen Plan, die Kolonie in zwei Jahren in die Unabhängigkeit zu entlassen, lieber schneller umzusetzen. Sie schlossen – gegen die Interessen vieler weißer Siedler und Commerciantes (die Kleinkrämer aus den Muçeques, die im Brennpunkt der sozialen Reibereien standen, weil sie sichtbar und täglich Einfluss und Verfügungsgewalt auf den Konsum der Schwarzen hatten), die um ihre Pfründe fürchteten – einen Waffenstillstand mit der MPLA, die sie als legitime Nachfolger der Kolonialherren sahen. Für viele kam diese Tatsache wie ein Schock, besonders für die untere Mittelschicht mit den Kleinbürgern, denen das alte Regime unter Zusicherung von Ruhe und Ordnung auch zu einem bescheidenen Wohlstand verholfen hatte, den sie im Mutterland nie erreichen konnten.

Das Militär hatte jetzt Polizeifunktionen übernommen und patrouillierte Tag und Nacht in den gefährdeten Quartieren. An der Peripherie der Stadt wurden insbesondere die Weißen nach Waffen gefilzt. An öffentlichen Versammlungen warben schwarze Politiker für die MPLA unter Dr. Augustinho Neto oder die FNLA, geführt von Holden Roberto, wobei das Niveau der Reden erstaunlich hoch war; der Inhalt erinnerte ein wenig an den DDR-Jargon: Es war viel die Rede von Imperialismus, Faschismus und Neokolonialismus. Informierte Kreise gaben der MPLA die besseren Chancen im Norden, weil sie alle rassischen und politischen Schattierungen zu vereinigen vermochte. Ihre finanzielle Hilfe bezogen sie von Russland. Allerdings wurde die MPLA gespalten durch Daniel Chipendas Führungsanspruch im Osten Angolas. Er wurde zum Widersacher Netos und von denselben Leuten gehätschelt wie die FNLA.

Die FNLA, offen von den USA, China und Diktator Mobutu von Zaire unterstützt, gebärdeten sich rassisch intolerant und predigten den totalen Abzug der Europäer. Obwohl nicht so bedeutend wie die konkurrierende Partei zog ihr Dogma vor allem die unpolitischen Massen an.

Im Süden des Landes hatte sich die dritte große Partei UNITA unter Dr. Jonas Savimbi organisiert. Das Militär und die Regierung verhielten sich vollkommen passiv, förderten höchstens die Massenkundgebungen und dachten nicht daran, die erheblichen Infiltrationen von MPLA- und FNLA-Truppen aus dem benachbarten Zaire zu unterbinden. Die offizielle Regierung in Luanda unter Vizeadmiral Coutinho wartete praktisch ohne Kompetenzen ab. Strukturen und Gesetze wurden noch halbwegs aufrechterhalten. Lokale Banken hatten enorme Liquiditätsschwierigkeiten, weil die Kunden große Teile ihrer Depositen abgehoben hatten. Noch fehlte es nicht am Essenziellen für den täglichen Bedarf, die Stimmung aber wurde immer unlustiger.

Es bahnte sich speziell für Renato eine weitere Unwägbarkeit an: Im Nachbarhaus waren die Madres, die Nonnen mit ihrem Waisenhaus für Mädchen, ausgezogen und das Gerücht verdichtete sich, dass die MPLA hier ihr Hauptquartier einzurichten gedachte. Bereits war die Flagge am hohen Mast gehisst worden. Und tatsächlich zog Anfang November 1974 eine erste Delegation ein. Ab diesem Zeitpunkt war es vorbei mit der Ruhe im Quartier; ein Kommen und Gehen, viel Autolärm, ein konstantes Stimmengewirr und Geschrei im Nachbargarten, große Diskussionen. Renato flüchtete so oft als möglich mit der Familie auf die Mississippi und traf sich mit Freunden. Die beiden Hunde nahmen sie jetzt immer mit, man wusste schließlich nie, was in Abwesenheit im Haus und Garten alles passieren konnte. Zudem konnten sich Ginga und ihr Junges, Toro, am menschenleeren Strand austoben. Aber es wollte keine richtig fröhliche Stimmung aufkommen. Selbst Weihnachten und Silvester – früher rauschende, überbordende Feste – wurden verhaltener gefeiert. Dauernd hörte man Radio und versuchte sich über die neuen Unruhen am Flughafen oder in den Außenquartieren ein realistisches Bild zu machen. Die Diskussionen drehten sich nur noch um die aktuelle politische und wirtschaftliche Lage. Als Vorstandsmitglied und Präsident der deutschen Schule entwarf Renato mit den Entscheidungsträgern sowie dem deutschen Konsul verschiedene Fluchtpläne, sollte es zum Allerschlimmsten kommen – und das schloss niemand mehr völlig aus. Nun begannen auch die Grundnahrungsmittel zu fehlen, Linienbusse stellten ihren Betrieb ein, Lastwagenchauffeure streikten. Ausländische TV-Stationen und Zeitungen rissen sich um Interviews mit Ausländern, die sich im Land auskannten; Renato verbrachte manchen Abend in einem der Hotels in der Baixa, um Rede und Antwort zu stehen, politische Analysen für verschiedene Sender und Magazine zu geben. Dabei zog er auch für sich selbst Bilanz:

„Mit dem sich nähernden Jahresende geht für uns nicht nur ein Geschäftsjahr, sondern eine ganze geschichtliche Epoche zu Ende. Das ist der gegebene Moment, um unsere Lage zu überdenken und abzuwägen, ob und wie wir als Europäer hier in Angola weiterexistieren können.

Unser Geschäft besteht aus meinem Partner und mir und meiner Frau, die sich mit großem Einsatz um das Sekretariat kümmert. Das Büro befindet sich in unserem Haus. Für diese Geschäftsform hat der Gesetzgeber keine juristische Kategorie geschaffen. Wir sind also zwei Handelsvertreter, die individuell besteuert werden und zwar auf den Beträgen, die wir zur Deckung unserer Spesen nach Angola überweisen lassen. Mit anderen Worten: Unser Geschäft hat keine materielle Substanz und läuft also keine Gefahr, dereinst verstaatlicht zu werden.

Die immaterielle Substanz besteht aus unseren profunden Kenntnissen des Landes und seiner Leute, einiger Wirtschaftssektoren sowie unseren vertrauensvollen Beziehungen zu den Lieferanten. In diesem Bereich also werden wir von den Ereignissen betroffen, und ich will mich im Folgenden darüber etwas ausführlicher auslassen:

Der Militärputsch in Portugal vom 25. April und das Programm der Bewegung der Streitkräfte geben Anlass zur Hoffnung, dass Angola in einem gemäßigten Prozess in die Unabhängigkeit entlassen würde. Rund 500 000 portugiesische Siedler, die zum Teil seit Generationen hier ansässig sind sowie schätzungsweise 300 000 Mischlinge und ein beträchtlicher Teil der eingeborenen Bevölkerung, die vollkommen integriert sind, bildeten das sozio-ökonomisch relevante Element Angolas. Sein Wirtschaftssystem stützte sich auf ein unerschöpfliches Reservoir von ungelernten Arbeitern, das je nach Konjunkturlage angezapft werden konnte. Produktivität und Löhne hatten sich deshalb auf einem tiefen Niveau eingespielt. Die Gewinne der Unternehmer, vor allem im Sektor Landwirtschaft, waren aber in den letzten fünfzehn Jahren dennoch unbefriedigend im Verhältnis zum investierten Kapital. Der große Gewinner war der Staat und das Mutterland Portugal.

Die Kaffeepflanzer zum Beispiel erhielten nur 60 % des auf dem Weltmarkt erzielbaren Preises. 40 % flossen als Abgaben an den Staat. Der 100 %ige Devisenertrag aber wurde in Lissabon ‚verwaltet' und diente vorwiegend zur Deckung der negativen Zahlungsbilanz zwischen Angola und Portugal.

Angola genoss in den letzten zehn Jahren eine blühende Wirtschaftslage mit einer Nettowachstumsquote des Volkseinkommens von 11 %.

Im vergangenen Monat September gelang es den jungen, progressiven Offizieren der Bewegung der Streitkräfte, die älteren Kader, einschließlich Präsident Spínola, zu verdrängen und das ursprüngliche Programm, das eine Übergangsperiode von zwei Jahren bis zur Unabhängigkeit vorsah, zu revidieren. Bereits im Juli 1975 soll Angola jetzt in die Selbstständigkeit entlassen werden. Schwerwiegend ist dabei, dass die jetzigen Machthaber offen und oft mit fragwürdigen Mitteln die MPLA (Movimento Popular de Libertação de Angola), eine stark links orientierte Freiheitsbewegung, in den Sattel heben wollen.

Den weißen Portugiesen wurden sämtliche politischen Hoffnungen und Erwartungen genommen; sie können nur im Rahmen einer akkreditierten Freiheitsbewegung der MPLA, FNLA oder UNITA aktiv politisch tätig sein. Wohl sind andere Parteien gestattet, aber sie werden keine Vertretung in der provisorischen Koalitionsregierung erhalten, die voraussichtlich noch vor Ende dieses Jahres konstituiert wird.

Wüssten wir heute nicht, dass die drei Gruppen in zwei ideologische Lager zerfallen, würden wir der weiteren Entwicklung hoffnungsvoller entgegensehen. Es hat sich nun aber in den letzten Tagen gezeigt, dass sich die Spannungen zwischen MPLA einerseits und UNITA/FNLA andererseits vergrößern. Die MPLA beherrscht die Gewerkschaften, die Schulen und die Universität. Das ideologische Zentrum ist Brazzaville, wo der Präsident Dr. Augustinho Neto sein Quartier aufgeschlagen hat. Auf das Konto der MPLA sind die jüngsten Unruhen in den Vorstädten Luandas zu schreiben, die bisher über fünfhundert Menschenleben gekostet haben. Das Ablaufmuster dieser Aktionen ist allzu bekannt und wird von den betroffenen ethnischen Gruppen, sowohl Europäern als auch FNLA/UNITA-Anhängern, durchschaut. Die portugiesische Armee sah den Straßenschlachten und Brandstiftungen untätig zu und erst als die FNLA damit drohte, eigene bewaffnete Streitkräfte von Kinshasa einzufliegen, bequemte sich die Armeeleitung, Sicherheitsmaßnahmen zu treffen.

Der ursprüngliche Plan der Bewegung der Streitkräfte (MFA), die MPLA als einzige repräsentative Partei in den Regierungssattel zu heben, ist inzwischen misslungen. Der Präsident der FNLA, Holden

Roberto, ist Schwager Mobutus und man spricht davon, dass er von Kinshasa jede erdenkliche Unterstützung erhält. Mobutu hat ein vitales Interesse an Angola: der Zugang zu den besten Häfen an der Atlantikküste und das Erdöl von Cabinda! Zusammen mit der UNITA, der gemäßigten dritten Befreiungsbewegung unter Savimbi, einem an der Universität Lausanne in politischen Wissenschaften promovierten Intellektuellen, gewinnt eine auf Ausgleich bedachte Koalition mehr und mehr Einfluss und sie drängt die linksextreme MPLA langsam in die Isolation. Alle drei Gruppen schleusen große Mengen Waffen und im Ausland ausgebildete Soldaten ein und wir fürchten, dass diese Waffen letzten Endes darüber entscheiden werden, wer von den beiden Gruppierungen an die Macht kommt.

Streiks und Abwanderungen haben die interne Wirtschaft Angolas bereits zu 60 % lahmgelegt. Während der Nahrungsmittelsektor ohne Landwirtschaft noch einigermaßen funktioniert (Bier!), stehen die Bauindustrie und damit zusammenhängende Zweige (Plastikrohrefabrikation, Ziegeleien, Keramik, elektrische Installationen) praktisch still.

In den Haupthäfen Luanda und Lobito liegen die Frachter vier bis sechs Wochen auf Reede, bevor sie abladen können. In diesen Häfen sind die Frachten in den letzten Wochen um 55 bis 75 % erhöht worden. Die Durchschnittslöhne verzwei- bis verdreifacht. Die Inflationsrate bewegt sich schätzungsweise bei 50 %. Der Schwarzmarktkurs für Devisen liegt bei 110 % über dem offiziellen Wechselkurs. Für 100 Escudos erhält man zurzeit noch 5 Schweizer Franken.

Die aggressive kommunistische Propaganda, vor allem der MPLA, hat die Unternehmer derart verunsichert, dass sie ihre Pläne für die Zukunft revidierten, und viele denken daran, sich von Angola abzusetzen. Tatsächlich sind die Flüge nach Lissabon bis Ende Januar ausgebucht, und auch viele Angestellte werden nach Erhalt der Weihnachtsgratifikation anfangs 1975 endgültig ins Mutterland zurückkehren.

In dieser Situation ist es uns nicht möglich, auch nur eine annähernde Prognose für die Zukunft zu machen. Fest steht allein, dass Produktion, Export, Konsum, Ersparnisse und Investitionen gewaltig zusammenschrumpfen werden und dass die Rekonvaleszenz viele Jahre dauern dürfte, bis der Stand von vor dem 25. April 1974 wieder erreicht ist.

Für uns persönlich ist nur relevant, wie groß die Stücke vom kleiner werdenden Kuchen sein werden, und das hängt davon ab, wie viele noch bleiben, die ihn unter sich teilen müssen.

Wir sind durchaus überzeugt davon, dass Angola auf einem tieferen Niveau ‚funktionieren' kann. Afrikanische Kader sind genügend vorhanden, um die vakanten Posten auszufüllen. Das bedeutet, dass die Lebensqualität für die Europäer um einige Grade sinken und auf der anderen Seite für eine kleine privilegierte Schicht von Afrikanern gewaltig steigen wird.

Für die ländlichen Massen, und das sind wohl mehr als 80 % der gesamten Bevölkerung, die noch in Substitenzwirtschaft (nicht finanzielle Hilfe durch Familie und Freunde) leben, dürfte sich kaum etwas ändern. Rechtssicherheit, Ordnung und Prosperität sowie ein angenehmes Klima waren die wesentlichsten Bestandteile der Lebensqualität in Angola. Nun bleibt nur noch das angenehme Klima und das reicht nicht, um eine halbe Million Europäer zum Bleiben zu motivieren. Inzwischen haben sich auch die ethnischen Gegensätze durch einen vierzehnjährigen Guerillakrieg so zugespitzt, dass an eine brasilianische Variante nicht mehr zu denken ist. Was früher als mehrrassische Integration propagiert wurde, wird heute als neokolonialistische Ruse (Kniff) bloßgestellt.

Die Portugiesen sehen den kommenden Ereignissen in apathischer Handlungsunfähigkeit entgegen. Achtundvierzig Jahre lang hatte ihnen ein diktatorisches Regime vorgeschrieben, was sie zu denken und zu tun hatten, und jetzt fühlen sie sich durch den Staat betrogen und verraten."

Noch vor Jahresende beschlossen Jacqueline und Renato, dass sie mit Amadeo und Rico binnen Kurzem in die Schweiz zurückkehren sollte, um auch den Jüngsten eine gute Ausbildung angedeihen zu lassen, aber vor allem auch, um abzuwarten, wie sich die Lage im Land weiter entwickeln würde. Es ging das Gerücht, dass sowohl Neto als auch Chipenda aus dem Exil nach Luanda zurückgekehrt wären, um ihrem Führungsanspruch als legitime Nachfolger der Portugiesen Nachdruck zu verleihen. Nachts wurde wieder vermehrt geschossen; an das Maschinengewehrfeuer hatte man sich inzwischen fast gewöhnt, nun hörte man aber auch die Detonationen von

Granaten gefährlich nahe im Quartier. Diesmal bekämpften sich die MPLA und die FNLA. Im nachbarlichen MPLA-Hauptquartier stieg der Geräuschpegel von Tag zu Tag. Renato wurde auf der Straße nicht mehr mit Senhor angesprochen, sondern – wohl im Wissen um seine Sympathien für die gerechte Sache der Schwarzen – mit „Camarada", was ihn belustigte, aber auch ein Sicherheitsgefühl vermittelte. Obwohl privilegierter Weißer, hielt man ihn, zumindest vorerst, nicht für den Klassenfeind, den man beseitigen musste. Ja, man traute ihm den politischen Durchblick zu und mehr als einmal erkundigten sich junge MPLA-Anhänger bei ihm: „Camarada, kommt die Unabhängigkeit nun per Schiff oder per Flugzeug?" Noch brennender aber die alles entscheidende Frage: „Camarada Renato, was bedeutet eigentlich Kapitalismus?" Und der Politanalyst gab zur Antwort: „Das ist die Ausbeutung des Menschen durch den Menschen." Nun wollten die wissenshungrigen jungen Leute natürlich auch über den Kommunismus aufgeklärt werden und Renato konnte sich nicht verkneifen zu erklären: „Ja, das ist genau das Gegenteil." Bedächtig nickten sie und Renato konnte förmlich sehen, wie es in ihren Hirnwindungen rotierte, um seine Antwort zu entschlüsseln. Der Schweizer hoffte insgeheim, dass seine zynische Auskunft nie in Anwesenheit Netos oder Chipendas zitiert würde.

Jede freie Minute nutzte die Schweizer Familie noch bis zur Abreise, um sich auf der Mississippi von den Strapazen in der Stadt zu erholen. Mussten die Eltern beruflich in die Stadt, übernahm der inzwischen dreizehnjährige Amadeo das Steuer, fuhr die Erwachsenen ans Festland und mit seinem Bruder Rico zurück nach Mossulo. Auch manche Freunde ohne eigenes Boot nutzten die Gelegenheit, von Amadeo chauffiert zu werden, zumal der offizielle Fährdienst mit der „Kaposoka" genannten Fähre seit Längerem bestreikt wurde. Mittlerweile war auch das Gebäude vis-à-vis von der MPLA besetzt worden, in der Straße patrouillierten dreizehn- bis vierzehnjährige Knaben mit MPs im Anschlag und schossen manchmal aus Spaß auf die großen Werbetafeln oder einfach in die Luft.

Sie errichteten kleine schikanöse Straßensperren; manchmal musste Renato seinen Ausweis vom Büro bis nach Hause dreimal vorweisen und seine Papiere wurden mit enorm seriösem Gesichtsausdruck studiert. Nach einem gnädigen Nicken der Teenager durfte der Fahrer dann passieren. Ruhig und höflich bleiben, war das probate Mittel, um sich keine Probleme einzuhandeln.

Exodus

Die Überseekoffer waren gepackt. Anfang März schickte Renato Frau und Kinder vom gefährlich gewordenen Angola – sie mussten unter der Treppe Feuerschutz suchen – in die sichere Schweiz zurück. Sie trennten sich schweren Herzens; Jacqueline machte sich Sorgen um ihren Mann, der vorerst bleiben wollte, um nicht alles zu verlieren. Reisen nach Südafrika und Rhodesien standen auf dem Programm, man musste seine geschäftlichen Kontakte enger knüpfen, auch im Hinblick auf die ungewisse Zukunft. Man traf sich kurz vor Jacquelines Abreise mit Padre Nogueira; wie immer in Krisenzeiten stand einem der Klerus hilf- und wortreich zur Seite. Renato kaufte für 50 000 Franken Diamanten (diesmal waren es echte) und ließ sie von einem Geschäftsfreund für die Reise präparieren. Der Südafrikaner Mike hatte eine Fabrik außerhalb Luandas aufgebaut, in der er für Weiße eine Bräunungscreme mit Sonnenschutzfaktor herstellte. Dasselbe Produkt verkaufte er unter anderem Namen und Auftritt als Bleichungspaste für die Schwarzen und machte mit den entgegengesetzten Wünschen der Konsumenten den doppelten Umsatz. Mike schweißte den Schatz in kleine Plastiksäckchen, stopfte diese in Zahnpastatuben, füllte mit Zahncreme auf und verschweißte die Behälter fachmännisch. So konnte Jacqueline mit ihren Kindern den Zoll mit leicht erhöhtem Puls, aber ohne Probleme passieren.

In Basel angekommen staunten sie über die Kälte und das Überangebot in den Läden. Auch das neue Farb-TV-Gerät mit sechs Sendern entzückte vor allem die beiden Jüngsten. Den ersten Krimi, den sie sich als Abendunterhaltung gönnten, handelte von einem Diamantenschmuggel in Zahnpastatuben.

Jacqueline kaufte sich ein Okkasionsauto, um mobil zu bleiben; im Waldhof wohnte man nach wie vor etwas abgelegen. Sandrine zog von den Großeltern weg zurück zur Mutter; Platz war ja mehr als genug vorhanden. Registrierung in der Gemeinde, Schulanmeldung, Krankenkasse, Versicherungen: Der Formularkrieg begann, bevor sie sich akklimatisiert hatten. Damit waren jedoch die Probleme noch lange nicht gelöst, denn die Telegramme und die seltenen Telefone von und nach Luanda versprachen nichts Gutes: Als unfreiwilliger Nachbar vom inzwischen eingezogenen Neto und seiner MPLA wurde das Haus des Schweizers bei Angriffen der UNITA oder FNLA – am Anfang eher unabsichtlich – in Mitleidenschaft gezogen. Im Hinblick auf die versprochene Unabhängigkeit wollte sich jede Befreiungsbewegung in die Poleposition bringen und das hieß, die Hauptstadt zu besetzen, koste es noch so viel. Inzwischen suchte man das Gespräch nicht mehr, sondern bekriegte sich offen. Es herrschte wieder einmal das totale Durcheinander, jeder gegen jeden, eine Ethnie bekämpfte die andere, die Weißen waren zum Feindbild geworden und wurden als eigentlich Schuldige an der ganzen Misere betrachtet. Renato hatte seine Informanten, die ihn in Feuerpausen nach Hause schleusten. Wie im Film sprang er aus seinem Wagen, von Deckung zu Deckung ins Haus. Nachts wagte er es nicht mehr, Licht zu machen, sonst wurde er sofort aus dem Dunkel unter Feuer genommen. Er begann unter dem Bett zu schlafen und gewöhnte sich daran, morgens die Einschusslöcher in der Hauswand zu zählen. Zum Glück hatte er es immer abgelehnt, das Einfamilienhaus trotz Insistierens der Besitzerin je zu kaufen. Er wollte flexibel bleiben und seine Zelte jederzeit abbrechen können. Nun bat sie ihn – wie schon früher ein paar Mal – weiter in der Straße zu bleiben; den Mietzins konnte er selber festlegen. Er war kein Unmensch und bezahlte der Witwe schon immer einen weit überhöhten Zins, aber jetzt begann es ihm allmählich zu stinken. Die Schaumbetonwände würden keiner abgefeuerten Granate Widerstand leisten können und es war nur noch eine Frage der Zeit, bis auf beiden Seiten schwerere Geschütze aufgefahren würden. Schließlich mussten die modernen Waffen in diesem schmutzigen Stellvertreterkrieg der Großmächte auf ihre Wirkung hin getestet werden. Mit Nelken im Gewehrlauf war in der Kolonie nicht sehr viel auszurichten. Die politischen Überzeugungen der sich bekriegenden Parteien spielte eine untergeordnete Rolle; Hauptsache, man wurde von irgendwoher mit Waffen ausgestattet, um seine Ziele der Machtergreifung respektive -erhaltung durchzusetzen. So ließ sich die UNITA nur zu gerne vom rassengetrennten Südafrika, den friedliebenden Franzosen und den neutralen Amerikanern unterstützen: Der Zweck heiligte die Mittel, Hauptsache, dem Kommunismus wurde Einhalt geboten. Die MPLA wiederum verließ sich auf Russland und Kuba im Kampf gegen Kapitalismus und Imperialismus.

Die UNITA und die FNLA hatten angefangen gemeinsam eine Offensive gegen die in Luanda verschanzte MPLA zu starten. Renato erhielt deshalb bald Besuch. Etwa zwanzig Camaradas der MPLA quartierten sich bei ihm ein, um ihren nachbarlichen Hauptsitz, der erklärtes Zerstörungsziel der Gegenparteien war, zu verteidigen. Sie waren ausgesucht höflich und baten ihn auf jeden Fall zu bleiben, denn er genieße ihre besondere Protektion. Im Garten und auf der Terrasse des ersten Stocks wurden Maschinengewehrnester mit Sandsäcken errichtet, hinter denen sich die schwarzen Kämpfer verschanzten. Eines lag genau vor Renatos Schlafzimmer. Die Situation war grotesk: Ihn schützen Kämpfer vor Savimbi, für den er sich damals indirekt eingesetzt hatte. Am Anfang fühlte er sich direkt geborgen, doch mit der Zeit wurde die Situation unerträglich. Bei jedem Schuss, der in der Nähe zu hören, aber nie zu orten war, antworteten die mutigen Soldaten mit minutenlangen Salven, ballerten in die Nacht hinaus, um dem Feind klar zu machen: „Es gibt keine Lauer, auf der wir nicht lägen und kein Äußerstes, wozu wir nicht entschlossen wären." An Schlaf war nicht mehr zu denken. Irgendwann hörte auch die sanitäre Disziplin auf und die Camaradas erleichterten sich, wo sie gerade standen; ein Klo nach dem andern (das Haus verfügte immerhin über vier) verstopfte. Dann fingen die Helden der Revolution an, Renatos Bar zu plündern, ein Tabubruch, den der Schweizer auch in Zeiten höchster Not niemandem verzieh; mit wenig Fingerspitzengefühl und rüdem Gaumen schütteten sie den kostbaren Inhalt manch edlen Whiskys hinunter, Hauptsache Alkohol. Weil nicht daran gewohnt, kotzten sie innert Kürze das Haus voll und der letzte Boy weigerte sich, den Dreck wegzuputzen; spätestens jetzt überlegte er sich, seine Mitgliedschaft in der MPLA zu quittieren und den Dienst bei Renato auch gleich dazu. Der Hausherr machte eine Flucht nach vorne, lud seine alten Trinkkumpane aus besseren Zeiten ein und feierte mit den Camaradas im Dunklen der Wohnstube das Ende und den Neuanfang. Ex und hopp bedeutete, sein Glas zu leeren, es über die Schulter durchs geschlossene Fenster hinaus zu werfen. Die Schwarzen ergötzten sich an dem lustigen Spiel, dislozierten von einem Zimmer ins andere, Renato machte gute Mine dazu, und als das letzte Fenster des Hauses in Brüche gegangen war, packte er das Nötigste im Morgengrauen zusammen, verließ die verdutzten Soldaten zurücklassend seine vier Wände für immer und quartierte sich im Stadtzentrum in einer kleinen Mietwohnung ein. Seine Geschäfte waren quasi stillgelegt. Nun schloss auch noch das Deutsche Konsulat seine Pforten. Er begann alles, was noch irgendwie von Wert war, zu verscherbeln: Möbel, Geschirr, zwei der drei Autos. Der alte Opel, der riesige graue Wagen, den er damals als Okkasion für seine Schweizer Reise gekauft und den sein Compagnon nach Luanda verschifft und lange gefahren hatte, wurde vom Industrieminister ad interim (es gab keine offizielle Regierung mehr bzw. mehrere inoffizielle) konfisziert als Staatslimousine. Dummerweise lenkte ihn sein des Fahrens unkundiger Chauffeur sehr bald und wiederholt in eine Straßenlaterne oder einen Baum, was Renato und seinem Partner als Vorbesitzer übel genommen wurde. Man argwöhnte, er habe bewusst einen „feitiço", einen bösen Zauber ausgesprochen, um dem honorigen Minister zu schaden. Mike überlebte eine Maschinengewehrsalve nur mit Glück. Nicht wegen seiner zweifelhaften Salbe, sondern weil er sich weigerte, an einer Straßensperre seinen Landrover halbstarken Jugendmilizen zu überlassen und mit Vollgas davonfuhr. Zwei Kugeln drangen ihm durch das Rückfenster ins rechte Schulterblatt. Damit fuhr er gleich selbst ins Spital und musste sich einer Notoperation unterziehen.

Knuth Hanson, Kapitän eines norwegischen Frachters, der wegen einer Havarie seit Monaten im Hafen von Luanda lag, hatte sich mit Renato angefreundet und ihm auch angeboten, ihn im worst case auf seinem Schiff aufzunehmen, wenn die Situation zu brenzlig würde. Nur, der Frachter müsste eben vorher repariert werden, damit er mit ihm und seiner Crew wieder in See stechen konnte. Gutgläubig und dankbar wie Renato trotz seiner Schlitzohrigkeit im Grunde war, ließ er sich dazu überreden, seinem Spezi in der Not zu helfen, denn er würde ja ebenfalls von ihm profitieren. Kurzum: Er lieh ihm die geforderten 150 000 Schweizer Franken für die Reparatur – und Knuth wurde nie mehr in Angola gesehen, nicht nur zur Enttäuschung Renatos, sondern auch zum Ärger seiner Crew, die ohne Kapitän festsaß. Der einzige Trost, der ihnen blieb, war, dass sich Hanson fürderhin auch nicht mehr in Norwegen blicken lassen durfte, außer er hätte seine Kajüte gerne langjährig mit einer Zelle getauscht. Zum Glück hatte Renato sein Flugticket für die Schweiz bereits in der Tasche und 50 000 Schweizer Franken aus dem Erlös aller Habseligkeiten in der Wohnung parat. Jetzt bald, im Juli, flog er via Johannesburg zurück in die Schweiz. Am zweitletzten Tag, er war von der gefahrvollen Abschiedstour von seinen Freunden nach Hause gekommen, sah er die aufgebrochene Wohnungstür. Alles hatten sie mitlaufen lassen: das Geld, Kleider, Kleinmöbel. So stand Renato wieder einmal mit abgesägten Hosen da. Pass, Flugbillett, das Scheckbuch und etwas Kleingeld trug er bei sich – man wusste ja nie, das heißt, jetzt wusste man. Der Abenteurer wider Willen ahnte, dass hinter dem Einbruch der Mann stecken musste, dem er sein Auto verkauft hatte; nur er wusste als Außenstehender von seinen Liquidations- und Ausreiseplänen. „Wenn schon, denn schon, so habe ich zum Schluss, zwar unfreiwillig, noch einmal richtig Entwicklungshilfe geleistet und kann (zum wievielten Mal?) bei null beginnen", dachte er sich. Am meisten reute ihn ohnehin die verwaiste Mississippi, die einsam an ihrem Hafenplatz im Klub schaukelte. Aber der später zum Präsidenten von Angola gewählte Dr. Neto hatte Erbarmen mit dem Schiff und eignete sich des Schweizers Freizeitvergnügen im Namen des Volkes und ganz im kommunistischen Sinne sozusagen als nautische Staatskarosse an. Traf er sich angeblich mit seinen Ministern zum Arbeitslunch, so sah man die Mississippi in späteren Jahren zwischen dem Festland und Mossulo hin- und herkreuzen – das schwimmende Sitzungszimmer der arbeitenden Apparatschiks zum Wohle der angolanischen Zukunft. Und die Kleptokraten hatten wohl ihre kindische Freude an der Annektierung weißer Besitztümer, verhielten sich kolonialistischer als jede europäische Vorherrschaft früher.

Und wieder traf sich die ganze Familie im Waldhof, mal mit erweitertem Familien- und Freundeskreis, mal ganz konspirativ unter sich und schmiedete Pläne für die Zukunft. Walther und Renato zogen sich oft in den Rauchersalon zurück, dann folgte das Ritual der Zigarren: Beide wählten vom Humidor aus spanischer Zeder ein geeignetes Fabrikat aus, drehten das Opfer mit den Fingerspitzen beider Hände vor ihren Nasen und schnupperten genüsslich am Deckblatt. Dann entfernten sie die Banderole, schnitten mit dem speziellen Zigarrenschneider die Kerbe, toasteten das Ende langsam drehend über der Flamme eines Holzspans, bis sich der kleine Aschenring gebildet hatte, und netzten das Mundstück mit den Lippen. Erst jetzt erfolgte der erste Zug, das Signal, dass sie nun keine Gesellschaft mehr wünschten und unter sich bleiben wollten, bis sie ihre verrauchten Gedanken geordnet und für den weiteren Kreis aufbereitet hatten. Das kleine Gesellschaftszimmer nebelten sie im Nu ein: Die Rauchschwaden legten sich in Schichten über ihre Köpfe und die Möbel; die Stadt Basel hätte bei dieser Schadstoffkonzentration längst Smogalarm ausgelöst. Der Beobachter wartete immer noch einen Moment, um sich die Paffbewegungen der gestandenen Mannsbilder einzuprägen: Mit ihren übertriebenen Lippenbewegungen wirkten sie wie lächerliche Karpfen im Aquarium, welche einen hinter der Scheibe anglotzten.

Dann schien sich die Geschichte zu wiederholen; der Chronist verkneift sich die Wiedergabe enthusiastischer Visionen Walthers und seines Vaters unter den staunenden und verklärten

Blicken der meist zahlreichen Zuhörer, die sich nur zu gerne von den Geschehnissen, Plänen und Träumereien mitreißen ließen. Und wie immer gab es stille Zweifler in Gestalt der Gattinnen sowie laute Mahner wie Raymond, der nicht begreifen konnte, wie nach all der Misere schon wieder von Aufbruch in neue abenteuerliche Gefilde die Rede sein konnte. Maurice und Florian kamen so oft wie möglich nach Basel, um mit ihren Eltern zu diskutieren, um zwischendurch auch etwas Abstand von ihren Freundinnen zu haben und Möglichkeiten sowie Perspektiven auszuloten: Der Älteste stand mitten in den Maturavorbereitungen, hatte schon einen schriftlichen Teil hinter sich und suchte nach einem sinnvollen Lebensinhalt. Der Zweitälteste arbeitete inzwischen in einer Firma, verdiente Geld und war unzufrieden bei der Vorstellung, es könnte nun Jahre so weitergehen. Jacqueline und Renato planten in Kürze eine erste Reise nach Brasilien. Sie wollten abklären, inwiefern es sich lohnte, dort eine neue Existenz aufzubauen. Dafür war eine längere Rekognoszierungstour durch das unendlich große Land nötig. Für die Zeit ihrer Abwesenheit konnten sie Jacquelines Jugendfreundin Zabo, wie sie sich kokett nannte, (die mit dem psychologischen Durchblick) gewinnen. Sie sollte die Jungen etwas betreuen und Aline im Haushalt zur Seite stehen. Begeistert war man über diesen Wechsel im Erziehungsstil nicht, aber man rechnete Zabo den Einsatz hoch an, hatte doch ihr eigener knapp zwanzigjähriger Sohn, dem Jacqueline Patin war, erst vor Kurzem aus ungeklärten Gründen Selbstmord begangen (Zabo hielt dies für „interessant", Trauer im herkömmlichen Sinne zeigte sie nicht).

Im August flogen sie mit einer DC 10 der Swissair nach Rio. Die ungewohnte Zeitverschiebung irritierte sie anfänglich, fanden doch die Flüge nach Angola jeweils auf demselben Längenmeridian statt. Das südamerikanische Land lockte mit ähnlichem Klima, wollte sich jedoch nicht an die Schweizer Präzisionszeit anpassen. Renato und seine Frau gönnten sich hier ein paar Tage in der beeindruckenden Metropole, stiegen im kleinen Hotel Praia Leme an der Copa Cabana ab, erkundeten die typischen touristischen Ziele wie den Morro Corcovado mit dem Cristo Rei, die Insel Paquetá in der Guanabara-Bucht, den Pão de Açúcar, den Zuckerhut, aßen in einer Churrascaria. Sie besuchten den Schweizer Konsul, der ihnen auch nicht weiterhelfen konnte, spazierten durch die Avenida Rio Branco und buchten ihren Flug am Santos Dumont für São Paulo. Obwohl darauf vorbereitet, schockierte sie die Größe dieser Stadt mit ihrer unglaublich schlechten Luft, die jeden Asthmatiker umgebracht hätte und die noch Gesunde zu Lungenkranken machte. Renato nahm sofort Kontakt zu Geschäftsleuten auf, die er von Angola her kannte und zur schweizerischen Bankgesellschaft. Es ging um eine Reisaufbereitungsfabrik 80 km von Brasilia entfernt, die ein Agronom mit europäischem Geschäftssinn ausbauen sollte. Trotz geschäftlicher Ambitionen wollte das Paar diese Reise auch ein bisschen als Ferien genießen. Deshalb fuhren sie auch nach Santos, São Vicente und Guarujá ans Meer, dann landeinwärts nach Campinas auf eine Schweizer Viehfarm und eine Fazenda, die Maisanbau betrieb. Renato machte sich überall fleißig Notizen. Zur Weiterfahrt von São Paulo nach Curritiba ließen sich die beiden an eine Rodoviária, einen großen Busbahnhof chauffieren. Per Reisecar lernten sie die unendlichen Eukalyptus- und Pinienwälder, gigantische Tee- und Bananenpflanzungen kennen. Nach neunstündiger Fahrt gab es ein fröhliches Wiedersehen mit engen deutschen Freunden von Angola, die sich hier niedergelassen hatten. Renato wollte gleich wieder Landmaschinenfabriken besuchen. Ein Tagesausflug nach Blumenau bescherte ihnen Kasseler Rippchen mit Sauerkraut und zum Nachtisch Apfelstrudel; zumindest kulinarisch waren sie tatsächlich in einem Land der unbegrenzten Möglichkeiten unterwegs. Der Flug von Curritiba nach Brasilia dauerte etwa eineinhalb Stunden. Hier erwartete sie der schlaffe Udo, der mittlerweile vom Auswärtigen Amt hierher versetzt worden war, mit Familie und weiteren gemeinsamen Bekannten. Die Reisaufbereitungsanlage Formazém war ihr eigentliches Ziel, aber Udo ließ es sich natürlich nicht nehmen, mehr als eine Kuh fliegen zu lassen, wenn denn Renato und Jacqueline schon einmal hier waren. Einige Tage später fuhr das Paar mit dem Bus nach Uberlandia, von dort weiter bis Belo Horizonte: lange

Fahrten auf recht gut ausgebauten Straßen, nur unterbrochen von Pausen an Rastplätzen mit riesigen Churrascarias und von gelegentlichen Reifenpannen. Mit hier ansässigen Freunden hatten Renato und Jacqueline das Vergnügen, 450 km von Belo Horizonte entfernt die Schweizer Pflanzungen Paredão und Marimbondo zu besuchen, die Jerusalem um ein Mehrfaches an Größe übertrafen. Die verstreuten Siedlungen des gastfreundlichen Clans lagen so weit auseinander, dass man sich am Sonntag zum Essen jeweils mit der Beechcraft Bonanza besuchte; wie andere den Parkplatz, hatte die Familie zusätzlich ein Flugfeld neben dem Landhaus.

Zurück in São Paulo, wo Renato bei der Handelskammer vorsprach und einige Termine mit Schweizer Banken erhielt, organisierten sie ihre Reise in den Norden. Via Rio und Recife flogen sie nach Fortaleza, nach zwei Übernachtungen in kaum einer Flugstunde weiter nach Natal. In jeder Stadt wurden nebst geschäftlichen Angelegenheiten und minutiösen Rapporten über Land, Leute und Möglichkeiten auch ausgedehnte Sightseeings unternommen; es ging letztendlich darum, den idealen Platz für die Zukunft zu finden. Auch die nächste Etappe nach Recife wurde diesem umfassenden Rating unterzogen. Und wie wenn sie es bereits geahnt hätten, sparten sie sich São Salvador da Bahia für das Ende ihrer Reise durch Brasilien auf. Sie verbrachten drei Tage in dieser sehr afrikanisch anmutenden Stadt, die auf den ersten Blick eher pover, schmutzig und laut wirkte. Kein Vergleich mit dem adretten Natal, dem etwas langweiligen Recife, dem mondänen Rio oder dem Moloch São Paulo. Die Stadt hatte für sie dieses gewisse Etwas, das pulsierende Leben, auffällig viele Schwarze und dann vor allem diese große Bucht mit ihren dreißig Inseln, wovon sie jetzt nur die größte besuchen konnten, da das gedrängte Programm nicht mehr zuließ. Sie konnten es sich nicht erklären, aber sie fühlten sich heimisch, begannen konkrete Pläne zu schmieden. Ihre Laune geriet euphorisch, vielleicht war das aber auch nur die telefonische Nachricht, dass Maurice seine Matura bestanden hatte.

Die Reise führte sie nun in einem achtstündigen Flug von Rio direkt nach Johannesburg. Alles erschien ihnen hier sauber, fast klinisch, zumindest was den Bereich der weißen Wohngebiete betraf. Die Restaurants schlossen bereits um 23.00 Uhr, die Quartiere waren schon zwei Stunden vorher ausgestorben. Trotzdem: Sie besuchten Freunde zum Barbecue, trafen sich auch hier mit ehemaligen Geschäftspartnern, um das Zukunftspotenzial für sich auszuloten. Jo'burg hatte keine Chance, versuchte sie aber immerhin zu nutzen. Über Durban ging die Reise weiter nach Salisbury in Rhodesien, das wie eine blühende Gartenstadt wirkte, englisch sauber herausgeputzt, jedes Haus mit Swimmingpool und teilweise mit eigenem Tennisplatz. Das Klima hier auf eintausendfünfhundert Metern empfanden sie als wirklich angenehm. Mit einem geliehenen Wagen fuhren sie nach Troutbeck im nordöstlichen Hochland. In der wunderbaren, an einem kleinen See gelegenen und von älteren vermögenden Engländern heimgesuchten Lodge „Troutbeck Inn" trafen sie ihre ehemaligen Verwalter der Plantage, Robbie und Bucky. Es war schon beruhigend: Ob Südamerika, Europa oder südliches Afrika, überall hatten sie Freunde aus der Angolazeit, die sich über ein Treffen freuten und spontan ihre Hilfe anboten.

Die sechswöchige Reise näherte sich ihrem Ende: Sie flogen von Salisbury via Johannesburg, Windhoek, Ilha do Sal in Cabo Verde zurück nach Zürich. Im Waldhof begann eine umtriebige Zeit: Renato schmiedete Pläne mit seinem ältesten Sohn, der vorerst keinen Bock auf ein Studium hatte und sich vom Tourismusprojekt in Brasilien anstecken ließ. Man wollte Land kaufen und einfache Bungalows in einer schönen Bucht bauen. Während Renato Skizzen und Konzepte zeichnete sowie Businesspläne erstellte, fuhr Maurice in die Stadt und organisierte entsprechende Literatur in Buchhandlungen und Bibliotheken. Der Geschäftspartner von Luanda, Antonio Camões, kam zu Besuch und mischte in den Diskussionen kräftig mit, ebenso der von Kinshasa zurückgekehrte Walther. Ihnen schwebten vorerst Bombengeschäfte in Portugal mit Devisen vor, unter Ausnützung von Währungsdifferenzen zwischen Franken und Escudos; damit erst sollten die Baupläne in Brasilien finanziert werden. Auch Familie und Freunde gaben sich ein Stelldichein, standen mit Rat und Tat zur Seite, unterstützten Renato euphorisch oder hinterfragten seine Geschäftsideen kritisch. Befreit vom Schuldruck blühte der Chronist auf; nebst der Arbeit mit seinem Vater widmete er sich dem Nachtleben in Zürich, Basel und Mulhouse, verliebte sich hintereinander Hals über Kopf in immer noch tollere Frauen und verletzte die Gefühle der Vorgängerin. Er konnte nicht anders: Das Leben bot so viel, er wollte sich nun alle Optionen offen lassen und mittelfristig würde er ohnehin die Schweiz verlassen, mit seinem Vater zu neuen Ufern aufbrechen, das Abenteuer suchen.

Nur ein halbes Jahr und schon wieder diese Umtriebe: Maurice und Florian mussten den Umzug von der gekündigten in die neue Wohnung bewerkstelligen. Es halfen einige Schulkameraden, die sich jetzt Kommilitonen nannten, mit. Interessanterweise waren es nicht diejenigen, mit denen er die gesamte Zeit beim Büffeln zubrachte; die Zweckgemeinschaft hielt nur so lange als nötig, jetzt nach dem Abitur ging jeder seine eigenen Wege.

Und dann, am 11. November 1975, wurde Angola unabhängig. Wie vorgesehen übernahm die MPLA die Regierungsverantwortung. Erster Staatspräsident wurde der Arzt und Dichter Dr. Agostinho Neto. Allerdings hatte die Partei überhaupt keine Lust die Macht mit den anderen zu teilen. Damit standen die Zeichen auf Sturm; der schon lange schwelende Konflikt brach noch viel vehementer aus und wuchs zu einem Bürgerkrieg an. Die spärlichen Nachrichten, welche die Familie in Basel erreichten, verhießen nichts Gutes. Alte deutsche Freunde, zum Teil bereits in dritter Generation in Angola ansässig und der jeweiligen Eingeborenensprache mächtig, wollten ausharren, um nicht alles Aufgebaute preiszugeben. Nie hätten sie an persönliche Angriffe von Schwarzen gedacht. Und doch: In kurzer Zeit wurden vierzehn Bekannte von Jacqueline und Renato ermordet, in einigen Fällen bestialisch hingemetzelt. Die berühmte Baronin von Hohn wollte sich einen ihrer gestohlenen Traktoren zurückholen, beschimpfte die vermeintlichen (und wohl auch tatsächlichen) Diebe in einer Mischung aus Portugiesisch, Deutsch und Kimbundu, drohte mit Auspeitschen und wurde kurzerhand von einigen Heißspornen, die sich nie mehr von Weißen unterdrücken lassen wollten, mit der Catana nicht einfach umgebracht, sondern regelrecht massakriert. Man munkelte, dass auch ihr entlassener Boy dabei gewesen sein soll und dem abgetrennten Kopf der Baronesa eine Zitrone in den Mund gedrückt habe. Auch im Süden lebende Pflanzer wurden in Hinterhalte gelockt und kaltblütig erschossen. Einziger Unterschied: Hier ging der Totschlag auf Kosten der UNITA statt der MPLA. Manchmal waren es auch ganz simpel Morde, die auf das Konto von marodierenden Banden, welche die Gunst der Stunde nutzten, gingen. Und die Schweizer Familie dachte dankbar, dass es kein Tag zu früh war, Luanda zu verlassen.

Renato musste geschäftlich nach Bruxelles und Amsterdam verreisen. Kaum zwei Tage unterwegs erreichte ihn die traurige Nachricht von seiner Schwester und Jacqueline, dass sein Vater nach einem Herzinfarkt im fünfundsiebzigsten Altersjahr unerwartet verstorben sei. Sofort brach er seine Reise ab und kehrte zurück, um seiner erstaunlich gefassten Mutter Beistand zu leisten. Die ganze Familie versammelte sich noch einmal im Totenzimmer, um Abschied vom Verstorbenen zu nehmen. Hier geschah es ganz unspektakulär im privaten Rahmen, am TV übertrugen die Sender gleichzeitig die pompöse Beerdigung General Francos. Die Abdankungsfeier geriet dann aber doch ziemlich stattlich; das halbe Dorf versammelte sich, denn der Hingeschiedene hatte Spuren im Gemeinderat, dem Gesangsverein, der Bürgerkorporation, dem Verein der Schrebergärtner, der Sektion der Turnerriege hinterlassen. Beim Lied „Die alten Straßen noch, die alten Häuser noch, … die alten Freunde aber sind nicht mehr …" wurde manche heimliche Träne verstohlen weggewischt. Weit über hundert Personen kamen nach der Beisetzung noch in den Landgasthof zu einem Imbiss und gedachten im Gespräch der Lebensstationen dieses bescheidenen Mannes und der Beobachter war sich sicher, dass sein Großvater im Himmel den Posten des versierten Obergärtners und in der Freizeit den des ersten Tenors im frohlockenden Chor erhalten würde.

An Ideen mangelt es nicht

Der Aufbruch zu neuen Ufern verzögerte sich; die sich überstürzenden Ereignisse in Angola hatten auch Auswirkungen auf das ehemalige Mutterland, damit rückten die geplanten Geschäfte mit Portugal und Brasilien wieder in den Hintergrund. So schrieb sich der Chronist mit wenig Begeisterung und noch weniger überzeugt an der Universität Zürich für ein Jurastudium ein, im Hinterkopf immer die Idee, nur noch provisorisch hier auszuharren. „Para matar saudades", um seine Sehnsucht zu stillen, begann der Beobachter portugiesisch zu kochen und Livekonzerte mit Fadosängern zu besuchen, sogar die berühmte Amalia Rodrigues gab ihm nach einem Auftritt in Zürich ein Autogramm.

Renato ging daran, sich im Waldhof ein Büro einzurichten: Er wollte eine Import-Export-Firma gründen, die sich auf Geschäfte mit portugiesisch sprechenden Ländern spezialisieren würde. In einem Eckraum im ersten Stock verlegte er mit seinen Söhnen den Spannteppich und schaute sich dann nach bezahlbaren Möbeln um. Zwei Telefonlinien und ein Telexgerät wurden installiert. An Renatos siebenundvierzigstem Geburtstag konnte er seine neue Firma „MATREX" (Marketing, Trade and Export) im Handelsregister eintragen lassen. Es folgten kürzere Reisen nach Genua, Hannover, Stuttgart, um sich an Messen zu orientieren.

1975: Internationales Jahr der Frau. Beendigung des Vietnamkrieges. Moçambique, Kap Verde, São Tomé und Príncipe, Angola, Ost-Timor, aber auch Papua-Neuguinea, Komoren werden unabhängig. Gründung von Microsoft durch Bill Gates. Uraufführung „Der weisse Hai". Charlie Chaplin wird von der Queen geadelt. Therese Giehse, Aristoteles Onassis, Chiang Kaichek, Haile Selassie, Pier Paolo Pasolini, Opus-Dei-Gründer Escrivá sterben, Tod General Francos und Juan Carlos zum König proklamiert. Sacharow erhält den Friedensnobelpreis.

Die familiären Konstellationen begannen sich zu verändern: Florian und seine langjährige Freundin Priscilla teilten den Eltern an Ostern mit, dass sie ein Kind erwarteten. Sinnigerweise waren es die beiden, welche auch gleich die Eier und Nestchen für alle im Garten versteckten, als hätten sie die Fruchtbarkeitssymbole zur Untermalung ihrer Ankündigung noch gebraucht. Renato reagierte, wie es von einem alten Macho zu erwarten war und sagte: „Ich freue mich zwar Großvater zu werden, jedoch weniger mit einer künftigen Großmutter verheiratet zu sein." Und plötzlich stand Sandrine entgegen ihren sonstigen Gewohnheiten am Sonntag immer früh auf und ging in die Kirche. Sie verbrachte seit Längerem immer mehr Zeit in einer christlichen Jugendgruppe im Allgemeinen und mit einem gewissen Pfarrerssohn im Speziellen. Sie verstand es meisterhaft, die transzendente, mystisch-geistige Dimension mit dem diesseitig Irdischen der Religion zu verknüpfen. Es schien ihr den Ärmel ganz ordentlich hereingenommen zu haben; ihre Begeisterung für das evangelische Jungvolk kannte jedenfalls keine Grenzen und man sah sie in ihrer Freizeit kaum noch, außer sie lud eine ganze Gruppe dieser Leute zum Essen oder zu einem Fest in den Waldhof ein. Aber auch der Beobachter selbst war hoffnungslos verloren, verliebt bis über beide Ohren. Er hatte sie an einem mit Freunden organisierten Frühlingsfest kennengelernt und ab diesem 3. April hing der Himmel nur noch voller Geigen. Er musste sich zusammennehmen, um die Chronik seiner Familie, ja selbst die historisch-politischen Ereignisse nicht mit einem Mal nur noch schön zu färben, denn er hätte die Welt nur noch umarmen wollen. Selbst einen Bagatellunfall mit seinem 2 CV am selben schicksalhaften Tag deutete er im Nachhinein als „Blechschaden bringt Glück". Schon bedauerte er, dass er sich voreilig in Zürich exmatrikuliert und an der HSG in St. Gallen immatrikuliert hatte im Hinblick auf sein späteres Betätigungsfeld in Brasilien. Im Moment war dieser Kontinent in weite Ferne gerückt und selbst St. Gallen schien ihm viel zu abseitig, entlegen von seinem Glück.

Die jüngsten Geschwister schienen noch weniger anfällig zu sein und Interesse am anderen Geschlecht zu zeigen; sie konzentrierten sich vorerst auf die Schule, das Kunstturnen, ihre Instrumente und das Velofahren mit den neu erhaltenen Zehngängern für den steilen Aufstieg von Basel zum Waldhof. Obwohl: Amadeo hatte sich soeben für einen Tanzkurs eingeschrieben …

Da ein befreundetes deutsches Ehepaar nach Luanda flog, entschloss sich Renato spontan und gegen den Wunsch der Familie, mitzufliegen für einen Kurzaufenthalt. Immer noch wurmte es ihn, in dem Land seiner Träume keinen befriedigenden Abschluss gefunden zu haben. Er war ja fast Hals über Kopf abgereist und hatte seine Besitztümer und Tätigkeiten aufgeben müssen, ohne wirklich geordnet abschließen zu können. Dafür zog nun Christoph Sangmeyer mit seiner Frau für einige Wochen im Waldhof ein. Sie hatten ihre Wohnung aufgegeben, die Möbel hier eingestellt und wollten in Bälde per Schiff von Genua aus für mindestens ein Jahr nach Brasilien fahren, so waren sie vom Reisebericht Renatos begeistert. Jacqueline war sehr froh um diese Gesellschaft. Sie hütete derweil das neue Büro, erledigte eine Menge Korrespondenz, zumal erste Anfragen von Brasilien und Portugal eintrafen, welche Interesse an der Vermarktung ihrer Agrarprodukte bekundeten. Renato kehrte nach zwei Wochen zurück; im derzeitigen Chaos war dort nichts, aber auch gar nichts auszurichten, was ihn ziemlich frustrierte. Die Lage hatte sich weiter dramatisiert: Überall im Land Schießereien mit Toten und Verletzten, geschlossene Geschäfte und Restaurants in Luanda. Jeder bekriegte jeden und wusste schon bald nicht mehr, gegen oder für was er sich eigentlich einsetzte. Paradox: In Cabinda, der angolanischen Exklave im Norden, beschützten kommunistische MPLA-Soldaten die Ölfelder, welche von imperialistischen Amerikanern und Holländern (Shell, Gulf) ausgebeutet wurden, vor den UNITA-Angriffen – der Kriegspartei, die mit amerikanischen und französischen Waffen und unter Anleitung von Südafrika gegen den Kommunismus zu Felde zog. Die misslungene Vertreibung der MPLA aus Luanda, die mit großen Verlusten seitens der FNLA und ihrer Niederlage endete, führte zum Rückzug dieser Partei nach Zaire, wo sie in Bedeutungslosigkeit versank.

Renato hatte immerhin noch elf große Koffer mit persönlichen Dingen retten und in die Schweiz mitnehmen können. Außerdem freute er sich auf die neue Herausforderung mit seiner eben gegründeten Firma. Und seiner Mutter tat die Gesellschaft ihres Sohnes seit dem Tod des Gatten ebenfalls gut; er konnte ihre immer stärker werdende Melancholie auffangen und sie vor Depressionen bewahren.

Die inzwischen abgereisten Sangmeyers schrieben erste Briefe von der Insel vor Salvador da Bahia, auf der sich eigentlich Renato und Jacqueline später niederlassen wollten – und lebten bereits stellvertretend den Traum. Renato besuchte sie bald, hatte er doch eben erst den Einstieg ins Boutiquengeschäft eingefädelt mit der Absicht, Lederwaren und Sommerbekleidung vom Nordosten Brasiliens in die Schweiz einzuführen. Der Chronist nutzte die verbleibende Zeit vor seinem Studium und half seinem Vater zusammen mit Florian tatkräftig. Alle zeigten einen großen Enthusiasmus und legten sich mächtig ins Zeug – um frustriert festzustellen, dass keine einzige Ladenkette auf sie gewartet hatte. Die Einkäufer großer Geschäfte hatten ihre eigenen Quellen und Fabrikationsbetriebe im Ausland zu ausbeuterischen Konditionen und niemand wartete auf drei naive Gutmenschen mit wenig Kenntnissen bezüglich Qualität und Preis. Ein einziger, von seiner Macht überzeugter Modezampanoo erbarmte sich nach längerem Insistieren das Trio zu empfangen. Er warf sich in Positur, strich sich mit seinen dick beringten Fingern seufzend eine Haarsträhne aus der Stirn, ließ sich von einem verschüchterten Subalternen einige Rasierklingen bringen, mit denen er ohne Vorwarnung brüsk das Futter der Lederjacken zerschnitt, um die Fertigung und Lederqualität zu prüfen. Sein Urteil war vernichtend: Lausig verarbeitet, mindere Lederqualität, schlechtes Design, genügt unseren Ansprüchen nicht, es sei denn, man könne nochmals über einen Nachlass von 50 % im Einkaufspreis diskutieren. Aber die schockierten Modedebütanten wollten nicht mehr und beschlossen das Abenteuer anderweitig zu suchen.

Renato begann sich im Keller eine Werkstatt einzurichten und tüftelte wochenlang an seiner neuen Erfindung herum: das funktionstüchtige Modell einer Melassenherstellungs- und Röstmaschine, die Futtermittelzusätze und sogenannte Lecksteine für Nutzvieh produzierte, eine vitaminreiche Nahrungsmittelergänzung. Aus alten Meccano-Bauteilen, Stahlblechen, kleinen Elektromotoren und Heizstäben, die er aus alten Haushaltgeräten ausbaute, entstand ein bizzar-spektakuläres Gebilde. Darauf röstete er seine zu Tabletten gepresste Masse und nannte das Endprodukt „Melamocca". Renato hatte vor das Rohmaterial von Brasilien einzuführen. „Indumel", eine dehydrierte Zuckerrohrmelasse mit hohem Reinheitsgrad und pH-neutral, interessierte ihn, seit er das Produkt in Belo Horizonte kennengelernt hatte. Das Pulver war leicht zu lagern, es bestand keine Gefahr der Fermentation, es war sauber und einfach in der Ausbringung beim Silieren und Füttern, Melassieranlagen wurden überflüssig. Die Firma stellte ihm einen Exklusivvertrag für Europa in Aussicht. Er besuchte Futtermühlen in der ganzen Schweiz und im nahen Ausland, der Businessplan sowie das Vertriebsnetz waren kalkuliert und einer baldigen Markteinführung hätte eigentlich nichts im Weg gestanden. Hätte! Denn der Erfinder rechnete nicht mit dem behördlichen Widerstand, der eingesessene Firmen im Agrarbereich begünstigte, die mit viel aufwendigeren und teureren Verfahren operierten und langwierige Versuchsreihen vorschrieb, um dann allenfalls, eventuell, vielleicht irgendwann grünes Licht zu geben. Mit fünf Jahren würde Renato rechnen müssen, eine Zeitspanne außerhalb jeglicher Diskussion, zumal seine finanziellen Reserven höchstens noch für ein paar Monate reichten. Außerdem stellte sich die Firma seines Schwiegervaters plötzlich quer und wollte den Vertrieb des Produktes nicht mehr übernehmen; wie zufällig bot ein anderes Unternehmen ähnliche Futtermittelzusätze zu einem vergleichbaren Preis an. Renato rechnete zwei und zwei zusammen, war leicht frustriert, aber ungebrochen in seinem Optimismus. Er begrub die Idee und leistete sich lange Waldspaziergänge mit dem jungen Boxer „Chico", der die Familie auf Trab hielt und köstlich amüsierte: Der Hund sprang Bäume an und hielt sich mit dem Gebiss an den Ästen fest, hing wie eine reife Frucht daran, er saß den Leuten gerne auf den

Schoß (auch noch als erwachsenes Tier konnte er so am Kopf vorbei angestrengt über die Schulter blicken und keine Miene verziehen). Sein größter Tick aber war das offene Feuer im Cheminée: Kaum zündete man das Holz an, setzte er sich davor, bis die Pfoten vor Hitze glühten. Dann kühlte sich Chico an den schlecht isolierten Verandatüren kurz ab, um sich wieder halb ins Feuer zu legen. Er war wohl in einem früheren Leben Feuerläufer oder zumindest in den Tropen zu Hause gewesen; das gefiel Renato an seinem Tier besonders und erinnerte ihn an seine bereits neu geschmiedeten Pläne.

Der unfreiwillige Aufenthalt im schwiegerelterlichen Anwesen hatte auch seine guten Seiten, fanden sich doch alle alten Bekannten aus den Studentenzeiten wieder ein, ja, einige Freunde hatten sich gar in derselben Gemeinde niedergelassen, wohnten ganz nahe und so waren spontane wie geplante Einladungen an der Tagesordnung. Meistens arteten sie zur Freude aller Beteiligten in feuchtfröhliche, durchzechte Nächte aus, von denen die Dabeigewesenen noch Jahrzehnte später zehrten. Renato fühlte sich in der ihm zugedachten Rolle als Guignol, als Hofnarr am Hofe des Waldhofs, nicht unwohl: Überall durfte man die Wahrheit sagen, hatte nichts zu verlieren, wurde fast in die Exotenrolle gedrängt, was wiederum viel Freiraum garantierte. Durch die Anwesenheit von Leuten wie Werner mit seiner feurigen italienischen Monica, Rainer oder Bill war hohes Niveau garantiert: Selbst wenn gelallt, wurden um vier Uhr morgens noch die Stoiker mit ihrem Dreisäulenprinzip von Physik, Logik und Ethik, Sokrates sowie die hegelsche Dialektik bemüht. Dazwischen tanzte man ausgelassen, der Beckenschwung, das Cheek-to-Cheek mit hohem Flirtfaktor als Gegengewicht zur Ratio, Anstrengung von Bauch, Beinen und Schenkeln, um die vom Denken und Alkohol strapazierten Hirnwindungen zu entlasten. Es rauchten Wohnzimmer, es dunsteten Parträume, es dampften ganze Turnhallen, denn auch hochoffizielle Gemeindefeiern ließen sich in anregende Privatveranstaltungen umfunktionieren. Unnachahmlich der bekannte Psychiater, welcher sich in seiner Ausgelassenheit einhändig an die Sprossenwand hängte – einem Schimpansen zum

Verwechseln ähnlich – und fröhlich Weinflaschen durch die Halle schmiss, die auf wundersame Weise immer zwischen den dicht gedrängten Bänken und Tischen auf dem weichen Boden landeten, wegrollten und niemanden verletzten. Ludovique ließ die Sau raus: Wo „Ich" war, musste „Es" werden; er hatte die Schnauze gestrichen voll von der Vernunft und laberte mit stierem Blick: „Überhaupt ist die Ps... Psychoa...analyse die Kr... Krankheit, die sie vorgibt zu heilen – oder so ähnlich." Kein Mensch entsetzte sich, die Musik spielte weiter, die Leute unterhielten sich, als ob nie etwas geschehen wäre. Aus heutiger Sicht undenkbar, denn da wäre eine Sondereinheit zur Terrorismusbekämpfung angerückt, die Turnhalle evakuiert und der Herr Doktor in seine eigene Spinnwinde eingeliefert worden mit staatsanwaltlicher Klage der eventualvorsätzlichen Inkaufnahme von möglichen Todesopfern. Der damalige Oberstaatsanwalt saß übrigens am selben Tisch mit dem Psychiater und einigen anderen Honoratioren. Soviel zur Funktion einer Mehrzweckhalle in einer bürgerlich etablierten Gemeinde. Der unter die schwankenden Füße genommene gemeinsame Heimweg durch das dicht verschneite Dorf forderte die Herren der Schöpfung unter Anfeuerung ihrer Herzdamen zu Meisterleistungen im Figurenpinkeln heraus.

Im Waldhof feierte die Familie den zwanzigsten Geburtstag Florians mit Freunden von Zürich und Basel; ein rauschendes Fest mit viel Feuerwerk über der Stadt zu Ehren des Jubilars, allerdings des eidgenössischen, was der privaten Veranstaltung jedoch keinen Abbruch tat. Die junge Cousine Patricia aus Belgien heiratete einen rundlichen, gut situierten, beträchtlich älteren, sehr humorvollen Zahnarzt, der an der Uni auch noch Kieferchirurgie lehrte. Der Chronist nahm mit seinen Eltern und Großeltern zwingend an den Festivitäten teil, denn er wurde vom Brautpaar zum Trauzeugen bestimmt. So nahmen sie 1600 km Autofahrt für ein Wochenende im September in Kauf, um ihnen die Ehre am gediegenen Fest in der Champagne zu erweisen. Kurz darauf konnte auch noch auf Florians Sohn Domenico, den ersten Enkel Jacquelines und Renatos, angestoßen werden, der im Herbst zur Welt kam und den Beobachter nolens volens zum Onkel beförderte. Und mit diesen neuen Verwandtschaftsgraden ausgestattet beschloss der Chronist St. Gallen per sofort aufzugeben, um sich in Zürich endlich für ein Studium zu immatrikulieren, das *ihn* interessierte und nicht durch irgendwelche fantastischen Zukunftsvisionen bestimmt war. Außerdem wollte er seiner großen Liebe nahe sein; er hielt die geografische Distanz zu Aretha nicht länger aus. Er fühlte sich hier in der Ostschweiz ohnehin nie wohl, war umgeben von Eiferern, die es finanziell zu etwas bringen wollten, nach Kohle lechzten. Wenn man bedachte, dass Studien angeblich belegen konnten, Affen hätten an der Börse besser als Fondsmanager abgeschnitten, ja, dann war sein Rückzug doppelt legitimiert. Damit stand aber auch fest, dass sich die Wege mit seinem Vater über kurz oder lang trennen und jeder sein eigenes Leben führen, die Anteilnahme aus wohlwollender Distanz erfolgen würde. Wer jetzt vermutete, dies hätte zu einem Bruch geführt, sah sich getäuscht. Im Gegenteil: Renato unterstützte die Entfaltung seiner Kinder, wo er nur konnte; zu tief saßen ihm seine eigenen Widerstände, die er immer wieder zu überwinden hatte, in den Knochen. Nach eingehender Beratung mit Vater und Freundin entschloss sich Maurice für ein Psychologiestudium, auf das er sich richtig freute; lernen mit Spaß, das hatte er seit seinem Privatunterricht in Angola nie mehr gekannt. Mithilfe guter Freunde wurden die Zelte in St. Gallen abgebrochen, der Umzug organisiert und in der Züricher Altstadt eine Wohnung gesucht. Anfänglich ein höchst frustrierendes Unterfangen für ein junges, unverheiratetes Paar mit bescheidenem finanziellem Hintergrund. Bis sich durch Zufall eine fantastische Gelegenheit ergab: zwar nur zwei Zimmer, aber ruhig, hell, großzügig, mit Blick über Hinterhöfe und Dächer – sie tanzten tagelang vor Glück durch die Räume. Ein Jahr lang empfingen sie fast täglich Besuch von neugierigen Bekannten, die einmal eine Altstadtwohnung sehen wollten. Das Cachet hatte offenbar mehr Wirkung als eine Villa an der Goldküste.

1976: Die Gurtpflicht für PKWs wird eingeführt. Gründung der Firma Apple durch Steve Jobs. Karl Gustav von Schweden heiratet Silvia. Björn Borg Wimbledon-Sieger. Seychellen unabhängig. Wiedervereinigung Vietnams. Dioxinkatastrophe von Seveso. Erdbeben in China mit mind. 650 000 Toten. Wiedereinführung der Todesstrafe in den USA. Erste Landung einer Sonde auf dem Mars. Ende der chinesischen Kulturrevolution. Agatha Christie stirbt 86-jährig. Tod des Physikers Heisenberg, Howard Hughes, Ulrike Meinhof, Alvar Aalto, des Philosophen Heidegger, des Staatsmannes Mao Zedong, Eileen Gray, Man Ray. Wirtschaftsnobelpreis für Milton Friedman. Angola wird Mitglied der Vereinten Nationen. Gründung von U2.

Parallel zu seinen diversen Firmenaktivitäten in Basel, deren Erfolg sich zurzeit noch bescheiden ausnahm, bewarb sich Renato auf verschiedene Stelleninserate, die einen interessanten Job in leitender Position in aufstrebenden afrikanischen Ländern versprachen. Er wollte damit primär seinen Marktwert testen, wäre jedoch nicht abgeneigt gewesen, eine neue Herausforderung in Sierra Leone oder Nigeria anzunehmen, denn schließlich hatte er die Verantwortung für eine siebenköpfige Familie und wenig finanzielle Reserven nach dem Debakel in Angola. Die Verwandtschaft duldete ihn im Waldhof, Renato hatte aber nicht das Gefühl wirklich willkommen zu sein. Sein Exotenbonus als Hofnarr, den alle genießen wollten, um stellvertretend Action und Abenteuer zu erleben, ging ihm allmählich auf den Wecker. Was für Gründe auch immer eine Rolle gespielt haben mochten, das Angestelltsein vertrug sich letztendlich nicht mit Renatos Vorstellungen eines ungebundenen Lebens, in dem er seine eignen Visionen verwirklichen wollte. Immer öfters traf man ihn nun wieder zeichnend und rechnend im Keller des Waldhofs, gebeugt über selbst gefertigte, komplizierte Pläne. Hier durfte ihn kein Besucher stören, außer natürlich die eigene Familie. Und, nach wochenlanger intensiver Arbeit, bei der ihm seine Söhne abwechselnd und je nach Zeitbudget assistierten, stand es da, maßstab- und detailgetreu, in viel Kleinarbeit und unendlicher Geduld gefertigt:

sein neues Hausboot, das er in Brasilien bauen wollte, eingebracht in die neue Firma „Boatel", welche das Ferienmachen revolutionieren sollte. Renato wollte die schwimmende bzw. fahrende Kleinpension an Ferienanbieter verchartern. Wochenweise würden Gäste als ein Baustein von Südamerikaferien unter kundiger Schweizer Leitung die Inselwelt, Flusslandschaften und die kulturellen sowie kulinarischen Eigenheiten der Bahia de todos os Santos und ihrer Bewohner kennenlernen. Der Unermüdliche stellte einen Businessplan auf, filmte das Modell ab, kopierte es in eigene Aufnahmen seiner Brasilienreisen, schrieb einen Katalogtext, der bereits ausgefeilte Details bis hin zu den Preisen enthielt. Dann präsentierte er sein Oeuvre bei diversen großen Reiseorganisationen in der Schweiz und die waren jedenfalls bei der Vorstellung des Projektes sehr angetan. Das musste man Renato lassen: Er verfügte über dieses Charisma andere von einer Idee zu begeistern und sie zum Mitmachen zu animieren. Dass sich in diesem Zusammenhang „animieren" auf „ruinieren" reimt, bleibe eine reine Zufälligkeit. Auch Leute, die entweder an dem faszinierenden Vorhaben mitarbeiten oder sich finanziell beteiligen wollten, fanden sich schnell. Der Sohn von Renatos Schwester – nach dem Abitur sowie der Rekrutenschule und jahrelangem Stillsitzen platzend vor Abenteuerlust –, ein technisch versierter und auf Ferrozement spezialisierter, aber wenig vertrauenerweckender Bootsbauer sowie ein von seiner Arbeit beim Roten Kreuz frustrierter Hasardeur schlossen sich dem Unternehmer spontan an. Zwei windige portugiesische Geschäftspartner aus Angolazeiten, die mit mehr Glück als Verstand zu einem kleinen Vermögen gekommen waren und in Brasilien unbedingt investieren wollten, gesellten sich zur verschworenen Gruppe. Jacqueline warnte ihren Mann vor dem Techniker und diesen Investoren, aber Renato hatte ein Ziel und in diesem Falle (wie später noch in vielen weiteren) heiligte der Zweck die Mittel. Sie planten zusammen ihre Brasilienreise, die sie auf besagte Insel in der Bahia de todos os Santos bringen sollte in der Absicht, ein geeignetes Terrain für den Schiffsbau und eine Bleibe für die nächsten zwei Jahre zu finden. Dieses Zeitlimit setzten sie sich, um ihr exotisches Wasserfahrzeug fertigzustellen und erste Erfahrungen mit Schweizer Touristen zu sammeln, welche dann hoffentlich ein entsprechendes Arrangement buchen würden. Beim dritten Whisky im Salon des Waldhofs sahen alle nur noch rosa; sie würden als Touristikunternehmer das Ferienmachen neu erfinden und an ihrer Pioniertat kräftig verdienen. Spätestens als die Flasche geleert war, gab es grundsätzlich überhaupt und generell keine skeptischen Einwände mehr gegen das Projekt – es konnte einfach nichts schiefgehen. Sangmeyers erwarteten sie bereits sehnsüchtig, wie sie postalisch in den letzten Monaten immer wieder versicherten. Sie hatten sich auch schon umgesehen und eine Vorevaluation getroffen. „Wie im Wilden Westen, wenn die vorausgesandten Scouts die Gegend erkundigten und Entwarnung für die Wagenburg gaben", dachte sich Renatos Neffe und gab seinem Pferd die Sporen. Dieses wieherte noch zweimal, und ehe sie sich versahen, nahte der Herbst und damit der Reisetermin nach Salvador. Der Ferrozementspezialist sollte erst später, wenn es um das Betonieren der Schwimmer ging, dazustoßen. Vorerst baute er in Basel Schiffsrümpfe für teure Jachten betuchter Abenteurer, die endlich die Weltmeere kreuzen wollten. Er stellte Florian ein, der in seiner Anstellung unzufrieden war und ebenfalls Pläne hegte, mit seiner kleinen Familie nach Bahia auszuwandern. Den vereinbarten Lohn, den Herr Poltermann an ihn auszahlen sollte, sah er jedoch nie und wünschte den Klabautermann ins Pfefferland. Und dieser entblödete sich nicht, später genau dahinzureisen und in Paricatì mehr Schaden anzurichten, als zu nutzen. Ausnahmsweise war nun an dieser Geschäftsbeziehung einmal nicht Walther schuld.

1977: Kurt Furgler wird Bundespräsident. Gründung der Bürgerrechtsgruppe „Charta 77" in Prag. Angola wird Mitglied der UNESCO. Erste freie Wahlen in Spanien. Jürgen Ponto von der RAF entführt und umgebracht. Letzte Hinrichtung mit der Guillotine in Frankreich. Bokassa lässt sich zum Kaiser der Zentralafrikanischen Republik krönen.*

Schwerstes Unglück der Luftfahrtgeschichte mit 583 Toten bei Teneriffa. Tod von Carl Zuckmayer, Vladimir Nabokov, Elvis Presley, Groucho Marx, Maria Callas, Bing Crosby und Charles Chaplin. Selbstmord der Baader-Meinhoff-Gruppe. Die Punkwelle erobert Europa.

---

* Dieses Vergnügen kostete den tobenden Walther glatte 100 000 Schweizer Franken, die jedem ausländischen Unternehmen, das im Land registriert war, abgeknöpft wurden. Bei Verweigerung dieser eigenartigen Entwicklungshilfe hätte die Schließung der Filiale gedroht.

13.
INSEL DER HOFFNUNG UND VERWÜNSCHUNG

Befriedigt legte Renato den Pinsel aus der Hand und betrachtete sein Werk, indem er zwei Schritte zurücktrat, ein Auge zusammenkniff und die Proportionen prüfte. Doch, auch formal und ästhetisch überzeugte der kunstvoll, beinahe kalligrafisch hingezeichnete Satz, der groß und in weißen, leicht verschnörkelten Lettern über den braunen Holzläden prangte, nur leicht verschattet vom überhängenden Schilfgrasdach und damit doch eigentlich nicht zu auffällig. Die erste sechseckige Hütte mit Wänden aus Betonverschalungssperrholz, einem stattlichen Durchmesser von vielleicht zehn Metern, verschiedenen Räumen mit eigenwilligen Sektorgrundrissen und steilen Leitern in die jeweiligen Schlafgalerien war soeben fertiggestellt worden. Sie war auf einem soliden Betonsockel verankert, gedeckt mit einem speziell resistenten Schilfgras, das auf der Nachbarinsel in Hülle und Fülle wuchs, hatte rundherum ausstellbare Läden, was bei Tage wie ein pittoreskes Strandrestaurant für romantisch veranlagte Touristen wirkte. Hier, an diesem gelobten Ort der Hoffnung und Zukunft, zwischen Papaya- und Bananenbäumen, Mangos und Cajú (Cashewnussbäumen) und natürlich Kokospalmen, etwa fünfzig Meter vom Strand entfernt, wollte er vorerst mit seinem Neffen Max und dem Ehepaar Sangmeyer leben und sein Hausboot bauen. Ein ernstes Unterfangen, das mit viel Spaß und Tatkraft angegangen wurde. Deshalb auch der Leitspruch an der Hausfassade: „Us eym verzagten Arsch kommt keyn fröhlich Furz", der – wie der gebildete Leser weiß – dem Reformator Martin Luther in den Mund gelegt worden ist (also der Satz). Für einen Theologen Ende 15., Anfang 16. Jahrhundert schön deftig, aber wohl wahr und ganz im Geiste Renatos respektive seines Hintern.

Das Gelände war wild überwuchert; seit Jahren hatte es die Besitzerin verwahrlosen lassen. Für wen sollte sie den etwa zweitausend Quadratmeter großen Platz auch pflegen?

Die ersten Wochen auf der Insel Paricatì hatten sie in Hängematten und bei Regen in notdürftig errichteten Zelten verbracht. Allerdings stilvoll, denn Renato erstand ein teures Bild von einem bekannten Kunstmaler, das einen „Saveiro", ein brasilianisches Segelfloß darstellte. Mit diesen typischen Lastenseglern wurden allerlei Güter über die Bucht und auf den Flüssen transportiert. Dieses Kunstwerk hing als Erstes an der Zeltwand und war Renato wichtiger als die Hängematte oder das Kochgeschirr.

Der zukünftige Wohn- und Arbeitsplatz wurde soweit präpariert, dass ein Bauen überhaupt möglich war. Renato wollte nur nachhaltig in dieses Paradies eingreifen, keine unnötigen Wunden schlagen, das Terrain so wenig wie möglich durch die Zivilisation verschandeln, aber ihm war klar, dass man immer Ausbeuter der Natur blieb. Allein seine Anwesenheit und seine Pläne waren dazu prädestiniert, hier verändernd einzugreifen. Nicht nur in die Natur, sondern wohl auch in das Sozialgefüge eines verschlafenen Eilands, das erst jetzt – staatlich gefördert – zu erwachen begann. „Traurige Tropen", das hatte schon Claude Levy-Strauss in seiner Analyse 1955 erkannt. Parallel zum Bau der Wohnhütte entstand eine kleine Werft am Ufer der Bahia. Es lohnte sich, die Infrastruktur selber aufzubauen, zumal bestehende Werkhallen viel zu teuer vermietet wurden (Gringos – das waren generell alle Ausländer – haute man aus Prinzip übers Ohr). Der Pachtzins für ihr Land war dagegen enorm niedrig, denn die Eignerin, eine traurige Witwe, war froh auf dieser gottvergessenen Insel überhaupt zu einem kleinen Einkommen zu gelangen. Nebenan befand sich die „Coelba", ein kleines staatliches Elektrizitätswerk, auf der anderen Seite die „Fonte da Bica", eine bekannte Süßwasserquelle, bei der das ganze Städtchen sein Trinkwasser holte. Idealere Voraussetzungen waren kaum denkbar und Renato hatte lange recherchiert; nirgends schienen die Bedingungen besser. Zugegeben, die Auflagen der Capitania, des Marinedepartements, waren ziemlich streng; man musste dauernd fristengebundene Pflichten erfüllen, ansonsten keine Bewilligungen erteilt respektive ein angefangenes Bauvorhaben am Strand umgehend rückgängig zu machen war. Eingestanden auch, dass Werkzeug, Campingutensilien und spezielle Baumaterialien auf dem Festland mühsam zusammengesucht, mit der Fähre auf die Insel und dann im neu erstandenen klapprigen VW-Bus in einer halbstündigen Fahrt an den Zielort transportiert werden mussten; dafür planten sie jedes Mal eine Tagesreise ein. Wurde man nicht sofort fündig (und das war in Bahia meistens so, weil die benötigten Teile immer „talvez amanhã", vielleicht morgen, wieder erhältlich wären), zogen sie in ihre billige Kaschemme in der Altstadt Salvadors im „Pelourinho", aber selten der zahlreichen Barockkirchen in der Umgebung wegen. Obwohl: Dem üppig Katholischen gepaart mit dem animistisch Animalen waren sie nicht abgeneigt und verhielten sich ganz gemäß dem Leitspruch des Reformators.

Schon bald hatten sich einige Tagelöhner eingefunden, die den Schweizern gegen ein geringes Entgelt bei der Verwirklichung ihrer Träume helfen wollten, darunter erstaunlich gute Handwerker ohne Fachausbildung, aber mit stupendem Improvisationstalent und konkretem Wissen. Jeder auf dieser Insel hatte sich schon im Hausbau versucht und war dabei meist auch erfolgreich gewesen, da sollten ein paar Hütten, eine kleine Werft und das Hausboot doch kein Hindernis sein. Die treuste Seele auf dem Bauplatz hieß Bernardo, ein Nativo der Insel, hinkend, weil das linke Bein um einiges zu kurz geraten war, untersetzt, jedoch sehr muskulös und mit unendlicher Kraft und Ausdauer. Am ersten Tag schloss er sich Renato an und wich ihm nie mehr von der Seite. Für eine Mahlzeit und ein Trinkgeld war er zu allem bereit; schließlich hatte er bis anhin draußen gelebt, besaß nichts außer den schmutzigen Shorts, die er anhatte. Er wusste nicht, wer seine Eltern waren, hatte keine Geburtspapiere, nie eine Schule besucht und immer nur von Tag zu Tag gelebt. Der ca. Vierzigjährige konnte überall eingesetzt werden, sofern er nicht einen Cachaça-Rausch ausschlafen musste, denn dem brasilianischen Nationalgetränk, einem äußerst billigen Zuckerrohrschnaps, sprach er hin und wieder gerne zu. Vor seinem Tiefschlaf kletterte er jeweils auf die höchste erreichbare Stelle, zu Beginn der Arbeiten eine Palme, später jedoch mit Vorliebe auf den ersten Mast des Schiffes. Dann konnte er dort oben, fast fünfzehn Meter über Boden, wie ein Pirat mit Blut unterlaufenen Augen die Arme schwingen, bedrohlich schwanken und in einer Schieflage, die jedem physikalischen Gesetz spottete, die bösesten Verwünschungen ausstoßen, das Schicksal beklagen oder die Heldentaten seiner Vergangenheit preisen. Renato machte sich nur die ersten zwei, drei Mal Sorgen um ihn; man gewöhnte sich rasch an diese eigenwillige Ausdrucksform. Vor dem Absturz gelangte er immer irgendwie herunter, um sich umgehend ein sicheres Schlafplätzchen zu suchen und sich für die nächsten fünfzehn Stunden abzumelden. War er wieder nüchtern, kannte sein Tatendrang keine Grenzen: Er pflückte Kokosnüsse von den höchsten Palmen, denn keiner kletterte wie er, er schleppte nicht einen schweren Bananenstrunk, nein zwei gleichzeitig heran, mit einer zugelaufenen Hündin bewachte er das Areal und verteidigte es gegen fiktive Feinde. Man wusste ja nie. Vorbeugen war bestimmt besser. Er grub den vom Regen eingestürzten Sodbrunnen wieder frei, betreute den Hühnerhof und schlug zuweilen eine Schlange tot, die meinte, die Eier wären ausgerechnet für sie reserviert.

War ein Gebäude fertiggestellt, egal, ob Wohnhaus, Arbeitsstätte, Hühnerhof oder Stall, es wurde von den Einheimischen mit Fetischen versehen. Die meist auf dem Dach angebrachten Skurrilitäten in Form kleiner Puppen mit Federn, Knochen, Steinen, Haarbüscheln und weiteren nicht identifizierbaren Ingredienzien behielten über Wochen ihren Platz, um die bösen Geister fernzuhalten. Diese Wächter wurden mit verschiedenen Ritualen beschworen, was jedes Mal in einem kleinen, wohl oder übel durch Renato finanzierten Fest mit Besäufnis endete. Er ließ seine Entourage gewähren und hätte sich nie dagegengestemmt; nur zu gut wusste er von seiner Afrikaerfahrung her, wie wichtig solche Geschichten waren, auch für ihn selbst, der sich hier anzupassen hatte und der sich mit einer Weigerung nur unnötige Feindschaften eingehandelt hätte.

Paricatì, im September 1977

Liebe Aretha, lieber Maurice!

Herzlichen Dank für Eure beiden Briefe. Sie haben mich aufrichtig gefreut, denn Briefe von meinen Kindern sind eine Seltenheit und die Eurigen bisher einzige Ausnahme geblieben.
Es ist schon, wie Ihr vermutet; meine Berichte nach Hause schildern vorwiegend die Sonnenseiten unseres Abenteuers, aber was soll's? Ich muss ja mit den Problemen alleine fertig werden und kann Mami nicht noch zusätzlich belasten. Was aber am schwersten zu ertragen ist, ist die Trennung von euch allen. Dagegen sind die anderen Sorgen unbedeutend. Zum Glück sind wir mit Arbeit derart ausgelastet und zwar mit angenehmer physischer Arbeit, dass zum Sinnieren kaum Zeit übrig bleibt.
Belastend empfinde ich zum Beispiel, dass in diesem herrlichen Land nichts, aber auch gar nichts bestimmt und sicher ist – weder Preise noch Zeitpläne, Rendezvous, Masse, Gesetze, Besitzrecht und so fort. Zuverlässig ist nur die Bereitschaft dieser Bahianer, jedem Stress zu entweichen mit Cachaça, Samba und Schlaf. Arbeit wird als beleidigende Zumutung gescheut. João Ubaldo Ribeiro, der nach Jorge Amádo wichtigste Schriftsteller Brasiliens (und übrigens ein guter Bekannter von mir, weil er hier in der Nähe seine Sommerresidenz hat) sagte einmal: „Auf der Insel wird ein permanenter Intensivkurs in der schwierigen Kunst des Nichtstuns abgehalten." Unter solchen Voraussetzungen ein Projekt wie das unsrige verwirklichen zu wollen, ist daher für Uneingeweihte reiner Irrsinn. Zum Glück habe ich die Schule von Angola durchgemacht und kann diese Leute viel besser verstehen als zum Beispiel meine Geschäftspartner. Diese benehmen sich manchmal wie Bulldozer ohne Einfühlungsvermögen in die Seelen dieser Menschen,

regen sich derart auf, dass sie erbrechen müssen, selber am Boden zerschmettert sind und ich habe die Aufgabe, sie wieder aufzustellen, auf beide Seiten hin zu vermitteln. Zum Glück begleitet mich mein Neffe Max, die Ruhe in Person, technisch sehr versiert und mit einem unglaublichen Gespür für die Poesie dieses Landes und die Psyche seiner Menschen.

Eine, wenn auch indirekte, Belastung erlebe ich als vergleichsweise gut situierter Europäer bei der unmöglichen Armut hier, was die Bahianer zu einer Einfachheit und Bescheidenheit zwingt, die mich äußerst beschämt. Nur die wunderbare Landschaft und die weiche Wärme unter tropischer Sonne lassen einen nicht von Elend sprechen. Aber das Fehlen materieller Güter ist andererseits auch ein Segen: Mangels eines Transistorradios kommen meine Arbeiter mit dem Kanarienvogel zur Werft, hängen den Käfig an einen Ast und sorgen dafür, dass er immer im Halbschatten sitzt und singt. Andere bringen ihren Güggel mit, hegen und pflegen ihn während der Arbeitspausen und diskutieren leidenschaftlich über dessen Kampftüchtigkeit.

Aufgrund des Klimas, der kulturhistorischen Vergangenheit und der überreichen Natur halte ich die Bahianer für viel weniger aggressiv als die Durchschnittseuropäer. Auch Sprache, Gesang, Tanz und Musik deuten darauf hin: Alles wirkt weich, melodiös und rhythmisch verglichen zum Beispiel mit dem Süden Brasiliens. Natürlich kann ein solches Völklein nicht als tüchtig in unserem Sinne gelten. Man blickt denn auch im eigenen Land etwas verächtlich auf die Bahianer herunter – zu Unrecht, wie ich meine.

Kinder, ich fände es großartig, wenn Ihr eines nicht allzu fernen Tages hier auftauchen würdet; Ihr könntet hier auf der Insel Brasilien in seinem Herzen kennenlernen und übrigens nirgends so günstig Ferien machen wie bei mir.

Meine Lieben, lasst bald wieder von Euch hören,
viel Erfolg beim Studium und der Arbeit.

Herzliche Küsse e um grande abraço,
Euer Papi

Renato musste für ein paar Wochen in die Schweiz zurück und konnte beruhigt abreisen, denn Bernardo hörte, frisch ausgeschlafen, nicht auf zu betonen, er hätte hier alles im Griff. Solange Sangmeyers auf den Aufpasser aufpassten, war dem nichts entgegenzuhalten. Max reiste mit, da er seine Ausbildungspläne in der Schweiz umsetzen wollte, um später hierher zurückzukehren. Und Jacqueline freute sich natürlich nach Monaten der Trennung, ihren Mann wieder bei sich zu haben, um die Alltagsprobleme nicht immer alleine bewältigen zu müssen. Sofort übernahm sie aber auch wieder die Rolle der Sekretärin, denn die MATREX existierte nach wie vor und wickelte immer wieder Geschäfte ab. Zudem galt es jetzt, Verträge mit den Reiseveranstaltern aufzusetzen, um bei Fertigstellung des Hausboots mit zahlenden Gästen starten zu können. Einmal mehr tagte der Familienrat: Zukunftspläne wurden diskutiert und alle Söhne sowie Jacqueline hatten vor, in das Brasilienprojekt einzusteigen, allerdings über Jahre gestaffelt, weil die Ausbildung Vorrang hatte.

Vorerst reisten Renato und seine Frau zurück auf ihre Insel; Jacqueline blieb für drei Monate und half in dieser Pionierphase ihren Neigungen entsprechend mit, wo sie konnte. Sie richtete die Cabana gemütlich ein, kochte für die stark beanspruchten Arbeiter, hielt die Umgebung sauber, führte Buch über die Ausgaben (Einnahmen waren in nächster und übernächster Zeit eh keine zu verzeichnen), besorgte wichtige Bestandteile und Bewilligungen in Salvador da Bahia auf dem Festland. Sie unternahm Reisen mit Renato und Christoph nach Valença, einem Fischerstädtchen mit einer Tradition im Fischkutterbau, etwa vier Autostunden von Paricatì entfernt, um gewisse Schiffsbauteile zu besorgen, lernte die nähere Umgebung auf der Insel und dem Festland kennen. Sie wunderte sich über die unausgegorene Natur von Renatos europäischen Partnern und Mitarbeitern: Hier war man eine verschworene Gemeinschaft, lebte auf engstem Raum zusammen und so blieben einem die Mätzchen, Unarten und Neuröschen der gestandenen Männer kaum verborgen. Sie tat ihr Bestes, tröstete, schlichtete, hörte zu, beruhigte, wo nötig. Insbesondere Poltermann, der Ferrozementfachmann, zeigte sich in der aufgelockerten Inselatmosphäre erstaunlich unreif: Er litt unter Fress- und Trinksucht, einer schnöden Triebhaftigkeit und konnte seine Atavismen kaum verbergen. Im Waldhof hatte er sich noch benommen, auch wenn sein einfaches Gemüt schon damals durchschien. Jacqueline monierte denn auch dieses Verhalten, worauf er zur Antwort gab: „Da musste ich ja auch noch einen guten Eindruck bei euch schinden, damit ihr mich mitnehmt auf die Insel." Wäre er fachtechnisch nicht so versiert gewesen, hätten sie diese Dumpfbacke längst zum Teufel gejagt. Renato und Jacqueline hatten unfreiwillig eine Heimleiterfunktion für die hier entstandene geschützte Werkstatt übernommen; die anderen drängten sie förmlich in die Elternrolle und konnten dann aber nicht begreifen, dass sie als Zöglinge behandelt, gemahnt, gerügt, beschimpft und manchmal auch gelobt wurden. Auch nörgelten sie, dass Renato nicht fehlerfrei war, ihn aber niemand zur Rede stellte. Er erklärte ihnen, dass er in seiner Rolle als Alphatier über einen gewissen Idiosynkrasiekredit, ein Exzentrizitätsguthaben verfügte, das heißt, ein durch Kompetenz und Erfahrung untermauertes individuelles Verhalten an den Tag legen konnte, das anderen nicht zustand. Als Lateiner fügte er leicht degoutiert an: „Quod licet jovi non licet bovi", „Was Zeus geziemt, ziemt sich (noch lange) nicht für seine Ochsen." Das verstand zwar keiner, aber es wirkte so überzeugend, dass niemand mehr je aufbegehrte und den Führungsanspruch des Silberrückens anzweifelte. Die Rollen waren klar verteilt und es herrschte einigermaßen Ruhe, ja zeitweise geradezu eine euphorische Harmonie.

Nur eine gewisse Diacha, ein dunkelhäutiges, hübsches Mädchen im Alter von Maurice, trübte die Idylle von Zeit zu Zeit. Sie strich um den Bauplatz wie ein hungriges, scheues Tier, beobachtete Renato und seine Crew, setzte sich hin und wieder zu ihnen, wahrte aber eine misstrauische Distanz. Jacqueline konnte sich keinen Reim darauf machen. Diese geheimnisvolle junge Frau irritierte sie immer mehr, aber Renato winkte ab: „Eine Bekannte, die ihr ganzes Leben hier auf der Insel verbracht hat, bereits geschieden und drei Kinder und einfach interessiert, was die Gringos hier planen."

Die einfache Werft nahm langsam Gestalt an: Wichtig war ein trockener Platz, um auch während der Regenzeit, die meistens Ende März einsetzte, arbeiten zu können. Von wegen Inselromantik: Es konnte wochenlang gießen ohne Unterbrechung, die Kleider blieben feucht und man lernte sogar hier im Nordosten Brasiliens, nicht allzu weit südlich vom Äquator entfernt, was Frieren bedeutete. Renato geriet ins Grübeln: Vom Längenmeridian her konnte man eine direkte Linie von Basel nach Luanda ziehen, hinfliegen ohne Zeitverschiebung. Stach man im rechten Winkel von Luanda aus in See, landete der Reisende direkt in Salvador da Bahia de Todos os Santos, wie die Stadt mit vollem Namen hieß, die aber niemand so nannte. Alleine der Bundesstaat Bahia entsprach etwa der Größe Frankreichs und hatte das Privileg einer 1200 km langen Küste. Das Klima war – bedingt durch denselben Breitengrad – ähnlich heiß wie in Luanda, aber mit viel mehr Niederschlag. Gewöhnen musste man sich daran, dass die Sonne nun geruhte, über dem Meer aufzugehen und sich abends hinter den Kontinent duckte. Für die Angolaner bot sich das umgekehrte Schauspiel. Trotz mancher Gemeinsamkeiten wie Klima, Sprache, schwarzafrikanische Wurzeln, Vegetation, derselbe Atlantik war doch vieles anders. Man hinkte der Schweiz-Angola-Zeit vier bzw. fünf Stunden hinterher, man kommunizierte in einem melodiösen Portugiesisch, während früher phonetisch korrekt die Hälfte der Sätze verschluckt werden musste. Die Menschen hier waren rassisch gemischter, man fand sämtliche Schattierungen zwischen Schwarzen, Mulatten und Weißen sowie zwischen Indios, Mestizen und Europäern; auch Verbindungen zwischen Schwarzen und Indios waren auszumachen, ein Sammelsurium an Gestalt und Form, Emulsionen, welche prädestiniert für exotische Schönheiten zu sein schienen. Europäische Männer schmachteten und hechelten jedenfalls nicht nur der Hitze wegen. Emotional und impulsiv bis über die Schmerzgrenze waren die Menschen in Bahia auf jeden Fall, auch wenn ihnen das übrige Brasilien Langsamkeit und Laisser-faire anhing. Die Küche wiederum hatte große Ähnlichkeit mit der von Angola und wurde von nicht daran gewöhnten Europäern als schwer und mastig empfunden, da fast alles mit Dendê, Palmöl, zubereitet war.

Paricatì: Das Eiland war mit 240 km² das größte ganz Brasiliens und eine von etwa dreißig Inseln in dieser riesigen Bahia de todos os Santos. Trotz der Nähe von nur 8 km zu Salvador da Bahia wahrte sie immer noch ein immenses ökologisches Reservat mit reicher Flora und Fauna, schönen Stränden und ruhigem Wasser. Berühmt wurde sie eigentlich vor allem literarisch durch den zeitweise hier lebenden Schriftsteller João Ubaldo Ribeiro. Die 35 km lange und ca. 20 km breite, von unzähligen Palmen und Mangrovenwäldern gesäumte Insel wirkte als natürlicher Wellenbrecher und schützte viele kleine Inseln und Flussdeltas der Allerheiligenbucht vor dem offenen Meer. Nicht umsonst bedeutete der Name Paricatì in der Indianersprache sinngemäß „großes Riff". Kulturelle Sehenswürdigkeiten gab es praktisch keine, obwohl viele Häuser aus dem 18. und 19. Jahrhundert stammten, alle etwas heruntergekommen, aber Renato mochte diese marode Patina; die Ortschaft hatte ihren eigenen brüchigen Charme. Es lockten lange Strandwanderungen, üppiges Grün, Badestrände und einfaches, aber sehr gutes Essen. Viele Veranistas verbrachten ihre Sommerferien hier; es herrschte Hochsaison von Weihnachten bis nach Karneval, danach versank Paricatì wieder in der Vergessenheit. Eigentlich hatte Renato seine Insel nach vier Kriterien evaluiert, welche die positiven Gemeinsamkeiten mit Luanda hervorstrichen: Wetter, das ganzjährig Badehosen (oder, wenn es offiziell wurde, Shorts) erlaubte, gutes Bier, dieselbe Sprache und eine ähnliche Mentalität sowie Palmen, an die man ohne polizeiliche Verzeigung und Buße pinkeln konnte. Das alles traf hier weitgehend zu. Deshalb fühlte er sich auch auf Anhieb wohl, sah großzügig über gewisse Unzukömmlichkeiten hinweg und assimilierte sich sehr rasch. Er sollte zwar Zeit seines Lebens der verrückte Schweizer bleiben, das meinten die Einheimischen aber durchaus respektvoll; mit seinen ungewöhnlichen Ideen und dem hier unüblichen Durchhaltewillen gegen alle Unbill verschaffte er sich bald hohes Ansehen.

Gleichzeitig mit dem Beginn des Hausbootes wurde eine zweite Rundhütte aufgestellt, großzügiger und schöner als die erste. Kaum zu glauben: Der Architekturstil dieser Residenz wurde in Kürze mehrfach kopiert. Reiche Brasilianer hielten das für den ultimativen Wohngroove eines europäischen Trendsetters und wollten unbedingt ein ähnliches Strandhaus. Mit einem entsprechenden Patent wäre Renato vermutlich bald ein gemachter Mann gewesen, ihn interessierten jedoch andere Dinge. Die Arbeit am Schiff ging trotz aller Unwägbarkeiten voran, wenn auch manchmal etwas schleppend. Die Stahlarmierungen, das heißt die Form des Rumpfes und des Decks, waren parat; Renato konnte mit dem Spannen der Gitter beginnen, auf die später der Beton aufgetragen werden musste. Diese verschiedenen Lagen der Gitterbespannung mit Hunderten von Drahtbindungen war etwas vom Aufwendigsten, das Zementieren dagegen einfacher. Nur dies hing wiederum davon ab, wann die Acryldispersion geliefert werden konnte. Manchmal war es zum Davonlaufen: Man selbst hatte jedes Detail geplant, ein Element verzahnte sich ins nächste und es hätte so schön rundlaufen können. Und dann warfen externe Faktoren bedingt durch Unwissen und Schlamperei alles über den Haufen. Mehr als einmal lag Renato bei der strengen Arbeit unter seinem tonnenschweren Schiff im Rohbau und dachte sich: „Wenn jetzt alles über mir zusammenbräche und ich darunter begraben würde, es wäre mir egal." Warum auch musste er als Erster überhaupt ein Hausboot als Katamaran mit Ferrozementschwimmern bauen? Die Technik der Zementrümpfe stammte aus Japan und wurde für gigantische Frachter entwickelt. Erst die Einarbeitung in Fachliteratur hatte ihn auf diese Idee gebracht; die Bauweise war billiger, das Material resistenter und mit den entsprechenden Fachleuten traute er sich die Konstruktion durchaus zu. Schließlich hatte er ja mit dem Bauen gewisse Erfahrungen von Angola her. Gut, seine Mississippi konnte er aus Geldmangel lediglich planen und zeichnen, das Pflanzerhaus, die Estufas und Verwaltungsgebäude aber hatte er selber hochgezogen. Das Ingenieurwesen und die Architektur hatten ihn schon von jung an brennend interessiert. Nicht umsonst nannten sie Renato – auch gegen seine Proteste – überall Senhor Engenheiro. Zeitungen bekamen Wind von seinem Projekt und Journalisten, Ingenieure sowie Touristen begannen ihn fast täglich zu besuchen, um sich über den Stand der verwegenen Unternehmung zu informieren. Sein Schiff war ein Weltnovum und *die* Attraktion von Salvador da Bahia geworden! Ebenfalls begeisterten die Rundhütten und der auf dem Dach des Hühnerhofes angebrachte Solar Heater für das gratis Warmwasser, eine technische Weiterentwicklung seiner Geräte aus Angolazeiten. Ja, man hatte richtig gehört; ohne Hühnerhof fühlte sich der Abenteurer nicht zu Hause. Schon vor der zweiten Hütte bekamen seine gackernden Schützlinge eine großzügig bemessene Stallung und sie dankten es ihm jeden Morgen mit einem extra frischen Frühstücksei. Der Tüftler und Bauer überlegte bereits ein kleines Restaurant für all die Sightseeinggäste, die ihn bei der Arbeit störten, zu eröffnen; so würde sich der ganze Aufwand wenigstens finanziell auszahlen. Der große Rummel setzte Renato unter einen gewissen Erfolgsdruck, spornte ihn andererseits auch an weiter an seiner Vision festzuhalten und zwar gegen alle Widrigkeiten. Bereits wurden in brasilianischen Fachkreisen Wetten abgeschlossen, die 50:50 vom Erfolg beziehungsweise Misserfolg der verrückten Idee überzeugt waren und – beide Lager sollten recht behalten, allerdings aus ganz anderen Gründen. Zuerst einmal strafte er alle Lügen, welche nicht glauben wollten, dass Zement schwimmt. Als Erstes bestrich er ihr altes, leckes Segelboot, ein Saveiro, damit (sozusagen eine Kalfaterung) und machte es ozeantauglich. Darauf designte er kühn geworden ein 7,5 Meter langes, schnittiges Fischerboot und erstellte eine Zementschale. Dieser Kahn ist noch heute im Einsatz. Einen ersten Dämpfer erhielt Renato beim Nachkalkulieren der beglaubigten Berechnungen eines Schiffbauingenieurs: Von Gesetzes wegen hatte er seine Pläne und Bemessungen einreichen müssen, um eine Bewilligung für die Realisation zu erhalten. Dabei wurden Korrekturen bezüglich des spezifischen Gewichtes beim Zement vorgenommen, die sich jetzt als falsch herausstellten: Die Fachleute hatten alles verschlimmbessert, seine Pläne stimmten, aber Jammern nutzte nichts. Nun musste er kurzfristig umdisponieren und die Dicke des Decks verringern, das hieß, die Maschendrahtschichten enger zusammenzuziehen und damit Tausende von zusätzlichen Bindungen anbringen. Damit aber nicht genug. Beim Schweißen der Armierungen hatte sich Renato mehrfach verletzt. Ein Stahlfunke brannte sich in seinem Auge fest, ein irreparabler Schaden, der ihn zeitlebens nicht stark, aber doch beeinträchtigte. Eine weitere Verletzung am Fuß wollte monatelang nicht heilen. Salzwasser und Feuchtigkeit verhinderten in den Tropen immer wieder, dass offene Wunden sich schlossen. Die Folge waren enorm angeschwollene Gliedmaßen, die sich entzündeten und eiterten. Schließlich ließ er sich zu einer Eingeborenenkur überreden. Wickel aus einem Brei von Palmöl, Knoblauch und Guanáblättern, erhitzt und auf die Wunde geschmiert, strenge Diät ohne Fisch und Meeresfrüchte, keine scharfen Speisen und das kranke Bein eine Woche nicht waschen. Gott sei Dank war Alkohol nicht verboten, denn eine Woche zum Stillsitzen verdammt war Renato ein Gräuel. Die Remedur wirkte.

Arethas Bruder Piero, der sich beruflich neu orientieren wollte und schon lange eine Südamerikareise geplant hatte, ergriff die Gelegenheit und besuchte Renato. In Paricatí wollte er sozusagen sein Basiscamp aufschlagen, um von hier aus mit einem Freund durch den Kontinent zu trampen. Wie alle Besucher blieben aber auch die beiden jungen Burschen vorerst hier auf der Insel hängen. Es gesellten sich noch zwei Deutsche dazu, die als Feinmechaniker auf Arbeitssuche in Brasilien waren. Renato konnte es nur recht sein: Alle vier hatten eine Mechanikerausbildung und halfen ihm beim Bootsbau kräftig mit. Er konnte ihre Unterstützung gebrauchen und gegen freie Kost und Logis legten sie sich ins Zeug, als gelte es, einen Zeitrekord im Bau dieses ungewohnten Fahrzeuges aufzustellen. Die zweimonatige Südamerikareise durch sämtliche

Länder unternahmen Piero und sein Freund später schon noch, kehrten aber wieder zurück, um beim Einbau der Motoren – ihrem Lieblingsthema – dabei zu sein. Das Glück wollte es, dass auch Arethas älterer Bruder für einige Tage bei Renato auftauchte; nach einem einjährigen Arbeitsaufenthalt in Venezuela hing er Ferien an. So kam es, dass Andy, ausgebildet in Elektrik und Informatik, dem Schiffsbauer wertvolle Tipps für die elektrischen Anlagen geben konnte und ihm gleich noch das ganze Schalttableau aufzeichnete. Wie in diesen beiden Fällen hatte es das Schicksal gut gemeint mit Renato; er konnte unheimlich viel von den jungen Männern profitieren, das sparte Zeit und Nerven und gab ihm einen Rückhalt.

Erste Vertreter namhafter Schweizer Reisebüros fanden sich ein und zeigten sich nach der obligaten verkrampften Skepsis, die sie mit Professionalität und Berufswürde verwechselten, begeistert vom Projekt. Eigenartig: Es brauchte immer ein, zwei Tage auf einer tropischen Insel und vielleicht noch den unerlässlichen Cachaça, um die Verklemmtheit zu lockern, aber dann waren die Herren der Schöpfung kaum noch zu bremsen. Sie begannen vor Lebenslust zu jucken, jauchzen und hüpfen, umarmten die Welt oder mindestens das in ihr beheimatete weibliche Geschlecht und gerieten ins Schwärmen. Renato hatte nichts dagegen, solange sich in diesem Zusammenhang eine Reizgeneralisierung entwickelte und seine Hausbootidee davon profitierte.

Einer seiner portugiesischen Compagnons setzte die Idee Renatos, ein kleines Restaurant für alle Gaffer und Interessierten zu eröffnen, in die Praxis um. Es war kein großer Wurf, konnte von diesem Kleingeist auch nicht erwartet werden. Der Partner aber war eingebunden, begeistert von seiner Wirtetätigkeit, was sich vor allem im Eigenkonsum von Alkoholika widerspiegelte, weil er der Meinung war, man müsse die Gäste animieren. Das Balneário, ein wegen der Winde in den Boden vertieftes Lokal, glich eher einer Tiefgarage mit sicherem Instinkt des Wirtes für stilistische Geschmacksverstauchungen. Deshalb war Renato froh, dass es wenigstens versenkt war, um Ästheten nicht dauernd beleidigen zu können. Immerhin, der Portugiese kochte nicht schlecht. Vor allem aber war Irasías Renato aus dem Weg, ein unschätzbarer Vorteil. Zudem verdiente er passabel damit, sodass noch etwas für das Arbeitsteam übrig blieb. Jede Finanzquelle war momentan von Bedeutung. Trotz der pekuniär angespannten Lage konnte Renato aber nicht widerstehen einen älteren Ford Galaxy V8 mit Aircondition und Radio für ein Schnäppchen zu erwerben. Das bequeme Riesenschiff soff zwar gute zweiundzwanzig Liter Benzin auf 100 km, aber der Komfort war phänomenal und außerdem hätte er alleine die Klimaanlage jederzeit für das Doppelte des Autokaufpreises verhökern können, so gesehen ein rentables Geschäft.

Derweil gerieten Renatos Kinder in der Schweiz ganz passabel und erfüllten die insgeheim an sie gestellten Erwartungen: Sandrine schaffte ihre Matura und eröffnete der Familie, dass sie Ende des Jahres ihren Theologiestudenten Beatus heiraten wollte. Dagegen hatte eigentlich niemand etwas einzuwenden, obwohl es für die Familie etwas gewöhnungsbedürftig schien: kaum zwanzig und dann auch noch einen Theologen … Aber der künftige Mann Gottes hatte die Sympathien gleich auf seiner Seite und war als Schwiegersohn bereits in Renatos Familie aufgenommen. Ein etwas direkterer Draht nach oben konnte zudem in diesen bewegten Zeiten wohl kaum schaden. Friede, Freude, Eierkuchen: Die guten schulischen Leistungen der zwei Jüngsten sowie der Grundstudiumsabschluss von Maurice rundeten das Wohlgefallen ab. Der Chronist hatte zudem eine Teilzeitstelle in der Markt- und Meinungsforschung gefunden, dazu einen Modelvertrag für Werbeaufnahmen mit einer Agentur, was ihm die Finanzierung des weiteren Studiums sicherte. Er wollte unter keinen Umständen seine Partnerin oder die Eltern belasten und nahm deshalb auch noch Jobs als Lehrervertretung, Ferien- und Skilagerleiter, Bücherexpressverteiler und Nachtwächter in einem Altstadthotel an. Mit dieser Auslastung konnte allerdings nur noch zu 50 % studiert werden, was das Lizenziat ihm allerdings verzieh, da es mit einem Ehrenwort auf später vertröstet werden konnte.

Anders als gedacht

Jacqueline war Mitte des Jahres in die Schweiz zurückgekehrt, um sich der Jüngsten anzunehmen und im Waldhof nach dem Rechten zu schauen. Sie wollte keinesfalls die ganze Verantwortung auf ihre Mutter abwälzen, die genauso unter Walthers Abwesenheit litt, denn dieser dachte nicht im Geringsten daran, in Zaire etwa kürzerzutreten. Und immer wieder folgte Aline ihm, wenn es die Umstände und die Gesundheit erlaubten, nach Afrika. Eine weitere Aufgabe beschäftigte Jacqueline: Zusammen mit ihrer Schwägerin Marie quartierten sie Renatos Mutter in ein Altersheim um. Ihre Depressionen nahmen stark zu, insbesondere, wenn sie alleine zu Hause dem Lebenssinn nachhing, sich den Kopf zermarterte darüber, was gewesen wäre, wenn ... So hielten es alle für das Beste, ihr Gesellschaft und eine gewisse Pflege angedeihen zu lassen. Sandrine, die ihre Absteige bei den Großeltern nie aufgegeben hatte, schaute derweil zum Häuschen. Geplant war ohnehin hier mit ihrem zukünftigen Gatten einzuziehen.

Das Jahr verging schnell; Renato reiste zu den bevorstehenden Festtagen in die Schweiz. Als Brautvater wollte er zudem beim großen Ereignis seiner einzigen Tochter in der ersten Reihe teilnehmen. Sandrine heiratete ihren Beatus Ende Dezember; nach der kirchlichen Trauung, welche der Vater von Beatus vornahm (es hätte auch der Großvater, Onkel oder Cousin sein können, denn in dieser Familie wimmelte es von Theologen), und einem Apéro bei den Schwiegereltern, verschob sich die hundertfünfzigköpfige Hochzeitsgesellschaft in den Waldhof. Das alte Gebäude ächzte vor Freude ob der belebten Stimmung, der fröhlichen Schar, die ausgelassen feierte. Renato wirkte jedoch etwas melancholisch und ungewohnt abwesend: War es die Zäsur, die Weggabe seiner Tochter, fühlen, dass man selber älter wurde, ein neuer Lebensabschnitt anfing? Vielleicht auch nur das missratene Hochzeitsessen, welches auf Wunsch der Braut unbedingt selbst zubereitet werden musste, ein Arroz de

Mariscos (Reis mit Meeresfrüchten); an und für sich schon gewagt, aber vollends kühn, wenn dazu versehentlich ranziges Azeite (Olivenöl) verwendet wurde. Die Gäste überlebten und ließen sich jedenfalls nichts anmerken.

1978: Der Exministerpräsident Italiens, Aldo Moro, wird von den Brigate Rosse entführt und ermordet. Ölpest durch die Amoco Cadiz vor bretonischer Küste. Reinhold Messner besteigt den Mount Everest als Erster ohne Sauerstoffgerät. In London wird das erste Retortenbaby geboren. Johannes Paul I und kurz darauf Johannes Paul II zum Papst gewählt. Die Schweiz stimmt dem neuen Kanton Jura mit grosser Mehrheit zu. Geburt der Comic-Figur Garfield. Gestorben: Paul XI., Johannes Paul I., Margaret Mead, Golda Meir. Friedensnobelpreis an Sadat und Begin. Boney Ms „River of Babylon" Monatelang Nr.-1-Hit.

Kaum einen Monat später erlebte das ehrwürdige Haus einen weiteren Höhepunkt: Walther konnte seinen achtzigsten, Renato seinen fünfzigsten Geburtstag feiern. Dieser launigmuntere Anlass war auch gleichzeitig das Abschiedsfest für den Schiffe bauenden Inselbewohner; es drängte ihn zurück an die Arbeit, welche sich gemäß Zeitplan bereits zu verzögern begann. Auch distanzierten sich Sangmeyers vom Hausbootprojekt. Seit der Geburt ihres Sohnes hatte sich ihre Einstellung grundlegend geändert, denn sie wollten ihm eine andere Umgebung, als sie Paricatì bot, gewähren. Das bedeutete für den leicht enttäuschten Renato, dass er außer sich selbst niemanden mehr vor Ort haben würde, der den Bau kontrollierte. Und ohne ständige Überwachung – das wusste er nur zu gut – ging gar nichts beziehungsweise lief alles schief, was schieflaufen konnte: Wieso auch sollte Murphy's Law hier nicht gelten? Andererseits verstand er das junge Paar nur zu gut: Auf der Baustelle ging es hin und wieder eher grob zu, Sicherheiten bezüglich geregelter Arbeit und Lohn konnte er keine bieten und Christophs Sohn schien das Inselklima schlecht zu bekommen; dauernd war das Kind krank, was die Eltern nervös werden ließ und dem Arbeitsklima nicht gerade zuträglich war. Sie warfen Renato mangelndes Einfühlungsvermögen vor und vielleicht stimmte das ja auch, denn er hielt das Kindermachen eindeutig für lustiger als das Aufziehen, beurteilte die Lage eher als Bagatelle und hielt seinen ehemaligen Lehrer von Luanda für leicht neurotisch in seinem Gebaren. Vorübergehend war das Verhältnis etwas getrübt; eigentlich bedauerlich, denn nebst den interessanten Diskussionen, die Renato mit dem intellektuell agilen Paar führen konnte, war Christoph ein hervorragender Handwerker, der mit originellen Ideen viel zum Innenausbau der Hütten und entsprechender Komfortsteigerung beigetragen hatte. Wegen der Form der Behausung zimmerte er dreieckige Wandschränke mit Schiebetüren aus Bastmatten, Hängelampen aus Kalebassen über einer gemütlichen Küchenbar, Leitern in die Kemenaten, die Schlafgalerien im Dach, welche alle über exklusive Moskitonetze verfügten, was wie Himmelbetten aussah.

Etwa fünfzig Verwandte und Freunde trafen sich im Waldhof, um die beiden Jubilare hochleben zu lassen und sie zu verabschieden, da der eine anderntags nach Südamerika, der andere bald nach Afrika verreiste. Noch nie tat sich Jacqueline so schwer mit der Trennung, eine ungewohnte Trauer erfasste sie, als ob sie ihren Mann für immer verlieren sollte und ihre weibliche Intuition hatte so Unrecht nicht. Der versammelte Familienrat diskutierte nach Renatos Abreise, wie man es bewerkstelligen sollte, dass Jacqueline baldmöglichst nach Brasilien auswandern könnte. Ungeachtet ihrer noch schulpflichtigen Söhne wollten alle, dass sie wieder fröhlich wurde, sie, die das Leben in allen nur erdenklichen Situationen immer nur positiv nahm und jetzt trübselig, fast depressiv wirkte.

Und dann im Sommer Renatos Brief, in dem er zugab, dass diese Diacha nicht irgendeine Bekannte auf der Insel war, sondern seine Geliebte, die nun einen Sohn zur Welt gebracht hatte. Von der Schwangerschaft hatte Renato just zur Hochzeit seiner Tochter erfahren, er wollte seiner Familie jedoch das Fest nicht verderben und so schwieg er bis jetzt. Vertuschen wollte und konnte er die Geschichte nicht, war er doch zutiefst nonkonformistisch und nie darauf aus, einen idealen Familienvater und Ehemann zu mimen. Im Gegenteil: Er war der Meinung,

Kinder müssten ihren idealisierten Vater möglichst bald vom Sockel stoßen, um ungehindert wachsen zu können. Sie sollten ein realistisches Weltbild mitbekommen. Auch wusste er, dass Jacqueline in nächster Zeit gedachte, zu ihm zu ziehen. Wie ein Ménage à trois aussehen sollte, darüber wollte er sich jetzt noch lieber keine Gedanken machen. Auch nahm ihn der Schiffbau enorm in Anspruch; darauf konzentrierte er sich, das andere würde sich schon irgendwie ergeben. Auf jeden Fall stand für ihn eine Trennung von Jacqueline außer Frage. Wie sich allerdings Diacha verhalten würde, jetzt als Mutter eines Sohnes von Renato, den sie auch noch gleich taufte wie seinen Vater, aber nur im Diminutiv von ihm sprach, das stand auf einem anderen Blatt geschrieben. Renato ärgerte sich über sich selbst: Warum hatte er auch nicht aufpassen können? Weshalb nutzte die Pille bei ihr nichts; er hatte doch Aufklärung betrieben? Erst nachträglich erfuhr er, dass sie einen ganzen Blister aufs Mal geschluckt hatte, statt über den Monat verteilt. Ein Wunder, hatte sie keinen Hormonschock erlitten. Aber auf dieser Insel schien ohnehin alles möglich; als magischer Ort war sie schon lange berühmt-berüchtigt, auch über Bahias Grenzen hinaus. Immer wieder geschah Merkwürdiges, das hier als ganz natürlich angenommen wurde. Ihn erstaunte die Laisser-faire-Haltung an sich selbst, an fremden Besuchern und an den Inselbewohnern. Alles war irgendwie egal, man foutierte sich um das meiste, Verantwortungsgefühle und Zukunftsängste schienen wie weggeblasen, Zeitmanagement war definitiv ein Fremdwort. Ein Kind mehr oder weniger, was machte das hier schon aus? Dann saß halt noch jemand am Tisch; man wusste ja jetzt schon kaum, wen man eigentlich verköstigte, weil andauernd noch ein Hungerleider dazukam, der satt werden wollte. Sollte ausgerechnet er, Renato, der immer ein Herz für die sozial Schwachen zeigte, jetzt kleinlich und gefühlskalt werden? Andererseits konnte der vorherrschende Enfoutisme nicht nur an der tropischen Sonne liegen, die einen träge werden ließ und die Hirnzellen verbrannte, wenn diese nicht schon vom Alkohol zersetzt worden waren. Schließlich hatte er ja lange genug in Afrika gelebt und dort nie solche Erfahrungen gemacht. Briefliche Kritik an seinem Verhalten verletzte ihn, er fühlte sich von der Familie unverstanden und im Stich gelassen, ebenso als Opfer der ganzen Geschichte, nun, wo er doch Hilfe bräuchte, moralische Unterstützung für seine gigantische Unternehmung, die ihm alles, aber auch wirklich alles abverlangte, physisch, psychisch und intellektuell. Hatte nicht die Familie gemeinsam beschlossen, dass er sich – vorerst alleine – hier eine neue Existenz aufbauen sollte und nach und nach einer um den anderen hierherziehen wollte? Und jetzt dieses moralinsaure Theater. Andere Männer wie seine portugiesischen und schweizerischen Pappenheimer hier hatten ihre Wollüstigkeit mit Abtreibungen ungeschehen gemacht und sich damit der befürchteten familiären Auseinandersetzung entzogen. Er stand immerhin zu seinem Verhalten, und was er jetzt am wenigsten gebrauchen konnte, war eine Familie, die sich von ihm abwendete aus einer lächerlichen Entrüstung heraus. Dem dringenden Wunsch seiner Kinder und des Schwiegersohnes folgend entschloss er sich, zu Jacquelines fünfzigstem Geburtstag in die Schweiz zu reisen, trotz erwarteter peinlicher Auseinandersetzungen und trotz des ungutes Gefühls, gerade jetzt in einer kritischen Bauphase sein Projekt zu verlassen. Gleichzeitig musste er ja auch noch lokale Tourismusorganisationen in Brasilien und in der Schweiz bearbeiten, ihnen seine Idee schmackhaft machen, um bei Beendigung des Schiffes möglichst bald Gäste an Bord nehmen zu können für einen Return on Investment.

Zu seiner großen Erleichterung hatte ihm die Familie bei der Ankunft bereits verziehen, allen voran Jacqueline, die zu ihm hielt, konnte passieren, was wollte. Sie liebte ihn eben bedingungslos, eine Liebe, die jeden beschämen musste, und er war dankbar für ihre Toleranz. Für sie gab es nur ihren Renato: Selbst wenn das Leben mit ihm nicht einfach war, spannend gestaltete es sich alle Mal und für Überraschungen war er immer gut, auch wenn diese schmerzten.

Der Zurückgereiste nutzte die Zeit nach dem Geburtstagsfest für Jacqueline, um Geschäftsbeziehungen mit Reisegesellschaften zu knüpfen. Zurzeit bestand eine wöchentliche Charterflugkapazität der großen Anbieter von ca. 1300 bis 1500

Plätzen nach Rio. Die etwa 260 kleinen Reisebüros in der Schweiz boten diese Flüge als freie Agenten der großen Unternehmer an, um Zugang zu den billigen Sondertarifen zu erhalten. Hier wollte Renato einhängen und den Kleinen einen Gratisservice sowie einfache Dienstleistungen für Brasilien anbieten, wie es die Großen mit eigenen Programmen taten: Betreuung durch mehrsprachige Begleiter, Transfer vom Flughafen zum Hotel, Beratung und Organisation von lokalen Anschlussprogrammen, Vermittlung von Geschäftskontakten, Möglichkeit zu günstigem Geldwechsel. Damit war natürlich die Absicht verbunden, den Reisedienst gleichzeitig als Vehikel für die Brasilientouristen zu nutzen, um auf die eigenen Objekte in Bahia zu fokussieren. Später wollte Renato ausbauen und ein analoges Hausbootkonzept in Angra do Reis anbieten, dort wo die reichen Cariocas, die Bewohner von Rio, ihre Wochenenden und Feiertage verbrachten. In Rio de Janeiro hatte er bereits einen Partner für seine Idee gewinnen können. Der gemeinsame Verdienst würde sich aus dem Verkauf von Gruppenrundreisen in eigener Regie, aus Kommissionen von Hotelbuchungen und dem Change ergeben. Den anfallenden Gewinn hätte er sich nach Abzug der Verkaufskommissionen sowie den direkten Spesen gleichhälftig mit seinem Partner geteilt. Aufgrund umfangreicher Berechnungen kam Renato zum Schluss, dass sich seine Anschlussprogramme ab Rio und Salvador in Form von Rundreisen per Bus und Schiff in zwei bis drei Reisevarianten ab ca. sechzig Kunden pro Monat rentieren würden. Klar galt auch hier das ökonomische Gesetz der progressiv zunehmenden Rentabilität bei höherer Auslastung. Dazu war die Mitarbeit der hiesigen kleinen Reiseagenturen nötig, welche nun unbedingt angeschrieben werden mussten, aber auch „vertrauliche Kontakte" zum entsprechenden Hotelpersonal in Brasilien, will heißen, es mussten diskrete Hinweise auf kleine Gefälligkeiten monetärer Art an der richtigen Stelle platziert werden.

Und im November beschloss Jacqueline, definitiv mit Renato nach Brasilien auszuwandern, wollte jedoch zweimal im Jahr zurückkommen, um ihre Sprösslinge zu sehen. Schließlich war der Jüngste, Rico, nun auch sechzehn und kein Kind mehr; er und sein älterer Bruder Amadeo würden sich zurechtfinden mit gütiger Mithilfe der Großeltern, wenn sie nicht gerade im Kongo weilten, aber auch der anderen Geschwister. Rico und Amadeo benahmen sich vorbildlich, waren in den letzten Jahren dicke Freunde geworden. Keine Spur mehr von ihren Querelen und verbissenen Zweikämpfen, die sie sich in früheren Zeiten geliefert hatten. In Vertretung der Eltern nahm der Chronist an der Maturafeier Amadeos teil und mit diesem Ritual waren immerhin vier von fünf Geschwistern vorerst aus dem Schneider. Zudem wurde er Pate von Estefani, der Tochter Florians, und konnte nun auch diese Zeremonie in seiner Sozialagenda ablegen. Dass der eigene Vater sich in Brasilien neue Verantwortung mit weiterem Nachwuchs auflud, sollte eigentlich nicht das Problem der Hiergebliebenen sein. Und Jacqueline schien die Situation ohne Probleme zu akzeptieren, zumindest ging dies aus ihren zahlreichen Briefen hervor, welche hochgestimmt und nahezu verzückt klangen. Zu lange hatte sie sich nach den Tropen zurückgesehnt, zu ähnlich war die Umgebung wie damals auf Mossulo, als dass sie hätte Trübsal blasen wollen. Den kleinen Balg, blond gelockt, blauäugig, aber bronzé, hatte sie bereits ins Herz geschlossen; er konnte ja nichts für seine Existenz. Überdies wurde sie von allen, inklusive Diacha, äußerst liebe- und respektvoll behandelt. Das Hausboot nahm Form an, es war ein Ende abzusehen und erst jetzt wurde ihr klar, was ihr Mann eigentlich hier alles geleistet hatte. Gut, der Teufel lag bekanntlich im Detail, es gab noch viele kleine technische Probleme zu lösen und den großen Brocken bildete der bevorstehende Einbau zweier starker Motoren in die Ferrozementschwimmer.

1979: Der Schah von Persien wird vertrieben und Ayatollah Khomeini kehrt vom Exil zurück. Schwerer Reaktorunfall in Three Mile Island bei Harrisburg USA. Das Europäische Währungssystem EWS tritt in Kraft. Erste Wahlen zum Europäischen Parlament. Saddam Hussein wird neuer Präsident Iraks. Die Nicaraguanische Revolution beendet das Somoza-Regime. Tod des KZ-Arztes Josef Mengele. Der erste Präsident

Angolas, Agostinho Neto, stirbt nach einer Operation in Moskau.* Tod John Waynes, Walter Mattias Diggelmanns, Sonja Delaunays, Rudy Dutschkes. Friedensnobelpreis an Mutter Theresa.

Im Januar 1980

Mein liebster Maurice!

Wie die Zeit vergeht! Immer wollte ich Dir auf Deine lieben Zeilen antworten, aber weiß der Gugger, es kam dauernd etwas dazwischen oder es war einfach zu heiß. Ein wirklich ruhiges Eckchen, um ungestört schreiben zu können, gibt's in den Cabanas leider nicht. Immer kommt jemand, will irgendeiner etwas, erzählt wer eine belanglose Geschichte, aber abgelenkt wird man dadurch alleweil. Wir hoffen, Ihr habt die Festtage gut überstanden und seid gesund und wohlgemut ins neue Jahr hinübergerutscht.
An Weihnachten ging's bei uns ziemlich ruhig zu; es war nett mit der ganzen „Wohngemeinschaft". Bekannte kamen vorbei und brachten uns ein Ständchen auf ihren Gitarren und zuletzt haben wir noch alle Volkslieder gesungen. In der Neujahrsnacht zogen wir im Städtchen herum und kehrten bei den einen oder anderen Bekannten ein. Gegen 1.00 Uhr früh waren wir in der Kirche. Ich sag' Euch: ein Kommen und Gehen! Während vorne ein conjunto bekannte Lieder von Roberto Carlos spielte, wurde gleichzeitig eine missa gehalten und Abendmahl verteilt. Das ganze Volk sang lauthals mit und wiegte sich im Takt. Dazwischen gemeinsames Ave Maria und Vaterunser gebetet. Und der Köter, der zu meinen Füßen lag, störte die Leute genauso wenig wie die lachenden oder plärrenden Kinder. Mittlerweile hatte sich draußen auf dem Kirchplatz bei der Praçinha da Sé das Volk um eine Sambaband versammelt, und

---

* Böse Zungen behaupteten, er sei von den Russen gestorben worden, weil er sich als Kommunist zusehends dem Westen näherte, eine pragmatische Politik betrieb. Der Nachfolger José Eduardo Santos, ein linientreuer Parteigenosse – noch immer im Amt – gilt als einer der reichsten Despoten, der sein Land ausbeutet wie kaum je ein Diktator in Afrika. Da denkt man doch unweigerlich wieder an den zitierten Unterschied zwischen Kapitalismus und Kommunismus …

als die Kirche aus war, tanzte jeder ins neue Jahr hinein, entrückt, verzückt oder ganz einfach vergnügt! Sogar die alte Esmeralda ließ es sich nicht nehmen, mit Padre Ambrosio ein Tänzchen zu wagen.
Hier geht alles gut. Ich habe mich wieder eingelebt und genieße das heiße Klima. Jeder hat so seinen Platz in unserer „Kommune". Der kleine Pimpolho entwickelt sich prächtig, sitzt schon, hat zwei Zähnchen und ist ein absolut strahlendes und sonniges Kind, das man einfach lieb haben muss.
Mit dem Schiff kommen Papi und seine Jungmannschaft gut voran. Allerdings sieht man momentan von außen kaum Veränderungen, weil hauptsächlich innen gearbeitet wird: Fertigstellung der Möbel, der Küche, Verschalung der Decke etc. Der Auf- und Innenausbau werden schick mit den verschiedenen einheimischen Edelhölzern wie Palisander und Mahagoni. Gewisse Teile wurden auch aus Teak gefertigt. Es ist ganz unheimlich viel Arbeit. In den Hecks der Schwimmer wird die Montage der Motoren vorbereitet und dort innen ist es höllisch heiß. Die Männer kommen wie die Piraten daher, mit glänzenden, verschwitzten Oberkörpern, Schweißbändern um die Stirn und mit dreckigen Shorts ... Schade nur, dass die Jungs nun so nach und nach weg müssen, aus Visums-, Ticket- oder Weiterbildungsgründen. Dass diese blöden Papiere auch immer ablaufen müssen. Die Jungen sind aber schon sehr angefressen vom Leben hier und es sieht so aus, als wollten sie alle wiederkommen!
Nächsten Sonntag fliegen Papi und ich nach Rio, um mit „Corújo-Reiseunternehmen" zu verhandeln. Wir werden die Gelegenheit nutzen ein paar alte Bekannte aus Angola zu besuchen. Anschließend werden wir in São Paulo einige Einkäufe tätigen fürs Schiff. Alles Sachen, die es hier nicht gibt oder die hier zu teuer sind. Zufälligerweise werden meine Schwester Yvonne und ihr Mann Mathéo zur selben Zeit in São Paulo weilen, sodass wir uns mit ihnen treffen – witzig, sich zur Abwechslung in Südamerika statt in der Schweiz zu begegnen!

Soviel für heute. Lass es Dir gut gehen und hoffentlich überwindest Du Deinen momentanen Studienkoller wieder. Sei guten Mutes; Papi wird Dir diesbezüglich noch extra schreiben. Grüße mir Deine liebe Aretha und ihre Eltern ganz herzlich.

Wir umarmen Euch, Deine Mami und Papi

Das labile Gleichgewicht in der Dreiecksbeziehung von Jacqueline, Renato und Diacha begann sich zu destabilisieren. Ungeahnte Konflikte brachen offen aus, zwischen den Ehepartnern, dem Geliebtenpaar, aber auch unter den beiden Frauen. Jacqueline war oft hoffnungslos verzweifelt. Was war aus ihrer harmonischen Beziehung mit Renato nur geworden? Durch dick und dünn hatten sie zusammengehalten, den widerwärtigsten Schicksalsschlägen mit gemeinsamem Humor und Selbstironie getrotzt, einander viele Unzulänglichkeiten verziehen, sich letztlich doch geliebt, wie es heute selten in einer Beziehung zu finden war. Die bodenlose Aggression und Bösartigkeit von Diacha, die sich in kurzer Zeit in eine eifersüchtige Furie verwandelt hatte, machten Jacqueline zu schaffen, sie, die nur eines wollte, nämlich in Frieden und Anstand hier mit ihrem Mann leben. Renato, dem sie – trotz allem, was passiert war – immer vertraut hatte, schien nicht mehr voll hinter ihr zu stehen; sie spürte sein Schwanken zwischen Indifferenz, Mitgefühl und Zorn. Es bedurfte gewaltiger Selbstüberwindung, dass sie sich zu wehren begann, die Konfrontation suchte, der Auseinandersetzung nicht mehr aus dem Weg ging. Diese Erfahrung schmerzte, weil die Betroffenen, gelinde gesagt, nicht gerade zimperlich miteinander umgingen. Ab einem bestimmten Erregungsniveau schienen die sozial determinierten Hemmungen, gewisse Grenzen im Disput nicht zu überschreiten, hinfällig zu werden. Dafür lernten sich die drei Betroffenen besser kennen, auch von bisher für nicht möglich gehaltenen Seiten. Immerhin ein Gewinn, dass man nun ehrlicher miteinander umging; Gewitter hatten etwas Reinigendes, was aber nicht bedeutete, dass das Zusammenleben danach völlig unproblematisch wurde. Diese Ehrlichkeit vor allem von Renatos Seite empfanden die sensiblen Geschäftspartner zunehmend als autoritär und taktlos. Eine geringfügige Unstimmigkeit genügte, dass sich der Schweizer und die Portugiesen geschäftlich trennten. Der Bootsbauer hatte schon länger die Absicht gehegt sich zumindest von der Kaschemme zu lösen, zumal er dem mehr schlecht als recht geführten Etablissement keine großen Zukunftschancen einräumte. Was ihm mehr Sorgen bereitete, waren die Rückzahlungen an seine Partner, denn dieses Geld benötigte er dringend zur Beendigung des Schiffbaus, aber auch hier würde sich eine Lösung abzeichnen. Wegen der Abreise eines Teils der Jungmannschaft war der Zeitplan für die Fertigstellung des Hausbootes nämlich durcheinandergeraten; Renato wartete immer noch auf die Lieferung des längst überfälligen zweiten Perkinsmotors. Er begann sich finanziell stärker einzuschränken; Bier und Rauchwaren bedeuteten bald noch den einzigen Luxus. Der Ford Galaxy war zusammengebrochen; alle acht Zylinderköpfe streikten und eine Reparatur hätte mehr als den Einstandspreis gekostet. So rostete das schneeweiße Fahrzeug in der salzigen Atlantikluft vor den Hütten dahin – täglich war weniger Blech zu sehen – und die Hühner nahmen das Auto als neue Dependance in Besitz. Manchmal drohten ihm die Probleme über den Kopf zu wachsen, aber er ließ sich trotz aller privaten Querelen und Geschäftsrückschläge nicht von seinem Vorhaben abbringen, nicht jetzt, wo er schon so viel Herzblut investiert hatte. Er wollte dieses Leben außerhalb der risikolosen Alltagsroutine und beneidete seine etablierten Altersgenossen in der Schweiz, die einen ereignisarmen Kurs auf die Pension steuerten, nicht eine Sekunde. Sich in Grenzsituationen zu erfahren, erschien ihm entschieden interessanter und reizvoller, und wenn die Kacke noch so am Dampfen war. Erträglich war das alles, indem er sich selber über die Schulter schaute. Ihn trieb die Neugierde, was das Leben noch alles zu bieten hatte. Das gab er seinen Kindern in intensiven Briefen auch immer wieder mit: „Macht Euch selbst zum Objekt, experimentiert mit Euch, lernt Eure Grenzen zu überschreiten." Und er pflegte ein kurzes Gedicht von Kurt Marti, einem Pfarrer, der nicht nur mit dem Himmel experimentierte, zu zitieren:

„Wo chiemt me hi, we jede seit, wo chiemt me hi u niemer gieng ga luege, wohi me chiem, we me gieng."

Aber zurück zum Realen, Handfesten: Mindestens waren die beiden Masten gesetzt, durch das Sonnendeck zwischen den Kabinenwänden im Betonboden verankert. Und ungeachtet der Verzögerungen hatten sie den Führerstand mit allen Instrumenten inklusive elektronischen Kompass, Echolot, Radar, Funkgerät, Ankerautomatik und so fort vollendet. Ein zweites Steuer befand sich auf dem oberen, sechzig Quadratmeter großen Sonnendeck, sodass der Kapitän mit seinen Gästen zusammen sein konnte, ohne die Kontrolle abgeben zu müssen. Renato war momentan damit beschäftigt, die insgesamt siebzig Lämpchen zu installieren. Jedes Bett, jede Duschkabine, alle Toiletten, Küchenbar, Aufenthaltsraum, die Reling ringsherum, die Masten, die Positionslichter, alle hatten Anrecht auf eine angemessene Beleuchtung.

Jacqueline gratulierte in ihrem Brief Maurice zum fünfundzwanzigsten Geburtstag und ließ diese Jahre gedanklich kurz Revue passieren. Sie hielt fest: „… *Es wäre wirklich an der Zeit, ein Buch zu schreiben – es gäbe eine absolut unglaubliche Geschichte. Aber eben, es ist schon so, dass das Leben selbst die verrücktesten Romane schreibt …!*"

Nach einem knappen halben Jahr kam Jacqueline von Brasilien zurück. Nein, es war nicht ihr geplanter Urlaub, um die Familie zu besuchen, sondern eine Rückkehr für immer. Depression und Verzweiflung hatte sie mehr oder weniger hinter sich gebracht. Hätte sie geahnt, was ihr auf dieser von allen guten Geistern verlassenen Insel alles zustoßen würde, sie wäre wohl nie hingegangen. Sie sah sich als toleranten und gutmütigen Menschen mit einem übertriebenen Harmoniebedürfnis, aber das war auch für sie definitiv zu viel. Nun entschied sie sachlich-nüchtern, dass eine Rückkehr in die Schweiz für sie das Beste war. Nicht die berühmte Lebenskrise, auch nicht „Frau in den Wechseljahren". Sie wollte sich in respektvoller Freundschaft von Renato trennen; wer weiß, die Wogen würden vielleicht in ein paar Jährchen geglättet sein. Sie waren ja de facto schon oft lange getrennt gewesen, aber die vielen glücklichen Jahre zusammen, die konnte ihr keiner nehmen. Endlich sprach sie für sich und nicht für andere. Das Dreiecksverhältnis bekam ihr immer weniger, das sah auch Renato ein, und obgleich er nicht glücklich war, bejahte er ihren Entschluss. Diacha würde nie weichen und Jacqueline setzte deren unbegreifliche Wesensart nervlich stark zu. Die hier herrschenden Spielregeln – so sie denn überhaupt als Regeln definiert werden konnten; Dauerchaos wäre wohl bezeichnender – begriff kein Außenstehender. Auseinandersetzungen wurden sehr direkt, elementar, mit vollem Körpereinsatz und ohne Rücksicht auf Verluste ausgetragen. Ihr fiel dafür nur der Begriff „primitiv" ein. Dem momentanen Burgfrieden traute sie nicht, denn er währte immer nur, solange sie Verzicht und Zurückhaltung übte. Renato konnte sich in seine Arbeit vergraben, Jacqueline war den alltäglichen Spannungen aber viel stärker ausgesetzt. Sie brauchte endlich Ruhe, einen Platz ganz alleine für sich. Sie wollte in der Schweiz einer sinnvollen Beschäftigung nachgehen, gar die Schwiegermutter aus dem Altersheim zurück nach Hause holen, da diese sich abgeschoben fühlte, um ihr noch ein paar schöne Jahre zu ermöglichen. Auch eine geregelte Arbeit ausführen und nicht immer nur Hausfrau sein, orientiert an ihrem Mann und den Kindern. Selbstständig und unabhängig werden.

Dabei hatte es hier eigentlich zu Beginn ganz positiv ausgesehen. Eine zweite Rundhütte im selben Stil, jedoch größer und komfortabler, war gebaut worden. Hier sollte Diacha mit dem Kind wohnen dürfen, sozusagen als Entschädigung dafür, dass Renato mit seiner immerhin angetrauten Frau unter einem Dach leben wollte, wenn auch dem bescheideneren. Jacqueline war einverstanden mit dieser Lösung und vorerst schickte sich auch Diacha in dieses Abkommen. Zusehends entwickelten sich jedoch Spannungen, die von der Nativa ausgingen, weil sie sich von der Gemeinschaft ausgeschlossen fühlte. Sie ertrug es kaum, dass in ihrer Anwesenheit zum Teil Schweizerdeutsch gesprochen wurde. Da half es auch nichts, wenn die Schweizer mit den oft auftauchenden Weltumseglern Englisch oder Französisch diskutierten: Das Inselmädchen empfand jede Fremdsprache als Zumutung, da sie außer Brasilianisch nichts verstand; woher denn auch mit ihren begrenzten Bildungsmöglichkeiten, die sie auf Paricatì hatte. Wann immer möglich, versuchte das Schweizer Ehepaar Portugiesisch zu sprechen, um nicht unnötig zu provozieren.

Nun fing Diacha aber an, Ansprüche als Kindsmutter zu stellen. Rein materielle Abgeltungen waren ihr, die sich in ihrem ausgeprägten Stolz sehr schnell verletzt fühlte, bald zu wenig. Dabei bekam sie alles, was sie von Renato begehrte und was in seinen finanziellen Möglichkeiten stand. Jacqueline, selbst viel bescheidener in den Ansprüchen, schwieg, auch wenn sie Diacha für dreist hielt. Um des Friedens willen sagte sie lange – zu lange – nichts, bis die Forderungen eskalierten respektive das Gör sich sämtliche Rechte herausnahm, ohne zu meinen, sich an irgendwelche Normen halten zu müssen. Sie ließ das Ehepaar vorerst tags, später auch nachts nicht mehr aus den Augen, funkte aus Eifersucht überall im Alltag dazwischen; es gab keine ruhige Minute mehr. Renato staunte selbst über die verschiedenen Seiten dieser jungen Frau. Hatte er ihre Wildheit zu Beginn der Beziehung noch geschätzt (als etwas in die Jahre gekommener Womanizer schmeichelte ihm die wollüstige Katze, besonders wenn sie ihre Krallen zeigte), wurde ihm diese Leidenschaft jetzt eher lästig. Sprichwörtlich empfand er ihre Eifersucht als Krankheit, die mit Eifer sucht, was Leiden schafft. Auch waren ihm ihre Szenen vor Jacqueline und den anderen Europäern eher peinlich, weil sie ohne Rücksicht auf Verlust ausflippen konnte. Die direkte Auseinandersetzung war hier üblich; man schlug mit dem Zweihänder zu und hatte kein Verständnis für elegante Degengefechte, sublimiert als intellektuelles Streitgespräch. Viel eher prügelten, schlugen, bissen, kratzten sich die Kontrahenten und man musste froh sein, nicht in die gesteigerte Variante zu geraten: In der Streiteuphorie griff mancher – und vor allem manche – auch zur Waffe in Form von Stöcken, Bierflaschen oder Messern. Das kleine Regionalspital hatte deshalb immer viel Arbeit mit den zu behandelnden Opfern und auch der Totengräber konnte sich nicht über eine mangelnde Nachfrage beklagen. Nun, so weit war es mit Diacha noch nicht gekommen; irgendeine Scheu vor der fremden Kultur mit für sie undurchschaubaren Verhaltensmustern und Kommunikationsstilen hielt das Inselmädchen vorläufig im Zaum, wenigstens was Jacqueline betraf. Sie konnte zum Beispiel kaum verstehen, dass Renatos

Gattin sie nicht einfach aus dem Haus prügelte, was hier normal gewesen wäre; immerhin hatte sie eine, wenn zurzeit auch unterbrochene, sexuelle Beziehung zu ihrem Mann, was ja an den eindeutigen Konsequenzen sichtbar war. Im Gegenteil, Jacqueline kümmerte sich sogar um ihren Sohn, versuchte Diacha wo immer möglich zu integrieren, ihr nie das Gefühl des Ausgeschlossenseins zu geben. Irgendwie tat ihr die Frau leid; was hatte sie schon für eine Chance im Leben: Mutter früh verloren, bei einer bösen Stiefmutter aufgewachsen, die sie regelmäßig schlug, abgeschoben zu einer prüden, bigotten Tante, was trotzdem nicht verhinderte, dass sie bereits in ihrem zarten Alter drei Kinder von drei verschiedenen Männern hatte. Es wären sogar vier gewesen, aber ihr kleines dreijähriges Mädchen hatte sich an einer großen Pfanne auf dem Herd, welche kippte, tödliche Verbrennungen zugezogen. Unter diesem Trauma litt sie noch immer, auch wenn das Sterben auf dieser Insel – wie in Angola übrigens auch – viel natürlicher aufgenommen und akzeptiert wurde als in Europa. Jacqueline merkte gerade, dass sie sie jetzt sogar noch in Schutz nahm, dabei hatte sie aufgrund verschiedener Auseinandersetzungen zwischen Diacha und Renato allen Grund sie zur Hölle zu wünschen. Das Perfide war: Die Nativa bruta hatte nichts zu verlieren, Renato aber sehr viel, denn Paricatì war seine letzte Chance, die ihm ein Leben außerhalb der „gesellschaftlichen Prostitution mit all ihren unsäglichen Kompromissen", wie er es zu nennen pflegte, ermöglichte. Zu lange – selbst in Angola – hatte er sich mit Galgenhumor und Zynismus durchgemogelt, war 1970 haarscharf an einem Herzinfarkt vorbeigeschrammt durch die Krise der Agrangol, hatte sich dank Jacqueline hochgerappelt und selbstständig gemacht ohne fremde Hilfe. Diese materielle Unabhängigkeit verhalf ihm zu einem neuen Selbstbewusstsein, aber erst hier fühlte er sich auch psychisch frei und die Freiheiten, die er jetzt genoss im Sinne einer kreativen Arbeit fernab von sozialer Kontrolle und gesellschaftlichen Zwängen, wollte er unter allen Umständen behalten. Er war gewissermaßen zum Außenseiter geworden, hatte mit vielen Traditionen gebrochen,

Tabus verletzt, sich um Spielregeln foutiert, die er eh als verlogen empfand. Auch wenn es kitschig klang: Mit zunehmendem Alter hatte er das Bedürfnis sich selbst zu finden. Renato ging noch einen Schritt weiter, indem er sogar den Bau seines Narrenschiffes als Alibi-Übung zu betrachten begann. Und jetzt, allein gelassen von Gattin und Partnern, welche Ironie: Das Einlassen mit diesem Mädchen jenseits aller Konventionen stellte nun präzise alles infrage, denn Diacha würde bis zum Letzten gehen, auch wenn dies ihr eigener Untergang bedeutete. Und so gesehen war sie gegenüber Renato und Jacqueline immer am längeren Hebel.

Das Paradies bröckelte nicht nur im Mikrokosmos. Aufgeschreckt durch die Medien erfuhr die Familie in der Schweiz von einer Quecksilberverseuchung der Bucht von Bahia. Irgendein chemischer Betrieb hatte verbotenerweise das Abwasser eingeleitet, was zu einem großen Fisch- und Muschelsterben im Stadtgebiet führte. Wie allseits auf der Welt üblich spielten Direktion und Behörden das Ereignis herunter, wischten alles unter den Teppich. Zu keiner Zeit habe eine Bedrohung für die Bevölkerung bestanden, alles im Griff. Natürlich, bei einer mittleren Lebenserwartung des statistischen Bahianers von vierzig Jahren würde ein vorzeitiges Ableben einzelner Leute kein Aufsehen erregen. Und wie überall hatte die Natur keine Gewerkschaft.

1980: Das ehemalige Südrhodesien wird als Simbabwe unabhängig. Tod des jugoslawischen Präsidenten Tito, der Schriftsteller Alfred Andersch und Henry Miller, des Philosophen Roland Barthes, des Psychoanalytikers Erich Fromm, des Existenzialisten Sartre, des Regisseurs Alfred Hitchcock, des Schahs von Persien, des portugiesischen Diktators Caetano. Kriegsbeginn zwischen Irak und Iran. 85 Tote bei Attentat im Bahnhof von Bologna. Heftige Jugendkrawalle in Zürich. Eröffnung des Gotthard-Strassentunnels. In Danzig wird die Solidarnosc gegründet. Ronald Reagan neuer USA-Präsident. John Lennon in New York ermordet. Nach einem Gerichtsentscheid von Rom überträgt der Piratensender Radio 24 als stärkster UKW-Rundfunk der Welt wieder sein Programm vom Pizzo Groppera.

Die Jangada

Ankunft 23.30 Uhr Lokalzeit. Es war immer noch drückend heiß und feucht jetzt Anfang März, der Sommer noch nicht vorbei. Nach dreizehn Stunden Flug mit einem Zwischenhalt in Dakar hatten sie zum ersten Mal in ihrem Leben brasilianischen Boden betreten. Eindrücklich, dieser Anflug bei Nacht über das Lichtermeer von Rio de Janeiro; die Strände von Copa Cabana und Ipanema sowie der Zuckerhut waren vom Flugzeug aus gut zu erkennen. Dank eines Wettbewerbsgewinnes, einem kleinen Auto, das sie sogleich verhökerten, hatten sie sich diese Reise überhaupt leisten können.

Am Galeão-Flughafen warteten sie vergeblich auf das Ehepaar Dröge. Die Deutschen waren Freunde von Angola her, die vor einiger Zeit nach Rio versetzt wurden. Paul, ein ehemaliger Angehöriger der Elite-Eingreiftruppe GSG 9, hatte die Verantwortung für die Sicherheit des Deutschen Konsulats in Luanda und jetzt für dasjenige von Rio. Bei ihnen hätten Aretha und Maurice einige Tage wohnen dürfen, bevor sie nach Salvador weiterreisten. Nun, die erste Nacht in der reservierten Unterkunft war ohnehin gebucht und so nahmen sie sich ein zu teures Taxi, fuhren zur Bruchbude, welche sich nobel „Argentina Palace" schalt, und fielen erschöpft ins Bett. Andertags standen sie bei Zeiten auf und erreichten endlich Anne am Telefon, die sehr aufgelöst klang. Trotzdem bat sie sie, gleich zu ihnen zu kommen, was die Reisenden dankbar befolgten. Per noch teurerem Taxi (Gringos mussten einfach betrogen werden, auch wenn sie der Landessprache mächtig waren) gelangten sie nach Ipanema und wurden in der großzügigen Atriumswohnung, die im vierten Stock auf einen ruhigen, begrünten Hinterhof hinaus lag, von Anne herzlich, aber nervös empfangen. Sie erhielten das schöne Gästezimmer, einen erfrischenden Suco, Fruchtsaft aus Maracujá und Guajaba, um dann eine unzusammenhängende, hektisch vorgetragene Geschichte zu erfahren, die sich erst mit viel Spürsinn und Nachfragen zu einem logischen Ganzen zusammenfügte: Paul war die ganze Nacht über im Konsulat geblieben, nicht wegen des eskalierenden Streites mit seiner Frau Anne (das war wieder eine andere Geschichte). An alles hatten sie gedacht. Das Konsulat war dreifach gesichert; keine Katze hätte sich unbemerkt in das Areal einschleichen können und das war gut so, denn Überfälle und Entführungen kamen in dieser Stadt täglich vor. Aber wer rechnete schon damit, dass sich das Drama sozusagen aus dem inneren Kreis heraus zuspitzen würde. Der Ehemann einer Sekretärin kam jeden Abend seine Frau abholen. Alle wussten, dass sie ein schon länger andauerndes Verhältnis mit dem Handelsattaché unterhielt, aber niemand ahnte, dass der eifersüchtige Ehemann ebenfalls davon Kenntnis hatte. So ließ man ihn auch gestern ungehindert passieren und dann geschah es. Ohne Vorwarnung hatte er eine Pistole gezückt und mehrmals auf seine Frau abgedrückt – sie war sofort tot. Dann stürmte er gleich zum Geliebten ins Büro und erledigte diesen ebenso mit einem sauberen Blattschuss; eine Genugtuung für ihn, der längst die Schmach eines Gehörnten hätte rächen sollen. Zu spät konnten Paul und seine Sicherheitsleute den Amokschützen überwältigen und der mittlerweile gerufenen Polizei übergeben.

Das war also der Grund ihrer Abwesenheit am Flugplatz. Einen kleinen Spaziergang durch die Avenida Prudente Morais und das Quartier brauchten die Angekommenen jetzt, um dies alles zu verdauen. Maurice erklärte Aretha: „Prudente' bedeutete Vorsicht – welche Ironie, dass der Sicherheitsbeamte in dieser Straße wohnte und die Bluttat trotzdem nicht verhindern konnte." Kaum nach Hause zurückgekehrt wurden sie Zeugen einer hässlichen Auseinandersetzung zwischen Anne und Paul; die gegenseitigen Vorwürfe waren massiv, die Ehe wohl ziemlich zerrüttet. Abwechslungsweise versuchten sie die Gunst und das Verständnis der Besucher für sich zu beanspruchen und dem anderen die alleinige Schuld an ihrer Misere zu geben. Zur Abkühlung der Gemüter schlug man vor, in eines der bekannten Strandrestaurants von Ipanema zu gehen. Im „Barril" stritt das Paar lauthals weiter, was niemanden zu stören schien, weil hier alle laut quatschten, lästerten und private Auseinandersetzungen offenbar das Natürlichste der Welt bedeuteten. Es schien sich wieder einmal zu bewahrheiten, dass die Ehe der Versuch war, gemeinsam die Probleme zu lösen, welche man alleine nie gehabt hätte. Nur die beiden Schweizer fühlten sich unwohl, wollten neutral bleiben und schworen sich, nie mehr private Angebote anzunehmen. Lieber eine schäbige, selbst bezahlte Absteige und dafür niemandem zu nahe kommen. Die nächsten drei Tage flüchteten sie sich in Sightseeing, um als unfreiwillige Zeugen den drohenden Konflikten auszuweichen. In einer halsbrecherischen Busfahrt erklommen sie den Corcovado, um dann mit der Zahnradbahn hinauf zum Christo Rei zu gelangen. Von hier bot sich eine überwältigende Aussicht auf den Smog von Rio. Die gigantische Christusstatue mit ihren ausgebreiteten Armen schien immer noch darauf zu warten, dass die Cariocas endlich mit der Arbeit beginnen würden, damit sie schließlich in die Hände klatschen könnte. Und bunte Kolibris schwirrten in den Blüten der Gartenanlage zur Freude Arethas.

Aretha und Maurice entspannten sich in den Wellen vor Ipanema. Dieser Stadtstrand gefiel ihnen viel besser als die berühmte Copacabana, an der es fürchterlich stank, weil wieder einmal eine Abwasserleitung, die den Dreck weit draußen direkt in die Bucht spülte, geborsten war und es auch keine schönen Strandcafés gab. Sie buchten zwei Tickets bei Itapemirim, einer Unternehmung mit über neuntausend Bussen, die im ganzen Land Busstrecken unterhielt, und stiegen am nächsten frühen Nachmittag an der Rodoviária, einem der großen Busstationen, in einen Leito, einen teuren, aber bequemen Reisecar mit Aircondition und Liegesesseln. Die Reise führte sie in nördliche Richtung, zuerst auf der gut ausgebauten Küstenstraße, dann etwas mehr durchs Inland. Schöne Landschaften, riesige Plantagen, ab und zu eine Schar schwarze Urubus, allgegenwärtige brasilianische Aasgeier, die sich an einem überfahrenen Kadaver gütlich taten. Dauernd kam ein Boy mit Getränken und Kaffee vorbei, das WC an Bord war sauber, die Sitze hervorragend. Alle vier bis fünf Stunden hielten sie an einer Art Autobahnraststätte, wo man sich verpflegen konnte und der Chauffeur ausgewechselt wurde. Nachts konnten die Sitze zu einem richtigen Bett umfunktioniert werden, auf dem sich mit Kissen und Decke bestens ruhen ließ. Diese Art zu reisen war eindeutig komfortabler als im Flugzeug und man hatte erst noch die Gelegenheit, etwas von der Landschaft zu sehen.

Nach ca. dreißig Stunden Fahrt erreichten sie Salvador da Bahia, wo Piero und sein Freund sie bereits erwarteten, um sie zum Ferryboat zu geleiten und mit ihnen in etwa einer Stunde Reisezeit zur Insel Paricatì überzusetzen. Hier in Bom Chupades holte sie Renato bei Einbruch der Dunkelheit mit einer Carinha, einem Kleinlaster ab. Und endlich, nach zwanzig Minuten Fahrt und einer langen, anstrengenden Reise kamen sie auf dem Werftplatz von Renato in Paricatì an. Aber da war kein Schiff! Renato hatte sie überraschen wollen; seine Jangada schwamm achtzig Meter vom Ufer vertäut friedlich in der Bucht, nur schemenhaft im Dunkel dieser sternenlosen Nacht zu erkennen. Vor einer Woche hatten sie das Hausboot heimlich gewässert, ein Moment von großer Spannung. Würde das Ding schwimmen? Stimmten alle Berechnungen bezüglich Tiefgang respektive Wasserlinie? Waren die Schwimmer dicht? Renato und seine Crew straften alle skeptischen Ingenieure im Land Lügen und hatten zumindest den ersten Teil der Wetten für sich entschieden. Nun mussten noch die endlich angelieferten Motoren eingebaut werden, ein äußerst delikates Unterfangen. Aber sie hatten es so weit gebracht, jetzt würde auch noch die letzte Etappe gelingen und dann, ja dann würde der Abenteurer um die Insel fahren, jedem Zauderer zuwinken und ins Horn stoßen, um der ganzen Welt mitzuteilen: „Die Jangada fährt, entgegen aller Zweifler und das Hausboot wird Gästen eine neue Dimension des Tourismus bieten, trotz aller bisherigen Unkenrufe." „Jangada" bedeutete soviel wie Floß und dieser Name kam für das luxuriöse Hausboot fast einer Tiefstapelei gleich, aber Renato hatte sich nun einmal dafür entschieden. In dunklen, großen Lettern prangte er vorne auf den weiß gestrichenen Schwimmern und bekanntlich durfte ein Name niemals geändert werden, das hätte nur Unglück gebracht.

Noch lange saßen die Angekommenen in der Rundhütte mit Renato, Piero und seinen Freunden zusammen, berichteten von der Schweiz und ihrer Reise und ließen sich ihrerseits unterrichten über die Vorkommnisse in Paricatì, die schwierigen Bauphasen der Jangada. Diacha und ihr Söhnchen waren anwesend, hatten sich eingereiht beim Empfang, als man Aretha und Mauriçe alle Freunde, Verwandten und Mitarbeiter vorstellte, sie hielt sich aber eigenartig distanziert zurück, schien zu fremden, wusste noch nicht, wie der älteste Sohn von Renato nach allem, was passiert war, reagieren würde. Die beiden Jüngsten, Amadeo und Rico, kannte sie schon von ihren letztjährigen Ferien; diese hatten wohl gesehen, dass sie mit dem kleinen Renatozinho schwanger war, es aber schweren Herzens für sich behalten auf Wunsch ihres Vaters, weil er es damals Jacqueline selber sagen wollte. Mauriçe dagegen war eine unbekannte Größe und als ältester Sohn ohnehin in einer Sonderstellung, die sie meinte respektieren zu müssen.

Schlafgemächer waren in den Rundhütten keine frei und so hatten Aretha und Mauriçe das Privileg, als erste Gäste auf der Jangada übernachten zu können. Renato ruderte sie samt Gepäck mit einem Gummiboot um 2.00 Uhr früh persönlich hinaus. Obwohl das Wasser spiegelglatt lag, gestaltete sich die Überfahrt bizarr aufregend, denn nur die Hälfte der Luftkammern war noch gefüllt, die andere, von scharfen Muscheln geritzt, hatte ihre dralle Form längst aufgegeben und schlabberte gefährlich umher, was der Aerodynamik nicht gerade zuträglich war. Das Beiboot auf Kurs zu halten, geschweige denn das Gepäck oder sich selbst trocken hinüberzuretten, erwies sich als undurchführbar. So kreiselten sie mehr schlecht als recht zur rettenden Lodge auf Schwimmern. Dafür war das Hausboot dann umso imposanter: 23 Meter Länge, fast 8 Meter breit, ein Ungetüm von ca. 50 Tonnen mit seinen zwei hohen Masten, 6 Doppel- und einer Viererkabine, alle mit Dusche, WC und Lavabo ausgerüstet, ein großer Salon mit Eckbank und Esstisch sowie der offenen Küche mit Bar, beschallt mit eingebauter Stereoanlage. Alles in schönes Holz eingekleidet und mit Beschlägen versehen, Maßarbeit vom Feinsten. Die siebzig Lämpchen brannten alle, denn eine vollgeladene Batterie für seine Ehrengäste gehörte sich. Selbst duschen konnte man, allerdings waren die Pumpen für das Wasserreservoir auf dem Dach noch nicht in Betrieb. Die Kajütenbetten breit bemessen und mit komfortablen Matratzen bestückt. Nach dem ersten Staunen und einigen Erläuterungen des stolzen Erbauers schliefen sie in der extra für sie hergerichteten großen Kabine wie Murmeltiere. Hier draußen war die Luft kühler, es hatte weniger Mücken und das sanfte Schaukeln lullte einen wohlig ein.

Bei Tageslicht wirkte das Schiff noch beachtlicher; heute würde man wohl „geiler" sagen. Allerdings lag die Jangada nun bei Ebbe nur noch vierzig Meter vom Ufer, das heißt vom Schlick, in den man bei der Rückkehr zum Strand bis zu den Waden einsank, das Gummiboot hinter sich her über die vielen scharfen Steine und Muscheln schleifend, was seinen desolaten Zustand erklärte. Als Touristenbasis wäre dieser Ort hier also kaum angebracht. Und apropos Touristen: Erst jetzt bemerkten die beiden Neuankömmlinge zwei schöne Escunas, zu Motorseglern umgebaute Fischkutter, ca. zwölf Meter lang, welche nicht weit von ihnen geankert hatten. Die eine hieß „Estefani" zu Ehren von Renatos erster Enkelin. Darauf Leute, die Schweizerdeutsch sprachen? „Ja", antwortete Renato beim Frühstück vor der Hütte, „die drei Ehepaare dort sind meine ersten zahlenden Gäste aus der Schweiz, die bei Kuoni unsere Extratour gebucht haben und seit vorgestern hier wohnen." „Tour" bedeutete doch aber „umherfahren", die Bucht, Inseln und Flussdeltas kennenlernen? „Es hat sich halt alles etwas verzögert und auf die ersten Touristen, die anbissen, konnte ich doch nicht verzichten; sie sind sozusagen meine Versuchskaninchen, dafür erhalten sie ja auch einen Vorzugspreis." Die Schoner hatte Renato vorsorglich gekauft und umgebaut, wohl ahnend, dass er sonst den Vertrag terminlich mit dem Reiseunternehmer nicht hätte erfüllen können, und was das zu bedeuten hatte, dafür musste man nicht Ökonomie studiert haben. Unfreiwillig, wie so oft in seinem Leben, war der Aventurier zum Kleinreeder geworden mit einer Flotte von immerhin drei Schiffen. Aber damit nicht genug: Auch zwei Windsurfer gehörten zur Equipage; das musste der Chronist, der letztes Jahr mit dieser Sportart angefangen und großen Spaß daran gefunden hatte, sofort ausprobieren. Meer war nicht gleichbedeutend mit See, aber er lernte schnell. So schnell, dass ihn sein Vater umgehend als Surflehrer für die Schweizer Touristen anstellte, um sie bis zur geplanten dreitägigen Ausfahrt etwas zu beschäftigen. Es waren gemütliche, genügsame Leute, die der ruhigen Exotik hier viel abgewinnen konnten; dennoch spürte Renato bei ihnen eine gewisse europäische Ungeduld und dieses „carpe diem" war den Ansässigen eher unheimlich, also sprang Maurice ein, spielte den Was-haben-wir-für-einen-Spaß-Typen, bemühte sich lächelnd um ihre Zufriedenheit. Zum Glück war Diachas Schwester eine hervorragende Köchin, die es verstand, mit exotischen Gerichten, die meist am Strand serviert wurden, alle bei Laune zu halten. Kulinarisch gut versorgt war die halbe Miete, das wusste Renato, und deshalb hatte er auch Bahiana – so hieß die Schwester – engagiert. Sie war, im Gegensatz zu Diacha, eine ruhige, sympathische und herzliche junge Frau und sie bereitete göttliche Moquecas de Peixe oder de Camarão zu, fangfrischer Fisch und Scampi im Eintopf mit Kokosmilch, Palm- und Olivenöl sowie Tomaten. Makrelen, Thunfisch oder Bacalhão eigneten sich besonders; die Marinade bestand aus Petersilie, Schnittlauch, Minze und Koriander, dazu eine Knoblauchzehe, Zwiebeln, Tomaten, Pfeffer und Salz. Alles feingehackt und im Limonensaft zu einer Paste zerdrückt. Damit den gesäuberten Fisch oder die Scampi eingerieben und mindestens eine Stunde in der Marinade gelassen. Den Fisch gab sie in eine tiefe Pfanne mit Deckel, sie fügte Zwiebeln und Tomaten hinzu. Die mit etwas Wasser verdünnte Kokosmilch, das Palm- und Olivenöl wurden darüber gegossen und bei starker Hitze zwanzig Minuten gekocht, schließlich das Ganze noch fünfzehn Minuten ziehen gelassen. Man konnte auch noch wahlweise Kartoffeln dazugeben. Serviert wurde diese typische bahianische Kost in einem Topf aus Ton. Der gefeierte Literat Jorge Amádo, selber Bahianer und Liebhaber dieser Küche, attestierte der Moqueca und anderen Spezialitäten eine aphrodisierende Wirkung.

Wer diese mit viel Liebe und Sorgfalt von Bahiana zubereiteten Gedichte nicht mochte, war selber schuld.

Und dann musste ein Abendprogramm für die Schweizer Besucher aus dem Hut gezaubert werden, eine anspruchsvolle Herausforderung, besonders weil die Insel kein Kino, kein Kasino, sondern höchstens eine Wochenenddisco in einer poveren Bretterbude mit Lämpchen und Tangokugel bieten konnte. Die Sonnenuntergänge gaben schon etwas her, intensiv und romantisch, aber sie hatten den Nachteil, dass das Spektakel in zwanzig Minuten vorbei war. Zum Glück verfügte Renato über einige Informanten, seine Adventure-Scouts, die eine Serie von Hahnenkämpfen in einem Außenquartier ausfindig machten. Dafür war vor geraumer Zeit extra eine Wellblechhalle mit Arena und Tribünen ringsumher gebaut worden. Hier fanden in regelmäßigen Abständen vom frühen Abend bis spät in die Nacht diese brutalen Gladiatorenkämpfe des kleinen Mannes statt, die an Blutrünstigkeit jedoch seinesgleichen suchten. Renato sollte als Reiseleiter mit, wollte aber erst einmal schlafen, weil ihn seine Diacha mit ihrer Gereiztheit und Streitlust die letzte Nacht kaum ein Auge zumachen ließ. Er würde sich später dazu gesellen. Wiederum sollte Mauriçe zusammen mit Piero den Part des Reiseleiters übernehmen, den Leuten eine Einführung in diese Tradition (eine von vielen abartigen und grausamen) geben, die Kämpfe begleiten und kommentieren, die Ausführungen eines Fachmannes übersetzen. Das setzte erste Diskussionen zwischen Vater und Sohn ab über Verantwortungsgefühl, Verpflichtungen den Gästen gegenüber und so fort. Außerdem beklagte sich Aretha, dass sie eigentlich zum Ferienmachen hierher gekommen seien und nicht, um irgendwelche Gruppen zu betütern. Es hatte keinen Sinn, Renato schlief während des Streits vor Übermüdung ein, sodass der Chronist die Situation retten musste. Geputzt und gestriegelt versammelten sich die Ehepaare nach dem Strandgrill erwartungsvollängstlich, um der verdrängten Lust nach Blut und Mordgier nachzugeben. Und sie wurden nicht enttäuscht. Ähnlich wie bei Stierkämpfen fanden in einer Nacht mehrere Duelle statt, allerdings mussten sich die siegreichen Hähne nach dem K. o.-

Prinzip jeweils in der nächsten Runde wieder stellen, egal wie lädiert die armen Tiere bereits waren. Auf Starkämpfer wurden hohe Wetten abgeschlossen; gewann ein Außenseiter, konnte dies dem glücklichen Besitzer des Hahns wegen der Wettquote schon mal zu einem kleinen Vermögen verhelfen.

Der Schuppen füllte sich, es war laut, stickig und rauchig. Die nackten von der Decke hängenden Neonröhren verbreiteten ein gespenstisches, diffuses Licht. Geldscheine, ja ganze Bündel wechselten rasch die Hand. Angespannte, nervöse Atmosphäre, misstrauische Blicke zu den Gringos wegen der Kameras, denn eigentlich war das ganze Spektakel illegal, jedoch behördlich geduldet. Wollten hier etwa Medienleute, zartbesaitete Tierschützer aus dem Ausland eine Tradition anprangern? Sie würden sich ihren Spaß und diese Geldquelle nicht vergällen lassen. Ein erfolgreicher Hahn bedeutete für dessen Besitzer Ruhm, Wohlstand und Ansehen; die sieggekrönten Tiere wurden wie Champions verehrt und oft besser gehalten als deren Eigner. Das Interesse an den Ausländern ließ bald nach, denn es wurde der erste Kampf über ein schepperndes Megafon angekündigt. Eine kleine Arena mit Naturboden, darüber zwei Hängelampen mit Blechschirmen, die das Licht nach unten bündelten. Die beiden Besitzer redeten ihren Kampfhähnen noch einmal beschwörende Worte zu, streichelten ihnen dauernd den Hals und die Brust wie der Masseur Schenkel und Waden von Profifußballern, überprüften, ob die messerscharfen Metallsporen auch richtig an den Füßchen befestigt waren. Dann setzen sie die mageren, aber zähen Hähne in der Manege ab. Ohne sich auch nur eine Sekunde abzuschätzen, stürzten die Tiere aufeinander los; der Rivale, so ihr genetisches Programm, musste so schnell wie möglich erledigt werden. Sie hackten sich gegenseitig auf die Köpfe, flatterten wie wild, sprangen sich mit ihren messerbewehrten Krallen an und hatten nur ein Ziel, den anderen zu töten. Spätestens jetzt realisierten die unbedarften Zuschauer, dass das hier für die Hähne ein Kampf auf Leben und Tod bedeutete und sie sich nichts schenkten. Nach knapp zehn Minuten grausamer Schlacht lag der eine Hahn blutüberströmt am Boden, der Sieger hackte und schlug aber weiter auf ihn ein und nur die gnädige Zustimmung des erfolgreichen Besitzers rettete den Unterlegenen vor dem sicheren Untergang; sein zerknirschter Eigner tröstete das Tier und verschwand kleinlaut. Das Volk schrie und tobte, war mit dem Gebotenen zufrieden. Einzelne Buhrufe, weil der Verlierer verschont, statt komplett fertiggemacht wurde und damit nicht als Churrasco auf dem Holzkohlengrill landete. Die Damen hatten bereits genug gesehen und wandten sich angeekelt ab. Sie waren entsetzt über die Brutalität, insbesondere, dass man die Hähne noch zusätzlich bewaffnete, um die Kämpfe härter, aggressiver zu machen. Die männlichen Touristen wollten noch einigen dieser Schlachten beiwohnen; das Fieber hatte sie gepackt und sie wetteten selber kühn auf den einen oder anderen Favoriten. Die sonst so friedfertigen Leute gesetzteren Alters kannten sich selber nicht mehr: Eine Gier nach noch härteren, gemeineren, blutigeren Auseinandersetzungen bemächtigte sich ihrer. So musste es wohl im alten Rom den honorigen Zuschauern ergangen sein, wenn der Kaiser Gladiatorenkämpfe im Circus Maximus ausrichtete. Das bluttriefende Spektakel dauerte bis tief in die Nacht und mancher Hahn musste zur Volksbelustigung sein Leben lassen. Ein einäugiger Gockel wurde Champion; er hatte sich in fünf Runden durchgesetzt, war ein alter Kämpe, ausgebufft und abgebrüht, der sein Handicap mehr als wettmachte. Sein verlorenes Auge stammte noch aus der Anfängerzeit – tempi passati – jetzt krähte er siegesgewiss auch für die Zukunft Renatos Credo heraus, dass nämlich ein Einäugiger im Lande der Blinden noch immer und lange König bleiben würde.

Aber auch die Zuschauer kamen nicht ungeschoren davon. Je später der Abend, desto höher der Cachaça-Pegel und die Bereitschaft, Anhänger des falschen Hahns zu verhöhnen oder zu verfluchen, bis jemand die Nerven verlor und zuschlug. Darauf mischten sich die durch die Kämpfe besonders Angeheizten noch so gerne ein und null Komma nichts war die fröhlichste Keilerei im Gang, welche um 2.00 Uhr früh mit einigen Verletzten endete und dem diensthabenden Arzt im Regionalspital eine arbeitsreiche Nacht bescherte. Die Schweizer, welche sich vornehm zurückhielten, konnten es gar nicht glauben, dass auch ein Hooliganismus der Hahnenkämpfe existierte.

Der Ausflug mit den Gästen, Freunden und Crew am nächsten Morgen auf einer der Escunas zur Nachbarinsel „Ilha dos Frades" besänftigte die aufgewühlten Gemüter von gestern. Ein richtiger Badetag an feinsten Sandstränden mit kristallklarem Wasser, das zum Schnorcheln einlud. Und natürlich bereitete Bahiana wieder eines ihrer köstlichen Churrascos auf dem Grill am Strand zu. Eine Kiste kühles Bier, fünfunddreißig Grad Celsius im Schatten und zwei, drei Caipirinhas zur Verdauung reichten, um alle schläfrig werden zu lassen; die abendliche Heimkehr bei auffrischender Brise mit kleinen weißen Schaumkronen auf der Meeresoberfläche genossen sie auffällig still.

Und diese Verschnaufpause tat gut, denn abends ließ sich Mauriçe auf eine Riesendiskussion mit Diacha und Renato über deren Verhältnis zueinander, der Beziehung zur enttäuscht abgereisten Jacqueline und zum unmöglichen Verhalten der beiden hier ein. Die Fetzen flogen bis ins Morgengrauen. Diacha war erstaunt, über wie viele intime Details der Chronist Bescheid wusste, und kreidete dies wiederum Renato als Vertrauensbruch an. Er machte ihr klar, dass ihn Frauen zwar faszinierten, er ihre Anwesenheit schätzte, sie ihn aber niemals von seinen Visionen und Plänen abhalten könnten. Diese Ziele standen für Renato über jeder persönlichen Beziehung. Das begriff Diacha nicht und hatte auch Jacqueline nie ganz verstanden, aber das würde wohl keine Frau je nachvollziehen können. Man sah es zwar noch kaum, aber Aretha und Mauriçe war aufgefallen, dass Diacha wieder schwanger war. „Warum, Paps, musst du jetzt, nach allem, was passiert ist, nochmals einen draufsetzen? Machst du das extra, ist das deine spätpubertäre Form von Auflehnung?" Renato winkte ab: „Ich habe dir ja gesagt, dass ich diesbezüglich keine Rücksicht mehr nehmen kann. Den Fakt, dass ich mit Diacha zusammenlebe, kennen ja nun alle, wieso soll ich da noch irgendwelche Konsequenzen vertuschen? Jetzt ist's halt nochmals passiert, na und? Für mich ändert das nichts, auch nicht in meiner Beziehung zu deiner Mutter. Aber offenbar macht es meinem hypokriten Schwiegervater Walther zu schaffen; er hat mir durch Jacqueline mitteilen lassen, dass ich in Basel wegen des ersten Kindes (nicht wegen der Affäre! So sind sie eben, diese verlogenen europäischen Männer) ab sofort Hausverbot hätte. Wie lächerlich; da musste ich ja – tiefenpsychologisch verständlich – nochmals draufhauen." Was sollte Maurice dazu sagen, es war schließlich das Leben seines Vaters. Er wollte hier mit seiner Partnerin Aretha einfach seine Ruhe haben, die Ferien genießen und sich nicht vorschreiben lassen, wann er Touristen zu führen, wann er Schweizerdeutsch zu sprechen und wann er um Erlaubnis zu fragen hätte, einmal allein mit seinem Vater unterwegs sein zu dürfen. Und dieser Tarif galt ab sofort, sonst würde er umgehend abreisen und sich um diese Insel foutieren. Das saß und ab diesem Moment ließ ihn Diacha mit ihren Störaktionen nicht nur in Ruhe, nein, sie begann sogar die Schweizer Besucher selber zu bekochen, sich um ihr Wohl zu kümmern, ihnen Tagesausflüge ohne ihre Anwesenheit zuzugestehen. „Es geschehen Zeichen und Wunder!", seufzte Renato immer wieder. „Nein", antwortete sein Sohn, „man muss sich bloß wehren, was du leider schon lange nicht mehr machst, weil du, zumindest was dein Privatleben betrifft, irgendwie resigniert hast. Du sprichst hier von deiner Freiheit im Denken und Handeln; damit ist es aber nicht weit her, denn was du da machst, ist zwar intensiv, würde aber jedem Spießbürger gut anstehen." Und er redete Tacheles: „Ihr seid nichts anderes als Bünzlis unter Palmen, die miteinander ums liebe Geld keifen und jeden Abend am Fernseher die unsäglich blöden Telenovelas schauen." Das erzürnte Renato ordentlich, denn alles durfte man ihm an den Kopf werfen, aber nicht eine solch massive Beleidigung. „Wärst du nicht mein Sohn, ich würde dir eine schmieren. Und überhaupt, wir setzen uns halt auseinander; wenn zwei immer dasselbe denken, ist einer sowieso überflüssig." Hauptsache, Diacha störte nicht mehr allzu sehr; nüchtern war sie erträglich, ja sogar richtig nett konnte sie sein. Das heulende Elend überkam sie jedoch immer dann, wenn sie abends dem Alkohol zusprach, und das war eigentlich meistens. Schaffte sie es im Moment nicht mit Stärke, konnte man es ja einmal mit Hilflosigkeit und trauriger Kümmernis versuchen, um die anderen zu beherrschen.

Dachten Aretha und Mauriçe an ihre ersten Tage zurück, dann waren die Umstände jetzt wirklich fast paradiesisch: Hatten sie vor der Aussprache das Bedürfnis, mit Renato einmal allein wegzufahren, um die Insel zu erkunden und ungestörte Gespräche zu führen, ahnte das Diacha und warf sich in voller Länge, ohne Rücksicht auf ihre Schwangerschaft, vor das anfahrende Auto. Also blieben sie oder nahmen den Störenfried mit. Wollten sie mit den Schweizer Touristen eine Bootsausfahrt machen ohne das überdrehte Inselfräulein, nahm sie Anlauf vom Ufer, rannte über den Steg und stürzte sich ins Wasser, sie, die Nichtschwimmerin, die darauf gerettet werden musste, denn absaufen lassen konnte man sie ja trotz allem nicht, obwohl manch einer heimlich Lust dazu verspürt hätte. Nun begriff der Chronist auch, was sein Vater mit „ohne Rücksicht auf Verlust" meinte; auch sich selbst gegenüber kannte diese Frau keine Grenzen.

Die weitgehend friedlichen, mehrtägigen Ausflüge führten sie durch eine zauberhafte Inselwelt, Flusslandschaften hinauf durch noch überwiegend naturbelassene Uferregionen mit einem dichten Pflanzenteppich überzogen, hie und da unterbrochen von einer überwachsenen Ruine, einer ehemaligen Tabakfabrik, an vereinzelten Gründerjahrvillen von Kakaobaronen vorbei, die ihre Blütezeit allerdings schon längst hinter sich hatten. Sie grillten die selbst gefangenen Fische und Krebse am Ufer auf einer Sandbank des Rio Paraguaçù. Der Schoner mit seinem starken Dieselmotor brachte die Gästeschar mit der Flut bis nach Cachoeira, einem verschlafenen Kolonialstädtchen etwa 120 km nordwestlich von Salvador. Angetan waren sie von den pastellfarbenen Häuserfassaden; der Ort schien in einer Art süßen Agonie vor sich hinzudämmern. Wenngleich Renato berichtete, dass hier alle paar Jahre der Paraguaçù nach intensiven Regenfällen derart anschwelle, dass ein Großteil des Städtchens unter Wasser stünde. Die an offiziellen Gebäuden angebrachten Marken des letzten Hochwassers, welche er ihnen zum Beweis zeigte, deuteten auf einen zwölf Meter höheren Pegelstand als normal hin. Geld für entsprechende Maßnahmen fehlte und so tünchte man schicksalergeben die verwüsteten Fassaden immer wieder neu.

Die mit der Ebbe abgestimmte Rückreise brachte das Schiff zum Abschluss im Delta in einen Sturm mit so hohen Wogen, dass der kräftige Motor Mühe hatte, den Schoner überhaupt noch vorwärtszutreiben. Der Klüverbaum mit dem darunter angebrachten Fangnetz – sonst ein begehrter Faulenzerplatz, um den sich die Passagiere stritten – tauchte vorne immer wieder ins Wasser, was auf hohe, kurze Wellen deutete und entsprechend mindestens die Hälfte der Seereisenden kräftig kotzen ließ; schade um das feine Essen und die alkoholischen Getränke all inclusive, aber ein unvergessliches Erlebnis neben dem Hahnenkampf. Am anderen Tag reisten die gebuchten Gäste wieder ab und so würden sie daheim im Büro oder am Stammtisch zumindest von den blutigen Auseinandersetzungen und der ozeanischen Lebensgefahr, in der sie schwebten, erzählen können.

Nach diesen nautischen Abenteuern setzten sich Aretha und Maurice für zwei Tage aufs Festland ab; sie wollten die Stadt Salvador da Bahia etwas kennenlernen, wohnten in der Altstadt Pelourinho im gleichnamigen Hotel, welches auch die Stammabsteige Renatos war: billig, sauber und zentral. Die Unter- und Oberstadt waren durch einen etwa fünfundsiebzig Meter hohen Lift, den 1930 erbauten Elevador Lacerda, verbunden, ein billiges, praktisches und schnelles öffentliches Verkehrsmittel. Von der Praça Municipal oben am Lift hatte man einen splendiden Blick über die Bahia de todos os Santos und sah bis nach Paricatì hinüber. Von hier war es nur ein Katzensprung ins Pelourinho, immerhin der größte zusammenhängende Komplex von Barockbauten Lateinamerikas und einmaliger Zeuge kolonialer Architektur. Leider ziemlich heruntergekommen, denn hier wohnten bis vor Kurzem – oder eher immer noch – die Armen, Drogenhändler und Tagediebe, Unterschlupf für das Rotlichtmilieu. Man war aber daran, das Quartier zu renovieren, es würde nur noch Jahrzehnte dauern, bis sich Touristen hier wieder richtig wohlfühlen konnten. Wenigstens hatte sich das „Senac" hier einquartiert, eine staatliche Institution zur Förderung der Bahianischen Kultur. In diesem Zentrum gab es ein bekanntes Restaurant, das einen Überblick über das kulinarische Angebot Bahias vermittelte, Werkstätten, welche das typische Kunsthandwerk von Malerei über Schnitzereien, Textildruck bis zum Instrumentenbau zeigten, eine Musikschule und natürlich erlernten hier junge Brasilianer die Nationalkampfsportart Capoeira. Die neugierigen Schweizer absolvierten zusammen mit Piero und seinen Freunden das Vollprogramm durch das Kunsthandwerk, das anschließende Nachtessen, wobei man von zweiundzwanzig verschiedenen Gerichten kosten konnte, und die krönende Freiluftvorstellung bahianischer Tänze, Musikdarbietungen sowie fesselnder Capoeira-Akrobatik in rasantem Tempo; sie sahen mit ihren weißen Hosen und nackten, schwitzenden, braunen Oberkörpern wie Fußkaratekämpfer aus, die sich horrend schnell drehten, den Fight tänzerisch brillant in Szene setzten.

Im Mercado Modelo in der Unterstadt, einer Halle mit einheimischem Kunsthandwerk, spezialisiert auf naive Touristen und dementsprechend rührselig geschmacklos, dafür überteuert, kauften sie anderntags kleine Erinnerungen und Mitbringsel ein, um sich dann per Fähre zurück auf die Insel zu begeben. Wie auf Kommando begann es nun Bindfäden zu regnen und zur allgemeinen Überprüfung der Frustrationstoleranz hörte es auch während zehn Tagen nicht mehr auf. So wurde auch die exotischste Insel zu sehr traurigen Tropen. Wenn schon nass, dann richtig; alles war feucht, selbst die Frühstücksbaguettes, und wollte man diese im Ofen knusprig aufbacken, sprang eine in ihrem Fressglück gestörte Maus protestierend aus der Stulle und verschwand schleunigst in der Sintflut außerhalb der Hütte. Appetit auf ein Brot, das von vorne bis hinten wie ein Tunnel ausgehöhlt worden war, hatte dann jeweils niemand mehr wirklich. Überhaupt die Viecher: Wollte Aretha duschen gehen, hockte ein riesiger, blau schimmernder Karamurù, eine gewaltige Krabbe darin und winkte mit ihrer überdimensionierten Schere, wie um anzudeuten: „Komm nur, es hat für beide Platz." Vertrauen ist gut, Kontrolle besser und so musste der

Chronist das Tier nach draußen an den Strand befördern unter den Protesten der Einheimischen, die den Krebs lieber in der nächsten Moqueca de Mariscos gesehen hätten. Manchmal fingen die Kinder sie auch ein, banden ihnen eine Schnur um eines der Beine und gingen mit ihnen gegen deren Willen am Strand spazieren. Wer wollte es ihnen, die sonst kein Spielzeug besaßen, verargen? Die großen Geckos an den Wänden des Badezimmers glotzten stumm. An die konnte man sich gewöhnen, nicht aber an die kolossalen Kröten in Handballgröße, die einen mit Vorliebe im Dunkeln auf dem Weg zum Gummiboot im Schlick ansprangen. Diese Schwerenöter schienen eine Vorliebe für nackte Frauenschenkel zu haben; manch eine Europäerin schrie nachts auf dem Weglein jäh auf, wenn so ein glitschiges Ungetüm ihr ans Bein klatschte und die Männer, diese einfachen Gemüter, lachten sich halb tot, anstatt ihre Herzensdamen zu beruhigen und zu trösten. Auch das ritterliche Voranschreiten, um allenfalls als Drachentöter zu Ruhm und Ehre zu gelangen, fruchtete nichts, denn die Kröten warteten immer auf die grazilen Frauenbeine, waren irgendwie fixiert auf zartes, weiches Fleisch und konnten mit einer haarigen Männerwade wenig anfangen. Überdimensionale Zikaden, Grillen im Quadrat, hockten in Gebüsch und Bäumen, rieben ihre Flügel an den Hinterbeinen und verursachten damit einen ohrenbetäubenden Lärm. Ein Viech reichte aus, dass man am Tisch kein Wort mehr verstand; sie hatten sich in dem lauten Land nicht unterkriegen lassen und durch Selektion an den hier herrschenden Geräuschpegel angepasst. Nochmals die Jugendlichen: Sie fingen die Zikaden geschickt ein, behielten sie in beiden Händen und strichen sich immer wieder übers Haar. Es dauerte nie lange und das verängstigte Tier begann noch durchdringender zu lärmen. Angeblich ein physikalisches Gesetz der statischen Aufladung an den Haaren führte zu diesem Verhalten – „se non è vero è bon trovato." Aber nicht nur das nasse Klima und die unverfrorene Fauna machten den Schweizer Touristen zu schaffen; die ganze Umstellung führte auch zum obligaten mehrtägigen Durchfall. Aretha erwischte es ganz anders und besonders stark; sie erbrach heftig, war geschwächt und litt wie unter Lähmungen, konnte sich tagelang nicht bewegen, hatte Halluzinationen, brachte keinen Bissen mehr herunter, ohne sich sofort übergeben zu müssen. Man wollte bereits nach dem Arzt rufen, denn die Symptome schienen sehr ernst. Die Einheimischen aber blieben seltsam gelassen, selbst Renato regte sich nicht auf. Diacha, die Hexe, beruhigte die anwesenden Ausländer und sagte eine baldige Besserung voraus. Dazu braute sie einen undefinierbaren Tee, den sie mit verschiedenen Blättern und Gewürzen zubereitete, die vorher im Mörser gestößelt worden waren. Das einzig Bekannte war Anis, ansonsten musste man der Giftmischerin einfach vertrauen. Oh Mirakel und Mysterium: Aretha genas in wenigen Stunden und schwor, noch nie etwas so Bedrohliches erlebt zu haben, den Ausnahmezustand bei vollem Bewusstsein, zu meinen, man sterbe langsam und tatenlos zusehen müssen. Die Erklärungen waren unbeholfen. Das passiere auf dieser Insel sensiblen Leuten immer mal wieder, man kenne aber die Ursachen nicht genau; es handle sich hier eben um einen Ort der Kraft, an dem sich viele magische Linien kreuzen würden – und dies notabene aus dem Mund honoriger Schriftsteller, Ärzte oder Wissenschaftler. Nicht von ungefähr hatten sich auf der Insel esoterische Zirkel, gesalbte Meister von eigenen Gnaden und andere ätherische Gurus mit ihrer hörigen Jüngerschaft niedergelassen. Das schien die katholische Kirche aber nicht zu stören, sie war Synkretismus, die Vermischung religiöser Ideen und Philosophien zu einem neuen Ganzen, gewohnt; der Candomblé legte davon ja mehr als Zeugnis ab. Auch war man in Paricatì mit dem Paranormalen seit Menschengedenken per Du; schon vor zweihundert Jahren sperrte man die Psychotiker aller Gattungen nicht in Irrenhäuser, sondern deportierte sie auf die Insel. Damit schlug man drei Fliegen auf einen Streich: Man entledigte sich des Problems rein geografisch, es kostete nichts die Verrückten ihrem Schicksal zu überlassen und man konnte sich erst noch eines progressiven psychiatrischen Verständnisses rühmen. Vermischt mit den Veranistas, die im Sommer hierherkamen, den zivilisationsmüden Aussteigern und Weltenbummlern sowie einigen Sekten ergab das ein nettes genetisches Süppchen mit ausgekochten Zutaten aus einer relativ geschlossenen Umwelt. Wer sich da noch über das eigenwillige Verhalten der meisten hier Lebenden und die sonderbaren Dinge, die hier passierten, wunderte, hatte nichts begriffen. Renato jedenfalls fühlte sich in seinem gallischen Dorf unter all den Asterixen und Obelixen recht wohl; die Spinner waren lebendiger als die sogenannten Normalos da draußen. Außerdem hielt ein echter Paricatiner alle anderen für verrückt.

Endlich war der zweite Perkins eingetroffen und die jungen Mechaniker mühten sich zusammen mit Renato ab, um die beiden Motoren schleunigst in die Ferrozementschwimmer des Katamarans einzubauen. Ohne Umwege über Salvador war das allerdings nicht möglich, denn natürlich fehlten entsprechende Verbindungsteile, um den Antrieb fachgerecht anschließen zu können. So machte sich der Chronist wenigstens kurz vor Ferienende auch noch nützlich, indem er die benötigten Komponenten in der Stadt besorgte und damit das Gefluche auf dem Werftplatz mindestens halbieren konnte. Aretha behandelte derweil die Holzteile der Schiffseinrichtung mit einer Appretur sowie einer Spritze gegen die Holzwürmer. So ganz harmlos schienen die Präparate zum Schutz der edlen Hölzer wie Sipo-Mahagoni und Palisander für Menschen nicht zu sein: Alle, die daran beteiligt waren, wirkten beduselt, schwankten leicht wie bei einem Schwips und lachten über jede noch so kleine Bagatelle wie blöd. Es musste der gleiche Effekt sein wie beim Sniffen von Leimdämpfen, einer beliebten Freizeitbeschäftigung der südamerikanischen Jugend, um den Hunger zu mildern, und da sie nichts zu lachen hatte, damit wenigstens ein bisschen Glück zu inhalieren. Renato verwendete das Mahagoni massiv und furniert für seinen Bootsbau, weil keine Gefahr des Reißens und Werfens bestand, zudem war es witterungsfest und eigentlich auch beständig gegen Pilz- und Insektenbefall. Trotzdem: „Sicher ist sicher", sagte sich der vorsichtige Bootskonstrukteur. Palisander kam wegen seiner großen Härte bei den Vertäfelungen zum Einsatz.

Und dann war es soweit: Die Motoren konnten gestartet werden! Das verschworene Grüppchen hatte vier Jahre lang manchmal euphorisch, zuweilen verzweifelt, oft verbissen an dem Projekt gearbeitet. Renato hatte doppelt so lange gebraucht, wie ursprünglich geplant, manch unvorhergesehene Widrigkeit gemeistert, gelacht, geweint, das Schiff verteufelt, an seine Vision geglaubt. Nun schwamm dieses Monstrum nicht nur, sondern es fuhr auch. Alle Beteiligten versammelten sich gegen Abend auf dem Deck. Es bedurfte einiger Geduld, bis die ganze Belegschaft von Bernardo im halben Gummiboot auf die Jangada verfrachtet worden war, besonders da das Faktotum sich zwischendurch immer mal wieder mit einem Schluck Cachaça stärken musste und darob öfters die Orientierung verlor. Endlich konnte der stolze Renato sein Schiff starten. Auf dieser ersten Fahrt wollte er das Steuer selber übernehmen; seinen Triumph auskosten. Unter lautem Hurrageschrei setzte sich die Jangada in Bewegung und begann langsam Fahrt aufzunehmen. Das schwere Boot lag perfekt im Wasser, pflügte sich durch das Meer und reagierte erstaunlich sensibel auf Manöver, denn die Schrauben ließen sich unabhängig voneinander um 360° wenden, sodass die Jangada sich sogar an Ort um die eigene Achse drehen konnte. In einem Abstand von etwa fünfzig bis siebzig Metern vom Strand umrundete das Schiff in der Abendsonne den Nordzipfel mit dem Städtchen Paricatì. Jede Minute ließ Renato am Steuerstand des Sonnendecks das elektrisch betriebene Schiffshorn ertönen. Am Ufer blieben die Leute stehen und applaudierten dem Suiço maluco – er hatte es geschafft, entgegen allen Besserwissern, und mancher Ingenieur konnte jetzt von ihm aus in die Schiffsplanken beißen vor Wut, dass er seine Wette verloren hatte. Der junge angeheuerte Kapitän Tijalma, Sohn eines Fischers und seit jeher vertraut mit den lokalen Gewässern, testete sämtliche Funktionen des Schiffes, überprüfte die Messgeräte, während Piero befriedigt den reibungslosen Betrieb der Perkinsmotoren konstatierte. Jeder hatte sein Teil zum Gelingen des Projekts beigetragen, war nervös gewesen, ob sich seine Arbeit bewährte, und jetzt dieser Erfolg für alle. Man prostete sich deshalb mehr als einmal zu und hob das Glas auch zu den am Strand Winkenden, beglückwünschte sich gegenseitig. Und dass die wieder vollständig genesene Aretha und Maurice heute ihr fünfjähriges Jubiläum feiern konnten, war gerade nochmals ein Grund, auf das Wohlsein anzustoßen. Es wurde dunkel, eine schwarze, mondlose Nacht und der Atlantik feierte auf seine ihm eigene Art mit: Plötzlich rief Aretha aufgeregt: „Das Meer leuchtet!" Und tatsächlich, die Bugwelle teilte das Wasser silbern, die Schiffsschrauben wirbelten im Heck eine leuchtende Wolke auf, Fischschwärme zogen wie von Geisterhand angestrahlt vorbei; man konnte die Konturen der einzelnen Tiere genau sehen. Jeder Ruderschlag eines kreuzenden Bootes ließ sich im Dunkeln exakt verfolgen; beim Eintauchen ins Wasser sah man das Holzblatt. Nach wenigen Sekunden verschwand der Spuk, wenn sich das Wasser beruhigte. Solange das Meer jedoch in Bewegung war, so lange leuchtete es auch. Ein fantastisches Schauspiel, wie Feuerwerk im Wasser. Maurice kannte das Phänomen von Angola her nur zu gut. Meeresleuchten trat ein- bis zweimal pro Jahr für wenige Nächte auf, aber nur bei speziellen Konstellationen wie um den Neumond. Es konnte an der Küste und im offenen Meer beobachtet werden. Dabei handelte es sich um eine Ansammlung von Mikroorganismen, Einzellern, die zu den Algen gehören und die Fähigkeit besitzen, in ihrem Zytoplasma selber Licht zu erzeugen, die sogenannte Biolumineszenz. Das Wasser luminesziert dabei blau-grünlich, das heißt, dem Beobachter erscheint es so. Tatsächlich ist es aber nicht das Meerwasser, sondern die darin befindlichen Kleinstlebewesen, die nach Berührungsreizen mehr oder weniger lange andauernde Lichtsignale aussenden. Zur Anschauung und zur Gaudi seiner Freundin sprang der Chronist vom Sonnendeck mit einem Kopfsprung ins Meer und laut ihrer Beobachtung war er genauestens zu erkennen gewesen. Der Silberschein zog sich wie eine Aura um den Körper. Sie konnte von diesem Schauspiel nicht genug bekommen; er musste immer und immer wieder springen.

Erst spät in der Nacht legte die Jangada am Steg an und entließ die freuden- und festtrunkene Schar an Land. Alle waren noch zu aufgeregt, um sich schlafen zu legen. So feierte man auf dem Werftareal weiter. Nur Aretha konnte man am dunklen Strand ahnen, wie sie im feuchten Sand in eigenartigen Schlittschuhschritten hin und her glitt und dabei hinter ihr silbrige Leuchtspuren sprühten. Die Einzeller hatten ihren Spaß am Phosphoreszieren, die Biolumineszenz funktionierte auch hier einwandfrei.

Die Nachricht, dass bei Diacha und Renato ein zweites Kind unterwegs war, begeisterte Jacqueline nicht gerade. Zornig war sie weniger über den „Seitensprung", das Verhältnis war ja längst bekannt und enttabuisiert, als vielmehr darüber, dass ihr Mann derart gedankenlos Kinder in die Welt setzte, ohne sich der Konsequenzen bewusst zu sein. Einmal abgesehen davon, dass wieder ein Mund mehr gestopft werden musste, wie sollte er seine Verantwortung in Bezug auf die Erziehung, die Bildung, die Entfaltungsmöglichkeiten in diesem gottverlassenen Kaff wahrnehmen? Die Schwiegereltern sowie der Rest der Verwandtschaft regten sich noch viel mehr auf; sie ächteten sozusagen das schwarze Schaf, wollten ihn nach seiner angekündigten Schweizreise nur tagsüber im Waldhof dulden, damit er seinen Geschäften in der MATREX nachgehen konnte. „Typisch", dachte sich Renato, „am Tag heile Welt spielen, nachts, wenn's gefährlich ist, den bösen Buben ins Exil verbannen." Auf solch lächerliche Spiele würde er sich nicht einlassen und entweder ganz oder gar nicht dort wohnen. Zu einer Konfrontation käme es ohnehin nur mit seiner Frau; das hatten sie schließlich schmerzvoll gelernt auf der Insel, nämlich ehrlich miteinander umzugehen. Die Schwiegereltern würden elegant ausweichen mit einer dringenden Reise in den Kongo – so es die Gesundheit von Aline zulassen würde: Seit einigen Monaten wurde sie immer schwächer und kränklicher –, weil sie die Disharmonie scheuten wie der Teufel das Weihwasser. Der Rest der Verwandtschaft konnte ihm gestohlen bleiben. Mit seiner Mutter würde er klarkommen, denn die hatte nur ein Problem: Seit Renato ein weiteres Kind von Diacha als leiblich anerkannte, weil der biologische Vater früh gestorben und ein Adoptionsverfahren viel zu aufwendig war und für noch einen Sohn aus einer anderen Beziehung des Teufelsweibes die elterliche Gewalt übernommen hatte, wusste sie nicht mehr, was sie antworten sollte, wenn ihre Freundinnen und Cousinen sie beim Kaffeeklatsch nach der Zahl ihrer Enkel fragten. „Sag einfach ‚so zwischen neun und zwölf', das trifft in etwa zu", war seine lakonische Antwort darauf.

Jacqueline hatte mittlerweile in Basel eine Stelle angenommen und sich den Alltag eingerichtet. Das Auftauchen ihres Mannes stimmte sie zum ersten Mal in ihrem Leben traurig; sie hätte ihn – wenigstens für die nächsten Jahre – ein bisschen verdrängen wollen, zu viel Geschirr war zerschlagen worden, als dass sie einfach so tun konnte, als wäre nichts geschehen. Außerdem hatte sie jetzt auch einen Freund, den sie keineswegs vor ihrem Mann verstecken wollte. Die Emotionen gingen ziemlich hoch, hitzige Diskussionen über das wahre Leben, das richtige Verhalten, die Liebe zueinander, das Ideal einer Beziehung, die unterschiedlichen Werthaltungen und Bedürfnisse, nichts wurde ausgespart. Renato ärgerte sich über die Abweisung, die er für formalistischen Quatsch hielt, beeinflusst durch Jacquelines Familie und war enttäuscht durch die fälschliche Hoffnung, dass seine Frau ihm verzeihen könnte. Er kehrte den Spieß um und warf ihr vor nicht an die wirkliche Ehe zu glauben und sich durch die Vorkommnisse von ihm zu entfernen, der immer an ihre Beziehung geglaubt hatte, unabhängig von äußeren Umständen. Sie wiederum kreidete ihm an, er hätte sich immer alle Freiheiten ausbedungen und von ihr unendliche Toleranz als Liebesbeweis verlangt; nun sei das Fass aber endgültig übergelaufen und sie hätte in den letzten Jahren zu stark darunter gelitten. Renato quartierte sich vorerst trotzig in der Züricher Altstadt in einem Milieuhotel ein. Hier gefiel es ihm besonders gut; er hielt die Halbweltfiguren für ehrlicher und direkter als die süffisante, sogenannte bessere Gesellschaft. Bald freundete er sich mit den Huren, Transsexuellen, Alltagspoeten und Pseudophilosophen an, diskutierte angeregt in rauchigen Kneipen und zwielichtigen Bars mit halbseidenen, verkrachten Existenzen bis Ladenschluss und der war hier immer erst im Morgengrauen. Mauriçe und seine Studienkollegen besuchten ihn oft und gerne, wenn er in einer Spelunke Hof hielt, diskutierten mit und wunderten sich über die kleinen Striche, welche Renato immer wieder und in Fünferblöcken auf einem Bierdeckel anbrachte. „Vertrauen ist gut, Kontrolle ist besser; bei meinem Bierkonsum und dem der eingeladenen Gäste muss ich doch wissen, ob der Kellner mich übervorteilt." In Brasilien schmiss man die leeren Bierflaschen unter den Tisch in Sand und bei der Abschlussrechnung zählte das Servierpersonal einfach zusammen; hier ziemte sich das nicht.

Daneben besuchte Renato aber auch ganz seriös seine Klienten aus der Reisebranche, um neue Konzepte für den brasilianischen Tourismus zu besprechen. Maurice hatte seine Mühe und benötigte ziemliche Überredungskunst, um seinen Vater davon abzuhalten, in Shorts, schreiendem T-Shirt und Trainerjacke an den Meetings teilzunehmen: „Wieso nicht, Freizeitkleidung passt doch erst recht zu meinem Angebot?" Fuhr er mit öffentlichen Verkehrsmitteln, dachte Renato nicht im Traum daran, ein Billett am Automaten zu lösen. Er hielt es schlicht für einen Affront, dass es keine Kondukteure mehr gab und man an diesen idiotischen Automaten selbst ein Ticket zu lösen hatte. „Und was ist, wenn man kein Kleingeld hat?" – „Dann musst du eben zuerst irgendwo wechseln und die nächste Tram benutzen." Das lehnte er strikt ab, er würde diesen Missstand im Falle der Kontrolle mit dem guten Mann ausdiskutieren. Auto mochte er hier nur noch ungern fahren, denn die Regeln schienen ihm zu strikt: vorgezeichnete Spuren auf der Straße, Lichtsignale an jeder Kreuzung, Geschwindigkeitsradar, wo hatte man denn so was? Das war ja eine überreglementierte, angepasste, total kranke Gesellschaft ohne Eigenverantwortung. Es hatte keinen Zweck mit ihm, an dem eine Zeitepoche vorbeigezogen war, zu streiten. Ebenso vergnügt passierte Renato die Zebrastreifen bei rot („Ich lass mir doch nicht von einem Leuchtmännchen diktieren, wann ich die Straße queren darf."), suchte im Pissoir die Spülung und erschrak, dass sie beim Weggehen automatisch durch die Lichtschranke in Gang gesetzt wurde. Fasziniert war er von den essbaren Sahnekännchen aus Schokolade, die er anfangs in

Unkenntnis des Genusses achtlos wegschmiss, um dann in einem billigeren Restaurant herzhaft in ein braunes Plastikgefäßchen zu beißen. Das eigenbrötlerische Leben auf seiner verschlafenen Insel hatte Spuren hinterlassen. Und der permanent Registrierende fragte sich, ob die Lebensstrategie seines Vaters nicht doch irgendwie die gesündere und normalere war und man hier die schleichenden Einschränkungen einfach nicht mehr wahrnahm.

Und dann, nach zwei oder drei Wochen, wohnte Renato doch im Waldhof. Wie vorausgesagt, „mussten" die Schwiegereltern „dringend verreisen". Er konnte sich mit Jacqueline nun in Ruhe besprechen. Selbst kurze Geschäftsreisen unternahmen sie wie früher zusammen. Sie hatten sich arrangiert und ein etwas distanzierteres Verhältnis zueinander gefunden. Jeder sollte seine Freiheiten haben dürfen und man wollte sich gegenseitig keine Vorwürfe mehr machen. Es blieb bei Neckereien wie „dein talentfreier FüBü[*], dessen Exzesse sich im Polieren seines Opels Kadett erschöpfen", was sie mit „Inselhexe mit dem Einfühlungsvermögen eines Bulldozers, dafür dem IQ zart unter dem einer Amöbe" konterte.

---

[*] Abkürzung von „Füdlibürger", d. h. Spießbürger (despektierlich gemeint)

Der Zweck heiligt die Mittel

Im Juli reiste der unstete Hasardeur gezwungenermaßen wieder nach Brasilien (er sollte endlich die definitiven Niederlassungspapiere erhalten: Dafür musste er persönlich anwesend sein, wollte er nicht nochmals fünf Jahre warten), nicht ohne einen zweiwöchigen Zwischenhalt in Lissabon einzulegen, um alte Freunde und Geschäftspartner aufzusuchen. Er quartierte sich in einer zentralen, günstigen Pension in der Alfama ein und genoss den Hochsommer bei vierzig Grad im Schatten. Kaum setzte man sich ins Café Suiça am Rossio, schon begegneten einem mindestens zehn bekannte Gesichter von Angola und dies in den ersten zwei Stunden. Die Welt war klein. Was ihn besonders amüsierte: Es tummelten sich viele hohe MPLA-Funktionäre, die flüchten mussten, weil sie zu realpolitisch, vielleicht auch zu egoistisch den „kommunistischen" Säuberungen zum Opfer gefallen wären. So lebten sie hier in der Diaspora, mit gut dotierten Staatsrenten von Portugal, wie die Maden im Speck und machten hauptsächlich nichts, mussten aber alle andauernd Wichtiges erledigen.

Xana-Miranda und ihre Familie hatten ihm einen fulminanten Empfang bereitet; Renato wurde gleich am ersten Abend zu einem üppigen Mahl nach Hause eingeladen. Ohne Umschweife und Beschönigungen erzählte er ihnen seine Geschichte von Paricatì, Diacha und dem Bau der Jangada. Was sie alle Gerüchte halber schon kannten und ahnten, wurde durch Renatos Schilderungen zur Gewissheit. Die Eltern meinten, ihn trösten zu müssen, Xana-Miranda zeigte ihm beleidigt die kalte Schulter und verabschiedete sich mit der Bemerkung, ihren langjährigen Freund José treffen zu müssen. In ihrer Abwesenheit erfuhr Renato, was für ein unmöglicher, kleinkarierter und eifersüchtiger Kerl dieser Freund wäre und wie sie es bedauerten, dass ihre Tochter da hineingeraten war. Es schien, als wollten sie ihm ihre Tochter wieder schmackhaft machen, und da wäre der alte Schürzenjäger auch nicht abgeneigt gewesen. Sie sah mit ihren knapp vierzig Jahren blendender denn je aus, knackig wie eine Fünfundzwanzigjährige, aber von der Wesensart her eben reifer; eine unabhängige, selbstbewusste Frau mit einem gut dotierten Posten beim Finanzamt in Lisboa. Wie konnte sie sich bloß mit einem derartigen Langweiler abfinden? Schon am nächsten Tag hatte Xana-Miranda Renato zum Essen eingeladen und ihm ihre Geschichte erzählt, nicht ohne zu erwähnen, dass sie sich heute Morgen von diesem unsäglichen Macker getrennt habe. Der Schweizer kicherte heimlich; er wusste, woher der Wind wehte. Kaum in einem anderen Land, schon war er daran, in die nächste Beziehung hineinzutappen. Mittlerweile kannte er keinerlei moralische Bedenken mehr nach allem, was er angeblich „verbrochen" hatte. Noch aber spielte sie die gekränkte Geliebte und zierte sich; sie wollte ihn als Geläuterten im Herbst wieder gnädigst empfangen, er sollte bei ihr in einer kleinen Eigentumswohnung, die sie sich gekauft hatte, leben, nachdem er aus seinem Tohuwabohu auf der Insel mit Diacha, seinen weiteren Kindern und den Geschäftspartnern herausgefunden hätte. Einerseits reizte ihn die Idee eines Neuanfangs, denn seit die Jangada in Betrieb war und die Gäste mäßig, aber wenigstens regelmäßig eintrafen, begann ihn das Ganze zu langweilen. Er war nicht der geborene Touristenführer, ein „Gentil Organisateur", der auf Kommando lustig und unterhaltend sein sollte. Es klang abgedroschen, aber für ihn war der Weg das Ziel; hatte er es einmal erreicht, interessierte ihn die Chose nur noch bedingt. Da hielt er es mit George Bernard Shaw, für den es zwei Tragödien im Leben gab: Die eine war die Nichterfüllung seiner Träume, die andere deren Erfüllung und er untermalte dies jeweils mit Robert Stevensons Leitsatz „Better to travel hopefully than to arrive".

Lissabon, im Juli 1981

Mein lieber filho!

Wie so oft in den letzten Wochen sitze ich bei einem Bier auf der Straße und nehme Abschied – Abschied von Orten, an denen ich eigentlich nie angekommen bin. Lisboa glüht immer noch unter vierzig Grad im Schatten. Ich bewohne nach wie vor dieselbe Pension und treffe Xana-Miranda täglich, über Mittag oder nach Feierabend – nie nachts! Sie legt Wert darauf, sich mir zu entziehen, so wie Mami es mit mir gemacht hat. Gestern fuhren wir mit dem Zug nach Sintra, etwa eine Stunde von Lissabon, aßen dort schlecht und teuer und tranken ordentlich. Nach einem gelockerten, etwas anzüglichen Gespräch (die stets nach dem Kaffee einsetzten), fiel sie in Ohnmacht. Ich versuchte, Coramin zu beschaffen – aber Sonntags sind in Sintra alle Farmacias geschlossen. Also legte ich sie über drei Stühle und trank dann noch eine Flasche Casal Garcia alleine, bis sie aufzuwachen beliebte. Ich kann es nicht mehr mit ansehen, wie sie leidet. Ich wollte nicht mehr und nicht weniger als ein gutes Gespräch mit ihr – keine alten Brötchen aufwärmen. Kaum bin ich angekommen, hängt sie ihren langjährigen Freund ab und begibt sich in temporäre Jungfräulichkeit, „um mich auf Probe zu stellen" ... das hat sie zwar nicht so gesagt, aber sie tut es, wie Jacqueline es tat. Ich fand das alles sehr niedlich und dumm, dieses Aufsparen als Lohn für eine geglückte Loslösung von Diacha und deshalb habe ich mir gestern Abend zwei Mädchen gekauft und es wieder einmal getrieben, dass die Federn krachten. Und heute beim Mittagessen erzählte ich Xana-Miranda mein Abenteuerchen: Wut, Zähneknirschen und abfällige Kommentare über „die Männer"; da soll einer noch drauskommen. Nun, ich wurde trotzdem von ihr und ihrer Familie wieder eingeladen; sie verwöhnten mich wie einen Pascha, wuschen und bügelten mir meine schmutzigen Kleider, tischten mir einen Viergänger auf, bewirteten mich mit Bier, den besten Weinen und erlesenen Schnäpsen ... und ich falle aus Bequemlichkeit stets auf die Strategie des trauten Miefs herein. Xana-Miranda wurde an diesem Abend von ihrem (Ex)Freund abgefangen und zur Rede gestellt. Wie sie nach einer Stunde noch immer nicht zum Essen erschien, kommandierte die Mutter ihre Sklaven Paulinho und Cimões abwechslungsweise zur Be-

obachtung vor die Tür. Sie berichteten laufend über den zornig gestikulierenden José und die Mutter versuchte mich irrigerweise zu trösten. Ich lachte mich insgeheim kaputt über die Situationskomik. Nach zweieinhalb Stunden kam dann Xana-Miranda mit bösem Blick und bat um Entschuldigung: José hätte ihr mit Selbstmord gedroht, wenn sie jetzt nicht mit ihm ins nahe Restaurant essen gehen würde. Ich machte den Vorschlag dieses Angebot seines Selbstmordes anzunehmen. Da meinte die Mutter aber, dass José ein aufrichtiger Kerl sei und er sich wirklich umbringen würde. Darauf bügelte sie mir ein weiteres Hemd und eine Hose, ich trank noch zwei Gläschen und begab mich dann gegen Mitternacht auf meine Bude. Trotz allem, ich schätze die Persönlichkeit Xana-Mirandas. Bis jetzt scheint sie noch keinen Mann gefunden zu haben, der ihr Bedürfnis nach Eigenständigkeit erträgt. Die Portugiesen sind noch wesentlich größere Gockel als wir Mitteleuropäer und sie ist für diese aufgeplusterten Hähne zu frei, zu afrikanisch. Irgendwie würde ich es an ihrer Seite aushalten; falls sie im Herbst noch geneigt ist, werde ich für einige Zeit zu ihr ziehen – immerhin ihr eigener Vorschlag.

Eben fällt mir ein, dass heute, Dienstag, Walther vom Kongo nach Hause kommt. Ich habe so das bestimmte Gefühl, dass es bei ihm jetzt zum endgültigen psychischen Zusammenbruch kommen wird. Die Wahrheit über den Gesundheitszustand seiner Frau kann er wohl kaum ertragen. Sein Selbstbild von makelloser Großartigkeit wird angesichts seiner hochverehrten und vernachlässigten Gattin, die dem Tode nahe ist, kläglich zusammenfallen. Er tut mir leid, der Alte – ich hätte ihm gerne und in Freundschaft geholfen, langsam von seinem Sockel herunterzusteigen. Sein eigener Sohn ist dazu unfähig, weil noch zu aggressionsgeladen. Nun wird der Alte eben purzeln. Versuch' du es wenigstens und besorg' ihm und Raymond eine Großpackung Valium …

Gehab dich wohl und auf bald wieder. Es ist bereits 12.30 Uhr und noch habe ich nicht gefrühstückt. Lass Mami ganz lieb grüßen. Ich kann ihr jetzt nicht mehr so oft schreiben.

Herzlichst, dein Alter

PS: Sei nett zu Aretha und umarme sie von mir.

Renato hatte bei seiner Ankunft in Salvador da Bahia energisch vor Diacha mit vertraglich festgelegten Bedingungen zu überfallen, wenn sie weiter zusammen unter einem Dach wohnen sollten. Diacha brach in Schluchzen und Tränen aus. Ihre Angst, wieder über Wochen oder Monate allein gelassen zu werden, war so groß, dass sie alles akzeptierte, was Renato sich an Freiheiten ausbedungen hatte. Und er wusste, dass dies alles im Grunde total unsinnig war, weil er sie kannte und ahnte, dass sie – trotz gegenteiliger Beteuerung – niemals über ihren Schatten springen konnte. Aus Mitleid gab er seine Absichten schnell wieder auf. Außerdem erwarteten ihn genug Probleme auf der Insel. In den zwei Monaten seiner Abwesenheit hatte es täglich geregnet; die Wasserversorgung war komplett zusammengebrochen, das Lichtnetz funktionierte nicht mehr, die meisten Lampen waren durchgebrannt. Die Werkzeuge für den Unterhalt der Hütten und der Jangada schienen sich verdrückt zu haben, waren in alle Winde zerstreut bei Freunden und Geschäftspartnern oder einfach gestohlen worden. Beide Escunas lagen still, die eine mit Motorhavarie (Meerwasser in den Zylindern, die ganzen Eingeweide verrostet), die andere mit vom Flansch gebrochener Propellerachse. Und alle foutierten sich um die defekten Dinge: Kaputt war eben kaputt – Schicksal! In den Tropen schafften es die Einheimischen immer, alles zur Strecke zu bringen, kein angeblich noch so robustes Utensil war für sie unkaputtbar. Der Papa würde es dann schon wieder richten. Und so machte sich Renato zähneknirschend an die dringenden Reparaturen, füllte den leer gefressenen Kühlschrank, zahlte die seit vier Monaten ausstehenden Mieten für seinen Bau- und Wohnplatz nach. Damit konnte er seine immer noch schwelenden Ressentiments gegen den Waldhof etwas verdrängen.

Und natürlich beschäftigten ihn auch neue Pläne. Das Nachbargelände seiner Werft interessierte ihn schon lange: sechstausend Quadratmeter Land, Palmen, Obstbäume, eigene Quellen und mitten drin ein Rohbau eines kleinen Hotels. Der Besitzer hatte sich mit Paricatì gehörig verspekuliert und wollte das Objekt möglichst bald loswerden, fand aber bis jetzt keinen Interessenten für dieses zugegebenermaßen reichlich weltfremde Projekt, die Verschlafenheit von „Hundert Jahre Einsamkeit" touristisch zu wecken. Dazu bedurfte es schon eines Renatos mit schön gefärbten Visionen, um anzubeißen. Bis jetzt hatte ihm das Geld gefehlt, nun aber kam ihm *die* Idee: Er handelte mit dem Eigner einen heruntergedrückten Preis aus, erstellte aber gleichzeitig einen Kaufvertrag über eine fast doppelt so hohe Summe und nahm dem Geschäftspartner unter Bezahlung eines Schweigegeldes das Versprechen ab, dass dieser das Spiel mitspiele. Dem war alles recht, wenn er nur seine Spekulation loswurde und mit einem blauen Auge davonkam (heimlich dachte er ohnehin, dass Renato verrückt sei). Nun informierte der Schlawiner seine abtrünnigen ehemaligen Geschäftspartner – die, welche ihr Balneário schlecht und recht führten –, ob sie nicht mit ihm in eine größere Sache einsteigen wollten, nämlich die Hotellerie, um so mit der Zeit ein kleines Gastroimperium aufbauen zu können. Diese waren hell begeistert und schlugen, ohne lange zu zögern, in den Deal ein. Ihre einbezahlte Hälfte entsprach ungefähr dem Kaufpreis des gesamten Areals inklusive Hotelrohbau; unwissentlich hatten sie Renato zum Miteigner eines Hotels gemacht, das sie alleine für die Hälfte hätten erstehen können. Das Schlitzohr verbarg aber noch viel brisantere Geheimnisse. Durch Mittelsmänner wusste er, dass der offizielle Schiffssteg an der Nordspitze der Insel beim holländisch-portugiesischen Fort bald von der Marine annektiert würde. Sie brauchte ein Sperrgebiet in stillen Gewässern zur Verwirklichung eines sogenannten U-Boot-Minenschutz-Programmes, eine irrwitzige Idee von ein paar ranghohen Militärs, die später dort tatsächlich völlig nutzlose angebliche Hightechgeräte ins Meer pflanzten, welche den Staat über fünfzig Millionen Dollar kosteten, nie in Betrieb genommen wurden (wie auch, wenn lediglich ein potemkinsches Dorf vorhanden war?), aber den involvierten Gaunern fette Provisionen in Millionenhöhe auf ausländischen Konten einbrachten. Das bedeutete, dass in wenigen Monaten ein neuer Steg gebaut werden musste. Der damit betraute Ingenieur war bald ausfindig gemacht. Renato lud ihn zu ein paar unvergesslichen Fahrten auf sein Schiff ein, was dem Gast sichtlich Eindruck machte und ihm schmeichelte. Der Alkohol floss reichlich und die beiden Männer freundeten sich rasch an. Jetzt war die Zeit reif für das eigentliche Thema: Eine Kiste guten Whiskys, den Renato für einen halbseidenen Weltumsegler „verwaltete", der Waren aller Art im Kiel seiner Jacht schmuggelte, reichte aus für die Bestechung: Es war beschlossene Sache, dass der geeignetste Platz für den zukünftigen Landungssteg nur der vor dem Areal mit der kleinen Hotelruine sein konnte. Auch hier wurde Stillschweigen vereinbart. Renato begann sein neues Areal auszubauen. Einwohner und Besucher hielten ihn für verrückt, hier zu investieren, aber sie sagten nichts, denn schließlich hatte er mit der Jangada ja bewiesen, dass auch abstruse Projekte verwirklicht und erfolgreich betrieben werden konnten. Am Hotelgeschäft war er weniger interessiert; er wollte vor allem ein effizientes Restaurant mit mindestens zweihundert, lieber dreihundert Plätzen im Freien, das über Mittag in der Hochsaison die Tagesausflügler, welche mit den Schonern vom Festland herüberkamen, bedienen konnte. Ihm schwebte ein qualitativ hoch stehendes tägliches Buffet mit Salaten, Fisch, Meeresfrüchten und Fleisch vor, ein reichhaltiges Angebot à discretion, aus dem der Gast wählen konnte, so viel er mochte. Alle mussten sie direkt vor seiner Nase anlegen, und da es in der näheren Umgebung kaum Verpflegungsmöglichkeiten gab, lag es nahe, dass die Leute dem von einem Schweizer geführten Gastrobetrieb vertrauten. Und wenn nicht, hatte man ja immer noch die Reiseführer, welche gratis verpflegt wurden und pro vermittelten Gast eine kleine Provision kassierten. Außer Sonne und Strand war auch hier nichts mehr umsonst.

Renato baute sechs runde Plattformen aus glatt geschliffenem rotem Zement, die mit einem Schilfdach auf Pfählen gedeckt wurden und von überall her frei zugänglich waren. Keine der schönen Palmen wurde gefällt; war sie im Weg, integrierte sie Renato, indem er darum herumbaute. Zwischen den Cabanas verlegte er Steinplatten als kleine Pfade durch den Sand. So konnte man sich im zukünftigen Restaurant frei zwischen den verschiedenen Rondellen bewegen, das Buffet unter einem separaten Dach besuchen oder sich an der Bar einen Drink genehmigen. Das kreierte eine entspannte, lockere Atmosphäre. Diese gedeckte Bar als zukünftiges Zentrum des Restaurants, wo alle organisatorischen und pekuniären Fäden zusammenlaufen sollten, nahmen die motivierten Handwerker ebenfalls in Angriff. Eigenartig, je mehr sich der frischgebackene Hotelier seinem neuen Projekt widmete, desto weniger Gäste meldeten sich von den Schweizer Reisebüros für seine Bootstouren an. Einzelne Rundfahrten mussten sogar wegen mangelnder Nachfrage kurzfristig abgesagt werden. Er hatte wohl richtig entschieden, indem er auf den lokalen Tourismus setzte respektive auf diejenigen Ausländer, die ohnehin schon in Bahia waren und mit einem der hiesigen Veranstalter die Umgebung per Schiff entdecken wollten, sozusagen spontan die Gelegenheit für einen Besuch Paricatìs ergriffen. Es war viel schwieriger, Brasilienreisende von der Schweiz aus zu motivieren, gerade zu ihm auf die nicht eben einfach zugängliche Insel zu kommen. Dieser Umstand führte den ausgebufften Schweizer zu seinem nächsten Schachzug. Den ungeduldigen Partnern ging alles zu lang, also bot ihnen Renato an, „schweren Herzens" von seiner Jangada Abschied zu nehmen, ihnen seinen Anteil zu überlassen, wenn sie ihm dafür ihren Anteil vom Hotel-Restaurant in spe geben würden. Nach einer Bedenkzeit mit hitzigen Diskussionen willigten die ökonomisch eher sparsam leuchtenden Partner in das Geschäft ein. Sie glaubten erstens nicht an den Erfolg dieses Restaurants mit dem Buffetkonzept, denn der Portugiese will am Tisch sitzen bleiben und das üppige Menü serviert bekommen. Umherlaufen, um so nichtige leichte Kost wie Fisch und Salat zu ergattern, erschien ihnen a priori als Misserfolg. Zudem reizte sie die Vorstellung, endlich alleinige Besitzer dieses verrückten Schiffes zu werden, des Bootes, das in allen Zeitungen präsentiert, ja dem selbst vom größten TV-Sender Rede Globo ein Beitrag gewidmet worden war. So besiegelten sie schriftlich den Tausch und Renato war per sofort alleiniger

Eigentümer von seinem perfekt gelegenen Hotel mit Gartenrestaurant. Und dass es perfekt lag, kam spätestens jetzt heraus, als mit dem Bau des neuen Steges begonnen wurde. Gefluche und Geheule: Wie hatte dieser Schweizer es gerochen, dass seine Liegenschaft am prominentesten Ort stehen würde? Bei Renato überschlugen sich die Angebote: Reiche Bahianer wollten den Komplex umgehend erwerben, seine Expartner bissen vor Zorn darüber, dass sie wieder einmal den Kürzeren gezogen hatten, in die Plastiktische ihrer Spelunke, der Exbesitzer bekniete den Schweizer, ihm seinen „Flop" zurückzuverkaufen, selbstredend für einen deutlich höheren Preis. Noch vor der Fertigstellung seiner Gaststätte hätte Renato das Gelände locker für das Doppelte, das hieß de facto für den vierfachen Betrag verkaufen können, weil er sich ja seine Hälfte durch – sagen wir mal nicht ganz transparente Schachzüge – erworben hatte. Der Schweizer kicherte in sich hinein und dachte für einmal ganz selbstgefällig an Napoleon: „La fortune c'est und certaine forme d'intelligence." Das Beste folgte noch: Mit der abgegebenen Bootsbeteiligung war es nicht getan, denn erstens hatte der Bau der Jangada ein Mehrfaches des jetzigen Areals gekostet und zweitens mussten Renato seine mehrjährige Arbeit sowie das Know-how abgegolten werden. Das hieß für die beiden Expartner, dass sie für die nächsten zwei Jahre monatlich ca. fünftausend US-Dollar inklusive Zinsen an den Schweizer zu zahlen hatten, eine hochwillkommene Apanage. Zur Ehrenrettung der Compagnons musste gesagt werden, dass sie den geschuldeten Betrag vorzeitig rückerstatten wollten und alles daran setzten, ihr Ziel zu erreichen. Der zynische Renato wusste sie zu motivieren, dass sie an ihrem Vorsatz auch wirklich noch Spaß hatten. Die Story mit der Ingenieursbestechung sowie dem Erwerb des Landes durch Fremdkapital, ohne dass es vom „Kreditgeber" bemerkt wurde, wollte sich der Fuchs noch etwas aufbewahren; nicht dass seine Expartner, selber auch große Spitzbuben, vor Scham über ihre Tölpelhaftigkeit ins Wasser gehen würden, weil einer ihnen den Meister gezeigt hatte. Renato wusste allerdings, dass auch er ein hohes Risiko einging: In drei Monaten Hochsaison mussten Reserven für das ganze Jahr angeschafft werden, der landesinterne Tourismus litt an den hohen Transport- und Treibstoffkosten. Ein Liter Benzin bezifferte sich auf 75 Cruzeiros, offiziell sfr. 1.60, sfr. 1.25 nach Renatos Schwarzkurs, aber wer konnte sich selbst diesen Preis hier leisten? Innerhalb von zwei Monaten hatte sich der Cruzeiro gegenüber dem Dollar um 30 % abgewertet; alleine São Paulo zählte momentan über 800 000 Arbeitslose. Vor einem Jahr noch war Brasilien von argentinischen Touristen überschwemmt worden, seit der Peso aber vor drei Monaten um mehr als 320 % abgewertet wurde, blieb auch dieses wichtigste Reisesegment fern. Eine hohe Inflation bedeutete immer auch, dass der bisher gut verdienende Mittelstand nichts mehr für den gehobenen Konsum übrig hatte. Alle warteten wieder einmal auf ein brasilianisches Wirtschaftswunder. Der Schweizer machte sich darob jetzt noch keine Sorgen. Natürlich musste er seine Bauequipe und das benötigte Material pünktlich bezahlen, seine eigenen Lebenshaltungskosten versuchte er aber auf einem Minimum zu halten. Das gelang auch weitgehend, weil er quasi zum Selbstversorger geworden war. Auf dem Werftgelände baute er Gemüse an, reife Papayas, Mangos, Kokosnüsse und Bananen gab es das ganze Jahr umsonst, der Hühnerhof gedieh prächtig, außer dass der Warmwassertank des Solar Heaters bei einem stürmischen Gewitter vom Turm in das Hühnergehege krachte, dabei zerschellte und zwei Legehennen erschlug. Im Schweinestall hatte die Sau sieben Ferkel geworfen, wovon sicher ein Teil das Spanferkelschicksal ereilen würde. Ursprünglich war auch das mütterliche Borstenvieh dieser Vorsehung zugedacht, es hatte jedoch das Geschick, sich mit Renato anzubiedern; wie ein Hund lief die Sau ihm überall nach. Das berührte ihn so sehr, dass er, der es in seinem Leben schon mit allerlei Fauna – auch menschlicher – zu tun bekommen hatte, sich einen Spaß daraus machte, das intelligente Tier ein wenig zu dressieren. Und siehe da, es gehorchte ihm aufs Wort, zumindest, wenn das Schwein gerade Lust dazu hatte. Morgens um 6.00 Uhr pflegte Renato in einem billigen Campingstuhl am Strand zu meditieren, indem er aufs Meer hinausblickte und sich langsam in den Sonnenaufgang hineinwärmte. Die Sau saß neben ihm, guckte genauso intensiv in den sich verlierenden Horizont und ließ sich in der Kontemplation ebenso wenig stören wie ihr Herrchen. Gedachte der Meister nach einem Zigarettchen eine Runde in der ruhigen, spiegelglatten Bucht zu schwimmen, schloss sich das Tier an. Es sah vom Ufer her sehr ulkig aus, wie die beiden weit außen ihre Bahn zogen, scheinbar in eine Diskussion vertieft, und oft erst nach einer halben Stunde zurückkamen. Zufällige Frühaufsteher fremder Provenienz lachten sich halb tot, ob des stoischen, würdevoll-lächerlichen Bildes, das die beiden abzugeben beliebten, die Indigenen wunderte schon lange nichts mehr an ihrem Suiço maluco.

Diese Meditationen hatten nicht nur ihre äußere heitere Seite. Renato hing seinen Gedanken nach: Er war hier mit einer Welt konfrontiert, welche für ihn drei Jahre lang das Paradies bedeutete, und nun, nach seiner Rückkehr, empfand er die Insel als entzauberte „Bubble Island", wie er sie zu nennen pflegte. Überall war es schmutzig, die Leute sehr arm und ungebildet, oft dumm, aggressiv und hübsch – zumindest bis zum vollendeten zwanzigsten Altersjahr. Die Partner primitive, arbeitsame Raffer, die es zu etwas bringen wollten, daher ideale Socios, auf deren Rücken Renato in den finanziellen Erfolg zu reiten gedachte. Er würde sich in den kommenden Monaten auf die beste seiner gemeinsten Fähigkeiten konzentrieren, nämlich die sublime Manipulation seines direkten Umfeldes und dieses im Glauben lassen, dass es seine höchst privaten und egoistischen Ziele damit verfolgte. Er selber hatte sich innerlich bereits gelöst. Die Vorstellung, diese Insel nach seinen Idealen zumindest touristisch zu gestalten, hatte er aufgegeben. Er begann einen Dégoût zu entwickeln, den er zwar niemanden spüren ließ; sein Engagement beschränkte sich auf die Absicht seine Investitionen zurückzugewinnen, die Kuh zu melken, solange es noch ging, um sich dann irgendeinmal abzusetzen. Dieser Gedanke und die damit verbundene Distanziertheit machten ihm richtig Spaß und stimulierten ihn geradezu diabolisch, seine Kreativität für ein Werk einzusetzen, das er nicht mehr als das Seinige betrachtete. Überschlug er sein Konzept, dann reichte sein verfügbares Kapital lediglich für einen kleinen Teil des Innenausbaus, der Ausbau des Restaurants müsste mit dessen Betrieb finanziert werden, die Quadratur des Zirkels. Gut, immerhin konnte er mit den (nur zögerlich einbezahlten) Beiträgen seiner Excompagnons rechnen, aber deren Geschäfte liefen auch nicht besonders, sie hatten selber mit getätigten Investitionen genug am Hals. Volle Ertragsfähigkeit war erst zu erwarten, wenn die dreihundert, lieber dreihundertfünfzig Plätze im Restaurant sowie alle vierzehn Zimmer des Hotels in Betrieb genommen werden konnten. Das hieß ein Zeithorizont bis Ende 1983, wenn alles optimal lief, und in Paricatì lief eigentlich alles suboptimal. Er entschloss sich deshalb zu einem Bankkredit mit Rückzahlungsfrist in fünf Jahren, um sein Projekt voranzutreiben.

Diacha gebar unterdessen ein Mädchen namens Mira und damit war die Welt wieder in Ordnung. Nach dem Unfalltod ihrer ersten Tochter wünschte sie sich nichts sehnlicher als das. Dies gab Renato eine unverhoffte Verschnaufpause, weil sie mit sich, der Welt und Renato zumindest vorläufig im Reinen war. Das Mädel hatte pechschwarze glatte Haare und das übliche Profil eines noch unfertigen Geschöpfes. Seine Hautfarbe würde sich wohl Richtung Café au lait entwickeln, vorerst war sie noch rötlich. Überhaupt sahen Neugeborene immer irgendwie hässlich aus und beim Erzeuger wollte sich partout kein väterlicher Stolz auf sein Produkt einstellen. Vielleicht später einmal wie bei seinen früheren Kindern, aber jetzt? Unbegreiflich, wie Mütter und vor allem weibliche Verwandte diesen Kreaturchen derart den Schmus bringen konnten, sie knutschten und herzten. Im Spital wurden dem armen Ding gleich die Ohrläppchen gepierced und Renato musste zwei spezielle Ringlein anschaffen, welche sie gegen alles Böse beschützen sollten. Wer es glaubte wurde selig, aber was tat man nicht alles um des Friedens willen, auf seinen Dächern hatte er ja damals auch allerlei Humbug an Fetischen zum Schutz gegen die bösen Geister toleriert. Die neu gewonnene Autonomie nutzte Renato zur vermehrten Korrespondenz mit seinen Kindern; mit Jacqueline war es momentan schwieriger zu kommunizieren: das schwiegerelterliche Hausverbot, die unausgesprochene lebensbedrohende Krankheit Alines, der verstockte Walther, der seit Kurzem in Jacquelines Leben getretene Freund, das eben zur Welt gebrachte Kind Diachas, all das war beidseitig noch nicht verdaut. Daneben hatte Renato aber auch zu schreiben begonnen. Auf Anregung von Mauriçe und seinen eigenen geheimsten Wünschen folgend fing er an die interessantesten Episoden aus seinem bewegten Leben aufzuzeichnen. Er schrieb: *„Die Lust am Verfassen und Formulieren nimmt ungeheuer zu. Ich kann nun einmal nur schreibend denken. Am leichtesten fallen mir Briefe. Mein Buch wäre in diesem Sinne auch ein Brief, sozusagen anonym an mehrere Adressaten gerichtet. Literatur machen interessiert mich nicht. Ich schreibe Euch, Dir, der Familie, eigentlich allen, mit denen ich zu tun hatte. Und was ich mir davon verspreche, wirst Du fragen. Nichts, rein nichts, außer Spaß im Gedanken an ein buntes Selbstportrait, das diesen komisch schillernden Vogel, der dein Vater ist, zur totalen Analyse fixieren soll. Der Vorwurf meiner Nächsten, ich sei unberechenbar, widersprüchlich, er stimmt. Ich erkenne mich genau so heute, aber darin bin ich wenigstens konsequent."* Er gab allerdings zu bedenken, dass diese Begebenheiten erst durch den logischen Faden eines biografischen Ablaufes Sinn bekämen und die Verbindung wäre seit seiner Abreise vom Waldhof gerissen. Sobald er jedoch die Muße gefunden hätte, den glaubhaften Mix zwischen Mitarbeit am Tourismusprojekt und ungestörten Alleinseins, wollte er die Sache seriös angehen. Es war nicht leicht, gleichzeitig zwei Pferdchen zu reiten, die Compagnons und das Steckenpferd. Vorerst genoss er seinen Freiraum, denn die letzten Wochen mit Diacha – vor der Geburt ihres Mädchens –, die immer lästiger, ungehaltener und bösartiger wurde, erreichten eine Intensität, um die ihn jeder Drehbuchautor oder Regisseur beneidet hätte: Der ewige Streit mit ihr trieb seltsame Blüten. Da er sich geschworen hatte, die Nerven zu behalten, die Kontrolle über sich keinesfalls zu verlieren, dachte sich sein Engel immer perfidere Spielchen aus, um ihn zu provozieren. Ein drolliger, kleiner weiblicher Mops, dunkelbraun mit Kulleraugen und einem lahmenden Hinterbein, Leihgabe eines Weltenbummlers, der sich wieder abgesetzt hatte, musste sich an das Fliegen gewöhnen, weil Diacha sie – eifersüchtig, da „Bumba" sehr auf Renato fixiert war und er an ihr hing – regelmäßig zum Fenster hinausschmiss, Gott sei Dank Parterre. Die Kleine rächte sich mit nächtlichem Klagegeheul vor der Tür, bis Diacha sie wieder entnervt hereinließ, da sie kein Auge zumachen konnte. Renato täuschte Tiefschlaf vor und biss grinsend ins Kissen, besonders weil Bumba noch einen draufsetzte und fürchterlich zu furzen und rülpsen begann. Es war für die Tobsüchtige zum Verzweifeln, kein nachhaltiger Effekt, sondern zwei, die sich gegen sie verschworen zu haben schienen. Also schmiss sie die Whiskyflaschen der Bar hinaus; das erforderte bereits ungeheure Disziplin vom Brandyliebhaber, um nicht auszuflippen.

Die geschätzten Hühner ereilte mehr als einmal das schreckliche Schicksal, für Diachas Weltenzorn herhalten zu müssen. Sie packte eine der Hennen, holte sich ein großes, scharfes Küchenmesser, schnaufte hinter dem scheinbar gelassenen Renato her, schrie, er solle herschauen, um dann dem armen Geschöpf, ratzfatz, den Kopf abzuhauen. Das noch zuckende, in seiner Integrität beschnittene Huhn schmiss sie ihm blutig vor die Füße. Damit hatte sie seine Seele im Tiefsten getroffen, denn der Hühnerhof war ihm heilig. Er konnte nicht anders, als ihr eine gewaltige Ohrfeige zu schmettern – sie hatte erreicht, was sie wollte, und er schämte sich dafür, dass die scheinbare Sozialisation in mittleren Breitengraden ein dünner Lack war, an dem man kratzen konnte, um die darunter schlummernden Urgewalten zu aktivieren und sie sich darauf ungefiltert austobten. Zum ersten Mal im Leben schlug er eine Frau; es sollte nicht zum letzten Mal sein, allerdings betraf es immer dieselbe Schlampe. Sie heulte vor Schmerz und Genugtuung, er war zerknirscht, böse über sie und sich selbst. Nach solchen Intermezzi kehrte für ein paar Tage Ruhe ein, bevor die Zankereien von Neuem losgingen. Dabei reichte ein kleiner Funken wie die Unterhaltung auf Englisch mit dem einen oder anderen Weltumsegler, den es hierher verschlagen hatte und mit denen Renato sich häufig und gerne unterhielt, weil äußerst spannende Figuren darunter weilten. Diacha fühlte sich ausgeschlossen, grollte und explodierte ohne Vorwarnung (das war so eine der Eigenschaften von Explosionen). Sie schreckte nicht davor zurück, nachts sein Moskitonetz anzuzünden, sodass nur seine blitzschnelle Reaktion verhinderte, dass gleich die ganze Rundhütte mit dem Schilfdach Feuer fing. Zur Abwechslung drückte sie ihm im Schlaf hin und wieder glühende Zigarettenstummel auf dem nackten Rücken aus, wenn er tief und friedlich schlummerte. Ruhte er dank Cachaça-Pegel einmal so fest, dass ihn selbst eine so krude Aktion nicht zu wecken vermochte, grämte sich seine Prinzessin fürchterlich, war tagelang depressiv, denn nichts, aber auch gar nichts kränkte sie mehr, als wenn sie das Gefühl überkam, inexistent für Renato zu sein. Und dieser begann seine Macht gezielt auszuspielen, wachte bei solchen Attacken immer weniger auf, ließ sie bewusst und unbewusst leerlaufen. Als Jacqueline hier weilte, hatte er mit ihr streiten gelernt, mit Diacha erreichte er diesbezüglich eine Virtuosität, die seinesgleichen suchte. Harte Worte und Schläge; die ehedem verkümmerten Adrenalindrüsen jedenfalls funktionierten wieder tadellos – schlechte Aussichten für einen allfälligen späteren, ruhigen Lebensabend im Schaukelstuhl.

Im Oktober konnte das „Praia da Fonte", wie Renato sein Hotel-Restaurant taufte, eröffnet werden. Die Namensgebung nahm Bezug auf den Strand und die bekannte Quelle in unmittelbarer Nachbarschaft. Bis zur vollständigen Rückzahlung aller Ausstände an ihn beharrte Renato auf einer zentralen Buchhaltung und einem gemeinsamen Budget, was seine „Partner" zähneknirschend, jedoch zu ihrem eigenen Wohl akzeptierten, konnte doch zusammen für beide Restaurants eingekauft und abgerechnet werden, was praktischer und erst noch günstiger war. Der Schweizer hatte damit die Fäden wieder in der Hand, wusste, wie das Balneário wirtschaftete, und konnte korrigierend eingreifen, wenn es mit den Rückerstattungen haperte. Auch das Jangadageschäft lief über ihn, denn die Schweizer Touristikunternehmen akzeptierten nur Renato als Ansprechpartner, was dieser immer wusste und die armen Portugiesen erst jetzt zu spüren bekamen: Ihnen „gehörte" zwar das Transportmittel, sie waren aber vollkommen abhängig. In einem knappen ersten Monat erwirtschaftete Renato über 20 000.– Schweizer Franken mit dem neuen Restaurant und die Hochsaison hatte noch nicht einmal begonnen. Das war umso erstaunlicher, als die Preise bedeutend schneller stiegen als die Löhne. Der Lokaltourist hatte jeden Monat 11 % weniger Geld zur Verfügung. In der gleichen Zeit fiel der Umsatz des Balneário und anderer weiter entfernter Gaststätten um 50 %. Das ärgerte, zumal der Steg nun fertig gebaut war und sich die Prognosen bewahrheiteten, dass die Tagesgäste sich am liebsten im Praia da Fonte niederließen. Es war auch wirklich schön geworden mit seinen vorerst gut zweihundert Plätzen unter den Schilf gedeckten, schattigen Rondellen mit mehreren Tischen, dem zentralen Buffet, das zum Schlemmen einlud, dem fröhlich-hektischen Betrieb über Mittag von 13.00 bis etwa 16.00 Uhr. Renato war ständig in Bewegung, trieb seine fünfzehnköpfige Crew zu Hochleistungen an, machte sich fortlaufend Notizen zum Ablauf, zum Timing, befragte die Gäste nach ihrer Zufriedenheit, schulte das Personal in Hotellerie und Gastronomie. Eine Herkulesaufgabe, denn nur der Chefkoch und der Kassierer waren Profis, alle andern mussten in der kurzen Vorbereitungszeit angelernt, geschult und geschliffen werden. Die Wenigsten wussten, dass es, außer Bier, Sucos und Gazosas, zum Beispiel auch noch Wein gab und das erst noch in roten und weißen Ausführungen, angepasst an das jeweilige Menü (auf die AOC-Finessen sowie den Jahrgangskult verzichtete Renato wohlweislich). Für ihn selber war dies alles ja auch Neuland, aber es machte ihm unheimlich Spaß, täglich hinzuzulernen und den Betrieb florieren zu sehen. Auch seinen Gastropartnern, die immerhin ein eigenes Restaurant führten, musste er kräftig auf die Finger klopfen. Ihre spießigen Vorstellungen von Dekoration und Ambiente sowie alle ihre Denkversuche hinsichtlich eines Gastrokonzeptes galt es schleunigst zu unterbinden. Weißwein und Rosé wurden neuerdings gekühlt, Rotwein temperiert serviert. Das abends à la carte kredenzte Filet Mignon ließ sich ab sofort nicht mehr prügeln bis zur Durchsichtigkeit, sondern wollte dick und a point auftreten, um internationales Niveau und Weltläufigkeit zu demonstrieren. Auch der Coq au Vin verspürte wenig Lust, als Palmöl triefende, zähe Zumutung in irgendeiner lieber nicht genannt sein wollenden Soße zu verkümmern. Renatos Partner rannten zwanghaft beflissen in schwarzer Hose und blütenweißem Hemd durch den Betrieb, denn sie glaubten, nur durch persönlichen Einsatz die Rendite steigern zu können, um möglichst bald vom Schweizer unabhängig zu werden. Er selbst saß in Shorts und mit nacktem Oberkörper locker zwischen den Gästen und ließ sich bedienen wie ein zahlender Kunde; „Il y en a de petites différences." So fruchteten seine erzieherischen Maßnahmen wenigstens und Renato lernte bei der angenehmen Beschäftigung des Restaurantführers viele Menschen kennen, er führte mehrsprachig interessante und dumme Gespräche in seinem Mikrokosmos, das war dem Image seines Etablissements zuträglich, strapazierte dafür seine Leber etwas mehr als üblich und nötig.

In seiner Verzweiflung baute das Grand Hotel von Paricatì – ja, es gab wirklich eine Absteige, die sich erdreistete, sich so zu apostrophieren – einen kleinen Zug, der von einem Jeep als Lokomotive verkleidet gezogen wurde. Damit versuchte man, die ankommenden Tagesausflügler vor dem Gartentor des Praia da Fonte abzufangen, was partiell gelang, aber oft kamen die Entführten kurze Zeit später reumütig zurück, wetterten über das klägliche Angebot, bekamen Stielaugen sowie einen wässerigen Mund ob der üppigen Auswahl und stürzten sich wonnig in die Schlacht am kalten und warmen Buffet.

Ungeachtet der unfreundlichen Abwerbungsversuche lief das Praia da Fonte immer besser; Renato wurde zum Platzhirsch. Gut, die Gäste benahmen sich manchmal, nein, oft daneben, schichteten ihre Teller bis an die physikalische Grenze auf, als hätten sie Angst zu verhungern. Es war ekelhaft zuschauen zu müssen, wie ansonsten zivilisierte Menschen vor dem Futtertrog zu Hyänen mutierten ohne Beißhemmung dem Nachbarn gegenüber, der sich auch nicht besser als ein Tasmanischer Wolf verhielt. Nach gewonnener Schlacht ließen sie die Hälfte angefressen stehen, ein Affront in einem Land, das vielerorts Hunger kannte. Dafür brannten sie aus Unachtsamkeit mit ihren Zigaretten Löcher in die Tischtücher, zerbrachen Unmengen Geschirr auch ohne Schlägereien und beschädigten das Mobiliar, stabil gezimmerte Tische und Stühle, ganz zu schweigen von der Gartenbeleuchtung. Das alles für einen À-discretion-Preis von umgerechnet etwa zwölf Schweizer Franken, von dem Renato noch seine Bestechungsgelder an die Guides, die erst noch gratis aßen, abzweigen musste. Renato hatte deswegen extra eine Reparaturequipe von drei Mann angestellt: Schreiner, Maurer und Elektriker; die waren rund um die Uhr beschäftigt. Dasselbe galt für die Putzbrigade: Wohl nirgends auf der Welt wurde so viel Abfall einfach auf den Boden geworfen und in unbeschreiblichem Ausmaß neben die Kloschüsseln uriniert. Aber Renato hatte wenigstens sein Haus voll, zahlende „Gäste", wenn auch manchmal von zweifelhaftem Ruf. Nur ein Gringo mit eiserner, unnachgiebiger Haltung hinsichtlich Hygiene und baulichem Zustand des Fresstempels konnte das täglich drohende Desaster in Schranken weisen und Renato bildete sich ein, das recht gut im Griff zu haben. Er schulte sein Personal auch dementsprechend.

Um Diacha zu neutralisieren, die ihre Zufriedenheit über die ersehnte Tochter allmählich zu verlieren begann und sehr unangenehm werden konnte, auch vor den Gästen in aller Öffentlichkeit, baute er ihr im Hotelgarten beim Eingang eine kleine Boutique, auf ihren Namen lautend. Die Hoffnung, sie würde in einer neuen Arbeit aufgehen, erfüllte sich anfänglich. Eifrig richtete sie ihren Laden ein und bestückte ihn mit allerhand artesanalem Tand, den Touristen als echtes brasilianisches Handwerk schätzten. Auf den Regalen fanden sich schöne Muscheln, große Einzelstücke in allen Formvariationen und schillernden Farben, Capoeira-Instrumente wie das unverzichtbare Berimbao, ein Musikbogen mit einer einzigen Saite und einer kleinen Kalebasse als Resonanzkörper, die Atabaque-Trommel sowie das Pandeiro, eine Art Tambourin. T-Shirts mit diversen Aufdrucken, vom Hotellogo über die Inselumrisse Paricatìs, vor Kitsch triefenden Sonnenuntergängen mit aus den Wellen springenden Delfinen bis zu „I love Brazil" in den Nationalfarben grün-blau-gelb. Dazu Panos, in Batik gearbeitete, sehr farbige große Baumwolltücher, welche vor allem etwas beleibtere Touristinnen gerne um die speckschwartigen Hüften wickelten, um damit den Sonnenbrand auf den einzelnen Fettpolstern kaschieren zu können. Gefärbte Ketten aus Palmkernen, geflochtene Körbe aus buntem Bast, Fächer aus Palmenblättern und Schnitzereien in Kokosschalen. Nicht zu vergessen: Salatbesteck und Brieföffner aus Holz mit eingebrannten Arabesken. Schreiende Holzschnittbilder von naiven Künstlern mit Motiven sämtlicher Klischees wie „Fischer auf Saveiro" oder „Fröhliche Bahiana hinter ihrer Garküche" rundeten das Sortiment ab. Das Geschäft ließ sich recht gut an; die stolze Inhaberin verkaufte ihre feilgebotene Ware und reinvestierte nicht, sondern gab das Geld mit beiden Händen aus, am liebsten für Shopping in Salvador mit Freundinnen, denen sie alles bezahlte, weil sie deren Bewunderung für ihr angeschlagenes Selbstwertgefühl benötigte. Es war paradox: Mit Renatos Hilfe wollte sie aus ihrem trostlosen Inselmief in die glitzernde Konsumwelt der TV-Novelas fliehen und der Mann aus Europa hatte genau das Gegenteil im Sinn, dem unerfreulichen materiellen Überfluss zu entkommen, denn der Preis, den manche dafür bezahlen mussten, schien ihm zu hoch. Ihn begann Besitz immer mehr anzuwidern; er zwang zum Sitzenbleiben und torpedierte letztlich seinen permanenten Veränderungswunsch. Renato hatte sich längst von diesem Denken gelöst, war süchtig nach Wandel und Umbruch, was nur mit leichtem Gepäck hätte realisiert werden können. Das Restaurant empfand er bereits als lästige Falle. Waren die Finanzen alle und fehlte der größte Teil in Diachas Kollektion, stand sie etwas verblüfft im halb leeren Laden, aber es war für sie klar, dass ihr Sugar Daddy für die Inkonvenienzen geradestand. Solange sich dieses ökonomische Negativsummenspiel in vertretbaren Grenzen hielt, tat Renato mit, denn der Gewinn an Freiheiten für sein eigenes Unternehmen war um ein Vielfaches höher, wenn er sich ihr gegenüber einigermaßen spendabel zeigte. In

Europa stellten die gut verdienenden Manager und erfolgreichen Unternehmer schließlich ihren wohlstandsverwahrlosten Gattinnen oder Geliebten auch kleine Boutiquen oder Galerien zur Verfügung, damit sie ihre Ruhe hatten und deren weibliche Energien nicht fehlgeleitet wurden. Willkommener Nebeneffekt: Die meist unrentablen, aber mit viel zur Schau gestelltem Engagement geführten Lokalitäten ließen sich als Abschreiber von den Steuern subtrahieren, also insgesamt eine lohnende Angelegenheit und alle Mal billiger, als wenn die frustrierte Hauszierde sich dem braun gebrannten Golflehrer an den Bizeps warf und ihm vor lauter Dankbarkeit einen potenten Porsche schenkte.

Ein unverschämter, rotzfrecher junger Franzose, Weltenbummler und Gelegenheitsgauner, schlug seine Zelte vor Renatos Anwesen auf, das heißt, er stationierte seinen Campingbus, in dem er wohnte, direkt vor dem Eingang und bot den Touristen ähnliche Panos wie diejenigen von Diacha etwas billiger an. Manchmal reiste er sogar auf den Schiffen mit, um seine potenziellen Kundinnen, die vor dem Mittagessen noch einen Badehalt auf einer unbewohnten Insel machten, zu bearbeiten. Das ging entschieden zu weit. Renato beklagte sich, der Junge beharrte unverfroren darauf, dass er sich auf öffentlichem Grund befinde. „Ja, aber du profitierst von meinen Gästen." So drohte Renato den Tour Guides, dass er ihre Provision kürzen müsse, wenn sie den Bengel noch zusteigen lassen würden. Das wirkte, denn inzwischen konnte es sich keine Schonerequipage mehr leisten, das Praia da Fonte zu ignorieren. Zudem war Renato mit dem Eigner der größten Escuna-Flotte gut befreundet, ein schwerreicher Bahianer, dem der Schweizer ab und an eine Turtelbude für seine Schäferstündchen mit einer der vielen wechselnden Begleitungen zur Verfügung stellte. Das vergaß ihm Carlos Roberto nie, denn er wusste die Diskretion zu schätzen, wenn es darum ging, das Techtelmechtel vor seiner furiosen Geliebten zu verstecken (Nicht vor seiner Frau, die wusste über ihren Potenzschwengel Bescheid und ließ sich ihr Stillschweigen mit einer Amex Platinkarte und unbeschränktem Limit bezahlen. Zuweilen verdrückte sie sich für einige Tage nach Rio – mit dem Privatjet.). Als der Franzose weiter vor dem Restaurant verkaufte, erfuhr Renato zum ersten Mal richtig, was für eine Art Macht Diacha auf der Insel hatte. Ihr Clan und das ganze Städtchen solidarisierten sich mit dem Schweizer, der mittlerweile zweiundzwanzig Vollzeitstellen anbot, der größte Nachfrager auf dem Gemüse- und Früchtemarkt war, die lokalen Fischer berücksichtigte und den man grundsätzlich nicht ohne seine Einwilligung verarschen durfte. Der Bus flog nachts mit einem lauten Knall in die Luft, Scheiben splitterten, Blechteile flogen umher, Stichflammen schossen und das alte französische Mobilhome brannte aus. Ganze Arbeit. Ein Jemand, der anonym bleiben wollte, hatte für dieses unerklärliche Unglück gesorgt, war aber immerhin so rücksichtsvoll, das Fahrzeug ohne den Inhaber, der gerade in einer Bar mit Freunden zockte und soff, zu sprengen. Von da an hatte Renato weiträumig um seinen Restaurant- und Pensionsbetrieb herum Ruhe vor Händlern und Halunken aller Art. Das war nachdrücklicher als jedes unfruchtbare Gespräch, die direkte Mafiamethode, und er unfreiwillig zum Capo der Inselhalbwelt aufgestiegen, protegiert von seinem Umfeld, das durch alle sozialen Hierarchien hindurchreichte. Es verpflichtete allerdings auch und so wurde der Schweizer schon kurze Zeit später zum neuen Präsidenten des lokalen Fußballklubs gewählt und zwar einstimmig. Das bedeutete Ruhm und Ehre, die bis anhin in der glorreichen Geschichte der Insel noch nie einem Gringo zuteilwurde. Lächelnd und leise fluchend nahm Renato an, denn er hätte ohnehin nie ausschlagen dürfen, das verbot der Kodex. Er, der schon lange keine Kirchensteuern mehr bezahlte, leistete jetzt auf diese Art seinen Obolus an die Gesellschaft und er wusste: Auch ein Drittligaverein konnte ihn teuer zu stehen kommen im fußballverrückten Brasilien.

Renato verkaufte seine beiden Schoner. Sie hatten ihren ursprünglichen Zweck längstens erfüllt und wurden mit der Zeit zur Plage: Erstens musste er eine Crew bezahlen, die oft unterbeschäftigt war, denn es galt ja vor allem die Jangada auszulasten und das gelang schon mehr schlecht als recht. Zweitens: Auf dem Tagesausflugsmarkt mit Escunas herrschte ein

Verdrängerwettbewerb, zu groß war das Angebot, zu mörderisch die Dumpingpreise, mit denen man Veranstalter oder potenzielle Kunden zu ködern versuchte. Der Unterhalt erwies sich als teuer, vor allem bei der geringen Auslastung, die Reparaturen ein Fass ohne Boden. Nominell verkaufte Renato die Schiffe über seinem Einstandspreis, real verschacherte er sie zu Schleuderangeboten, denn mit der Abwertung des Cruzeiros hatte er bereits 50 % verloren. Ach, was soll's, weg mit dem Ballast und lieber den Spatz in der Hand. Damit war die Zeit des Großreeders mit einem stattlichen Hausboot, zwei schnittigen Escunas, zwei leicht havarierten Surfbrettern und einem halben Gummiboot definitiv vorbei. Aber seine Frist wäre sowieso abgelaufen, denn der große Schweizer Reiseunternehmer kippte das Jangadamodul „Viva Bahia" kurzerhand aus dem Programm mangels Buchungen. Der Überseetourismus war stark rückläufig; alle schienen Angst vor den säbelrasselnden Generälen Südamerikas zu haben. Er hatte sein nautisches chef d'oeuvre keine Sekunde zu spät abgestoßen. Dafür leistete Renato sich ein kleines, egoistisches Hobby; den Kauf eines Lazers, eines Segelbootes von geringem Ausmaß, mit dem er ab und zu alleine abzuhauen gedachte, denn, je winziger das Boot, desto weniger schmarotzender Ballast, der sich einnisten konnte. Und nicht zu vergessen, sein erstes 7,5 m-Ferrozementboot besaß er immer noch.

Max, begeisterter Wassersportler und immerhin Zweiter bei den Schweizer Segelmeisterschaften in der Kategorie Vaurien, tat die Kunde des Abschieds von all den Schiffen leid. Er hatte mit Herzblut mitgebaut, gefiebert, die Pionierzeit in Bahia miterlebt und jetzt dieser Brief Renatos, der ihn im Knast erreichte. Max saß für drei Monate hinter Gittern, weil er den Militärdienst verweigerte. Die Strafanstalt hieß „Oberschöngrün", wie sinnig. Die RS hatte er noch brav und angepasst absolviert, dann wurde ihm im ersten WK die kindische Kriegsspielerei zu dumm. Er fragte seinen Kompaniekommandanten, was er unternehmen müsse, um von dieser abstrusen Männerkumpanei freizukommen. „Haben sie ein Gebrechen?" (Das war nicht Empathie, sondern Sorge um die

Finanzen der Militärversicherung, falls der Soldat die Armee wegen gesundheitlicher Schädigung einklagen sollte). „Nein, ich kann diesen Unsinn einfach nicht mehr verantworten", war die Begründung. „Wenn sie religiös motivierte Gründe anführen, dann können sie sich vor einem entsprechenden Gremium äußern, das über die Echtheit ihrer Schießhemmungen auf den BöFei befindet." – „Ethische Gründe, nun ja, aber sicher keine religiösen." So verteidigte Max sich auch vor Gericht, gegen die gut gemeinten Ratschläge von Freunden und Sachverständigen, die ihn zur Frömmelei ermunterten. Also verbrummte ihn der Auditor wie vorauszusehen zu drei Monaten; mildernd die Tatsache, dass er schließlich siebzehn Wochen Schinderei in der Rekrutenschule klaglos absolviert hatte. Umso unverständlicher für die Militärjustiz seine jetzige Reaktion (er war nach dem ersten Wochenende einfach nicht mehr eingerückt und schließlich von der Militärpolizei abgeholt worden). Der Chronist, als Asthmatiker und Tropengeschädigter (Malaria und Amöben: was für ein Glück) zur Kriegsdienstuntauglichkeit, also zu einem halbierten Mann degradiert und nun als Zuschauer an den Verhandlungen teilnehmend, lernte eine weitere Lektion: Wird der verlogene Schein gewahrt und untergräbt man die Autorität nicht, kommt man meist ungeschoren davon. Nonkonformisten aber waren eine Gefahr, denn wo käme man hin ... Max stieg in der Achtung seiner und Renatos Familie, denn er war der Erste, der diesen Mut bewies. Renato gratulierte ihm wärmstens zu seiner Haltung und war richtig stolz auf seinen Neffen. Aus einem anderen Grund gratulierte er auch dessen Schwester, seinem Patenkind, nämlich zur Hochzeit mit ihrem Andreas. Ebenso seiner Tochter Sandrine, die ihren ersten Buben zur Welt brachte. Max trieb es aber noch weiter mit paradoxer Intervention und beantragte nach sechs Wochen Arbeit auf dem anstaltsinternen Bauernhof im halb offenen Strafvollzug Haftverschärfung. Man war ja kein Unmensch und die Verweigerung, auf Befehl im Notfall andere umzubringen, zwar schlimm, aber doch nicht vergleichbar mit schweren Delikten wie Mord. Kopfschüttelnd gewährte man ihm eine Einzelzelle, in der er mehrheitlich eingesperrt blieb, nicht mehr arbeiten durfte, dafür lesen konnte, soviel er wollte. Damit unterlief er das System auf allen Ebenen; er schien ein hoffnungsvoller Fall für Renatos Vision einer besseren Welt, denn jeder, der dem Establishment ironisch, zuweilen sarkastisch ans Bein pinkelte, genoss bei ihm Gastrecht.

1981: Putschversuch der Guarda Civil in Spanien. François Mitterand Staatspräsident von Frankreich. Attentat auf Ronald Reagan in Washington. Start des ersten Spaceshuttle. Attentat auf Papst Johannes Paul II. Hochzeit von Prinz Charles und Lady Diana. Belize wird unabhängig. Anwar as-Sadat wird in Ägypten ermordet. Gestorben: Bill Haley, Paul Hörbiger, Bob Marley, Zarah Leander, Albert Speer, Moshe Dajan, Georges Brassens, Natalie Wood, Rudolf Prack. Einweihung des Hochgeschwindigkeitszuges TGV durch François Mitterand. Elias Canetti Literaturnobelpreisträger. MTV geht auf Sendung.

Renato setzte seine Schreibversuche der persönlichen Memoiren fort. Intensive Briefwechsel mit der Schweiz halfen ihm bei der Analyse seiner verkorksten Beziehung zu Jacquelines Verwandtschaft und zur Klärung des Verhältnisses mit seiner Frau. Er war etwas verwirrt ob der überraschenden Wendung: Offenbar konnte Jacqueline sich wieder ein Leben an seiner Seite vorstellen, denn sie meinte: „Lieber unglücklich mit dir zusammen als unglücklich allein." Offenbar war ihr Verhältnis zur Familie und zum Freund sachlicher geworden, abgekühlt, nicht mehr nur eine Flucht vor Renato und somit fremdbestimmt. Ja, warum kein Neuanfang? Aber das würde den Verkauf des Betriebes hier bedeuten, sich mit dem Geld (illegalerweise) abzusetzen und beispielsweise im Süden Portugals etwas im Touristiksektor aufzubauen. Könnte man einen Interessenten finden, der bereit wäre, ca. 900 000 Schweizer Franken zu bezahlen? Soviel war das Objekt im aktuellen Ausbaustandard nach Expertenschätzung etwa wert. Durfte er Diacha mit den Kindern einfach zurücklassen? Eines war klar, der Ménage à trois würde nicht wiederholt werden – davor bewahre ihn die gesamte brasilianische Götterwelt. Und wer, wenn nicht Jacqueline, würde die alt und gebrechlich gewordenen Schwiegereltern betreuen? Der zähe Groll Renatos gegen seinen Schwiegervater, der ihn jahrelang hätschelte, aber auch gängelte mit seinen Visionen und ihn dann in der Krise fallen ließ, wich allmählich dem Mitleid. Nicht, dass er die leiseste Lust verspürt hätte, reumütig ein Schuldeingeständnis wegen Diacha zu machen, ihr abzuschwören und schluchzend in die Arme der verzeihenden Schwiegereltern zu fallen; er hatte kein Talent für tränenselige Schlussszenen wie in einer beziehungsschwangeren, gefühlsduseligen Schmonzette. Hals über Kopf würde er jedenfalls nicht abhauen; wenn, dann ein geregelter Rückzug mit finanzieller Absicherung seiner hiesigen Familie. Vor irgendeiner Entscheidung wollte er ohnehin Jacqueline treffen, mit ihr ein paar Wochen an einem neutralen Ort verbringen, um ihrer beider Situation in Ordnung zu bringen. Fragen über Fragen, die nicht einfach so beantwortet werden konnten. Mit seiner Autobiografie war er nicht über das Jahr 1956 hinaus gediehen. Er versuchte, die angolanische Legende weiterzuspinnen beziehungsweise sie in ihre Komponenten Wahrheit und Lüge zu zerlegen, ihre Entsprechung psychologisch zu deuten und in den familiären Bezug zu stellen.

Renato hatte andererseits nicht übel Lust, die noch rudimentären Hotelzimmer richtig auszubauen, die Küche zu perfektionieren; Dinge, die ihn einfacher zu realisieren dünkten als die Konstruktion seines Schiffes. Vorerst bereicherte er seine Speisekarte nicht nur mit Lokalspezialitäten wie diversen Moquecas, Langusten, Austern und Krebsen, sondern mit exotischen Menüs à la Eisbein und Kasseler Ripple mit Sauerkraut, Schüblig mit Kartoffelsalat, Bratwurst und Rösti, aber auch echtes Bündnerfleisch (das echte Bündnerfleisch stammte ohnehin mehrheitlich von Argentinien). All das ließ er von São Paulo einfliegen und da sollte sich bitte sehr keiner entblöden mit dem abgedroschenen „Wer nix wird, wird Wirt!"

Genau dieser Tatendrang lähmte ihn aber wieder im Schreiben: Offenbar konnte man nicht beides, nämlich leben und über das Leben reflektieren. Und dann lief ja auch noch die Fußball-WM, welche Renato zwang, im Garten unter den

Palmen einen Farbbildschirm zu montieren, sonst wären ihm die Gäste reihenweise davongelaufen. Die Partien wurden Lokalzeit ca. am Mittag übertragen, eigentlich ideal für hungrige Mägen, aber das Personal weigerte sich zu kochen und zu servieren. So fieberten alle mit, Belegschaft und Gäste, arbeiteten sich zu Fußballexperten hoch und das Mittagessen begann halt erst um 15.00 Uhr. Jedes gewonnene Match der brasilianischen Nationalmannschaft wurde frenetisch bejubelt und gefeiert mit Petarden, Raketen und einem Sambatänzchen. Es gab keinen Zweifel; nach der Eliminierung der UdSSR und dem Erzfeind Argentinien mussten sie Weltmeister werden, wer denn sonst? Sie scheiterten an Italien und erreichten nicht einmal das Halbfinale. Staatstrauer, mindestens zweihundert tödliche Herzinfarkte (die hätte es bei einem WM-Sieg auch gegeben, aber der Grund wäre erfreulicher gewesen) und etwa dreihundert nachweisbare Selbstmorde aus Wut, Frustration und Elend.

Energisches Gebimmel von einem kleinen Glöcklein, das eher zaghaft aus der alten, zerfurchten Hand hervorlugte und sich fast zu schämen schien für den Radaumacher in dieser späten Morgenstille. Dotor Wawà war eingetroffen und stieg ächzend, mit leicht glasigem Blick umständlich von seinem uralten Muli herunter. Es ließ sich schwer abschätzen, wer älter war, der magere, graue, voll bepackte und mitleiderregende Maulesel oder der schmächtige, leicht gebeugte Dr. Wawà mit weißem Kraushaar und Kinnbart, beigem Tropenanzug aus Leinen, der entschieden bessere Zeiten gekannt hatte, und um seinen Körper knitterte, und einem etwas zerzausten Strohhut. Diesen lüpfte er nun unbeholfen elegant, machte eine kleine Verbeugung, lehnte den Schweiß von der Stirn tupfend erschöpft von der Hitze an seinen Muli, der wacker dagegenhielt, um das Gleichgewicht nicht selber zu verlieren, und verlangte Don Renato zu sprechen. Er kam in regelmäßigen Abständen beim Schweizer vorbei, eigentlich seit die erste Rundhütte eingeweiht worden war; schließlich handelte es sich hier um seine lukrativste Geschäftsbeziehung. Von Kindesbeinen an handelte Dotor Wawà mit Früchten, seine

Spezialität: Limonen. Die benötigte Renato immer frisch für seine Säfte, den häufig zubereiteten Caipirinha und jetzt erst recht für die Bar und als Dekoration auf dem Buffet. Er kaufte ihm jede Woche zehn bis fünfzehn Kilo dieser Zitrusfrüchte ab, die besten, welche weit und breit zu kriegen waren, weil immer reif und saftig. Der Maulesel hatte links und rechts eine riesige Holzkiste aufgebürdet bekommen, Wawà konnte sich dazwischen nur auf einem behelfsmäßigen Sattel halten und musste seine dürren Beinchen vornüber baumeln lassen, denn seitlich war ja seine Erfindung festgemacht. Die Kisten hatten einen flexiblen Boden, der mit einem Griff am festgezurrten Seil zu lösen war. Man musste nur einen Jutesack darunter stellen und hopp!, wie beim Fallboden des Henkerschafotts, klappte die geniale Konstruktion auf und die Früchte plumpsten herunter, waren rasant und flott versorgt. In einer kleinen Zeremonie hatte Renato deshalb vor Jahren in coram publico dem Früchtehändler den Ehrendoktor aus eigenen Gnaden für seine Verdienste in der Logistik und Technik des effizienten Löschens von Gütern zuerkannt. Von diesem Zeitpunkt an nannten alle Inselbewohner ihn ehrfürchtig bei seinem akademischen Titel und Dotor Wawà genoss es nebst dem Arzt, dem Schweizer Engenheiro und der (zwar an einer dubiosen Universität gekauften) Rangbezeichnung des Präfekten zum illustren Kreis der wissenschaftlich höher Geweihten zu gehören. Gut, zugegeben, sein kongeniales System krankte noch an kleinen Mängeln, aber das gehörte bei Forschern und Konstrukteuren zum Alltag. So brütete er über Formeln und Berechnungen, die es ihm einst erlauben würden, seinen Subito-Entleerungsmechanismus derart auszufeilen, dass der völlig überrumpelte Muli wegen der plötzlichen einseitigen Verlagerung des Gewichts nicht jedes Mal umkippte und danach mühsam wieder aufgestellt werden musste. Dr. Wawà meinte wöchentlich etwas konsterniert, dass er dem Geheimnis der Erdanziehung, den hier wirkenden Vektorkräften auf der Spur und einer definitiven Lösung ganz nahe sei. Renato versprach ihm dafür eine Beförderung zum Professor in den akademischen Olymp der technischen Wissenschaften.

Mit den Portugiesen, die sich von Renato schon länger verkohlt fühlten, brach der offene Konflikt aus. Sie wollten es ihm endgültig heimzahlen und hatten einen Coup von langer Hand vorbereitet. Der Neffe des einen, der schon von Anbeginn im Praia da Fonte als Chef de Service fungierte und vorher beim Schiffbau mitwirkte und dabei mehr schadete als nutzte, klagte Renato vor dem Arbeitsgericht an wegen angeblich nicht ausbezahlter Überstunden. Das hätte unangenehm werden können, da der Junge eintausendsechshundert Stunden und Zinsen einforderte. Aber der alte Fuchs war auf alle Eventualitäten vorbereitet. Der feine Plan mit seinem Advokaten: Er würde Manuel schon ausbezahlen im Falle eines Schuldspruchs, aber mit dem Geld seines Onkels. Noch vor der ersten Verhandlung klagte er seinerseits die Firma seiner Partner an, da er immer noch auf dem Papier vertraglichen Anspruch auf 50 % der Jangada hatte, die er im Namen der Unternehmung seiner Partner als eigentlicher Angestellter gebaut hatte. Er legte alle Rechnungen des selber gekauften Materials und Belege seiner unbezahlten Gehälter über zwei Jahre, die er minutiös gesammelt und geordnet hatte, vor. Der Tausch des Schiffanteiles gegen die Hotelbeteiligung war pauschal geregelt worden, ohne detailliert festzuhalten, dass die von seinen Partnern bezahlten Beiträge ans Hotel eigentlich eine Abgeltung für Renatos Arbeit und das selber bezahlte Material an der Jangada waren. So juffelten die Portugiesen in einem Hotelbetrieb, den sie unwissentlich selber mitgekauft hatten, um ihre Schulden am Schiff abzuzahlen. Als Gipfel verlangte Renato, da schriftlich erhärtet, jetzt auch noch eine offizielle Zession von 50 % der Jangada an sich. Und die beiden Stümper kamen in Erklärungsnotstand, weil sie die vereinbarten Lohnsummen, welche sie Renato laut Vertrag hätten zahlen müssen, nicht beweisen konnten. Gleichzeitig verbot er seinen feinen Expartnern (oder wieder Compagnons, da Renato mit gerichtlicher Drohung nun ja wieder beteiligt wurde), den Werftplatz bis zum endgültigen Gerichtsurteil zu betreten, sperrte ihnen den Stromanschluss und das Wasser. Ferner nahm er alle technischen Unterlagen des Hausbootes an sich und verweigerte jede Auskunft über Unterhalt und Service, wohl wissend, dass jedes Schiff seine kleinen Geheimnisse barg, die nur der Erbauer kannte und die unerlässlich für einen reibungslosen Betrieb waren. Er wollte den Boykott so lange aufrechterhalten, bis sie ihre Klage gegen ihn fallen lassen würden. Erst jetzt merkten sie, dass der Schweizer am längeren Hebel saß, und sie begannen, sich ihm wechselseitig anzubiedern, in den Hintern zu kriechen, indem sie jeweils den anderen verunglimpften. So erfuhr Renato im Detail die Pläne der Gegner und konnte sich entsprechend taktisch rüsten; strategisch hatte er ohnehin alles im Griff. Da so wenig passierte auf dieser Insel der hundert Jahre Einsamkeit, war der Abenteurer richtig froh um diese Abwechslung. Sein Informationsboykott zeitigte erste Resultate: Die verbohrten Partner wollten partout die Jangada rüsten zur ersten Ausfahrt. Seit das Projekt vom Schweizer Touristikunternehmen aus dem Programm gestrichen worden war, fuhr das Schiff keinen Meter mehr; es lag seit fünf Monaten still – Gift für jedes Boot am Meer, das nicht sachgemäß ausgewassert wurde. Die Portugiesen bunkerten Frischwasser bei der Mineralquelle nebenan. Renato hatte ihnen verschwiegen, dass nur zwei der Wassertanks dicht waren und niemals alle vier vorhandenen Tanks gefüllt werden durften, weil die Schotten zwischen dem vorderen Backbordtank und dem Mannschaftsraum unter der Steuerkabine nicht vollständig undurchlässig waren. Nun beobachtete der amüsierte Katamaranbauer, wie die Jangada backbord vorne viel tiefer als die Wasserlinie lag, das hieß, die hatten nicht nur die Tanks voll, sondern auch noch den Mannschaftsraum, der gute fünftausend Liter fasste … Der auf dem Sonnendeck eingepennte stolze Eigner hatte von seinem Glück noch nichts bemerkt. Vom Mannschaftsraum würde das Wasser bald in den Batterieraum sickern, und wenn genug kam, dann gäbe es ein feines Zischen zwischen den Polen der Batterien. Das waren halt so Kleinigkeiten, die man wissen sollte und für die Renato in seinem Leben viel Lehrgeld bezahlt hatte.

Um den Tag so echt zufrieden zu beschließen, schmiss er gleich noch seinen untauglichen Gerente, den zukünftigen Schwiegersohn eines seiner beiden feinen lusitanischen Streithähne, fristlos hinaus; er konnte ihm Misswirtschaft, Vertrauensbruch durch Weitergabe von Geschäftsgeheimnissen und ganz plumpe Unterschlagung (Abzweigung von Betriebseinkäufen für den eigenen Privathaushalt über Monate hinweg) nachweisen. Gerne hätte er dafür einen seiner Söhne oder abwechselnd mehrere für befristete Zeiten wie Semesterferien angeheuert. Trotz aller Euphorie bei seinen Winkelzügen, er fühlte sich manchmal sehr alleine und auf sich gestellt. Immerhin hatte jetzt auch Rico, der Jüngste, das Abitur hinter sich („Herzliche Grüße von unserer Maturareise nach Korfu"), außerdem Amadeo seine Rekrutenschule und war daran, sein Jurastudium in Angriff zu nehmen. Eine Europareise lag für ihn momentan nicht drin, zu dringend die Angelegenheiten, die er hier bewältigen musste.

Vergänglich

Den 6.11. vergaß Renato nicht so schnell. Innert zwanzig Minuten brannte seine Rundhütte, in der er immer noch mit Diacha und den Kindern hauste, bis auf das Fundament nieder. Angeblich soll es sein kleiner Junge gewesen sein, der mit Zündhölzern spielte, es hätte aber auch ganz andere, plausiblere Gründe gegeben ... Nun, was sollte er sich grämen oder aufregen? Passiert war passiert und verloren hatten er und sie alle persönlichen materiellen Güter: geschenkte Bücher von der Schweiz, sämtliche Briefe der letzten Jahre, Dokumente wie Pass, Führerschein, Fahrzeugschriften, Kleidung und – bedauerlich – sein auf etwa dreihundert Seiten angewachsenes Manuskript, die Autobiografie. Es hatte nicht sollen sein, dass er seine Vita aufschrieb, weil er sie intensiv leben musste. Was ihn aber wirklich schmerzte, war das Übergreifen der Flammen auf den Hühnerstall und den gedeckten Essplatz draußen. Zum Glück konnte sich die Mehrzahl der Hennen samt Gockel selber in Sicherheit bringen, einigen blieb jedoch der Flammentod leider nicht erspart; die armen verkohlten Geschöpfe taugten nicht einmal mehr für Churrasco. So musste die „abgebrannte" Familie wohl oder übel ins benachbarte Hotel in zwei notdürftig hergerichtete Räume umziehen. Etwas, das Renato immer zu verhindern versuchte, um auch geografisch Privates vom Geschäftlichen zu trennen. Gegen die Erwartung seines Umfeldes, besonders aber der Familie in der Schweiz, lamentierte der Aventurier keine Sekunde. In einem Brief bemerkte er nur lakonisch: „Beinahe hätte ich es geschafft ..."

Das Feuer alleine reichte aber nicht aus: Diacha hatte ein Verhältnis mit einem Gigolo von Rio angefangen und der sonst atheistische Renato betete zu Gott, sie möge für immer zu ihm verschwinden. Seine Anrufung wurde vermutlich mangels Religiosität nicht erhört. Sie wollte ihn lediglich eifersüchtig machen und scheiterte einmal mehr an seiner Indifferenz. So schickte die erfolglose Provokateurin ihren Lover zum Teufel beziehungsweise nach Rio zurück, was Renato einerseits bedauerte, andererseits doch auch mit einer gewissen Genugtuung konstatierte: Sie hatte sich für ihn, den alten Kämpen entschieden und dem unerfahrenen, großmäuligen Knusperbürschchen den Laufpass gegeben.

Zu guter Letzt begannen auch noch die Gerichtsverhandlungen mit den gegenseitigen Klagen, weil jede Partei stur auf ihrem Recht beharrte und an einen Sieg glaubte. Aber Renato wollte sich nicht verdrießen lassen, denn abgesehen von diesen Unpässlichkeiten war er zufrieden: Das Betriebsergebnis des Praia da Fonte sah nicht schlecht aus und er dachte bereits über einen langsamen, nachhaltigen Weiterausbau nach. Die Zukunftsprognosen für Paricatù schienen auch nicht schlecht: Ein großer Supermarkt hatte nahe des Ferryboats vor drei Wochen seine Tore geöffnet, was den Einkauf wesentlich verbilligen und erleichtern würde. Die endgültige Trennung von seinen Partnern gab dem Hotelunternehmen neuen Schwung und ein besseres Image, Bernardo soff seit einem halben Jahr nicht mehr – alles Zeichen eines Aufschwungs oder zumindest der Hoffnung, die Renato auch in Zeiten schlimmster Vorkommnisse nie aufgab. Er neigte ohnehin meistens dazu, alles etwas euphemistisch durch eine rosa Brille wahrzunehmen, eine unverzichtbare Überlebensstrategie in dem Land, in welchem – wie der scharfe Beobachter richtig vermutet – die Zeiten nie so schlimm wie immer schienen.

Im Glauben, die Gerichtsverhandlung innert Kürze zu gewinnen, hatten Renatos Widersacher eine große Party mit Gayshow im Balneário angekündigt. Sie suchten zudem Genugtuung für die Schmach des fast abgesoffenen Hausbootes, welches sie nur mit Mühe und erheblichem finanziellen Aufwand sozusagen ins Trockene retten konnten. Das Gericht vertagte sich aber auf unbestimmte Zeit, so lief das in diesem Land immer, was alle Beteiligten jeweils zermürbte bis zum Sankt Nimmerleinstag, und deshalb versandeten die meisten Verfahren (und Sand hatte es in Brasilien im Überfluss). Renato aber ließ es sich nicht nehmen, der geplanten Sause seiner kleinlaut gewordenen Kontrahenten mit seiner ganzen Crew beizuwohnen. Am liebsten hätten diese alles abgeblasen, dazu war es nun zu spät. Als zahlender Gast wurde der lästige Schweizer und Konkurrent, welche Fügung, von besagtem Klage-Manuel, der hier als Garçon arbeitete, mit versteinerter Miene bedient. Sabutì, die Oberschwuchtel von Paricatì, eine tuntige Parodie seiner selbst, dem Renato nicht aus Mitleid, sondern vielmehr aus ästhetischen Motiven heraus spontan ein Gebiss für seine abgefaulte Zahnreihe spendiert hatte, mühte sich redlich ab. Vier schwitzende Mitschwestern aus dem einschlägigen Milieu zuckten und verrenkten sich gemeinsam, aber asynchron mit ihrem öligen Vorturner auf den Tischen, grell geschminkt, knapp bekleidet, dürftig in der Choreografie. Insgesamt eine Peinlichkeit zur Gaudi der nicht verwöhnten, applaudierenden Gäste mit bescheidenen Ansprüchen im Vergleich zu den internationalen Moulin-Rouge-Ambitionen von „Sabutì et ses Soeurs Infernales". Am Schluss der Show weigerte sich der hinterlistige Patron, wie nicht anders zu erwarten, der Künstlergruppe die versprochene Gage zu bezahlen, worauf, wie ebenfalls nicht anders zu erwarten, sofort eine allgemeine Keilerei begann, bei der Gläser, Flaschen und Stühle geworfen wurden. Es splitterte Glas, es krachten die Knochen, es ging das hässlichste Geschirr Südamerikas in Brüche. In null Komma nichts war das Inventar zerlegt, einige Kampfhähne lädiert, mehrere Schädel blutig geschlagen und etliche Zähne nicht mehr an dem von der Natur dafür vorgesehenen Ort. Igitt, weitere Prothesen würde Renato nicht finanzieren. Nach zwanzig Minuten war der Spuk leider schon vorbei. Die panaschierten Plastiknelken hingen traurig in ihren rosa gestrichenen, schepps hängenden Töpfchen an der unwirtlichen Zementwand, die Madonnenbildchen waren entsetzt über so viel Niedrigkeit auf dieser Welt.

Renato hatte sich diskret im Hintergrund gehalten, verschanzt hinter einem umgekippten Tisch (die oft erprobte und bestens bewährte Methode, alles Ungemach heil zu überstehen) und einen Riesenspaß an dieser Gratiszugabe der eher lahmen Show. Das trug ihm seitens seiner kampferprobten, abgehärteten, mutig keilenden Frau, die sich wie eine Furie ins Getümmel gestürzt hatte, Kritik als Feigling ein. Auch wenn sie schon lange nicht mehr wusste, für oder gegen wen sie kämpfte, Hauptsache, man bezog Stellung, denn hier musste Unrecht vergolten werden. Wen man dabei verprügelte, spielte eine untergeordnete Rolle und war nach dem reichlich genossenen Bier oder Cachaça auch wurst. Er wiederum schmunzelte, dass er absolut keinerlei Lust verspürte, sich das Gesicht durch eine über der Tischkante zerschlagenen Bierflasche zertrümmern und zerschneiden zu lassen. Die Bierflaschennummer war die bevorzugte Kampfmethode eifersüchtiger Frauen, um es ihren Rivalinnen zu besorgen und auf der Insel berühmt-berüchtigt, denn die späteren hässlichen Narben blieben eklatant und für die Ewigkeit in den geschundenen Gesichtern erkennbar.

1982: Internationales Jahr der Mobilisierung von Sanktionen gegen Südafrika. Pérez de Cuéllar wird UNO-Generalsekretär. Beginn des Falklandkrieges. Kanada erhält die volle Souveränität. Helmut Kohl wird neuer Bundeskanzler. Italien Fussballweltmeister. Die Erfolgsband ABBA trennt sich. Tod von Margrit Rainer, Carl Orff, Romy Schneider, Rainer Werner Fassbinder, Curd Jürgens, Alexander Mitscherlich, Henry Fonda, Ingrid Bergmann, Grace Kelly, Leonid Breschnew, Artur Rubinstein. Literaturnobelpreis an Gabriel García Márques.

Aline, die Mutter Jacquelines, starb. Sie hatte ihre Krebserkrankung in den letzten beiden Jahren mit bemerkenswerter Gelassenheit ertragen und war ihr nun erlegen. Der Familie, die sie monatelang mit der hoffnungslosen Diagnose verschonen wollte, begegnete sie mit Ironie und feinsinnigen Anspielungen; man hatte oft das Gefühl, die Patientin würde eher ihre Umgebung schonen als umgekehrt. Sie magerte bis auf zweiunddreißig Kilogramm ab, war im letzten, einundachtzigsten Lebensjahr bettlägerig, beklagte sich aber nie, sondern klopfte Sprüche wie „Nun bin auch ich endlich einmal ein leichtes Mädchen". Sie, die immer Schlanke und Zierliche, hätte vielleicht gerne ab und zu einmal über die Stränge gehauen, fühlte sich in ihrem engen moralischen Korsett sicher nicht immer glücklich. Da sie zu Hause von Jacqueline gepflegt wurde, die sich aufopfernd um ihre Mutter kümmerte, daneben den still gewordenen Vater betreute und immer auch noch die Schwiegermutter im Pflegeheim besuchte, fehlte es ihr an nichts. Sie empfing die gar nicht wenigen Gäste im Schlafgemach mit der Grandezza einer Königin, die nur eben mal etwas unpässlich war. Gegen Ende wurde die pflegerische Belastung immer stärker und Jacqueline kam an ihre physischen und psychischen Grenzen. Die Schwäche ihrer Mutter gebot, jede noch so geringe Handreichung zu übernehmen, auch wenn sie eine geduldige und liebenswürdige Kranke war. Ausgehen war für über ein Jahr aus der Agenda gestrichen. Kam doch einmal eine wichtige Einladung, musste minutiös geplant werden mit der teuren Spitex oder einer noch teureren Nachtschwester. Erst in diesen Momenten realisierte Jacqueline, dass sie grundsätzlich kein schlechtes Gewissen wegen ihrer freien Kost und Logis haben musste, keine Demut der verarmten Verwandten, die lediglich geduldet war, im Gegenteil: Eigentlich war sie die billige Arbeits- und Pflegekraft im Haushalt, die der übrigen engeren Familie die Unannehmlichkeiten abnahm und der man dankbar sein sollte für ihren Einsatz. Ausgesprochen hatte sie das jedoch nie.

Der Tod ihrer Mutter kam wie eine Erlösung für alle. Renato konnte umständehalber nicht an der Beerdigung teilnehmen; ansonsten hatte er sich geschworen, nur mehr an lustigen Bestattungsfeiern oder gar nicht zu erscheinen. Allenfalls würde er noch an der eigenen Beisetzung mitwirken, von oben (oder unten, je nach Karma, das ihm zugedacht war) zuschauen und sich über die Trauer mimenden Heuchler ins Fäustchen lachen. Bis auf Weiteres hatte er aber noch im Sinn, einige stromlinienförmige, solide, sich in ihrem untadeligen Lebenswandel langweilende Erfolgstypen zu überleben. Und das gelang ihm leidlich, wie er aus den ihm fleißig zugesandten Todesanzeigen ehemaliger Kommilitonen, Mitschüler und sonstiger Gefährten entnehmen konnte. Die meisten „starben unerwartet", wurden „jäh aus dem Leben gerissen". Jedenfalls hatte man immer „die schmerzliche Pflicht vom überraschenden Hinscheiden" zu berichten und auch der ärgste Konkurrent um die nächste Stufe in der Karriereleiter, der sich vorher für keine Gemeinheit zu schade war, zeigte sich „betroffen", wünschte „im Namen der Geschäftsleitung den Hinterbliebenen viel Kraft" und versicherte ihnen „sein wärmstes Beileid". Fein säuberlich ordnete Renato diese morbiden Botschaften in transparenten Zeigetaschen, um der jährlich wiederkehrenden Kritik seiner zu Besuch weilenden Familienmitglieder hinsichtlich seines Lebensstils Paroli bieten zu können. Er soff und rauchte nun einmal über die Maßen, auch über sein feuriges Liebesleben mit einer Hexe (und einigen versteckten amourösen Begebenheiten, die hoffentlich nie aufflogen …) hätte er sich nicht beklagen können und er hatte beileibe nicht vor, hundert Jahre alt zu werden. Wieso sollte er gesünder leben als ihm gut tat? Er hasste diese Gesundheitsguerilla in Form wohlmeinender Ratschläge wie Fitnessübungen, leicht bekömmliche Kost oder Schlafmanagement. Die Ablage etikettierte Renato mit einem Zitat von Erich Kästner: *„Das ist das Verhängnis – von der Empfängnis bis zum Leichenbegängnis, nichts als Bedrängnis."*

Der müde gewordene Walther blieb eigenartig stumm in seiner Trauer, er konnte als emotionaler Analphabet keine Gefühle zeigen, verdrängte das Ableben seiner Frau und versuchte, sobald wie möglich wieder Alltag vorzutäuschen. Seine Reisetätigkeit reduzierte sich merklich, noch aber hatte er das Gefühl, täglich in seine Firma fahren zu müssen, um nach dem Rechten zu schauen. Er hatte sein privates, feudal eingerichtetes Büro im Basler Geschäftssitz immer behalten: das schwere, dunkle Pult, der bequeme Lederdrehsessel, alles auf einem handgeknüpften Perserteppich, breite Fensterfront auf einen Park mit altem Baumbestand und im Hintergrund ein prasselndes Cheminée-Feuer. Man respektierte den vieux Patron, der de facto schon längst nichts mehr zu sagen hatte, als Relikt vergangener Zeiten. Solange er sich aus dem operativen Geschäft heraushielt und nirgends Schaden anrichtete, war er willkommen. Man ließ ihn mit seinen wenigen übrig gebliebenen Freunden telefonieren, mit denen er sich zum Essen verabredete, die Aktienkurse in der Neuen Zürcher Zeitung studieren und irgendwelche belanglosen Akten wie allgemeine Geschäftsberichte, Newsletters und so fort durchackern. Er beschäftigte sich mit viel Papier; Hauptsache, er war abends müde von der vielen Arbeit und zufrieden. Seine innere Unruhe bekämpfte er überdies mit Gartenarbeit wie das unendlich oft zelebrierte Hofwischen, welches für ihn meditativen Charakter hatte; vielleicht war dies seine Form der Trauerbewältigung. Sprechen mochte und konnte er immer weniger. Seine Sprachlosigkeit begann sich zusehends auch in den schwer angegriffenen Stimmbändern zu manifestieren, die nur noch ein Flüstern zuließen. Ein inoperabler Tumor war daran schuld. Darob schien er gar nicht unzufrieden; er hatte es satt, sich dauernd über alles und jegliches Gedanken zu machen und diese mit seinem Umfeld auszutauschen, insbesondere sich gegen Vorwürfe verteidigen zu müssen, er hätte sein ganzes Leben gemacht, was *er* wollte, ohne Rücksicht auf die Bedürfnisse Alines. Auch interessierte es ihn herzlich wenig, ob es ein Leben nach dem Tod gab; er war schon zufrieden, eines vor dem Tod gehabt zu haben, ein Privileg, das vielen verwehrt blieb. Auf sein Verhältnis zu Renato kam er Zeit seines Lebens nie mehr zu sprechen, obwohl er es sicher zu verdrängen vergessen hatte; zu ähnlich waren sie sich in vielem gewesen und sie standen sich einmal sehr nahe, wohl näher als er seinem eigenen Sohn je gestanden hatte, was ja unter anderem die gespannte Beziehung zu Raymond erklärte, der sich seinem Vater gegenüber distanzierte und zu Renato nie ein inniges Schwagergefühl hegte. Auf jeden Fall sahen sich Walther und sein Schwiegersohn nie mehr.

    Auch auf Renatos Seite wurde gestorben; hintereinander segneten drei Schwestern seines Vaters selig das Zeitliche. Emma, Paula, Berta – so hießen damals die meisten Tanten – gaben ihr irdisches Dasein auf. Alle brachten zu Lebzeiten ein ansehnliches Kampfgewicht auf die Waage, schlemmten aber unverdrossen weiter, kümmerten sich kaum um zu hohen Blutdruck, Cholesterin- und Zuckerwerte. Sie hatten sich in ihr Übergewicht zurückgezogen und wohlig darin eingerichtet. Besonders Paula, an Umfang und rosiger Haut mit Hang ins Lila nicht zu übertreffen, genoss ihr Leben post mortem des Göttergatten. Als Erstes verscherbelte sie das Klavier ihres an Asthma gelitten habenden und letztlich daran Verstorbenen; zu lange hatte er sie mit seinem Geklimper à la Kleidermann genervt – jetzt gönnte sie sich dafür einen Nerz, der sie teuer, da notgedrungen weit geschnitten, ummantelte. Daraus lugte ein zufrieden grunzendes Gesicht hervor, gepudert und kriegsbemalt, behübscht mit glitzernden Diamanten, sodass sie bald den Übernamen „Tante Wurlitzer" erhielt, an die schönen bunten, weit ausladenden Musikautomaten der 50er-Jahre gemahnend. Was konnte Rico dafür, dass er sie beim letzten Besuch mit „Grüß' dich, Tante Wurlitzer" ansprach, wenn doch alle sie immer so nannten. Mit konzertierten Hustenanfällen und einem heftigen Geräusper – „Ich glaube, Tantchen, wir haben uns alle verkühlt" – ließ sich die Peinlichkeit überspielen.

Derweil hatte Sandrine ihren Abschluss als Primar- und Reallehrerin gemacht, ihr Mann das Studium bereits mit Bestnote beendet (er wurde seit seinem Eintritt in Sandrines Leben immer als Musterbeispiel für intellektuellen Erfolg angepriesen), Amadeo seine Zwischenprüfungen an der Basler Uni absolviert, der Chronist seine Lizenziatsarbeit zum Thema „Statussymbole" abgegeben (Seine Mutter hatte ihm das hundertzwanzigseitige Werk liebenswürdigerweise ins Reine getippt). Rico schrieb sich in Lausanne an der Hotelfachschule ein, Florian schlug sich als cleverer, aber unzufriedener Banker durchs Leben, schließlich hatte er eine junge Familie zu versorgen.

Der Sommer 1983 ging als Jahrhundertereignis mit tropischen Temperaturen in die schweizerische meteorologische Geschichte ein. Umso ärgerlicher für Maurice, der sich für die Abschlussprüfungen angemeldet hatte und jetzt in mörderischem Klima büffeln musste. Aretha hielt ihm, wann immer möglich, den Rücken frei, sodass er sich nicht in andere Dringlichkeiten flüchten konnte und genötigt war voll konzentriert zu arbeiten. Gott sei Dank lief es bei den schriftlichen und mündlichen Examen gegen Ende des Jahres wider Erwarten sehr gut und er wusste seine akademischen Weihen mit den Leidensgenossen fröhlich zu feiern. Erholung gab es leider keine, denn wenige Tage später trat er seine Stelle als Projektleiter in der psychologischen Marktforschung an, froh, seinen knappen Finanzen ab jetzt mit einem geregelten Einkommen zu begegnen.

1983: Das Kino-Epos E. T. als erfolgreichster Film aller Zeiten. Eine rätselhafte, tödliche Krankheit wird im „Spiegel" zum ersten Mal einer breiten Öffentlichkeit bekannt gemacht: AIDS. Der „Stern" sitzt mit den gefälschten Hitlertagebüchern einem gigantischen Schwindel auf. In der Antarktis wird die bisher tiefste Temperatur, −89,2 °C, gemessen. Papst Johannes Paul II. rehabilitiert Galileo Galilei. Die sowjetische Luftwaffe schiesst bei Sachalin eine vom Kurs abgekommene Boeing 747 der Korean Airlines ab; alle 269 Insassen sterben. Einführung der Uhrenmarke „Swatch". Microsoft präsentiert Windows. Lilian Uchtenhagen, SP-Nationalrätin und erste weibliche Kandidatin, scheitert an den Bundesratswahlen. Tod von Louis de Funès, Tennessee Williams, Arthur Koestler, Luis Buñuel, Muddy Waters, Charlie Rivel, David Niven, Willy Ritschard, Joan Miró. Friedensnobelpreis an Lech Walesa. Gründung der Bands Red Hot Chili Peppers und Modern Talking.

Der Familientheologe Beatus hatte sich nach dem Studium entschlossen, mit seiner jungen Familie nach Angola auszuwandern. Irgendwie überkam ihn durch die Erzählungen seiner Schwiegerfamilie die Lust auf Afrika, allerdings nicht als Kolonialherr, sondern, im Gegenteil, als Bildungshelfer zur Selbsthilfe, theologischer Ausbildner von angehenden Pfarrern. Mittelfristig war die Übernahme eines reformierten Zentrums im Norden Angolas geplant, zusammen mit einem Ärzteehepaar und einigen Pflegern, denn mit der Bildung, Hygiene, Gesundheit und Ernährung stand es im vom Krieg geschundenen Land zum Schlechtesten. Schule, Krankenstation, theologische Ausbildungsstätte in einem. Sandrine hätte dabei als Lehrerin Schulklassen und Erwachsene unterrichtet.

Voller Elan reisten sie Anfang des Jahres zunächst für sechs Monate nach Lissabon, um das Portugiesisch richtig zu lernen respektive aufzufrischen. Der Chronist war sich nicht sicher, ob diese ganze Unternehmung im Auftrag des Département Missionnaire eine moderne Form des stellvertretenden Ablasshandels verkörperte: Papa und Großpapa als Ausbeuter der Kolonien, Tochter mit Ehegatte als Wiedergutmache der versiebten Angelegenheit. Wie ernst es ihnen selber aber wirklich war, realisierte er erst später, denn immerhin harrte seine Schwester mit ihrer Familie weitere zehn gar nicht immer lustige Jahre in Angola aus. Im Land tobte ein fürchterlicher Bürgerkrieg, Nahrung, Wasser und Energie waren chronisch Mangelware, das Leben selbst in der Hauptstadt manchmal recht gefährlich. An ein Verlassen von Luanda war, trotz immer wieder aufkeimender Hoffnung, nie zu denken. Zu riskant, in den Hinterhalt eines selbst ernannten Warlords zu geraten, auch wenn man von einem militärischen Konvoi begleitet wurde. So versuchten sie, die evangelische Gemeinde in der Stadt so gut wie möglich zu betreuen mit schulischer Grundausbildung, theologischen Kursen für Studenten und dem Aufbau eines Netzes von kleinen Krankenstationen mit entsprechend ausgebildetem Personal, um eine minimale Grundversorgung im medizinischen Bereich zu ermöglichen. Es war manchmal zum Verzweifeln: Eine kleine schwarze Oberschicht, ihres Zeichens Kommunisten, beutete das Land bis aufs Blut aus, lebte in Saus und Braus mit williger Unterstützung von Ost bis West und auf der Straße verhungerte das Volk. Der Blutzoll in diesem Stellvertreterkrieg war hoch; man sprach von bisher einer Million Toten seit dem Ausbruch der Unruhen 1961. Die Kindersterblichkeit war wegen mangelnder Hygiene und unzureichender Ernährung extrem hoch und es überkam die Idealisten aus der Schweiz oft eine zornige Trauer, wenn sie machtlos zusehen mussten, wie wieder ein Säugling aus dem Bekanntenkreis nicht überlebte. Noch gemeiner die unschuldigen Kriegsopfer, die beim Spielen in den Ruinen auf die verheerenden, zum Teil als Kinderspielzeug getarnten Personenminen traten. Diese fiese Art, Menschen zu verstümmeln, hatte Methode: Das kostete die gegnerische Kriegspartei am meisten und verbreitete Angst. Man spendete Trost, so gut dies möglich war. In diesem Land durfte nicht einmal gestorben werden, denn die Schwierigkeiten, auch nur das Holz für einen Sarg zusammenzubringen, waren fast unüberwindbar.

Renato durfte wieder einmal tief in die Tasche greifen und einen Okkasionswagen erstehen; diesmal gab's nur noch einen VW Gol, brasilianisches Fabrikat, robust gebaut, spartanisch in der Ausführung. Was hatte es für einen Sinn, hier auf der Insel mit miserablen Straßen, auf denen wie auf dem Nürburgring gefahren wurde, ein schönes, teures Fahrzeug anzuschaffen? Diacha hatte soeben wieder (nicht zum ersten und wohl auch nicht zum letzten Mal) sein Auto zu Schrott gefahren. Wie immer ging ein Streit voran, bei dem gehörig gebechert wurde. Je mehr Promille, desto wütender – nicht schläfriger – wurde sie. Diacha konnte sich regelrecht in einen Rausch hineinzürnen. Dann stieg sie am liebsten wutschnaubend in ihren („Das ist mein Auto!" – „Nein, es ist meins!") Buggy und fuhr mit übersetzter Geschwindigkeit nachts durch die dunklen Holperwege, bis ein Bord oder sonstiges Hindernis sie absichtlich ansprang, das es präzis auf sie abgesehen hatte, und die furiose Lady sich überschlug. Hexen und Betrunkene schienen immer einen Schutzengel zu haben; außer einigen geringfügigen Kratzern und Schrammen passierte ihr nie etwas. Es kam sogar vor, dass sie in ihrem heiligen Zorn bewusst eine Karambolage herbeiführte, um ihren stoischen Partner zu provozieren, seinen Wutausbruch zu erleben. Ihm war es derweilen völlig egal geworden, sollte sie sich doch endlich einmal den Schädel einschlagen, dann hätte er wenigstens eine Zeit lang Ruhe gehabt. Diesen Gefallen wiederum tat sie ihm nicht, eigentlich erstaunlich, denn was eine Fahrerprüfung war, wusste sie nicht, geschweige Fahrstunden. Wofür hatte man denn einen Zündschlüssel, ein Steuerrad und eine Gangschaltung, wenn nicht, um loszubrausen? O. k., über Letztere wunderte sie sich schon, weil der Hebel mit gewaltigem Murksen umhergerissen werden musste – sie schaltete prinzipiell, ohne auszukuppeln; das war ihr entschieden ein Pedal zu viel. Sie änderte ihre Ansicht auch nicht, als Florian, Amadeo und Rico, die zu Gast weilten, ihr das korrekte Handling sowie rudimentäre Verkehrsregeln beibringen wollten. Sie fuhr weiter, als gehöre ihr die Straße und nicht der Wagen. Florian und Amadeo verbrachten Ferien hier auf der Insel, Rico hatte eine halbjährige Praktikumsstelle in einem Fünfsternehotel angetreten, ein Teil seiner Ausbildung als Hotelier in Lausanne. Der Chronist selber verspürte zurzeit keine große Lust, das Familienleben in Brasilien zu pflegen; sein Verhältnis zum Vater war, gelinde ausgedrückt, etwas gestört. Einerseits missbilligte er, dass Renato die Klärung mit Jacqueline immer wieder hinausschob, weil sich gerade jetzt nicht der richtige Zeitpunkt für eine Reise anbot. Gerade jetzt war aber immer und man bekam den Eindruck, dass der Inselrobinson sich in seiner „Einsamkeit" mit all den ihn umgebenden schrillen Figuren ganz wohlfühlte. Auf der anderen Seite kam er sich hintergangen vor, denn der Hotelausbau war nicht mit Eigenmitteln bestritten worden. Auch nicht, wie immer unter Diskretionsgebot betont, mithilfe eines Bankkredites und des reichen Carlos Roberto finanziert, sondern auf andere Weise, nämlich mit einem regelrechten Coup, bei dem zwar niemand persönlich zu Schaden kam, gewisse Institutionen sich aber noch lange verwundert die Augen rieben, wie so was überhaupt möglich war. Möglichkeiten jedoch ergeben sich immer, wenn jemand zum richtigen Zeitpunkt am richtigen Ort ist und – je nach Sichtweise des Täters oder des Geschädigten – das Richtige oder Falsche tut, mit Cleverness seine Chance packt, wohl wissend, dass ein Risiko besteht. Und auch hier galt: „No risk, no fun", das musste schließlich belohnt werden. Wenn man ferner bedachte, mit welchen illegitimen Salären, Boni und Abfindungen untaugliche CEOs beglückt wurden unter dem Mäntelchen der Legalität und dabei Straffreiheit genossen, dann hätte die hier angedeutete Geschichte eigentlich einen Orden verdient, weil die Investition Arbeitsplätze schuf und sicherte. Das stellte der Chronist auch nie in Abrede, Moralapostel spielen war sein Ding nicht, aber er ärgerte sich über die lange Geheimhaltung vor ihm. Sein Vater verteidigte sich mit dem (nachträglich berechtigten) Argument, zum Schutz der in diesem Fall schwächeren Seite für das Schweigen optiert zu haben.

Die Selbstzensur und Protektion gewisser ihm nahestehender Akteure zwingen den Schreiber, dieses Kapitel zu vernebeln. Nur soviel: Bei den hier nicht erwähnt sein wollenden Ereignissen handelt es sich unter anderem um einen Bruchteil der Untertreibungen in dieser Chronik Renatos, um die tatsächliche Wirklichkeit nicht noch surrealer und unglaubhafter erscheinen zu lassen. Bekanntlich überholen die wahren Begebenheiten meist die Fiktion und die Geschichte klänge derart unglaublich, dass sie eh niemandem zugemutet werden könnte.

1984: Das Orwell-Jahr. Start der Privatfernsehsender in Europa. Apple führt den Macintosh ein. Die USA nehmen nach über 100 Jahren wieder diplomatische Beziehungen mit dem Vatikan auf. Franz Klammer gewinnt zum 4. Mal die Abfahrt von Kitzbühel. Ein Café Crème kostet jetzt Sfr. 2.30. Start des Airbusprojektes. Tschernenko Staatsoberhaupt der Sowjetunion. Frauenstimm- und Wahlrecht in Liechtenstein. Einführung der Gurtpflicht. Nach einer Verfassungsänderung erstmals Schwarze im südafrikanischen Kabinett. Elisabeth Kopp, FDP, erste Bundesrätin der Schweiz. Erste Knochenmarktransplantationen. Giftgaskatastrophe in Bhopal, Indien: 4500 Tote. Gestorben: Johnny Weissmüller, Count Basie, Michel Foucault, Moshé Feldenkrais, Richard Burton, Truman Capote, François Truffaut, Fritz Morgenthaler; Ermordung Indira Gandhis. Friedensnobelpreis an Desmond Tutu. Die Band Bon Jovi wird aus der Taufe gehoben.

Ein rekordkalter Winter überzog die Schweiz; in La Brévine wurden im Januar minus einundvierzig Grad Celsius gemessen. Jacqueline traf wieder einmal Rüdiger Assfalk, mit seiner Frau auf der Durchreise. Er wurde als Botschafter von Islamabad direkt nach Helsinki versetzt und hatte nicht einmal Zeit zwischendurch nach Deutschland zurückzukehren.

Mit ihrem Vater besuchte Jacqueline das Grab von Aline, um endlich eine Granitplatte zu bestellen, auf welcher dereinst auch Walthers Name Platz finden sollte; kein schöner Tag, aber man wusste ja nie, die Dinge entwickelten sich manchmal schneller, als man dachte. Die Mutter Renatos litt unter immer stärkeren Depressionen. Besuchte sie Jacqueline einen Tag nicht, verzieh ihr das wacklige Kurzzeitgedächtnis der alten Dame dies nicht. Das und vieles mehr schrieb sie ihrem Mann, aber die Briefe an ihn beantwortete Renato höchst selten, und wenn, gab er keine Antworten auf ihre dringenden Fragen. Immerhin waren sie ja noch verheiratet, er in der Schweiz nicht abgemeldet, die Firma immer noch de jure präsent mit allen Telekomabonnementskosten, wenn auch de facto stillgelegt. Sie zahlte regelmäßig seine Beiträge an die AHV, Studentenverbindung und den Solidaritätsfond für Auslandschweizer. Die dauernd fälligen Versicherungsprämien drückten sie. Die Verlustanzeige für seinen schon lange verbrannten Fahrausweis schickte er ebenfalls nicht; ihn schienen solche Banalitäten wenig zu bekümmern.

Walther, der Grandseigneur des Clans, starb im März relativ überraschend. Da hatten sie doch alle erst noch Anfang Februar seinen sechsundachtzigsten ausgiebig mit etwa vierzig Personen gefeiert und jetzt war diese prägende Gestalt für immer gegangen. Es war wie eine Vorahnung gewesen, der Besuch auf dem Grab seiner Frau drei Tage vor seinem eigenen Tod. Er wachte am Morgen einfach nicht mehr auf; sein Herz war stehen geblieben. Dem Schreiber wurde bewusst: Seine Geschwister, Vettern und Cousinen und er selbst rückten ins zweite Glied vor, nur noch eine Generation trennte sie vor dem dritten Schritt der üblichen Reihenfolge „werden, sein, vergehen". Immerhin stand er als Ältester der Jungmannschaft vor seinem dreißigsten Geburtstag. Auch sein Vorrat an Zukunft war begrenzt. Jacqueline, die in den letzten Jahren immer auch für ihren Vater gesorgt hatte, täglich um ihn war, nahm es gefasst auf. Umgehend versammelten sich Familie und Freunde im Waldhof zur Unterstützung und Vorbereitung der Beerdigung. Die Hauptlast aber lag – wie immer – bei Jacqueline. Es wurde vor allem diskutiert, wie es jetzt hier oben weitergehen sollte. Raymond konnte es selbst jetzt nicht lassen, alte Angola- und Kongogeschichten aufzuwärmen und dabei gezielt einige Vorwürfe an die Adresse seines verstorbenen Vaters sowie an Renato zu platzieren. Um des Friedens willen ließ sich aber niemand auf eine Diskussion ein und man schwieg. Die einige Tage später anberaumte Abdankung erfolgte in der Heimatgemeinde Walthers am rechten Zürichseeufer. Hier wurde er seinem Wunsch entsprechend auf dem Friedhof bei Aline begraben, einer Familiengruft, in der schon ihr tödlich verunglückter Sohn Christian beigesetzt worden war. Für Jacquelines Geschwister ging das Leben normal und geregelt weiter. Sie hingegen war auf sich gestellt, ohne Mann und mit verunsicherten Söhnen, die sich zu Recht Gedanken um ihre Weiterbildung machten. Rico hatte alle Französischprüfungen bestanden und wollte unbedingt die Hotelfachschule in Lausanne besuchen. Noch war kein Platz frei und ohne Vitamin B musste er sich gedulden; außerdem wäre ja die Finanzierung noch nicht geregelt, denn für das teure Privatinstitut gab es keine Stipendien. Amadeo wollte sein Juristenstudium unterbrechen und für den SSR als Reiseleiter ein Jahr nach Brasilien, sich dabei aber gleichzeitig umsehen für eine selbstständige Tätigkeit, um endlich finanziell unabhängig zu werden. Manchmal verzweifelte Jacqueline schier ob der ungewissen Zukunft. Noch immer hing sie an ihrem Mann und doch musste sie alles im Leben alleine auf sich gestellt entscheiden. Sie spielte mit dem Gedanken sich freizustrampeln, irgendwie ein neues Leben zu beginnen. Dann tauchte überraschend auch noch der „verlorene Sohn" Florian nach langer Absenz in Brasilien und Argentinien wieder auf, um hier eine Stelle zu suchen und sich mit seiner Frau, von der er schon längstens getrennt lebte, einmal auszusprechen. Das freute Jacqueline, die immer auf Harmonie bedacht war, für sich betrachtet, natürlich. Er hatte aber ein unmögliches brasilianisches Weibsbild im Schlepptau, was eine Aussprache mit der Noch-Ehefrau nicht gerade erleichterte. Er fand zum Glück bald eine Anstellung bei einer Großbank; schließlich hatte er immer noch für seine Familie zu sorgen. Niemand glaubte jedoch, dass er es da lange aushalten würde.

Als Kontrastprogramm zur helvetischen Kälte flüchtete der Chronist mit seiner Partnerin im Mai für sechs Wochen in sein geliebtes Portugal. Sie hatten an der Südwestküste in Milfontes ein schönes Ferienhaus zur Verfügung gestellt bekommen von einer guten portugiesischen Freundin Jacquelines. Abgesehen von diesem Fixpunkt hatten sie kein spezielles Ziel, wollten sich mit dem Mietauto treiben lassen und bleiben, wo es ihnen gerade gefiel. Sie hatten beide Abstand vom Alltag nötig, sich seit Langem keine Ferien mehr gegönnt und genossen es jetzt umso mehr. Die Pensão Imperial, eine Lotterbude, deren blauen Anstrich man nur noch erahnen konnte, stand noch immer an der Praça dos Restauradores im rauschenden Verkehr Lissabons, trotzte mit ihren rissigen Wänden und schimmligen Decken den Jahren und Jahrzehnten. Aber für acht Franken pro Person und Übernachtung (höchstens eine) wollte man jetzt nicht spitzfindig werden. Schon am nächsten Tag lockte es sie in die noblen Ferienorte nach Estoril und Cascais, weiter bis Sintra zur Besichtigung des Palacio Pena, der Sommerresidenz früherer Könige. Übernachtung im Fischerdorf Ericeira, Bestaunen des Barockklosterpalastes von Mafra, nach Peniche, ins von einer Mauer umgebene mittelalterliche Städtchen Obidos bis nach Nazaré. Mauriçe schwelgte in Erinnerungen und freute sich an seinem Portugal. Verbaute Strände, abgeholzte Waldstreifen und schlechter Service in Touristenkaffs verdrängte er meisterlich, um seine heile Welt von früher nicht zu beschädigen. Die Gambas und Sardinhas assadas (zu dieser Jahreszeit aß man die fetten Sardinen vom Holzkohlegrill, eine Spezialität wie der Spargel in der Schweiz) schmeckten noch immer deliziös und versöhnten einen mit mancher touristischen Schandtat. Der Weg führte sie nordwärts nach Alcobaça, Figueira da Foz, Aveiro, Espinho bis nach Porto hinauf. Später drehten sie wieder nach Süden via den hoch gelegenen Thermalort Luso in die Universitätsstadt Coimbra, weiter nach Santarem, einer hübschen Stadt im Grünen umgeben von Weingütern. Ein paar Tage Lisboa mit allen bekannten Sehenswürdigkeiten und dem Vollprogramm durch die maritime Küche. Diesmal eine herzige Pension, Ninho das Aguias, was soviel wie Adlerhorst bedeutete und ihrem Namen alle Ehre machte, in der Mauer des Castelo São George eingebaut mit Gärtchen fürs Frühstück und gratis Panoramablick über die Stadt. Der Besitzer Angolaner, seine Frau von Madeira und beide sehr herzlich. Der gastfreundliche Eindruck wollte sich jedoch bei ihrer Ankunft noch nicht so recht einstellen: eine spärlich beleuchtete Rezeption, dahinter die schwarz gekleidete Schwiegermutter des Angolaners wie eine Hexe im Halbdunkel hockend, eine noch schwärzere zahme Krähe auf den Schultern. So fingen sonst Horrorfilme an und es bedurfte einiger Überwindung zu hoffen, dass nachts keine Teufelin mit Kettensäge leise die nicht verschließbare Tür öffnete.

Dann eine Reise in den Süden bis Vila Nova de Milfontes in das erwähnte herrschaftliche Domizil an der Flussmündung des Miro mit Blick aufs Meer gelegen. Alleine dieser Ort hatte die Reise nach Portugal gerechtfertigt. Sie richteten sich häuslich ein, genossen Wochen der Ruhe und Entspannung beim Lesen, Schwimmen, Sonnenbad. Von Donna Leonór, der fest angestellten Haushälterin, wurden sie kulinarisch verwöhnt, bis es fast wehtat. Nichts tun, bis anhin ein Fremdwort, machte plötzlich Sinn. Stundenlanges Beobachten von Ameisenstraßen, auf den Ozean hinausblicken, dem Wind und den Wellen lauschen und vor sich hindämmern. Ja, und auch wieder an den Vater schreiben, sich Zeit nehmen für wohlüberlegt gesetzte Worte, den Bann brechen, sein Verhalten zu verstehen versuchen und nicht zu verurteilen. Sie erkundeten die weitere Umgebung, fuhren in die Serra de Monchique, einem bergigen Gebiet mit Passstraßen, von wo man bis an die Algarveküste blicken konnte.

Dann holten sie Jacqueline in Lissabon am Flughafen ab. Sie hatten sie zum Muttertag als Überraschung für eine Woche hierher eingeladen. Und sie, selber eine Afficionada dieses Landes, genoss es mit Sohn und Schwiegertochter in vollen Zügen. Vor ihrer Reise mit ihnen zurück nach Milfontes und den obligaten Musts in Lissabon wollte sie unbedingt noch ein paar portugiesische und deutsche Freunde von Angolazeiten her besuchen, die es nach der Unabhängigkeit der Kolonie hierher verschlagen hatte. Diesen Gefallen machten Aretha und Maurice ihr und bereuten es fast nicht, denn es waren herzliche, sympathische Leute, die sich aufrichtig über den Besuch freuten, sie jedoch kaum mehr ziehen lassen wollten.

Auf dem Weg in den Süden wurde ihr Auto von einer älteren, gesundheitlich angeschlagenen Dame beim Überholen gerammt, sodass sie fast eine steile Böschung hinuntergestürzt wären, um unten in einem kleinen Fluss zu landen. Auf gleicher Höhe hatte die rasante Fahrerin einfach wieder eingeschwenkt und das Mietauto seitlich malträtiert: Zierleiste und Rückspiegel überlebten nicht, die Tür wies eine arge Delle auf, aber fahrtüchtig blieb der Wagen und nach einem ersten Schock, abrupten Bremsmanövern und tiefem Durchatmen nahm Maurice mit seinen Kopilotinnen energisch die Verfolgung der nicht haltenden und es sehr eilig habenden Dame auf. Sie erwischten sie nach zehn Minuten und schnitten ihr den Weg ab, sodass sie diesmal nicht umhin konnte zu stoppen. Sie war sicher achtzig und hatte noch zwei Fahrgäste bei sich, ihr noch älterer Bruder und ein Cousin, Ersterer angeblich mit einem Herzinfarkt, zweiter sonst nicht ganz bei Sinnen (Kunststück bei ihren Fahrmanövern), war auf dem Weg ins Spital und deshalb so halsbrecherisch unterwegs, wie sie beinahe flehend und eindringlich mitteilte. Für den Versicherungsfall hinterließ sie ihre Adresse und brauste dankbar davon. Ob ihr Bruder das überleben sollte, bezweifelten die Schweizer Touristen. Sie wandten sich wieder ihrem unterbrochenen Gespräch über die Banalität des Lebens zu und revidierten das Fazit, es passiere heutzutage nichts mehr Aufregendes.

Die Zeit verstrich allzu schnell. Kaum hatten sie Jacqueline nach diesem Ausflug wieder an den Flughafen chauffiert, mussten sie selber an die Rückreise denken. Um auch noch den Süden, die Algarve, kennenzulernen, fuhren sie mit Umweg über das romantische Evora nach Vila Real an der spanischen Grenze, der Küste entlang nach Tavira, weiter nach Faro, Albufeira, Portimão an die Praia de Rocha, Lagos bis an den südwestlichsten Zipfel Europas, Sagres. Alles Orte, die man nicht unbedingt in seinem Leben zu sehen brauchte, um glücklich zu werden, und deren einmalige Visite jedenfalls ausreichte. Der Baixo Alentejo, die Gegend nördlich der Algarve, hatte viel mehr Reiz. So gefiel es ihnen in der Gegend um Castro Verde und Almodôvar ausgesprochen gut, die riesigen Korkeichenplantagen und Eukalyptuswälder erinnerten den Chronisten an afrikanische Landschaften. Wenn man bedachte: Achtlos entkorkt der Genießer eine Weinflasche und überlegt kaum, was für ein Wunderwerk dieser Zapfen mit seinen Besonderheiten eigentlich ist, wie mühsam und sorgfältig die Rinde geschält werden muss, wie man wieder mindestens zehn Jahre zu warten hatte bis zur nächsten Ernte.

In Faro gaben sie schließlich das Auto nach langen, ereignisreichen Wochen mit über 4000 km mehr auf dem Buckel zurück. Kein Mensch der Vermietung interessierte sich für den Schaden, auch nicht für das an einem Strand aufgebrochene Türschloss – portugiesische Großzügigkeit oder wohl eher Enfoutisme eben. Sie flogen heim nach Zürich mit einem flauen Gefühl im Magen, nicht wegen des Vergangenen, sondern des sie zu Hause Erwartenden, man wusste ja, wie das war mit den leidlichen Verpflichtungen, der liegen gebliebenen Post, dem perfiden Alltag, der einen umgehend einholte, trotz Vorsätzen, diesmal gelassen zu bleiben.

Die Ära Waldhof, die gleich nach dem Krieg begonnen hatte, ging nach vierzig Jahren zu Ende. Mit dem Tod beider Elternteile war klar geworden, dass niemand das riesige Haus übernehmen wollte. Vielmehr: Diejenigen, die wollten, konnten nicht und die, welche gekonnt hätten, wollten nicht, da sie schon am eigenen Luxus zu ersticken drohten. Jacqueline hatte beschlossen, die Villa so schnell als möglich zu räumen und mit ihren beiden Jüngsten in das bescheidene, leer stehende Reiheneckhaus ihrer Schwiegermutter zu ziehen. Aus dem Verkauf des Waldhofes würde sie, nach gerechter Erbteilung mit ihrer Schwester und Patricia aus Belgien, sicher noch genügend Mittel besitzen, um ihrer Schwägerin den hälftigen Anteil am Häuschen zu bezahlen. Renato hatte ihr sein bevorstehendes

Erbteil ante mortem seiner guten Mutter bereits überschrieben und seine Schwester war am eigenen Elternhaus nicht interessiert. Sie wollte lediglich einen guten Preis, um das Pflegeheim des gebrechlichen, alten Muttchens weiter finanzieren zu können. Also machten sich die Brüder Mauriçe, Florian, Amadeo und Rico in einer vorbereiteten Aktion an die Räumung. Erst wurden die Möbel und Teppiche unter den legalen Anwärtern verteilt, dann begann die Kleinarbeit: Bücherregale, zumal wenn sie ganze Bibliotheken füllten, waren ein Graus. Jedes schriftliche Elaborat musste entstaubt, begutachtet werden und um sein Fortbestehen bangen. Alle vergilbten Fotografien, angefangen bei Walthers Diplomfeier und Siegeszeremonien als eidgenössischer Kranzturner in ernster Pose, Verlobung und Hochzeit mit Aline, Taufen ihrer vier Kinder, Ferienausflüge in die Berge und ans Meer, jeweils neuestes Auto, über Flug- und Schiffsreisen (am Pier in Gala mit Strohhut und weltmännischem Blick, der sich in der Ferne verlor, als ob man die Ankunft im fernen Afrika schon antizipiert hätte) bis zum Geburtstags- oder Hochzeitstagsfamilienfoto, jetzt in verblichenem Pastellfarbton von Kodachrome, galt es zu sichten. Dabei stiegen alte Erinnerungen auf, die man glaubte, erfolgreich verdrängt zu haben; man zankte um Jahreszahlen, schwindelte sich fehlende Harmonie zusammen, lachte über Attitüden und Kleiderstil, hatte aber auch seinen Spaß an wirklich gelungenen früheren gemeinsamen Erlebnissen.

Und endlich kamen wieder Briefe von Renato. Natürlich bedauerte er den Tod seines Schwiegervaters und Mentors, vor allem, dass sie sich nicht mehr versöhnt hatten. Gleichzeitig ging er aber auch auf die für ihn so typische ironische Distanz: *"Nun ist der nie verzeihen könnende alte Knacker also abgeschlichen, ohne meinen Rausschmiss vorher noch zu widerrufen! Das wenigstens will ich ihm nun verzeihen und die Geschichte zu vergessen versuchen. Im Grunde genommen mochte ich ihn gut, umso größer der heilige Zorn zu Lebzeiten. Er wird sich nun dort oben (oder unten) ins Fäustchen lachen und denken: ‚Dem habe ich es gezeigt.' Das hat er wohl, aber er hat mir auch geholfen mein Leben zu verändern und dafür muss ich ihm dankbar sein."*

Die Schreibe Renatos wurde aber auch zunehmend düsterer, er sprach von schlimmen Perioden der Depression, von äußerst belastenden unkreativen Phasen, Streitereien mit seiner Partnerin, die ihn auch schon dazu bewogen hatten, einfach für mehrere Tage abzuhauen, unterzutauchen im Süden Bahias. Alles erschien sinnlos; er träumte vom Nichts-mehr-haben-, Nichts-mehr-schaffen und Nichts-mehr-sein-Wollen. Wofür auch? Für die Kinder, die einst Hinterbliebenen, die Nachwelt oder zur Befriedigung des Egos zu Lebzeiten? Beim nächsten Koller würde er doch sein Boot besteigen mit Kurs Saravak – ein letzter Versuch seinem Schatten zu entkommen. Sein langes Schweigen gegenüber Jacqueline, seiner Mutter und den Kindern erklärte er damit, dass es ihn fertigmache, stets wieder an all die Scherben erinnert zu werden und noch darüber nachzudenken, wie alles gekommen war. Er nahm sich als zunehmend gleichgültig wahr, seine von Biss- und Schlagwunden gezierte Haut wurde immer dicker und unempfindlicher. Er behauptete, in der letzten Phase der Metamorphose zu einem menschenähnlichen Pachiderma zu stecken: dickfellig, langsamer werdende Gangart, durch Sonne und Cachaça schrumpfendes Gehirn und durch Prügelwunden dicker gewordene Haut. Sein Trost: Mit dem Alter würde er vergesslicher werden und lernen, in den Tag hinein zu leben. Seinen zynischen Ton führte er auf die déformation circonstantielle zurück. Trotz seiner beschissenen Lage fühlte er sich untauglich für die Schweiz, sein Selbstverständnis als Bürger dieses Landes war am Arsch; er würde seine Zukunft alleine planen – ohne Jacqueline und ohne Diacha. Für Jacqueline klangen die Briefe unheimlich, verbittert, zum Heulen. Wenn er wenigstens glücklich gewesen wäre, dann hätte ihre Trennung einen, wenn auch sehr einseitigen, Sinn gehabt. Im Grunde war ihre Beziehung tragisch: Beide wollten eigentlich beieinander sein, waren irgendwie aneinandergebunden und doch nicht in der Lage, die Hindernisse aus der Welt zu schaffen, um zueinanderzufinden. Hatten sie denn wirklich alles falsch gemacht? Und wenn er zynisch schrieb, dass er bestimmt wieder kommen würde, dann aber als gebrochener, alter und wohl auch pflegebedürftiger Mann, dann freute sie das ganz und gar nicht. Sie wollte ihn jetzt zurück und nicht, wenn andere seine ganze Kraft verbraucht und missbraucht haben würden. Innerlich hatte sie sich immer noch nicht von ihm lösen können. Es würgte sie, wenn sie seine Zeilen las, und es wäre ihr bald lieber gewesen, nichts mehr von ihm zu hören. Im Alltag konnte sie wenigstens zeitweilig verdrängen und musste nicht ständig an ihn denken.

Sandrine hatte ihren dritten Sohn in Angola geboren und so ließ es sich Jacqueline trotz knappster Finanzen nicht nehmen, ihre Tochter und die Familie für einige Wochen in Luanda zu besuchen. In realiter war hier alles noch viel ärger als in den Briefen beschrieben: die Hauptstadt ein stinkender Abfallhaufen. Um Seuchen zu vermeiden, wurde dieser lixo einfach hin und wieder angezündet. Ständiger beißender Brandgeruch in der Luft war die Folge. Sandrine und Beatus wohnten in einer kleinen, aber hellen Wohnung. Strom und Wasser gab es manchmal über Tage nicht und doch schien das viel beschäftigte Paar immer ruhig und ausgeglichen zu sein. Trotz trauriger täglicher Kriegsschicksale, Mangel an Vielem und starker beruflicher sowie familiärer Belastung, herrschte eine heitere, gelassene Stimmung, die Jacqueline schwer beeindruckte. Deutsche hatten ihre Ziergärten in Gemüsebeete verwandelt, um wenigstens hin und wieder frischen Salat, Kartoffeln oder Rüben zu ernten. Davon profitierten Sandrine und ihre Familie dankbar. Bananen kosteten – wenn es sie denn überhaupt einmal gab – ein Mehrfaches vom Preis in der Schweiz. So schmerzhaft es anzusehen war, aber die Erfahrung lehrte einen wieder Dankbarkeit und man erinnerte sich kopfschüttelnd an hysterische Damen, welche sich im Gourmetladen darüber echauffierten, dass die gewollte Käsesorte hier und jetzt nicht zu bekommen war (bei einer Auswahl von 237 Sorten). Jacqueline lernte viele interessante Schwarze kennen, die teilweise an der Front mitkämpften, und traf zu ihrer Freude einige alte Bekannte, die ausgeharrt hatten oder zurückgekehrt waren. Bei manchen überkam sie das Gefühl, sie hätten sich erst letzte Woche voneinander verabschiedet, so vertraut waren ihr die Gesichter und das Wesen nach den vielen Jahren. Es gab aber auch erschreckende Gestalten, vom Leben gezeichnet, vom Alkohol und Medikamenten aufgedunsen, Schatten ihrer selbst, die sie kaum noch erkannt hätte und das tat weh. Fast beiläufig erfuhr sie, dass von der Pflanzung Jerusalem nur noch die Grundmauern stehen geblieben waren; alles geplündert, was nicht niet- und nagelfest gewesen war, Bäume und Gebüsch wucherten hervor – der Urwald hatte sich sein Terrain wieder zurückerobert. Und genau dieses Bild erschien Jacqueline vor nicht allzu langer Zeit im Traum. Sie deutete es als Symbol für ihre abgewrackte Ehe. Von all diesen Eindrücken war sie sehr aufgewühlt.

Emanzipation

Und tatsächlich: Im Spätsommer erfolgte der Umzug Jacquelines und ihrer beiden Jüngsten ins schwiegerelterliche Häuschen aus den 20er-Jahren. Einiges musste noch instand gesetzt werden, aber es ließ sich schon ganz behaglich wohnen. Wieder einmal begab sich die Familie sozial und geografisch in die vertikale Mobilität, vom pompösen, neureichen Protz mit Umschwung und Überblick in die kleinbürgerlichen Niederungen eines Arbeiterquartiers. Die Sackgasse hatte wenigstens den Vorteil der verkehrsberuhigten Engstirnigkeit. Und wenn man bei einem Spaziergang im Dorf aus dieser Froschperspektive nach oben in den Dunstkreis der noblen Villen blickte und an all die armen Säcke mit Geld dachte, taten sie einem fast leid. Denn ein Abstieg, wenn er auch unfreiwillig geschah, hatte etwas Befreiendes für die Seele, wenn man endlich den Ballast der costs of ownership hinter sich zurückgelassen wusste. Kein großer Garten zum Pflegen, kein 20 000-Liter-Öltank, den zu füllen im richtigen Moment eines gewieften Portfoliomanagers mit Spezialgebiet Rohstoffe und Energie bedurfte. Kein Ärger über angeblich unfähiges Hauspersonal, kaum jemand des großen Familienclans und Freundeskreises zu beherbergen, Repräsentationspflichten ade. Dennoch wurde auch dieser kleine, unprätentiöse Ort bald wieder zur sozialen Drehscheibe, denn in Jacquelines Naturell lag es nun einmal, ein offenes Haus zu führen.

Auch Aretha befreite sich, tauschte den regelmäßigen Lohn am Ende des Monats, der letztlich auch nur Entschädigung für dreißig Tage Unlust bedeutete, gegen die risikoreichere Variante der Selbstständigkeit ein. Sie eröffnete inmitten der Altstadt an einem lauschigen Gässchen, in das sich dafür kaum Passanten verirrten, ein winziges Nähatelier. Trotz versteckter Lage gelang es ihr, durch Fleiß und Beharrlichkeit einen beachtlichen Kundenkreis aufzubauen, der ihre weit geschnittenen, schlichten, aus hochwertigen Naturstoffen konfektionierten Kleider schätzte. Mit ihrem Partner besuchte sie Märkte, ging, wenn gewünscht, zu Kundinnen heim und sprach bei Boutiquenbesitzerinnen vor.

Im Marktforschungsinstitut, in dem Maurice als Projektleiter wirkte und sich anfängliche Sporen im Berufsleben abverdiente, wurde der erste PC von IBM installiert. Imponierend der Nadeldrucker, welcher eine Schwarz-Weiß-Grafik in nur zwanzig Minuten herzustellen vermochte – und das Ganze für schlappe 20 000 Schweizer Franken.

Und Christoph Sangmeyer wurde zum neuen Waisenhausvater von Basel gewählt, bezog mit seiner Familie eine gigantische Siebenzimmerwohnung mit Blick auf den Rhein und das Münster. Nicht um den Job, aber um das monumentale Obdach beneidete ihn der Chronist.

Renato kratzte diese Mobilität in alle Richtungen wenig; er hatte seinen Alltag auf der manchmal geliebten, zuweilen aber auch verfluchten Insel zu bewältigen mit einer Partnerin, die diesem Etikett durch ihr Benehmen in jeder Beziehung widersprach. Beim letzten deftigen Krach, der – wie meistens – durch unterschiedliche Ansichten bezüglich des Finanzhaushaltes ausgelöst wurde, steigerte sie sich mächtig. Der ganze Stolz Renatos war ein Computer, dessen Programm nicht nur jeden Tisch mit den mittlerweile etwa vierhundert Plätzen abrechnen konnte, sondern das auch eine präzise Lagerbewirtschaftung zuließ. Der Rechner stand auf einem Pult im Büro im ersten Stock des Praia da Fonte; von hier konnte man durch die Scheibe das ganze Areal überblicken, insbesondere ein wachsames Auge auf die darunterliegende Bar werfen. Clevere Erfindung des Engenheiros: Da sich die lästigen Ameisen in den Tropen gerne in warmen elektronischen Geräten einzunisten pflegten, hatte er seine EDV-Anlage auf vier kleine Pflöcke gestellt – und die standen in einem mit Wasser gefüllten Kuchenblech, sodass die Insekten ungläubig vor einem unüberwindbaren Hindernis standen und das Nachsehen hatten. Dieser selbst für Renato wegen seines Gewichtes kaum zu tragende Computer wurde Diachas nächstes Opfer. In einem Zornesanfall hob sie ihn mit einer erstaunlichen Leichtigkeit von den Sockeln und warf ihn zur Verblüffung des daran arbeitenden Buchhalters durch das geschlossene Fenster in den Garten. Die Scheibe splitterte mit großem Getöse, der Computer krachte neben der Bar auf den Zementboden und zerbarst. Wie durch ein Wunder war niemand verletzt worden, denn natürlich hatte die Teufelsbraut den Mittag für ihren Anfall auserkoren. Jetzt war Renato wirklich wütend und er konnte nicht anders, als sie durch ein paar kräftige Watschen wieder zur Raison zu bringen. Das wirkte, diese Sprache schien sie zu verstehen. Sie wurde ganz ruhig, fast melancholisch und bereute in einem Anflug von Vernunft ihre Tat. Aber der Computer war trotzdem futsch. Fortan musste wieder von Hand beziehungsweise mit dem Kopf abgerechnet werden und das funktionierte nur, wenn Renato sich persönlich darum kümmerte, sonst passierten Mirakel wie die wundersame Vermehrung des Warenlagers unter gleichzeitigem Schwund des Buffetangebotes für die hungrigen Gäste.

Viele weitere Eskapaden des rabiaten Gespons, mal deftiger, mal direkt harmlos für ihr Naturell, will der Chronist seinen Lesern ersparen, um nicht durch Aneinanderreihung im Grunde immer ähnlicher Boshaftigkeiten allmählich zu langweilen und Diacha noch mehr Gewicht zuzubilligen.

Aber die interessanten Stellvertreterkriege will er dem Leser keinesfalls vorenthalten, nämlich, dass manche Zweikämpfe sublimiert wurden und zwar auf dem Fußballfeld: Renato war ja seit geraumer Zeit Präsident des lokalen Vereins, der immerhin den Meisterpokal schon zum dritten Mal gewonnen hatte; o. k., Inselmeister war nicht Weltmeister, aber gleichwohl. Sein Sponsoring bestand im eigenen Mannschaftsdress mit dem Logo des Praia da Fonte, der bezahlten Stelle eines Trainers, kleinen Siegesprämien in Form von Freibier für alle und Feuerwerk. Die verärgerte, eifersüchtige und immer die Konfrontation suchende Diacha gründete hierauf ihren Konkurrenzklub mit noch großzügigerem Sponsoring – natürlich auch von Renatos Geld –, um stellvertretend gegen ihren Gatten antreten zu können. Da noch nie bis ins Finale vorgestoßen scheute sie auch den Weg der Bestechung nicht –

natürlich wieder mit seinem Geld ... Als dies alles nichts fruchtete, gründete sie auch noch eine Frauenliga mit eigenem Team, das ihren Namen trug (dreimal darf geraten werden, auf wessen Kosten), um wenigstens mit der holden Weiblichkeit Sportkarriere zu machen. Und hier endlich geriet ihr der Ehrgeiz zum Sieg und zur Frustration, weil das Renato und vielen Inselbewohnern mit ihm ziemlich wurst war.

1985: Die Schweiz führt die Autobahnvignette ein. Michail Gorbatschow wird Generalsekretär der KPdSU. Wiederherstellung der Demokratie in Brasilien. Glykolweinskandal in Österreich. Das Kreuzfahrtschiff Achille Lauro wird durch Palästinenser entführt. Katastrophe im Brüsseler Heyselstadion. Erdbeben in Mexiko mit ca. 15 000 Toten. Michael Spinx wird als Halbschwergewichtler Boxweltmeister im Schwergewicht gegen Larry Holmes. Erste Abrüstungsverhandlungen zwischen Reagan und Gorbatschow. Tod von Marc Chagall, Soeur Sourire, Enver Hoxha, Rudolf Gnägi, Alois Garigiet, Axel Springer, Rock Hudson, Simone Signoret, Yul Brinner, Orson Welles, Meret Oppenheim, Dian Fossey.

In Brasilien wurden einmal mehr Wirtschafts- und Währungsreformen durchgesetzt, die neue zivile Regierung erhöhte die Grundlöhne um 33%, fror die Preise für ein Jahr ein, definierte eine neue Währung, die jetzt Cruzados statt Cruzeiros hieß und die vielen inflationsbedingten Nullen abstrich, um wieder über ein vernünftiges Maß zu verfügen, koppelte diese an den US-Dollarkurs. Die Teuerung konnte somit nicht mehr auf den Konsumenten überwälzt werden, für die Erwirtschaftung höherer Gewinne blieb nur die Rationalisierung. Immerhin versprachen die Reformen mittelfristig eine gewisse Stabilität. Das und ein Brief seiner Frau, in dem sie ihn über die beantragte Scheidung informierte *(„Wenn ich mich jetzt nicht von dir trenne, gehe ich zugrunde")*, bewog Renato, nach langen fünf Jahren endlich die Schweiz heimzusuchen, wenn auch nur für einen Monat; Jacqueline hatte schon lange insistiert, er aber wollte den richtigen Moment für seinen Aufenthalt erwischen und der schien jetzt gegeben. Ob Zufall oder nicht, aber just zur selben Zeit trennte sich Jacqueline von ihrem Freund. Sie wurde es leid, sich ständig am Mittelmaß zu orientieren, keine Überraschungen zu erleben und stellte fest: Das Voraussagbare, immer Gleiche wirkte in seiner Verlässlichkeit langweilig; davor graute ihr, denn sie hatte die Abwechslung erfahren, wenn auch manchmal auf unliebsame Art. Und wie selbstverständlich zog Renato bei ihr ein; vergessen waren die verbitterten Zeilen. Ostern en famille, wann hatte es dies das letzte Mal gegeben? Häufige Besuche bei seiner alten, melancholischen Mutter im Heim, die aus lauter Freude über den zu Besuch weilenden Sohn mit Placebo beglückt werden konnte und ihre schweren Medikamente vorübergehend und unwissentlich absetzte. Ein Wermutstropfen allerdings mischte sich in die sonst ungetrübte Heiterkeit: Chico, der geliebte zehnjährige Boxer, musste wegen schwerer Leiden eingeschläfert werden.

Kurz darauf ließen Jacqueline und Renato sich nach zweiunddreißig Ehejahren in Minne scheiden. Das war ja der eigentliche Grund des Besuches, welcher fast vergessen ging. Der Beamte jedenfalls war verblüfft ob so viel Harmonie und bemerkte, dass er bei Trauungen kaum je ein so vergnügtes und zuversichtliches Paar angetroffen hätte wie sie und ob die Frage erlaubt sei, wieso sie überhaupt ihren Zivilstand änderten. Das Paar antwortete fröhlich: „Lieber eine launig unbeschwerte Scheidung als eine ernste Trauerhochzeit, bei der man den Frischvermählten bereits die Langeweile und den Unmut von der Stirn lesen konnte." Jacqueline brauchte diese offizielle und juristisch beglaubigte Trennung für ihre Psyche. De facto lebten sie ja schon sehr lange nicht mehr unter einem Dach, zu oft waren sie über Tausende von Kilometern getrennt gewesen. Um nicht einer falschen Hoffnung aufzuliegen, ihr Mann käme eines Tages ganz zu ihr zurück, wollte sie es so und Renato hatte um ihres Seelenheils willen eingestimmt. Er hielt den Trauschein, wie viele andere Wische auch, ohnedies für ein überflüssiges Dokument, das von ihm aus – wie die meisten Formulare – schon längst hätte abgeschafft werden können. Auf jeden Fall hatten sie einen Grund zu feiern und taten dies auch ausgiebig in einem der besten Restaurants. Flurschaden nur insofern, als ein konsternierter Ober, der sich rührend um das vergnügte Paar kümmerte in der Meinung, hier würde mindestens die silberne Hochzeit zelebriert, erfuhr, dass man hier eine Scheidung begoss.

Jetzt wusste sie endlich, woran sie war, konnte ruhiger werden und die Gefühle gegenüber der brasilianischen Familie ihres nun Exehemannes gelassener ertragen. Wie um ihre noch junge Unabhängigkeit zu bekräftigen, unterschrieb Jacqueline am selben Tag den neuen Arbeitsvertrag – Empfang und Sekretariat im Waisenhaus. Ja, sie wurde bei ihrem ehemaligen Angestellten, dem Hauslehrer ihrer Kinder in Angola und späteren Mitarbeiter an der Jangada, Christoph, angestellt mit einem 50 %-Pensum. Die ausgeschriebene Vakanz interessierte sie brennend und als gute Freundin hatte sie natürlich Vorrang. So drehten sich die Arbeitsverhältnisse um 180° und beide Seiten waren froh um diese Fügung. Sie strahlte endlich wieder glücklich über ihre Entscheidung und fand Gefallen an ihrem Neuanfang.

Die Scheidung wirkte ansteckend: Mindestens vier Paare im Bekanntenkreis trennten sich nach über dreißig Jahren des Zusammenlebens. Zerrüttung, junge Freundin, Konzentration auf die Karriere (einer meinte allen Ernstes, als genialer Immunologe demnächst den Nobelpreis zu erhalten, und da war ihm die Familie als Störfaktor im Weg) waren so in etwa die Zutaten für das missratene Menü. Auch Florian und Priscilla lösten ihre seit Langem auseinandergelebte Ehe auf. Sie hatte bereits wieder einen Jugendfreund, Sportlehrer und Aikidomeister, akquiriert, er eine brasilianische Schlunze in Salvador da Bahia aufgegabelt, die schon am Tag vor seinem dreißigsten Geburtstag in der Schweiz geehelicht werden wollte, mit der Absicht, zu zweit eine neue Existenz in Spanien, Brasilien oder Argentinien zu wagen. Momentan produzierten sie zusammen gewagte Bikinis und Lederklamotten, welche sie recht erfolgreich an Boutiquen in Zürich und Ibiza verkauften. Florian hatte seinen sicheren, aber eintönigen und sterbenslangweiligen Job bei der Bank gekündigt, um unabhängig zu sein, was für sich betrachtet auch sinnvoll erschien, aber nicht im Katastrophenkombi mit seiner

Marilda. Auch reiferes Alter schützte vor Torheit nicht; die Dame entwickelte sich innert Kürze charakterlich zum Ebenbild Diachas, übertraf diese gar manchmal in ihrer Perfidie, Mann und Umfeld zu drangsalieren. Ihre Eifersucht auf alles kannte keine Grenzen. Kunststück, dass sich die beiden so ähnlich tickenden Furien nie ausstehen konnten. Renato und Florian waren später immer darauf bedacht, eine direkte Konfrontation der zwei Holden zu vermeiden, wohl wissend, dass sie sich ohne Rücksicht auf Verlust duellieren würden. Mathéo, der Schwager Jacquelines hatte recht, wenn er bei ihrem Anblick – wilde, blond gesträhnte, gelockte Mähne, bronzierter Teint, Minijupe mit tief dekolletierter Lederjacke über fast nacktem Vorbau, voller Lametta und sonstigem glitzernden Tand, silberne Netzstrümpfe und Stilettos, die eines Waffenscheines bedurften, und eine gellende Klappe, gegen die es keine zivilisierte Interventionsmöglichkeit gab – nur immer „dieser Eierbeißer" knurrte. Gäbe es Meisterklassen in schlechtem Benimm, die Knallcharge wäre eine Vorzeigeschülerin gewesen, die keine Geschmacklosigkeit ausließ, eifrig in jedes Fettnäpfchen trat und darin eine Virtuosität erkennen ließ, die ihresgleichen suchte. Am meisten nervten den Beobachter ihre zuckersüßen Anbiederungen, wenn sie irgendwo einen Vorteil witterte. Aber auch ihre abominablen Intrigen hatten es in sich.

Besagte Existenz, die Florian mit Bruder und Vater anvisierte, betraf primär ein Tourismusprojekt in Paricatì, genannt HMB, die Abkürzung für „Holiday Marketing Bahia": Im Hinblick darauf hatte Renato bereits ein großes Stück Land an einem abgelegenen Stausee (weit weg von seinem Hotel) erworben, wo einfache Bungalows in der Wildnis gebaut werden sollten. Daneben ein kleiner Flugplatz, um Kurse mit Ultralightflugzeugen anzubieten. Florian konnte bereits eine entsprechende Ausbildung vorweisen und besaß zwei dieser Kleinfluggeräte. Am Stausee war zusätzlich eine Surfschule vorgesehen, die Amadeo nach seinem Studium zu übernehmen gedachte. Beide Brüder waren äußerst sportlich, zu Land, zu Wasser und in der Luft eigentliche Cracks. Das in Zürich angefangene Modebusiness sollte als Nebengeschäft weitergeführt werden. Amadeo hatte sich nach einigen amourösen Turbulenzen in seinen letzten Brasilienferien in ein hübsches Mädchen aus Salvador da Bahia verliebt, das ihn bald in der Schweiz besuchte und welches er nicht so schnell wieder loszulassen gedachte. Ähnlich erging es Rico, der erst seit Kurzem seine Hôtelière-Stage in einem Luxushotel bei Salvador absolvierte und auch bereits von seiner neuen Freundin schwärmte; der Besuch im Nationalpark Chapada da Diamantina mit einer Gruppe junger Leute wurde jedenfalls in Briefen verdächtig verzückt geschildert. Die Scheidung der Eltern konnte sich also doch nicht allzu traumatisch auf den Nachwuchs ausgewirkt haben.

Ziemlich überraschend reiste Florian dann aber mit seiner Tussi nach Ibiza, um dort die Träume vom leicht verdienten großen Geld zu verwirklichen – und angesichts der harten Realität bald zu begraben. Das Atelier in Zürich und die offenen Rechnungen für Leder, Lycra, Miete, Telefon und Strom ließ er großzügig zurück, damit die Familie ihre wärmsten Gefühle für ihn in Solidarhaftung ausleben konnte. Auch der Staat kam nicht zu kurz und durfte Alimentenbevorschussung für seine Kinder leisten. Schemenhaft tauchten noch weitere, nicht ganz koschere Geschichten auf, ihre undeutliche Wahrnehmung verbietet jedoch explizite Ausführungen, um nicht irgendwelche Halbwahrheiten zu kolportieren. Jedenfalls schien das umgehende Abdampfen aus der Schweiz ein kluger Entscheid gewesen zu sein. Ibiza ging schief; allerdings versetzte er dann auch seinen Vater und Bruder beim Tourismusprojekt. Während sie aktiv an der Verwirklichung arbeiteten, hatte der nach Bahia zurückgekehrte Florian bereits wieder andere Flausen im Kopf. Ihm und seiner abgeschlagenen Marilda ging alles zu langsam; sie wollten das schnelle Geld und zwar ohne Anstrengung, kein Aufschieben von Belohnungen und Vertröstungen auf später, das Jetzt zählte. So ließen sie sich einfach monatelang nicht mehr auf Paricatì blicken, weil sie angeblich Wichtigeres zu tun hatten, wohl aber auch aus verletztem Stolz, da Renato ihnen bzw. nur Marilda Hausverbot erteilte, um Streitereien zwischen den Frauen vorzubeugen, welche titanische Ausmaße anzunehmen drohten.

Ora et labora

Da Renato nach der Scheidung so bald als möglich nach Bubble Island zurückwollte, um seinen unbeaufsichtigten Leuten auf die Finger zu hauen, löste er die MATREX kurzerhand auf, aber etwas geordneter als Florian; das Haus musste ja ohnehin geräumt werden. Die schönen teuren USM-Haller-Möbel kamen für einen vom Firmenchef unanständig heruntergehandelten Preis ins Marktforschungsinstitut, in dem der Chronist seine Brötchen verdiente. Mindestens durfte er sein Büro mit Vaters Equipment von Basel einrichten. Und sein Job wurde immer strenger; als Geschäftsmann war er bald dort angelangt, wo er sich als Student geschworen hatte, nie hinkommen zu wollen. Die immer größeren Projekte folgten, überschnitten sich in stets schnellerer Kadenz. Die Vernetzung mit anderen europäischen Partnerinstituten und die zunehmende Internationalisierung bedingte vermehrte Reisetätigkeit. Man begann sich ganz global im Dort und Dann zu fühlen. Ein nicht gestresster Manager, der es wagte, mit sich im Gleichgewicht zu sein, war suspekt. Hingegen hatte man auch bei chronischer Überlastung alles im Griff, analysierte den immer herrschenden Handlungsbedarf in kernkompetenter englischer Sprache und brachte seine Erkenntnisse mit Line Outs oder Management Summaries auf den Punkt, schwadronierte im Soziologenkauderwelsch, skizzierte Schemata zu Beeinflussungstheorien, die man selber auch nicht verstand, und beeindruckte Kunden in jeder Hierarchiestufe schwer. Als Trendscout mit Schwerpunktgebiet Marketingtherapeut, der seinen ängstlichen Klienten folgenschwere Entscheide abnahm, zum Beispiel ob auf einer Gemüsekonserve lieber drei revolutionäre Erbschen anstelle der zwei evolutionären Böhnchen abgebildet sein sollten, hatte man viel zu tun, um endlich die adäquate Lösung zu einem inexistenten Problem zu liefern. Glückliche zukünftige Konsumentinnen konnten es kaum fassen, bald einen noch besseren Waschkraftverstärker in ihrem Granulat vorzufinden, gaben bereitwillig Auskunft über Reinigungsgewohnheiten und die tiefgründigen Forscher arbeiteten das Markenkerndehnungspotenzial von Putzi, Schwappi, „Power and Strength" heraus. Kurzum, es brauchte einen überall, auch dort, wo man überflüssig war. Die Hektikspirale wurde nochmals kräftig gedreht, als eine imponierende technische Neuerung in Form eines Hexenapparates zum Einsatz gelangte. Das Ding hieß Telefaksimile oder einfach Fax und war fernbildabschriftsfähig. Das hatte zur Folge, dass Pendenzen von morgen mindestens gestern zu erledigen waren. Den schönen Zeiten, als man das Unmögliche sofort ausführte, für Wunder aber etwas länger brauchte, trauerte mancher Büroinsasse noch lange nach. Das war sie nun also, die viel gepriesene Entwicklung der Menschheit, welche Erich Kästner schon in den 30er-Jahren in seiner Lyrischen Hausapotheke verhohnepiepelt hatte, die Renato und Jacqueline nie müde wurden zu zitieren und erstaunlicherweise an Aktualität noch zuzulegen schien:

„Einst haben die Kerls auf den Bäumen gehockt,
behaart und mit böser Visage.
Dann hat man sie aus dem Urwald gelockt
und die Welt asphaltiert und aufgestockt,
bis zur dreißigsten Etage.

Da saßen sie nun, den Flöhen entflohen,
in zentralgeheizten Räumen.
Da sitzen sie nun am Telefon.
Und es herrscht noch genau derselbe Ton
wie seinerzeit auf den Bäumen.

Sie hören weit. Sie sehen fern.
Sie sind mit dem Weltall in Fühlung.
Sie putzen die Zähne. Sie atmen modern.
Die Erde ist ein gebildeter Stern
mit sehr viel Wasserspülung.

Sie schießen die Briefschaften durch ein Rohr:
Sie jagen und züchten Mikroben.
Sie verseh'n die Natur mit allem Komfort.
Sie fliegen steil in den Himmel empor
und bleiben zwei Wochen oben.

Was ihre Verdauung übrig lässt,
das verarbeiten sie zu Watte.
Sie spalten Atome. Sie heilen Inzest.
Und sie stellen durch Stiluntersuchungen fest,
dass Cäsar Plattfüße hatte.

So haben sie mit dem Kopf und dem Mund
den Fortschritt der Menschheit geschaffen.
Doch davon mal abgesehen und
bei Lichte betrachtet sind sie im Grund
noch immer die alten Affen."*

❦

Freizeit war ein Fremdwort, denn der Chronist half auch Aretha ihr Geschäft auszubauen. Bereits hatte sie ihr Kleinstatelier eingetauscht gegen eine repräsentativere Lokalität an besser frequentierter Lage. Reisen zu Stoffwebereien, Färbereien, Textildruckern, Messen, Märkten, potenziellen Kundinnen waren an der Tagesordnung. Eine erste Schneiderin aus der Haute Couture übernahm Auftragsarbeiten; die arme Italienerin war jedoch bald überfordert mit den großzügigen, weiten und einfachen Schnitten. Sie hielt ein Ball- oder Hochzeitskleid mit Rüschen, Abnähern und Plissées für bedeutend

---

* Mit freundlicher Genehmigung der Verlage Friedrich Oetinger, Hamburg und Atrium, Zürich (gilt auch für die anderen zitierten Kästner-Stellen)

einfacher in der Konfektionierung. Erste kleinere Modeschauen mit der eigenen Kollektion folgten. Die heiligen Sonntage musste der ehrenhafte Bürger Maurice in der Schulhausturnhalle als Stimmenzähler verbringen und so verpasste er die Lektüre der neuen Presseerzeugnisse, die extra für das Wochenende lanciert worden waren. Ehrenamtlich hatte er auch noch für die Quartierzeitung zu schreiben begonnen, ein erheblicher Aufwand, spezialisierte er sich doch auf Porträts von bekannten Altstadtbewohnern und davon gab es wahrlich genug, angefangen bei Schriftstellern, über Politiker bis zu Musikern und Komponisten. Der viel Beschäftigte tröstete sich mit dem von ihm verehrten Autor Ödön von Horváth: „Eigentlich bin ich ganz anders, aber ich komme so selten dazu."

Ein schauriger Winter folgte; in La Brévine sank das Thermometer auf neue rekordverdächtige minus zweiundvierzig Grad Celsius. Da schien die Zeit reif für einen temporären Ausstieg. Der Chronist wollte zum Karneval seinen Vater auf der Insel besuchen. Er reiste alleine, weil seine Partnerin definitiv genug hatte, mit einem Doppelmord empfangen, von ekligen Kröten ohne Anstand behelligt, von Riesengeckos angeglotzt, von Krebsen winkend in der Dusche bewillkommnet, von wochenlangen sintflutartigen Regen heimgesucht zu werden. Sie mochte keine halben Gummiboote, die man vor der Bettruhe Hunderte von Metern durch den Schlick mit scharfen Muscheln und allerlei grauslichem Getier schleifen musste. Und dann dieses laute, schrille Gebaren der meisten Leute, das sie als aggressiv erlebte, eine schwer verdauliche Küche und – am schlimmsten – das tagelange Verharren im katatonischen Stupor in der festen Überzeugung, das letzte Stündchen hätte geschlagen. Sensibilität, da war sie sich ganz sicher, konnte auf dieser verhexten Insel tödlich sein. Auf Paricatì passierten Dinge, die sich im Paranormalen bewegten. Es hätte sie nicht gewundert, dem Leibhaftigen selbst zu begegnen; seine Truppe jedenfalls trieb ja bereits ihr Unwesen.

1986: Internationales Jahr des Friedens; wohl deshalb bombardieren die USA Libyen. Die Raumfähre Challenger explodiert kurz nach dem

Start. Die Sowjetunion schiesst die Raumstation Mir in den Orbit. Der Schweizer UNO-Beitritt wird mit 75% verworfen. Portugal und Spanien treten der Europäischen Gemeinschaft bei. Argentinien Fussballweltmeister. Präsident Marcos wird auf den Philippinen gestürzt. Iran-Contra-Affäre. Reaktorkatastrophe in Tschernobyl. Zürich feiert sein 2000-jähriges Bestehen. Grossbrand bei Sandoz in Schweizerhalle. Welturaufführung des Phantom of the Opera. Gestorben: Joseph Beuys, Leopold Szondi, Lilli Palmer, Ermordung von Olof Palme, Tod von Simone de Beauvoir, Benny Goodman, Henry Moore, Cary Grant. Literaturnobelpreis an Wole Soyinka. Physiknobelpreis u.a. an den Schweizer Heinrich Rohrer für die Erfindung des Rastertunnelmikroskops.

KARNEVAL

Mauriçe flog Anfang Februar via Recife nach Salvador – sechs Uhr früh und schon eine Affenhitze –, wo ihn Rico abholte und in die zentrale Stadtwohnung Renatos (Diacha behauptete zwar, es sei ihre) führte, eine nicht ganz freiwillige Neuanschaffung als Investitionsanlage respektive Pied à Terre für Diachas Kaufräusche in der Großstadt. Nach einem erfrischenden Bad reisten sie mit der Fähre nach Paricatì und überraschten Renato beim Frühstück auf der Hotelterrasse. Er wirkte seit der Scheidung gelöster, befreiter und bestätigte dies mit seinem Tatendrang. Insbesondere freute es ihn, dass Jacqueline mit ihrer Unabhängigkeit gut zurechtzukommen schien und Spaß hatte an ihrem Job.

Jetzt erst lernte der Chronist seine beiden Halbgeschwister Zinho und Mira richtig kennen. Diese waren enttäuscht eine Art Papi vorzufinden und nicht ein Spielkameradchen im selben Alter; sie wussten aber bald die Vorteile zu nutzen, die ein so uralter Bruder hatte, beispielsweise, sie mit dem Auto an einen entfernteren Strand zu fahren, ihn als Pferd zu dressieren, das die beiden im Huckepack durchs Restaurant tragen musste, unter wieherndem Galopp und zur Gaudi der Kleinen. Stolz machten sie ihn bekannt mit ihrem kleinen Pinseläffchen, ein Winzling von ca. 20 cm Größe mit buschigen Öhrchen und Schnurrbärtchen und Letzteres war wohl auch der Grund, dass es den Neuankömmling nicht mochte. Ein so großes Gesicht vis-à-vis mit markantem schwarzem Schnauz obendrein, das war zu viel des Guten; der Chronist wurde als Konkurrent betrachtet und stets angefaucht. Aber: Alles auf dieser Welt war korrupt und so konnte der Kleine mit süßen Minibananen bald zutraulich gemacht werden. (Vielleicht war es auch nur sein Trick, Fremdlingen den Tarif durchzugeben, wie damals Alfredo, der Koch, der sich ja auch von den Neuen zuerst bestechen ließ.) Weiter zum Tierpark gehörte ein großer Dobermann, auf dem die Kinder umhertollen konnten, wie sie wollten. Das angeblich so gefährliche Tier war die Sanftheit per se und verschlief den Tag am liebsten unter einem Restauranttisch in der Nähe Renatos. Wer nun aber glaubte, der Vierbeiner würde dem Chef hier folgen, sah sich getäuscht. Nur Bernardo, dem hinkenden Faktotum, gehorchte der Dobermann aufs Wort: Sie unterhielten sich in einer eigens von Bernardo kreierten Sprache – er sah dabei fast aus wie ein Hundeflüsterer. Nie ein lautes Wort, aber wehe, er flüsterte ihm ein, dass eine hier anwesende Person unangenehm sei und er doch die Güte hätte, diese zu „entfernen"; spätestens dann erfuhr man, warum die Dobermänner zu den Kampfhunden zählten. Willkommener Nebeneffekt: Ums Hotel herum wurde nichts mehr gestohlen, zu groß die Angst.

Last but not least zählte ein mittelgroßer, grüner Amazonaspapagei zur Familie. Er wurde von einem Mitarbeiter auf der Insel abseits der Hauptstraßen als junger Vogel verletzt gefunden und Renato gebracht. Das putzige Tierchen konnte zwar fliegen, aber kaum gehen, weil ein Füßchen völlig verkrüppelt war. Nichtsdestotrotz hinkte es frei und fröhlich im Lokal umher unter Protektion des Dobermanns, der niemals zugelassen hätte, dass der Papageiendame auch nur ein Federchen gekrümmt wurde. Coco, so hieß sie, weil alle zahmen Papageien so gerufen wurden, hatte eine ganz spezielle Vorliebe, nämlich die Flip-Flops der Gäste. Sie klaute diese unter den Tischen unbemerkt und begann deren Sohlen in einem Blitztempo mit ihrem kräftigen Schnabel zu bearbeiten. Coco war selber überrascht, wie rasch sich eine Gummischlarpe zerfetzen ließ. Wurde sie einmal ertappt, äugte der Vogel schuldbewusst und hinkte derart herzzerreißend von dannen, dass die Gäste lachten und den Heimweg barfuß antraten. Renato schmunzelte: „Für Garderobe wird nicht gehaftet, das steht am Eingang."

Lange Erzählungen über Erlebtes und Geplantes füllten die Tage mit seinem Vater aus. Interessante Gesprächspartner im Hotel, temporär Ausgestiegene, die über ihr bisheriges Leben sinnierten. So zum Beispiel der Wirtschaftsredakteur einer renommierten Bostoner Tageszeitung, mit dem der Chronist nächtelang diskutierte. Maurice besuchte mit Renato zusammen Freunde, die sich vorübergehend in Paricatì niedergelassen hatten. Es waren ähnliche Originale wie damals in Angola mit abstrusen Biografien, gebrochenen Lebensläufen, gescheiterten Idealen und auch höchst Erfolgreiche. Schon am ersten Abend genossen sie Gastrecht bei zwei schwulen New Yorker Künstlern, der Weiße ein begnadeter Maler und Schriftsteller, der jüngere gut aussehende Schwarze seine Muse und selber erfolgreicher Manager weltbekannter Bands wie die Rolling Stones, für welche er das Sponsoring und die Tourneepläne organisierte. Sie betrieben ein spanisches Landhaus, mehr Villa, in den Dünen mit einem übergrünten Patio, riesigem, parkähnlichem Umschwung, einer weitläufigen schattigen Terrasse, sehr erlesen eingerichtet, ohne Radio und TV, eine Wohltat im Land, in dem überall elektronisches Geplärre auf der höchsten Phonstärke die Regel war. Kleine Papageien flatterten und Pinseläffchen huschten ums Haus in der Hoffnung, es falle etwas für sie ab. Hier lebten sie zurückgezogen und still, lauschten dem Wind und der Brandung, malten, schrieben Texte, bewirteten ab und zu Gäste, die von einem extra angestellten Koch exklusiv verwöhnt wurden. Kein Small Talk, sondern gehaltvolle Diskussionen mit viel Witz und Ironie, philosophischem Tiefgang. An der Decke surrten leise große Holzpropeller, in Redepausen das einzige Geräusch. Der Chronist besuchte die beiden öfters, auch zum Stillsein, da sich eine spontane gegenseitige Sympathie entwickelt hatte. Milton, der Jüngere, pflegte die Angewohnheit, im Städtchen immer mit einem Tropenhelm zu promenieren. Aber kein gewöhnlicher: Eine oben montierte Solarzelle trieb den Propeller am vorderen Hutrand an, sodass ihn immer eine frische Brise umschmeichelte. Die Einheimischen grinsten leicht irritiert, Dr. Wawà beneidete ihn; gerne wäre er selber als Erfinder dieses genialen Konzeptes aufgetreten, der Aufnahme in den Rat der Weisen hätte wohl nichts mehr im Weg gestanden.

Serge, ein hängen gebliebener Franzose aus der Nähe von Marseilles und Bruder eines weltbekannten Modedesigners, betrieb in Nachbarschaft zum Praia da Fonte seine Bar namens

„Ti Ti Ti", was soviel wie „Klatsch" bedeutete und den erfuhr man nirgends so ausführlich wie in seinem Lokal. Als Jazzliebhaber besaß Serge eine wunderbare Sammlung alter Vinylplatten. Renato zog sich öfters zu ihm zurück, wenn es im eigenen Lokal zu lärmig wurde. Dann philosophierten die beiden bei einem guten Cognac über den Unsinn des Lebens. Manchmal, wie jetzt, gesellte sich Besuch dazu, schauten Segler und Weltenbummler vorbei und man erfuhr die beeindruckendsten Lebensgeschichten, dann und wann zum Staunen, gelegentlich zum Heulen, wobei die Tränenseligkeit wohl mehr mit dem Alkoholpegel zu tun hatte. Ausgestiegene Manager auf dem Selbstfindungstrip mit luxuriösem Trimaran und hübscher Nixe im Alter der eigenen Tochter; Weltverbesserer, die gewusst hätten, wo's langgeht, aber zu müde waren, um das Jammertal Erde zu retten und missmutige Körnchenpicker. Echte Lebensphilosophen, betroffene Gutmeiner, zerflossen in Selbstmitleid; Träumer und Hänger, die ihr Leben bald radikal ändern wollten, schon Monate hier dämmerten und jetzt erst einmal einen Caipirinha benötigten, um sich über ihre Gedanken klar zu werden. Alimentenflüchtlinge, Heiratsschwindler, Alkohol- und Devisenschmuggler, Coupdreher und weitere charakterlich mannigfaltig ausgestattete Gauner. Die coolen Aussteiger mit ihrer Apriori-Erschöpfung und antizipiertem Überdruss entzogen sich hier den Folgen des nie vorhanden gewesenen Stresses.

Renato und seine wackeren Kameraden wohnten einer höchst skurrilen Beerdigung bei. Am Tag davor war Johnny Kramer, ein zweiunddreißigjähriger Bekannter und beinahe Freund gestorben. (Er hatte nichts mit Juliane Werdings Song zu tun.) Die Trauer ging nicht so tief, weil man ihn zwar schon einige Jahre kannte, aber eigentlich nur oberflächlich und sein Tod dann doch so schnell kam. Johnny stammte aus Bern, jüngster von drei Söhnen eines Obersten und Inhabers einer mittelgroßen Lithodruckerei. Irgendetwas musste in Johnnys Jugend schiefgelaufen sein – wahrscheinlich kleine Drogengeschäfte, vielleicht auch nur Konsum. Jedenfalls passte er nicht mehr ins bürgerliche Bild seines Vaters. Er wurde bei der Nachfolgeregelung des Geschäftes ausgetrickst: Man speiste ihn mit einer lebenslänglichen monatlichen Rente von rund tausend Schweizer Franken ab, mit der Empfehlung, sich aus dem Staube zu machen. Das tat er allsogleich, kam bald nach Argentinien und hielt sich mit legalen, aber abenteuerlichen Geschäften über Wasser. Er kaufte Okkasionswagen im Norden und fuhr sie über Tausende von Kilometern in den Süden, wo er sie mit Gewinn verschacherte. (Ähnliches hatte Florian mit alten Mercedes, Audis und BMWs von der Schweiz in den Irak früher erfolgreich gemacht.) Das soll etwa vier Jahre gedauert haben, er sprach inzwischen fließend Spanisch; dann hatte er die Nase voll und wollte in die Wärme. Vor etwa drei Jahren machte Renato dann seine Bekanntschaft im Praia da Fonte. Er war ein ruhiger Typ, trank mäßig und wurde Dauergast, der pünktlich seine Schulden zahlte, immer dann, wenn er seinen Scheck bekam. Sie saßen seither oft zusammen. Er schloss viele Freundschaften, war großzügig und sprach bald auch perfekt Portugiesisch. Im September letzten Jahres beklagte er sich über ungewohnte Beschwerden im linken Oberarm; später stichartige Schmerzen im Brustkorb. Dann, nach einigen Wochen, nach einer fröhlichen Zecherei bei Pai Xangò in dessen Strandhüttenbar zog er am Strand entlang nach Hause, traf unterwegs noch ein paar Kollegen und spielte mit ihnen etwas Volleyball. Er musste vorzeitig abbrechen, weil ihn wieder dieselbe Gemeinheit plagte. Er kam knapp nach Hause und noch einmal davon. Auf Anraten seiner Freundin suchte er eine Klinik auf und ließ sich ein EKG machen. Im Spital sagte man nichts, als er die Untersuchungsergebnisse aber einem befreundeten Arzt zeigte, fragte ihn dieser, wann denn sein Kumpel gestorben sei. Das war im Dezember. Johnny stoppte mit Rauchen und Trinken, fiel unübersehbar in sich zusammen und hatte einfach keinen Mumm trotz vorhandener Krankenversicherung in die Schweiz zu fliegen und sich einer Herzoperation zu unterziehen. Er hatte bereits zwei schwere Infarkte hinter sich; beim dritten nun, gestern, starb er in den Armen seiner kleinen hiesigen Freundin, die mit ihm zusammen hauste. Erfahren hatten es die Freunde erst am Abend, als bereits alles

Notwendige für die Bestattung getroffen worden war: Sarg, Blumen, silberne große Kerzenständer und ein eiligst selber zusammengezimmertes Kreuz mit Namen und Daten. Auch die Eltern in Bern wurden telefonisch informiert. Heute war die Beerdigung. Um 9.00 Uhr traf man sich im Trauerhaus. Außer dem toten Johnny und seiner schluchzenden Gefährtin war niemand zugegen. Abgedeckt lag er stoppelbärtig in der Kiste mit Blumen hinter den Ohren, seine schmalen Hände gefaltet und ein schlingelhaftes Lächeln auf den Lippen. Das ganze Arrangement inklusive Miete der silbernen Kerzenständer und Sargstützen hatte genau hundert Dollar gekostet, die Renato vorstreckte, denn weder der Tote noch seine Freunde besaßen einfach so eine derartige Summe. Um 11.00 Uhr konnte sich der Leichenzug endlich in Bewegung setzen. Es war fürchterlich heiß und feucht an diesem Tag und der gute Johnny, der sich zu Lebzeiten nie zu viel wusch, begann ganz übel zu riechen. Unter verhaltenem Schluchzen der inzwischen zahlreicher eingetroffenen Freundinnen und einigen beherzten Kameraden wurde der Deckel über Johnnys Grinsen gestülpt und der Sarg mit Hauruck aus dem Fenster gehievt. Durch die Tür war unmöglich, denn das Haus zu eng verbaut, sodass man den steifen Toten nur durchs Fenster ins Freie bugsieren konnte. Abwechslungsweise trugen die männlichen Begleiter den Sarg auf einem zeremoniellen Rundgang zum Friedhof. Nach und nach gesellten sich weitere Weggefährten des Toten hinzu. Niemand trug schwarz. Ohne Pfarrer oder Priester ging's im Schnellschritt zum Hügel von Sto. Antonio. Das angeregte Geplauder der Leichengänger verstummte erst am steilen Aufgang vor dem Friedhof. Der Sarg wurde in der halb zerfallenen Kapelle aufgebahrt und man musste warten. Der Totengräber schaufelte noch wie wild in der gegenüberliegenden Ecke. Hin und wieder griff er sich an den Kopf, kratzte verlegen hinter dem Ohr und hielt einen Moment inne. Dann bückte er sich, guckte verstohlen in die Runde, ergriff zwei, drei längliche Gegenstände und warf sie über die Mauer, welche den Friedhof begrenzte. Renato und der Beobachter begaben sich über abgesackte, krcuz und quer stehende, oft kaum mehr erkennbare

Grabstätten in die Nähe des Totengräbers. Etwas betreten bückte er sich wieder und schielte die beiden von unten feixend an. In der Hand hielt er einen Schädel, noch kaum gebleicht, bräunlich und noch mit sichtbaren Haarresten dran. Die beiden Trauergäste grinsten zurück. Das schien ihn offenbar zu beruhigen: Er warf den Schädel elegant über seinen rechten Arm und beförderte ihn mit gekonntem Außenschlag über die Mauer. Renato hatte sich auf dem Hinweg ein paar ergreifende Worte überlegt, die er am Grab sprechen wollte, zumal dem Toten weder Pfarrer noch Klageweiber die letzte Ehre erwiesen, die bei solchen Gelegenheiten gewöhnlich für eine angemessene Stimmung sorgen. Der Sarg wurde nun hinübergetragen und man nahm Maß. Die Grube war zu rund geraten; der Tote passte nicht hinein. Man stach gegenüberliegend noch etwas Erde ab; rote, weiche und krümelige Erde, organisch belebt von einer reichen Wurmfauna, die sich seit Generationen hier eingenistet hatte und vom reichen Überfluss profitierte. Jetzt passte der Sarg endlich ins Loch. Leises Schluchzen und das Trommeln der Erdklumpen auf den Sargdeckel vermischten sich rhythmisch zu einer seltsamen Samba. Krampfhaft versuchte Renato sich der zurechtgelegten Sätze zu erinnern – aber nichts, kein Wort stellte sich ein. Sein Blick blieb an den umherliegenden Ellen, Schienbeinen und Rippchen haften. Dann spürten er und sein Sohn, wie es hochkam – der Anfall eines unbändigen Lachens, die Lust, laut herauszuprusten. Beide Hände auf den Mund gepresst vermochten sie es kaum zu unterdrücken. Sie mussten dem Grab den Rücken kehren, weil sie niemanden verletzen wollten. Da klopfte jemand von hinten auf die Schultern Renatos und sprach tröstende Worte: „Nimm es nicht zu schwer, alter Knabe; ich weiß, ihr ward gute Freunde." Als die letzten Trauernden gegangen waren, steckte der Vater Poltermanns sein selbst gezimmertes Kreuzchen in die lockere Erde: „Johnny Kramer 1955–1987", und erst jetzt eigentlich fiel dem Chronisten auf, dass derjenige unter der Erde gleich alt war, wie der, welcher noch oben stand.

Vier Tage später tauchte der älteste Bruder von Johnny auf als einziger Vertreter der Familie. Korrekt bezahlte er die „gehabten Spesen" für die Beerdigung und zweihundert Dollar an die kleine Witwe. Der fällige Scheck von Johnnys Rente war nach der Todesnachricht storniert worden ... Alles musste seine Ordnung haben.

Eigentlich hatte der Schreiber schon an früherer Stelle versprochen, mit fröhlicheren Geschichten aufzuwarten, aber man konnte auch am Makaberen seine Späßlein finden. Diese Neigung oder Veranlagung war offensichtlich auch der Grund, weshalb sein Vater sich in den sonst oft beschissenen Drittweltgegenden einigermaßen wohlfühlte. Eines war er sich bewusst: Es brauchte sehr wenig und unversehens rutschte man aus der Rolle: vom Beobachtenden, Reflektierenden in die des Handelnden und Beteiligten.

Der Chronist ließ sich von seinem Vater die Hotelstruktur, die logistischen Abläufe, neue Ausbaupläne erklären. Die Umsätze in der Hochsaison waren außerordentlich gut: über $50000 pro Monat, Nettomargen von 20% (davon hätten europäische Restaurants mit 2 bis 5% nur träumen können). Inzwischen dreiundvierzig Angestellte. Der neue Computer spuckte abends genaue Zusammenfassungen aus, zusätzlich automatisch die verbrauchte Menge pro Menü, die simultan vom Lagerbestand abgebucht wurde. Die Cabanas waren renoviert worden, gute Musik beschallte jedes Rondell, konnte aber auch individuell abgeschaltet werden. Die Küche vergrößert und modernisiert. Die Rezeption in Marmor fertig ausgebaut mit speziellem Kassenschalter, der Caixa, nach außen in den Garten, damit jeder Kellner seine Tische beim Kassierer direkt und elektronisch abrechnen konnte. Eine feudale Treppe in oberen Stock zur gedeckten Frühstücksterrasse, ein Schmuckstück mit Blick in die Palmenkronen und auf die Bucht.

Gemeinsam besuchten sie das gekaufte Land am Stausee und Geschäftsfreunde mit Bungalowanlagen. Die Ausflüge erfolgten auf einem großen Motorrad der Marke Honda, ein Geschenk Diachas an ihren Mann in einem Anflug von Großzügigkeit mit der kleinen Fußnote, dass sie lediglich die erste Rate bezahlt und Renato nun den zweijährigen Abzahlungsvertrag zu erfüllen hatte. Nach dem ersten bösen Sturz Renatos, weil ihm ein Auto den Vortritt verweigert hatte, war die Höllenmaschine repariert worden und befand sich wieder in einem guten Zustand, sodass auch der Chronist sie für seine Fahrten auf der Insel nutzte.

Nach dem obligaten quälenden Bauchgrimmen und dem darauffolgenden zweitägigen deftigen Erbrechen mit Durchfall, um das ihn jede Bulimikerin beneidet hätte, genoss der Schreiber unbeschwerte Tage in wechselndem Familienkreis: Mal war Rico zu Besuch, mal konnte sich Florian, der auf dem Festland lebte, vor seiner furiosen Marilda nach Paricatì flüchten, wo sie ihn alsbald aufspürte und – trotz Lokalverbot Renatos – einen gewürzten Krach vom Zaun brach. Nun, ganz unschuldig war er auch nicht, wenn sich ein naives Schlamperl, mit dem er sich nächtens verlustiert hatte, vor der schäumenden Walküre verschlafen verliebt und schmusend an seinen Hals hängte, sich wunderte und alsbald um ihr Leben fürchten musste. Apropos Leben: Am ersten Abend erfuhr der Besucher, was Eifersucht bedeuten konnte. Gerade saßen sie alle mit dem bekannten angolanischen Maler und alten Freund Renatos, Neves de Sousa, am Tisch, der zur Belustigung aus dem Stehgreif Karikaturen von Anwesenden zeichnete und sie mit träfen Kommentaren versah. In Anlehnung an das Drehbuch des Doppelmordes auf dem deutschen Konsulat in Rio stürmte unvermittelt ein erboster gehörnter Macho das Restaurant, diesmal nicht um seine Gattin zu töten, sondern den hier anwesenden zechenden Stecher zu erledigen. Der roch den Braten im letzten Moment und versuchte panisch zu flüchten, nicht ohne dass ihm die Kugeln des Beleidigten um die Ohren pfiffen. Die Gäste duckten sich unter die Tische, um nicht Opfer eines blöden Zufalls zu werden. Der Galan versteckte sich im ersten Stock, wurde aber vom tobsüchtigen Schützen aufgespürt, der leider das Magazin seines Revolvers leer geschossen hatte. Er stürzte sich deshalb mit einem scharfen Messer auf ihn. Das silberne Zigarettenetui in der Brusttasche rettete dem Opfer das Leben und so musste er sich im Spital lediglich einen Armdurchstoß nähen lassen, weil die Klinge abgeglitten war. Der durchgeknallte Chauvi konnte überwältigt und beruhigt werden; auf einen Polizeirapport verzichtete man tunlichst; die Hälfte der zu Abend speisenden Gäste wäre geflüchtet in der Meinung, der Staatsapparat hätte sie – zu Recht – überführt. Alles spielte sich ab wie in einem schlechten Film und das Erstaunlichste: Man empfand das nicht als ungeheuerlich, sondern es schien völlig normal. Der Film wurde noch schlechter: Zwei Wochen später brannte die kleine Besenfabrik, welche dem Liebhaber wohl ökonomisch zusätzliche Attraktivität verlieh, aus ganz unerfindlichen Gründen ab.

Es liefen die Vorbereitungen zum Karneval an; in Salvador da Bahia war eine vibrierende Spannung schon zwei Wochen vor dem offiziellen Beginn spürbar. Bereits seit Weihnachten folgte hier eine Feier nach der anderen: Lavagem do Bomfim, Festa da Jemanjá, Festa da Bituba und so fort. Auch jetzt kochten überall Vorkarnevalsfeten wie „Grito do Carnaval" in Klubs und auf den Straßen mit berühmten Livebands wie die „Chiclete com Banana", „Mururù" und „Mocotò". Durchfeiern bis ins Morgengrauen, um sich auf das Bevorstehende einzustimmen. Ein Abend Samba, am nächsten Salsa und das untrügliche Gefühl, punkto Körperbeherrschung und Souplesse in mitteleuropäischen Breitengraden etwas versäumt zu haben, die Physis verblödet zugunsten des Hirnlappentrainings. Auch wenn sie sonst nicht viel konnten, das Zucken der Brüste und mit dem Arsch wackeln in einem atemberaubenden Tempo, perfekt auf die schnellen Rhythmen getimt, beherrschten nur die Brasilianerinnen in höchster Vollendung. Lambada war in dieser Zeit der angesagteste Tanz; der hier gezeigte Beckenschwung ließ jeden Beischlaf zum gähnenden Gutenachtgeschichtlein mutieren. Die Zuschauer – alles Gringos, sonst hätten sie ja mittanzen können – schmachteten, bekamen feuchte Lefzen und missdeuteten die Körperschwingungen besagter Teile, denn der Hintern wurde auch beim Putzen oder Kochen anmutig geschaukelt. Die lätze* Herme-

---

* „Lätz" = Dialekt für „falsch", „fehl"

neutik vermeintlich erotischer Signale ließ manchen Ausländer mit Y-Chromosom an seinem aufgeklärten kartesianischen Weltbild zweifeln: Plötzlich sah er sich konfrontiert mit dem schlüssigen Beweis „Coitus, ergo sum" und hielt das Denken mit dem tief unten hängenden bzw. jetzt bedrohlich spannenden Gemächt in den Shorts auf einmal für die einzig richtige Lebenshaltung. Es schwellkörperte allenthalben. Mei, mei, diese frühreifen Pfuiteufelchen in knappsten Textilien mit ihren unanständig drallen Formen hatten es aber auch wirklich faustdick hinter den noch grünen Ohren. Und Hand aufs Herz, manchmal beinhaltete die zweideutige Körpersprache durchaus eindeutige Absichten und diese wurden von den Männern so verstanden, wie sie gemeint waren. (Karl Valentin entschuldigte sich kurz, stieg von seinem Denkmal am Viktualienmarkt in München, eilte herbei und lachte sich mit seinem Hintersinn noch krummer, als er schon war. Das spindeldürre Original schob seinen runden schwarzen Hut aus der schwitzenden Stirn und feixte: „Na, ihr Schwerenöter, mögen täten hättet ihr schon woll'n, aber dürfen habt ihr euch ned traut.") Und die ganze Szenerie wirkte ja auch irgendwie unelegant, natürlich nur, was das geifernde Publikum von der Ersten Welt betraf.

Der Chronist hatte sich mit einem zur gleichen Zeit in Brasilien Ferien machenden Freund seiner Brüder zusammengetan, um die Abenteuer gemeinsam zu bestehen. Das war entschieden kurzweiliger, weil man seine Beobachtungen austauschen konnte, und auch sicherer. Vor dem Karneval als Höhepunkt wollten sie sich noch für ein paar Tage den Süden des Staates Bahia ansehen. Sie buchten Tickets bei der Rodoviária und fuhren mit einem Leito, diesen komfortablen Reisecars mit Liegebetten und Klimaanlage, in zehn Stunden nach Porto Seguro, einem idyllischen Nest. Hier oder vielmehr im nahe gelegenen Cruz Vermelha nahm die Geschichte Brasiliens ihren Anfang; der portugiesische Seefahrer Cabral landete zum ersten Mal auf südamerikanischem Boden. Die beiden Schweizer quartierten sich in der einfachen Pousada dos Navigantes ein. Die Pension wurde von total gesunden Makrobiotikern geführt, was unverhofft zu einem Frühstück mit Birchermüesli, Vollkornbrot und Kefirjoghurt verhalf. Setzte man mit einer baufälligen, alten Fähre über den Rio João de Tibas, gelangte der entzückte Reisefiebrige nach Areal da Ajuda, einem Hippiedorf der Aussteiger mit den herrlichsten Stränden und Riffen. Die Happy Few zeigten sich locker und geschmeidig – ein Ableger von Woodstock? Auf jeden Fall ging es erfreulich ruhig zu, die hier anwesende Jugend kam aus begütertem Haus, fritjoffte sich durch die Wendezeit, war New-Age-bewandert, sanftmütig und fühlte sich eins mit der Natur, wälzte sich im Sand von Mucugé, betete die Sonne an, umarmte Vollmond und Sterne oder lieber gleich das ganze Firmament. Sie streichelte ihr Bauchchakra, ernährte sich vegetarisch, und wenn nicht, entschuldigte sie sich rituell beim beleidigten Fisch oder dem Lammspieß, flüsterte mit den Bäumen und tanzte nachts bekifft ihr Astrodrama. Transpersonale Energie-Ekstase. Alle hatten sich gern, auch die, welche sich nicht riechen konnten. Platter Egoismus hinter der Fassade eines verlogenen parfümierten Altruismus. Man durchtränkte sich mit Vulgärpsychologie, sodass niemand mehr unbefangen eine Banane schälen oder Gurken schneiden konnte, war als Therapietourist bereits in allen neueren Methoden geschädigt und gescheitert, halb informiert und begabungstraumatisiert. Es prasselten die herbeiorganisierten Emotionen, Traurigkeits- und Liebeseruptionen über einen herein. Kaum aushaltbare Empathie: Ob gerade jemand schwer verunglückt oder einem die Zigaretten ausgegangen waren, alles war irgendwie wichtig und machte betroffen. Sanfte sphärische Klänge aus Zelten und Strandbars, virtuose Geiger, Gitarristen und Bongo-Konga-Tam-Tam-Trommler, welche sich zu spontanen Jamsessions zusammenfanden. Selbstfindung im Sand liegend, über sich einen splendiden funkelnden Sternenhimmel. Ein reizvoller Gegensatz: Hier in Areal da Ajuda sublimierten die biodynamischen Vegetarier und transzendierten ihren Eros ins Esoterische, dort in Salvador entsublimierten die im Leben zu kurz Gekommenen und frönten plump ihren carnivorischen Gelüsten.

In Trancoso, einem verschlafenen und am Hügel gelegenen Hippiedorf, eine Stunde von Porto Seguro entfernt und nur mit dem bunten, doppeldeckigen Lotterbus „Barcão de Allegria" (Freudenkahn) zu erreichen, trennten sich Sigi und Mauriçe für einige Tage; Ersterer blieb auf dem Zeltplatz und vernaschte einige höhere Töchter, denen die Umarmung der floralen Natur zu stinken begann und die sich wieder auf das Faunische besannen. Dernier Cri: Die Suche in F-Dur nach dem G-Punkt, um zum ultimativen H-Punkt zu gelangen. Hier körperte es wieder so richtig und die fleischlichen Gelüste auf junges Gemüse erfassten auch die ältesten Vegetarier. Der Beobachter reiste keusch und eher in Moll zurück nach Salvador; er hatte genug vom säuerlichen, gesunden Schwarzbrot und den ebenso gammelig riechenden, die Errungenschaft moderner Hygiene negierenden alternativen Freaks: ökologisch schwitzen – à la bonheur, aber nicht bis zur Ungenießbarkeit einer naiven, pausbäckigen Lebenshaltung, die einem bemühend in die Nase stach.

Der Karneval begann – laut Guinnessbuch der Rekorde der größte der Welt –, Sigi war zurückgekehrt, Mauriçe und er bezogen in der Stadt Renatos Wohnung, um über die tollen Tage eine Bleibe und Rückzugsmöglichkeit zu haben. Diese war willkommen nach dem jeweiligen Jubel-Trubel; man lernte den Luxus einer Dusche und eines sauberen Bettes schätzen. Der Besitzer selber hatte keine Lust mehr, sich den Torturen eines fröhlichen Treibens bei vierzig Grad Celsius auszusetzen, an dem inzwischen Millionen von Leuten partizipierten. Er hatte den Karneval wegen Diacha selber drei- oder viermal miterleben müssen, das reichte für ein ganzes Leben und kein noch so verlockendes Angebot hätte ihn von seiner Insel weggebracht.

Der Karneval von Salvador war zum Mitmachen, der von Rio zum Zuschauen. Die Freundin Amadeos hatte für sie den Eintritt in einen Bloco organisiert. Ein durch Seile von freiwilligen Helfern abgegrenztes Feld um ein sogenanntes Trio Electrico herum erlaubte das gefahrlose Mittanzen zur Musik, die live von berühmten Musikern mit ihren Bands auf dem vorausfahrenden Laster geliefert wurde. Dabei dröhnten 60 bis 100 000 Watt aus überdimensionierten Anlagen rund um die umgebauten motorisierten Ungetüme, welche sich im Schritttempo den Weg durch die Millionen von mitfeiernden Zuschauern bahnten. Die paar Tage mussten sie eine Mortalha tragen, das jeweils typische farbenfrohe Gewand, welches einen als zum Bloco zugehörig auswies. Für den zu zahlenden Preis hatte man genügend Platz, Getränke à discretion, ein mitgeführtes Klo und die 99 %ige Gewissheit, nicht mehrmals ausgeraubt zu werden. Diesen Luxus, darüber war sich Mauriçe im Klaren, konnte sich lediglich eine privilegierte Klasse von Brasilianern oder Touristen leisten, das Gros feierte außerhalb der Seile, war ebenso fröhlich, aber weniger protegiert. Der andere Komfort, den der Chronist bewusst nicht wählte, wäre ein Platz auf einer der zahlreichen Tribünen gewesen, meist vor teuren Hotels aufgebaut, der alle erdenklichen Schikanen von Drinks, über Häppchen bis zum Erfrischungsraum bot, bei dem man aber auf die Unmittelbarkeit des Erlebnisses verzichtete. Und Zuschauer war er ja Zeit seines Lebens zur Genüge. Die Tage vor dem Ereignis wunderten sich die Besucher, dass überall an den Umzugsrouten die Geschäfte verbrettert wurden, und zwar nicht wie üblich die Schaufenster, sondern – in Schrägposition – eine Rampe, die bis zum ersten Stock der Gebäude reichte. Jetzt wussten sie, weshalb: Das ganze feiernde Brasilien trank an Karneval Unmengen Bier. Das tat man sonst auch, aber nicht derart viel wie in diesen Tagen. Öffentliche sanitäre Anlagen wurden keine aufgestellt, zu groß der Ansturm der Menschenmassen. Also pisste alles, was funktionierende Nieren besaß, Männlein, Weiblein, Kind und Hund genau dort, wo die Notdurft gerade verspürt wurde, das heißt überall und sofort. Bei der Hitze ein desagreabler urinaler Geruch, der in der schweißgeschwängerten Luft manch sensible Nase eines Ausländers piesackte. Morgens um vier Uhr fuhren dann Tanklastwagen durch die Stadt, den Hauptrouten entlang, spritzten Holzwände und Trottoirs mit Hochdruck ab, damit die Schweinerei nachmittags wieder frisch begonnen werden konnte.

Rita, ihre Freunde, Sigi und Maurice gehörten zum „Camaleão", einem Riesenbloco mit über viertausend Partizipanten und dreihundert Sicherheitsleuten. Sie tanzten stundenlang zur Musik von Luis Caldas, zogen vom Zentrum des Campo Grande, die lange Avenida 7 de Setembro entlang bis an die Barra am Meer runter. Auch den berüchtigtsten Platz, den Castro Alves, auf dem sich die meisten Prügeleien zutrugen, immer wieder einmal Tote zu beklagen waren, ausnahmslos jeder Tourist beraubt wurde und die Polizei mit einem Großaufgebot ihre Machtlosigkeit demonstrierte, wollten sie nicht auslassen. Die Musik war laut, die bahianische Samba zeichnete sich durch extrem rasche Kadenzen aus, war sehr rhythmisch und man konnte von diesem genialen Lärm süchtig werden. Zwischendurch kippte ein Tänzer oder Zuschauer weg, selten der Hitze und Dehydrierung wegen, sondern weil er oder sie „perfume" gesnifft hatten, illegal an jeder Ecke zu erstehende Fläschchen mit Äther, der einen Flash verursachte und meist mit einer mehrminütigen Ohnmacht endete. Rita Lee widmete dieser Arme-Leute-Droge einen Song, der monatelang ein Nummer-1-Hit in Brasilien war. Im Bloco legte man die außer Gefecht gesetzten Karnevalsleichen einfach in den Laster, bis sie wieder zu sich kamen; Außenstehende hatten mehr Pech und wurden von der ausgelassenen Menge zertrampelt. Street- oder Love-Parade in Zürich und Berlin waren im Vergleich zu dem sich hier abspielenden Ereignis Kokolores und Pipifax. In späteren Jahren erlebte der Schreiber Musikgrößen wie Yvette Sangalo, Maria Betanha, Gilberto Gil, Daniela Mercury, Königin des Axé, Chiclete com Banana und weitere große Namen der Szene. Sambareggae von Gruppen wie Timbalada mit Carlinos Brown; Filhos de Ghandi, traditionellstes Afoxé Bahias (die spezielle Art, Musik, Tanz und Gesang zu präsentieren mit der afrikanischen Herkunft aus dem Candomblé und deshalb in der Yoruba-Sprache gesungen) und Olodum im Doubleoff-Beat.

Unbemerkt in der außer Rand und Band geratenen Stimmung passierte es ausgerechnet am Castro Alves; nein, keine

Schießerei, Messerstecherei oder Schlägerei, sondern der ganz normale Wahnsinn: Einem Riesenlaster mit Trio Electrico versagten die Bremsen am steilen Abhang. Da im ersten Gang gefahren, bremste der Motor stark und das Vehikel konnte sich nur langsam bewegen, allerdings unkontrolliert. Verzweifeltes Gestikulieren des Chauffeurs. Im allgemeinen Lärm merkte niemand, dass nichts ahnende tanzende Leute plötzlich unter dem Lastwagen verschwanden und zerquetscht wurden. Oben heizte die Band ein, das Geschrei der entsetzten Opfer und ersten Zuschauer, welche der Katastrophe gewahr wurden, fiel niemandem auf, auch nicht den Ordnungs- und Sicherheitskräften. Zu seiner Schande musste auch der Chronist, der in unmittelbarer Nähe feierte, zugeben, nichts mitbekommen zu haben. Erst in den Medien andertags erfuhren sie von neun Todesopfern und siebzehn zum Teil Schwerverletzten. Trotz dieser bedauernswerten Geschichte ging der Anlass weiter; keiner kam in dieser Woche vor 4.00 Uhr morgens ins Bett und tanzte meistens bereits in den frühen Mittagsstunden in glühender Hitze bei gleißendem Sonnenlicht weiter, wie in Trance. Es war verrückt: In keinem Land der Welt prallten fröhliche und traurige Begebenheiten so stark aufeinander. Eben noch gefeiert, schon brach das Unglück in irgendeiner existenziellen Form über einen, ob von Menschen oder durch die Natur ausgelöst. Wenige schien das zu bekümmern, gerade wegen dessen Unberechenbarkeit, und so begann der Beobachter zu begreifen, dass Fatalismus, leben in der unmittelbaren Gegenwart, Enfoutisme zur Strategie des Brasilianers gehören mussten; was nutzte Angst auf Vorrat? Es kam ohnehin alles, wie es kommen musste, „se Déus quiser".

Nach einer Woche war das Spektakel zu Ende; manch eine oder einer heulte Rotz und Wasser, weil wieder ein ganzes Jahr verstreichen musste bis zur nächsten konzertierten, gigantischen Allegria. Viele Süchtige hatten Entzugserscheinungen, brachen regelrecht zusammen. Während des Karnevals griff die Polizei rigoros durch, um die Massen einigermaßen in Schach zu halten. Aufkeimende Schlägereien und private

Abrechnungen versuchte man konsequent zu ahnden. Dabei interessierte nicht, wer ursächlich für den Streit verantwortlich war: Ausnahmslos alle wurden verhaftet und für die Karnevalszeit eingebuchtet – eine schlimmere Strafe gab es für den Bahianer nicht. Hierfür patrouillierte die Polizei immer in Sechser- bis Siebenergruppen hintereinander wie aggressive Entlein und sich an einer Schulter fassend im Stechschritt durch die Menge, in der anderen Hand drohend einen Gummiknüppel schwingend, mit dem sie ohne Vorwarnung austeilte, auf Unschuldige einprügelte, sollte die Menge vor und neben ihnen beim Durchmarschieren nicht auseinanderstieben. Zuvorderst der Indianerhäuptling, betresst mit mehreren Streifen und Lametta, alle weiß behelmt und mit sauertöpfischer Mine, um dem Volk den nötigen Respekt abzufordern, oder weil die Überstunden miserabel entlöhnt wurden.

Am Ende des Karnevals ließen es sich die Blocos, auch die bekanntesten, nicht nehmen, in einem Corso vor das Gefängnis zu fahren und die Unglücklichen, welche alles verpasst hatten und jetzt entlassen wurden, zu empfangen. Extra für sie verlängerte sich der Karneval um einige Stunden, damit die Geprellten wenigstens eine kleine Entschädigung erhielten für entgangene Freuden. Die Afficionados pilgerten mit vor die Gefängnistore, um noch ein letztes Mal vor der definitiven Heimkehr der Trio Electricos auf den Lastwagen eine Nasevoll mitnehmen zu können: unauslöschlich, die wehmütigen Abschiedsszenen.

Was niemand ahnen konnte: die bad vibes der Insel Paricatì übten ihre Kraft auch über enorme Distanzen aus, wenn man dank großer Sensibilität auf paranormale Geschehnisse reagierte. Kaum war der Chronist auf der Insel bei seinem Vater angekommen, wurde Aretha daheim schwer krank. Dieselben merkwürdigen Vorgänge wie damals: Migräne, Schweißausbrüche, Schwindelanfälle, Erbrechen und dann tagelange Starre mit zeitweiligen Ohnmachten, einem Verlust des Zeitgefühls, ein delirierender Zustand über geraume Zeit, der sich irgendwann spontan verflüchtigte und einen merken ließ, dass man noch lebte, aus einem bitterbösen Traum erwacht war. Bis heute konnte niemand dieses übrigens auch noch viel später immer wieder auftretende Phänomen aufklären und Mauriçe machte sich lange Vorwürfe, weil er sich zwar nicht als Verursacher, aber doch als Leitwerk dieser Merkwürdigkeiten vorkam.

Durchhalten

Paricatì, im Juni 1987

Mein lieber Mauriçe!

Die Winterflaute und Wirtschaftskrise sind Anlass endlich wieder einmal etwas von mir hören zu lassen. Unsere Euphorie der Hochsaison ist einem gewaltigen Kater gewichen. Langsam merken wir es alle: Brasilien ist pleite und zwar auf allen Ebenen – im Zahlungsverkehr mit dem Ausland (ein Zinsdienst von $ 14 Mia. pro Jahr), auf Bundes-, Staates- und Gemeindeebene. Zwei Drittel der Unternehmen in Handel, Industrie und Landwirtschaft sind zahlungsunfähig – Löhne und Zinsen können nicht mehr erstattet werden, die Umsätze gehen zurück und die Arbeitslosen werden zu einer ernsten sozialen Bedrohung. Am vergangenen 12. Juni wurde der dritte Wirtschaftsplan vom dritten (!) Planungsminister vorgelegt: wiederum allgemeiner Preisstopp, diesmal nur für neunzig Tage mit der Zusage, danach die Preise wieder im Rahmen der Inflation anheben zu dürfen. Ich war diesmal besser vorbereitet als letztes Jahr im Februar, als wir gezwungen waren, die überholten Preise von Januar bis Ende Dezember beizubehalten. Da aber die über 30 % Inflation vom Mai nicht mehr abgewälzt werden durften, wären unsere Preise längst überholt, hätte ich nicht vorher im Abstand von fünfzehn Tagen jeweils die nötigen Korrekturen vorgenommen. Diesmal will die Regierung flexibler sein und Angleichungen zulassen, sobald Versorgungsengpässe auf dem Markt feststellbar sind. Beim ersten Plan verschwanden ganz einfach die Produkte und es entwickelte sich ein Schwarzmarkt, auf dem man alles zum dreifachen Preis einkaufen konnte. Als dann die Regierung im Februar dieses Jahres nachgab, kam es zu Rekordinflationsraten von 20 bis 30 % pro Monat! Gleichzeitig schnellten die Zinsen auf dem Kapitalmarkt auf bis zu 35 % hoch, weil die Regierung leere Kassen hat: Hunderte von Riesenprojekten waren zu finanzieren, unzählige Lobbys bekamen Subventionen zum Dank für Parteiloyalität und sämtliche Organe durchsetzt mit korrupten Funktionären. Da kam der letzte

Planungsminister auf die Idee, das fehlende Geld auf dem Weg der Luxusbesteuerung zu beschaffen. Auf dem Preis eines neuen Autos zum Beispiel nimmt der Staat 72 %; damit wurde das brasilianische Auto zum teuersten Wagen der Welt, obwohl er an der Fabrikpforte der billigste ist. Wer ins Ausland reisen will, bekommt $ 1000 zu einem Aufpreis von 25 % auf den Normalkurs, sodass man heute auf dem Schwarzmarkt billiger Dollars einkaufen kann als bei den Banken. Überall rosten Zehntausende von unverkäuflichen Autos vor sich hin, die Wiederverkäufer streiken wegen des Regierungsdekrets, und weil sie horrende Zinsen an die Banken bezahlen sollten, welche diese Geschäfte finanzierten. Um den Arbeitnehmern das Maul zu stopfen, erfand die Regierung den „Gatilho salarial", den sog. Lohntrigger, der immer, wenn die offiziell festgestellte Inflation 20 % erreichte, eine automatische Lohnangleichung in derselben Höhe zur Folge hatte. Damit wurde die Inflationsspirale perfekt! Und die Unternehmen, u. a. auch wir, kamen in die Liquiditätskrise nach dem klassischen Rezessionsschema: höhere Preise/schwindende Kaufkraft/abnehmender Umsatz/mehr Arbeitslose etc. ... Nun, der neueste Plan soll dem allem ein Ende setzen. Das Kabinett hat alle großen Projekte aufs Eis gelegt, Subventionen wurden gestrichen, u. a. auch die Atomreaktor-Pläne bei Angra dos Reis. Es herrscht allgemeine Katerstimmung: Das Image der brasilianischen „Größe" stimmt nicht mehr; im Fußball abgerutscht auf 2.-Liga-Niveau, Karneval in weiter Ferne und die Machos nicht mehr in der Lage, stramme Wagen zu kaufen und teures Benzin zu bezahlen. (Der Liter kostet nun 26 Cruzados und wird demnächst um weitere 40 % erhöht, das heißt, ab nächster Woche zahlen wir ca. sfr. 1.20 pro Liter!) Konnte man vor Jahren für ein Salario Minimo noch 300 Flaschen Bier kaufen, gibt es heute dafür kaum noch 60; Inflation und Kaufkraftschwund haben 240 Biere gefressen bzw. gesoffen!
Auch der Tourismus blieb nicht ungeschoren. Einer unserer besten Kunden, die TRANSAMAZONAS ist pleite, das heißt, wir müssen damit rechnen, über 500 000 Cz., die uns seit April geschuldet werden, in den Kamin zu hängen. Tatsache ist auch, dass sich drei meiner verbliebenen wichtigsten Kunden (L-R Turismo, Alameda und Remundi) mit einem vierten Banditen zu einem Kartell zusammengeschlossen und gemeinsam im alten ICARAI-Hotel, ganz unten beim Fort, ein eigenes Restaurant eröffnet haben. Sie mieteten einen Bus, parkten ihn vor meinem Eingang,

sodass die Sicht absichtlich versperrt war, die Leute die Straße gar nicht überqueren konnten, und fuhren ihre Gäste vor meiner Nase weg. Es gelang mir zwar ab und zu, mithilfe eines Distanzlautsprechers, den ich vorne am Tor befestigt hatte, die ankommenden Gäste schnell und in vier Sprachen aufzuklären – die meisten haben ihr Mittagessen nämlich nicht im Exkursionsprogramm eingeschlossen – und sie zu uns in die Cabanas zu lenken. Viele kehrten auch von sich aus zurück zu mir, weil sie sich durch ihre Agenturen betrogen fühlten. Nun, wir kommen trotzdem in Liquiditätsschwierigkeiten. Als Folge müssen wir horrende Zinsen auf Überbrückungskrediten zahlen. Bereits musste ich die Hälfte meiner fünfunddreißig Angestellten entlassen, um Fixkosten zu sparen; die Sozialpläne (in Brasilien müssen sie sehr streng eingehalten werden) kosten Unsummen. Um uns zu sanieren, bin ich gezwungen, ein Stück Land zu verkaufen. Ich dachte an jenes Grundstück am Stausee für das Ultralightprojekt mit über sechstausend Quadratmeter, weil dein Bruder sich nicht mehr gemeldet hat und scheint's sein Unwesen wieder in Ibiza treibt. Mit dieser Versilberung käme ich aus dem Schneider. Natürlich wäre es mir am liebsten, wenn du selber einsteigen würdest, wenn ich das Grundstück in deinen Händen wüsste. Vielleicht hast du ja auch Freunde mit Interesse an einer touristischen Investition in Brasilien; mit $ 25 000 wäre man an Bord. Die Konkurrenz versucht jedenfalls, mich zum Verkauf des Praia da Fonte zu zwingen! Die genannten vier Gesellschaften besitzen zusammen 70 % der Schonerkapazitäten von Salvador, und da deren Geschäfte auch nicht zum Besten stehen, wollten sie ihre Einnahmen durch die Beteiligung an einem Restaurationsbetrieb verbessern. Durch meine geografische Lage war ich bis anhin privilegiert: Wir konnten praktisch alle Gäste, die mit Schiffen auf der Insel ankamen, bewirten. Ich darf auch stolz sagen, dass unsere Küche, die Ambiance und die Lage des Gartens sicher zum Besten in Paricatì gehört. Überdies haben Ivan und ich unter dem Decknamen „Marina-Service-Paricatì" die Verwaltung der Landebrücke vor unserem Tor beantragt. Wenn's klappt, werden wir den Unterhalt, d. h. 24-Stundenüberwachung, Beleuchtung und Jachtservice einführen: fixe Taxen für An- und Ablegen, Vermietung von ca. hundert Quadratmeter Plakatflächen, Taxidienste von und zu den Jachten, Wäsche- und Cateringservice. Die Absicht besteht natürlich darin, entscheidenden Einfluss auf die Touristen meiner Konkurrenz zu nehmen. Ich sage dir: Trotz der besten Hoch-

saison aller Zeiten scheint es das übelste Jahr zu werden, seit ich in Brasilien hocke. Du bemerkst richtig: Letztes Jahr standen wir vor dem Abgrund, jetzt sind wir einen Schritt weiter ... Nichts funktioniert mehr, tägliche Banküberfälle in Salvador mit Toten, Hunderte von Autodiebstählen, in die meistens auch die Polizei verwickelt ist. Der Präsident genießt weder die Unterstützung der Minister noch des Kongresses, die Verfassung wird von links und rechts sabotiert und die sich aufdrängenden Wirtschaftsreformen so unpopulär bei den Politikern, weil sie als Erste betroffen sein werden.
Das alles hat mich in letzter Zeit ziemlich Nerven gekostet. Vielleicht deshalb mache ich seit Kurzem stundenlange Strandspaziergänge und das hat sich zu einem neuen täglichen Bedürfnis entwickelt, das Diacha eifersuchtslos akzeptiert, ohne mich begleiten zu müssen. Ich finde immer wieder unter meinen Gästen einen Bummelpartner, mit dem ich intelligente, herausfordernde Gespräche führen kann. Dringend benötigte Bewegung, Hirn auslüften und erst noch gute, kurzweilige Diskussionen führen, was will ich mehr; das ist mein wahrer Luxus.
Schreib bald wieder und lass mich deine Gedanken zum Landkauf erfahren. Ich würde auch deine Gründe verstehen, hier nicht mitmachen zu wollen; ich fragte nur, weil du damals den Wunsch geäußert hattest, hier auf der Insel irgendwann einmal ein kleines Häuschen zu erwerben. Nebenbei: Ein gemeinsamer Bekannter von Jacqueline und mir hat sich spontan gemeldet und würde mir finanziell zusammen mit einem Freund unter die Arme greifen. Hier wird überleben, wer länger durchhalten kann. Trotz in Aussicht gestellter Hilfe muss ich weiter konsolidieren, den Apparat auf ein Minimum herunterschrauben. Fazit dieser ganzen Scheiße: Sieben Jahre vergnügliche und erfolgreiche Arbeit reichten gerade aus, um mit einem Berg von Erfahrungen und ohne Reserven von vorne anzufangen. Jä nu, so isch's Läbe, es ist ja nicht das erste Mal! Ich wünsche euch viel Vergnügen beim Lesen meiner Berichte. Eines ist sicher: Wenn alles schiefgeht, werde ich wie weiland Zorbas nacktarschig am Strand tanzen und mich bei Bouboulina trösten ...

Dir und Aretha meine herzlichsten Grüße und Küsse,

Euer Papi

PS: Übrigens: Dass ich Diacha geheiratet hätte, ist ein Gerücht. Sie drängt zwar schon lange darauf, hat schon dreimal um meine Hand angehalten – wie niedlich! –, aber du weißt ja, wie ich zu diesem offiziellen Tamtam und Firlefanz stehe.

❦

1987: An der Ski-WM in Crans Montana schneiden die Schweizer so gut wie nie ab. Mathias Rust landet mit einer Cessna auf dem roten Platz. Pat Cash gewinnt Wimbledonfinal gegen Ivan Lendl. Günthör Weltmeister im Kugelstossen an der WM in Rom. 40 Jahre Filmfestival von Locarno. Barschel-Affäre endet mit dessen mysteriösem Tod in Genf. Beginn der ersten Intifada. Robert Mugabe wird Präsident von Simbabwe. Moët & Cahandon fusionieren mit Louis Vuitton. Gestorben: Gustav Knuth, Carl Rogers, Andy Warhol, Bernhard Grzimek, Rita Hayworth, Fred Astaire, Alexander Ziegler, Rudolf Hess, John Huston, Lee Marvin, Ermordung von Peter Tosh. Der Dollar fällt zum ersten Mal unter Sfr. 1.30.

Zu Renatos Genugtuung ging es seiner Konkurrenz sehr schlecht. Die vier Agenturen hatten sich heillos zerstritten, ihr Management war abgehauen, ohne Gehälter zu bekommen, die Miete wurde nicht bezahlt. Das freute den Schweizer ein wenig sehr und er zitierte seine Schwiegermutter selig: „Il y a un temps pour toutes choses." Inzwischen dachte er laut über neue Ferienformen nach, um sein Hotel und einen geplanten Neubau auf seinem Areal sowie einige Cabanas (nicht die am Stausee, sondern neue Hütten auf seinem alten Werftgrundstück) besser auslasten zu können. Das Stichwort „Timesharing" ging ihm nicht mehr aus dem Kopf. Ähnlich der 1963 gegründeten HAPIMAG (Hotel-Appartments-Immobilien-Anlage AG) hatte er vor, Aktionären Ferienwohnraum auf der Insel an einem schönen Ort mit entsprechendem Fünfsterneservice anzubieten. Er wollte Bungalows und Wohnungen mit einer guten Infrastruktur für mietfreien Urlaub, allerdings begrenzt auf eine bestimmte Anzahl Jahre zur Verfügung stellen. Obwohl AG, sollte es mehr ein Klubkonzept sein mit Partnern, welche mit ihren Anteilen eine Vorfinanzierung erlauben würden und dafür Wohnrechte in der Ferienzeit erhielten, sich um nichts zu kümmern bräuchten, da Renato für den Unterhalt und die Serviceleistungen besorgt gewesen wäre. Sein Vorteil: Gewinnung von europäischen Kunden und Binnentourismus außerhalb der normalen Ferienzeiten sowie zahlende Gäste, die eine Ferienwohnung mit Serviceangeboten schätzten. Das würde eine bessere Auslastung bedeuten und wäre diese befriedigend, könnte auch über eigene lokale Programme für Wochengäste nachgedacht werden; Bootsausflüge mit eigenen Schonern, Tauchgänge in die Riffe, Windsurfkurse etc. ... Renato hatte es nämlich satt, auf die kurze Hochsaison und die ihn triezenden Schonergesellschaften angewiesen zu sein. Zum geplanten Projekt ließ er sich durch seine Söhne in der Schweiz detailliert dokumentieren, hielt sie mit aktueller Informationsbeschaffung auf Trab, wälzte die verschiedenen auf dem Markt eingeführten Modelle, rechnete Kapitalrenditen, Wohnrechte gegenüber Mietgarantien und mögliche Auslastungsziffern aus. Er wollte unbedingt auch andere Hotelanlagen in Brasilien zur Attraktivitätssteigerung mit einbeziehen, sodass der Kunde in einem Pool „swappen" könnte. Natürlich setzte dies voraus, dass man bi- oder multilaterale Konventionen mit potenziellen Unternehmern ausarbeitete. Der Austausch und die Koordination dieser Nutzungsrechte setzten aber auch eine nicht ganz billige Organisation voraus. Das Sharing war somit weniger Besitz als vielmehr Zertifikat auf Zeit, das zur kostenlosen Benutzung von Wohnungen in den angeschlossenen Ferienbetrieben berechtigte. Nach seiner Vision hätte man sogar die Möglichkeit, die Shares aufzuteilen und – gekoppelt mit dem Brazil-Airpass – die Ferien an verschiedenen Orten zu verbringen. Ein für sfr. 1500.– angebotener 7-Tage-Share sollte seines Erachtens für jeden Büezer* er-

---

* Dialektwort für Arbeiter, am ehesten mit Malocher zu übersetzen

schwinglich sein. Taten sich zwei zusammen, so rechnete Renato vor, zahlten sie für einen lebenslänglichen (oder zumindest langjährigen) Anteil kaum mehr als für sieben Logiernächte in einem Fünfsternehotel. Brasilien war laut aktuellen Presseinformationen neben Thailand die begehrteste Feriendestination von Europäern. Das Konsumgut „Ferien" erfreute sich steigender Nachfrage; jeder träumte schließlich ab und zu von seiner Insel. Den Werbeslogan „Buchen sie bei uns eine Woche Paricatì zu sfr. 1500.– für zwei Personen inkl. Halbpension und werden Sie damit Teilhaber" hatte Renato bereits kreiert und er sprudelte nur so vor Begeisterung über sein neues Wirkungsfeld. Die Banken waren informiert und bereit, einen Baukredit zu 7,5 % jährlich zu gewährleisten, zwei Jahre amortisationsfrei und dann rückzahlbar in sechs Jahren. Solche Bedingungen galten jedoch als sogenannte Entwicklungskredite nur für rein brasilianische Unternehmungen, das heißt, er müsste sich einbürgern lassen, wozu er sofort bereit war, zumal er die Schweizer Bürgerschaft ja nicht verlieren konnte und nur hier pro forma darauf verzichten musste, so wollte es das Gesetz. Er gab Rechtsgutachten bezüglich Immobilienbesitz von Ausländern in Brasilien in Auftrag: Via lokale Verwaltungsgesellschaft in Form einer juristischen Person mit Domizil in Bahia schien dies ohne Weiteres möglich. Seine eigene Firma Praia da Fonte, Hotelaria Ltd. könnte diese Aufgabe übernehmen.

Renato war wieder über Pläne gebeugt, zeichnete seine neue Wunschanlage, gestaltete einen ansprechenden Logo, reichte das Vorprojekt bei der Prefeitura ein, um möglichst bald eine Baugenehmigung zu erhalten, hatte auch das Abwasserproblem mit berücksichtigt und einen Schweizer Spezialisten dazu kontaktiert, der an einem überzeugenden, günstigen, schlicht genialen Klärsystem tüftelte, das marktreif war und welches Renato gleich noch in Lizenz für Brasilien mit seinem neu erweckten Umweltbewusstsein zu vertreiben gedachte. Er entwarf einen Prospekt:

APART-HOTEL „PRAIA DA FONTE"

Paricatì–Bahia–Brasil

„Wer träumte nicht schon einmal von seiner Insel, von einsamen Stränden, ewiger Sonne und wild wachsenden Orchideen? Von einer Hütte unter Kokospalmen und einem Boot, das uns zu noch einsameren Stränden und in unbekannte Flüsse trägt! Dieser Traum kann für Sie Wirklichkeit werden. Er ist es für mich geworden! Ich lebe seit über zehn Jahren auf jener Insel in einem tropischen Garten, unter Kokospalmen und dem Boot vor dem Haus am Strand: Paricatì heißt sie und liegt mitten in der Bucht von Bahia, eine Bootsstunde von der Hauptstadt Salvador entfernt.

(Foto: Renato mit Glas in der Hand unter dem Schilfdach einer Cabana, evtl. mit Blick aufs Meer ...)

Auf meinem Areal von ca. 6000 m² steht unser kleines Hotel mit Gartenrestaurant unter Strohhütten. Wir wollen vergrößern: 48 Studios sollen gebaut werden. Alle mit Blick auf die Bucht und ausgerüstet mit WC/Dusche, Kitchenette, Frigobar, Aircondition, Farb-TV, Telefon/Fax, Veranda, komplett möbliert. Im Garten entsteht ein Swimmingpool mit Snackbar und Playground. Im Erdgeschoss des vierstöckigen Gebäudes ist genügend Platz vorgesehen für Empfang, Gesellschaftsraum, Werkstatt und Garage für kleine Boote, Windsurf- und Taucherausrüstungen.

Gleich vor unserem Haus liegt der über 100 Meter lange Landesteg. Er dient als Basis einer zukünftigen Marina. In diesem natürlichen Hafen ankern heute täglich zwischen 30 und 60 Jachten aus allen Weltgegenden. Ihre Crews treffen sich allabendlich unter unseren Cabanas zum Sundowner und Erfahrungsaustausch.

(Verkleinerter Grundrissplan der zu erstellenden Anlage; Foto: Blick vom Landesteg zum Praia da Fonte mit Booten im Vordergrund)

Mit dem Erwerb eines Anteils (Timesharing) an unserem Apart-Hotel sichern Sie sich ihren Platz an der Sonne, je nach

Wunsch für einen oder mehrere Monate im Jahr und auf Lebzeit! (Siehe Anhang: grund- und immobilienrechtliche Verhältnisse für Ausländer sowie Gutachten über devisenrechtliche Bestimmungen.)

Ihr tropisches Plätzchen an der Sonne entsteht in einer der schönsten Gegenden Bahias. Das Klima Paricatìs gehört zum Besten der ganzen südamerikanischen Küste: nie unter 20 °C und selten über 30 °C im Sommer (Januar bis März).

Die Insel ist mit der Hauptstadt Salvador durch Autofähren und kleine Linienschiffe verbunden (Foto: Fähre mit Blick auf Salvador im Hintergrund). Eine Brücke zum Festland auf der Innenseite der Bucht erschließt das bahianische Hinterland, das von uns aus in weniger als einer Autostunde zu erreichen ist. Die Wohnbevölkerung, rund 25 000 Seelen, vorwiegend Nachkommen von Indios und afrikanischen Sklaven, lebt vom Fischfang, Kleinhandel und Tourismus (Foto: Fischer auf Piroge oder Ähnlichem). Letzterer ist noch kaum entwickelt. Auf insgesamt 120 km^2 entstanden in den letzten zehn Jahren kaum ein Dutzend mittlere und kleine Hotels mit nicht mehr als 1800 Betten. Davon unterhält der Club Mediterranée in diskreter Abgeschiedenheit allein rund 750.

Die Bucht Bahias (ca. 1000 km^2) ist ein ideales Segel- und Windsurfrevier. Sturmsicher und – dank der zahlreichen zum Teil unbewohnten Inseln und schiffbaren Flussläufe – ein kontrastreiches, verlockendes Entdeckungsgebiet. (Hier Situationsplan der ganzen Bucht mit Inseln und Flüssen einfügen.)

Paricatì besitzt eine relativ gut funktionierende Infrastruktur: asphaltierte Hauptstraßen, Taxi- und Minibusservice, kleiner Flughafen mit asphaltierter Piste von 1200 m Länge, Telefon, TV, zwei Spitäler, Poststellen und Supermarkt. Unser Standort ist ideal für jenen Gast, der Zeit hat, Bahia, d. h. Salvador und sein faszinierendes Hinterland kennenzulernen. Hier bei uns findet er Ruhe, Sicherheit und saubere Luft; zwar in der Nähe der Hauptstadt (12 km), aber fern von ihrem Lärm. Geografisch betrachtet liegt Paricatì auf halbem Weg zwischen Amazonien und Rio Grande do Sul, dem Grenzbundesstaat zu Argentinien. Hier treffen sich die nationalen Verbindungswege zwischen Rio de Janeiro, Belem und Brasilia im Südwesten des Inlandes.

Für den europäischen Touristen ist die Anreise via Recife oder direkt nach Salvador am preisgünstigsten. Die beiden internationalen Flughäfen liegen um einige Tausend Kilometer näher an Europa als zum Beispiel Rio (hier evtl. Kopie einer kontinentalen Karte: Europa–Südamerika mit vergleichenden Flugdistanzen).

Von insgesamt 480 Anteilen ist nur rund die Hälfte verfügbar; über 200 Anteile sind für die lokale Seglergemeinde reserviert, die unseren Hafen vor dem Haus als Basis für Weekend- oder Ferienturns benutzen.

Preise: Die Preise der Anteile richten sich nach der Saison. Die minimale Einheit beträgt vier Wochen, die Sie aufgrund der nachstehenden Tabelle selber bestimmen. Ein Abtausch ist nur nach Absprache mit anderen Partnern bzw. der hiesigen Verwaltung möglich. Im Kaufpreis ist neben lebenslänglichem anteiligem Mobilien- und Immobilienbesitz (siehe Inventar) inbegriffen: Bettwäsche, Reinigung, Unterhalt, Elektrizität und Wasser sowie freie Benutzung von Swimmingpool, Sauna und Marina. Nicht inbegriffen sind Frühstück und sonstige Verpflegungen, die im angeschlossenen Restaurant unseres Hotels serviert werden.

Preise in sfr. pro Timeshare von vier Wochen:

Jan	Feb	März	Apr	Mai	Juni
10 500	10 500	9000	7500	7000	7000
Juli	Aug	Sept	Okt	Nov	Dez
10 000	9000	8500	8500	9000	10 000

Die Ausführung unseres Projektes ist gewährleistet mit dem Verkauf einer bestimmten Anzahl von Anteilen. Die Fertigstellung ist auf Ende 1990 geplant. In der Zwischenzeit offerieren wir Ihnen ab Datum Ihrer Beteiligung freie Unterkunft mit Frühstück für zwei Personen in unserem bestehenden Hotel während max. 14 Tagen pro Jahr und in der von Ihnen gewählten Periode. Die entsprechende Reservation muss mindestens 30 Tage vor Ankunft vorliegen.

Falls Sie Ihr Wohnrecht in der von Ihnen bestimmten Periode nicht beanspruchen wollen, können Sie Ihren Anteil von uns verwalten lassen. Wir vergüten Ihnen pro belegten Tag folgende Nettobeträge in sfr:

Jan	Feb	März	Apr	Mai	Juni
25	25	22	18	15	15
Juli	Aug	Sept	Okt	Nov	Dez
24	22	20	20	22	24

Weitere Einzelheiten und Auskünfte erfahren Sie durch unsere Vertretung (Adresse und Telefon in der Schweiz, Deutschland, Österreich) oder direkt telefonisch von mir (Adresse, Telefon) im Handelsregister von Salvador unter Nr. ... eingetragen.

Ich würde mich freuen Sie möglichst bald in unserem Haus unter den Kokospalmen mit einem köstlichen Caipirinha begrüßen zu dürfen."

Auf Neujahr 90/91 wollte der vor neuer Energie platzende Entrepreneur eröffnen!

Vorerst musste er aber wieder einmal seine Teuerste neutralisieren. Die Boutique befriedigte sie nicht mehr; ihr schwabbelig-schwuler, leicht übergewichtiger Bruder betreute nun die spärlich erscheinenden Kunden und vertrieb diese eher noch mit seinem affektierten Getue: „Wie toll, wie schöööön", winselte er begeistert mit seiner Eunuchenstimme, wenn eine fette Touristin sich ungelenk eines dieser unsäglichen Batiktücher umwickelte, so heuchlerisch, dass die Dicke geplättet davon stolperte in der Angst, vor lauter Süßholzgeraspel Diabetes zu kriegen. Diacha hatte Höheres mit sich im Sinn; sie eröffnete nach etlichen handfesten Auseinandersetzungen mit dem Geld Renatos respektive des Schweizer Bekannten, der eigentlich in die Timesharingpläne investiert zu haben glaubte, einen Schönheitssalon gleich hinter ihrem alten Geschäft: Hairstyling, Nailstudio, Pédicure, Peeling, das ganze Programm. Natürlich zwei Angestellte zum Rumkommandieren, denn ihre Berufung war nicht die Arbeit, sondern das Dirigieren und Befehlen. Und natürlich zum Scheitern verurteilt. Schon nach kurzer Dauer rosteten die Föhnhauben in die salzgeschwängerte Brise des Atlantiks hinein. Diacha und mit ihr die meisten Insulaner wollten die Mahnungen zur Mäßigung nicht hören. Sie wurden abgetan mit dem Argument: „Du hast gut reden, du hast alles schon einmal gehabt und nun sollen wir uns einschränken, während deine Familie sich alles leisten kann – Reisen, gute Schulen etc. ..." Als Besitzer des Praia da Fonte und als Europäer hatte man Renato einen Status zugeordnet, der den bekannten Realitäten nicht entsprach.

Der zum zweiten Mal von Ibiza enttäuschte und nach Brasilien zurückgekehrte Florian war auch hier desillusioniert: Er wanderte mit seiner Auserwählten nach Buenos Aires aus, weil dort die Chancen für ein berufliches Fortkommen bedeutend besser standen. Immerhin hatten sie dort schon eine Zeit lang gelebt und mit ihrer Bade- bzw. Ledermode beträchtliche Erfolge verbucht.

Renato weinte ihnen kaum nach, erinnerte er sich doch noch bestens an den immer wiederkehrenden Knatsch zwischen Marilda und Diacha, wobei die Zankereien meist fürchterlich ausgeartet waren. Er hielt die größtmögliche Distanz für das Beste, denn Marilda leistete dem Lokalverbot ohnehin nie Folge, mit Unterstützung Florians, der dieses als krasse Ungerechtigkeit seines Vaters gegenüber seiner Partnerin empfand.

Die Neuigkeiten aus Europa trafen spärlich ein; Renato war etwas frustriert, so wenig Unterlagen für sein Projekt zu erhalten. Seine Söhne schienen mit ihren Berufen oder der Ausbildung zu absorbiert. Dafür traf ihn die Nachricht des frühen Todes seines hoch geschätzten Geschäftspartners Antonio Camões, mit dem er die letzten Jahre in Angola intensiv zusammengearbeitet hatte und der in Portugal seinem Herzleiden erlegen war. Und: Er wurde zum fünften Mal Großvater, denn Sandrine gebar ihren dritten Sohn, war dafür extra zum „Urlaub" in die Schweiz gekommen. Bei den momentan herrschenden Zuständen in Luanda blieb ihr auch gar nichts anderes übrig. 20 000 gut ausgebildete und bewaffnete Kubaner – die Hilfe des Maximo Leaders an seine sozialistischen afrikanischen Brüder – kämpften an der Seite der MPLA verbittert gegen die UNITA. Die ursprüngliche Idee, seine Soldaten mit ihren Familien in Angola anzusiedeln, um das Land zu indoktrinieren und vor dem Imperialismus dauerhaft zu schützen, gab Fidel bald auf; zu gut gefiel es seinen Truppen in diesem schönen Land, zu schnell waren die Kubaner dem Charme Afrikas erlegen. Also tauschte er sie spätestens nach sechs Monaten gegen neue, unverdorbene Kämpfer aus und die Familien mussten im sozialistischen Inselelend bleiben.

Aretha wurde Patin von Barbara, der Tochter ihres Bruders Andy. Und Ende des Jahres konnte Amadeo seinen lic.-jur.-Abschluss sowie die gleichzeitige Verlobung mit seiner brasilianischen Rita in Basel feiern. So lagen traurige und fröhliche Ereignisse zu Briefzeilen verdichtet nahe beieinander.

Weihnachtsbrief, im Dezember 1988

Meine Lieben!

Seit einer Woche versuche ich, Euch einen Weihnachtsbrief zu schreiben – ohne Erfolg. Nicht, dass ich keine Zeit hätte ... davon habe ich nun wirklich zu viel, indem ich buchstäblich nichts tue – außer lesen und nachdenken.

Ich bin immer noch nicht fröhlich geworden auf dieser Insel, geistig abgeschottet, ohne Echo für meine Gedanken und Pläne lebe ich in den Tag hinein – werde älter und dicker, wartend auf irgendeine Eingebung. Für die wenigen Adrenalinstöße, die man braucht, um zu wissen, dass man noch nicht senil ist, sorgt meine hiesige Familie. Stoisch überdauere ich tägliche Aggressionen um Futiles; dabei hilft mir ab und zu eine gute Dosis Cuba Libre oder Whisky ... In gewissen Zeiten, immer wenn die Inflationsraten bekannt werden, packt mich Existenzangst. Die halbjährlichen Reajustierungen bei einer Inflation von gegenwärtig 30 % pro Monat reduzieren mein Realeinkommen nach drei Monaten auf weniger als die Hälfte – nach sechs Monaten noch 20 %! Ich muss also etwas tun, um ab Februar überleben zu können. Der älteste Sohn Diachas hat sich mit ihr überworfen in einem abscheulichen Krach und ist zu seinem Großvater gezogen. Als bald Sechzehnjähriger erträgt er die Indolenz seiner Mutter, wie ich übrigens auch, nicht länger. Ach, ich möchte in diesem Brief eigentlich gar nicht über all das Elend hier berichten, sondern lieber vom Positiven.

Das neu gemietete Strandhaus in Ponte de Aréia abseits vom Rummel ist paradiesisch, drei Schlafzimmer, ein geräumiges Wohnzimmer mit Bar, große Wohnküche, zwei Badezimmer und rundherum eine angenehme Veranda, wo bereits drei Hängematten festgemacht sind. Der Garten besteht aus reinem Sand und grenzt an den Strand; ohne Straße ideal für die Kinder und uns. Ich mache früh morgens um 6.00 Uhr Strandläufe und frühstücke anschließend. Obwohl etwas abgelegen, sind wir keinesfalls isoliert: dauernd Besuch vom Praia, Freunde, Verwandtschaft. Doch ist „nichts schwerer zu ertragen, als eine Reihe von schönen Tagen" und davon habe ich langsam genug. Ich wollte eine Herausforderung annehmen und bemühte mich um eine Anstellung in Ilheus bei einem Schweizer Unternehmen mit Hotel und Landwirt-

schaft – bekam aber bis heute keine Antwort – wahrscheinlich Alters wegen ...

Vor ein paar Tagen ist die Mineralwasserquelle mit dazugehöriger Fabrik neben unserem Hotel an eine mächtige Gruppe aus São Paulo verkauft worden. Man redet von einem tollen Projekt mit Aparthotel, Restaurant und Marina. Damit wird unser eigener Besitz, Hotel und Grundstücke, massiv aufgewertet. Vielleicht ergibt sich aus dieser neuen Konstellation etwas für mich. Ich projektiere jedenfalls bereits eine Marina auf dem Grundstück, wo wir die Jangada bauten.

Die Jangada liegt übrigens – nach einer unglaublichen Geschichte – als Wrack bei Mar Grande auf dem Meeresgrund, nur wenige Meter unter Wasser, die Masten ragen weit und von überall her gut zu sehen heraus! But that's another story: Bei Gelegenheit werde ich Euch diese Ereignisse schildern.

Mein Hotel habe ich auf drei Jahre befristet und nicht verlängerbar verpachtet (deshalb das Strandhaus an dem Ort, wo ich 1975 ins Meer pinkelte und bei mir dachte: „Hier wirst du eines Tages ‚zu Hause' sein.") in der Meinung, das Timesharingprojekt so besser, weil unbelasteter angehen zu können; die weiter gestiegene Inflation frisst mir jedoch den ausgehandelten Zins wieder weg und angepasst wird immer mit großer Zeitverzögerung. Alles schiebt sich hinaus; weder höre ich etwas aus der Schweiz noch strengen sich die Banken hier besonders an. Was nun? Pläne habe ich keine, noch keine. Man kann keine Pläne schmieden in dieser Zeit der Ungewissheit: fürchterliche Krisen mit Streikdrohungen überall, Rezession, versteckte (nicht mehr ganz so offene) Inflation, Gewalttätigkeiten in den großen Städten, welche die Welt aufhorchen lässt. Die Gewerkschaftszentrale der Metall- und Chemiearbeiter unter Lula (übrigens Präsidentschaftskandidat) kündet für den nächsten 1. Mai einen gewaltigen Generalstreik an. Die Regierung lügt wie gedruckt, obwohl längst bewiesen ist, dass sie selbst mit ihrer verrückten Obligationenzinspolitik und Erhöhung der Taxen und Gebühren der Staatsbetriebe die Lebenshaltungskosten in unerschwingliche Höhen getrieben hat unter gleichzeitiger Einfrierung der Preise für Konsumartikel. Ach, ich bin es müde, über dieses repetitive Theater zu berichten.

Von Florian seit Monaten keine Nachrichten – nur Rechnungen und Zahlungsaufforderungen aus der Schweiz. Rico sehe ich selten, seit er die Wochenenden mit seiner hübschen neuen Freundin Lucia verbringt, aber wir telefonieren oft miteinander und bald wird er ja sein Praktikum hier in Bahia beenden und nach Lausanne zurückkehren. Funkstille bei Maurice und Amadeo; ich höre von ihnen nur aus Deinen Briefen und bin glücklich über ihre Erfolge und dankbar dafür, dass Du ihnen dazu verholfen hast.

Ich bin ein ungeeigneter Vater und kümmere mich zu wenig um meine Kinder – auch um die hiesigen: Meine Tochter ist sitzen geblieben, weil sie zu wenig lesen und schreiben kann – mein Fehler, denn ich hatte keine Geduld, um mit ihr zu arbeiten. Sie ist so charmant, verspielt und starrköpfig, dass ich nichts ausrichten kann – genau so wie ihre Mutter. Ich werde eine Schauspielerin aus ihr machen, eine neue Gabriela ... dazu hat sie Talent. Renatozinho ist problemloser Durchschnitt; Minimalist, intelligent und hat Humor – hier eine ganz seltene Qualität. Den Sohn, den ich als eigenen deklariert habe, heute zwölfjährig, hat eine schwierige Periode. Seit der Älteste im Streit gegangen ist, hat er die Güggelrolle in der Hackordnung übernommen, ist groß, schlaksig, heult viel, leidet unter dem Mangel an Streicheleinheiten und entlädt dafür den Frust an seinen jüngeren Geschwistern. Soviel zur Familie.

Seit ein paar Wochen weilen Herr und Frau Poltermann, die Eltern meines „genialen" Ferrozementfachmannes hier. Sie haben in Neuseeland nicht Fuß fassen können und wollen sich hier niederlassen. Der Sohn baut ihnen ein Häuschen bei Barra Grande und wird wohl auch dorthin ziehen, denn seine Ehe mit einer Hiesigen funktioniert nicht so richtig. Von meinen Schweizer Bekannten, die Geld in unser Projekt investiert haben, keine Nachricht; immerhin schulde ich ihnen ja noch Einiges.

Dein Gaugin-Buch las ich gleich am ersten Tag. Dieser Maler hat in meiner Jugend viel Einfluss auf mich ausgeübt. Damals verstand ich ihn ebenfalls als einen, der die gleiche Sehnsucht nach dem einfachen Leben in den Tropen hatte. Diese Illusionen haben wir inzwischen größtenteils verloren. Ich schätze zwar das Klima, das Meer, die Vegetation und einige Menschen immer noch, doch all dies ist nicht Motivation genug, um noch ein malerisches oder schriftstellerisches Alterswerk zu beginnen. Ich müsste über eine dreißigjährige Ernüchterung berichten, über das afrikanische Fiasko und wie schwer es ist, in einer dritten Heimat Wurzeln zu schlagen.

Nun, meine liebe Jacqueline, will ich schließen mit meinen herzlichsten Grüßen zu den Festtagen und dem Wunsch, dass all die geschlagenen Wunden endlich vernarben und wir alle zueinanderfinden. Wir haben nicht mehr so viel Zeit vor uns wie damals, als wir das Glück, unser Glück, mutwillig aufs Spiel setzten – und verloren!

In Liebe, Dein – Euer Renato und Papi

PS: Rico hat mir soeben eine große Schachtel Leckerli gebracht! Tausend Dank, auch im Namen der Kinder und von Diacha.

1988: Giftgasangriff der irakischen Luftwaffe auf Kurden mit 5000 Toten. Die UdSSR zieht sich aus Afghanistan zurück. Olympiaabfahrt Herren in Calgary: Zurbriggen vor Müller. Céline Dion gewinnt Eurovision de la Chançon für die Schweiz. Waffenstillstand zwischen Angola, Cuba und Südafrika. Ende des 1. Golfkrieges zwischen Irak und Iran. Demokratische Verfassung in Brasilien. George H. W. Bush wird Präsident der USA. Benazir Bhutto Regierungschefin in Pakistan und erste gewählte Frau an der Spitze eines islamischen Staates. Steffi Graf gewinnt alle vier Grand Slam Turniere. Südafrika gibt Besatzung Namibias auf. Erdbeben in Armenien mit über 25 000 Toten. Der erste Computerwurm legt 10 % des Netzes lahm. Gestorben: Enzo Ferrari, Gert Fröbe, Franz Josef Strauss.

Renato feierte seinen sechzigsten Geburtstag, vielmehr: Dieser wurde von ca. hundert ungeladenen Gästen für ihn gefeiert und mit keinem konnte der Jubilar auch nur ein halbwegs vernünftiges Gespräch führen. Immerhin brachte der Bruder von Ricos neuer Freundin Lucia eine Hammondorgel mit und zu alten Klängen betanzte der unfreiwillig umschwärmte Jubilar stundenlang alle Schönen, Schweren, Dünnen und Zimtziegen, die sich auf seine Kosten vollfraßen und -soffen. Der Sechzigste eignete sich vortrefflich für solche Efforts. Nun, er überstand die Fete einigermaßen würdig mit mäßigem Wein, zähem Churrasco und viel Bier. Derweil verheiratete sich sein Sohn Amadeo in der Schweiz mit Rita; das richtige Fest sollte später mit den brasilianischen Verwandten und tropisch stattfinden.

Aus den Gratulationsschreiben seiner Kinder zum Jahresende und zu seinem Wiegenfest entnahm er, dass sie jetzt zwar gut verdienten, aber unter enormem Zeitdruck standen. Was ihnen fehlte, davon hatte er reichlich, was sie im Überfluss hatten, fehlte ihm, bis auf das täglich Notwendigste. Für seine bescheidenen Ansprüche reichte es alle Mal und mehr wollte er nicht, zum Leidwesen Diachas. Aber selbst die Zeit versuchte man ihm zu nehmen. Er war sozusagen permanent verfügbar, da er ja anscheinend nichts zu tun hatte. Das konnte ihn wild machen. Er wusste zwar nicht, dass auch Nichtstun gelernt sein will. Inzwischen hatte er es aber zu einer gewissen Perfektion gebracht und das wiederum machte seine Umgebung neidisch bis gehässig, sodass er sich gezwungen sah, Beschäftigung vorzutäuschen. Dazu eignete sich Lesen weniger als Schreiben. Beim Lesen rührte man ja auch keinen Finger. So dachte er ernsthaft daran, wieder Finger rührend zu werden, vornehmlich, um dem Vorwurf des Unbeschäftigtseins zu entgehen. Schreiben, für den Durchschnittsschweizer wahrscheinlich ein kostbarer Luxus, würde für ihn zum Vorwand, um dem Vorwurf des Nichtstuns zu entfliehen. Er würde aber nicht mehr schreiben, um seine Vergangenheit und Ungereimtheiten zu bewältigen oder Aggressionen abzulassen. Er würde schreiben, um seinen Spaß zu haben, sich kaputtzulachen über sich respektive seine Ichs und die Nächsten. Die Familienstory interessierte dabei nur noch als Teilrahmen, als Kulisse historischer Szenen. Höhepunkt, von ihm aus Katharsis, müsste reine Imagination sein. Er würde auch nicht mehr in der Ichform schreiben können, so wie er dazumal sein verbranntes Manuskript abgefasst hatte, sondern sich sozusagen in mehrere Er aufteilen, mindestens zwei, und über die beiden Bericht abstatten. Den einen würde er in Afrika zurücklassen, den andern hier eine Freundschaft mit einem

Dritten schließen lassen, der dann bei Nacht und Nebel mit der Identität des Anderen abhaute – wahrscheinlich nach Sarawak oder Sansibar, nachdem er ihn um Geld, Gut und Leben gebracht hatte. Jedoch niemand erfuhr die genaueren Umstände, er verkohlte in seiner Grashütte am Strand und man fand lediglich den feuerbeständigen Grabstein, den er sich zu Lebzeiten hatte anfertigen lassen, in der Asche. Die Witwen trauerten um den Falschen, schlossen in gemeinsamer Trauer ewige Freundschaft und sorgten für die hinterbliebenen Rotznasen und Nervensägen. Ob er Sarawak bzw. Sansibar erreichte, war noch nicht sicher. Er lieh sich in jener Brandnacht ein zurückgelassenes Boot, fünfundzwanzig Fuß lang, etwas vergammelt und kaum ausgerüstet für eine längere Fahrt über die Meere. Und er hatte ja auch kaum eine Ahnung vom Segeln … Falls er wirklich ankommen sollte, würde Renato sofort berichten und eventuell selbst hinfahren. Er (der Flüchtige) meinte immer, dort sei der Himmel noch blauer und die Mädchen, ja die Mädchen, die seien dort ganz, ganz anders, die brächten es dort genau so, wie wir es gerne möchten – dieser alte Trottel.

In realiter verspürte er keine Lust mehr zu reisen, auszugehen; in Salvador war er seit Monaten nicht mehr. War es die langsam abstumpfende Empfindsamkeit, die ihm das Genießen verteufelte, ihn aber so gar nicht beunruhigte? Vielleicht alles Zeichen des Älterwerdens. Nun, er machte nochmals einen halbherzigen Versuch sich jung zu verhalten und präsentierte sich bei einem potenziellen Arbeitgeber (die Stelle, die er brieflich kurz erwähnt hatte), Conde Luziano, ursprünglich aus Porto D'Eccole, direkter Nachkomme des letzten Napoleon und seit vierzig Jahren in Brasilien ansässig. Er war einundsechzig, halbseitig gesichtslahm, steinreich und allein – nach etlichen Scheidungen. Er suchte einen Geranten für seine Nobelpousada auf einer Kokospflanzung hinter Morro de São Paulo bei Valença. Fünfhundert Dollar Gehalt plus Kost und Logis etc. Renato fuhr also mit Diacha und einem seiner Söhne per Bus nach Valença, dann mit dem Boot zum Morro und dann per Traktor und Anhänger zur Pflanzung. Sechs Stunden dauerte diese Reise zu jenem Ort, der Luftlinie 35 km von

Paricatì entfernt lag. Traumhaft gelegen in einer kleinen Bucht hinter dem Morro. Der Conde hatte volles Haus, alles geladene Gäste aus seinem Heimatort, zwölf an der Zahl. Diacha und er sowie ein bestellter Mechaniker für die Reparatur der Traktoren erfuhren sogleich, dass hier andere Sitten herrschten. Zuerst hatte man keine freien Räumlichkeiten für die Neuankömmlinge, dann wurde man an getrennte Tische beordert. Soweit so gut. Schließlich kam das Essen, da war es nicht mehr so gut und danach stand Renato tagelang herum und wartete auf ein geschäftliches Gespräch, das nie zustande kam. Der Conde überließ sie großzügig der Bar, gut bestückt mit importiertem Whisky, und da hielten sich er und Diacha kräftig ran, bis es Diacha langweilig wurde (und das wollte etwas heißen), und sie alleine heimreiste. Renato hielt noch zwei Tage die Stellung und dann, kurz vor seiner Abreise, meinte der lädierte Adelsspross, dass er großen Spaß an Renato hätte und froh wäre, wenn er annähme. Er konnte keine genauen Auskünfte geben, meinte aber, dass er immer viele Gäste hätte und selber aber hin und wieder – alle zwei Monate – nach Europa müsste, und da bräuchte er unbedingt jemanden, der zur Sache sähe. Produziert wurde außer einigen Kokosnüssen nichts. Die Gäste wohnten und aßen gratis; er ließ sie sogar per Aerotaxi von Salvador auf eigene Kosten abholen. Sie hatten sich in geräumigen, aber schäbigen Zimmern seiner Privatvilla, die etwas heruntergekommen wirkte, breitgemacht, durften Bar und die zahlreichen Pferde gratis benützen und fühlten sich richtig wohl. Der Conde meinte nun, Renato sei genau die richtige Person, um diesen Betrieb einträglich zu gestalten. Feine Leute würden gut und gerne hundertzwanzig Dollar pro Person und Tag für diesen Service bezahlen und er könne ja sehen, wie glücklich die Menschen hier seien. Da konnte der designierte Gerente nicht anders, als ihm zu antworten, dass auch er glücklich gewesen sei in diesen paar Tagen, dass er seinen Whisky sehr genossen und dass bestimmt niemand etwas auszusetzen hätte, solange alles gratis war. Bei hundertzwanzig Dollar pro Gast und Tag würden aber Ansprüche gestellt, die mit Pferden, Bar und eigener Flugpiste allein kaum befriedigt werden dürften. Da müsste schon dies und jenes geschehen, bevor überhaupt ans Geschäft gedacht werden konnte. Der Napoleon bedankte sich sehr für den Rat eines Bürgerlichen und das interessante Gespräch und schenkte Renato zum Abschied noch einen zwölfjährigen Ballantine's, versprach, ihn anzurufen, wenn alles soweit gediehen sei, wie der Schweizer es wünschte. Und darauf wartete Renato noch immer. Eine Einnahmequelle wäre sehr erwünscht gewesen, vor allen Dingen, weil – richtig: Einmal mehr die Inflation, welche nur halbjährlich ausgeglichen werden durfte, die Mieteinnahmen aus seinem verpachteten Hotel quasi wegfraß: 60 % des Realwertes innerhalb von sechs Monaten! Schon war er wieder gezwungen, ein Stück Land zu verschachern und auch die Wohnung in Bahia sollte bald möglichst einen Käufer finden, denn die Rückzahlungen an die Bausparkasse schmälerten sein ohnehin geschrumpftes Budget und er benutzte sie ja kaum noch. Am liebsten hätte er sie an seine Söhne verkauft, doch die reagierten gar nicht auf das Angebot, wie sie überhaupt kaum noch reagierten, weil immer nur in Notlagen ein markanter Anstieg der Schreibfrequenz festzustellen war. Was lange gärt, wird endlich Wut: Renato machte sich in geharnischten Briefen Luft, beklagte sich über das Alleingelassenwerden, suchte nach Rechtfertigungen für sein selbst gewähltes Leben auf der Insel. Am meisten ärgerte er sich aber über die gut gemeinten Ratschläge aus der Schweiz, wie er sich noch mehr einschränken könnte, nachdem er um einen kleinen Überbrückungskredit gebeten hatte. Er, der sich ohnehin schon mit einem Minimum begnügte und manchem armen Schlucker wenigstens zu einer Mahlzeit am Tag verhalf, musste sich vom saturierten Europa die Leviten lesen lassen und verbat sich in zynischen Kommentaren eine Einmischung in sein Leben. Wein und Whisky tauschten er und seine Getreuen gegen den billigen Cachaça, die Sozialversicherungen hatte er längst gekündigt, Kleider brauchte man kaum und die wenigen Klamotten hatte man ihm auch noch geklaut, zusammen mit der von Amadeo geschenkten Stereoanlage, als vor Kurzem in sein Strandhaus eingebrochen wurde. Darauf stieg der Zigarettenkonsum von

Diacha und Renato auf über hundert pro Tag und der Schnaps wurde auch nicht weniger.

Ungeachtet der großen Bedenken vom In- und Ausland bezüglich Brasiliens Zukunft, gab es Optimisten wie Renato, die ausharrten, den Winter, das heißt die Regenzeit, die Arbeitslosigkeit, die Streiks, das tägliche Nichts erdauerten in der Hoffnung, die nächste Saison möge eine positive Veränderung bringen. Man spekulierte auf die kommenden Wahlen eines neuen Präsidenten und setzte auf den gut aussehenden, jungen und reichen Collor de Mello; wie die Kennedys hatte dessen Familie das große Geld mit Alkohol gemacht, allerdings für Autotreibstoff. Wenigstens hatte sich lokalpolitisch etwas getan: Der neue Präfekt von Paricatì war Renatos Wunschkandidat gewesen und er selbst wurde von diesem zu seinem „Conselho de Turismo" ernannt. In dieser Position als touristischer Berater setzte er umgehend die Renovierung der Landebrücke und der Rampe vor dem Praia da Fonte durch, ebenso eine Beleuchtung und Bewachung der Areale, um die großen Privatjachten zurück auf die Insel zu locken. Diese waren seit geraumer Zeit der vermeintlich unsicheren Insel ferngeblieben. Auch waren Investorentreffen in Paricatì geplant, welche der umtriebige Schweizer angebahnt hatte. Es ging um eine luxuriöse Marina, den Ausbau der Orla, der nächtlich beleuchteten Strandpromenade mit Palmen und um ein Aparthotel auf einem der Grundstücke Renatos.

So oszillierte Renato zwischen Zuversicht und Verzweiflung; seine Lebensversicherung bestand längst in der Wahrung des Humors, der Ironie, manchmal des Sarkasmus.

Der reiche Conde übrigens verstarb einige Monate später an einem weiteren Hirnschlag.

Rico schloss die Hotelfachschule in Lausanne erfolgreich ab und feierte sein Diplom gleichzeitig mit dem Geburtstag Lucias. Nicht viel später verlobte er sich mit seiner Angebeteten und im Herbst folgte die Heirat. Renato war froh, dass auch seinem jüngsten Schweizer Spross der Abschluss so problemlos gelang, sein Leben in geordneten Bahnen verlief und betonte einmal mehr, dass dies das alleinige Verdienst Jacquelines wäre; er selbst hatte ja die Brücken zu Europa eigentlich längst abgebrochen und sich für die Restzeit seines Lebens auf der Insel eingerichtet. Jacqueline ihrerseits beging im Herbst den runden Geburtstag festlich und lud hierzu etwa vierzig Gäste ins Waisenhaus von Basel ein; Rico zauberte mit einem Kollegen ein Fünfgangmenü und bestand die Feuertaufe als Hotelier bzw. Gastronom bravourös. Der Chronist lud seine Mutter anlässlich dieses würdigen Wiegenfestes zusammen mit einigen Freunden für ein paar Tage nach Wien ein, um als Höhepunkt das erfolgreiche Musical „Cats" zu besuchen.

Und dann die notarielle Besiegelung des Unheils: Im Dezember heiratete Renato ganz offiziell Diacha und alle fragten sich, warum nur? Aber: Was sein muss, muss sein und was nicht sein muss, erst recht. Das Argument des Gequälten: Er wolle ihr eine gewisse Sicherheit vermitteln und verspreche sich davon eine Beruhigung ihrer Beziehung – Optimismus blieb wohl die Krankheit, von der man sich am wenigsten gerne heilen ließ. Vielleicht war es aber auch nur eine Trotzreaktion. Erst viel später erfuhr der Chronist den wahren Grund: Fünf Jahre Konkubinat bedeutet in Brasilien rechtlich genauso viel wie verheiratet und zwar in Gütergemeinschaft. Das hätte in Renatos Fall bedeutet, dass sie an allem, das er mühsam erwirtschaftet hatte, zur Hälfte beteiligt wäre. Eine Heirat mit Gütertrennung gereichte ihm somit – nebst den erhofften psychologischen Vorteilen – nur zum Gewinn.

1989: Die erste Bundesrätin Elisabeth Kopp muss zurücktreten. Umsturz in Paraguay: Diktator Stroessner flieht nach Brasilien. Die Sowjets ziehen sich aus Afghanistan zurück. Appenzell Ausserrhoden nimmt das Frauenstimmrecht an. In Zürich wechseln die Telefonnummern auf siebenstellig. Massaker auf dem „Platz des Himmlischen Friedens" in Peking. Inbetriebnahme des ersten Kinos am See. Frankreich feiert sein Bicentenaire. Erste Love-Parade in Berlin. Diamantfeiern in der Schweiz zu 50 Jahre Mobilmachung. In der DDR tritt Honecker zurück; nach grossen Demonstrationen und geheimen Treffen der Spitzenpolitiker fällt die Berliner Mauer. In Chile endet die Diktatur Pinochets. US-Invasion in Panama: Verhaftung von Machthaber Noriega.

Ceausescu in Rumänien gestürzt. Tod von Robert Lembke, Salvador Dalí, Leon Festinger, Thomas Bernhard, Konrad Lorenz, Sergio Leone, Herbert von Karajan, Ferdinand Marcos, Bette Davis, Samuel Beckett, Andrej Sacharow. Hinrichtung Ceausescus.

Amadeo wanderte mit seiner Frau, deren Bäuchlein nicht mehr zu übersehen war, tatsächlich nach Bahia aus. Zuerst musste – Ehrensache – die Hochzeit gebührlich nachgefeiert werden. Dann kam die Zeit der Akklimatisation, der Verwunderung über den neuen, höchst erfolgreichen Präsidenten: Collor de Mello fror rigoros Löhne, Preise, aber auch Sparguthaben befristet ein, was zu gewaltigen Liquiditätsproblemen führte. Auch die Löhne und Fringe Benefits seiner Minister (noch zwölf statt sechsundzwanzig) wurden nicht verschont. Immerhin schaffte der rechtsliberale Präsident es, die auf 90 % pro Monat angewachsene Inflation auf null herunterzudrücken. Das früher dringend benötigte Geld, das sich der Staat durch horrend teure Anleihen bei den vermögenden Privaten mit den sogenannten „Overnights" holte, damit Investitionen blockierte und kurzfristige Anlagen förderte (und Reiche noch reicher werden ließ), war durch die Sparstrategie mit einem Mal hinfällig. Die Preise begannen danach zu purzeln. Die Maßnahmen waren derart radikal, dass sich die jubelnden Linken mit ihrem unterlegenen Gewerkschaftskandidaten Lula an den Kopf griffen und sich fragten, ob Mello wohl versehentlich Lulas Arbeitsmappe mit dessen Wirtschaftsprogramm erwischt habe.

Amadeo sah jedenfalls eine Chance, im stabilisierten Brasilien Fuß zu fassen. Er wollte mithilfe von Schweizer Investoren Land an guter Küstenlage kaufen und darauf Ferienresidenzen erstellen, denn günstiger als jetzt dürfte es nie mehr werden. Er würde sich um Vermietung und Verwaltung kümmern und zusätzlich eigene Rahmenprogramme exklusiv anbieten: kleine, spezielle Touren abseits des Mainstreams zum Beispiel. Der junge Jurist war so begeistert von seiner Idee, die er übrigens vorläufig geheim hielt und von der auch sein Vater nichts wusste, dass er in die Schweiz zurückreiste, um das Projekt mit dem Chronisten detailliert zu diskutieren und es Bekannten zu präsentieren. Sein Schwiegervater, Rechtsanwalt bei der Staatsbank und genau für Agrarkredite sowie Wohnungsfinanzierungen zuständig, bestärkte Amadeo im Beschluss, seine Idee seriös weiterzuverfolgen. Die Tatsache, dass Ausländer problemlos Eigentum in Bahia erwerben konnten, machte das Unternehmen nur noch spannender und attraktiver. Natürlich war er als Ausländer auch nicht abgeneigt, den vermögenden Brasilianern zu entsprechenden Anlagen zu verhelfen; sie horteten ihre Dollars unter der Matratze und waren höchst erpicht, diese an einen rentableren Ort zu verschieben. Bis das Vorhaben konkretisiert war, wollte er als Reiseleiter und Lokalmatador für den SSR tätig sein.

Der Beobachter war skeptisch; das klang ihm alles zu sehr nach Renatos überschwänglicher Begeisterung, obwohl der ja von alledem gar nichts wusste. Aber Äpfel besaßen die Angewohnheit, nicht weit vom Stamm zu fallen.

Inzwischen hatte Renato die Bauleitung für Marina und Appart-Hotel auf seinen immerhin 10 000 m² großen Werft- und Praia-Grundstücken übernommen. Zwar als Angestellter, denn das Geld, um in Eigenregie zu wirken, fehlte ihm, aber mit viel Narrenfreiheit, weil er über das nötige Know-how verfügte und auf eigenem Land baute. Er kniete sich mit ganzer Kraft in seine Aufgabe. Zu lange hatte er zwangsweise den Müßiggang gepflegt und jetzt reizte es ihn, noch einmal alles zu geben. Die Investoren nannten das Projekt „Paricatì Marina Village" und waren zuversichtlich, eine potente Kundschaft auf die bis anhin verloren geglaubte Insel locken zu können. Das Gerücht ging, dass bereits Pelé, Yvette Sangalo, Maria Betanha und Gilberto Gil ein Flat vorbestellt und angezahlt hatten. Ja selbst Madonna wollte unbedingt eines der luxuriösen Appartements, gesichtet hatten die Einheimischen die illustre Gesellschaft jedoch nie. Ein weiterer Glücksfall: Nach etlichen Betreibungen und dem Deponieren einer Klage am Gericht zeigten sich die Pächter des Praia da Fonte einsichtig. Sie schlossen sich mit einem neuen Partner zusammen, der Mehrheitsaktionär ihrer Firma wurde, indem er sämtliche Schulden übernahm. Renato zog darauf seine Klage zurück, erhielt sein Geld und verlängerte den Pachtvertrag um zwei Jahre, allerdings mit einer entsprechenden Klausel, um nicht wieder bei einer allfälligen Inflation (die immerhin 4000 % im Jahr erreicht hatte) das Nachsehen zu haben. Der neue Ansprechpartner war ein seriöser, reicher Hotelier mit mehreren Restaurants, dem man vertrauen konnte. Damit stand der Konzentration auf die neue Aufgabe des Marinabaues nichts mehr im Weg.

Ach ja, und übrigens die Jangada ...

Renato hatte versprochen, diese Geschichte irgendwann zu erzählen. Er tat es trocken, fast emotionslos, irgendwie war dieses Kapitel weit weg. In seiner typisch ironischen Art zu berichten, untertrieb er in allem, nur das leise Kichern und Zucken, das unter seinem inzwischen ergrauten Schnurrbart auszumachen waren, verriet ihn manchmal und man hatte das Gefühl er amüsiere sich köstlich. Insbesondere das heroische Scheitern in seiner erkannten kläglichen Lächerlichkeit ließ ihn glucksen vor Behagen. Noch einen langen, genüsslichen Zug aus seiner Zigarette Marke Delta. „Ja, wie war das eigentlich? Ich hatte mein Lebenswerk, also zumindest dieses eine, das ja, wie einige andere immerhin zustande kam, an meine Expartner, diese ungehobelten Rotzbengel, losgeschlagen. Und sie wussten damit kaum etwas Gescheites anzufangen. Bis das Ding nur wieder fuhr, mussten sie manche Unbill in Kauf nehmen. Durch ihren Dilettantismus richteten sie mehr Schaden an, als das Projekt finanziell abwarf. Ein Fass ohne Boden, nicht nur, was die technische Wartung betraf. Die Schweizer Reiseunternehmen hatten den Vertrag mangels Nachfrage ja bereits gekündigt gehabt und wären aber auch nicht bereit gewesen, mit jemand anderem als mir zu verhandeln. So blieb den beiden neuen Besitzern nichts anderes übrig, als Wochenendgäste mit Dumpingpreisen zu locken, ihnen die Unzulänglichkeiten bezüglich Service, Wartung und Programm mit viel Alkohol erträglich zu gestalten. Männerrunden kriegten einen Eskortservice mit billigen Nutten als Supplement dazu. Aber auch das alles konnte nicht darüber hinwegtrösten, dass die ganze Operation den Tod des angeschlagenen Patienten nicht lange würde aufhalten können. Man zog die Jangada widerstrebend ans Ufer und wartete auf die göttliche Eingebung. Und diese kam persönlich im Ornat einer Nonne, Priorin des Frauenklosters, welches dringend einer Renovation unterzogen werden musste, also das Gebäude, nicht die Ordensfrau. Sie wollte mit ihren noch acht übrig gebliebenen Mitschwestern das Schiff für einige Monate bis zum Abschluss des Umbaus als Unterkunft mieten. Halleluja: Die katholische Kirche bot einen für hiesige Verhältnisse exorbitanten Zins, dem niemand hätte widerstehen können. Sofort schlugen die Portugiesen in den göttlichen Deal ein. Schon bald bevölkerte das Grüppchen die Bucht vor dem Praia da Fonte, ihre Häubchen flatterten keck im Wind, wenn sie sich auf dem Sonnendeck erholten. Und die Sitten im weiten Umkreis besserten sich markant. Alle gaben sich Mühe bei den Schwestern einen guten Eindruck zu hinterlassen. Auffallend, wie diese Zeit des maritimen Klosterlebens in Rufweite zum Strand zu einer nie da gewesenen Sittlichkeit und Moral führte. Es wurde sogar leiser geflucht als sonst und auch das Bechern im Restaurant hatte etwas Würdigeres als bisher, aber vielleicht war das auch nur Einbildung. Ganz sicher aber pissten die Männer aus Respekt vor der Kirche im Allgemeinen und den Damen im Besonderen weit diskreter an die Hauswände als früher und beschränkten ihre Notdurft wenn möglich auf die dunklen Abend- und Nachtstunden.

Leider war die friedvolle Zeit mit den stets freundlich-fröhlichen Ordensschwestern viel zu schnell vorüber und alle bedauerten ihren Umzug in den renovierten Konvent im Innern der Insel. Die Besitzer der Jangada konnten kaum auf einen zweiten göttlichen Geistesblitz hoffen. Aber in der Not frisst der Teufel Fliegen und so erinnerten sie sich an ihr Supplement von damals bei den Männerrunden: Alsbald firmierten sie als Eigner des ersten und einzigen schwimmenden Bordells Bahias. Eine Girlande von roten Lämpchen illuminierte den Sündenpfuhl und ließ die weißen frommen Häubchen schnell vergessen. Wie rasch konnte unschuldiges Weiß in lasterhaftes Rot wechseln – von asketischer Frommnis zur himmlischen Hölle: sieben Kabinen, sieben Dirnen und der großzügige Livingroom für den Rudelbums. Das Etablissement entwickelte sich erstaunlich gut; vor allem nutzten es auch Geschäftsherren vom Festland und manchmal Touristen, welche geradeso wegen der schönen Strände kamen, aber nicht nur. Die exklösterlichen Zuhälter waren zufrieden mit sich und der Welt. Nur eben, die Rezession machte auch vor dem horizontalen Gewerbe nicht halt, das Business lief immer harziger, die Einnahmen stockten, das schwimmende Puff verkam zusehends. Renovationen wurden keine mehr vorgenommen. Wofür auch? Die Klientel wurde ja auch immer billiger und anspruchsloser. Die Nutten hatten genug und zogen aus, versuchten ihr Glück auf dem Festland. Dort war die Konkurrenz zwar viel größer, dafür aber auch das Einzugsgebiet. Das einst so florierende Unternehmen bekam Schlagseite, nicht nur im figurativen Sinne. Da hatten unsere beiden Schwerenöter endlich eine flausige Erleuchtung. Ihre grandiose Inspiration kam ihnen bei der zweiten Flasche Cachaça: den Versicherungswert der Jangada mit fingierten Renovationen massiv erhöhen, eine neue Police abschließen, dann den Kahn als Sturmopfer getarnt versenken und die Summe kassieren. Zwei Männer, ein Wort; das Ding zogen sie mit allem Schneid durch. Nach Abschluss des neuen Vertrages entblödeten sie sich nicht, die Jangada in einer stillen Neumondnacht aufs Meer zu schleppen (selber fuhr das Boot schon lange nicht mehr) und zu versenken. Eine gar nicht so leichte Aufgabe, denn der Ferrozement war stabil gebaut und sicherheitshalber hatte der Konstrukteur verschiedene Kammern, durch Schotten getrennt, angefertigt. Nach etlichen Versuchen und einer schweißtreibenden, von vielen Flüchen begleiteten anstrengenden Nacht, gelang es ihnen schließlich, vier Jahre intensivste Arbeit mit viel Herzblut, Bangen und Hoffen abrupt zu beenden – die Jangada sank. Dummerweise hatten sie eine seichte Stelle gewählt, wo das Wasser bei Flut nur wenige Meter tief war, sodass die Masten halb hervorragten, bei Ebbe ganz. Das erleichterte den Versicherungsexperten die Arbeit erheblich, denn a) mussten sie keine Suchaktion starten und b) konnten auch Hobbytaucher und Laien einwandfrei feststellen, dass hier gewaltig nachgeholfen worden war. So hatten die begnadeten Meisterverbrecher nicht nur das Nachsehen bei der vertraglich zugesicherten Versicherungssumme im Unglücksfall, sondern auch noch eine Klage wegen Betrugs am Hals. Ganz nebenbei war die Wahl einer stillen Nacht mit spiegelglattem Ozean für einen plötzlichen Untergang auch nicht das Gelbe vom Ei. Gipfel der Ironie: In der Dunkelheit der Schandtat bemerkten die kühnen Gauchos der Meere nicht, dass sie ihren Kahn ganz nahe der Anlegestelle des Ferryboats geflutet hatten, sodass täglich allen ankommenden und abgehenden Fahrgästen das Vergnügen zuteilwurde, ein Wrack aus nächster Nähe zu bestaunen. Den Meeresbewohnern war's recht, auf dem sonst dünn besiedelten Boden ein teures Riff als Versteck zu erhalten; den spielenden Knaben billig, umherzutauchen und von den hohen Masten springen zu können. Ob die Fische auch den Klosomat der ehemals fürstlich ausgestatteten Kabinen benutzten, konnte bis dato nicht ermittelt werden; sie blieben stumm und dachten sich: „Einem geschenkten Gaul schaut man nicht ins Maul." So endete die Historie der Jangada und damit wäre ja auch eigentlich meine Raison d'être hier infrage gestellt, aber wie gesagt..." Renato seufzte erleichtert, wiegte den Kopf und grinste. „Nun bin ich hier halt verankert, mache dies und das und denke vor allem nicht daran, jetzt oder irgendwann nach Europa, geschweige denn in die Schweiz zurückzukehren. Ich habe hier mein kleines, beschissenes Glück gefunden, sorge, so gut es geht, für meine hier gezeugten Kinder und versuche ein halbwegs gelungenes Familienleben zu ermöglichen, und ob euch das passt, ist mir ziemlich schnuppe."

1990: Die KPdSU gibt das Machtmonopol der Partei auf. Nelson Mandela wird bedingungslos freigelassen; Anfang vom Ende der Apartheid. Namibia, letzte afrikanische Kolonie, wird unabhängig. Gorbatschow neuer Präsident der UdSSR. Attentat auf Kanzlerkandidat Oskar Lafontaine. Estland und Lettland erklären ihre Unabhängigkeit. WHO streicht Homosexualität aus dem Diagnoseschlüssel der Krankheiten. Endgültiger Abriss der Berliner Mauer. Einweihung der Zürcher S-Bahn und des Verkehrsverbundes. Deutschland Fussballweltmeister. Rotkreuzmitarbeiter Christen und Erriquez nach über 10 Monaten Geiselhaft im Libanon freigelassen. Zweiter Golfkrieg: irakische Truppen in Kuwait einmarschiert. Attentat auf Wolfgang Schäuble. Wie-

dervereinigung der beiden deutschen Staaten. Unabhängigkeit Kasachstans und Kirgisiens. Absturz einer Alitalia-Maschine am Stadlerberg bei Kloten: 46 Tote. Friedensnobelpreis an Michail Gorbatschow. 24-Stunden-Reportage über den Zürcher Platzspitz. Gestorben: Baghwan, Ava Gardner, Roman Brodmann, Luis Trenker, Greta Garbo, Sammy Davis Jr., Ruedi Walter, Leonard Bernstein, Friedrich Dürrenmatt.

Apropos Kinder: Es wurde weiter ordentlich geboren. Allem Anschein nach bestand ein doller Zwang in dieser Familie, sich zu vermehren. Das Reproduktionsgen schien nur beim Chronisten rezessiv ausgebildet zu sein. Sandrine gebar ihr viertes Kind und war mit ihrer Familie wieder nach Angola zurückgekehrt; endlich eine Tochter, Agneta, und erst noch an Renatos Geburtstag; so hatte sie keine Ausrede mehr weiterzumachen. Arethas Bruder Andy konterte darauf mit einem Sohn in der Schweiz. Das wiederum konnte Amadeo nicht einfach so stehen lassen und meldete sich, samt Rita, aus Brasilien mit seiner ersten Tochter Nathalia. Und es sollte – wenn auch über einen längeren Abschnitt gestaffelt und hier im Zeitraffer wiedergegeben – weitergehen, denn auch Rico und Lucia wollten mithalten und schafften dies locker dank ihrer zwei kurz nacheinander geborener Söhne mit russischem Flair (Alex und Igor), unterbrochen nur durch einen Gustav von Amadeo. Renatos Schwester Marie und ihr Mann Milian erlebten durch ihre älteste Tochter die inflationäre Weihe zu Großeltern; immerhin viermal. Und bei fünf Kindern vermeldete Jacqueline stolz zehn Enkel; die gute Oma, Mutter Renatos, hatte den Überblick vollends verloren, verwechselte Familien und Generationen. Da konnte Maurice nicht anders, als sich zu enthalten, um den Geburtendurchschnitt nicht unnötig in die Höhe zu treiben, die Schweizer Statistik zu belasten und vor allem die Großmutter nicht noch arger zu strapazieren. Warum er überhaupt alle diese Geburten wohlwollend erwähnte, war nicht zuletzt dem Umstand zu verdanken, dass in dieser Chronik ordentlich gestorben wurde und damit ein Bild der Unausgewogenheit hätte entstehen können. Die Kinderlosen bezogen dafür eine neue, größere Wohnung (auch nur zwei Zimmer) in der Züricher Altstadt, jedoch mit Blick über die Dächer und der befriedigenden Erkenntnis, sich dies als „Dinks" leisten zu können. Aretha etablierte sich mit einem neuen, repräsentativen Geschäft an bester Lage, das sehr gut anlief, der Chronist machte sich in seinem Institut unentbehrlich und wurde mit ansprechender Entlöhnung und etlichen Fringe Benefits bei Laune gehalten, so zum Beispiel mit einem Auto, welches er auch privat auf Geschäftskosten benutzen durfte. Das Angebot, Institutsleiter und Präsident der internationalen Vereinigung von qualitativen Marktforschungsinstituten zu werden, lehnte er jedoch ab, um nicht vollends in die Mühle zu geraten. Die Reisen nach Indien, Thailand, USA und diversen Hauptstädten Europas zur Evaluation verschiedenster Produkte oder Dienstleistungen multinationaler Firmen hingegen, ließ er sich nicht entgehen.

FUNKSTILLE

Einerseits waren sicher die großen Anforderungen mit begrenzter Freizeit daran schuld, andererseits aber auch die Missbilligung des Lebens seines Vaters, der sich im Kreis zu drehen schien, dessen hochfliegende Pläne regelmäßig an den Realitäten scheiterten, dass der Schreiber sich immer mehr vom Leben seines Vaters distanzierte. Schlussendlich ging es fast nur noch um die fehlenden Finanzen. Die Briefe wurden spärlicher, und wenn, waren es gegenseitige Vorwürfe und Überzeugungsversuche, um den jeweilgen Adressaten auf den richtigen Weg zu führen bzw. vom falschen Leben abzubringen. Je größer der Ärger, desto kärglicher die Nachrichten und zwar vice versa, bis – für Jahre – die Kommunikation ganz versiegte. So erfuhr der Chronist zu seinem Leidwesen nicht mehr viel aus erster Quelle und musste sich seine Informationen mühsam indirekt zusammensuchen, durch die Mutter, die trotz allem immer mit Renato in Kontakt blieb (ihn auch hin und wieder besuchte), durch die jüngeren Brüder, welche ein Mal pro Jahr Ferien in Bahia machten, alleine schon wegen ihrer Frauen, oder durch Bekannte, die den verrückten Schweizer auf seiner Insel besuchen wollten. Dem Leser sei deshalb der folgende Einschub zugemutet, um die Leere zum Nachdenken über sein eigenes nicht immer zufriedenstellend verlaufenes Leben zu nutzen oder um das Bisherige zu verdauen.

...

Die Schwester Renatos, Marie, setzte Jacqueline ein Ultimatum betreffend Hauskauf. Das Pflegeheim, Ort mitmenschlicher Entsorgung, in welchem ihre Mutter inzwischen untergebracht war, fraß tatsächlich mehr Geld auf, als sie mit ihrer AHV, Witwenrente und den Mieteinnahmen aus dem Häuschen, das Jacqueline bewohnte, erzielte. Marie hatte schon lange angedeutet, dass es ihr, die selber kein Interesse an ihrem Elternhaus hegte, im Sinne einer Absicherung der alten Mutter ernst mit dem Verkauf sei. Sie hatte zwei unabhängige Expertisen eingeholt und schlug Jacqueline einen mittleren Marktwert vor, der äußerst fair war und mit dem Jacqueline leben konnte, wollte sie doch auf jeden Fall hier wohnen bleiben können. „Les bons comptes font de bons amis", sagten sich die Schwägerinnen und wurden sich handelseinig. Jacqueline verflüssigte zwei Versicherungspolicen, nahm eine für die aktuellen Verhältnisse günstige Hypothek bei der Pensionskasse ihrer Staatsstelle auf und wurde so, fast wider Willen, Hauseigentümerin. Damit war allen gedient. Beim Ableben von Renatos inzwischen einundneunzigjähriger Mutter würde Jacqueline ohnehin die Hälfte der Erbschaft zufallen; das hatte ihr Exmann so verfügt, um mit ihr, die ihn immer wieder ideell und finanziell unterstützt hatte, wenigstens in pekuniärer Hinsicht quitt zu sein. Auch wusste er, dass sie nach dem Leben, das sie an seiner Seite geführt hatte, einen ruhigen Rückzugsort benötigte. Unterdessen lebte Jacqueline alleine hier, denn auch der jüngste Sohn nahm sich mit seiner Partnerin eine eigene Wohnung. Das hieß beileibe aber nicht einsam, denn weiterhin empfing sie manchen angemeldeten und überraschenden Besuch aus dem internationalen Freundeskreis oder der engen Verwandtschaft. Ihr langjähriger Freund, von dem sie sich just zurzeit der Scheidung von Renato getrennt hatte, dem sie aber freundschaftlich verbunden blieb, starb überraschend an einem Herzinfarkt im sechsundfünfzigsten Altersjahr. Eine weitere traurige Nachricht erschütterte Jacqueline: Ihr Chef, Christoph Sangmeyer, litt unter Magenkrebs – laut Ärzten in fortgeschrittenem Stadium und unheilbar. Diese Hiobsbotschaft traf die ganze Familie; er war doch noch keine fünfzig und erst noch lehrte er die Schweizer Kinder in Angola; wie konnten die letzten fünfundzwanzig Jahre einfach so vorbeifliegen. Zeit, Alter, Vergänglichkeit, Tod, plötzlich waren sie alle konfrontiert mit Themen, die man lieber verdrängt hätte. Arethas Großvater war zwar auch kürzlich gestorben, aber eines natürlichen Todes und mit hundertzwei Jahren.

Im Herbst kam Amadeo mit seiner kleinen Familie nach eineinhalb Jahren von Brasilien zurück. Auch er desillusioniert und um viele Erfahrungen reicher: kein einfaches Unterfangen als Gringo – selbst mit lokaler, professioneller Unterstützung – etwas aufzubauen. Von einheimischen Privatpersonen und Ämtern wurde er als willkommene Zapfsäule ausgebeutet, ohne „Jeitinho", ohne „Favorzinho" ging nichts. Dass der Bahianer beim hohlen Händchen den Diminutiv anhing, machte die Chose auch nicht sympathischer. Es war zum Verzweifeln, ein finanzielles Fass ohne Boden, bei dem man nur die Wahl hatte, offiziell oder mit betrügerischer Absicht über den Tisch gezogen zu werden. Seine Stelle beim DERBA (Departamento de Estradas de Rodagem da Bahia), die er interimsmäßig zum Geldverdienen angenommen hatte, erwies sich als Fiasko. Eine Informatisierung des Unternehmens, die er mit viel Elan vorantrieb und dafür keinen Lohn erhielt, weil seine Papiere für einen Arbeitsvertrag, der den Nachweis seines Lic.-Jur. verlangte, nicht anerkannt wurden. Also: für viel teures Geld sein juristisches Diplom übersetzen lassen, aber auch sämtliche Vorlesungsunterlagen, um einen Abgleich mit den hiesigen Studienbedingungen vorzunehmen. Gesundheitscheck, Psychotest: beides erfolgreich absolviert. Nach einer Odyssee durch den bahianischen Behördendschungel mit den gewieften Schwiegereltern in Rekordzeit von wenigen Wochen zur „Procuradoria Jurídica", die über die formelle Seite des Begehrens zu entscheiden hatte, zurück durch ein Heer von Functionarios zum „Colegiado da Faculdade de Direitos", welches materiell zuständig war. Die Herren Professoren aber streikten gerade mal wieder an der Uni für höhere Löhne (deshalb war in Bahia die Uni meistens geschlossen). Dazwischen viel Fronarbeit im Büro und mühsame Mitarbeiterinstruktion der EDV mit prähistorischen PCs – selbstredend immer noch ohne Lohn, aber die Vertröstung rückwirkend entschädigt zu werden. Nach Monaten plötzlich die Nachricht, dass der Job ein sogenanntes „Cargo de Confiança" benötigte, das bedeutete, neben der Anerkennung des Diploms, die brasilianische Staatsbürgerschaft! Also weiter zur „Policia Federal" via „Justicia Federal" zu den vier „Cartorios de Protesto", nur um die Papiere zu beantragen, welche dann die weiße Weste des Stellenbewerbers beweisen sollten. Für die Staatsbürgerschaft war jedoch die amtlich beglaubigte Hochzeit mit Eintragung im Zivilstandsregister in portugiesischer Ausführung von Nöten, um das Einbürgerungsgesuch zu stellen. Das wiederum benötigte eine Petition an den Richter, musste aber von einem Rechtsanwalt verfasst sein … Der Chronist kürzt massiv ab, denn schon beim Schreiben stellt er sich vor, wie es den Leser nerven wird. Bref: Amadeo kopierte seine ganze monatelange Arbeit auf Diskette, löschte der Firma sämtliche Daten, ließ sich wenigstens einen Bruchteil des ausstehenden Salärs nach sanfter Drohung ausbezahlen, kündigte fristlos und verabschiedete sich höflich. Er dachte an das geflügelte Wort „Von der Wiege bis zur Bahre schreibt der Schweizer Formulare" – welch ein Irrtum! Wurde man erst mit der hiesigen Bürokratie konfrontiert, konnte einen selbst die Hölle nicht mehr schrecken. Das war sie wohl, die ausgleichende Gerechtigkeit: Als der liebe Gott die Welt erschuf und damit das schöne Land Brasilien, dachte er sich vermutlich, dass diesen von der Natur gesegneten Geschöpfen mindestens ein Wermutstropfen gehörte, und so erfand er den brasilianischen Verwaltungsapparat. Als Optimist hätte Amadeo, wie sein Vater, von mehreren Übeln alle wählen können, als Pessimist lehrte ihn die Erfahrung, sich für eine Option außerhalb des Systems zu entscheiden. Also kehrte er in die Schweiz zurück und biss in den sauren Apfel einer sicheren und gut entlöhnten Anstellung bei einer großen Versicherung, die sich ihren Namen von einer nordöstlich gelegenen, grauen Schweizer Stadt entliehen hatte. In diese traurige, provinzielle Industriemetropole zog der Gebeutelte, wohl wissend, dass er damit seinen Leidensdruck erhöhte, und es nur eine Frage der Zeit war, bis seine Frustrationstoleranz überstrapaziert, er sich nach neuen Herausforderungen umsehen würde. Dem Chronisten fiel dazu das traurigste Buch Portugals, wie Fernando Pessoas „Buch der Unruhe" einmal genannt wurde, ein: „Wir alle, die wir träumen und denken, sind Buchhalter und Hilfsbuchhalter in einem Stoffgeschäft oder in irgendeinem anderen Geschäft in irgendeiner Unterstadt. Wir führen Buch und erleiden Verluste; wir ziehen die Summe und gehen vorüber; wir schließen die Bilanz und der unsichtbare Saldo spricht immer gegen uns." (Fragment 124)

1991: Die Luftwaffe der USA greift den Irak an, der sich nicht aus Kuwait zurückziehen will. Waffenstillstand in Angola zwischen UNITA und MPLA. Eine Flutwelle zerstört die Küste Bangladeschs: 200 000 Tote. Der ICE nimmt den fahrplanmäßigen Dienst auf. Boris Jelzin wird vom Volk gewählter Präsident in Russland. Rajiv Gandhi ermordet. Erster Frauenstreiktag. Ausbruch des Bürgerkrieges in Jugoslawien: Kroatien, Slowenien und Mazedonien werden unabhängig. Auflösung des Warschauer Paktes. Die Scorpions landen ihren Hit „Wind of Change". 700-Jahr-Feier der Eidgenossenschaft. Ukraine, Moldawien, Kirgisien und Usbekistan, Armenien unabhängig. In den Südtiroler Alpen wird Ötzi gefunden. Auflösung der UdSSR und Gründung der GUS. Rücktritt Gorbatschows. Gestorben: André Kaminski, Serge Gainsbourg, Graham Greene, Max Frisch, Edgar Bonjour, Stan Getz, Jean Tinguely, Miles Davis, Roy Black, Klaus Kinski, Freddie Mercury.

Renato hielt es nicht mehr aus bei seiner Angetrauten, die ihm das Leben versaute und zwar wie und wo immer nur möglich. Als sie ihm in einem Anfall von Jähzorn seine Brille von der Nase riss und am Boden zerstampfte, war das Fass übergelaufen. Als Bauleiter einer großen zweihundert Häuschen umfassenden Sozialsiedlung, die er im Auftrag der Regierung und finanziert von deren Bausparkasse in der Nähe des Landestegs der Ferryboats erstellte, brauchte er seine Gläser, um die Pläne zu zeichnen und Berechnungen anzustellen. Nun war er gezwungen, sich in Salvador eine neue, teure Brille anzuschaffen. Er benutzte die Gelegenheit gleich, um sich abzusetzen, nicht ohne seine Buben mitzunehmen, die keine Sekunde alleine mit der Mutter verbringen wollten. Sie schimpfte nur herum, schlug sie bei jeder unpassenden Gelegenheit, prügelte sich regelrecht mit dem Ältesten. Ja, und als sie einmal bei einem Zwist in einer Wodkalache ausrutschte – sie hatte die Flasche im Suff fallen gelassen; diese zerbarst –, das Kinn blutig schlug und die Hand verstauchte, telefonierte sie der Polizei und meldete häusliche Gewalt durch ihren Sohn. Renato war gerade nicht anwesend, sonst hätte er eingegriffen und die Furie zur Raison gebracht. Die sonst eher lasche Staatsgewalt erschien erstaunlich schnell mit entsicherten Waffen und ließ sich von ihr wegen der blutenden Visage und der geschwollenen Hand leichtgläubig überzeugen. Gott sei Dank war der Filius über die Hofmauer geflüchtet, weil er ahnte, dass sie ihn aus purer Wut belasten würde und er unschuldig verprügelt werden würde, um anschließend für Tage im feuchten Verließ des wenig vertrauenerweckenden Polizeigefängnisses zu schmachten. Dann meldete er sich heimlich bei seinem Stiefvater, erzählte die Geschichte und bat um Asyl. Es begann eine kleine Inselodyssee. Renato wohnte abwechselnd bei Freunden an verschiedenen Orten, dislozierte, wenn er das Gefühl hatte, die Gastfreundschaft genügend strapaziert zu haben oder wenn ihn seine Schlampampe aufgespürt hatte. Täglich suchte sie ihn am Arbeitsplatz auf und bat ihn mit weinerlicher Stimme und voller Selbstmitleid nach Hause zurückzukehren. Zweimal ließ er sich erweichen, aber nur für kurze Zeit bis zu ihrem nächsten Ausbruch, dann reichte er die Scheidung ein, nicht ohne das Sorgerecht für alle Kinder zu verlangen, denn sie war entschieden mit allem in ihrem Leben überfordert. Selbst in dieser beschissenen Lage zeigte er sich generös, wollte ihr die inzwischen als feines Restaurant umgebaute und vermietete Boutique nebst einer zusätzlichen Rente notariell beglaubigt überschreiben. Ihm war alles recht, wenn er nur nicht mit ihr unter einem Dach hausen musste. Eine gute Bekannte überließ ihm und den Kindern ihr Sommerferienhäuschen für eine bescheidene Miete: 18. Jahrhundert, beim Fort an der Inselspitze gelegen, im historischen Zentrum, ein Katzensprung vom Strand entfernt, spartanisch eingerichtet, aber mit genügend Platz.

Basel, im April 1992

Mein lieber Renato!

Da ich hörte, dass Cerny Parker wieder mal nach Brasilien verreist, will ich versuchen, noch schnell ein Brieflein an Dich zu schreiben, um es ihm mitzugeben. Er fliegt übermorgen und ich weiß nicht, ob es noch reichen wird.
Hier im Waisenhaus herrscht große Trauer über den Tod von Christoph Sangmeyer. Genau ein Jahr ist es nun her, dass man bei ihm den tückischen Krebs feststellte und es schon zu spät war, eine Operation durchzuführen. Er starb in der Karfreitagnacht und seine Familie war bei ihm.
Morgen vormittags findet hier in Basel die Bestattung im engeren Familien- und Freundeskreis statt. Am Nachmittag werden zur Abdankung sehr viele Leute erwartet, weil der Waisenvater natürlich stadtbekannt war. Seine offene menschliche Art machte ihn überall beliebt und für uns alle bedeutet sein Hinschied ein großer Verlust. Über all diese Jahre waren wir so dick befreundet und nun müssen wir Abschied nehmen! Soll einer das Schicksal begreifen, hadern, wütend werden? Es nützt alles nichts. Ich bin sicher, dass es Dimensionen gibt, die wir als armselige Menschen nicht erkennen können. Es erinnert mich an Maman, die beim Tod eines Freundes fast neidisch sagte: „Maintenant, lui, il sait ..."
Sie weiß es jetzt auch, und manchmal habe ich das Gefühl, dass sie mit einem milden Lächeln auf uns alle schaut, die wir uns immer noch abstrampeln – wofür, für wen?
Wie die Zeit vergeht. Nun bin ich von Priscilla zur Konfirmation unseres ältesten Enkels sowie zum zwölften Geburtstag seiner Schwester eingeladen worden. Du weißt ja, sie ist das Göttikind von Maurice, der es übrigens ebenso bedauert, dass der Kontakt zu dir abgebrochen ist. Er hat dir über Rico ein wenig Geld zum Geburtstag zukommen lassen, in der Hoffnung, etwas zu hören, von dir jedoch keine Reaktion ...

Das hat ihn sehr traurig gestimmt. Bitte schreib ihm doch wieder einmal, ich bin sicher, er leidet unter diesem Zustand, auch wenn er es nicht offen zugibt.
Hast du vielleicht inzwischen wieder einmal etwas von Florian gehört? Seit über einem halben Jahr kein Lebenszeichen von ihm; das beunruhigt eine Mutter schon. Ich weiß, er ist extrem schreibfaul und für mich gilt immer noch „no news = good news", aber an seine bald erwachsenen Kinder könnte er schon einmal denken, es ist einfach schlimm, dass sie so gar nichts voneinander hatten in all den Jahren. Mich dauert es, dass er sie nicht hat aufwachsen sehen.
Amadeo hat inzwischen die Stelle gewechselt und arbeitet nun mit viel mehr Spaß als Personalchef in einem Basler Unternehmen. Momentan wohnt er bei mir, da Rita mit der kleinen Tochter in Brasilien weilt. Sie suchen aber hier in der Gegend eine Bleibe und ich freue mich natürlich, sie in der Nähe zu wissen; eine alte sentimentale „Gluggere" wie mich kann man eben nicht mehr ändern.
Rico hat nun auch schon drei Jahre Berufserfahrung in Logistik und Personalführung am Kantonsspital hinter sich. Er würde gerne in einen Hotelbetrieb wechseln, denn die Routine beginnt ihn langsam zu unterfordern und zu langweilen. Vor allem interessiert ihn als Hotelier sein Spezialgebiet Food and Beverage; er studiert ständig Inserate mit Stellen im In- und Ausland. Nun, wir werden sehen; in zwei bis drei Wochen bekommen er und Lucia ihr erstes Baby; ob es eine kleine Marina oder einen kleinen Alex zu feiern gibt, ist offen, aber mit einem Kind sieht ja alles wieder anders aus. Auf jeden Fall freuen wir und die hier weilenden Schwiegereltern uns mächtig auf das Ereignis.
Bei Mama im Pflegeheim war ich zweimal diese Woche; im Moment ist sie wieder recht klar, verbringt ihre Zeit allerdings meistens im Bett wegen der Schmerzen und des Schwindels. Sie fragte mehrmals nach Dir, spricht auch von einer undefinierbaren Angst, die sie nicht näher erläutern kann. Manchmal denke ich, es wäre gut für sie, wenn sie endlich sterben könnte. Ich tröste sie, weil sie mir unendlich leidtut. Wenn Du Dich nur ab und zu aufraffen könntest, ihr ein paar Zeilen zu schreiben, nur eine Karte! Ich glaube, sie wartet darauf, Dich noch einmal sehen zu können, um dann endlich loszulassen. Nur eben, ich deute das ja in jedem Brief an und zwingen lässt Du Dich ja nicht ... Kürzlich war ich mit Amadeo wieder mal im Waldhof oben. Wir mussten noch den gro-

ßen Esstisch – du weißt schon, der ausziehbare Kirschenholz für bis zu sechzehn Personen – und die zwölf Stühle wegtransportieren, weil die neuen Besitzer den Platz für die Umbauten brauchen und unsere Ware nicht länger einlagern wollten. Nun, es war schon ein komisches Gefühl nach so langer Zeit ins elterliche Haus zurückzukehren. Es wohnen da jetzt sechs Erwachsene und sieben Kinder – eine „bagunça", ein riesen Durcheinander und alles macht einen ziemlich schmuddeligen Eindruck. Aber das geht mich ja jetzt auch nichts mehr an und ich kann ehrlich sagen, dass ich glücklich bin in meinen kleinen vier Wänden im Gässli ...

So viel für heute.
Alles Liebe und Gute bis zum nächsten Mal,

Deine alte Liebe (ist mit lieber als liebe Alte) Jacqueline,
die Dir immer nur das Beste wünscht.

Renato arbeitete weiter an seinen Sozialhäuschen. Die ersten hundert waren eben fertig geworden und bald sollte er mit den nächsten hundert Einheiten beginnen. Bereits wurden ihm neue Projekte angetragen, so zum Beispiel ein „Centro Comercial" ganz in der Nähe vom Supermarkt, dann ein Quartier mit etwas komfortableren Einfamilienhäuschen für die privilegiertere Mittelschicht, ein Minivillage bei Amoreiras und endlich auch noch Pferdestallungen in der Nähe des Seeleins, wo sein eigenes Ultralightprojekt vor sich hinschlummerte. Renato wäre für die nächsten drei Jahre voll beschäftigt gewesen, aber ihm fehlte irgendwie der dazu nötige Mumm. In zwei Jahren lief sein Vertrag mit den Hotelmietern definitiv aus und er hätte dort wieder einzusteigen. Ihm graute davor, denn der Lokaltourismus erlebte die größte Ebbe. Welcher Brasilianer konnte sich schon einen Tagesausflug per Schoner für fünfundzwanzig Dollar ohne Mittagessen leisten? Das vermietete Praia da Fonte hatte höchstens noch zwanzig Gäste im Schnitt pro Tag in einer Zeit, in welcher der Schweizer es immerhin auf hundertachtzig Essen täglich gebracht hatte. So geriet der Pachtzins in Verzug, das alte Lied. Auch die ausländischen Touristen mieden Brasilien aus Furcht vor Überfällen,

AIDS und Cholera. Die wirtschaftliche und politische Lage war auch unter dem neuen Präsidenten ein Desaster. Die Inflation lag offiziell wieder bei 20 %, effektiv aber bei 30 % – im Monat. Unter dem damaligen Hoffnungsträger häuften sich die Skandale mehr denn je zuvor. Beziehungsgeflechte, Korruption, Mauscheleien in den obersten Polit- und Wirtschaftsgremien waren an der Tagesordnung. Wer nicht mitmachte und in der Herrschaftslobby bis hinunter auf Lokalebene seine Beziehungen spielen ließ, hatte keinen Erfolg. Eine Hand wusch die andere, deshalb blieben immer beide schmutzig. Renato wurde schmerzlich bewusst, dass auch er selbst ganz am unteren Ende einer solchen Beziehungskette von den Brosamen, welche die Herrschaften von ihrer Tafel fallen ließen, profitierte. Sein Freund und Auftraggeber war Teilhaber einer Baufirma, deren Gründer als juristischer Berater des Gouverneurs von Bahia fungierte und ihn bei seiner geheimen nächsten Präsidentschaftskandidatur (was aber jeder wusste) nicht nur ideell unterstützte. Der Patensohn des Gouverneurs war wiederum Vorsitzender der parlamentarischen Untersuchungskommission, welche die Skandale um Collor de Mello aufzuarbeiten hatte und alles daran setzte, diesen in Misskredit zu bringen, um den eigenen Kandidaten an die Macht zu bugsieren. Sicher hatte sich Renatos Geschick in Planung und Realisation größerer Projekte herumgesprochen, es war aber kein Zufall, dass man ihn damit auch tatsächlich betraut hatte. Solche Geschäfte wurden eben an eleganten Cocktails und swingenden Wochenendpartys abgekartet; da musste er nicht einmal dabei sein. Aber auch diese Beziehungen nutzen letztendlich nur bedingt: Die Bauerei der Sozialhäuschen wurde stillgelegt, weil der Bausparkasse, die das Projekt finanziert hatte, das Geld ausging; angeblich wurde sie von höchster Ebene geplündert … Renato verfügte plötzlich über Zeit, sich um die Kindererziehung zu kümmern, einzukaufen, zu kochen und mit dem Nachwuchs das Häuschen sauber zu halten, für die Schule zu lernen. Diacha hatte zwar das Scheidungsgesuch unterschrieben, nicht jedoch die Vollmacht des Advokaten, ohne die man bei Gericht kein Gesuch einreichen konnte. Diese Weigerung sollte viel später noch gravierende Konsequenzen haben.

Den Abendschoppen genehmigte Renato sich jeweils beim Spanier, gleich neben der Kirche des Nosso Senhor do Bomfim und drei Gehminuten von seinem Häuschen (eine Viertelstunde im nicht ganz nüchternen Zustand). Er genoss schweigend und hörte sich mit einem heimlichen Schmunzeln das Palaver der permanent alkoholisierten Stammgäste an. Die Bodega des Espanha wurde ihm für die nächsten Jahre zur guten Stube; auch als er wieder weiter wegzog, ließ er keinen Abend aus, ohne sich hier einen oder zwei oder auch mehrere zu genehmigen. Typisch Renato, wie er den Weg von seinem Hotel zum Spanier und retour zurücklegte. Das Autofahren hatte er längst aufgegeben; zu viel Umtriebe mit den Familienmitgliedern, welche alles zu Schrott ritten, was fahrbar war. Zu Fuß fühlte er sich auch nicht mehr ganz wohl, seit er beim Gehen starke Rückenschmerzen verspürte und ein Rotbrand am Bein ihm zu schaffen machte. Also orientierte er sich an Ebbe und Flut, glitt beim Praia da Fonte ins Meer und ließ sich mit den Gezeiten unterstützt durch spürbare, starke Strömungen der Flüsse, die sich in die riesige Bucht ergossen, an die Inselspitze treiben. Während der paar Schritte zum Espanha trockneten die Shorts und Geld brauchte er ohnehin nicht bei sich zu tragen, denn als Stammgast hatte er laufende Monatsrechnung für Schnaps, Zigaretten und Telefonspesen. Mindestens einen Weg pflegte er jeweils so zu bewältigen, schwadernd und sich treiben lassend der Orla entlang, in Gedanken vertieft. Autofahrer und Fußgänger winkten dem etwas eigenwilligen Verkehrsteilnehmer zu und orientierten sich an ihm: Aha, der Suiço trieb Richtung Espanha, bald würde die Zeit für den Sundowner reif sein. Brieflich ließ er alle wissen, dass er ca. ab 17.00 Uhr hier anzutreffen sei auf der Nummer 831 149 9, natürlich abhängig von der Maré, den Gezeiten, die sich nicht genau an den zivilisierten und angepassten Chronometer hielten. So merkwürdig es klingen mochte, aber die engere Familie versuchte es beim Telefonieren mit ihm gar nicht erst zu Hause, sondern immer gleich in der Stammkneipe, weil die Chance, ihn hier zu erreichen, bedeutend größer war als irgendwo sonst. Praktisch auch der Umstand, dass sich die Post gleich vis-à-vis des Lokals befand und Renato sich Briefe „Poste Restante" senden ließ. So musste er nur aufstehen, wenn ihm der Posthalter zuwinkte, drei Schritte über die Gasse tun und seine Zustellung quittieren. Manchmal konnte er sogar sitzen bleiben, weil ihm die alte Donna Esmeralda, Küsterin der Igreja Nosso Senhor do Bomfim, welche gleich neben dem Postgebäude ihrer längst überfälligen Renovation harrte (also das Gotteshaus), die Sendungen gütigerweise gleich aushändigte. Diesen Fixpunkt, um den sich sein Leben immer mehr zu drehen begann, nannte er sein Büro, ja, er bemühte sich gar von zu Hause hierher, um erwartete Telefone entgegenzunehmen, seine Korrespondenz zu erledigen und gleichzeitig bei einem Bier (nach Sonnenuntergang doppelten Whisky) über den neuesten entschlackenden Klatsch, die „Fofóca", von Paricatì informiert zu sein. Die beste Informationsquelle schienen immer Bekannte zu sein, denen man das Versprechen abgenommen hatte, nichts weiterzuerzählen. Immer fand sich eine nette Gesprächspartnerin oder ein Saufkumpan, dessen meist schweigsame Präsenz Renato schätzte, um seinen eigenen Gedanken in Gesellschaft nachhängen zu können. Ivan, Pedro, Hermann, Patricio und wie sie alle hießen. Die Gespräche oft oberflächlich wie ein Telefonbeantworter. Manchmal jedoch setzte sich Padre Ambrosio zu ihm, ein gebildeter, wenn auch etwas manierierter, gequält theatralischer Kirchenmann ungefähr im selben Alter wie Renato und man philosophierte zusammen über den Sinn des Lebens, die Religion oder die unfähigen Politiker. Sie beobachteten die alten stoischen, Domino spielenden Fischer an ihren Steintischchen oder die vielen schreienden Kinder auf der Pracinha da Sé, welche sich bei „Räuber und Polizist" vergnügten. Und mit Erstaunen stellte Renato fest, dass dieser Insel eigentlich eine Generation fehlte, nämlich die working class. Arbeit bot die Insel zu wenig, Freizeit zu viel, so flüchteten die im Erwerbsalter nach Salvador in der Hoffnung, sich dort durchschlagen zu können. Die Alten und die Kinder blieben zurück, neun Monate unter sich in einer unvorteilhaften Ruhe;

erst in der Sommerzeit zeigten sich die betuchten Veranistas in ihren Ferienresidenzen und es kam wieder so etwas wie soziologische Normalität in die Alterspyramide und ein bisschen Leben in die Einsamkeit, insbesondere was den intellektuellen Austausch betraf. Unter diesem Manko litt Renato am meisten, deshalb freute es ihn, wenn der Professor, der Arzt, der Industrielle oder gar der berühmte Schriftsteller João Ubaldo Ribeiro wieder für ein paar Wochen in der Nachbarschaft weilten. Insbesondere mit dem Schreiber verband ihn eine enge Freundschaft; sie diskutierten nächtelang und manche Idee, Theorie oder Lebensbeichte fand ihren Niederschlag später in einem seiner spannenden Romane.

Samstags und am Sonntag konnte man Renato meistens schon zwischen 12.00 und 14.00 Uhr beim Frühschoppen in der Bar erreichen. Das bedeutete für seine Angehörigen in der Schweiz, das Telefon von 16.00 bis 18.00 Uhr bzw. 17.00 bis 19.00 Uhr in die Hand zu nehmen, je nachdem, ob man sich gerade im Winter- oder Sommerhalbjahr befand.

Gegen Ende des Jahres wurden die Arbeiten am sozialen Wohnungsbau wieder aufgenommen. Renato stürzte sich ins Projekt, um nicht in Depressionen zu verfallen. Er vertraute seinem Freund, Direktor der Baufirma, die ihm noch 25 000 Dollar schuldete, weil sie selber vom Staat noch nicht für ihre Leistungen entschädigt wurde, und so lebte jeder fröhlich oder weniger erbaut mit Schulden, die wie eine Kaskade von oben nach unten weitergereicht wurden. Hauptsache, Renato hatte wieder eine Aufgabe, die ihn forderte, obwohl: Trennungsschwierigkeiten mit Diacha, Geldknappheit, schulische Probleme seiner Kinder, gekündigtes Häuschen wegen Eigenbedarf, ein voraussehbarer Streit mit den Mietern des Praia, die um keinen Preis ausziehen wollten, obwohl der Zins seit Monaten ausstand, verkörperten nicht gerade Entspannung oder gar Langeweile. Den sehnlichsten Wunsch Jacquelines, er möge auf Weihnachten doch endlich wieder einmal, wenn auch nur für kurze Zeit, in die Schweiz zurückkehren, konnte er unter diesen Umständen nicht erfüllen. So verpasste er einmal mehr die zu Besuch weilende Sandrine mit ihrer inzwischen großen Familie und lernte seine Enkel wieder nicht kennen. Und seine inzwischen reichlich verwirrte Mutter würde wohl weiter auf ihren verlorenen Sohn warten müssen. Mittlerweile wunderte sie sich sowieso darüber, dass ihre eigene Mutter nicht mehr lebte, nach dem Sohn fragte sie nur noch selten. Für Jacqueline war es traurig anzusehen: eine alte, gebrechliche Frau, der keine akute Lebensgefahr drohte, die aber in Raten starb. Sie, die ihre Träume nie verwirklichen konnte, hatte jetzt nur noch einen, sich aus dem Diesseits zu verabschieden. Was konnte man auch noch von einem Leben mit Schmerzen vorwiegend im Bett oder im Rollstuhl erwarten, denn Appetit hatte sie keinen, lesen oder schreiben konnte sie nicht mehr, mit den alten Heiminsassen mochte sie kaum sprechen. Brüchig, durchsichtig, fragil war sie geworden, realisierte aber doch, dass sie komplett von fremder Hilfe abhing. Das war ihr peinlich und machte sie wütend zugleich. Das bescheidene, immer fremdbestimmte Mütterlein verlor manchmal ihre über neunzig Jahre aufgebauten Hemmungen und schimpfte aufs Gröbste und politisch inkorrekt mit dem Pflegepersonal, beherrschte plötzlich die Fäkalsprache fließend, was wiederum Jacqueline bei ihren regelmäßigen Besuchen in große Verlegenheit brachte. Selbst sie und ihre Schwägerin wurden manchmal angeschrien, sie sollten verschwinden. Das tat ihr leid, denn sie wusste nur zu gut, dass die alte Frau nichts dafürkonnte. Die Schwestern und Pfleger beruhigten sie mit der Bemerkung, dass sie dies selten persönlich nähmen und alte Leute eben nicht mehr immer ganz bei Sinnen wären. Eine sehr dünne Lackschicht nur, genannt Zivilisation und Sozialisation trennte einen wahrscheinlich vom Neandertaler und mit der viel gepriesenen Evolution schien der Neocortex oft überfordert, wenn das Kleinhirn wieder einmal zeigte, was Sache ist, das Es sich nicht vom Über-Ich gängeln ließ.

Hatte der Chronist gesagt „die zu Besuch weilende Sandrine"? Das Département Missionnaire verbot ihnen schlicht die Rückreise nach Angola, denn die Lage spitzte sich zu, wurde immer gefährlicher. Es war zwar ein Waffenstillstand unterzeichnet worden und es fanden mehr oder weniger demokratische Wahlen statt. Jonas Savimbi konnte sich jedoch nicht damit abfinden, dass sein Erzrivale Eduardo dos Santos von der MPLA den Sieg davontrug und als Präsident vereidigt wurde. So verschwand er im Untergrund, trotz eines Angebotes sich an der Regierung zu beteiligen, und begann zu agitieren, bald auch einen bewaffneten Guerillakrieg zu führen, der an Härte und Brutalität nicht zu überbieten war, wobei die Gegenseite nicht minder heftig reagierte. So mussten sie sich wohl oder übel in Basel eine Bleibe suchen. Zum Glück verlor Beatus seine Anstellung nicht und konnte weiter für die Institution arbeiten; für eine sechsköpfige Familie immerhin ein Trost.

1992: Boutros-Ghali Generalsekretär der UNO. Waffenstillstand zwischen Serbien und Kroatien. Ausrufung der Republik Mauritius. Die Republik Bosnien und Herzegowina wird anerkannt. Räumung der offenen Drogenszene auf dem Züricher Platzspitz. Hans Dietrich Genscher tritt zurück. ARTE geht auf Sendung. Dänemark Fussballeuropameister. Claude Nicollier, 1. Schweizer Astronaut, von Shuttlemission zurück. Marc Rosset gewinnt erste Goldmedaille im Tennis bei den Olympischen Spielen in Barcelona. Parlaments- und Präsidentschaftswahlen in Angola. Die Schweiz lehnt den Beitritt zum EWR knapp ab. Gestorben: Champion Jack Dupree, Menachem Begin, Francis Bacon, Marlene Dietrich, Ermordung Giovanni Falcones, Tod von Anthony Perkins, Willy Brand, Guido Baumann.

Zum alten Eisen

Renato übernahm sein Hotel wieder; allerdings liefen die Geschäfte, jetzt nach der Hauptsaison, harzig. Es regnete seit April viel. Ausgerechnet bei der letzten großen Reisegruppe von zweihundertzwanzig Spaniern entwurzelte eine Sturmböe den großen Gummibaum, der wiederum die elektrische Zuleitung samt Telefonanlage mit sich riss. Renato war nahe an einem Herzinfarkt, fing sich aber schnell und ließ trotzdem das Buffet auftragen, denn im Improvisieren war der Schweizer schon immer perfekt. Dank Afrika und seinen Jahren in Südamerika hatte er schließlich genug Übung darin. Wenn man überdies bedachte, in welch jämmerlichem Zustand er erst kürzlich das Praia da Fonte wieder übernommen hatte, weil seine Mieter so ziemlich alles vernachlässigten und kaputt machten, was nur irgend möglich war, dann bedeutete die Bewirtung einer so großen Touristengruppe eine wahre Meisterleistung von ihm und dem Personal. Und die Gäste waren des Lobes voll über den herzlichen Empfang sowie die individuelle Betreuung.

Der Hotelier wohnte mit seinen Kindern erneut im eigenen Betrieb; Diacha hatte per polizeirichterlichem Dekret Hausverbot. Das ärgerte sie dermaßen, dass sie sogar gemeinsame Sache mit Marilda machte, welche das Lokal ebenfalls nicht betreten durfte und mit Florian für einige Zeit wieder in Bahia weilte. Sie versuchten auf billige Weise, Renato mit Gerüchten zu diskreditieren, was er zwar erfolgreich vereitelte, ihn aber wieder zum Rauchen brachte, das er sich doch zwei Monate dank des Insistierens von Jacqueline anlässlich ihres Besuches abgewöhnt hatte. Seinen Missmut über die vertrackte familiäre Situation spülte er mit einigen Whiskys mehr als sonst herunter. Sein früherer angolanischer Weggefährte und Saufkumpan Udo (der mit der Kokosnuss) musste dem Alkohol wegen gravierender Leberschäden ganz abschwören. Das schrieb er ihm von der Botschaft in Tegucigalpa, kurz vor seiner Versetzung nach Kalkutta. Und weiter: einvernehmliche Scheidung von seiner deutschen Gemahlin, die in Europa in der Versicherungsbranche Karriere machte. Beide Töchter ebenfalls im Auswärtigen Amt tätig. Er, Udo, nach manchen Eskapaden seit vier Jahren mit einer lieben, verlässlichen, gebildeten und lebenserfahrenen Philipina zusammen, mit der er nun seinem fortschreitenden altersbedingten Zerfall angemessen einen ruhigeren Lebensabschnitt zu teilen gedachte. Zwar erst fünfzig stellte er doch schon Überlegungen zu seiner Pensionierung in zwölf Jahren an. Seinen Lebensabend wollte er, nachdem er die ganze Welt kennengelernt hatte, in Fernost verbringen, ob Thailand, Malaysia, Indonesien oder Philippinen war noch nicht entschieden, aber zum Otto Normalverbraucher taugte er ebenso wenig wie Renato. Aber bis dahin konnte ja noch viel passieren; er würde sich spätestens von Kalkutta wieder melden. PS: Wir sind und bleiben mit unseren Biografien ähnliche Trottel.

Auch Renato begann sich Gedanken zu seiner Pensionierung zu machen; kaum zu glauben, dass es Anfang nächstes Jahr so weit sein sollte und er eine Altersrente beanspruchen durfte. Er schrieb nach Genf, um die entsprechenden Antragsformulare zu erhalten, und wartete ungeduldig auf Bescheid, wohl wissend, dass er die ganze AHV-Geschichte über Jahrzehnte vernachlässigt hatte. Jacqueline war es zu verdanken, dass wenigstens eine Zeit lang brav Beiträge einbezahlt wurden, trotzdem schien eine Lücke von etwa vierzehn Jahren zu bestehen, die ihm deshalb nur ein Minimum garantierte. Aber ein Minimum in Brasilien war eben schon bedeutend. Unterlagen besaß der Rentner in spe seit dem Hüttenbrand keine mehr und so vertraute er auf die Beflissenheit und Korrektheit der Schweizer Behörden. Formulare ausfüllen und Bewilligungen beantragen, waren ihm ohnehin ein Gräuel, deshalb fuhr er seit Jahren ohne Ausweis (der in den Flammen verkohlt war) mit dem Auto. Renato hatte das Altwerden mehr oder weniger bewusst verdrängt, bis er in letzter Zeit gewahr wurde, dass seine Erwartungsspanne allmählich recht klein anmutete. Die nach Längerem wieder zähneknirschend einbezahlten Prämien der Krankenversicherung hatten sich verdoppelt, weil man nach sechzig zum Risikofall werden konnte. Seinen Nabelbruch musste er jetzt doch operieren lassen, denn es drohten Komplikationen. Der graue Star kündigte sich unangebracht mit einer Trübung der Augen an. Kinder und Anverwandte forderten mehr oder weniger taktvoll ein Testament. Man nahm ihm Lasten ab, die er noch gut tragen konnte etc. pp. In seinem träfen Zynismus ließ er alle wissen, dass er nun ins metallene Zeitalter eintreten würde: Silber im Haar, Gold in den Zähnen, Titan in den Hüften und viel Blei in den Eiern. Aber wollte man nicht alt sein, dann hätte man eben jung sterben müssen und dazu verspürte er nun doch keine Lust. Ihn hatten zwar manchmal Depressionen geplagt in fast aussichtslosen Momenten und doch verstand er es, sich wie weiland Münchhausen an den eigenen Haaren aus der Scheiße zu ziehen. Obwohl: Auf dem Haupt hatten sich in den letzten Jahren tiefe Geheimratswinkel etabliert, die keinesfalls daran dachten sich zurückzuziehen, im Gegenteil, sie machten sich breit. Umso beachtlicher die Münchhauser Leistung und Renato fand selbst, dass er ein Teufelskerl wäre. Er dachte auch wieder laut über Jacquelines Vorschlag nach, den europäischen Winter zusammen auf der Insel zu verbringen, weil es ihren Knochen guttat, aber nicht nur der Knochen wegen … Sechs Monate pro Jahr wären nicht zu lang, um sich gegenseitig auf den Wecker zu fallen und nicht zu kurz, um sich wieder ein bisschen kennenzulernen. Im Grunde gehörten sie zusammen, ganz egal, was in den letzten Jahren alles schiefgelaufen war. Und seine Exfrau trug sich mit dem Gedanken, das Häuschen zu verkaufen, obgleich sie sich hier wohlfühlte und eigentlich gerne bleiben wollte. Auf dem Papier war sie zwar eine wohlhabende Frau, ihren Aktienanteil konnte sie aber laut Testament ihres Vaters nicht veräußern. Steuern auf den Dividenden respektive auf den Rückzahlungsraten sowie der Amortisation ihres Anteils an der Holding fraßen das Einkommen weg. Dazu kam der Hypothekarzins, sodass sie Ende des Jahres kaum noch wusste, wie die Rechnungen zu bezahlen waren. Ihre Schwägerin hatte gar keine Freude daran, als sie von den Absichten erfuhr, und meinte, man hätte damals doch an den Meistbietenden verkaufen sollen, um die Mutter im Pflegeheim besser abzusichern. Aber nächstes Jahr im Herbst würde Jacqueline in Pension gehen müssen, dann bliebe ihr nur noch die Minimalrente anstelle des Lohnes. Es war gemein: Die Jahre, in welchen sie in Angola gemeinsam Beiträge an die Altersversorgung entrichteten, konnten nirgends belegt werden, denn in den Kriegswirren waren die Unterlagen abhandengekommen. Trotz intensiver Nachforschungen über das Konsulat und die Botschaft blieben die wichtigen Papiere verschollen. So musste sie sich auf ein Minimum einstellen, basierend auf den in der Schweiz geleisteten Arbeitsjahren. Da zog man fünf Kinder groß, schuftete ein Leben lang, unterstützte den eigenen Mann – selbst nach der Scheidung noch, pflegte die eigenen Eltern bis zu ihrem Tod, besuchte fast täglich die Schwiegermutter, die einen kaum noch erkannte, und das war dann die Quintessenz, der Dank des Staates. Am besten, man kratzte sogleich nach dem Erreichen des Rentenalters ab, um als wertvolles Mitglied der Gesellschaft diese jetzt nicht noch zu belasten. Manchmal hätte sie kotzen mögen. Man sollte doch nach einem solchen Leben Anrecht auf ein würdiges Alter haben, aber Gott sei Dank war sie von sonnigem Naturell, hatte zu viele Höhen und Tiefen durchlebt, als dass sie jetzt verzagen wollte.

1993: Entstehung der Staaten Tschechien und Slowakei. Bill Clinton wird amerikanischer Präsident. Unabhängigkeit von Eritrea. Gründung des UN-Kriegsverbrechertribunals in Den Haag für das ehemalige Jugoslawien. 5-stellige Postleitzahlen in Deutschland. Einführung von Abfallgebühren auf Kehrichtsäcken in einzelnen Kantonen. Erster Erdgipfel in Rio (UNO-Konferenz für Umwelt und Entwicklung). In der Schweiz wird eine Volksinitiative für die Einführung des 1. Augusts als Nationalfeiertag angenommen. Luzerner Kappelerbrücke niedergebrannt. Schwere Überschwemmungen in der Schweiz. Erdbeben in Indien mit 10 000 Toten. Massaker in Abchasien: 7000 georgische Zivilisten werden ermordet. Gestorben: Rudolf Nurejew, Dizzy Gillespie, Audrey Hepburn, Ferruccio Lamborghini, Eddie Constantine, Baudouin I., Niklaus Meienberg, Federico Fellini, Pablo Escobar, Franc Zappa.

Im Februar 1994

Halloo, mein Lieber …!

Wieder ist ein Kurier fällig. Amadeo fliegt ja in drei Tagen mit einem Freund nach Brasilien zu seiner seit einem Monat bereits dort weilenden Frau. Das wird ja zum reinsten Pendelverkehr zwischen Basel und Bahia, ein wahrer Ba-Ba-Ismus!
Ich hatte Dir ja zu Deinem Geburtstag bereits geschrieben und einige Swatch-Uhren mitgeschickt; ist alles angekommen und wie haben die Präsente für Dich und Deine Familie gefallen? Ich hätte mich schon über einen Brief Deinerseits gefreut als Rico, unser Jüngster zurückkehrte; die Kommunikation bleibt leider oft etwas einseitig. Nun, ich will nicht schon wieder mäkeln. Hoffentlich hast du einen schönen Geburtstag gehabt; immerhin, fünfundsechzig, dasch nümm nüt! Kannst Du es überhaupt fassen? Wo sind bloß alle die Jahre geblieben??? Wir haben jedenfalls alle an Dich gedacht. Wegen der AHV hast Du auch nichts mehr verlauten lassen; kriegst Du sie jetzt wohl? Vielleicht hat es Dir die Sprache verschlagen, als Du den Avis der PAX bezüglich der fällig gewordenen Freizügigkeitspolice erhieltest. Immerhin schön, wenn man plötzlich eine vergessene Versicherung ausbezahlt bekommt, da sagst Du sicher nicht Nein, aber bitte pass nur auf, dass nicht alles in Diachas Rachen verschwindet, denn sie besitzt ein untrügliches Gespür für Geldquellen, egal wie geheim diese gehalten werden. (…) Und dann schrieb Jacqueline noch viele Details über die Familie, Feiern, bevorstehende Geburten und ihren Arbeitsalltag. Sie wollte, dass Renato immer ein wenig teilhaben konnte am Geschehen, um sich nicht noch mehr als Verbannter auf seiner Insel vorzukommen. Immerhin hatte er sich einmal in einer verbitterten Phase als solchen bezeichnet, im Stich gelassen von allen, zurückgeworfen auf sich selbst, im Selbstmitleid gefangen. Ein nicht unwichtiges Detail betraf das Thema Hausboote: Die angolanische Mississippi war von der diktatorischen Oligarchie annektiert worden und diente im Namen des Kommunismus dem armen ausgebeuteten Volk, indem die Parteibonzen vor Mossulo neue Fünf-Jahres-Pläne ausheckten, die primär ihnen selbst nützten. Die brasilianische

Jangada hatte ein kurzes, aber bewegtes Leben gehabt, von Ingenieuren bewundert, von Touristen genutzt, von der göttlichen Tugend gebenedeit, von Huren bewirtschaftet und schließlich von Taugenichtsen versenkt. Nun trat die helvetische „Veranda" auf den Plan: ein französisches Kanalhausboot, Jahrgang 1970, viel Plastik, mit der Ästhetik eines schwimmenden Wohnwagens, knapp acht Meter lang und gute 2,5 Meter breit, dafür sehr hoch gebaut. Angetrieben von einem kleinen Außenbordermotor, denkbar ungeeignet für höheren Wellengang, aber die Verwirklichung eines Traumes, einer Sehnsucht des Chronisten. Er hatte sich das Boot aus dritter Hand erstanden für die Freizeit am Zürichsee. Nach etlichen ästhetischen und funktionalen Umgestaltungen durch ihn und Aretha fühlten sie sich richtig wohl. Bescheiden in Ausmaß und Motorisierung, aber gigantisch vom Erholungswert. Das schwimmende Unding war für acht Personen zugelassen, ideal als Bade- und Party-Insel in den Sommermonaten, genutzt von Familie und Freunden. Mit beschattetem Vorderdeck, etwa zwölf Quadratmetern Sonnendeck auf dem Dach, mehreren Schlafgelegenheiten, Esstisch in der Kabine mit zwei Meter Stehhöhe und Küche sowie WC. Das bescheidenste aller drei Schiffe hatte entscheidende Vorteile: Es war gut gewartet, schwamm und schwimmt noch immer, war – bis auf die gedeckte Garage – billig im Unterhalt. Und mit ein bisschen Fantasie wähnte man sich an einem warmen Sommerabend auf dem Obersee, nahe dem Buechbergufer mit steil abfallenden Hängen, dichtem Baumbestand bis an die Wasserlinie, wie im Amazonas oder vor einer Karibikinsel.

Damit nicht genug: Von einem Weinbauer konnten Aretha und Maurice ein kleines Rebhäuschen inmitten grüner Natur und splendidem Blick auf den Zürichsee mieten. Ein Brunnen zum Abkühlen sowie der Grillplatz gehörten zu den Musts, als nice to have installierten sie fließend Wasser mit Boiler, elektrischen Campingherd, Eisschrank und kleine Stereoanlage. Auch hier musste alles gemäß den perfekten Vorstellungen der zwei eingerichtet sein; erst auf diese Weise konnten sie Gäste empfangen und bewirten, was in den folgenden Jahren auch fleißig geschah. Besonderer Stolz: ein echtes Klo mit Siphon und Spülung im eigenen Holzverschlag, dreißig Meter vom Hauptgebäude im Wäldchen – die Geschichte schien eine Abfolge von Wiederholungen zu sein; wie war das doch gleich noch mal mit dem Petit Trianon auf der Plantage? Einziger Haken am überfließenden Glück: Wo sollte man genießen und feiern? Aufs Wasser mit dem Schiff oder in den verwilderten Garten mit dem Häuschen, das auch bei Gewitter einen komfortablen Unterschlupf gewährte. Ein echtes Luxusdilemma, das der Chronist aber gerne in Kauf nahm. Er freundete sich ohnehin mit dem Gedanken an, sich bald selbstständig zu machen und dann, meinte er, auch mehr Zeit für sich zu haben und damit für seine Hobbys. Und tatsächlich gründeten sein Freund und Mitarbeiter in der Marktforschung sowie ihr bisheriger Chef zusammen ein neues Institut, das noch vor Ende des Jahres als AG ins Handelsregister eingetragen wurde, pünktlich zur Feier des zweitausendsten Projektes der Firma und am Nikolaustag. Wenn das kein gutes Omen war ... Selbstständigkeit nach insgesamt siebzehn Jahren beim Institut, wenn man die Werkstudentenphase dazurechnete. Als nämlich der Institutsleiter gewahr wurde, dass er seine Mitarbeiter trotz generöser Fringe Benefits verlieren würde, kam ihm in einem Biergarten diese Idee, sie und sich selber an eine neue Firma zu binden, welche in der Startphase noch so gerne Projekte des alten überlasteten Arbeitgebers im Sinne eines Überlaufbeckens übernahm, in welcher mehr geschuftet wurde als je zuvor, die meisten Spesen selber bezahlt und man sich für netto weniger Entgelt enthusiastisch ins Zeug legte. Hauptsache, man war selbstständig, auch wenn sich de facto am Inhalt und Umfang der Arbeit nichts änderte. Aber: Das *Gefühl* war entscheidend, es machte viel mehr Spaß und das hatte Renato seinen Kindern immer wieder getrommelt. Intrinsische Motivation, Eigenverantwortung – der Schritt war für den sich selbst Beobachtenden psychologisch enorm wichtig: Er wollte vor seinem vierzigsten Geburtstag diese Änderung, ansonsten befürchtete er nie mehr abspringen zu können, vom bekannten „Noch-nicht" ins „Nicht-mehr" zu rutschen und zum alten Eisen zu gehören, ehe man sich's versah. Er wollte nicht unbedingt dem Lohnbuchhalter nacheifern, der nach dreißig Jahren zu seinem Abteilungsleiter ging und um eine Versetzung in die Finanzbuchhaltung nachsuchte. Auf die Frage, woher der plötzliche Sinneswandel nach so vielen Jahren, die prompte Antwort: „Das ist eben mein Zigeunerblut."

Im Herbst, nach zehn Jahren, bereitete Jacqueline ihren Umzug vom Reihenhäuschen, seit den 20er-Jahren im Besitz der Familie, in eine Wohnung mitten im Kleinbasel vor. Ambivalente Gefühle, denn sie lebte die letzten Jahre gerne hier und „partir c'est toujours un peu mourir". Andererseits fühlte sie sich psychisch durch die finanziellen Engpässe belastet und wollte den Entscheid, der durch die Pensionierung zusätzlich stark beeinflusst war, selber und bei klarem Bewusstsein fällen. Irgendwann würde man sich ohnehin verabschieden müssen – der einzige Termin im Leben, der wirklich eingehalten werden musste und zu dem man erst noch abgeholt wurde. Also: jetzt, nach dem Fünfundsechzigsten das dritte Alter selbst gestalten, sich auf Neues freuen, in pflegeleichter Umgebung leben, keine unnötigen Belastungen aushalten. Stadtmensch sein Nähe Mustermesse, alle erdenklichen Läden und Restaurants um sich herum, die Tramstation vor der Nase und damit nicht einmal mehr von einem Auto abhängig wie im Waldhof. Sogar Beate Uhse, Nightclub und Polizeiposten in Griffweite. In einem Multi-Kulti-Quartier daheim sein mit über 80 % Ausländeranteil, was spitze Zungen zur Bemerkung verleitete, man würde Jacqueline am belebten Claraplatz immer finden, weil sie als einzige Frau ohne Kopftuch vorbeiging. Die großzügige und praktisch eingerichtete Wohnung im fünften Stock mit Lift erreichbar, ein Gästezimmer mit eigenem Bad; darauf legte sie besonders Wert. Der ursprüngliche Gedanke nach Brasilien auszuwandern, dem Winter jeweils ein Schnippchen zu schlagen, rückte wieder etwas in die Ferne. Sie fühlte sich in der Schweiz heimisch, hatte ihren Freundeskreis aufgebaut, konnte ihre kulturellen Bedürfnisse befriedigen und – am wichtigsten – hatte den Großteil ihrer Familie um sich. Die Tropen waren ihr recht für einen temporären Ausstieg und der konnte ja durchaus auf die kältesten drei Monate des Jahres verlegt werden. Nach dem anstrengenden Umzug kurz vor Weihnachten und ihrer Pensionierung Anfang nächsten Jahres, gedachte sie bereits drei Monate an der brasilianischen Küste auszuspannen und wohlverdiente Ferien zu machen. Umso schöner, dass ihre beiden jüngsten Söhne mit Familie urlaubshalber ebenfalls dort weilen würden. Nebst Entspannung aber auch eine größere Zahnsanierung, die sie hier um die 3000 Franken kosten würde und wofür sie in der Schweiz locker gegen 20 000 bezahlen müsste. Als frischgebackene Rentnerin musste sie nicht lange überlegen und entschied sich für die bahianische Variante, denn die Zahnärzte waren hier hervorragend ausgebildet. So konnte sie das Nützliche mit dem Schönen verbinden, ihren verlorenen Sohn Florian wieder einmal in die Arme schließen, der jetzt eine Stelle in einem der besten Hotels angetreten hatte als Manager für ausländische Touristen, denn schließlich konnte er fünf Sprachen fließend und war als Trouble Shooter die geeignete Besetzung. Sein Drachen bekam den Job als Sport- und Fitnesstrainerin, nähte nebenbei aber immer noch an der unrentablen Bikinikollektion. Aber Hauptsache, sie hatte Spaß, war guter Laune und ließ ihren Mann in Ruhe. Florian seinerseits stellte spezielle Routen für seine betuchte Klientel zusammen, organisierte Tagesausflüge auf eigene Rechnung und lotste ganze Gruppen zu seinem Vater ins Palmenrestaurant auf die Insel – zu höheren Preisen als normalerweise, denn er wollte, dass Renato auch wirklich etwas zu fakturieren hatte und ein wenig Gewinn erzielte. Die Teuerung bei den Lebensmitteln, die nicht ohne Weiteres auf den Kunden überwälzt werden konnte, hatte die Marge in den letzten Monaten zusammenschmelzen lassen. Die großen lokalen Reiseorganisationen sahen den umtriebigen Florian gar nicht gerne, da er ihnen als Querschläger ins Handwerk pfuschte und die lukrativsten Aufträge wegschnappte. Sie versuchten ihn mit allen Mitteln zu stoppen, zu diskreditieren, und als dies alles nichts fruchtete, zu kaufen. Indes: Er war schon zu sehr mit allen Wassern gewaschener Bahiano, als dass er sich einwickeln ließ.

1994: Der EWR tritt in Kraft. Aufstand der Zapatisten in Mexiko. Erstmals in England zwei Frauen zu Priesterinnen geweiht. Gründung der WTO. Erste freie Wahlen in Südafrika; Nelson Mandela zum Präsidenten gewählt. Fussball-WM in den USA: Weltmeister wird Brasilien. Letzte russische Truppen ziehen aus Deutschland ab. Tele Züri, der erste private TV-Sender der Schweiz, geht auf Sendung. Cardoso wird Präsident in Brasilien. Untergang der Estonia. Waffenstillstand in Angola. Genozid in Ruanda: Hutus ermorden fast eine Million Tutsis. Gestorben: Zino Davidoff, Telly Savalas, Melina Mercouri, Charles Bukowsky, Sandra Paretti, Giulietta Masina, Eugène Ionesco, Kurt Cobain, Golo Mann, Ayrton Senna, Erik H. Erikson, Jackie Kennedy, Erich Honecker, Elias Canetti, Karl Popper, Otto F. Walter, Heinz Rühmann, Carlos Jobim, Max Bill. Friedensnobelpreis an Arafat, Peres und Rabin.

Überflüssig, Renato weiter zu gemahnen doch endlich wieder einmal in die Schweiz zu kommen, und sei es nur, um wenigstens seine alte Mutter ein letztes Mal zu besuchen. Sie starb im März fast fünfundneunzigjährig und mit ihren Gedanken nicht mehr ganz auf dieser Welt. Schwer zu sagen, ob sie in den letzten Monaten noch auf ein Lebenszeichen ihres Sohnes hoffte. Jacqueline, soeben von Brasilien zurückgekehrt, schien es, als ob ihre Schwiegermutter vor dem Tod schon länger bei ihren lieben Verstorbenen im Jenseits weilte. Jetzt würde sie wohl ihrem viel beschäftigten Mann in die himmlischen Gartengefilde folgen, ihm bewundernd zuschauen, wie er die Gemüsebeete im Elysium peinlichst genau ausrichtete, säte, wo doch nur zu ernten war, und andächtig lauschen, wie er in seiner knapp bemessenen Freizeit den Engelschor mit seinem schönen Tenor anführte. Pünktlich um 12.00 Uhr hätte er sein von ihr liebevoll zubereitetes Manna auf dem Tisch, dafür würde Urähni, ihre strenge Mutter schon sorgen, denn die wusste bereits im irdischen Leben, was sich für eine Frau gehörte.

Der üblichen Misere an der brasilianischen Front standen die Erfolge der jungen Generation, jetzt „generation in command", gegenüber. Beatus arbeitete erfolgreich an seiner Dissertation, Sandrine unterrichtete an einer Sekundarschule, Amadeo machte seinen Weg als gewiefter Personalchef, Rico schmiss den Laden, der sich Spital nannte mit Verve, betreute als Hotelier den nicht-medizinischen Sektor (und bekundete Mühe mit einer Vorgesetzten, die nach dem Vitamin-B-Prinzip eingestellt worden war und von Tuten und Blasen keine Ahnung hatte). Mauriçe versuchte sich in Selbstständigkeit und tanzte auf zwei Hochzeiten, der Marketingberatung und der textilen Verhüllung. Arethas Geschäft florierte derart, dass mittlerweile vier Mitarbeiterinnen den Ansturm zu bewältigen hatten. Zum Laden gesellte sich ein Atelier, in dem die neuen Ideen und Kreationen ihren Ausdruck erlangten. Obwohl pensioniert wirbelte Jacqueline mehr denn je wie ein Derwisch umher, half hier in einer Familie aus, hütete dort Enkel, bekochte die Verwandtschaft und bügelte Hemden, auf dass ihre Söhne auch einen entsprechend geschniegelten Eindruck machten, denn diese spielten das Spiel des jungen, erfolgreichen, dynamischen Machers und Entscheidungsträgers mit Durchblick und dem nötigen distanzierten Dégoût bravourös. Sie schlitterte sozusagen vom Berufsleben direkt in den Unruhestand.

1995: Erdbeben in Kobe mit 5500 Toten. Ein Café Crème kostet jetzt Fr. 3.60, ein halber offener Wein gegen Fr. 30. Österreich, Finnland und Schweden treten der EU bei. Anschlag der Aum-Sekte in der U-Bahn von Tokio. Schengener Abkommen tritt in Kraft. Bombenanschlag in Oklahoma City: 168 Tote. Jacques Chirac französischer Präsident. 50. Jahrestag des Kriegsendes. Massaker von Srebrenica. Christo und Jeanne-Claude verhüllen den Reichstag in Berlin. Sampras gewinnt das US-Open im Finale gegen Agassi. Die EU einigt sich auf den Euro als gemeinsame Währung. In Deutschland wird die 35-Stunden-Woche eingeführt. Weltweiter Protest gegen Shell wegen geplanter Versenkung der Ölplattform Brent Spar. Letzter Kernwaffentest Frankreichs auf Mururoa. Gestorben: Rose

Kennedy 105-jährig; Patricia Highsmith; Alt-Stadtpräsident von Zürich, Emil Landoldt; Michael Ende; Ermordung Jitzhak Rabins. Hinrichtung des nigerianischen Bürgerrechtlers und Schriftstellers Ken Saro-Wiwa.

Und wieder Lisboa

„Meine Damen und Herren, in ca. zehn Minuten landen wir in Lissabon. Bitte schnallen sie sich an, stellen sie ihre Rücklehne senkrecht und …" Renato und Florian mochten der sanften Stimme der hübschen Maître de Cabine nicht mehr zuhören, zu aufgewühlt waren sie, nach so langer Zeit wieder europäischen Boden unter den Füßen zu spüren. Ihr Flugzeug der TAP landete gegen 11.00 Uhr Ortszeit; im Portela herrschte reger Betrieb. Noch hatten sie eine gute Stunde Zeit sich zu sammeln, bevor Jacqueline und Maurice am Ausgang erscheinen würden, ebenfalls mit der TAP direkt von Zürich kommend. Die elektronische Tafel zeigte den 25. Mai 1999 an, Außentemperatur dreiundzwanzig Grad Celsius. Ein leichter Westwind, sonnig mit vereinzelten harmlosen Wolken. Die beiden braun gebrannten Bahiano-Schweizer wirkten etwas unbeholfen-besorgt. Würden sie kommen? Wie fiel wohl die Begegnung aus? Hatten sie sich etwas zu sagen oder sorgten lange Distanz und Zeit für Sprachlosigkeit? Sie sicherten sich ein Stehtischchen an der Bar in der Empfangshalle, was ihnen einen direkten Blick zu den ausströmenden Passagieren ermöglichte, und packten ihre mitgebrachte, auf dem Flug bereits halb geleerte Whiskyflasche aus. Noch ein Drink auf die überstandene Reise, die glückliche Landung, dann ein Schluck auf die Erwarteten und ein Toast auf das Gelingen dieser Woche einer etwas ungewöhnlichen Familienzusammenführung. Immer wieder ein Auge zur Ausgangstür, die sich fast sekündlich wie von Geisterhand öffnete und wieder schloss. Ein paar von den Reisebüros abkommandierten Chauffeuren in weißen, durchschwitzten Hemden und einem suchenden Lächeln, ein Schild mit falsch geschriebenen Namen in die Höhe haltend. Kontrolle des eigenen Gepäcks. Man war von Brasilien gewohnt, dass ein Augenblick der Unachtsamkeit den Verlust aller Habseligkeiten bedeuten konnte, aber die Angst schien unbegründet. Und dann sichteten sie die fehlende Hälfte tatsächlich! Eine Quinte bleicher, aber gut gelaunt und freudestrahlend. Die vier lagen sich in den Armen, verstohlene Tränen der Wiedersehensfreude bei allen, nach dreizehn Jahren Trennung zumindest für den Chronisten nicht verwunderlich; das Eis war gebrochen.

Die Idee stammte von Aretha und alle Beteiligten waren entflammt. Mit ihrer Sensibilität spürte sie schon längst, dass ihr Partner nur noch aus Sturheit und verletztem Stolz die Funkstille mit Brasilien aufrechterhalten hatte, sich im Grunde aber längst nach einem Besuch sehnte. Telefonisch, per Fax und brieflich bestand seit einem Jahr wieder Kontakt. Das einwöchige Treffen in Lisboa auf neutralem und doch familienhistorisch so bedeutsamem Boden war ein Geschenk von Aretha und Mauriçe zum siebzigsten Geburtstag seiner Eltern, den beide dieses Jahr feiern konnten. Es sollte aber auch zur Aussprache, zur Ausräumung allfälliger Animositäten und Vorurteile oder einfach zu guten Diskussionen in entspannter Atmosphäre dienen. So scheinbar ungezwungen das Zusammensein, so minutiös hatte der Chronist die Begegnung geplant. Sie fuhren ins „Avenida Palace" zwischen der Praça dos Restauradores und dem Rossio gleich gegenüber dem Teatro Nacional, angeblich das beste Hotel weit und breit, aber das sagte jedes bessere Haus von sich. Jedenfalls ein wunderbarer Bau und ehemaliges Bahnhofshotel mit viel herrschaftlichem Glanz, auch wenn er da und dort etwas Patina angesetzt hatte; das machte das Palace gerade liebenswert. Thomas Mann holte sich jedenfalls hier einige Anregungen für seinen Hochstapler Felix Krull. Sicher ein Kulturschock für jemanden, der in den letzten Jahren die Welt auch vom anderen Ende der sozialen Hierarchie kennengelernt hatte, aber die einzige Edelherberge, welche vier Einzelzimmer auf derselben Etage zur Verfügung stellen konnte. Bei so viel intimer Aufarbeitung von Vergangenheit bedurfte es einer räumlichen Distanz, um sich im Bedarfsfall zurückziehen zu können und überhaupt: Wenn schon den Siebzigsten gemeinsam feiern, dann richtig mit allem Drum und Dran, da wollten sich die Einladenden nicht lumpen lassen. Livrierte Pagen, deren Aufgabe nur im Türöffnen bestand, ein Chef Concierge, dem das Gepäck anvertraut wurde, nur damit dieser einen subalternen Uniformierten mit der korrekten Verteilung auf die Zimmer beauftragen konnte. Eine Eingangshalle, deren Ende nur zu erahnen war, mit kostbarsten Teppichen belegt, die jeden beleidigenden Schritt auf Geräuschlosigkeit dimmten. An der überhohen Decke hing ein Lüster aus böhmischem Kristall, mit dem man alle versammelten Hotelgäste auf einmal hätte erschlagen können. Rot, Gold und dunkles Holz dominierten, die breite Treppe in den ersten und zweiten Stock zum Speisesaal sowie die Einfassungen der Jugendstil-Lifte aus hellem Marmor. Altmodische Messingzeiger, welche die jeweilige Etage annoncierten, davor immer ein Boy in Dienstkleidung, die jedem Dreisternegeneral zur Ehre gereicht hätte, der Erste einer ganzen Equipage, die einem auf dem Weg durch die Halle „Bom Dia" wünschten. Nach einem tiefen Durchatmen und den unumgänglichen Formalitäten begleitet von vielen bedauernden Erklärungen über die Unannehmlichkeiten, die man ihnen zu bereiten gezwungen war, bezogen sie ihre luxuriösen Zimmer. Im Hintergrund immer der Beobachter und Regisseur, der darauf bedacht war, dass es seiner Familie nur zum Besten gereichte, sie sich von Anfang an wohlfühlte und nicht zu genieren brauchte. Diskret verteilte er die Trinkgelder in 100-Escudos-Noten – sie waren nicht mal mehr einen Franken wert (der Euro wurde erst Anfang 2002 eingeführt; zum Leidwesen der Portugiesen, die noch heute ihrem guten alten Escudo nachtrauern und den Teuro verfluchen).

Als sich jeder etwas eingerichtet und frisch gemacht hatte nach der langen Reise, spazierten sie um den Rossio und setzten sich auf den Boulevard vor dem Café Nicola, Logenplatz im Art-déco-Lokal zur Beobachtung der belebten Bühne. Bei einer Bica und für die Bahianos später einem Aguardente begannen die Gespräche; man hatte sich weiß Gott viel zu erzählen. Später, viel später machten sie einen Spaziergang durch die Baixa, die Rua dos Sapateiros entlang bis zum überdimensionalen Terreiro do Paço, dort wo sich der Rio Tejo mit der Estação Fluvial, der Station für die Schiffsrundfahrten, kolossal vor ihnen ausbreitete. Man roch den Atlantik über das Flussdelta hinauf, schemenhaft die im Dunst des Gegenlichts vorbei gleitenden Fracht- und Kreuzfahrtschiffe. Jacqueline und Maurice sogen die Salzluft sehnsüchtig ein, während sich die Meergewohnten eher darüber wunderten, dass die Sonne auch um 20.00 Uhr noch derart hoch am Himmel stand. Sie hatten sich an die Tag- und Nachtgleiche der Tropen gewöhnt; jahraus, jahrein bemühte sich die Sonne um 18.00-Uhr-Pünktlichkeit. In der Nähe der Praça da Figueira diretissima in ein kleines Fischrestaurant gesteuert, wo sich alle vier an einem Bacalhão à Brás überaßen, weil die Portionen bei den Portugiesen noch immer dreimal so groß ausfielen wie in anderen Ländern. Der Kabeljau, zerrieben und mit Kartoffeln und Rühreiern gemischt, schmeckte ja auch vorzüglich. Donna Maria, die dicke Wirtin, welche hinten im Lokal an ihrer offenen Feuerstelle mit den Pfannen hantierte, ihre fettigen Finger an der schmutzigen Schürze abwischte, um hin und wieder bei den Gästen vorbeizuschauen und sie nach deren kulinarischem Befinden befragte, hätte es ungern gesehen, wenn ihren Platten nicht kräftig zugesprochen worden wäre.

Alle sanken mehr als satt in die weichen Kissen ihrer breiten Betten und schliefen nach diesem aufregenden Tag tief und fest. Das Frühstücksbuffet im zweiten Stock: ein über sechs Meter hoher Saal, darin im Rondell ein Schlaraffenland aufgebaut, das keinen essbaren Wunsch vermissen ließ. Die Gäste als etwas verlorene Trabanten um die Köstlichkeiten herumrotierend, anfangs etwas zögerlich ob all dem Überfluss, mit jedem Tag mutiger und selbstverständlicher. Eine Armada beflissener Kellner, die jedem Gourmand auch den exotischsten Wunsch von den Lippen las mit einer Zuvorkommenheit, die in der Schweizer Gastronomie bereits Misstrauen erregt hätte. Man rollte sich gegen Mittag vom Tisch, zog sich in den monumentalen Rauchsalon zurück und freute sich über die mitgebrachten Fotos: neue Erdenbürger, noch nicht bekannte Wohnungen, Daheimgebliebene beim Geburtstagsfotoshooting, materielle Errungenschaften; man verschone sich gegenseitig mit nichts. Fast hätten sie die nachmittägliche dreistündige Carrundfahrt durch Lissabon verpasst: Praça dos Restauradores – Avenida da Liberdade – Marques de Pombal – Parque Eduardo XII – Aquädukt – Ponte 25 de Abril – Belem mit dem Hieronymitenkloster und Vasco da Gamas Grab – durch die Alfama, den ältesten Teil Lissabons – zum Castelo São George mit dem immer noch schönsten Panorama über die weiße Stadt und den Tejo – zurück zum Rossio, dem zentralsten Platz der Stadt. Kleine Erfrischung im Palace, um dann gleich weiterzufahren mit dem Elevador do Lavra, einer Standseilbahn von 1884 auf den Santanahügel, mit dem berühmten Eléctrico No. 28 bis zur Kathedrale Sé, einem Bauwerk aus der Frühzeit des Königtums, das der erste portugiesische König Afonso Henriques 1147 gleich nach der Eroberung der Maurenstadt als christliches Siegesdenkmal angeblich über einer Moschee errichten ließ. Typisch portugiesisch: Das „Sé" kam vom Lateinischen sedes episcopalis – Bischofssitz, aber das wäre zu lang und zu ermüdend, deshalb die Abkürzung. Und apropos Ermüdung: Auch Tram Nr. 28 war zu müde, um sich tagein, tagaus den Schienenweg durch den aufgeworfenen Asphalt zu suchen. So beschloss sie, mit viel Gerumpel und Protestgetöse zu entgleisen, was den Schweizern einen willkommenen Apéro in der nahe gelegenen Bar mit Aussicht über die Stadt bescherte. Danach ein herrlicher Arroz de Mariscos – der portugiesisch feuchte – im „Alpendre" mit reichlich Weißem, einem Esporão aus dem Alentejo genossen. Heute kein Nachtisch, dafür ein zwanzigjähriger Portwein für die nötige Bettschwere. Die Tage vergingen mit Sightseeing und guten Gesprächen. Man kam sich wieder viel näher, begann Standpunkte zu begreifen, die bislang eher zu Ärger und Wut Anlass gaben. Alte Geschichten wurden aufgewärmt, über lustige gelacht, über nicht ganz koschere noch mehr. Alle waren sie begeistert von der Sauberkeit der Stadt, den vielen Renovationen auch alter Bausubstanz; offenbar hatte die letztjährige Weltausstellung einiges in der Metropole bewegt, denn man wollte sich der Weltöffentlichkeit im besten Licht präsentieren. Spaziergänge durch das Chiado-Quartier zur Praça do Carmo, in die Rua Garret und das Café Brasilia in Gesellschaft mit Fernando Pessoa, der sich in Bronze zu den Gästen setzte, um auch den letzten touristischen Kulturbanausen daran zu erinnern, dass er hier als Stammgast, im Gegensatz zur dümmlichen Postkarte, bescheiden Weltliteratur verfasste. Der Chronist vermisste das etwas weiter unten gelegene Jugendstilcafé „Ferrari", welches beim verheerenden Brand im Chiado einige Jahre zuvor zerstört worden war. Der daneben gebaute Elevador de Santa Justa hatte zum Glück dem Feuer getrotzt. So konnte das Quartett auf der Plattform mit Bar bei einem Casal Garcia in alten Erinnerungen schwelgen und den Sonnenuntergang verfolgen. Im Klosterrestaurant Cervejaria da Trindade, Szenen aus der portugiesischen Landwirtschaft gekachelt mit Azulejos an den Wänden, schlemmten sie danach bis tief in die Nacht. Es folgten Promenaden in die Estufas, die schönen alten botanischen Gärten, ein Besuch des Gulbenkian-Museums mit einem reichen Fundus an antiker Kunst und moderner Malerei. Der Armenier Calouste Gulbenkian hatte sein Milliardenvermögen mit der Vermittlung von Ölgeschäften im ehemalig Osmanischen Reich und heutigen Irak gemacht. Wegen des 5%-Anteils an all diesen Geschäften bekam er auch den Spitznamen „Mister 5%". Seine letzten Lebensjahre verbrachte er – nach Marseille, London und Paris – in Lissabon, wo er auch seine Stiftung für Kunst gründete. Mit *den* 5% hätte sich Renato übrigens, wie er mehrfach beim Museumsrundgang erwähnte, auch zufriedengegeben. Er tröstete sich damit, dass Milliardäre auch einmal als ganz gewöhnliche Millionäre angefangen haben. Touren zum östlich gelegenen gigantisch öden Expo-Gelände, das jetzt etwas verloren in der Landschaft stand und wohl vergebens auf bessere Zeiten hoffte, Tejofahrten mit einer der Touristenfähren (der doppelstöckigen mit der miesen Bedienung und der noch schlechteren Lautsprecheranlage, dafür exorbitanten Preisen), Besuche der neuen Docks mit den originellen Bars in den ehemaligen Lagerhallen und natürlich die Pastelaria de Belem mit den weltweit besten Bolos de Nata stellten weitere Fix- und Höhepunkte des Lisboa-Aufenthaltes dar. Alleine die Sahnetörtchen wären die Reise wert gewesen.

Ein großes Hallo, als sich die vier mit der Schwester Renatos und ihrem Mann trafen. Marie und Milian wollten es sich nicht nehmen lassen, den verlorenen Bruder bzw. Schwager nach so langer Zeit hier persönlich zu treffen. So legten sie ihre Frühlingsferien präzis in diese Zeit und hatten auch gleich die Gelegenheit, das bis anhin unbekannte Portugal kennenzulernen. Sie wollten sich nicht aufdrängen und so beschloss man, sich für die letzten drei Tage jeweils abends in einem Restaurant zu verabreden, um bei einem gemeinsamen Essen ungezwungen plaudern zu können. Der Absicht folgten Taten: ein superbes Dîner im gediegenen „Leão d'Oro" mit sensationellem Essen und ebensolchen Preisen, nicht weit vom Avenida Palace gelegen. Ein herzerwärmender Fado-Abend im Bairro Alto in der „Adega do Ribatejo", der Jacqueline die Tränen in die Augen trieb. Müßig, alte Erinnerungen mit ihrem Mann hier in Lisboa mit der rauchigen Luft im Lokal erklären zu wollen. Aber: Auch die anderen, in der Vergangenheit schwelgend, waren bedrohlich nahe am Wasser gebaut. Hatte man eine Beziehung zu Fado und Saudade, konnte der Zuhörer gar nicht anders, es sei denn, er wäre ein abgebrühter Kotzbrocken bar jeder Emotion.

Und am ersten Juni der Abschied. Viel zu rasch, wie alle fanden, aber eine durchwegs gelungene Woche, umso tränenreicher die Trennung. Man versprach sich, fürderhin wieder vermehrt zu schreiben und zu telefonieren, auch sich gegenseitig wieder zu besuchen. Denn mit siebzig wurde die Zeit endlich, da war man sich einig; und nächstes Jahr einundsiebzig, Tendenz steigend. Nichts Schlimmeres, als sich später Vorwürfe zu machen über entgangene Chancen, sich zu treffen, auszutauschen, zu spüren, was den anderen umtreibt und beschäftigt.

Zweimal brach der Pilot den Start des Flugzeugs nach Zürich im letztmöglichen Moment ab. Alle Passagiere wurden nach vorn geschleudert, dank Sicherheitsgurten verneigten sie sich aber nur zum Vordersitz, das Herz schlug bis zum Hals und beim Aufatmen, dass alles noch glimpflich verlaufen war, kriegten einige doch noch das Gepäck aus den sich öffnenden Ablagen übergebraten. Der dritte Start war erfolgreicher und alle portugiesischen Passagiere klatschten, nur der Chronist und seine Mutter knurrten: „Typisch hiesige Gelassenheit und

Schicksalsergebenheit; die würden lieber nach geglückter Landung applaudieren." Die TAP machte ihrer verhohnepiepelten Abkürzung wieder einmal alle Ehre und „take another plane" wäre ohne Frage nie so angebracht gewesen wie jetzt.

Über den Wolken war die Freiheit nur bedingt grenzenlos, zumindest wenn man die Knie des Hintermanns in seine Rücklehne gebohrt bekam, der Vordermann seinen Sessel zurücklehnte und nebenan ein Säugling ununterbrochen plärrte (Karma des Beobachters: Wo auch immer auf dieser Welt er hinflog, hatte er ein Kleinkind in der Nähe, das schrie, und er dachte sich, dass dies zweifellos die Strafe dafür war, dass er sich gegen eigene Kinder entschieden hatte). Nun, wenigstens wurde man dafür meistens mit einem lieblosen Lunch entschädigt. Die Gedanken freilich, die durften noch grenzenlos schweifen und so ließ Maurice die Woche noch einmal Revue passieren. Bald dämmerte er zurück in die letzten Jahre, die Chronologie des Weltgeschehens, die Geschichten, die ihm sein Vater und sein Bruder erzählt hatten, die eigenen Erlebnisse …

RÜCKBLENDE

1996: *François Mitterand war Anfang des Jahres gestorben, Pierce Brosnan zum neuen James-Bond-Darsteller erkoren.* Aretha hatte ihr Geschäft Schritt um Schritt ausgebaut; es lief von Monat zu Monat besser, mehr Mitarbeiterinnen wurden eingestellt, dafür häuften sich – schön proportional zum Umsatz – ihre erschöpfungsbedingten physischen Zusammenbrüche. Maurice trug sich ernsthaft mit dem Gedanken, ganz bei seiner Partnerin einzusteigen und die Marktforschung aufzugeben. Immerhin konnten sie privat diesen April ihr zwanzigjähriges Jubiläum feiern, wieso dann nicht auch beruflich voll zusammenspannen? Parallel zu ihr schwang er im Gleichtakt von Migräne, Durchfall, Herzrhythmusstörungen und Bandscheibenvorfall. Aber das hatte hier eigentlich nichts zu suchen, ständig driftete der Chronist in die eigene Geschichte ab ... *Marguerite Duras starb im März und der grosse Reeder Niarchos im April.* Und im Mai fand wieder einmal ein Treffen der Deutsch-Angolaner in Witzenhausen zwischen Kassel und Göttingen statt. Der Ort hatte sich übrigens historisch und nicht mit irgendwelchen Hintergedanken als Treffpunkt ergeben. Trotzdem, die irrige, fast zum Lachen animierende Hoffnung, als Vertriebene aus Angola je eine Entschädigung vom afrikanischen Staat zu erhalten, passte wieder perfekt zur gewählten Örtlichkeit. Jacqueline und Sandrine ließen es sich nicht nehmen, hinzufahren und nahmen die fünfstündige Zugreise im ICE gerne unter die Räder. Sie wurden entschädigt mit einigen Bekannten aus der Schulzeit von Benguela, dem halben Libolotal, vielen Freunden aus Luandazeiten, die von ganz Deutschland, Portugal und sogar Kanada hergereist waren. Sandrine traf ihren ersten Schulschatz Reinhard Jerschke wieder, Jacqueline unterhielt sich mit ihrer treuen Freundin Olga Fürst (ja die gefährlich-herzliche, welche damals „das Wurm" in der Maternité suchte). Und alle ließen sie Renato herzlich grüßen. Es war schon verrückt: zwanzig Jahre weg von Angola, auseinandergerissen in alle Welt, Schicksale mit Tiefschlägen erlitten, neue Karrieren aufgebaut und immer noch dieser Zusammenhalt wie in einer verschworenen Gemeinschaft.

Ein ganz neues durch fortgeschrittenes Alter bedingtes Lebensgefühl begann Jacqueline zu ärgern: eine Arthrose im Nacken, die langwierige Abklärungen und Therapien nach sich zog. Auch die Operation des grauen Stars stand bevor – unausweichlich, denn ihre Sehschärfe hatte stark gelitten. Freunde erkannte sie nicht mehr auf der Straße, Distanzabschätzungen wurden enorm schwierig, sogar bei banalen Dingen, wie ein Glas Wein einschenken. Unweigerlich kam ihr ein kleines, hässliches Gedicht Renatos in den Sinn, das er jeweils selbstironisch zum Besten gab, wenn in einer Gesellschaft über die Altersgebresten gejammert wurde:

> „We d'Bei nümm' wei trage
> U s'Biis nümm ma nage
> U i de n'Ouge das trüebe Schiine
> U we de Gigu nümm' ma iine
> U we d'nümm' chasch grad seiche,
> Das si die füüf böse, böse Auterszeiche!"

Dann musste Jacqueline lächeln und sie beschloss das Übel zu packen; noch wollte sie nicht resignieren, sie fühlte sich zu jung. Vorübergehend die Rolle als fliegende Großmutter etwas drosseln, dazu war sie noch bereit, ansonsten überlegte sie, ob sie nicht dem Beispiel Renatos folgen und vermehrt mit Trinken und Rauchen beginnen sollte, schließlich würde man sich als geräucherte Dauerwurst im Alkohol sicher besser konservieren. Und wie höhnte ihr Exmann doch immer: „Alkohol und Nikotin raffen die halbe Menschheit hin. Ohne Alkohol und Rauch putzt's die andere Hälfte auch."

Heftige 1.-Mai-Ausschreitungen erschütterten Zürich, das Patenkind des Chronisten, Estefani, wurde konfirmiert, *Deutschland gewann den Fussballeuropapokal im Endspiel gegen Tschechien, Timothy Leary und die Jazzlegende Ella Fitzgerald verstarben. Schaf Dolly, das erste geklonte Säugetier, wurde geboren. Im August trat die deutsche*

Rechtschreibereform in Kraft, welche der Chronist bis heute hartnäckig ignoriert. Im Oktober kamen die neuen 20er-Noten mit dem Konterfei von Arthur Honegger (1892–1955) in Umlauf. René Lacoste starb. Es war auch der Monat der großen Schäden in Arethas Boutique: nicht ein Lieferant, der korrekte Ware bot; Verfärbungen, Tausende von Metern gerissener Web- und Jerseystoffe, Motten im Merinogarn. *Die Kinderschänderaffäre in Belgien um Marc Dutroux zog immer weitere Kreise. Bill Clinton wurde wieder gewählt. Auch der grosse Marcello Mastroianni verstarb im Dezember. Rolf Zinkernagel bekam zusammen mit Peter Doherty den Nobelpreis in Medizin.*

Und immer wieder, wie ein roter Faden, die finanziellen Probleme Renatos, das Anpumpen seiner Exfrau, was stets soviel wie „à fonds perdu" bedeutete. Selbst die Erbschaft seiner Mutter, die laut Scheidungsvertrag und im Einverständnis beider vollumfänglich Jacqueline zugutekommen sollte, tastete er an, ebenso eine Lebensversicherung, die fällig wurde. Ihr hatte es deshalb, literarisch ausgedrückt, den Nuggi rausgejagt und sie machte sich am Jahresende brieflich Luft und zwar gehörig. Seine von ihm getrennt lebende Inseltante hatte ein für dortige Verhältnisse luxuriöses Haus mit Meerblick gleich hinter dem Praia da Fonte erhalten, dazu eine monatliche fürstliche Apanage. Jacqueline dagegen hatte noch zehn Jahre bis zur Pensionierung geschuftet und sparte, wo es nur ging. Sie erhielt zwar ihre bescheidene AHV sowie eine Rente als Darlehenszins aus der Holding ihres verstorbenen Vaters, aber über einen Goldesel verfügte sie nicht.

„Möchten sie noch ein Brötchen oder sonst eine Erfrischung?" Der Chronist schreckte aus seinen Gedanken auf und freute sich über die nette Ansprache der noch netteren Flight Attendant. Er verzichtete nach dieser Woche Schlemmerei auf das Essen, wies ein Wasser jedoch nicht zurück. Sanftes Zittern des Flugzeugs, gleichförmige Geräusche der Triebwerke, hie und da leise Stimmen von sich unterhaltenden Passagieren in der Nähe, das Kind war endlich eingeschlafen. Einlullend …

1997: Deng Xiaoping starb im Februar und, ach ja, da hatten sie doch im selben Monat ein Inserat in der Tageszeitung gesehen, das mehrmals erschien und ihre Neugier weckte: „Günstig zu verkaufen: eine Suite in einem vierhundertjährigen Berghotel im Prättigau mit 35 qm Sonnenterrasse in ruhiger Umgebung, Anstoß an rauschenden Bergbach, gute Luft und Fernsicht in die Fideriser Heuberge." Das mussten sie sich natürlich an einem traumhaft verschneiten Tag ansehen und es war Liebe auf den ersten Blick, die Hoteliers und Verkäufer eine äußerst sympathische Familie. So wurde man sich schnell handelseinig und das erfolgreiche Duo Aretha/Mauriçe kaufte die 3,5-Zimmerwohnung auf zwei Stöcken, die wie ein eigenes Häuschen ins alte Hotel integriert war. Einfach und ideal, weil die Hotelinfrastruktur zusätzlich zur Verfügung stand, das Postauto vor dem Haus hielt, der Volg-Laden nur hundert Schritte entfernt. Nun waren sie erstmals Besitzer einer Immobilie; wer hätte sich das noch vor ein paar Jahren träumen lassen? Über der Nebelgrenze auf eintausendfünfhundert Metern und jederzeit von Zürich aus in ca. eineinhalb Stunden erreichbar. Dafür planten sie, ihr Rebhäuschen baldigst aufzugeben, denn dieses verursachte viel Arbeit und der Chronist litt in den Sommermonaten immer wieder an Heuschnupfen und Asthma, besonders dort draußen in der blühenden Natur. Mit viel leidenschaftlicher Energie begannen sie ihr neues Ferienheim einzurichten und es wurde mit der Zeit ein richtiges Bijoux, eine reizvolle Mischung von rustikal und modern.

In dieses Glück schlich sich die unerwartete, aber höchst dringliche Herzoperation von Arethas Vater, was zu großen Umtrieben führte, weil ihre Mutter seit Längerem gelähmt im Rollstuhl saß und vollkommen auf die Pflege ihres Mannes angewiesen war. Nun, die künstliche Herzklappe sowie die vier Bypässe konnten relativ komplikationslos eingesetzt werden dank eines hervorragenden Chirurgen Namens Carrell. Ganz vergessen: Da war doch noch *am 28. März dieses astronomische Ereignis: der Komet Hale-Bopp, für Monate von blossem Auge sichtbar, ein wunderbares Erlebnis, das sich erst in 2400 Jahren wiederholen würde. Im Juni ging Hongkong an China zurück und im darauffolgenden Monat gab Migros die Übernahme von Globus bekannt. Die erste Sonde, „Pathfinder", landete auf dem Mars. Ermordung von Gianni Versace.*

Die engste Studienkollegin von Maurice wurde zusammen mit ihrem Mann auf der Seestraße über den Haufen gefahren: Beide waren sofort tot. Im Freundeskreis herrschten große Trauer und Wut über diese durch zu schnelles Fahren des Schuldigen verursachte Kollision. Kurz darauf ein Unfall, der die ganze Weltpresse beschäftigte: *Lady Di, Prinzessin der Herzen, kam in Paris mit ihrem Begleiter ums Leben.* Danach starb gleich noch *Mutter Theresa;* das löste jedoch viel weniger Echo aus, weil unergiebig für die Yellow Press. *Tod des Diktators Mobutu,* dem kaum jemand nachtrauerte, schon gar nicht in Zaire. *Und dann auch noch das Massaker von Luxor im November, bei dem so viele Schweizer ums Leben kamen.* Der leicht träumende Beobachter fragte sich, warum das Sterben eine so große Bedeutung einnahm und für das Leben so wenig Platz blieb. Aber auch er selbst hatte sich in seinem Rückblick meistens für das Ende und nicht den Anfang entschieden, wohl aus der logischen Einsicht, dass bei der Entstehung, beim Beginn noch kaum zu ersehen war, wer und was einmal später von Bedeutung sein würde. Er wollte nicht zu tief schürfen und schweifte ab zur *Eröffnung des Museums der Fondation Beyeler in Riehen* mit viel Trara und Prominenz. *Zum grössten Postraub der Schweizer Geschichte:* In Zürich klaute eine Bande doch tatsächlich dreiundfünfzig Millionen Franken, stellte sich danach aber derart dämlich an, auch beim Ausgeben der Beute, dass bald alle hinter Schloss und Riegel saßen. *Der Kanadier Jacques Villeneuve wurde Formel-I-Weltmeister.*

Das monotone Geräusch der Motoren machte einen schläfrig. Sie hatten Spanien inzwischen überquert und befanden sich in zehntausend Meter Höhe über Frankreich. Eine tolle Woche mit großartigen Eltern trotz allem. Dank ihnen war ihm bis jetzt ein spannenderes Leben vergönnt als manchem seiner Zeitgenossen. Eigentlich schade, dass sie, welche sich im Grunde derart gut verstanden und in Vielem harmonierten, sich überhaupt hatten scheiden lassen. Die Eltern Arethas konnten letzten März ihre goldene Hochzeit feiern. Ja, wenn … wäre, … würde, … hätte …

1998: International eskalierte die Lage im Kosovo. Thyssen und Krupp Fusionierten, ebenso Exxon und Mobile. Auflösung der Rote-Armee-Fraktion. ICE-Unglück von Eschede mit über 100 Toten. Der Kommandant der Schweizer Garde wurde kurz nach seiner Ernennung ermordet. Bombenanschläge auf die US-Botschaften in Daressalam und Nairobi. Eine MD 11 der Swissair stürzte vor Halifax ab. Bill Clintons Lewinsky-Affäre. Gerhard Schröder wurde Bundeskanzler. Die UNITA schoss in Angola ein Flugzeug der UNO ab. Und gegen Ende des Jahres sah man die ersten Smarts in den Straßen rollen. Und Ruth Dreifuss: als erste Bundespräsidentin der Schweiz gewählt. Gestorben waren in diesem Jahr Falco, Vico Torriani, Pol Pot, Linda McCartney, Carlos Castaneda, Hans-Joachim Kulenkampff, Frank Sinatra, Eric Ambler.

Ballast abgeworfen

Im selben Jahr des Portugaltreffs, im September, reiste Jacqueline nach Brasilien zu Exmann und Sohn, im Schlepptau die Kinder von Florian, damit sie ihren Vater nach Jahren wieder einmal zu Gesicht bekämen. Ausgefallen das Treffen mit Renatos Kindern: Onkel und Tante waren jünger als sie selber, Neffe und Nichte. Die Begegnung mit dem eigenen Vater zu Beginn etwas verlegen, doch das gab sich bald. Die Reise für die Jungen hatten Jacqueline und Maurice gespendet, Erstere aus dem Harmoniebedürfnis der Familienzusammenführung, Letzterer als typischer Pate mit wenig Zeit, dafür genug Geld, um wenigstens monetär die ihm zugefallene Rolle auszufüllen. Das waren aber noch nicht alle Ausgaben: Florian, seit dem erneuten Kontakt mit dem Bruder wieder etwas „gesprächiger" geworden, benötigte dringend Zaster; das Wasser stand ihm bis zum Hals. Wie immer war er gerade ganz nah dran gewesen an einem Geschäft, die äußeren Umstände jedoch machten ihm einen Strich durch die Rechnung. Von Natur aus weichherzig konnten er und Aretha nicht anders, als ihn zu unterstützen mit einem beträchtlichen „Kredit" und in geringerem Maße sollte sich dies die nächsten Jahre perpetuieren, mal unter Einbindung der weiteren knurrenden Geschwister, mal heimlich über Jacqueline, die ihren Sohn doch nicht verhungern lassen wollte. Wenigstens hatte er sich von seiner unmöglichen Dulcinea getrennt und lebte jetzt in einem Kaff mit zwar über 200 000 Einwohnern (es blieb dabei trotzdem ein Kaff) ca. eine Stunde von Salvador entfernt. Bezirzt von einer Konkubine, bodenständige, etwas biedere Bahianerin, die als suboptimale Mitgift gleich noch drei Töchter in die Beziehung einbrachte, welche von Florian ebenfalls ernährt werden mussten, ganz zu schweigen vom Schulgeld, den Transportkosten und allem, was im täglichen Leben so gebraucht wurde. Zu aller familiären Freude plagte die Eierbeißerin ihn noch hie und da, weil sie partout das Feld nicht kampflos räumen wollte und schließlich auf dem

Papier immer noch die Angetraute war. Kleinigkeiten wie das Abfackeln seines Autos vor dem Haus, Hetze gegen ihn bei den Behörden, weil er – wie fast alle hier – ohne Baugenehmigung mit der Errichtung eines Gebäudes, seines zukünftigen Wohn- und Geschäftshauses, begonnen hatte. Erst unzimperliche Abwehrdispositive seiner neuen Poussage halfen sie in Schach zu halten; und mit ihrem frischen Freund, einem korrupten Polizeibeamten in mittlerer Charge, beruhigte sich die Situation dann allmählich.

Der Beobachter stellte fest, dass sich die Geschichte Generationen verschoben wiederholte. Freilich, Renato verfügte zurzeit wieder über einen gewissen pekuniären Freiraum. Er hatte sein Hotel Praia da Fonte verkauft! Wiederholt waren die letzten Jahre Offerten dafür eingegangen, immer verweigerte er beharrlich. Nun schloss er sich kurz mit dem Chronisten und fragte um Rat, natürlich im letzten Moment, bevor das Angebot verfiel. Es handelte sich wieder um denselben Finanzier mit seiner Immobiliengesellschaft, der schon viel früher offenes Interesse an der Liegenschaft oder viel mehr am topgelegenen Land zeigte. Beteiligt an der Marina, wollte er sein Inselimperium arrondieren, das Praia abreißen und ein luxuriöses Apartmenthaus für begüterte Touristen bzw. Einheimische im Stockwerkeigentum hinstellen. Im Grunde handelte es sich wieder um Renatos Pläne, die er mangels Finanzierungsmöglichkeiten (trotz damaliger mündlicher Zusage der Bank) vor gut zehn Jahren nicht realisieren konnte und die nun ein anderer als potenter Geldsack quasi erben würde. Trotzdem: Sein ältester Sohn riet ihm nach Absprache mit seinen Geschwistern zum sofortigen Verkauf. Der Preis hätte zwar besser sein dürfen, aber angesichts der immer prekären Lage in Brasilien – es sei denn, man gehörte zur Oberschicht – war es wohl das Beste. „Wenn die Gesundheit dir keinen Streich spielt, kannst du noch mit ein paar Jahren guter Lebensqualität auf Paricatì rechnen. Bis dann sind deine Kinder dort erwachsen und du befreit von der Verantwortung weiter für sie sorgen zu müssen. Lege das Geld in Immobilien und einer Einmaleinlage bei einem Finanzinstitut an, dann bleibt dir zusammen mit der AHV eine anständige Rente, von der du sorglos leben kannst und beim Spanier keine existenziellen Ängste vor der unmittelbaren Zukunft zu haben brauchst. Vielleicht hast du dann auch wieder Zeit zum Lesen, Schreiben, für die intellektuelle Auseinandersetzung, die in den letzten Jahren zu kurz gekommen ist, wie du immer bedauertest." Der Vater ließ sich überzeugen, in null Komma nichts wurde der Deal besiegelt. Renato stand da mit ansehnlich gepolstertem Konto, und nichts mehr von dem, was er die letzten zweiundzwanzig Jahre aufgebaut hatte, gehörte ihm noch. Ein komisches Gefühl und doch befreiend. Die Jangada saß ja schon auf Grund, bald würde auch das Praia da Fonte geschleift und seine Taten nur noch als Gerücht, später vielleicht sogar einmal als Legende existieren. Das war doch eine enorme Leistung: Luftschlösser entworfen, Träume verwirklicht, gigantische Seifenblasen zum Platzen gebracht zu haben. Und über all dem schwebte sein Geist; es war gar nicht so wichtig, was eines Tages materiell übrig blieb. Auch der reiche Immobilienhändler mit seinem trutzigen Imperium war vergänglich. Was konnte Renato Besseres passieren: Nicht immer, aber oft hatte er Spaß im Leben, an der Verwirklichung seiner Ideen, er bereute letztlich keinen Tag, wer konnte das schon von sich behaupten? Und jetzt kam eine neue Phase, mehr Innerlichkeit, Besinnung auf sich selbst, Überlegungen zu seiner Lebensphilosophie, Innehalten und über sein bisher gelebtes Leben nachdenken, gute Gespräche; das jedenfalls erhoffte er sich und fühlte sich wohl wie selten. Vielleicht würde er jetzt auch leichter wieder mit Jacqueline zusammenfinden. In Gedanken war er bei ihr und ein bisschen traurig; sie feierte in Basel ihren Siebzigsten mit siebzig Freunden und Verwandten in einem Rittersaal, festlich dekoriert, großes Buffet. Rulo war mit seiner zweiten Frau extra von Deutschland angereist, um ihr die Ehre zu erweisen, obwohl bereits merklich von Krankheit gezeichnet. Ein schwarzer Freund Jacquelines flog gar von New York ein, um diesen Geburtstag mit ihr feiern zu können.

1999: Einführung des Euro als Buchwährung. Osama bin Laden bekennt sich zu den Bombenanschlägen auf die US-Botschaften in

Nairobi und Daressalam. Volvo geht an Ford. Beginn der NATO-Luftschläge gegen Jugoslawien. Ruth Metzler mit 34 jüngste Bundesrätin. Bertrand Piccard und Brian Jones umrunden als Erste die Erde im Ballon. Steffi Graf tritt vom Profitennis zurück. Erstmals wird die 6-Milliardengrenze der Weltbevölkerung erreicht. Nordirland erhält seine Autonomie zurück. 50 000 Tote bei Erdrutschen in Venezuela. USA geben Panamakanal zurück. Der Sturm Lothar fegt über Europa und richtet enorme Schäden an. Wladimir Putin wird neuer Präsident Russlands. Macao geht an China zurück. Gestorben: Michel Petrucciani, König Hussein von Jordanien, Dusty Springfield, Stanley Kubrick, Yehudi Menuhin, Paul Sacher, König Hassan von Marokko, Walter Stürm, Willy Millowitsch, Amalia Rodriguez,* Rex Gildo, Robert Bresson. Literaturnobelpreis an Günter Grass. Friedensnobelpreis an Ärzte ohne Grenzen. Stefan Raabs „Maschendrahtzaun" hält sich wochenlang als Nr.-1-Hit in den Charts ... Und die ganze Welt fürchtete sich vor dem Millennium Bug.**

Pünktlich zum fünfhundertjährigen Jubiläum der Entdeckung Brasiliens hatte Renato sich an der Praça do Forte, Nr. 1 ein altes Häuschen gekauft, das Einzige am Festungsplatz selber und bewacht von vier Kanonen. Von seiner Veranda aus hatte er direkten Blick auf das etwa hundert Meter entfernte Meer an der Nordspitze Paricatìs. Er war glücklich über den hübschen kleinen Bau aus dem 18. Jahrhundert, Seitenflügel und Gärtchen inklusive. Hier lebte es sich ebenerdig und etwas wärmer, aber doch nicht allzu verschieden von seiner Jugendzeit: zweistöckig, kühler und als etwas beengender empfand er es damals, überschaubar war beides. Drei Schlafzimmer, ein kleines Büro und ein großes Wohn-Esszimmer. Im Anexo, dem Nebenflügel, drei weitere, jetzt noch nicht eingerichtete Zimmer mit jeweils separatem Eingang, die alle auf das Gärtchen führten. Dazu ein Geräteraum für allerlei Nützliches und Un-

---

* Portugal ordnet eine dreitägige Staatstrauer für ihre größte Fadista an.
** Dabei begann das neue Millennium ja erst in einem Jahr, wenn 2000 abgeschlossen sein würde.

nützes vom Praia da Fonte, das er mitgenommen hatte. Rein wohngeografisch ideal, weil er damit seine Kinder untereinander etwas auf Distanz halten konnte, denn diese stritten öfters miteinander, als ihm lieb war. Sein neues Refugium konnte er teilweise möbliert, mit einer relativ neuen Kücheneinrichtung und einem renovierten Bad übernehmen. Was er besonders schätzte: Sein Zimmer verfügte über eine eigene Dusche und WC und führte in ein separates Höfchen, von hohen bewachsenen Mauern umschlossen. So hatte er als alter Clanchef doch eine gewisse Privatsphäre und konnte sich nach Bedarf zurückziehen. Und um mehr Ruhe zu garantieren, ließ er als Erstes eine Decke einziehen, denn diese typischen Veranistahäuser hatten weit hochgezogene Ziegeldächer, dadurch waren die Zimmer nach oben offen und man hörte jedes Geräusch aus den Nachbarräumen. Der Nachteil seiner Verbesserung: Wenn das Wasser in der Regenzeit heftig prasselte und sich den Weg durch die Ziegel ins Haus bahnte (und es gab kein Haus auf der Insel, das nicht Wasserschäden zu beklagen gehabt hätte), dann wusste man nie genau, wo das unerwünschte Nass eindrang. Ohne diese Umbauten kostete das doch relativ großzügige Heim sage und schreibe nur 45 000 Franken. Dafür hätte es in der guten Schweiz bestenfalls eine Doppelgarage zum Eigenheim gegeben.

Dass Diacha hier aufgewachsen war und schlechte Jugenderinnerungen an das Haus hatte, wusste er nicht und erfuhr es erst später, als sie ihm eine Szene machte mit dem Vorwurf, er hätte dies extra getan, um sie zu ärgern. Dabei hatte er lediglich nach etwas Zentralem, Ruhigem gesucht mit genügend Platz für seine Kinder; Strandnähe war ihm, der täglich im Atlantik schwamm, wichtig und natürlich auch die kurze Gehdistanz zur Pracinha da Sé mit dem Spanier gleich an der Ecke.

Das Praia da Fonte sah trostlos aus. Renato konnte praktisch alles verkaufen, was nicht niet- und nagelfest war. Tische, Stühle (ein Teil erhielt Florian für seine Knelle), die begehrten Aluminiumfenster, weil sie nicht rosteten, die gesamte Kücheneinrichtung, ja sogar das Dach bzw. die gebrannten Ziegel. Selbst die Boutique mit dem kläglichen Inhalt konnte noch verscherbelt werden. Jetzt im Nachhinein atmete Renato tief durch und war froh, sein Hotel keinen Tag zu spät abgestoßen zu haben. Mit dem Bau der Marina und der Neugestaltung der Orla bis zu ihm herauf an seinen Platz – alles nach seinen ausgetüftelten Plänen – wurde auch der Abriss und Neuaufbau der Landebrücke fällig. Damit konnten die Schoner während ganzer acht Monate nicht mehr anlegen und das wäre für den Hotelbetrieb, der voll von der Hochsaison abhing, das Ende, die Pleite gewesen. Also war die Entscheidung richtig und die Geschwister in der Schweiz atmeten auf, ihrem Vater wohl geraten zu haben.

Renatos anerkannter, aber nicht von ihm stammender Sohn wollte unbedingt in die Schweiz, um sich dort ein Leben aufzubauen, weil er auf der Insel keine Zukunft sah. Natürlich wurde erwartet, dass Jacqueline sich seiner in der ersten Zeit annahm. Sie, die Geschiedene, die nichts, aber auch gar nichts mit den Kindern ihres Exmannes zu tun hatte, sollte sich nun wieder um einen kümmern. Es stank ihr gewaltig und doch willigte sie nach längerem Zögern ein. Der knapp über Zwanzigjährige ließ sich nicht zweimal bitten. Er flog mit einem Ticket, das Renato für eine bei ihm ausstehende Schuld bei einem Reisebüro einlösen konnte, im Mai in die Schweiz. Ein paar Monate wollte er bleiben – möglichst im Gästezimmer Jacquelines – und es sich wohlergehen lassen. Sie wollte ihm aber bei ihr nur die ersten drei Wochen zugestehen, bis er sich etwas eingelebt hätte. Schließlich traf er hier Freunde einer Capoeira-Schule, die früher bei ihm auf der Insel gelernt hatten. Die sollten jetzt gefälligst auch etwas für ihn tun. Jacqueline sorgte dafür, dass er sofort bei einer Organisation für Auslandsbrasilianer Anschluss fand und einen Deutschkurs für Ausländer belegen konnte. Sie bezahlte seine Auslagen, kam für Kost und Logis auf und fing sich bald über seine Faulheit an zu ärgern. Er verpennte seine Lektionen, lag bis Mittag im Bett, weil er in der Nacht mit den Kumpeln rumhing, wäre nie auf die Idee gekommen einmal sein Zimmer aufzuräumen, geschweige denn einzukaufen und verschob alle seine Pläne immer auf den nächsten Tag. Er schien das Klischee des faulen Bahianers mehr als zu bestätigen, sodass ihn Jacqueline nach sechs Wochen hinauswarf, auf dass er endlich den Finger aus dem A... nähme und sich bemühte, auf eigenen Beinen zu stehen. So kam es, dass dieser Joán sich nach Zürich trollte, um bei Freunden unterzukommen.

Paricatì, Ilé Axé

In einer stockdunklen Sommernacht fuhr der Chronist mit seiner Partnerin und einigen Freunden per Velo am See entlang zum Essen in die Badeanstalt Wollishofen. Auf dem Rückweg um 23.00 Uhr rief plötzlich jemand Dunkelhäutiger entgegenkommend ebenfalls auf einem Fahrrad der Gruppe zu, sie solle halten. Niemand reagierte: wieder so einer, der womöglich Geld wollte. Aber auf den Namen „Mauriçe" sprach das Schlusslicht der Gruppe an und bremste brüsk. Er erkannte ihn nicht, woher auch, er hatte ihn als Kleinkind in Paricatì vor fast zwanzig Jahren zum letzten Mal gesehen, wusste nicht einmal, dass er in der Schweiz weilte. Umgekehrt aber wurde der große Halbbruder sofort identifiziert aufgrund von Fotos, die Joán bei Renato im Hause aufgestellt gesehen hatte. Das immerhin war eine Meisterleistung der Identifikation. Und der Chronist fragte sich einmal mehr, ob diese paranormalen Dinge wieder auf den (Un)Geist der Insel mit all ihren unerklärlichen Phänomenen zurückzuführen sei.

Paricatì war verwünscht, da gab es keinen Zweifel. Bahia, brasilianisches Zentrum des Candomblé, da die afrikanischen Wurzeln nirgends so stark und deutlich zu spüren waren wie hier. Und die Insel ein Ort der potenzierten Kraft solcher häufig praktizierten Rituale, allerdings nie in adretter Form für Touristen aufbereitet, sondern roh, befremdend, nicht Eingeweihten Angst einflößend. Man musste schon – das zweifelhafte – Glück haben, einem echten Candomblé beiwohnen zu dürfen. Diese wurden nie öffentlich bekannt gemacht; auf etwaige fremde Besucher nahm man überhaupt keine Rücksicht. Vielleicht wurde einem der Zutritt auch verwehrt, das hing von der Kultusgemeinde und noch stärker von der Mãe Santa ab, ob man zugelassen war. Die Sklaven, aus verschiedenen Regionen Westafrikas, unter anderem oft auch von Angola, nach Nord- und Südamerika verschleppt brachten diese Religion mit ihren Priestern nach Brasilien. Ursprünglich von der katholischen

Kirche verboten, breiteten sich die Rituale, vor allem nach der Abschaffung der Sklaverei stetig aus und gelten heute als weitgehend etabliert mit Anhängern durch alle Gesellschaftsklassen und Tausenden von Tempeln. Candomblé unterscheidet sich von anderen afrobrasilianischen Religionen wie Macumba, aber auch vom haitianischen Voodoo und der kubanischen Santería. Die dabei verwendeten Sakralsprachen differieren je nach Herkunftsland und Region in Afrika; in Bahia sind es das Yoruba bzw. Ketu von Niger, Benin und Togo, Gemische aus Bantu, Kimbundu und Kikongo von Angola und dem Kongo. Charakteristisch an allen Gruppen des Candomblé ist die Verehrung mehrerer Götter und Geister, die von afrikanischen Gottheiten abgeleitet sind, in Bahia die Orixás der Yoruba-Mythologie, die alle vom Gottvater Olorun geschaffen wurden. Orixás haben ihre Persönlichkeiten, Fähigkeiten und rituellen Präferenzen und werden mit spezifischen natürlichen Phänomenen in Verbindung gebracht. Jede Person erhält bei ihrer Geburt einen Orixá-Paten, der durch den jeweiligen Priester oder die Priesterin bestimmt wird. Einige der Götter werden bei den Ritualen durch eingeweihte Personen verkörpert, andere durch die Natur, zum Beispiel einen Baum verehrt. Es finden sich im Candomblé auch viele Elemente des Christentums. Das war historisch bedingt, weil die Kirche und die Sklavenhalter den Schwarzen ihre Religion verboten hatten. So versteckten sie hinter den katholischen Heiligen auf dem Altar ihre eigenen Kultobjekte, ja ihre Götter erhielten sogar die Namen der Heiligen, um unbehelligt zu bleiben. So ist der von den Toten auferstandene Lazarus Omolu, der Gott der ansteckenden Krankheiten oder Oxum, die Fruchtbarkeitsgöttin, niemand anderes als die Maria der Unbefleckten Empfängnis. Die eigentliche Kulthandlung hatte zwei Teile: die oft mehrtägige Vorbereitung, indem die Eingeweihten den Ort der Zeremonie säuberten und schmückten in den Farben des Orixás, zu dessen Ehren der Ritus durchgeführt wurde, und die Opferung von Tieren, wobei ein Teil für die Götter, ein Teil für das Festmahl bestimmt war. Der zweite öffentliche Teil und das Fest bestanden darin, dass sich die Eingeweihten bei Trommelrhythmen der Atabaques und Gesang in Trance tanzten und dabei ihren Orixá verkörperten. Am Schluss endete alles in einem großen Bankett. Die Tempel nennen sich Casas oder Terreiros, teils mit strengen Hierarchien und oft matriarchal geführt. Große Casas in Salvador sind zum Beispiel Ilé Axé Iyá Nassô Oká oder Ilé Axé Alaketu. Axé bedeutet Energie, Kraft der Gottheit und sein eigenes Axé konnte man rituell stärken. Je nachdem, ob man eine zögerliche und bedächtige Tochter der Erdgöttin Nana war oder ein aggressives und mutiges Kind des Kriegsgottes Ogum, gab es verschiedene Wege zur Lösung persönlicher Probleme. Das System der Orixás ist außerordentlich vielschichtig; zu jeder Gottheit existieren Hunderte von Geschichten und Legenden und je nach Situation und Lebensalter versammelt jeder Orixá eine Fülle von Möglichkeiten in sich. Zu wissen, wessen Gottes Kind man war, bot deshalb noch lange keine einfachen Lösungen. Außerdem leiten sich daraus eine Reihe von komplizierten Verpflichtungen ab: zum Beispiel regelmäßig seiner Gottheit Essen bringen und die Präferenzen berücksichtigen. Wehe, Iemanjà wurden Süßwasserfische serviert. Gleiches galt für die Lieblingsfarbe, das Lieblingssymbol, die Lieblingsmusik usw. Kein normaler Sterblicher konnte hier durchsehen und im Zweifelsfall wurde immer wieder die Autorität des Terreiro konsultiert, welche die rituellen Formeln kannte und mithilfe der Buzios, den sechzehn Muscheln, das Orakel befragte.

Die starke Präsenz des Candomblé in einer an westlichen Werten orientierten Gesellschaft wie Brasilien mochte erstaunen. Naturreligion mit magischer Weltanschauung und Riten, welche das Jenseits mit dem modernen, aufgeklärten Diesseits verknüpfen. Aber in Brasilien bzw. Bahia bekannten sich namhafte Showgrößen, Politiker und Industrielle zu diesen Ritualen, beim Fest der Meeresgöttin Iemanjà am 2. Februar im Ortsteil Rio Vermelho, aber auch an Neujahr würde es kein bekannter Stadtpolitiker versäumen, der afrikanischen Göttin seine Reverenz zu erweisen. Sie gilt als Mutter des Meeres und der meisten anderen Orixás, Schutzpatronin der Fischer und Seeleute, Herrin der Gedanken. Ihr Tag ist der Samstag, ihre Farben sind weiß und hellblau, ihr Metall ist das Silber.

Um ihr zu danken, Wünsche an sie zu richten oder ihr zu huldigen, werden traditionell Blumen, Düfte und andere kleine Gaben an das Meer geschenkt.

In all diesen Traditionen verwurzelt, aber abgeschottet vom Festland blühte der Candomblé in Paricatì. Viele Eingeweihte, eigentliche Medien, lebten auf der Insel, ihre Vorfahren die Verrückten, welche man nicht ein- sondern ausgesperrt hatte. Das Ganze überdacht von einem tropisch dampfenden Klima. Hier war eine wie Diacha groß geworden und ausgerechnet hier hatte Renato seine Zelte aufgeschlagen; wer das überlebte, konnte weiß Gott oder eben Olorun überall bestehen. Einheimische, über sechzig Jahre auf der Insel lebend, hatten dem Chronisten gestanden, dass sie Paricatì bis heute nicht verstehen würden, trotz aller Eigentümlichkeiten jedoch nur hier und nirgends sonst sein wollten. Im Übrigen bewunderten sie den Suiço maluco, dass er es hier so lange ausgehalten hatte, ja der Insel gewissermaßen seinen Stempel aufdrücken konnte. Schließlich ging – neben all den Bauten und Unternehmungen – immerhin ein offizieller Feiertag Ende Januar auf den Schweizer zurück: das „Lavagem do Bico", und wenn etwas „Waschung" hieß, dann assoziierte man damit schon etwas Religiöses, Heiliges. Mittlerweile war es ein riesen Volksfest geworden, die ganze Altstadt dekoriert, Schulen und Läden geschlossen, Livemusik auf allen Plätzen, Restaurants, die im Freien grillten und kochten, was Holzkohle und Pfannen hergaben, ein riesen Menschenauflauf. Kaum jemand mehr wusste, dass der Anlass zunächst ein ganz profaner war. Renato hatte sich immer maßlos geärgert über die schmutzigen Gassen, den Unrat, welchen die unbekümmerten Paricatìner einfach aufs Kopfsteinpflaster schmissen. Es gab zwar eine unregelmäßige Müllabfuhr und auch von der Gemeinde angestellte Straßenwischer, aber die wurden der Situation niemals Herr. Also motivierte der umtriebige Hotelier sein Personal, Nachbarn, Schulkinder, Hungerleider und Landstreicher, in einer abgestimmten Aktion das Städtchen zu säubern: „Die Waschung der Gasse" nannte er seine Idee und für das versprochene Freibier bzw. ein paar Süßigkeiten für die Kids waren die sich tagein, tagaus Langweilenden zu allem bereit. Es wirkte ansteckend und von Jahr zu Jahr wollten mehr Menschen sich an der Putzaktion beteiligen, sodass irgendwann der Gemeinderat ein Organisationskomitee gründen musste, um das ganze Städtchen zu dirigieren, den Ablauf des Großanlasses in geordnete Bahnen zu lenken. Dann kamen die Begleiterscheinungen von Getränken und Essständen, später die Musik dazu; ein sich fast von selbst vervielfachendes System, immer größer, immer perfektionierter. Inzwischen produzierte das zu einem riesigen Volksfest mutierte Straßensäubern viel mehr Dreck als Paricatìs Pflaster je aufgenommen hatte und sich in seinen Albträumen vorstellen konnte. Die Gemeinde musste danach erst recht die Straßenpflege neu erfinden.

Der Chronist war wieder abgeschweift, denn eigentlich wollte er in Begleitung seines Vaters die Geschehnisse beim Candomblé festhalten. Stattdessen eher trockene Erklärungen und eine theoretische Wiedergabe des Rituals. Aber das war beabsichtigt. Was sollte der Beobachter noch einmal ausmalen, wie den verängstigten Lämmern die Halsschlagader aufgeschlitzt wurde und Renato quälen mit der Feststellung, dass einmal mehr seine geliebten Hühner den Kopf herhalten mussten. Und die Federviecher hatten beileibe in Vaters Vita schon zu oft die Zeche bezahlen müssen für all die Katastrophen und blutrünstigen Eskapaden von Fuchs, Hund, Schlange oder Partnerin. Musste man nochmals und immer wieder von den Besessenen berichten, die sich zu Beginn noch zu Trommelrhythmen schüttelten, nach Stunden immer unkontrollierter zuckten, bis sie sich in Trance am Boden wälzten, einen vermeintlichen oder tatsächlichen Orixá inkarnierend? Des Weiteren gab der Candomblé Schreibstoff für manchen Schriftsteller, der dieses Thema bereits dankbar bis in alle Details ausgeweidet hatte und den Ablauf sicher besser darstellen konnte, als es dem Chronisten möglich war. Eines aber faszinierte ihn noch immer, er hatte es mutmaßlich schon einmal erwähnt, der verblüffende Ausdrucksstil vom Medium in Trance: Er konnte kaum noch ein Wort Kimbundu, aber Renato hatte doch einiges der Eingeborenensprache von Angolazeiten gespeichert und nach Südamerika herübergerettet. So traute dieser seinen Ohren kaum, als die entrückt Tanzenden von ihrem Orixá besetzt plötzlich den Dialekt ihrer afrikanischen Vorfahren zu stammeln begannen, Worte und Sätze formten, von denen sie nachweislich nichts wissen konnten. Ja, sie ahnten nicht einmal, wo Afrika lag, schon gar nicht, dass ein Angola ihrer Ahnen existierte. Wie also erklären, ohne Zuhilfenahme der Esoterik, des Paranormalen, der Inkarnationstheorie? Der Chronist beschloss, es seinen Lesern selbst zu überlassen, was sie glaubten oder zu wissen annahmen. Renato lächelte fast unbemerkt mit dieser Was-wissen-wir-denn-schon-Mimik und bemerkte lakonisch: „Es geschehen aber auch Dinge zwischen Himmel und Erde ..." Und eigentlich war ihnen beiden Zauberei nicht unbekannt. Wenn man nur an die Dörfer im angolanischen Busch dachte: kleine Gemeinschaften weit ab von der sogenannten Zivilisation mit ihren eigenen Regeln und Riten. Wie oft hatten sie feiernde Menschen in Trance erlebt, die tagelang durchtanzen und musizieren konnten. Der Ältestenrat unter Führung des Zoba, des Gemeindepräsidenten, der unter Zuhilfenahme von allerlei Hokuspokus Recht sprach bei Streitigkeiten und Westler in seiner Argumentation schön irritieren konnte. Ein Medizinmann und Quacksalber, der Muscheln und Knochen warf, um die Zukunft vorauszusagen, Hühnerblut spritzen, um Ehen zu kitten, nackte Feiztänze von Frauen und Männern aufführen ließ, um der Fruchtbarkeit zum Durchbruch zu verhelfen. Mehr als einmal sprach ein Medizinmann den Bann über einen Dorfbewohner, der gegen die Regeln verstoßen hatte; das kam einem Todesurteil gleich, weil es bedeutete, dass der Eingeborene seine Terra, die Erde seiner Ahnen verlassen musste, die Wurzeln verlor. Und nichts konnte ihn in seiner Verzweiflung daran hindern, innert Kürze zu sterben, einzugehen wie ein Baum, der in der Einöde nie mehr Wasser bekam.

2000: Adolf Ogi wird Bundespräsident. Mannesmann von Vodafone übernommen. Frankreich wird Fussballeuropameister. Absturz einer Concorde in Paris. Eröffnung der 16 km langen Öresundbrücke zwischen Dänemark und Schweden. Olympische Sommerspiele in Sydney. Auslösung der 2. Intifada. Brand in der Gletscherbahn Kaprun: 155 Tö-

te. Ein Gerichtsentscheid macht George W. Bush zum neuen Präsidenten der USA. Gestorben: Kaspar Fischer, Friedrich Gulda, Hannes Schmidhauser, Friedensreich Hundertwasser, René Gardi, Walter Matthau, Paul Bühlmann, Andy Hug, Baden Powell.

Amadeo feierte Ende Februar seinen Vierzigsten mit einem großen Fest in Riehen im Kreise der Familie und von Freunden. Anfang April hieß es für Aretha und Mauriçe „Silberne Hochzeit"! Auch Cousine Patricia war soweit und gleich lang mit ihrem Göttergatten-Zahnarzt verheiratet. Aretha beging Ende des Jahres bereits ihren Fünfzigsten. Und hätte zu diesem Zeitpunkt am liebsten aufgehört, dermaßen fraß sie das Geschäft auf (seit die Kundinnen online mit Kreditkarte bezahlen konnten, wurde alles noch mehr und hektischer). Aber: Ihr Partner hatte eben erst seinen Aktienanteil am Marktforschungsinstitut verkauft und von irgendetwas mussten sie ja leben. Sie gehörten zu der Bevölkerungsschicht, die arbeiten musste, und nicht zu denen, die lediglich zu tun hatten.

War das alles möglich? Erst durch diese Festivitäten kündigte sich an, wie schnell eigentlich das Leben vorbeiging und eine nächste Generation die vorhergehende ablöste. Nach tatsächlich über zwanzig Jahren (nun konnte man die Vergangenheit bereits in Dekaden bemessen) nahmen Marlene und Mauriçe wieder Kontakt miteinander auf und dieser sollte ab dem Zeitpunkt – sie führte seit geraumer Zeit eine Naturheilpraxis in München – nie mehr abbrechen. Auch seinen Paten Bill, dessen Obhut er vor bald dreißig Jahren entflohen war, sah er plötzlich hin und wieder. Keine forcierte Beziehungssuche, es ergab sich wie von selbst, wenn die Treffen auch nach wie vor selten waren. Von Renato hörte man noch weniger, seit er pensioniert war. Wenigstens hatte er Internetanschluss und eine funktionierende E-Mail; so schrieben sie sich doch hin und wieder ein paar Zeilen, um über die täglichen Geschehnisse orientiert zu sein.

2001: Ariel Sharon Ministerpräsident in Israel. Wikipedia, das grösste Internetlexikon, geht online. USA und Grossbritannien bombardie-

ren erneut den Irak. Die Schweiz lehnt EU-Beitrittsverhandlungen deutlich ab. Die Taliban sprengen die aus dem 5. Jahrhundert stammenden Buddhastatuen von Bamiyan. Silvio Berlusconi wird italienischer Regierungschef. Blutbad im Königshaus Birendra von Nepal: Der Prinz bringt fast seine ganze Familie und sich selbst um. Klaus Wowereit Bürgermeister von Berlin. Lance Armstrong und Michael Schumacher gewinnen die Tour de France und die Formel I (wer denn sonst?). Eine Million Leute an der Züricher Streetparade. 9/11: Terroranschlag auf die Twin Towers des World Trade Centers in New York und das Pentagon. Zuger Attentat mit 15 Toten und 14 Schwerverletzten. Grounding der Swissair. Schwere Brandkatastrophe im Gotthard-Tunnel. Absturz einer Crossair-Maschine bei Bassersdorf. Bombardierung Afghanistans als US-Reaktion. Die erste geklonte Katze kommt zur Welt. Gestorben: Alexei Tupolew, Anthony Quinn, John Lee Hooker, Jack Lemmon, Beate Uhse, Jorge Amado, Christiaan Barnard, Soraya, George Harrison, Gilbert Bécaud. Friedensnobelpreis an die UNO/Kofi Annan.

Ende Januar flog der Chronist mit seinem guten Freund und Exmarktforschungspartner nach Brasilien. Für Urs war es der erste Besuch und so hatten sie beschlossen, zuerst einige Tage in Rio zu verweilen – ein absolutes Must und Highlight, denn diese Stadt vibrierte Tag und Nacht. Sie sahen viel und schliefen wenig. Bereits etwas ermüdet von den vielen Eindrücken reisten sie dann weiter nach Salvador, wo Florian sie erwartete. Nach Paricatì nahmen sie die Lancha, eine Personenfähre, welche sie direkt nach Mar Grande führte. Hier bezogen sie ein Appartement des Bruders der Schwägerin vom Vetter des ... jedenfalls im Ilheta Village, sehr schön gelegen mit Palmengarten, Balkon und Meerblick. Die leichte Brise tat gut, denn es bedurfte schon einer Umstellung vom europäischen Winter direkt in den brasilianischen Hochsommer. Hier wollten sie einige Tage ausruhen, Maurice überdies etwas auf Familie machen, um sich dann ins Karnevalsgetümmel zu werfen. Am anderen Tag schon besuchten sie Renato, der wie immer um diese Zeit auf seiner Veranda thronte, das Telefon links, ein Notizblock für allfällige Ideen vor sich und rechts das Whiskyglas. Unterdessen hatte er sich den Sundowner etwas vorverschoben und nippte seinen Hochprozentigen meist schon am Nachmittag ab 15.00 Uhr. Lediglich in Shorts und natürlich mit der Zigarette im Mundwinkel. Die braun gegerbte Haut, sein Strahlen und die echte Freude über den angekündigten Besuch konnten nicht darüber hinwegtäuschen, dass er alt geworden war. Gut, er hatte ja auch eben seinen Dreiundsiebzigsten begießen können, war nicht mehr der vor Kraft und Energie strotzende jugendliche Saftmocken, und doch: Den Beobachter dünkte er stark gezeichnet vom Leben. Die weißen Haare etwas schütter geworden, der Bauch leicht entfernt vom Ideal des Sixpacks (eher eine Sixpauk), ein etwas getrübter Blick. Der kurze Gang durchs neu erworbene Heim: sehr bescheiden für Schweizer Verhältnisse, aber romantisch. Begrüßung der Familie und Geschenke verteilen; Swatch hier, Taschenmesser da. Kennenlernen von Júra, dem Faktotum in Renatos Haushalt, eine treue Seele aus Praia-da-Fonte-Zeiten. Ein üppiges Abendessen beim „Negão" auf der Pracinha und lange Gespräche, wobei Renato oftmals Pausen einlegte, sich wiederholte; der Alkohol verfehlte auch beim geeichten Trinker seine Wirkung nicht ganz. Doch Urs und Maurice fühlten sich pudelwohl, bis um Mitternacht eine völlig missglückte Travestieshow sie daran erinnerte, in welch provinzieller Abgeschiedenheit die Menschen hier sich mit Mediokerem begnügen mussten.

Sightseeing von Salvador mit dem obligaten Pelhourinho – die Altstadt hatte sich in den letzten Jahren gemacht, war akkurat herausgeputzt bis auf ein paar Ruinen und hässliche Hintergassen. Florian, dessen Familie sie kennenlernten, lud sie nach Frauro de Leitas ein. Noch wohnten sie außerhalb auf einer Quinta, einem schönen Anwesen mit viel Grün rund herum, das sie günstig von einem Bekannten gemietet hatten, aber bald sollte der Umzug ins Zentrum des Städtchens erfolgen, denn wiederholt versuchte man, sie im abgelegenen Domizil nachts zu überfallen. Nur dank seiner drei Hunde, eines immer geladenen Gewehrs, mit dem schnell zur Abschreckung in die Luft geschossen wurde, und eines hohen Stacheldrahtzauns konnte bis jetzt Schlimmeres vereitelt werden.

Stolz präsentierte Florian sein Wohn- und Geschäftsgebäude, markant und an prominenter Lage. Im Erdgeschoss diverse Räume, die bereits als Ladenlokale vermietet waren, im ersten Stock ein offenes Restaurant, das in Eigenregie geführte „Varandão", in dem die Lokalbevölkerung gut und sehr billig essen konnte. Im zweiten Stock seine großzügige Privatwohnung mit fünf Zimmern, zwei Bädern, offener Küche und rund herumlaufendem Balkon, allerdings noch nicht fertig ausgebaut. Im dritten Stock die Dachterrasse und zwei Suiten mit jeweils wieder eigenem Bad für Gäste, alles noch in Planung respektive im Rohbau. Bei einem Mittagessen in seinem Restaurant ließen sich Urs und der Chronist vom guten Preis-Leistungs-Verhältnis überzeugen, machten es sich auf den ehemaligen Stühlen des Praia da Fonte bequem und genossen bei der brennenden Hitze das Durchzugslokal. Ja, gar nicht schlecht, was Florian unter anderem mit dem Geld seines Bruders erschaffen hatte. Immerhin stammten die Pläne vom Bauherrn selbst; er hatte sich im Eigenstudium mit Architektur, Statik und 3-D-Programmen vertraut gemacht und das Resultat ließ sich wirklich sehen.

Es folgten Badeaufenthalte an den schönen Stränden von Itapoin, die Erkundung der Insel, Besuche bei Serge, der jetzt eine kleine Pousada am Ortsrand von Paricatì führte: nur sechs Gästezimmer, gruppiert um einen Innenhof, der fantastisch anmutete. Grün überwuchert mit tropischen Bäumen, viel Gebüsch und Schlingpflanzen, in denen sich halbzahme Paradiesvögel und Pinseläffchen tummelten und stehen gelassene Speisereste von den Tischen stibitzten. Dazwischen kleine Springbrunnen und überall skurrile Skulpturen, ganz winzige und dann wieder überdimensionierte. Es handelte sich um Eigenkreationen aus bunter Keramik, Metall, Holz und manchmal alles zusammen; Fabelwesen, Engel, Teufel, Gnome, Elfen, die seiner Fantasie entsprungen waren. Im nächtlich sanften Kerzenlicht auf der gedeckten Veranda glaubte man die Schöpfungen lebendig: Überall bewegte sich, glänzte, huschte eine Figur märchenhaft und irritierend zugleich durch das Dickicht, über einen Weg, spiegelten sich grinsende Fratzen im Wasser eines Teiches. Die Stimmung bei Serge einmalig; noch immer hütete er seine Jazzsammlung und legte die LPs mit einer Inbrunst auf, die nur noch durch die Filets Mignons überstrahlt wurden, welche er zur Wiedersehensfeier perfekt an delikater Rotweinsoße zubereitete. Noch immer fläzte man sich nach genossenem üppigem Mahl in seinen Sofas im zur Küche und zum Paradiesgarten offenen Wohnzimmer. Und erst jetzt, als er sich auf den Gastgeber mit seinem listigen Gesicht, den strähnig grauen Haaren und leicht untersetzter Statur konzentrierte, fiel es ihm auf: Serge hatte ein Auge geschlossen. Keine Lähmung, aber was denn sonst? „Ach, nicht so wild; hat dir denn dein Vater diese Geschichte nie erzählt?" Auf die Verneinung des Beobachters begann Serge: „Vor zwei – oder waren es schon drei – Jahren wurde ich hier in der Zwischensaison nachts von einer Bande Drogensüchtiger überfallen. Ausgerechnet an diesem Abend war ich alleine, die zwei Angestellten hatten frei, denn jetzt in dieser Jahreszeit verirrte sich kaum jemand zu mir. Meinen Hund hatten sie mir vor Kurzem vergiftet (zumindest muss ich das aufgrund seiner elenden Krämpfe annehmen, die er hatte, bevor er starb). Natürlich bin ich nicht der Typ, der sich gleich bei der ersten Drohung durch die vier einschüchtern ließ. Ich hab' mich gewehrt, die ersten beiden gepackt, niedergeboxt und schon fast hinausgeschmissen, als ein Dritter ohne Vorwarnung einen Revolver zog und aus nächster Nähe auf mich schoss. Die Kugel drang mir durchs linke Auge in den Kopf. Das Verrückte: Die Bande suchte seelenruhig nach dem wenigen Geld und ließ mich liegen. Ich war immer bei vollem Bewusstsein, aber bewegungsunfähig und dachte: ‚Das war's jetzt, ausgelebt und fertig.' Am Morgen danach fand mich das bei mir angestellte Mädchen und alarmierte die Ambulanz. Erst etwa zehn Stunden nach dem Coup wurde ich verarztet und im Spital ist es ihnen noch heute ein Rätsel, wie man so was überlebt. Die Kugel übrigens, Kaliber 38, steckt jetzt noch tief hinten in meinem Kopf und kann unmöglich herausoperiert werden. Bis jetzt hatte ich nie irgendwelche Komplikationen, außer dem Defizit im dreidimensionalen Sehen, arbeite normal und genieße das Leben bewusster, denn jeder Tag könnte der letzte sein, aber das gilt für euch alle auch." Und ganz trocken fügte er bei: „Beim Trinken bin ich etwas zurückhaltender geworden und im Barschrank liegt jetzt eine geladene Pistole. Nächstes Mal werde ich nicht warten, bis der Aggressor in Zielposition ist, sondern gleich abdrücken, sicher ist sicher." Und Renato kicherte: „Ich hab's ja immer gesagt, im Lande der Blinden ist der Einäugige König. Prost Serge." Der antwortete postwendend: „Na, dafür plagen mich die Hämorrhoiden nicht wie dich." – „Mein Lieber, jeder hat seinen ‚locus minoris resistentiae', mein Schwachpunkt liegt halt hier hinten am verlängerten Rücken, aber: lieber Hämorrhoiden und dafür intakte primäre Geschlechtsmerkmale als Syphilis, die greifen das Hirn wenigstens nicht an und – meine Verdauung funktioniert trotzdem bestens im Gegensatz zu manch einem erfolgreichen Manager, der die Arschbacken so zusammenklemmen muss, dass man damit Nüsse knacken könnte. Auch furzen tue ich fröhlich aus meinem unverzagten Hintern." Und beide stießen mit einem Augenzwinkern auf das Leben an: „Was uns nicht umbringt, macht uns krank!"

Urs und Maurice hatten kopfschüttelnd zugehört. Renato setzte noch einen oben drauf: „Na, so ungewöhnlich sind Auseinandersetzungen mit der Knarre in Brasilien nicht; Maurice, du hast es ja selber bei mir im Restaurant erlebt oder damals in Rio bei der deutschen Botschaft. Zudem: Den guten Kollegen Hermann mit seiner Pousada zwanzig Autominuten von hier hatte es ja vor ein paar Jahren auch erwischt, allerdings auf dem Festland und da wohl wegen einer Eifersuchtsgeschichte, auch wenn er das kategorisch abstreitet. Das Verhältnis mit einer verheirateten Bahianerin wurde ihm vor einem Remmidemmischuppen zum Verhängnis. Der Gehörnte schoss durch die Autoscheibe auf ihn, das Projektil drang zwischen Hals und Schulter ein, durchquerte den Körper, grüßte im Vorbeifliegen kurz seine Niere und trat bei den Lenden diskret wieder aus. Er hatte Glück im Unglück, denn es wurden keine lebensgefährlichen Gefäße oder Organe getroffen. Als deutsche Eiche und erster Maschinist auf etlichen Frachtern und Tankern, der alle Weltmeere befahren hatte, bevor es ihn aus unerfindlichen

Gründen auf diese Insel verschlug, konnte ihm eine solche Episode nicht allzu viel anhaben. Ein weiteres Prosit auf Hermann und all die starken Mannen." Der Beobachter dachte sich seinen Teil: Ungeachtet dessen hatte sein Vater ja auch einiges vorzuweisen, was Normalsterblichen schlechter bekommen wäre. Glühende Zigaretten auf dem Rücken, das Bett im Schlaf angezündet bekommen, Schwartenrisse von geschleuderten Bierdosen und gusseisernen Gasflaschen. Ein Brandloch in der Netzhaut vom Schweißen. Ganz zu schweigen von den Kriegswirren in Angola, wo er mehrmals zwischen die Fronten geraten war, Kreuzfeuern und explodierenden Granaten auswich, seinen „tierischen" Erlebnissen mit Büffeln und anderen Hindernissen sowie den Karambolagen zu Land, Wasser und in der Luft. Ja, und dann noch einige Naturkatastrophen, aber Schwamm drüber ... Und Renato fügte noch bei: „Aber hier auf der Insel ist es in der Regel beschaulich ruhig." Fragte sich einfach, ob der Passagier in der abstürzenden Maschine sich auch mit der Antwort zufriedengegeben hätte, dass statistisch gesehen das Flugzeug immer noch zu den sichersten Reisevehikeln gehörte. Denn was nützte die Norm, wenn einen das Schicksal in der Gaußschen Kurve ganz nach links oder rechts abdrängte.

Aus der Beschaulichkeit der Ilha ins vibrierende Karnevalstreiben von Salvador. Der Chronist hatte für vier Tage im Hotel Pelhourinho reserviert, um über die irren Tage mit Urs ein Pied à Terre zur Verfügung zu haben. Sie griffen in die Vollen, warfen sich als Fußgänger ins Gewimmel, tanzten mit den Afrobands die Gassen der Altstadt hinunter und hinauf. Ruhelos, atemlos, schweißgebadet. Filmten und fotografierten, bis die Linsen rauchten. Warfen sich zwei, drei Stunden aufs Ohr und konnten wegen der überlauten Musik und den drummenden Rhythmen doch kaum schlafen. Sie nahmen alles wie durch einen Nebel auf, verschwommen und dann doch wieder grell und überdeutlich, dass es die Sinne schmerzte.

Zwischendurch retteten sie sich für ein paar Stunden auf die Insel, erholten sich am Strand unter einem Schilfdach eines Sonnenschirms, bemühten sich um gesunde Fruchtsäfte, Sucos in allen Variationen von Orange, Papaya, Maracujá über Mischungen, Vitaminas, bis zur Agua de Coco. Dazu Tiragostos (die brasilianischen Tapas), gegrillte Gambas oder eine Fischplatte; auf keinen Fall die in Dendê-Öl gebackenen Acarajés, Kräpfchen aus gemahlenem Bohnenmehl, die einem schwer auflagen. Auch nicht Vatapá, eine teigartige Paste aus zerstampftem Weißbrot, Zwiebeln, Krabben, Cashewkernen, Erdnüssen, Kokosmilch, Palmöl und Koriander, welches die weiß gekleideten anmutigen Bahianas an ihren Ständen mit einer Grazie sondergleichen buken. Dösen, diskutieren und sich auf die nächste Nacht in Salvador vorbereiten.

Abends dann im Gewühle um ein Haar erdrückt werden, nahe der Panik, da von der Menschenwoge mitgerissen; chancenlos hier zu entkommen. Nur noch darauf bedacht, nicht zu stürzen, denn das hätte das Ende bedeuten können. Dazu ohrenbetäubende, sirrend schnelle Sambabeats von den monumentalen Trio Electricos, keine Möglichkeit mehr sich untereinander zu verständigen. Gleichzeitig fünf, sechs Hände von Jugendlichen, Männern und Frauen in jeder Hosen- und Hemdtasche, im Rücken, am Hals, auf der Brust. Die Liebkosungen galten den versteckten Reais. Endlich erschöpft, ausgeraubt und verschwitzt ausgespuckt vom Moloch sich in eine desolate Bar schleppend. Diesmal in der redlich gemeinten Obhut einiger Ärmsten der Armen – durchatmen. Die größeren Noten, die man wohlweislich in der Zwischensohle der Schuhe aufbewahrte (wenn ein Linienbus überfallen und gekapert wird, schauen die Verbrecher dort immer zuerst nach, aber am Karneval ein erprobtes Mittel, sein Geld nicht komplett zu verlieren), hervorklauben und erst einmal eine Runde Bier spendieren. Sie waren unwissentlich, naiv am Castro Alves ins Gedränge geraten, dem nachweislich gefährlichsten aller Plätze, weit und breit die einzigen Gringos. Hier am Rande des Geschehens aber fühlten sie sich wohl und verbrachten eine wundervoll friedliche Nacht, bis im Morgengrauen der Bar die Getränke ausgingen. Der jungen Pipoca-Verkäuferin, die mit ihrem selbst gemachten Popcorn ihre vier Kinder alleine durchbrachte, noch heimlich einen 20er-Schein zugesteckt und dann ins unbequeme Hotelbett und nur noch schlafen, schlafen. Erholung am Jaguaipe-Strand, was Millionen Bahianer am selben Tag auch vorhatten; ein abkühlendes Bad in den Wellen, nicht ohne vorher die persönlichen Effekten von Bekannten dreifach sichern zu lassen. Und nachts zum letzten Mal den Karneval in der Altstadt genießen, trinken und tanzen in Hinterhofklubs mit sensationellem Samba-Reggae.

Am letzten Morgen wie die Tausenden von Afficionados an die Barra, um den Trio Electricos nachzuweinen, Yvette Sangalo zuzuwinken, die wie alle endgültig heimwärtszog. Angesteckt vom Karnevalsvirus und schon jetzt auf Entzug. Wie hielten das denn bloß die Brasilianer bis zum nächsten Jahr aus?

Nach diesem Parcours benötigten die zwei Schweizer nochmals einige Ruhetage auf Paricatì, abwechselnd bei Renato im Städtchen oder in Mar Grande, um das gemietete Appartement noch etwas zu nutzen. Florian besuchte sie mehrmals und so saß immer ein ganzer Trupp von Leuten bei Renato vor dem Haus – leichte Mädchen, schwere Säufer – trank vor allem, diskutierte und plauderte, was der Brasilianer „Bater um Papo" nannte. Der alte Herr hielt zufrieden Hof auf einem dieser unmöglichen, praktischen Monoblockstühle, sein Major Domus, genannter Júra, füllte die Gläser fleißig nach. Urs stellte fest: „Renato, du hast es hier bei aller Provinzialität verdammt gut: ein Personenkreis, der zu dir schaut, eine Tochter, die sich um dich kümmert, nie alleine, hübsche Mädchen, die dir nach durchzechter Nacht einen frisch gepressten Fruchtsaft ans Bett oder die Hängematte bringen, ein Butler, der einkauft, kocht und putzt, eine Dogge, welche dich nachts bewacht, wenn der geile Köter nicht gerade spitz wie Lumpi sämtliche läufige Hündinnen des Städtchens vergewaltigt, das Meer vor der Nase und ganzes Jahr warmes Wetter – das alles mit einer kleinen AHV-Rente und etwas Flüssigem vom Hotelverkauf. Bei uns versauern die Alten in irgendeinem Heim, werden bevormundet, vereinsamen und wünschen sich möglichst bald abtreten zu können." Unrecht hatte er nicht mit dieser Erkenntnis, andererseits war der Patriarch auch stark eingebunden in Verpflichtungen. Seine Tochter Mira, inzwischen knappe zwanzig, hatte bereits zwei Kinder auf die Welt gesetzt, der Vater arbeitslos. Sie lebte getrennt von ihm – zum Glück, sonst hätte Renato für den Taugenichts auch noch aufkommen müssen. Nicht zu reden von der Cousine, Tante und sonstigen Hungerleidern, die ein- und ausgingen, als gehörte ihnen das Haus. Aber so war er, Renato, er konnte sie nicht vom Tisch weisen. Großherzig bis zum eigenen Ruin, außer beim Whisky, den beanspruchte er für sich und allenfalls noch einige gute Freunde. Das Telefon musste er mit einem Code sichern, da das ganze Quartier sonst seine dringenden Gespräche bei ihm abwickelte, weil dummerweise der eigene Anschluss gerade wieder einmal gesperrt worden war infolge x-ter Mahnung von ausstehenden Rechnungen. Apropos Telefon: In Bahia war es gang und gäbe, dass jemand von der offiziellen Telefongesellschaft sich für ein „grampo" anbiederte: Die Beamten stellten privaten Personen Linien zur Verfügung, die sie von Firmen, Ämtern, Dienststellen umleiteten, sodass der Nutznießer auf fremde Kosten telefonierte, bis es der Geschädigte merkte. In der Regel dauerte dies ca. drei Monate; dafür konnte man anonym, unbeschränkt und gratis auch ins Ausland anrufen, die Rechnung bezahlte der andere. Die Angestellten des Betriebes verlangten hierfür ungefähr fünfzig Reais und gaben keine Gewähr für die Dauer des Betrugs, besserten damit ihren schlechten Lohn auf und hatten null Hemmungen, Profiteure zu Geschädigten zu machen oder umgekehrt; Hauptsache, sie kassierten mehrmals. Dieses Spiel mochte Renato nicht und er weigerte sich daran teilzunehmen, was ihn aber nicht feite gegen den Umstand, selber mehrmals Opfer solcher Gemeinheiten geworden zu sein. Es blieb nichts anderes übrig, als dann so schnell wie möglich eine neue Linie zu beantragen. Im Übrigen galt es als schwierig zu beweisen, dass die Gespräche von woanders erfolgten. Wenn schon betrügen, dann höchstens beim Strom: Sowohl Florian als auch Renato damals im Praia verfügten über eine schwarze Leitung, mittels derer man einen Teil der Energie am Zähler vorbeischmuggelte. Nicht zu viel, sonst kam schnell der Verdacht einer Unregelmäßigkeit auf; das musste man immer im Visier haben.

Zur Verteidigung des brasilianischen Anhangs: Mindestens versuchten sich Renatos Söhne mit Gelegenheitsjobs etwas Taschengeld zu verdienen, fingen Fische, die sie auf dem Markt feilboten, gaben Capoeira-Lektionen, probierten sich als Brasil-Hip-Hop-Band mit eigener CD, betrieben einen kleinen Stand mit Eiscrème, konnten sich ein Motorrad zusammensparen, mit dem sie Taxi-Dienste verrichteten, ein auf der Insel übliches Transportgeschäft. Wenn es die Zeit erlaubte, buk Mira, die alleinerziehende Mutter, Torten auf Bestellung für Geburtstage und andere Anlässe. Auch kümmerte sie sich um den Vater, auf dass er nicht verwahrloste, führte ebenfalls auf Renatos Wunsch eine einfache Buchhaltung über die Haushaltsausgaben.

Zum Abschied des Chronisten und seines Freundes eine üppige Feijoada, das brasilianische Nationalgericht: der Eintopf mit schwarzen Bohnen, Trockenfleisch, Räucherwürsten und -speck, Zunge, Schweinsfüßchen, gekocht mit Knoblauch und Pfefferschoten, dazu Reis und Farofa, in der Pfanne mit etwas Butter goldgelb geröstetes Maniokmehl. Als weitere Beilagen Grünkohl, Orangenscheiben und Cajú-Nüsse. Die Bohnen über Nacht in Wasser eingeweicht, das Fleisch in einer Weinessigmarinade mit Knoblauch, Salz und Pfeffer eingelegt. Es schmeckte lecker und jedermann war so unvernünftig, mindestens dreimal zu schöpfen – einmal zu viel, denn das schwere Mahl rächte sich bei der Hitze in Magen und Darm. Das ließ sich wiederum nur mit Cachaça neutralisieren, dem zwingend ein Nickerchen zur Siestazeit folgen musste, weil diese Kombination den stärksten Mann umhaute. Feijoada aß ganz Brasilien; die Bevölkerung kochte sie immer in großen Mengen, um die übrige Woche davon zehren zu können. Je ärmer die Familie, desto mehr Bohnen und weniger Fleisch. An diesem typischen Gericht konnte ein Soziologe anhand des Mischverhältnisses Bohnen zu Fleisch in etwa die Schichtzugehörigkeit der bei Tisch Sitzenden ablesen.

Als Nachtisch der berühmte Schachbrettkuchen von Bahiana, eine delikate Kokos-Schokoladenmischung: Mehl, Zucker, Eier, Butter, geraffelte Kokosnuss, Milch, Schokoladenpulver, geraffelte Limonenschale, Vanille und Zwetschgengelée. Begleitet von einer Tasse starken Kaffees à la mode de Renato, nicht diese hier sonst üblichen schwächlichen, übersüßten Brühen.

Urs und Maurice mussten die Heimreise antreten, die von Renatos Veranda bis zur Haustür in der Züricher Altstadt auf die Minute vierundzwanzig Stunden dauerte. Urs beteuerte von Brasilien angefressen zu sein und er sollte das in den nächsten Jahren mehr als unter Beweis stellen, indem er mindestens ein Dutzend Mal hinpilgerte, auch der exotischen Landschaften und des angenehmen Klimas wegen. Er sog das Land hautnah und porentief ein. Die Nachwehen dieser Brasilienreise: Die langjährige Freundin von Urs trennte sich entrüstet ob seiner Eskapaden von ihm, der Chronist wurde mit seiner Mastercard in Rio beim ersten Restaurantbesuch an der Copacabana massiv betrogen.

Wer weiss, ob's der Letzte ist!

Im Herbst feierten Raymond und seine Frau Iris ihren siebzigsten sowie den hundertsten Geburtstag der Schwiegermutter mit einem formidablen Nachtessen im Gewächshaus einer Gärtnerei. Dazu waren sämtliche Familienmitglieder eingeladen, eine großzügige Geste des Bruders von Jacqueline und ein sehr gelungenes Fest, das die gute Stimmung von A bis Z durchzuhalten vermochte – keine Selbstverständlichkeit bei einem großen Familienanlass. Schon der Apéro im Basler Zoo mit einem interessanten Vortrag über die Primaten (wer beobachtete und analysierte hier eigentlich wen?) und die anschließende Fahrt mit einem alten Doppeldeckerbus an den unbekannten Zielort gestaltete sich abwechslungsreich und unterhaltsam.

Niemand hätte vermutet, dass kurz darauf Schwager Mathéo seiner Krankheit erliegen würde. Obwohl geschwächt durch seine Diabetes kam sein Tod überraschend. Keine zwei Monate später folgte ihm seine Frau Yvonne nach. Sie kämpfte schon lange mit einer heimtückischen Leukämie, die sie tapfer verschwieg und immer vom altersbedingten allgemeinen Unwohlsein sprach. Jacqueline war bestürzt; in so kurzer Zeit hatte sie Schwester und Schwager verloren. Für den jüngeren Neffen Andrin, der immer an ihr hing, übernahm sie ein bisschen die Mutterrolle. Er wiederum revanchierte sich als geschickter Handwerker, wenn irgendetwas Kniffliges im Haushalt anstand.

2002: Das Euro-Bargeld wird in Umlauf gebracht. Inkrafttreten der bilateralen Abkommen zwischen der EU und der Schweiz. Argentinienkrise. USA richtet Guantanamo als Gefangenenlager auf Kuba ein. Tod von UNITA-Führer Jonas Savimbi bei Gefecht mit der MPLA. Pleite des Medienimperiums von Leo Kirch. Die Schweiz stimmt dem UNO-Beitritt knapp zu, wird 190. Vollmitglied. Waffenstillstandsabkommen in Angola. Amoklauf von Ehrfurt: 16 Tote am Gutenberg-Gymnasium. Eröffnung der Expo 02 mit den vier Arte-

plages. Unabhängigkeit Osttimors. 50-jähriges Thronjubiläum der Queen. Brasilien zum 5. Mal Fussballweltmeister. Flugkatastrophe bei Überlingen am Bodensee. Jahrhundertflut in Deutschland, Österreich und Tschechien. Bombenattentat in Bali. Geiselnahme durch Tschetschenen in Moskauer Theater. Gestorben: Paul Hubschmid, Astrid Lindgren, Hildegard Knef, Prinzessin Margret, Helmut Zacharias, Billy Wilder, Queen Mum, Heinrich Popitz*, Thor Heyerdahl, Hans Falk, Niki de Saint Phalle, Rod Steiger, Lionel Hampton, Rudolf Augstein, James Coburn. Friedensnobelpreis an Jimmy Carter.

Das Jahr 2003 blieb dem Chronisten als beruflich anhaltend streng in Erinnerung, zudem mit einer hohen Personalfluktuation bedingt durch die Inkongruenz von Anforderungsprofil und Fähigkeiten. Als Ausstieg gönnte er sich gleichwohl mit seiner Partnerin, ihrer Patentochter und einem guten Freund eine knappe Woche Marrakesch. Im Februar konnte man bereits auf der Dachterrasse des zauberhaften, stilgerecht renovierten Riads frühstücken. Jeder bewohnte eine eigene Suite aus 1001 Nacht, Himmelbett inklusive. Der üppige Garten mit seinen verschlungenen Wegen und von Rosenblättern bedeckten Brunnen lud zum Verweilen ein. Eine Brigade unsichtbarer Angestellter sorgte für das leibliche Wohl. Endlich wieder einmal afrikanischer Boden unter den Füßen, exotisch bis in die hinterste dunkle Gasse. Magere Esel, die Karren mit viel zu schweren Lasten schleppten, hupende Motorräder kurvten halsbrecherisch im Slalom durch die Menschenmenge. Suqs mit kunstvoll aufgebauten, betörend riechenden Gewürzen, Berber-Schmuck, Gemüse, Datteln, Fliegen bedeckten blutig rohen Schafshälften, handwerklich meisterhaft gefertigten Wasserpfeifen, bunten Teegläsern und den überall feilgebotenen Babuschen in Glatt- oder Nubukleder, mit Ornamenten und Perlen verziert oder auch einfach ohne Schnickschnack, Rosendüfte in Variationen aus zahlreichen

---

* Der Soziologieprofessor von Renato in Basel

unter die Nase gehaltenen Glasfläschchen – „Bon marché, very cheap!" Fünf Mal am Tag rief der Muezzin über einen plärrenden Lautsprecher von jedem Minarett zum Gebet auf. Anfangs erschrak der Chronist und meinte einen Fliegeralarm zu hören, so laut anhaltend und von allen Seiten ertönte der Ruf. Mit der Zeit gewöhnte man sich daran, ja vermisste es fast. Der Blick von der Terrasse des Café France auf den immer lebendigen Djamâa el Fna, den riesigen Platz, UNESCO-Weltkulturerbe, auf dem beim Einnachten die vielen Köche ihre Garküchen aufbauten, die Gaukler, Musiker, Geschichtenerzähler und Schlangenbeschwörer ihr Einkommen bestritten. Herzliche Menschen, nur selten aufdringlich. Und der beste Pfefferminztee, den man auf dieser Welt trinken konnte. Exotische Küche mit Eintöpfen aus der Tagine, Couscous in allen Varianten, mal vegetarisch, mal mit Huhn oder Fisch gesten-, wort- und gewürzreich serviert. Immer traumhaft gestaltete Lokale, Mosaike am Boden und an den Wänden; farbige Lampen, kunstvoll geschnitzte Paravents, gigantische Laternen, welche ein warmes Licht verbreiteten und manche Sorgenfalte im Weichzeichner wegretouchierten.

Sie schworen sich alle, diesen Ort wieder zu bereisen. Wo hatte man schon das Mittelmeer, den Atlantik, den Schnee bedeckten Atlas, die Sahara und mittelalterliche Städte mit ihren weitverzweigten engen Gässchen, Palmengärten, historische Monumente, fantastisch ausgebaute Riads und noch fast das ganze Jahr traumhaftes Wetter alles in einem? Nicht nur tiefes Schwarzafrika, auch das muslimische Nordafrika übte einen magischen Reiz auf den Beobachter aus und er, der zeitlebens immer ein bisschen dem Paradies in Angola nachgetrauert hatte, merkte, dass es noch viel Reizvolles zu entdecken gab.

Familiäre Zäsuren dieses Jahr insofern, als jetzt auch Rico, das Nesthäkchen, Ende Juni seinen Vierzigsten feierte mit einer Einladung zum Cozido Brasileiro, einem typischen Eintopf mit Fleisch und Gemüse. Er lebte seit einiger Zeit in der Nähe von Bern in einem ruhigen Einfamilienhausquartier mit viel Raum und Garten sowie Vorkaufsrecht für sein trautes Objekt mit gestutzter Thujahecke und arbeitete am städtischen Spital als

Verantwortlicher für die Patientenverpflegung. Gute Freunde in der Nachbarschaft, ein interessanter Job, eine liebe, kontaktfreudige Frau und zwei wohlgeratene Söhne, was wollte er mehr? Das schemenhafte, aber nicht eigentlich bedrohliche Gefühl, dass das jetzt mutmaßlich die Ingredienzien eines bürgerlichen Lebens waren, die bis zur Pensionierung hinhalten mussten. Nein, dazu hätte noch der Familienopel, der Farb-TV mit laufendem Fußballprogramm und die spontan einfallenden, lustigen Nachbarn in Unterhemd gehört – oder war es emänd schon so weit? Seufzen des Hausherrn war gestattet, Rico nahm's mit stoischer Gelassenheit und fügte sich in sein Schicksal; es gab beileibe Schlimmeres – „Patientia, e a vida". Amadeo, die Firmen zwei-, dreimal gewechselt und inzwischen erfolgreicher, gut verdienender Personalchef eines mittelgroßen Finanz- und Treuhandimperiums, wandte eine etwas andere Überlebensstrategie an: ironische Distanz zum ganzen ernsten Eifer der Belegschaft. Sich selber objektivieren, wie der Vater geraten hatte. Beobachten: Der Phänotyp des klassischen Managers war überall derselbe, das hatte er im Laufe der Jahre erkannt; schließlich musste er diese Spezies auf Geheiß der Generaldirektion, der er direkt unterstand, dauernd entlassen und einstellen, outsourcen, in die Beförderung neutralisieren, wo sie an einer Stabsstelle mit bedeutungsvollem Titel bei gleich bleibendem Lohn keinen Schaden anrichten konnten. Es waren tough guys, gestählt im eigenen Körper, gefestigt im Charakter, dynamisch, lässig und keimfrei, erfolgs- und teamorientiert, flexibel und smart sowieso. Moderne Menschen, die in allem nicht eine Herausforderung, sondern – neudeutsch – einen „Challenge" sahen. Den Wald betrachteten sie in ihrer spärlichen Freizeit, die sie kaum mit der Familie vergeudeten, nicht als erholsame Natur, sondern Kampfbahn zwecks Abhärtung von Physis und Psyche, Stoppuhr und Pulsmesser am Handgelenk, iPod im Ohr (Discman die älteren, welche den Anschluss ohnehin bald verpasst hatten). Handlungsbedarf analysiert, Strategie entwickelt. Alles unter Kontrolle, bloß den geregelten Stuhlgang nicht. Bitte keine Fehlinterpretationen: Auch sie waren früher in Indien, um sich selbst zu finden, hatten psychotherapeutische Grundkenntnisse durch eigene Erfahrung erworben, auf Firmenkosten Motivationsseminare von selbst ernannten Gurus besucht, konnten sogar ungeduldig zuhören, wenn es denn unbedingt sein musste. Sie dachten in buddhistisch unvollkommenen Kategorien: „Wenn ich gehe, dann eile ich, um zuerst anzukommen. Wenn ich esse, dann nur, wenn der Businesslunch etwas zur Beförderung beitragen könnte. Wenn ich schlafe, dann träume ich vom neuen BMW Cabriolet, falls der Bonus dieses Jahr hoch genug ausfällt, und das hoffe ich doch bei meinen Qualifikationen." Sie meditierten sich in Allmachtsfantasien empor, ihr Selbstwertgefühl leicht überschätzt. Ach, könnte man doch das Sein dem Schein voranstellen, sein Ego zurücknehmen, dem Nirwana einen Schritt näherkommen, aber doch gerne ohne die unnötigen geistigen Anstrengungen, man war ja sonst schon gestresst genug; am liebsten ein Gelassenheitsdragee einwerfen, denn ans Konsumieren waren sie schließlich durch jahrelanges Training gewöhnt.

Vor lauter Nachdenken über die Familie hätte der Chronist beinahe festzuhalten vergessen, dass er sich im September offiziell mit Aretha vermählte; nach über siebenundzwanzig Jahren des Zusammenlebens hielten sie den Zeitpunkt für gekommen, ihr Verhältnis amtlich zu beglaubigen. Man wusste ja nie, was einen noch alles im Leben erwartete, und so schützten sie sich gegenseitig, sicherten sich auch finanziell mit dem gemeinsamen Geschäft ab. Als Ältester war er somit nun das letzte der Geschwister, das sich formell band. Sie machten bewusst kein Aufheben, hielten es geheim; nur die Mütter waren eingeweiht. Selbst die Trauzeugen erfuhren erst im Stadthaus von ihrer amtlich vorgeschriebenen Aufgabe. Dafür hatten sie sich das Recht auf eine kleine Lissabonreise erworben, welche im Oktober stattfand und zu der auch wieder die geliebte Patentochter Arethas mitkam, sozusagen ihr Tochterersatz. Natürlich Lissabon für die Hochzeitsreise, was denn sonst? Sie hatten Glück mit dem Wetter, immer zwischen fünfundzwanzig und dreißig Grad, konnten noch im Meer baden, mittags und sogar abends draußen essen. Es waren schöne Tage mit Ausflügen nach

Belem zu den Bolos de Nata, Estoril, Cascais, zur Boca do Inferno. Sie ließen keine Fischplatte mit allerlei gegrilltem Meeresgetier aus, keinen Aussichtspunkt über der Alfama, auch nicht den Kaffee im Nicola, Suiça oder Brasileira: Fernando Pessoa saß noch immer nachdenklich auf seinem Stuhl und ließ den Touristenstrom stoisch über sich ergehen. Nur die respektlosen Tauben, die von seinem Hutrand schissen und die ständig kichernden Japanerinnen, die ihn fürs Fotoalbum umarmten, ärgerten ihn ein bisschen. Apéro in den Docas, den umgebauten Lagerhäusern an den Docks des Tejo unter der Ponte 25 Abril. Tram Nr. 28 rumpelte ruckartig und gleich gefährlich wie eh und je um die Haarnadelkurven, nur der Chauffeur fluchte mehr als üblich, weil immer wieder Autos in der zweiten Reihe auf den kaum zu erkennenden Schienen geparkt waren. Oftmals reichte ein Tritt gegen den Seitenspiegel eines Fahrzeugs, um knapp passieren zu können. Manchmal Halt und die schrille Glocke betätigt, bis sogar der blockierende portugiesische Autobesitzer im nahen Café die Ruhe verlor und sich zum Umparken bequemte. Zeit, aus dem Fenster zu schauen, um gerade noch Zeuge einer deftigen Rauferei zwischen zwei Straßendirnen zu werden, die ihren Standplatz handfest zu behaupten versuchten. Spaziergänge durch die Mouraria, ein Fado-Abend para matar saudades mit guten Sängerinnen und Sängern und miserablem Essen. Um die mitgereiste Jugend zu besänftigen und es ihr auch ein bisschen zu zeigen, schließlich eine Technonacht im angesagtesten Club, dem „Lux" mit drei Dance Floors bis 5.00 Uhr in der Früh. Die Bodyguards ließen sie als VIPs direkt und ohne eine Stunde anzustehen hinein; erst noch gratis, weil sie Spaß hatten an dem doch nicht mehr ganz taufrischen Grüppchen (abgesehen von der jungen Barbara) und sich wohl dachten, die kämen gleich wieder raus, weil sie sich verirrt hätten und schätzungsweise eher die Oper suchten – denkste …

Am letzten Abend ein fabelhaftes Buffet im Hotel Lisboa Plaza mit dreistöckiger, richtig kitschig portugiesischer Hochzeitstorte, welche die Trauzeugen Maya und Toni heimlich anfertigen ließen zur Freude des Brautpaars. Erst jetzt verdrückten sie einige Tränen der Rührung. Nach so vielen Jahren des

Zusammenlebens und -arbeitens doch noch die Vermählung mit einigen wenigen, aber ergreifenden Ritualen. Wenn man bedachte, dass andere in dieser Zeit meist schon drei Ehen hinter sich gebracht hatten und doch wieder das Singledasein pflegten, mussten sie sich direkt als Exoten vorkommen. Aber wie sagte Walther immer: „Heiraten ist wie eine Lotterie, es kann gut oder schlecht ausgehen, unabhängig davon, wie lange man sich kennt." Und etwas leiser: „Die Gewinnchance ist eindeutig kleiner als die Möglichkeit, zu verlieren."

2003: Lula wird Staatspräsident von Brasilien. Beginn der Offensive auf Bagdad durch die USA und Grossbritannien und damit des dritten Golfkrieges. Die Concorde fliegt zum letzten Mal. Infernale Waldbrände in Südfrankreich, Spanien und Portugal. Neuer Temperaturrekord in der Schweiz mit 41,5 °C. Parlamentswahlen in der Schweiz: SVP wird stärkste Partei im Land, die Zauberformel gesprengt, Ruth Metzler, CVP zugunsten Christoph Blochers, SVP abgewählt. Saddam Hussein in Tikrit festgenommen. Roger Federer gewinnt zum ersten Mal in Wimbledon einen Grand-Slam-Titel. Gestorben: Giovanni Agnelli, Schaf Dolly, Gregory Peck, Katharine Hepburn, Barry White, Idi Amin, Charles Bronson, Leni Riefenstahl, Johnny Cash, Neil Postman, Freddy Knie sen.

Heimlich hatte der Chronist von der Schweiz aus eine Geburtstagsparty zum Fünfundsiebzigsten seines Vaters organisieren lassen. Nur wenige wie seine Geschwister, zwei, drei Bekannte und Serge, bei dem das Fest steigen sollte, waren eingeweiht. Natürlich war es erforderlich, die dreißig geladenen Gäste, Familie und enge Freunde Renatos zu informieren und unter Androhung der Todesstrafe zu absolutem Schweigen zu nötigen. Man musste den Jubilar zu seinem Glück zwingen, er selbst hätte vermutlich absolut keine Lust gehabt sich feiern zu lassen. Den Siebzigsten in Lissabon im engsten Kreis hatte er noch genossen, ab dann war ihm nie mehr richtig zum einen Draufmachen zumute. Er wirkte verbraucht, war müde und etwas eigenbrötlerisch geworden.

Mauriçe machte sich gegen Ende Januar auf nach Salvador, stieg vorerst im Hotel Monte Pascoal ab, besuchte seinen Bruder Florian mit Familie in Frauro de Leitas, begutachtete den Aus- und Umbau des Gebäudes (das Restaurant war nun im Parterre untergebracht und wurde von einem fragwürdigen Pächter geführt, im ersten Stock Büros und erst ab zweitem Stock die privaten Räume).

Entspannung am Strand von Jaguipe, dann erst, nach drei Tagen, mit dem Mietwagen aufs Ferryboat und überraschend aufgetaucht bei Renato. Dieser war echt verblüfft, fiel aus allen Wolken und freute sich. Jetzt erst, zwei Tage vor dem offiziellen Ereignis, wurde er in den Plan eingeweiht, dessen Hauptakteur er selber war. Statt befürchteter Proteste, echte Rührung. Der Chronist quartierte sich im nahe gelegenen Icarai ein, der immer noch schäbigen, aber günstigen und äußerst praktischen Absteige. Immerhin Zimmer mit Bad, keuchendem Kühlschrank, defekter Aircondition und Balkon, der einen weiten Blick auf die Bahia gewährte. Er brachte seinem Vater viel Lesestoff und angesichts seiner schlechter gewordenen Augen einige Hörbücher von aktuellen Schweizer Schriftstellern wie Loetscher, Muschg, Hürlimann, Widmer, Hartmann, aber auch ein wenig „Grüner Heinrich". Diskutierend und sich viel erzählend bereisten sie die Inselstrände mit den Cabanas „Copacabana" von Hermann oder dem „Marinheiro" eines ehemaligen Angestellten Renatos (der sein damaliges Buffetkonzept 1:1 kopierte), unter deren schattigen Schilfdächern sie einen hoben auf das Wiedersehen. Vater und Sohn besuchten Bekannte wie Gaby Sangmeyer, die hier noch zu Lebzeiten Christophs ein gediegenes Ferienhaus erstellt hatte, in dem sie zeitweilig wohnte, wenn ihr der Hochnebel in Basel die Laune komplett verdarb.

Dann das Fest, zu dem alle bei Serge erschienen: natürlich die Familie inklusive Diacha, welche sich – man staunte – manierlich benahm bis zum Ende. Florian mit seiner ganzen Truppe, der Arzt, Leiter des Regionalspitals und Nachbar des Schweizers, Uli, der deutsche Aussteiger und seine brasilianische Frau mit einem geschmackvoll renovierten Veranistahaus, der berühmte João Ubaldo Ribeiro, der die skurrile Kulisse bei Serge und die bunt gewürfelte Gesellschaft wohl in seinem nächsten Bestseller einarbeiten würde. Natürlich etliche Freundinnen des Hauses und Hausfreundinnen, mit denen man sich in den vergangenen Jahren intellektuell und anderweitig auseinandergesetzt hatte. Serge lief zur Höchstform auf, wirbelte in seiner offenen Küche, scheuchte das extra organisierte Personal umher, schmeckte die Soßen ab, stieß hier und dort mit jemandem auf das Gelingen des heutigen Abends an. Im Hintergrund diskreter Bossa nova ab Plattenspieler und Tonband; Kerzenlicht und gedimmte Laternen, auch im wilden Garten – was für ein Kontrast zu den sich überall ähnelnden Knellen mit Neonröhren, in denen der Charme von Tiefgaragen sprühte. Er servierte einen Krabbencocktail auf Avocado-Mousse mit Früchten, dann seinen exquisiten Coq au Vin, logisch durfte sein weltberühmtes Filet Mignon an Zwiebel-Pilzrahmsoße und mit Sourcream-Kartoffeln nicht fehlen. Zum Dessert eine Fruchtcreme vom Feinsten and last but not least der kolossale Geburtstagskuchen, Schokolade mit rot-weißer Dekoration (er wurde seinen Suiço anscheinend nie los), an dem Mutter und Tochter aus der Nachbarschaft zwei Tage arbeiteten und den dreißig Leute nicht bis zur Hälfte niedermachen konnten. Inmitten der aufgeweckten Schar, die sich am exotischen Essen und dem noch fremderen Wein auf Kosten des Chronisten (schon gut, er wollte es ja so) gütlich tat, thronte Renato dankbar am Ehrentisch, ließ sich hochleben und schien zufrieden mit sich und der Welt. Der Beobachter konstatierte erleichtert, dass es dem Vater wohl war, er von jedem Gang kostete, das Filet sogar aufaß. Keine Selbstverständlichkeit, weil er sich in den letzten Jahren sehr eigenwillig ernährte: zum Frühstück um 8.00 Uhr ein Birchermüesli und Kaffee, nachfolgend Fruchtsäfte, spätestens ab 15.00 Uhr nur noch Whisky bis zum Schlummertrunk meist nach Mitternacht. Es seien die Depressionen, welche ihn im Alter immer mehr zu plagen anfingen, die ihm diesen Rhythmus aufdrängen würden. Nur im Alkohol fand er eine gewisse Ruhe, konnte überhaupt einschlafen und die düsteren Gedanken ein Weilchen von sich schieben. Vielleicht waren es nicht nur die Umstände seines bewegten Lebens und des jetzt doch sehr ruhigen Lebensabends, sondern tatsächlich erblich bedingte Anlagen wie Melancholie, Schwermut, unter denen ja seine sensible Mutter auch stark gelitten hatte. Und die Befürchtungen waren nicht unbegründet, denn Renato musste in den folgenden Monaten mehrere gesundheitliche Krisen hinnehmen, regelrechte Zusammenbrüche, bedingt durch seine kauzigen „Ernährungsgewohnheiten", sicherlich aber auch, weil er nach seinem intensiven Leben einfach verbrannt war. Trotz heftiger Abwehr ließ sein Sohn Zinho jeweils den Arzt kommen, um seinem Vater wieder auf die Sprünge zu helfen.

Noch geraume Zeit später, so Renato am Telefon oder in der E-Mail, wäre sein Geburtstag *das* Thema in Paricatì gewesen, dem Ort, an welchem sonst selten gesellschaftliche Ereignisse passieren, und wenn, dann eher Fußballturniere oder Volksfeste, die regelmäßig in einem kollektiven Besäufnis endeten, nicht ohne vorangegangene deftige Keilerei.

Auch Jacqueline trug sich seit Längerem mit der Idee, ihren Exmann anlässlich des Fünfundsiebzigsten beider in diesem Jahr in die Schweiz zu einem Familienfest einzuladen. Natürlich durfte hierzu auch Florian nicht fehlen. Sie wollte beiden im Spätsommer eine Reise nach Basel sowie den einmonatigen Aufenthalt finanzieren, denn selber hätten sie sich das kaum leisten können. Ihr ging es auch darum, nach so vielen Jahren endlich einmal wieder die Familie komplett vereint zu wissen, und wer wusste schon, ob dies später noch einmal möglich sein würde. Wie schnell und unerwartet waren doch ihre Schwester und deren Mann verschieden. Es begann ein längeres Hin und Her; die Familie diskutierte, inwiefern es sinnvoll sei, Renato in seinem nicht mehr allzu fitten Zustand in die Schweiz kommen zu lassen, ob es ihm schlicht nicht zu viel sein würde. Und auch er selbst fühlte sich unsicher. Seit seiner Scheidung 1986 war er nie mehr in Basel gewesen, hatte irgendwie den Anschluss total verpasst, wusste gar nicht, ob ihm nochmals an einer Familienzusammenkunft und dem Besuch der noch lebenden Freunde gelegen sein sollte. Nun, Florian, der begeistert war von der Idee, sein Heimatland nach so vielen Jahren wieder einmal zu sehen, anerbot sich, den fürsorglichen Reiseleiter zu spielen, überdies war es ein Leichtes, eine befristete Kranken- und Unfallversicherung abzuschließen, nur im Fall, dass etwas während des Aufenthaltes passieren sollte. Endlich siegte die Beharrlichkeit von Jacqueline und die beiden abgebrannten, vom Leben geschurigelten, mit sich im Reinen scheinenden Gebeutelten wagten den Sprung über den Atlantik und stellten sich dem zu erwartenden Kulturschock. Großes Hallo am Flughafen, wo die Heimkehrer auf Zeit ungestüm willkommen geheißen wurden.

Es ergab sich tatsächlich ein friedlicher Monat für alle Beteiligten, denn die fürsorgliche Jacqueline unternahm alles, damit sich ihr Renato und Florian wohlfühlen konnten. Besuche und Einladungen nur handverlesen, um den schnell ermüdeten Exgatten nicht zu überfordern. Zumindest traf er seine besten Freunde aus der Schul- und Studentenzeit, unterhielt sich angeregt mit Werner und Monica sowie Bill, war sich vergessend in der Diskussion beinahe wieder der alte brillante und charmante Debattierer. Es war rührend anzusehen, wie Jacqueline und Renato Händchen haltend auf dem Sofa sitzen konnten, wie ein Paar, das sich auf die alten Tage kennengelernt hatte und jetzt verliebt in der kostbaren kurzen Restzeit turtelte. Florian dagegen war hyperaktiv, profitierte in vollem Maße, reiste mit dem ihm geschenkten Generalabonnement den ganzen Monat kreuz und quer durch die Schweiz per SBB, Schiff und Privatbahnen. Er stieg auf jeden Berg, querte manchen See in allen vier Himmelsrichtungen, begeisterte sich am funktionierenden Alltag wie pünktlichem ÖV, Bankautomaten, die wirklich das Verlangte ausführten, und am andauernd schönen Wetter. Er war verblüfft darüber, dass das WC-Papier am dafür vorgesehenen perforierten Ort riss und dreilagig-flauschig weder den Hintern wie Schmirgelpapier strapazierte noch die Finger in Verlegenheit brachte. Er besuchte den Chronisten, ließ sich Boutique und Wohnung zeigen, kostete eine Fahrt auf der Veranda aus, erhielt als Geschenk ein Postscheck-Konto mit generöser Einlage, um flexibler zu werden und endlich aus der finanziellen Misere herauszufinden, denn einmal mehr waren die Zeiten in Brasilien – der geneigte Leser vermutet richtig – nie so schlimm wie immer.

Dann endlich, Anfang September, der Anlass, wofür die beiden eigentlich gekommen waren. Sandrine und Beatus organisierten die Einladung bei sich in der Wohnung, da sie als Einzige über eine 8-Zimmer-Logis verfügten und deshalb die knapp fünfzig Teilnehmer ohne große Platzprobleme aufnehmen konnten. Während Renato im Gästezimmer Jacquelines wohnte, durfte Florian hier bei seiner Schwester ein Zimmer beziehen, sozusagen seine Basis, von wo aus er seine zahlreichen Streifzüge unternahm.

Alle kamen sie, Onkel, Tanten, Cousinen, Vettern, Eltern, Kinder, Enkel, Hunde, Schildkröten …, um das Paar zu feiern. Das asiatische Essen schmeckte, die Stimmung heiter-gelassen, die Ansprache von Beatus pfiffig und den Ton treffend, die Gespräche unterhaltsam. Jacqueline schwelgte in Harmonie, war glücklich, dass sich alle so gut verstanden, keine Missstimmungen aufkamen, was ja angesichts der familiären Historie durchaus auch zum Rohrkrepierer hätte werden können. Fotos mit allen Enkeln, dann nur die Basen und Vettern, einmal die ältere Generation, dann die Totale mit Selbstauslöser. Bitte auch noch mit dieser Kamera, man weiß ja nie – und schön Cheese!

2004: Der Bau einer zweiten Tunnelröhre durch den Gotthard wird abgelehnt. Laizismusgesetz in Frankreich. Terroranschlag auf Madrider Züge. Skandal im Bagdader US-Militär-Gefängnis Abu Ghraib. Beginn der Autobombenserie im Irak. Ein Picasso-Bild wird bei Sotheby's für über $ 124 Millionen versteigert. EU-Erweiterung um 10 Mitglieder auf jetzt 25. Horst Köhler neuer Bundespräsident Deutschlands. Gedenkfeiern in der Normandie zum 60. Jahrestag der Alliiertenlandung. Venustransit durch die Sonne. Griechenland wird Fussballeuropameister in Portugal. Der Portugiese Barroso neuer Präsident der Europäischen Kommission. GBI und SMUV Fusionieren zur Gewerkschaft UNIA. Geiselnahme von Beslan: 340 Tote. USA geben zu, im Irak keine Massenvernichtungswaffen gefunden zu haben. Anhaltende Hartz-IV-Proteste in Deutschland. Christos Installa-

tion „The Gates" im Central Park. Ein Seebeben bei Sumatra löst den Tsunami aus: etwa 300 000 Tote in Südostasien, Indonesien am stärksten betroffen. Gestorben: Peter Ustinow, Estée Lauder, Ronald Reagan, Ray Charles, Marlon Brando, Inge Meysel, Christopher Reeves, Jassir Arafat. Theo van Gogh in Amsterdam von Fanatiker erschossen.

ZWIEGESPRÄCH
(EPILOG)

Lieber Paps, in der Nacht vom 8. auf den 9. Dezember hat mich der perfide elektronische Dreiklang meines Telefons aus dem Schlaf gerissen. Mami, Amadeo und Rico riefen fast gleichzeitig an, um mir mitzuteilen, dass du heute unerwartet verstorben seiest. Der Schock saß tief, ich weinte nur noch, konnte mich kaum fassen und nur dank Aretha habe ich diese grässliche Nacht und die darauffolgenden Tage einigermaßen überstanden. Es ist schon verrückt; zwei Tage zuvor hatten wir noch miteinander telefoniert in einer finanziellen Angelegenheit. Du schienst mir wohlauf, abgesehen von deiner immer durchscheinenden Melancholie, zuweilen auch Depressionen, welche dich im Alter ständig begleiteten.

Nun bist du plötzlich nicht mehr, einfach so – wie man den Kippschalter des Lichts betätigt – verlöscht. Es ist schwer zu glauben, dass ein Mensch, der einen, wenn auch mit vielen Unterbrechungen und über große Distanzen hinweg, ein Leben lang begleitete, physisch nicht mehr zu erreichen ist. Du bist ziemlich schnell in die andere Welt verreist, hast uns keine Möglichkeit des Abschieds gelassen und an der Beerdigung konnten wir (außer Florian) ebenfalls nicht teilnehmen, zu rasch müssen Tote in den Tropen beigesetzt werden. Jeder hier sah sich gezwungen, auf seine Art mit der Trauer um den Verlust des Vaters, des Gatten, des Freundes fertig zu werden. Deine Bestattung muss laut Augenzeugen eine pompöse Angelegenheit geworden sein mit unendlich vielen Trauergästen. Das erstaunt mich nicht, du warst schließlich jemand auf der Insel, überall und auch auf dem Festland bekannt als der Suiço maluco mit vielen originellen Ideen, von denen manche auch umgesetzt worden sind. Deine dortige Familie war echt erschüttert über dein Ableben; am schlimmsten litt Zinho, dein Sohn, in dessen Armen du auf dem Weg ins Spital starbst. Auch die andern nahmen es schwer und Diacha, mit der du dich weiß Gott oft gestritten hast, trauerte mit echten Gefühlen um ihren Renato (Papá, wie sie dich manchmal zärtlich-ironisch nannte). Sie immerhin profitiert – wenn ich das so leicht zynisch sagen darf – insofern, als ihr die Witwenrente zusteht. Im Grunde absurd: Mami zahlte jahrelang für dich AHV, verlor die ihr eigentlich zustehenden Jahre in den Wirren Angolas, hat als geschiedene Frau, die immer zu dir stand, null Ansprüche und diese ... kommt nun in den Genuss einer Pension, obwohl längst getrennt lebend von dir und angeblich auch geschieden. Aber ihr habt den entscheidenden Fackel beim Notar nie unterschrieben und so galt eben der Status von Verheirateten. Am letztmöglichen Tag hat sie ihre Ansprüche in Genf angemeldet und auch nur, weil ihr zweitgeborener Sohn, der die Schweiz mittlerweile gut kannte und punkto Sozialansprüchen zum wahren Experten reifte (schließlich gibt es da etwas zu holen), diese Quelle entdeckte und Max, der gerade zufällig in Paricatì zu Besuch weilte, ihr die komplizierten Formulare ausfüllte. Sie hätte wieder alles verpennt. Nun, die arme Haut, irgendwie tut sie uns allen ja auch leid, und wenn ihr damit geholfen werden kann, so soll's uns recht sein. Einen schönen Wohnsitz hattest du ihr bereits vor Langem geschenkt, dein letztes Domizil den Söhnen dort vermacht, die Tochter bekam ein eigenes bescheidenes Häuschen; das, welches du ihr schon zu Lebzeiten mit einem Teil des Geldes aus dem Hotelverkauf schenktest, damit sie ab und zu Mieteinnahmen erschaffen konnte. Sie hat dir kurz vor deinem Tod noch verraten, zum dritten Mal schwanger zu sein; umso besser, wenn sie ihre vier Wände für sich und die Kinder zur Verfügung hat. Das bisschen Barvermögen auf dem Schweizer Konto haben wir mit enormem Aufwand (diesmal Schweizer Bürokratie und Bankenusus) ebenfalls an unsere Halbgeschwister überwiesen, denn sie mussten die Beerdigungskosten berappen. Und was hätten wir uns schon ob dem Batzen streiten sollen mit denen, die ohnehin nicht viel haben. Ich denke, das ist durchaus in deinem Sinn. Dass du bei einer brasilianischen Bank den Großteil deines Geldes angelegt hattest mit der vertraglichen Regelung einer monatlichen Rente bis zu deinem Tod, die dann erlischt und nicht auf deine Hinterbliebenen übertragen werden konnte, haben wir nie begriffen. Es hätte bessere Konditionen gegeben, aber deine Gedankengänge waren nicht immer logisch nachvollziehbar. Wenigstens hattest du noch versucht eine notariell beglaubigte Änderung vorzunehmen, aber dann ist dir dein offener Bruch zum Verhängnis geworden. Dass ein idiotischer Randstein nachts auch derart gefährlich sein konnte mit tödlichen Konsequenzen, damit konnte bei deiner Vita, die ja beileibe riskant genug war, wirklich niemand rechnen. Jetzt ist es eben geschehen und es hat keinen Zweck darüber nachzudenken, was gewesen wäre, wenn … Und dich als alten, kranken, auf fremde Hilfe angewiesenen Mann vorzustellen, wäre undenkbar. Das hätte einfach nicht gepasst.

Zum Glück hatte sich Mami durchgesetzt und euch, Florian und dich, im Spätsommer zum Feiern eures Fünfundsiebzigsten kommen lassen, auch wenn du (im Nachhinein mit Recht) genörgelt hattest, du würdest solche späten „Runden" hassen, weil sie immer irgendwie etwas Endgültiges bergen, man danach ja fast abzutreten gezwungen war. Wir alle jedenfalls sind froh, dich nochmals hier gehabt zu haben, um mit dir feiern zu dürfen, auch wenn man dir die unausschlafbare Müdigkeit des intensiv gelebten Lebens ansah. Du wirktest oft etwas fahrig, orientierungslos, hattest deine sozialen Kontakte und Verpflichtungen immer mehr ausgedünnt, aber dank Mamis Hilfe umschifftet ihr alle Unannehmlichkeiten.

Für mich, lieber Papi, existierst du mit deiner reichen Biografie, an der wir alle teilnehmen durften oder auch mussten, weiter. Und ich denke, so ergeht es auch den anderen. Deshalb schließe ich meinen Bericht auch nicht als Monolog, sondern, im Wissen um deine tägliche gedankliche Präsenz, als Zwiegespräch ab. Komischerweise denke ich seit deinem Tod noch viel mehr an dich, du bist immer irgendwie vorhanden und das ist kein plumper Trost, an den ich mich bei der noch immer mal wiederkehrenden Trauer halte. Jacqueline und den Geschwistern widerfährt Ähnliches.

Noch bin ich nicht dazu gekommen, dein gut gewähltes Grab am schönsten Platz der Welt, auf dem steilen Hang über Paricatì mit Meerblick zu besuchen. Man hat mich gewarnt, ich würde enttäuscht sein, weil die Wetterkapriolen, das Salz in den starken Winden, die brennende Sonne und die wuchernden Büsche den Ort der letzten Ruhe schnell ruinierten. Ohne regelmäßige Pflege sieht eine Begräbnisstätte nach kurzer Zeit aus, wie wenn ein Tsunami darüber hinweggefegt wäre. Aber das kannst du höchstwahrscheinlich gar nicht mehr wissen, diese Katastrophe mit den unzähligen Opfern in Südostasien passierte ja erst drei Wochen später. Hör mal, ich habe ganz sicher vor, dir dieses Jahr noch einen Besuch abzustatten, und dann werde ich für Ordnung sorgen, es mit meinen Geschwistern erörtern, damit endlich anstelle des verblichenen, windschiefen Kreuzes eine ordentliche Grabplatte gelegt wird – oder bevorzugst du einen Stein? Ich finde, du hast eine Gedenktafel verdient. Wer ein derart abenteuerliches Leben auf drei Kontinenten gelebt hat, gehört nicht vergessen. Ich habe deshalb versucht dich in meinen Erinnerungen auch schriftlich zu verewigen, deine Biografie (und damit partiell auch die unsrige) in Sätze zu gießen; kein leichtes Unterfangen, weil du immer wieder überraschtest, mir entglittst. Ich hoffe, du bist mir nicht böse wegen meiner Ehrlichkeit. Als Chronist war ich der Wahrheit verpflichtet und selbst ein Heros, ein Übervater hat Schattenseiten, dunkle Abgründe, die es ebenso zu benennen gilt, um zu einem vernünftigen Verhältnis zu ihm zu finden. Immerhin habe ich versucht ein so objektives Bild wie möglich von dir und den Deinen zu zeichnen, dich nicht auf einen Sockel zu stellen und zu überhöhen. Dass hierbei nicht nur du, sondern jeder seine Portion Fett abgekriegt hat, liegt auf der Hand; es sollte kein schonendes Schmeichelportrait der Familiengeschichte mit viel Schönrederei entstehen, das kennt man zur Genüge von diesen triefenden Lebensläufen, nett und langweilig bis zum Einschlafen in der Kirche. Übrigens: Auf Wunsch Sandrines und Jacquelines, die dich immer und über den Tod hinaus bedingungslos geliebt hat – trotz oder wegen allem und weil, was aus Liebe getan wird, immer jenseits von gut oder böse geschieht –, hat Beatus zusammen mit uns für dich auf St. Chrischona in der kleinen Kapelle eine wunderschöne Abdankungsfeier gehalten. Wir haben den Ort bewusst gewählt, weil er dir in der Jugend immer Symbol für Weite und Unbegrenztheit war, hier deine Sehnsucht nach anderen Ländern, Unbekanntem gleichzeitig geweckt und gestillt wurde. Du glaubst gar nicht, wie viele Leute den Weg nochmals zu dir gefunden haben, um sich in gemeinsamer Besinnung und Erinnerung von dir zu verabschieden. Wir haben den Gottesdienst, der eigentlich gar keiner im klassischen Sinne war (das hätte dir nicht so entsprochen), gemeinsam gestaltet mit verschiedenen Rednern/innen, unterbrochen durch Livemusik und es schien alle sehr zu berühren. Beatus dirigierte auch geschickt, unprätentiös, schlicht und doch bemerkenswert nachhaltig. Wie sagte er doch richtig: „Wir wollten dich nicht zu etwas machen, das du nicht warst, dich für etwas vereinnahmen, was dir nicht gerecht geworden wäre." Ein gutes Wort vielleicht in Momenten des Abschieds, an jener Schwelle, an der wir unweigerlich ins Nachdenken darüber gebracht werden, was es denn mit dem Leben und Sterben auf sich habe. Am Ende konnte jeder vorne eine Kerze für dich anzünden und das Schlusslied „I'll fly away" wurde angestimmt. Du weißt womöglich: „Some bright morning, when my life is over, I'll fly away ..." Wir, deine engste Familie, haben natürlich alle geschluchzt, aber in der Gemeinschaft wurden wir auch getröstet. Besonders aufgestellt hat mich mein Cousin Lionel (ich treffe ihn heute Abend zum Nachtessen, weil er zurzeit an der Uni Kurse belegt): „Weißt du, Maurice, denke einfach, dass Renato nun meinen Vater Mathéo getroffen hat, der ihn auf seiner Wolke bereits mit dem Whisky in der Hand erwartet und sagt: ‚Na endlich, mein alter Junge, muss ich nicht mehr alleine trinken – willkommen im Himmel.'" Und wirklich, es tröstet mich bis heute, wenn mir wieder einmal zum Heulen zumute ist.

Beim anschließenden Treffen im Basler Hof zu einem Imbiss, zu dem ausnahmslos alle erschienen waren, kam der Wunsch auf, deine Abdankung in schriftlicher Form zu erhalten, was wir dann auch in die Wege leiteten. Es ist ein kleines, abwechslungsreiches Büchlein mit blauem Einband entstanden, du vorne drauf, sitzend in Shorts und geblümtem Hemd, ein zufriedener Ausdruck im Gesicht. Ich weiß nicht mehr, wo das Foto entstanden ist. Uneitel warst du geworden, betriebst schon lange keinen Selbstbetrug mehr und hättest deinen Bauch auf der Waage niemals eingezogen. Stirnglatze, graue Haare und die Auswölbung in Gürtelgegend sind deutlich erkennbar, aber viel wichtiger scheint mir dein Gesichtsausdruck, der sagt, dass du gelebt und nichts – na, sagen wir mal wenig – bereut hast. Ich werde es dir auf jeden Fall mitbringen, sonst erinnere mich doch bitte nochmals daran.

Mein liebster Paps, du bleibst mir mit all deinen Facetten lebhaft in Erinnerung. Zu beschreiben habe ich dich versucht, die Analyse deines Wesens wird auch zukünftig nie gelingen und unvollständig bleiben. Du warst Abenteurer, Gaukler, charmantes Schlitzohr, mitreißender Motivator, begnadeter Verführer, aber auch tiefgründiger Philosoph, manchmal euphorisch, dann aber wieder melancholisch bis zum Selbstmitleid. Auf jeden Fall eine starke Persönlichkeit, die einen nicht gleichgültig lassen konnte. In deiner Neugierde, deinem unwiderstehlichen Enthusiasmus und manchmal groteskem Unternehmungsmut mit beträchtlicher Fallhöhe, war es schwer, dir zu folgen. Väterlicher Freund, der uns Kinder früh an seinen Gedanken- und Entscheidungsprozessen teilnehmen ließ. Mit unserer Familienbiografie konnten wir Geschwister als Teil einer Schicksalsgemeinschaft viel mitdiskutieren und -gestalten an Dingen, die unser Leben, unsere Zukunft betrafen. Wir wurden alle sehr bald in die Selbstständigkeit entlassen, konnten Verantwortung für uns selbst übernehmen – in der Retrospektive wunderbar, in der Situation selber manchmal eine krasse Überforderung. Deine Lebensart in Afrika und dann vor allem in Südamerika hatte auch lange Trennungen von dir und uns zur Folge, nicht nur geografische. Es brauchte ein Weilchen dich auf deiner Insel verstehen zu lernen. Sandrine hat sich sehr schwergetan und dich erst nach vielen Jahren zum ersten Mal besucht, aber ich glaube, es hat beiden geholfen. Meine Haltung kennst du nun durch die Erzählung zur Genüge. Item, wir haben uns alle wieder gefunden, keine Ressentiments, Verständnis und Verzeihen, das ist die Hauptsache.

Du warst widersprüchlich bis an die Schmerzgrenze, oft unerwartet im Denken und Handeln, glasklar ambivalent. Ein Genießer, der aus jeder noch so desolaten Situation das Beste herausholte, komfortable Vorteile aber auch eigensinnig verspielte. Es gab Zeiten, da war deine Lage hoffnungslos, aber irgendwie doch nicht ernst. Dann konntest du auch einmal zynisch werden, vielleicht als Anpassung an das Unerträgliche? Ein charmanter Causeur mit Ecken und Kanten; man konnte dir nie lange böse sein, denn du wusstest fast immer, wie weit du zu weit gehen durftest. Für manche warst du unbegreiflich, ja, ich glaube, auch du selbst hast dein Handeln nicht immer begriffen. Aber: „Wer andauernd begreift, was er tut, bleibt unter seinem Niveau", erwähnte Martin Walser einmal in einem Zeitungsartikel. Du hattest gute Seiten und schlechte Gewohnheiten, „aber wer Letztere gar nicht besitzt, ist keine Persönlichkeit" (William Faulkner). Nun aber aufgehört mit literarischen Zitaten.

Mit sturer Konsequenz hast du eine große Kaffeeplantage, mehrere Häuser, eine zeitweise florierende Handelsfirma mit etlichen Filialen, ein gleichzeitig prosperierendes und verwelkendes Hotel-Restaurant aufgebaut. Mit zwei abenteuerlich konstruierten Hausbooten musste selbst der Atlantik sich vor dir in Acht nehmen. Die größten Projekte aber waren deine Luftschlösser, an denen wir dank deiner Leidenschaft alle kräftig mitgeplant und -gebaut haben! Und alles zerfiel, verrauchte, vernebelte – aber mit Stil: Auch dein Scheitern hatte etwas Grandioses. Du warst eine Mischung aus Zorbas, dem Griechen, der sein Misslingen tanzend am Strand feierte, und Fitzcarraldo mit seiner fixen, abstrusen Idee, Caruso in der von ihm geplanten und noch zu bauenden Oper von Manaus auftreten zu lassen und dafür seinen Flussdampfer quer über einen Urwaldberg schleppen ließ. Natürlich schlug auch dieses Unterfangen fehl, aber die Würde des gestrauchelten Klaus Kinski in lächerlicher Pose – eine seiner Paraderollen – war schlicht genial. Die Amerikaner kennen ein Sprichwort; ich habe es nicht mehr wörtlich, aber sinngemäß in Erinnerung: „Try it and fail. Don't worry: try it again – and fail better!" Trösten wir uns mit der Psychologie des Unerreichbaren: Nach George Bernard Shaw gibt es zwei Tragödien im Leben: Die eine ist die Nichterfüllung seiner Träume, die andere deren Erfüllung. Und man sollte überdies nicht diejenigen bedauern, deren Träume nie in Erfüllung gegangen sind, viel ärmer sind die dran, welche nie geträumt haben.

Ja, Renato, Vater, du wurdest geliebt, gehasst, bewundert, beneidet, bemitleidet. Für viele Menschen warst du ein Zentrum, in dessen Gravitationsfeld sich das Leben ereignete; manch einer hat stellvertretend durch dich gelebt, teilnehmen dürfen an deiner Ver-rücktheit. Die gute Freundin Gaby Sangmeyer hatte dich ja nicht von ungefähr treffend charakterisiert als „Entweder-und-Typ", das eine tun und das andere, sich Ausschließende, nicht lassen.

Du hast tatsächlich kaum je gesünder leben wollen, als dir gut tat, Raubbau an deinem Körper betrieben, bist manches Risiko eingegangen, hast viel Spaß dabei gezeigt und manchmal verloren. Deine Biografie hätte mindestens dreier normaler Leben bedurft und es würde mich nicht erstaunen, wenn du, wiedergeboren, weitere drei anhängtest.

Als Wassermann wie dein Schwiegervater Walther legtest du Wert auf Unabhängigkeit, hattest große, anspruchsvolle Ziele, idealistische Vorstellungen, warst zukunftsorientiert, tolerant und großzügig. Dein Planet: Uranus; dein Prinzip: Umbruch; deine Stärke: Originalität; deine Schwäche (?): Rebellion und Außenseitertum. Ach, was erzähl' ich dir da überhaupt, du wusstest ja, wie wir dich wahrnahmen, und auf Astrologie gebe ich nun wirklich nichts, obwohl: Das da trifft schon ein wenig auf dich zu … und dein Sternzeichen hat gewiss nun für ca. 2400 Jahre das Zepter (den Dreizack) von den Fischen übernommen.

Etwas ist dir jedenfalls gelungen: Du wolltest nie auf Godot warten, sondern bis zu deinem Tod leben, was nicht viele von sich behaupten könnten. Ja, jetzt hab' ich's, dieser letzte Satz gehört auf deine zukünftige Grabplatte; ich werde es noch mit der Familie besprechen.

CHRISTIAN PRACK

wurde 1955 in Luanda, der Hauptstadt Angolas als erstes von fünf Kindern geboren. Er verbrachte seine Jugendzeit in Afrika, wechselte später der Ausbildung wegen in ein Schweizer Internat. Nach dem Gymnasium in Zürich studierte der Autor Sozialpsychologie und Publizistik. Es folgten lange Jahre als Projektleiter in einem Markt- und Meinungsforschungsinstitut. Heute ist der Autor selbstständig und betreibt mit seiner Lebenspartnerin ein kleines Textilunternehmen. Es gab gelegentliche Schreibversuche im Lokalblatt; *„Cacimbo"* ist sein erstes veröffentlichtes Buch.

Quetzal
Lisa Deisl

Die idealistische Ana lernt Victor kennen und lieben und glaubt, mit ihm in Südamerika ihre Bestimmung gefunden zu haben. Mit seiner Hilfe verwirklicht sie das Projekt „Dorf der Zukunft".
Da das Geld knapp ist, entschließt sich Ana, nach Europa zu reisen und um finanzielle Unterstützung zu werben. Als sie wiederkommt, ist nichts mehr wie früher …

ISBN 978-3-85022-190-0 · Format 13,5 x 21,5 cm · 132 Seiten
€ (A) 15,90 · € (D) 15,50 · sFr 28,50

Union of Mankind
Wahrheit zwischen den Zeilen
Martina Jung

Gerlinde Kohn ist ungewollt schwanger und entschließt sich, das Kind abzutreiben. Nachdem ihr Mann Richard seinen Job verloren hat, steigt sein Aggressionspegel im selben Maß wie sein Alkoholspiegel. Zur selben Zeit sieht sich Cordula, eine ehemalige Schulkollegin von Gerlinde, am Ziel ihrer Träume: verheiratet mit dem Gynäkologen Thomas Emmerich und endlich schwanger. Hartnäckig versucht sie, seine Affären zu ignorieren und hofft, ihn durch das Kind enger an sich binden zu können.
Nach der Abtreibung, die Thomas an Gerlinde vornimmt, plagen sie Selbstvorwürfe. Sie flüchtet ins Gebet und in ihre Phantasie, in der das Kind noch lebendig ist …

ISBN 978-3-85022-087-3 · Format 13,5 x 21,5 cm · 622 Seiten
€ (A) 25,90 · € (D) 25,20 · sFr 45,30

Teneriffas blutige Lava
Karl H. Schäffner

Clara und Heinz Lauberg gönnen sich eine berufliche Auszeit. Ihre kleine Yacht liegt im Hafen von Santa Cruz auf Teneriffa. Eines Abends hören sie über Funk einen Notruf. In der Schraube eines deutschen Segelbootes hat sich eine Leiche verfangen. Am nächsten Abend bittet sie ein befreundeter Anwalt aus Wien um einen Gefallen. Die Luxusyacht eines seiner Klienten ist auf dem Weg von Zypern zu den Cap Verden verschwunden. Da die Möglichkeit besteht, dass sich das Schiff irgendwo im Bereich der Kanaren befindet, begeben sich Clara und Heinz auf die Suche …

ISBN 978-3-902536-85-3 · Format 13,5 x 21,5 cm · 450 Seiten
€ (A) 19,90 · € (D) 19,40 · sFr 34,90